TOUJOURS LÀ POUR TOI

Kristin Hannah, née en 1960 en Californie, était avocate avant de devenir une écrivaine à succès. Elle a écrit plus d'une vingtaine de romans féminins et a vendu plus de 15 millions d'exemplaires dans le monde. Elle est notamment l'autrice du *Chant du rossignol*, best-seller mondial. Son roman *La Route des Lucioles* a été adapté en série sur Netflix sous le titre *Toujours là pour toi*.

*Paru au Livre de Poche :*

LE CHANT DU ROSSIGNOL

LE PARADIS BLANC

KRISTIN HANNAH

# *Toujours là pour toi*

TRADUIT DE L'ANGLAIS (ÉTATS-UNIS)
PAR MATTHIEU FARCOT

MICHEL LAFON

*Titre original :*
FIREFLY LANE

Cet ouvrage a été précédemment publié sous le titre
*La Route des Lucioles*, aux éditions Michel Lafon, en 2020.


ISBN : 978-2-253-07761-9 – 1re publication LGF

*Je dédie ce livre à « nous », les filles.*
*Les amies qui peuvent compter l'une*
*sur l'autre face aux difficultés grandes*
*ou petites, année après année.*
*Vous savez qui vous êtes.*
*Merci.*

*Aux personnes qui sont au centre*
*de tant de mes souvenirs : mon père,*
*Laurence, mon frère, Kent, ma sœur,*
*Laura, mon mari, Benjamin, et mon fils,*
*Tucker. Où que chacun de nous puisse*
*aller, vous êtes dans mon cœur.*

*Et à ma mère, qui inspire tant de mes*
*romans, celui-ci plus que tout autre.*

*Il n'est pas de meilleur miroir qu'un vieil ami.*

George HERBERT

# 1

On les avait appelées les «filles de la route des Lucioles». Cela remontait à bien longtemps – plus de trente ans. Mais à l'instant où depuis son lit elle écoutait se déchaîner cet orage hivernal, il lui semblait que c'était hier.

Au cours de la semaine précédente (sans conteste les sept pires jours de sa vie), elle avait perdu la capacité de se distancier de ses souvenirs. Trop souvent dernièrement, dans ses rêves, elle était en 1974. Elle redevenait une adolescente approchant de la majorité dans l'ombre d'une guerre perdue, à califourchon sur son vélo à côté de sa meilleure amie, dans une obscurité si totale qu'elle se croyait invisible. Le lieu n'avait d'importance qu'en tant que point de repère, mais elle en avait un souvenir très net : un ruban d'asphalte sinueux, bordé de chaque côté de fossés d'eau trouble et de coteaux d'herbe épaisse. Avant leur rencontre, cette voie avait semblé ne mener absolument nulle part; ce n'était qu'une route de campagne portant le nom d'insectes que personne n'avait jamais vus dans ce coin du monde fait de côtes déchiquetées, tout de vert et de bleu.

Puis elles l'avaient vu à travers le regard l'une de l'autre. Quand elles se trouvaient ensemble au sommet de la colline, au lieu d'arbres imposants, de nids-de-poule pleins de boue et de lointaines montagnes enneigées, elles voyaient tous les endroits où elles iraient un jour. La nuit, elles sortaient en douce de leurs maisons voisines et se retrouvaient sur cette route. Sur les rives de la Pilchuck, elles avaient fumé des cigarettes chapardées, pleuré sur les paroles de « Billy, Don't Be a Hero », et s'étaient tout raconté au point de faire fusionner leurs vies, si bien qu'à la fin de l'été plus personne ne pouvait les dissocier l'une de l'autre. Pour tous ceux qui les connaissaient, elles étaient simplement devenues TullyEtKate, et durant plus de trente ans, cette amitié avait été le ciment de leurs vies : robuste, durable, fiable. La musique avait pu changer au fil des décennies, mais les promesses faites route des Lucioles avaient perduré.

Meilleures amies pour la vie.

Elles avaient cru que ce serment résisterait au temps, qu'un jour elles seraient de vieilles femmes assises dans leurs rocking-chairs, sur une terrasse au bois grinçant, et qu'elles se raconteraient leurs plus grands moments en riant.

À présent, bien sûr, elle n'était plus dupe. Depuis plus d'un an, elle se répétait que ce n'était pas grave, qu'elle pouvait poursuivre son chemin sans meilleure amie. Il lui arrivait même parfois d'y croire.

Mais elle entendait alors la musique. Leur musique. « Goodbye Yellow Brick Road ». « Material Girl ». « Bohemian Rhapsody ». « Purple Rain ». La veille, alors qu'elle faisait des courses, une mauvaise version d'ascenseur de « You've Got a Friend » l'avait fait pleurer, tout à coup, devant les radis.

Elle écarta doucement les couvertures et sortit de son lit en prenant garde de ne pas réveiller l'homme qui dormait à son côté. Elle prit quelques instants pour le regarder dans la pénombre. Même dans son sommeil, il avait l'air préoccupé.

Elle décrocha le téléphone et sortit de la chambre, puis elle prit le couloir silencieux en direction de la véranda. Là, elle regarda l'orage qui battait son plein et prit son courage à deux mains. Tout en composant le numéro familier, elle se demanda ce qu'elle allait dire à son ancienne meilleure amie après ces longs mois de silence, comment elle allait commencer. *J'ai eu une mauvaise semaine… c'est le chaos dans ma vie…* ou simplement : *j'ai besoin de toi.*

De l'autre côté des eaux noires et agitées du détroit, le téléphone sonna.

# PARTIE 1

## Les années 1970
## Dancing Queen

*young and sweet,*
*only seventeen*[1]

1. Extrait des paroles de la chanson d'ABBA « Dancing Queen », qu'on pourrait traduire par : « Jeune et mignonne, dix-sept ans seulement. » *(Toutes les notes sont du traducteur.)*

# 2

Pour la plupart des habitants du pays, 1970 fut une année de révolte et de changement, mais dans la maison de l'allée des Magnolias, tout était calme et bien réglé. À l'intérieur de celle-ci, Tully Hart, dix ans, était assise sur le plancher froid en train de construire un chalet en bois miniature pour ses Kidounettes, qui dormaient sur de minuscules serviettes en papier roses. Si elle avait été dans sa chambre, elle aurait passé un 45 tours des Jackson Five dans son mange-disque, mais il n'y avait même pas une radio dans le salon.

Sa grand-mère n'aimait pas beaucoup la musique, ni la télévision ni les jeux de société. Le plus souvent – comme à cet instant –, Mamie était assise dans son rocking-chair près de la cheminée et faisait de la broderie. Elle en réalisait des centaines, qui représentaient généralement des citations de la Bible. À Noël, elle en faisait don à l'église, qui les vendait lors de collectes de fonds.

Et Papy… eh bien, il ne pouvait faire autrement que de garder le silence. Depuis son attaque, il restait tout le temps au lit. Parfois il sonnait sa cloche, et c'étaient les seuls moments où Tully voyait sa grand-mère se dépêcher. Au premier tintement de la cloche, elle souriait et disait « Doux Jésus », puis elle courait dans le couloir aussi vite que le lui permettaient ses pieds chaussés de pantoufles.

Tully attrapa son Troll aux cheveux jaunes. Elle le fit danser avec Calamity Kiddle en fredonnant tout bas « Daydream Believer ». À la moitié de la chanson, quelqu'un frappa à la porte.

C'était un bruit si inattendu que Tully arrêta de jouer et leva les yeux. Mis à part le dimanche, où M. et Mme Beattle passaient pour les conduire à l'église, personne ne leur rendait jamais visite.

Mamie rangea sa broderie dans le sac en plastique posé près de son fauteuil, se leva et traversa la pièce de ce pas lent et traînant qui était devenu habituel au cours des dernières années. Quand elle ouvrit la porte, il y eut un long silence, puis elle dit : « Doux Jésus ! »

Mamie avait une voix bizarre. Tully regarda vers l'entrée d'un œil interrogateur et vit une grande femme avec de longs cheveux en bataille et un sourire inconstant. C'était une des plus belles femmes que Tully eût jamais vues : une peau laiteuse, un nez fin et pointu et de hautes pommettes saillantes au-dessus de son tout petit menton, des yeux marron brillants qui s'ouvraient et se fermaient lentement.

— On a vu mieux comme accueil, venant d'une mère qu'a pas vu sa fille depuis des lustres, dit la dame avant de bousculer Mamie pour se diriger tout droit vers Tully et se baisser. Et ça, c'est ma petite Tallulah Rose ?

*Sa fille ?* Ça voulait dire que…

— Maman ? murmura-t-elle avec stupéfaction, effrayée à l'idée d'y croire.

Ça faisait si longtemps qu'elle attendait ce moment, qu'elle en rêvait : le retour de sa maman.

— Je t'ai manqué ?

— Oh *oui*, dit Tully en se retenant de rire, tant elle était contente.

Mamie ferma la porte.

— Que dirais-tu de venir dans la cuisine boire une tasse de café ?

— Je suis pas revenue pour boire du café. Je suis revenue chercher ma fille.

— Tu es fauchée, dit Mamie d'un ton las.

La mère de Tully parut agacée.

— Et même si c'est le cas ?

— Tully a besoin…

— Je crois être capable de savoir de quoi ma fille a besoin.

Sa mère semblait s'efforcer de se tenir droit sur ses jambes, mais ne pas y parvenir. Elle tanguait et avait un regard étrange. Elle entortilla une mèche de ses longs cheveux ondulés autour de son doigt.

Mamie s'approcha d'elles.

— C'est une grande responsabilité d'élever un enfant, Dorothy. Peut-être que si tu t'installais ici quelque temps et que tu apprenais à connaître Tully, tu serais prête à…

Elle marqua une pause, fronça les sourcils et dit doucement :

— Tu es soûle.

Maman gloussa et fit un clin d'œil à Tully.

Tully lui rendit son clin d'œil. Ce n'était pas si grave d'être soûle. Son grand-père buvait beaucoup avant d'être malade. Mamie elle-même buvait parfois un verre de vin.

— C'est mon anniversaire, Mère, t'as oublié ?

— Ton anniversaire ? fit Tully en se levant d'un bond. Ne bouge pas, dit-elle, puis elle partit en courant dans sa chambre.

Le cœur battant la chamade, elle fouilla dans le tiroir de sa coiffeuse et éparpilla ses affaires en tous sens en quête du collier de macaronis et de perles qu'elle avait fait pour sa mère l'année précédente, dans une colonie de vacances catholique. Mamie avait froncé les sourcils en le voyant et lui avait dit de ne pas trop nourrir d'espoirs, mais Tully n'avait pas pu s'en empêcher. Cela faisait des années qu'elle nourrissait cet espoir. Elle le mit dans sa poche et retourna à toute vitesse dans le salon, où elle arriva juste à temps pour entendre sa mère dire :

— Je ne suis pas soûle, chère Maman. Je retrouve ma fille que je n'ai pas vue depuis trois ans. L'amour, c'est ça, la plus grande des ivresses.

— Six ans. Elle avait quatre ans la dernière fois que tu l'as déposée ici.

— Tant que ça ? dit Maman d'un air déconcerté.

— Reviens vivre ici, Dorothy. Je peux t'aider.

— Comme tu l'as fait la dernière fois ? Non merci.

La dernière fois ? Maman était déjà revenue avant ça ?

Mamie soupira, puis se raidit.

— Pendant combien de temps vas-tu encore m'en vouloir de tout ça ?

— Ce n'est pas vraiment le genre de choses qui ont une date d'expiration, si ? Viens, Tallulah, dit sa mère en faisant un pas vers la porte.

Tully fronça les sourcils. Ce n'était pas comme ça que les choses devaient se passer. Sa maman ne l'avait pas serrée dans ses bras ni embrassée, elle n'avait pas demandé comment elle allait. Et tout le monde savait qu'on était censé faire sa valise avant de partir. Elle pointa le doigt vers la porte de sa chambre.

— Mes affaires…

— Tu n'as pas besoin de ces saletés matérielles, Tallulah.

— Hein ? fit Tully, ne comprenant pas.

Mamie la serra dans ses bras et Tully sentit son odeur agréablement familière de talc et de laque à cheveux. C'étaient les seuls bras qui l'avaient jamais étreinte, la seule personne qui lui avait jamais donné le sentiment d'être en sécurité, et soudain elle avait peur.

— Mamie ? dit-elle en s'écartant. Qu'est-ce qui se passe ?

— Tu viens avec moi, dit Maman en agrippant le chambranle de la porte pour se tenir.

Sa grand-mère l'empoigna par les épaules et la secoua doucement.

— Tu connais notre numéro de téléphone et notre adresse, hein ? Tu nous appelles si tu as peur ou si quelque chose ne va pas.

Elle pleurait. Tully fut effrayée et déconcertée de voir sa grand-mère, d'ordinaire solide et discrète, pleurer ainsi. Que se passait-il ? Qu'avait-elle donc fait de mal ?

— Je suis désolée, Mamie, je…

Maman s'approcha brusquement, l'attrapa par les épaules et la secoua violemment.

— Ne dis *jamais* que tu es désolée. Ça te donne l'air pitoyable. Viens.

Elle prit la main de Tully et la tira vers la porte.

Tully suivit sa mère en trébuchant. Elles sortirent de la maison, descendirent les marches du perron et traversèrent la rue en direction d'un vieux van Volkswagen rouillé, recouvert d'autocollants fleuris et orné d'un énorme symbole de la paix jaune peint sur le côté.

La portière s'ouvrit et une épaisse fumée grise s'échappa. À travers celle-ci, Tully vit trois personnes dans le van. Un homme noir, avec une énorme coupe afro et un bandeau rouge était assis derrière le volant. À l'arrière se trouvaient une femme vêtue d'un gilet à franges et d'un pantalon rayé, avec un foulard marron sur ses cheveux blonds, ainsi qu'un homme en pattes d'éléphant et T-shirt miteux. Le sol du van était recouvert de moquette à longues mèches marron ; des pipes traînaient çà et là, ainsi que des bouteilles de bière vides, des papiers de sucreries et des cartouches huit pistes.

— Ça, c'est ma fille, Tallulah, dit Maman.

Tully ne dit rien, mais elle détestait qu'on l'appelle Tallulah. Elle dirait cela à sa mère plus tard, quand elles seraient seules.

— Trop cool, dit quelqu'un.

— C'est ton portrait craché, Dot. J'en reviens pas.

— Montez, dit le conducteur d'un ton bourru. On va être en retard.

L'homme au T-shirt sale se pencha vers Tully, la prit par la taille et la hissa dans le van, où elle se mit prudemment à genoux.

Maman grimpa à bord et claqua la portière. Une musique étrange planait dans le van. Tully ne distingua que quelques mots : *somethin' happenin' here*... La fumée lui donnait l'impression que tout était mou et flou.

Elle se serra contre la paroi en tôle pour faire de la place près d'elle, mais Maman s'assit à côté de la femme au foulard. Elles se mirent aussitôt à parler de poulets, de manifs et d'un dénommé Kent. Tully ne comprit rien à tout ça, et la fumée lui tournait la tête. Quand l'homme assis à côté d'elle alluma sa pipe, elle ne put s'empêcher de pousser un petit soupir de dépit.

L'homme l'entendit et se tourna vers elle. Il lui cracha un nuage de fumée grise à la figure et sourit.

— Laisse-toi porter, petite.

— Regardez comment ma mère la sape, dit Maman d'un ton âpre. On dirait une petite poupée. Comment voulez-vous qu'elle soit *vraie* si elle peut pas se salir ?

— Tu l'as dit, Dot, dit le type en crachant sa fumée et en se vautrant.

Maman regarda Tully pour la première fois. Elle la *regarda*, vraiment.

— Souviens-toi de ça, petite. L'important dans la vie, c'est pas de faire la cuisine, le ménage et d'avoir des gosses. L'important, c'est d'être libre. De faire ce qui te plaît. Tu peux carrément devenir président des États-Unis, si tu veux.

— Ça ferait pas de mal de changer de président, ça c'est sûr, dit le conducteur.

La femme au foulard tapota la cuisse de Maman.

— Voilà qui est bien dit. Passe-moi ce bang, Tom. Eh, ça rime presque, dit-elle en gloussant.

Tully fronça les sourcils et ressentit une forme nouvelle de honte qui lui noua le ventre. Elle croyait être jolie dans cette robe. Et elle ne voulait pas devenir président. Elle voulait devenir ballerine.

Mais surtout, elle voulait que sa maman l'aime. Elle se décala sur le côté jusqu'à être assez près de sa mère pour la toucher.

— Joyeux anniversaire, dit-elle tout bas en plongeant la main dans sa poche.

Elle en sortit le collier sur lequel elle s'était donné tant de mal, un mal de chien, même, au point d'être encore en train de coller des paillettes dessus bien après que les autres enfants étaient sortis pour jouer.

— J'ai fait ça pour toi.

Maman prit brusquement le collier et l'enferma dans sa main. Tully attendit désespérément que sa mère lui dise merci et mette le collier, mais elle n'en fit rien ; elle continua simplement de discuter avec ses amis en se balançant au rythme de la musique.

Tully finit par fermer les yeux. La fumée lui donnait sommeil. Durant la plus grande partie de sa vie, sa mère lui avait manqué, et autrement que pouvait manquer un jouet introuvable ou une amie qui arrêtait de venir jouer parce qu'on refusait de partager. Sa maman lui avait vraiment *manqué*. C'était en permanence en elle, comme un vide qui la tiraillait la journée et se transformait en une douleur cuisante le soir. Elle s'était promis que, si sa maman revenait un jour, elle serait sage. Parfaite. Quoi qu'elle ait pu faire ou dire de si mal, elle arrangerait les choses ou se reprendrait.

Ce qu'elle voulait plus que tout, c'était rendre sa mère fière.

Mais à présent, elle ne savait plus quoi faire. Dans ses rêves, elles étaient toujours parties seules toutes les deux, main dans la main.

*Nous y voilà, disait toujours sa maman rêvée tandis qu'elles arrivaient à leur maison au sommet d'une colline. Bienvenue à la maison. Puis elle embrassait Tully sur la joue et lui chuchotait : Tu m'as tellement manqué. J'étais partie, parce que…*

— Tallulah. Réveille-toi.

Tully se réveilla en sursaut. Elle avait mal à la tête et à la gorge. Quand elle essaya de dire *Où sommes-nous ?*, seul un son rauque sortit de sa bouche.

Tout le monde rit et continua de rire en descendant du van.

De toutes parts, dans cette rue passante du centre de Seattle, des gens scandaient des slogans, criaient et brandissaient des pancartes proclamant FAITES L'AMOUR, PAS LA GUERRE et PAS QUESTION QUE NOUS Y ALLIONS. Tully n'avait jamais vu tant de gens réunis en un même endroit.

Maman lui prit la main et la tira près d'elle.

Le reste de la journée se perdit dans une confusion de personnes criant des slogans et chantant des chansons. Tully était constamment terrifiée à l'idée de lâcher la main de sa mère et d'être emportée par la foule. Elle ne fut aucunement rassurée quand les policiers apparurent, car ils avaient des pistolets à la ceinture, des bâtons à la main et des visières en plastique pour protéger leurs visages.

Mais la foule se contenta de défiler et la police de la surveiller.

Quand la nuit finit par tomber, elle était fatiguée et avait faim et mal à la tête, mais elles continuèrent de marcher de rue en rue. La foule n'était plus la même ; les manifestants avaient rangé leurs pancartes et s'étaient mis à boire. Parfois, elle entendait des phrases entières ou des bribes de conversation, mais elle n'y comprenait rien.

— T'as vu ces poulets ? Ils *crevaient* d'envie de nous casser les dents, mais nous, on était pacifiques, mec. Ils pouvaient pas nous toucher. Eh, Dot, tu squattes le joint.

Tout le monde rit autour d'eux, Maman la première. Tully ne comprenait pas ce qui se passait et avait une affreuse migraine. Les gens s'agglutinaient autour d'eux en dansant et en riant. De la musique se déversait dans la rue depuis une source inconnue.

Et soudain, elle n'eut plus rien dans sa main.

— Maman ! cria-t-elle.

Personne ne répondit ou ne se tourna vers elle, bien qu'elle fût entourée de gens. Elle se fraya un chemin entre les corps en appelant sa mère à grands cris jusqu'à ce qu'elle n'eût plus de voix. Elle retourna finalement à l'endroit où elle avait vu sa mère pour la dernière fois et attendit sur le trottoir.

*Elle va revenir.*

Des larmes lui brûlèrent les yeux et roulèrent sur ses joues tandis qu'elle était assise là à attendre, s'efforçant d'être courageuse.

Mais sa maman ne revint jamais.

Pendant des années après cela, elle essaya de se rappeler ce qui s'était passé ensuite, ce qu'elle avait fait, mais toutes ces personnes étaient comme un nuage qui occultait ses souvenirs. Tout ce qu'elle se rappelait, c'était qu'elle s'était réveillée sur un perron en béton sale dans une rue totalement déserte et qu'elle avait vu un policier à cheval.

Du haut de son perchoir bien au-dessus d'elle, il l'avait regardée en fronçant les sourcils et avait dit :

— Bonjour, petite, tu es toute seule ?

— Oui, avait-elle seulement réussi à dire sans pleurer.

Il l'avait ramenée à la maison de Queen Anne Hill, où sa grand-mère l'avait serrée fort dans ses bras, embrassée sur la joue et lui avait dit que ce n'était pas sa faute.

Mais Tully savait à quoi s'en tenir. D'une façon ou d'une autre ce jour-là, elle avait fait quelque chose de mal, n'avait pas été sage. La prochaine fois que sa maman reviendrait, elle ferait plus d'efforts. Elle lui promettrait de devenir présidente et elle ne redirait plus jamais qu'elle était désolée.

*

Tully se procura une liste des présidents des États-Unis et en apprit par cœur tous les noms dans l'ordre. Durant des mois après cela, elle disait à tous ceux qui le lui demandaient qu'elle serait la première femme présidente du pays ; elle arrêta même les cours de danse classique. Lors de son onzième anniversaire, alors que Mamie allumait les bougies sur son gâteau et lui chantait un « Joyeux anniversaire » fluet et tremblotant, Tully jeta des coups d'œil répétés vers la porte d'entrée en se disant *C'est le moment*, mais personne ne frappa jamais et à aucun moment le téléphone ne sonna. Plus tard, entourée des boîtes ouvertes de ses cadeaux, elle s'efforça de garder le sourire. Elle avait devant elle, sur la table basse, un cahier de collage vierge. C'était plutôt nul comme cadeau, mais sa grand-mère lui offrait toujours ce genre de choses : des activités pour qu'elle soit occupée et se tienne tranquille.

— Elle n'a même pas appelé, dit Tully en levant les yeux.

Mamie poussa un soupir las.

— Ta maman a… des problèmes, Tully. Elle est faible et perdue. Il faut que tu arrêtes de faire comme si les choses étaient autrement. L'important, c'est que toi, tu sois forte.

Elle avait entendu ce conseil un nombre incalculable de fois.

— Je sais.

Mamie s'assit sur le canapé à fleurs usé à côté de Tully et la prit sur ses genoux.

Tully adorait quand sa grand-mère la serrait contre elle. Elle se blottit dans ses bras et colla sa joue contre sa poitrine moelleuse.

— J'aimerais que les choses soient différentes avec ta maman, Tully, et c'est la pure vérité, mais elle est perdue. Et ce, depuis longtemps.

— C'est pour ça qu'elle ne m'aime pas ?

Mamie baissa les yeux vers elle. Ses lunettes à monture d'écaille noire grossissaient ses yeux gris pâle.

— Elle t'aime à sa façon. C'est pour ça qu'elle revient chaque fois.

— Ça ne ressemble pas à de l'amour.

— Je sais.

— Je crois qu'elle n'a même aucune affection pour moi.

— C'est pour moi qu'elle n'a aucune affection. Il s'est passé quelque chose il y a longtemps, et je n'ai pas… Bref, c'est sans importance maintenant, dit Mamie en serrant Tully plus fort dans ses bras. Un jour, elle regrettera d'avoir manqué toutes ces années avec toi. J'en suis certaine.

— Je pourrais lui montrer mon cahier de collage.

Mamie ne la regarda pas.

— Ce serait chouette.

Après un long silence, elle dit « Joyeux anniversaire, Tully » et l'embrassa sur le front.

— Maintenant, je ferais mieux d'aller auprès de ton grand-père. Il n'est pas très en forme aujourd'hui.

Après que sa grand-mère eut quitté la pièce, Tully resta assise par terre, les yeux rivés sur la première page blanche de son nouveau cahier. Il ferait un jour un cadeau parfait pour sa mère afin de lui montrer ce qu'elle avait raté. Mais comment Tully allait-elle le remplir ? Elle avait quelques photos d'elle, prises essentiellement par les mamans de ses amies lors de fêtes et de sorties scolaires, mais peu. Sa grand-mère avait une trop mauvaise vue pour ces minuscules viseurs. Et elle n'avait qu'une seule photo de sa mère.

Elle prit un stylo et écrivit avec le plus grand soin la date dans le coin droit supérieur ; puis elle fronça les sourcils. Quoi d'autre ? *Chère Maman. Aujourd'hui, j'ai fêté mes onze ans…*

À partir de ce jour-là, elle y rassembla des petits objets de sa vie. Des photos de l'école, des photos de sport, des talons de tickets de cinéma. Pendant des années, chaque fois qu'elle passait une bonne journée, elle s'empressait de rentrer à la maison pour la raconter par écrit en collant au fil de sa narration les tickets de caisse ou billets attestant l'endroit où elle était allée ou de ce qu'elle avait fait. À un moment donné, elle se mit à enjoliver un peu son récit afin de se donner meilleure figure. Ce n'étaient pas des mensonges à proprement parler, simplement des embellissements. Elle y ajoutait tout ce qui pourrait un jour faire dire à sa mère qu'elle était fière d'elle. Elle remplit ce cahier, puis un autre et encore un autre. À chaque anniversaire, elle recevait un cahier neuf, jusqu'à ce qu'elle arrive à l'adolescence.

Il lui arriva alors quelque chose. Elle ne sut pas bien ce que c'était – peut-être ses seins qui grossissaient plus vite que ceux de toutes les autres filles, ou peut-être se lassa-t-elle simplement de coucher sa vie sur des carnets que personne ne demandait jamais à voir –, mais il se trouva qu'elle arrêta à quatorze ans. Elle mit tous ces cahiers de petite fille dans un grand carton qu'elle rangea au fond de son placard, et elle demanda à Mamie de ne plus lui en acheter.

— Tu es sûre, ma chérie ?

— Ouais, avait été sa réponse.

Elle n'en avait plus rien à faire de sa mère et essaya de ne plus jamais y penser. À vrai dire, elle racontait à tout le monde au collège que sa mère était morte dans un accident de bateau.

Ce mensonge la libéra. Elle arrêta d'acheter ses vêtements dans le rayon des petites filles et se mit à passer son temps avec les lycéens. Elle acheta des hauts moulants et courts qui mettaient en valeur ses nouveaux seins et des pattes d'éléphant taille basse qui lui faisaient de jolies fesses. Elle devait cacher ses vêtements à Mamie, mais c'était chose facile : un gilet en duvet ample et un rapide signe de la main en guise d'au revoir lui permettaient de quitter la maison habillée comme elle le voulait.

Elle découvrit que si elle soignait sa tenue et se comportait d'une certaine manière, les gens cool voulaient traîner avec elle. Le vendredi et le samedi soir, elle disait à Mamie qu'elle dormait chez une copine et allait faire du roller à Lake Hills, où personne ne la questionnait jamais sur sa famille ni ne la regardait avec l'air de dire «pauvre Tully». Elle apprit à fumer des cigarettes sans tousser et à mâcher des chewing-gums pour masquer l'odeur du tabac.

À partir de la quatrième, elle était une des filles les plus populaires du collège, et c'était utile d'avoir tous ces amis. Quand elle était assez occupée, elle ne pensait pas à la femme qui ne voulait pas d'elle.

En de rares jours, elle se sentait encore… pas vraiment seule… mais quelque chose de cet ordre. À l'abandon, peut-être. Comme si tous les gens qu'elle fréquentait étaient interchangeables.

Ce jour-là était l'un d'eux. Elle était assise à sa place habituelle dans le bus scolaire et entendait le murmure des conversations autour d'elle. Tout le monde semblait parler de sa famille ; elle n'avait rien à ajouter à ces discussions. Elle ne savait pas ce que c'était que de se disputer avec son petit frère, d'être punie pour avoir répondu à ses parents ou d'aller au centre commercial avec sa mère. Quand le bus arriva à son arrêt, elle s'empressa avec soulagement de descendre et dit au revoir à ses amis avec exubérance, en riant fort et en faisant de grands gestes. En jouant la comédie – une chose qu'elle pratiquait beaucoup dernièrement.

Une fois le bus reparti, elle repositionna son sac à dos sur son épaule et entama le long trajet à pied jusqu'à la maison. Elle venait de passer le coin de la rue, quand elle le vit.

De l'autre côté de la rue, devant la maison de Mamie, était garé un vieux van Volkswagen rouge défoncé. Il avait encore ses autocollants fleuris sur le côté.

# 3

Il faisait encore nuit quand le réveil de Kate Mularkey sonna. Elle grogna et resta étendue, les yeux rivés sur le plafond à double pente. Elle avait la nausée à l'idée d'aller au collège.

La quatrième était une plaie pour elle. 1974 s'était révélée une année atroce, un désert social. Dieu merci, il ne restait plus qu'un mois de cours. Même si l'été ne s'annonçait pas mieux.

En sixième, elle avait eu deux meilleures amies. Elles avaient tout fait ensemble : présenté leurs chevaux dans des concours, été chez les scouts et chevauché leurs vélos d'une maison à l'autre. Mais l'été de leurs douze ans, tout cela s'était terminé. Ses amies avaient pété les plombs, il n'y avait pas d'autre manière de le dire. Elles s'étaient mises à fumer de l'herbe avant d'aller au collège, à sécher les cours et elles ne manquaient jamais une fête. Quand Kate avait refusé de les suivre, elles avaient coupé les ponts avec elle. Point final. Et les ados « sages » ne l'approchaient pas car elle avait fait partie du club des défoncés. Aussi, ses seuls amis étaient désormais les livres. Elle avait lu *Le*

*Seigneur des anneaux* tant de fois qu'elle pouvait en réciter des passages entiers de mémoire.

Ce n'était pas un talent qui aidait à avoir la cote.

Elle poussa un soupir et sortit de son lit. Dans le minuscule placard de l'étage qui avait récemment été transformé en salle de bains, elle prit une douche rapide et tressa ses cheveux blonds et lisses, puis chaussa ses horribles lunettes en écaille. Elles étaient affreusement ringardes – les ados cool en portaient des rondes sans monture –, mais son père disait qu'ils n'avaient pas les moyens de lui en payer de nouvelles pour l'instant.

Au rez-de-chaussée, elle alla à la porte de derrière, retroussa les jambes de son pantalon évasé sur chacun de ses mollets et enfila les grosses bottes en caoutchouc noires qu'ils entreposaient sur les marches en béton. Avec une démarche digne de Neil Armstrong, elle piétina dans la boue épaisse jusqu'à la cabane au fond du jardin. Leur vieille jument Quarter Horse s'approcha de la barrière en boitant et la salua d'un hennissement.

— Salut, Princesse, dit Kate en jetant une portion de foin par terre puis en grattant l'oreille velouteuse de la jument. Toi aussi, tu m'as manqué, dit-elle – et c'était vrai.

Deux ans plus tôt, elles avaient été inséparables ; Kate l'avait montée tout l'été et avait remporté une foule de prix à la foire de Snohomish.

Mais les choses changeaient vite. Elle savait cela à présent. Un cheval pouvait devenir vieux et boiteux du jour au lendemain. Une amie pouvait devenir une inconnue tout aussi vite.

— À plus tard.

Elle parcourut l'allée sombre et boueuse en sens inverse et laissa ses bottes sales sur le perron.

Quand elle ouvrit la porte de derrière, elle se retrouva plongée dans un grand tumulte. Debout devant la cuisinière, dans sa robe d'intérieur à fleurs décolorées et ses pantoufles roses pelucheuses, Maman versait de la pâte à crêpes dans une poêle électrique ovale tout en fumant une cigarette mentholée Eve. Ses cheveux bruns mi-longs étaient séparés en deux nattes fines nouées par un morceau de ruban rose vif.

— Mets la table, Katie, dit-elle sans lever les yeux. Sean ! Descends tout de suite.

Kate obéit. Presque avant qu'elle ait fini, sa mère était derrière elle en train de verser du lait dans les verres.

— Sean… petit déjeuner, cria à nouveau Maman en direction des escaliers, en ajoutant cette fois les mots magiques : je viens de servir le lait.

Quelques secondes plus tard, Sean, huit ans, descendit l'escalier quatre à quatre et se précipita vers la table en Formica beige moucheté. Il trébucha contre le chiot labrador qui avait récemment rejoint la famille et rigola.

Kate s'apprêtait à s'asseoir à sa place habituelle quand elle jeta par hasard un coup d'œil vers le salon adjacent. À travers la grande fenêtre qui se trouvait derrière le canapé, elle vit quelque chose qui la surprit : un camion de déménagement s'engageait dans l'allée de la maison d'en face.

— Wouah !

Elle traversa les deux pièces avec son assiette à la main et se posta à la fenêtre pour regarder la maison située de l'autre côté de la rue, au-delà de leur terrain d'un hectare et demi. Elle était inoccupée d'aussi loin que tout le monde se souvînt.

Elle entendit les pas de sa mère qui arrivait derrière elle : fermes sur le linoléum imitation carrelage de la cuisine, feutrés sur la moquette vert mousse du salon.

— Quelqu'un emménage de l'autre côté de la rue, dit Kate.

— Vraiment ?

*Non. Je mens.*

— Peut-être qu'ils auront une fille de ton âge. Ce serait bien pour toi que tu aies une amie.

Kate ravala une réponse agacée. Seules les mères pensaient qu'il était facile de se faire des amies au collège.

— Si tu le dis.

Elle se détourna brusquement, emporta son assiette dans le couloir où elle termina son petit déjeuner en paix sous le portrait de Jésus.

Comme elle s'y attendait, sa mère la suivit. Elle s'arrêta à côté de la tapisserie de *La Cène* sans rien dire.

— Quoi ? lança Kate quand elle n'y put plus.

Maman poussa un soupir si discret qu'il fut à peine audible.

— Pourquoi est-ce qu'on se chamaille sans arrêt, ces derniers temps ?

— C'est toi qui provoques ça.

— En te disant bonjour et en te demandant comment tu vas ? Oui, je suis une vraie sorcière.

— C'est toi qui l'as dit, pas moi.

— Ce n'est pas ma faute, tu sais.

— Qu'est-ce qui n'est pas ta faute ?

— Si tu n'as pas d'amies. Si seulement tu…

Kate partit. Sérieusement, encore un de ses « si seulement tu faisais un effort » et elle vomissait.

Heureusement – pour une fois –, Maman ne la suivit pas mais retourna dans la cuisine et cria :

— Dépêche-toi, Sean. Le bus scolaire des Mularkey part dans dix minutes.

Son frère gloussa. Kate leva les yeux au ciel et monta dans sa chambre. C'était tellement naze. Comment son frère pouvait-il rire tous les jours à la même blague débile ?

La réponse lui vint aussi vite que la question : parce qu'il avait des amis. Tout était plus facile quand on avait des amis.

Elle resta cachée dans sa chambre jusqu'à entendre le vieux break Ford démarrer. La dernière chose qu'elle voulait, c'était d'être emmenée au collège par sa mère, qui criait au revoir avec de grands gestes telle une candidate du *Juste Prix* quand Kate descendait de la voiture. Tout le monde savait que c'était du suicide social de se faire conduire au collège par ses parents. Quand elle entendit le gravier craquer sous les pneus, elle redescendit, fit la vaisselle, rassembla ses affaires et quitta la maison. Dehors, le soleil brillait, mais la pluie de la nuit précédente avait parsemé l'allée de nids-de-poule de la taille d'une bouée. À tous les coups, les anciens qui se retrouvaient à la quincaillerie commençaient déjà à parler de l'inondation. La boue collait aux semelles de ses fausses chaussures Kalsø Earth, ce qui la faisait progresser lentement. Elle était si résolue à préserver sa seule paire de chaussettes arc-en-ciel qu'elle arriva au pied de l'allée avant de remarquer la fille qui se trouvait sur le trottoir d'en face.

Elle était magnifique. Grande et dotée de gros seins, elle avait de longs cheveux bouclés auburn et un visage digne de Caroline de Monaco : la peau pâle, des lèvres pulpeuses et de longs cils. Et ses *vêtements* : un jean taille basse à trois boutons orné de grands triangles de tissu tie-and-dye aux coutures pour faire des pattes d'éléphant, des chaussures à semelles compensées en liège avec des talons de dix centimètres et un chemisier brodé rose à manches papillon qui révélait au moins cinq centimètres de ventre.

Kate serra ses livres contre sa poitrine en regrettant d'avoir percé ses boutons la veille au soir. Ou que son jean ne soit pas un Rough Riders de chez Sears.

— S-salut, dit-elle en s'arrêtant de son côté de la route. Le bus s'arrête de ce côté.

Des yeux chocolat, généreusement bordés de mascara noir et de fard à paupières bleu brillant, la regardèrent sans dévoiler aucune émotion.

À ce moment précis, le bus scolaire arriva. Sifflant et grinçant, il s'arrêta dans un soubresaut. Un garçon pour lequel elle avait eu le béguin passa la tête par la fenêtre et cria :

— Eh, la pouilleuse, l'inondation est finie, tu peux ranger tes bottes !

Puis il éclata de rire.

Kate baissa la tête et monta dans le bus. Elle s'écroula sur son siège habituel au premier rang – toute seule – et garda la tête baissée en attendant que la nouvelle passe à côté d'elle, mais personne d'autre ne monta. Quand les portes se refermèrent et que le bus repartit en cahotant, elle osa se retourner pour regarder la route.

La fille à l'allure la plus cool du monde n'était plus là.

Tully faisait déjà tache. Elle avait mis deux heures à choisir ses vêtements ce matin-là – une tenue tout droit sortie des pages du magazine *Seventeen* – et elle avait tout faux.

Quand le bus était arrivé, elle avait pris sa décision en une fraction de seconde : elle n'irait pas au collège dans ce trou perdu plein de péquenauds. Snohomish était peut-être à moins d'une heure du centre de Seattle, mais de son point de vue, elle aurait aussi bien pu être sur la Lune. Elle s'y sentait tout aussi étrangère.

Non.

Oh, que non.

Elle remonta l'allée de gravier d'un pas énergique et poussa si violemment la porte d'entrée que celle-ci claqua contre le mur.

En faire des tonnes, avait-elle appris, c'était comme une bonne ponctuation : ça appuyait votre propos.

— Tu dois être défoncée, dit-elle tout haut, se rendant compte une seconde trop tard que les seules personnes présentes dans le salon étaient les déménageurs.

L'un d'eux s'arrêta dans son travail et regarda dans sa direction d'un air las.

— Hein ?

Elle les bouscula pour passer et heurta l'armoire si fort qu'ils jurèrent tout bas. Non pas que cela lui fît quelque chose. Elle avait horreur de se sentir comme ça, bouillonnante de colère.

Il n'était pas question qu'elle ait le ventre noué ainsi à cause de sa prétendue mère, pas après toutes les fois où cette femme l'avait abandonnée.

Dans la chambre principale, sa mère était assise par terre en train de découper des photos dans *Cosmo*. Comme d'habitude, ses cheveux longs formaient un effroyable amas ondulé et frisottant maintenu par un bandeau en cuir perlé affreusement ringard. Sans lever les yeux, elle tourna la page, révélant un Burt Reynolds nu et tout sourire avec une main devant son pénis.

— Pas *question* que j'aille à ce collège paumé. C'est une bande de ploucs.

— Oh, fit Maman en passant à la page suivante, sur quoi elle prit ses ciseaux et commença à découper une gerbe de fleurs dans une pub pour les shampoings Breck. D'accord.

Tully eut envie de hurler.

— D'accord ? *D'accord ?* J'ai quatorze ans.

— Mon rôle, c'est de t'aimer et te soutenir, chérie, pas de te prendre la tête.

Tully ferma les yeux, compta jusqu'à dix et dit :

— Je n'ai aucun ami ici.

— Tu n'as qu'à t'en faire. Il paraît que tu étais la star de ton ancien collège.

— Enfin, Maman, je…

— Nuage.

— Je ne t'appellerai pas Nuage.

— Très bien, Tallulah.

Maman leva les yeux pour s'assurer qu'elle avait fait mouche. C'était le cas.

— Je ne suis pas à ma place ici.

— Tu sais bien que c'est pas vrai, Tully. Tu es une enfant de la terre et du ciel ; tu es à ta place partout. La *Bhagavad-Gita* dit…

— Ça suffit.

Tully partit alors que sa mère parlait encore. La dernière chose qu'elle voulait, c'était entendre les conseils d'une femme imprégnée de drogue et digne d'une affiche psychédélique. Elle piqua un paquet de Virginia Slims dans le sac à main de sa mère en sortant de la maison et se dirigea vers la route.

La semaine suivante, Kate surveilla la nouvelle de loin.

Tully Hart se distinguait par son assurance et sa décontraction et elle rayonnait davantage que tous les autres dans les ternes couloirs verts du collège. Elle n'avait pas d'heure limite pour rentrer chez elle et s'en fichait si on l'attrapait en train de fumer dans les bois derrière les bâtiments. Tout le monde en parlait. Kate percevait l'admiration des autres élèves dans leurs chuchotements. Pour un groupe d'ados qui avaient grandi dans les fermes laitières et les foyers d'ouvriers d'usines de papier de la vallée de Snohomish, Tully Hart était exotique. Tout le monde voulait être son ami.

La popularité instantanée de sa voisine rendit la solitude de Kate d'autant plus insupportable. Elle ne savait pas bien pourquoi cela la blessait tant. Tout ce qu'elle savait, c'était que tous les matins, lorsqu'elles étaient côte à côte à l'arrêt de bus et pourtant à des années-lumière l'une de l'autre, séparées par un silence assourdissant, Kate ressentait une furieuse envie d'éveiller l'attention de Tully.

Même s'il n'y avait aucune chance que cela arrive un jour.

— … avant le début de l'émission de Carol Burnett. C'est prêt maintenant. Kate ? Katie ?

Kate leva la tête de la table. Elle s'était endormie sur son livre de sciences sociales ouvert à la table de la cuisine.

— Hein ? Qu'est-ce que tu as dit ? demanda-t-elle en remontant ses lourdes lunettes sur son nez.

— J'ai préparé des pâtes à la bolognaise pour nos nouveaux voisins. Je veux que tu leur apportes.

— Mais… commença Kate en cherchant une excuse, n'importe quoi pour lui éviter cela. Ça fait une semaine qu'ils sont là.

— Alors je suis en retard. Le temps file à toute allure dernièrement.

— J'ai trop de devoirs. Envoie Sean.

— Sean n'a aucune chance de se faire des amis là-bas, si ?

— Moi non plus, dit Kate d'un ton malheureux.

Maman la regarda dans les yeux. Les cheveux bruns qu'elle avait bouclés et crêpés avec tant de soin ce matin-là étaient retombés au cours de la journée et son maquillage s'était estompé. À présent, son visage rond aux pommettes rouges paraissait pâle et terne. Son gilet au crochet violet et jaune – un cadeau de Noël de l'année précédente – était mal boutonné. Sans quitter Kate des yeux, elle traversa la pièce et s'assit à la table.

— Est-ce que je peux dire quelque chose sans que tu me sautes à la gorge ?

— Sans doute pas.

— Je suis désolée pour Joannie et toi.

Parmi toutes les choses auxquelles Kate aurait pu s'attendre, celle-ci n'était même pas sur la liste.

— C'est sans importance.

— Si, c'est important. Il paraît qu'elle fréquente une drôle de bande à présent.

Kate eut envie de dire qu'elle s'en fichait royalement, mais à son plus grand désarroi, des larmes lui montèrent aux yeux. Des souvenirs lui affluèrent à l'esprit : Joannie et elle sur la pieuvre à la fête foraine, assises devant leurs stalles à l'écurie, se délectant par avance des joies du lycée. Elle haussa les épaules.

— Ouais.

— La vie est parfois dure. Surtout à quatorze ans.

Kate leva les yeux au ciel. Si elle était sûre d'une chose, c'était que sa mère ne savait absolument rien des difficultés que pouvait connaître une ado.

— Sans déconner.

— Je vais faire comme si je ne t'avais pas entendue prononcer ce mot. Ce sera facile parce que je ne vais plus jamais l'entendre. Compris ?

Kate regretta malgré elle de ne pas être comme Tully. *Elle* ne s'écraserait jamais si facilement. Elle aurait sans doute allumé une cigarette à cet instant et mis sa mère au défi de dire quelque chose.

Maman fouilla dans la large poche de sa jupe et trouva ses cigarettes. Elle en alluma une en considérant Kate.

— Tu sais que je t'aime, que je te soutiens et que je ne laisserais jamais personne te faire du mal. Mais Katie, il faut que je te le demande : qu'est-ce que tu attends ?

— Qu'est-ce que tu veux dire ?

— Tu passes tout ton temps à lire et à faire tes devoirs. Comment les gens sont-ils censés faire ta connaissance, quand tu te comportes comme ça ?

— Ils ne veulent pas me connaître.

Maman lui caressa doucement la main.

— Ce n'est jamais bon de rester à attendre que quelqu'un ou quelque chose change ta vie. C'est pour ça que des femmes comme Gloria Steinem brûlent leurs soutiens-gorge et manifestent à Washington.

— Pour que je puisse me faire des amis ?

— Pour que tu saches que tu peux être tout ce que tu veux. Votre génération a tellement de chance. Vous pouvez être tout ce que vous voulez. Mais vous devez parfois prendre des risques. Faire un pas en avant. Je peux te dire une chose avec certitude, nous ne regrettons que ce que nous ne faisons pas dans la vie.

Kate perçut une tonalité étrange dans la voix de sa mère, une tristesse qui teintait le mot *regrettons*. Mais qu'est-ce que sa mère pouvait bien savoir de la guerre que c'était pour être populaire au collège ? Ça faisait des décennies qu'elle était sortie de l'adolescence.

— Ouais, c'est ça.

— C'est vrai, Kathleen. Un jour, tu verras à quel point je suis futée, dit sa mère en souriant et en lui tapotant la main. Si tu es comme le commun des mortels, ça se produira à peu près au moment où tu voudras que je garde ton enfant pour la première fois.

— De quoi tu parles ?

Maman rigola à une blague que Kate n'avait même pas saisie.

— Je suis contente qu'on ait eu cette conversation. Maintenant, file. Tâche d'être amie avec ta nouvelle voisine.

*Ouais. On peut toujours rêver.*

— Mets des maniques. C'est encore chaud, dit Maman.

*Parfait. Les maniques.*

Kate s'approcha du plan de travail et considéra la préparation rouge marron à l'aspect gluant. Sans enthousiasme, elle recouvrit le plat d'une feuille d'aluminium, la rabattit sur les bords puis enfila les maniques bleues matelassées qu'avait confectionnées sa tante Georgia. À la porte de derrière, elle glissa ses pieds en chaussettes dans ses fausses chaussures Earth sur le perron et descendit l'allée spongieuse.

La maison d'en face, allongée et basse, était un pavillon de plain-pied en forme de L tournant le dos à la route. Le toit de bardeaux était recouvert de mousse. Les façades ivoire avaient besoin d'un coup de peinture, et les gouttières débordaient de feuilles et de branches. D'énormes rhododendrons cachaient la plupart des fenêtres, tandis que des genévriers rampants formaient une barrière épineuse verte qui courait sur toute la longueur de la maison. Personne n'avait entretenu le jardin depuis des années.

À la porte d'entrée, Kate s'arrêta et prit une grande inspiration.

Tenant le plat en équilibre dans une main, elle retira une des maniques et tapa à la porte.

*Pourvu que personne ne soit là.*

Presque aussitôt, elle entendit des bruits de pas à l'intérieur.

La porte s'ouvrit et révéla une grande femme vêtue d'un cafetan ample. Un bandeau de perles indien entourait son front. Deux boucles d'oreilles dépareillées pendaient à ses oreilles. Ses yeux avaient quelque chose d'étrangement morne, comme si elle avait besoin de lunettes et n'en avait pas, mais elle était jolie malgré cela, d'une beauté saisissante et fragile.

— Ouais ?

Une musique bizarre et rythmée semblait provenir de plusieurs endroits en même temps. Les lumières étaient éteintes, mais plusieurs lampes à lave bouillonnaient dans des tubes verts et rouges inquiétants.

— B-bonjour, bégaya Kate. Ma mère a préparé ce plat pour vous.

— Extra, dit la dame en trébuchant en arrière et manquant de tomber.

Et soudain, Tully arriva dans la pièce, ou plutôt fit son entrée, avec une grâce et une assurance dignes d'une star du cinéma plus que d'une ado. Dans sa minirobe bleu vif et ses bottes vernies blanches, elle paraissait assez âgée pour conduire une voiture. Sans dire un mot, elle prit Kate par le bras, lui fit traverser le salon puis l'emmena dans la cuisine où tout était rose : les murs, les meubles, les rideaux, les plans de travail carrelés, la table. Quand Tully la regarda, Kate crut entrevoir dans ces yeux sombres quelque chose qui ressemblait à de la gêne.

— C'était ta mère ? demanda Kate, ne sachant trop quoi dire.

— Elle a un cancer.

— Oh, fit Kate, puis elle ne sut quoi ajouter, sinon : je suis désolée.

Un silence pesant s'installa dans la pièce. Pour éviter de regarder Tully dans les yeux, Kate examina ce qui se trouvait sur la table. De toute sa vie, elle n'avait jamais vu autant de nourriture industrielle en un même lieu. Biscuits fourrés, boîtes de céréales, chips, biscuits à l'oignon, gâteaux à la crème et au chocolat et popcorn.

— Wouah ! Si seulement ma mère me laissait manger tous ces trucs.

Kate regretta aussitôt de ne pas s'être tue. Maintenant, elle avait l'air d'une vraie cloche. Pour se donner quelque chose d'autre à regarder que le visage impassible de Tully, elle posa le plat sur le plan de travail.

— C'est encore chaud, dit-elle bêtement, dans la mesure où elle portait des maniques ressemblant à des orques.

Tully alluma une cigarette et la toisa en s'appuyant contre le mur rose.

Kate jeta un coup d'œil à la porte menant au salon.

— Elle s'en fiche, que tu fumes ?

— Elle est trop malade pour en avoir quelque chose à faire.

— Oh.

— Tu veux une taffe ?

— Euh… non. Merci.

— Ouais. C'est ce que je pensais.

Au mur, la pendule Kit-Cat noire agitait sa queue.

— Bon, il faut sans doute que tu rentres chez toi pour le dîner, dit Tully.

— Oh, fit de nouveau Kate, se donnant l'air encore plus cruche qu'auparavant. Oui.

Tully la raccompagna à travers le salon, où sa mère était à présent affalée sur le canapé.

— Au revoir, jeune fille de la maison d'en face à l'attitude cool de bons voisins.

Tully ouvrit la porte. Derrière celle-ci, la nuit tombante dessinait un rectangle violet trouble qui semblait trop coloré pour être vrai.

— Merci pour le plat, dit-elle. Je ne sais pas cuisiner, et Nuage est cuite, si tu vois ce que je veux dire.

— Nuage ?

— C'est le surnom de ma mère.

— Oh.

— Ce serait cool si je *savais* cuisiner. Ou si on avait un chef, par exemple. Vu que ma mère a un cancer, tout ça, dit Tully en la regardant.

*Dis-lui que tu peux lui apprendre. Prends un risque.*

Mais elle n'y arriva pas. Le risque d'humiliation était énorme.

— Bon… salut.

— À plus.

Kate passa devant elle et s'enfonça dans la nuit.

Elle était à la moitié de l'allée, quand Tully lui cria :

— Eh, attends.

Kate se retourna lentement.

— Comment tu t'appelles ?

Elle eut un élan d'espoir.

— Kate. Kate Mularkey.

Tully rigola.

— Mularkey ? C'est presque comme un mollard !

Elle ne la trouvait vraiment pas drôle, cette blague sur son nom de famille. Elle soupira et se retourna.

— Je n'ai pas voulu rire, dit Tully, mais elle ne s'arrêta pas.

— Ouais. C'est ça.

— Très bien. Tu veux jouer les peaux de vache, vas-y.

Kate continua de s'éloigner.

# 4

Tully regarda la fille s'en aller.

— Je n'aurais pas dû dire ça, dit-elle en remarquant comme sa voix paraissait fluette sous l'immense ciel étoilé.

Elle ne savait même pas bien pourquoi elle avait dit ça, pourquoi elle avait tout à coup ressenti le besoin de se moquer de la voisine d'en face. Avec un soupir, elle rentra dans la maison. Dès qu'elle pénétra dans le salon, l'odeur d'herbe lui souleva le cœur et lui piqua les yeux. Sur le canapé, sa mère était étendue en étoile, avec une jambe sur la table basse, l'autre sur le dossier. Sa mâchoire pendait, et un filet de bave étincelait au coin de ses lèvres.

Et la fille d'en face avait vu ça. Tully fut soudain submergée de honte. À coup sûr, les rumeurs auraient fait le tour du collège d'ici lundi. *La mère de Tully Hart est une défoncée.*

C'était pour ça qu'elle n'invitait jamais personne chez elle. Quand on avait des secrets à garder, il fallait le faire seule, dans l'obscurité.

Elle aurait donné n'importe quoi pour avoir ce genre de mère qui faisait à manger pour des inconnus. C'était peut-être pour ça qu'elle s'était moquée du nom de cette fille. Cette pensée la mit en rage et elle claqua la porte derrière elle.

— Nuage. Réveille-toi.

Maman prit une petite inspiration en reniflant et se redressa.

— Qu'est-ce qui se passe ?

— C'est l'heure du dîner.

Maman écarta ses cheveux emmêlés de devant ses yeux et essaya de lire l'heure sur la pendule murale.

— On est où, là… dans une maison de retraite ? Il est cinq heures.

Tully fut surprise que sa mère sache encore lire l'heure. Elle alla dans la cuisine, servit le plat dans deux assiettes blanches à motifs floraux et retourna au salon.

— Tiens, dit-elle en tendant une assiette et une fourchette à sa mère.

— D'où est-ce que tu sors ça ? T'as cuisiné ?

— Tu rêves. C'est la voisine qui l'a apporté.

Nuage jeta un regard trouble autour d'elle.

— On a des voisins ?

Tully ne se donna pas la peine de répondre. De toute façon, sa mère oubliait toujours ce dont elles parlaient. Cela rendait toute vraie conversation impossible, ce dont Tully se moquait habituellement – elle avait autant envie de discuter avec Nuage que de regarder des films en noir et blanc – mais à cet instant, depuis la visite de cette fille, elle ressentait profondément à quel point elle était différente. Si elle avait eu une vraie famille – une mère qui préparait des plats et les offrait aux nouveaux voisins –, elle ne se serait pas sentie si seule. Elle s'assit dans un des fauteuils poire moutarde qui encadraient le canapé, et dit prudemment :

— Je me demande ce que fait Mamie en ce moment.

— Elle est sûrement en train de faire une de ces affreuses broderies avec écrit GLOIRE À DIEU. Comme si ça allait sauver son âme. Ah ! Comment ça se passe au collège ?

Tully tourna brusquement la tête. Elle n'arrivait pas à croire que sa mère venait de la questionner sur sa vie.

— Y a plein de gens qui traînent avec moi, mais…

Elle fronça les sourcils. Comment pouvait-elle exprimer son mécontentement ? Tout ce qu'elle savait, c'était qu'elle se sentait seule ici, même parmi ses nouveaux amis.

— J'attends encore que…

— On a du ketchup ? demanda sa mère en regardant son assiette de pâtes d'un air perplexe et en les poussant du bout de sa fourchette, sans cesser de se balancer au rythme de la musique.

Tully s'en voulut de se sentir déçue. Elle savait bien qu'elle ne devait rien attendre de sa mère.

— Je vais dans ma chambre, dit-elle en se levant du fauteuil poire.

La dernière chose qu'elle entendit avant de claquer la porte de sa chambre fut sa mère qui disait :

— Peut-être qu'il faudrait y mettre du fromage.

*

Tard ce soir-là, bien après que tout le monde fut couché, Kate descendit l'escalier à pas de loup, mit les grosses bottes en caoutchouc de son père et sortit. Cela devenait une habitude ces derniers temps, de sortir quand elle ne trouvait pas le sommeil. Au-dessus d'elle, l'immense ciel noir était parsemé d'étoiles. Ce ciel lui donnait le sentiment d'être toute petite, insignifiante. Une fille esseulée regardant une rue déserte qui ne menait nulle part.

Princesse hennit doucement et vint vers elle en trottant.

Kate grimpa sur la barre la plus haute de la barrière.

— Salut, ma belle, dit-elle en sortant une carotte de la poche de sa parka.

Elle jeta un coup d'œil à la maison d'en face. Les lumières étaient encore allumées à minuit. À tous les coups, Tully faisait la fête avec tous les élèves populaires du collège. Ils étaient sans doute en train de rire, de danser et de se dire comme ils étaient cool.

Kate aurait donné tout ce qu'elle possédait pour être invitée une fois seulement à une de ces fêtes.

Princesse frotta le nez contre son genou et s'ébroua.

— Je sais. Je rêve.

Avec un soupir, elle descendit de la barrière, caressa Princesse une dernière fois et retourna se coucher.

Quelques jours plus tard, après un dîner composé de biscuits fourrés et de céréales, Tully prit une longue douche chaude, se rasa soigneusement les jambes et les aisselles et se sécha les cheveux jusqu'à ce qu'ils tombent bien droit depuis sa raie au milieu sans le moindre pli ni la moindre boucle. Elle alla ensuite à son armoire et essaya de choisir quoi porter. C'était sa première fête de lycéens. Il fallait qu'elle ait un look parfait. Aucune autre fille du collège n'avait été invitée. Elle était l'Élue. Pat Richmond, le plus beau mec de l'équipe de football américain, avait choisi Tully pour l'accompagner. Le mercredi soir précédent, ils étaient allés, chacun avec son groupe d'amis respectifs, dans un resto de hamburgers tendance du coin. Il avait suffi d'un regard entre eux. Pat s'était désolidarisé de sa bande de costauds et s'était dirigé tout droit vers Tully.

Elle l'avait vu qui venait vers elle et avait failli s'évanouir. Le juke-box était en train de passer « Stairway to Heaven ». Le summum du romantique.

— Je pourrais avoir des ennuis rien que parce que je te parle, avait-il dit.

Elle s'était efforcée de paraître mûre et expérimentée quand elle avait répondu :

— J'aime les ennuis.

Elle n'avait jamais rien vu de tel que le sourire qu'il lui adressa. Pour la première fois de sa vie, elle se sentait aussi belle que les gens disaient toujours qu'elle l'était.

— Tu veux venir à la fête avec moi, vendredi ?

— Ça pourrait se faire, avait-elle dit.

C'était une phrase qu'elle avait entendue Erica Kane utiliser dans *La Force du destin*.

— Je passerai te prendre à dix heures. À moins que tu n'aies pas le droit de sortir aussi tard, petite fille ? avait-il dit en se penchant vers elle.

— Dix-sept, route des Lucioles. Et je sors aussi tard que je veux.

Il avait souri à nouveau.

— Moi, c'est Pat, au fait.

— Et moi Tully.

— Eh bien, Tully, on se voit à dix heures vendredi.

Tully n'en revenait toujours pas. Durant les dernières quarante-huit heures, elle avait été obsédée par ce premier vrai rendez-vous. Toutes les autres fois où elle était sortie avec des garçons, c'était soit en groupe soit à des bals du collège. C'était totalement différent cette fois, et Pat était presque un homme.

Ils pouvaient tomber amoureux, elle le savait. Et alors, quand il lui tiendrait la main, elle cesserait de se sentir si seule.

Elle finit par trouver sa tenue.

Un jean pattes d'éléphant taille basse à trois boutons, un haut en tricot rose à col large qui mettait en valeur son décolleté et ses chaussures à semelles compensées en liège préférées. Elle passa près d'une heure à se maquiller, multipliant les couches jusqu'à être sexy. Elle était impatiente de montrer à Pat comme elle pouvait être jolie.

Dans le salon, Maman leva des yeux troubles de son magazine.

— Eh, il est presque dix heures. Où est-ce que tu vas ?

— Un mec m'a invitée à une fête.

— Il est là ?

*Bien sûr*. Comme si Tully allait inviter qui que ce soit chez elle.

— Je le retrouve sur la route.

— Oh. Cool. Me réveille pas quand tu rentres.

— D'accord.

Dehors, il faisait noir et froid. La Voie lactée s'étirait dans le ciel, dessinant un sentier d'étoiles.

Tully attendit près de sa boîte aux lettres sur la route principale en sautillant d'un pied à l'autre pour se réchauffer. Elle avait la chair de poule sur ses bras nus. La bague d'humeur qu'elle portait à son majeur passa du vert au violet. Elle essaya de se rappeler ce que ça signifiait.

De l'autre côté de la rue, au sommet de la butte, la jolie petite ferme rayonnait dans l'obscurité. Ses fenêtres étaient comme des plaquettes de beurre chaud et fondant. Ils étaient sans doute tous à la maison, réunis autour d'une grande table, en train de jouer à Risk. Elle se demanda ce qu'ils feraient si elle leur rendait visite comme ça un jour, si elle allait sonner à leur porte pour dire bonjour.

Elle entendit la voiture de Pat avant d'en voir les phares. Au son ronflant du moteur, elle oublia toutes ses pensées sur la famille d'en face et s'avança sur la chaussée en agitant les bras.

La Dodge Charger verte s'arrêta à côté d'elle ; elle semblait palpiter, vibrer. Tully se glissa sur le siège passager. La musique était si forte qu'elle savait qu'il ne pouvait pas l'entendre parler.

Pat lui fit un grand sourire, puis il écrasa l'accélérateur et ils partirent comme une fusée sur la calme route de campagne.

Lorsqu'ils prirent un chemin de gravier, Tully aperçut la fête qui se tenait plus bas. Des dizaines de voitures étaient garées, tous phares allumés, en un immense cercle dans un pré. Un autoradio diffusait à tue-tête « Takin' Care of Business », de

Bachman-Turner Overdrive. Pat se gara sous le bosquet d'arbres le long de la clôture.

L'endroit grouillait d'ados, réunis autour des flammes d'un feu de joie ou près des fûts de bière installés dans l'herbe. Le sol était jonché de gobelets en plastique transparent. Devant la grange, un groupe de garçons jouait au touch rugby. C'était la fin mai et l'été était encore loin, aussi la plupart des gens portaient des manteaux. Tully regretta d'avoir oublié le sien.

Lui tenant fermement la main, Pat la conduisit à travers la foule de couples jusqu'à un fût, où il servit deux gobelets à ras bord.

Tully prit le sien et se laissa emmener dans un coin tranquille, juste après le cercle des voitures. Pat étala son blouson de football par terre et lui fit signe de s'asseoir.

— Je n'arrivais pas à y croire quand je t'ai vue pour la première fois, dit Pat en s'asseyant près d'elle et en buvant sa bière. Tu es la plus jolie fille qui ait jamais habité cette ville. Tous les mecs rêvent de toi.

— Mais c'est toi qui m'as eue, dit-elle en lui souriant.

Elle avait l'impression de tomber dans ses yeux bruns.

Il but une grande gorgée de sa bière, la terminant presque, puis il la posa et embrassa Tully.

D'autres types l'avaient déjà embrassée auparavant ; c'étaient en général des tentatives maladroites et fébriles durant un slow. Mais cette fois, c'était différent. La bouche de Pat était magique. Elle lâcha un soupir heureux et chuchota son prénom. Quand il décolla ses lèvres des siennes, il la regarda avec un amour pur et lumineux dans les yeux.

— Je suis content que tu sois là.

— Moi aussi.

Il vida sa bière et se leva.

— J'ai besoin d'un autre verre.

Ils faisaient la queue devant le fût quand il la regarda en fronçant les sourcils.

— Eh, tu ne bois pas. Je croyais que t'aimais bien faire la fête.

— J'aime bien ça, dit-elle avec un sourire nerveux.

Elle n'avait jamais vraiment bu avant ça, mais elle ne lui plairait pas si elle jouait les coincées, et elle voulait à tout prix le séduire.

— Cul sec, dit-elle en portant le gobelet en plastique à ses lèvres et en buvant tout son contenu sans s'arrêter.

Quand elle termina, elle ne put s'empêcher de roter et de glousser.

— Extra ! dit-il en hochant la tête et en servant deux nouvelles bières.

La deuxième n'était pas si mauvaise, et à la troisième Tully avait complètement perdu le sens du goût. Quand Pat sortit une bouteille de liqueur de fruit, elle en but une grosse gorgée aussi. Pendant près d'une heure, ils restèrent assis sur son blouson, collés l'un à l'autre, à boire et discuter. Elle ne connaissait aucune des personnes dont il parlait, mais c'était sans importance. Ce qui comptait, c'était la manière dont il la regardait, la façon dont il lui tenait la main.

— Viens, chuchota-t-il. Allons danser.

La tête lui tourna quand elle se leva. Elle tenait mal sur ses jambes et n'arrêta pas de trébucher durant leur danse. Elle finit par tomber pour de bon. Pat rigola, lui prit la main pour l'aider à se relever et l'emmena dans un coin sombre et romantique parmi les arbres. Elle le suivit en clopinant maladroitement et en riant sottement, puis elle eut le souffle coupé quand il la prit dans ses bras et l'embrassa.

C'était si bon qu'elle avait chaud et était tout émoustillée. Elle se pressa contre lui tel un chat, captivée par les sensations qu'il lui procurait. D'un instant à l'autre, il allait se reculer pour la regarder dans les yeux et lui dire *Je t'aime*, comme Ryan O'Neal dans *Love Story*.

Peut-être même qu'elle le traiterait de petit-bourgeois en lui répondant la même chose. Leur chanson serait « Stairway to Heaven ». Ils diraient aux gens qu'ils s'étaient rencontrés quand…

La langue de Pat força le passage dans la bouche de Tully et se mit à remuer en tous sens telle une sorte de sonde étrangère. Tout à coup, ce ne fut plus agréable et cela lui parut anormal. Elle essaya de dire *Arrête*, mais aucun son ne sortit de sa bouche : il lui volait tout son air.

Les mains de Pat se baladaient de toutes parts : dans le dos de Tully, autour de sa taille, elles tiraient sur son soutien-gorge, essayaient de le dégrafer. Elle sentit celui-ci se défaire avec un petit bruit détestable. Puis il se mit à lui toucher les seins.

— Non… gémit-elle en essayant de repousser ses mains.

Ce n'était pas cela qu'elle voulait. Elle voulait de l'amour, du romantisme, de la magie. Quelqu'un qui l'aime. Pas… ça.

— Non, Pat, ne…

— Allez, Tully. Tu sais que tu en as envie.

Il la poussa en arrière et elle tomba sur le sol dur en se cognant la tête. Pendant une seconde, sa vision se troubla. Quand elle redevint nette, il était à genoux, entre ses jambes. Il tenait les deux mains de Tully dans une des siennes et la clouait au sol.

— C'est ça que j'aime, dit-il en écartant les jambes de Tully.

Il lui retira son haut et regarda sa poitrine nue avec des yeux ronds.

— Oh, oui…

Il prit un sein dans sa main, lui pinça fort le mamelon. Son autre main glissa dans son pantalon, sous sa culotte.

— Arrête. S'il te plaît…

Tully essaya désespérément de se dégager, mais ses contorsions ne parurent que l'exciter davantage.

Entre ses jambes, les doigts de Pat la palpèrent avec insistance et entrèrent en elle.

— Allez, chérie, laisse-toi aller, tu aimes ça.

Elle sentit les larmes lui monter aux yeux.

— Ne fais pas…

— Oh, oui…

Il couvrit le corps de Tully avec le sien, l'écrasa dans l'herbe humide.

Elle pleurait à si chaudes larmes à présent qu'elle en sentait le goût salé, mais il ne semblait pas s'en soucier. Ses baisers étaient devenus tout autres, il bavait, suçait, mordait. Cela lui faisait mal, mais pas autant que sa ceinture, qui lui frappa le ventre quand il l'enleva, ni que son pénis, qui s'enfonça…

Elle serra les paupières tandis que la douleur irradiait entre ses jambes, lui brûlait les entrailles.

Puis, soudain, ce fut fini. Il roula sur le côté, se coucha contre elle en la serrant dans ses bras et l'embrassa sur la joue comme si ce qu'il venait de lui faire était de l'amour.

— Eh, tu pleures, dit-il en dégageant doucement ses cheveux de son visage. Qu'est-ce qui se passe ? Je croyais que tu en avais envie.

Elle ne savait pas quoi dire. Comme toutes les filles, elle avait imaginé le moment où elle perdrait sa virginité, mais ça n'avait jamais ressemblé à cela dans ses rêves. Elle le dévisagea, incrédule.

— Que j'avais envie de ça ?

Un froncement de sourcils agacé plissa le front de Pat.

— Allez, Tully, viens danser.

Sa manière de le dire, si doucement, comme s'il était réellement déconcerté par sa réaction, ne fit qu'empirer les choses. Elle avait commis une erreur, à l'évidence, fait l'allumeuse, et c'était ce qui arrivait aux filles qui jouaient à ça.

Il la dévisagea pendant encore une minute, puis il se leva et remonta son pantalon.

— Bon. J'ai besoin de reboire un verre. Allons-y.

Elle roula sur le côté.

— Va-t'en.

Elle sentit sa présence à côté d'elle, savait qu'il la regardait.

— Tu t'es comportée comme si tu en avais envie, bon sang ! Tu peux pas allumer un mec comme ça puis faire marche arrière. Grandis, gamine. Tout ça, c'est ta faute.

Elle ferma les yeux et fit mine de ne pas l'entendre, puis fut soulagée quand il partit enfin. Pour une fois, elle était heureuse d'être seule.

Elle resta couchée là, se sentant brisée, blessée et, surtout idiote. Au bout d'environ une heure, elle entendit la fête se terminer, les moteurs de voitures démarrer et les pneus déraper dans le gravier en s'éloignant.

Mais elle resta étendue par terre, incapable de se forcer à bouger. Tout était sa faute, il avait raison. Elle était bête et jeune. Tout ce qu'elle avait voulu, c'était que quelqu'un l'aime.

— Imbécile, siffla-t-elle en s'asseyant enfin.

Lentement, elle se rhabilla et essaya de se lever. Le fait de bouger lui donna la nausée et elle vomit aussitôt sur ses chaussures préférées. Quand ce fut fini, elle se baissa pour ramasser son sac à main, le serra contre sa poitrine et remonta péniblement jusqu'à la route.

Aucune voiture ne circulait à cette heure avancée, et elle en était heureuse. Elle ne voulait pas avoir à expliquer à quelqu'un pourquoi ses cheveux étaient pleins d'aiguilles de pins et ses chaussures couvertes de taches de vomi.

Sur tout le trajet du retour, elle revécut les événements les uns après les autres : le sourire de Pat quand il l'avait invitée à la fête, le premier baiser plein de douceur qu'il lui avait donné, sa façon de lui parler comme s'il tenait à elle, puis l'autre Pat, avec ses mains brusques, sa langue et ses doigts intrusifs, sa bite dure et la brutalité avec laquelle il l'avait enfoncée en elle.

Plus elle se remémorait tout cela, plus elle se sentait seule et perdue.

Si seulement elle avait eu quelqu'un de confiance à qui parler. Peut-être que cela aurait atténué un peu sa douleur. Mais bien sûr, il n'y avait personne.

C'était là un nouveau secret qu'elle devrait garder, comme le fait que sa mère était une cinglée et son père un inconnu. Les gens diraient qu'elle l'avait cherché, une collégienne dans une fête de lycéens.

Elle ralentit un peu en approchant de son allée. L'idée de rentrer chez elle, de se sentir seule à un endroit qui aurait dû être un refuge pour elle, avec une femme qui était censée l'aimer, lui fut soudain insupportable.

Le vieux cheval gris des voisins s'approcha au trot de la clôture et l'appela en hennissant.

Tully traversa la rue et gravit la colline. À la clôture, elle arracha une poignée d'herbe et la lui tendit.

— Salut, mon beau.

Le cheval renifla l'herbe, poussa une expiration humide et repartit au trot.

— Elle aime les carottes.

Tully releva brusquement la tête et vit sa voisine assise sur le barreau le plus haut de la barrière.

De longues minutes de silence s'écoulèrent entre elles, troublées seulement par les hennissements discrets du cheval.

— Il est tard, dit la voisine.

— Oui.

— J'adore venir ici la nuit. Les étoiles sont si brillantes. Parfois, quand on regarde le ciel assez longtemps, on jurerait que de minuscules points blancs tombent tout autour de nous, comme des lucioles. C'est peut-être de là que vient le nom de cette route.

Tu dois sans doute te dire que je suis une cruche du simple fait que je dise ça.

Tully voulut répondre mais n'y parvint pas. Au plus profond d'elle-même, elle s'était mise à trembler, et il lui fallait toute sa concentration pour rester simplement immobile.

La fille – Kate, se rappela Tully – descendit de son perchoir. Elle portait un T-shirt trop grand orné sur le devant d'une décalcomanie écaillée de la *Partridge Family*. Lorsqu'elle s'approcha, ses bottes firent un bruit de succion dans la boue.

— Eh, ça a pas l'air d'aller, dit-elle en zozotant à cause de son faux palais. Et tu pues le vomi.

— Je vais bien, dit-elle en se raidissant quand Kate arriva près d'elle.

— Ça va ? Vraiment ?

À son plus grand désarroi, Tully fondit en larmes.

Pendant quelques instants, Kate resta immobile et la regarda fixement derrière ses immenses lunettes ringardes. Puis, sans dire un mot, elle serra Tully dans ses bras.

Tully tressaillit à son contact ; c'était incongru et inattendu. Elle commença à reculer mais s'aperçut qu'elle n'arrivait pas à bouger. Elle ne se rappelait pas quand quelqu'un l'avait prise dans ses bras comme ça pour la dernière fois, et soudain elle se cramponna à cette drôle de fille, effrayée à l'idée de la lâcher, effrayée à l'idée, sans Kate, de partir à la dérive tel le *SS Minnow* et se perdre en mer.

— Je suis sûre qu'elle va guérir, dit Kate quand les pleurs de Tully diminuèrent.

Tully recula en fronçant les sourcils. Il lui fallut une seconde pour comprendre.

Le cancer. Kate pensait qu'elle s'inquiétait pour sa mère.

— Tu veux en parler ? demanda Kate, puis elle enleva son faux palais et le posa sur le sommet moussu d'un poteau de la clôture.

Tully la dévisagea. Dans la lumière argentée de la pleine lune, elle ne vit rien d'autre que de la compassion dans les yeux verts grossis de Kate, et elle eut envie de parler, elle en eut une envie si forte que cela lui donna la nausée. Mais elle ne savait pas par où commencer.

Kate dit « Viens », et la conduisit sur le perron incliné de la ferme. Elle s'y assit et tira son T-shirt élimé sur ses genoux pliés.

— Ma tante Georgia a eu un cancer, dit-elle. C'était dégoûtant. Elle a perdu tous ses cheveux. Mais elle est guérie maintenant.

Tully s'assit à côté d'elle et posa son sac à main par terre. L'odeur de vomi était forte. Elle sortit une cigarette et l'alluma pour la masquer. Sans réfléchir, elle dit :

— Je suis allée à une fête près de la rivière ce soir.

— Une fête de lycéens ? fit Kate d'un ton impressionné.

— Pat Richmond m'a invitée.

— Le quarterback ? Wouah ! Ma mère ne me laisserait pas rester dans la même file d'attente qu'un élève de terminale. Elle est tellement coincée.

— Non, elle est pas coincée.

— Elle croit que les garçons de dix-huit ans sont dangereux. Elle dit que ce sont des pénis sur pattes. Si c'est pas coincé, ça.

Tully jeta un coup d'œil en direction du pré et prit une grande inspiration apaisante. Elle n'arrivait pas à croire qu'elle allait dire à cette fille ce qui s'était passé ce soir-là, mais la vérité était comme un feu en elle. Elle allait brûler vive si elle ne s'en débarrassait pas.

— Il m'a violée.

Kate se tourna vers elle. Tully sentit ses yeux verts qui scrutaient son profil, mais elle ne bougea pas, ne se tourna pas. Sa honte était si grande qu'elle ne pourrait supporter de la voir reflétée dans le regard de Kate. Elle attendit que Kate dise quelque chose, la traite d'imbécile, mais le silence se prolongea. Elle finit par ne plus le supporter. Elle la regarda de biais.

— Ça va ? demanda doucement Kate.

Tully revécut toute la scène à travers ces quelques mots. Des larmes lui brûlèrent les yeux, brouillèrent sa vision.

De nouveau, Kate la serra dans ses bras. Tully se laissa réconforter, pour la première fois depuis qu'elle était petite. Quand elle s'écarta enfin, elle essaya de sourire.

— Je suis en train de te noyer.

— On devrait le dire à quelqu'un.

— Pas question. Les gens diraient que c'est ma faute. C'est notre secret, d'accord ?

— D'accord, dit Kate en fronçant les sourcils.

Tully s'essuya les yeux et prit une nouvelle taffe sur sa cigarette.

— Pourquoi es-tu si gentille avec moi ?

— Tu avais l'air seule. Crois-moi, je sais ce que c'est.

— Vraiment ? Mais tu as une famille.

— Ils n'ont pas d'autre choix que de m'aimer, dit Kate, puis elle soupira. Les gens au collège me traitent comme si j'avais une maladie contagieuse. Avant, j'avais des amies, mais… tu n'as sans doute aucune idée de ce dont je parle. Tu es si populaire.

— Être populaire, ça veut simplement dire que beaucoup de gens croient te connaître.

— Ça m'irait.

Un silence s'installa entre elles. Tully termina sa cigarette et l'éteignit. Elles étaient si différentes, Kate et elle, pleines de contrastes comme ce pré obscur baigné par le clair de lune, et pourtant il était extrêmement facile à Tully de lui parler. Elle se surprit à presque sourire, et cela la pire nuit de sa vie. Ce n'était pas rien.

Durant l'heure qui suivit, elles restèrent assises là à parler de temps à autre en laissant parfois régner le silence. Elles ne se dirent rien de très important, ne partagèrent pas d'autres secrets, elles parlèrent, simplement.

Kate finit par bâiller et Tully se leva.

— Je ferais mieux de rentrer.

Elles regagnèrent la route ensemble. Aux boîtes aux lettres, Kate s'arrêta.

— Bon. Salut.

— Salut.

Tully resta là quelques instants, avec un sentiment de gêne. Elle avait envie de serrer Kate dans ses bras, peut-être même de se cramponner à elle et de lui dire combien elle l'avait aidée cette nuit-là, mais elle n'osa pas. Elle en avait appris un rayon sur la vulnérabilité avec sa mère, et elle se sentait trop fragile à cet instant pour prendre le risque de s'humilier. Elle se retourna et repartit chez elle. Une fois à l'intérieur, elle fila aussitôt sous la douche. Là, sous l'eau qui lui pleuvait dessus, elle repensa à ce qui s'était passé ce soir-là – ce qu'elle avait laissé se produire parce qu'elle voulait être cool – et elle pleura. Quand elle eut fini, que ses larmes se furent changées en un petit nœud dur dans sa gorge, elle prit le souvenir de cette soirée et l'empaqueta. Elle le rangea au fond de son esprit avec ceux des fois où Nuage l'avait abandonnée et s'attela aussitôt à oublier qu'il était là.

# 5

Kate resta éveillée dans son lit bien après que Tully fut partie. Elle finit par repousser les couvertures et se lever.

Au rez-de-chaussée, elle trouva ce qu'il lui fallait : une statuette de la Vierge Marie, une bougie votive dans un verre rouge, une pochette d'allumettes et le vieux chapelet de sa grand-mère. Elle remonta tout cela dans sa chambre, dressa un petit autel sur sa commode et alluma la bougie.

— Seigneur, pria-t-elle, la tête baissée et les mains jointes, veillez s'il vous plaît sur Tully Hart et aidez-la dans ce moment difficile. Et puis, soignez sa mère de son cancer. Je sais que Vous pouvez les aider. Amen.

Elle dit quelques *Je vous salue Marie* puis se recoucha.

Mais durant toute la nuit, elle n'arrêta pas de se tourner en tous sens, de rêver de sa rencontre avec Tully et de se demander ce qui se passerait le lendemain matin. Devait-elle parler à Tully au collège, lui sourire ? Ou était-elle censée faire comme si rien ne s'était passé ? La popularité avait ses règles, ses codes secrets écrits à l'encre invisible que seules les filles comme Tully pouvaient lire. Tout ce que Kate savait, c'était qu'elle ne voulait pas commettre une erreur et se mettre dans l'embarras. Elle savait que parfois les filles populaires étaient « amies secrètes » avec des coincées ; elles pouvaient ainsi se sourire et se dire bonjour en dehors du collège ou quand leurs parents étaient amis. Ce serait peut-être comme ça entre Tully et elle.

Pour finir, elle arrêta d'essayer de dormir et se leva. Elle enfila sa robe de chambre et descendit. Dans le salon, son père leva les yeux de son journal et sourit.

— Bien le bonjour, Katie Scarlett. Viens faire un câlin à ton vieux père.

Elle se laissa tomber sur ses genoux et appuya une joue contre la laine rêche de sa chemise.

Il lui remit une mèche de cheveux derrière l'oreille. Elle vit à quel point il avait l'air fatigué : il travaillait comme un forcené, plus de quinze heures par jour chez Boeing pour qu'ils puissent se payer leurs vacances annuelles de camping sauvage en famille.

— Comment ça va, au collège ?

Il posait toujours la même question. Une fois, voilà bien longtemps, elle avait vraiment répondu et dit « Pas si bien, Papa », puis elle avait attendu ses conseils, ou qu'il la rassure, quelque chose comme ça, mais il n'avait rien fait de la sorte. Il avait entendu ce qu'il voulait entendre, pas ce qu'elle avait dit. Sa mère lui avait dit que c'était parce qu'il travaillait énormément à l'usine.

Kate aurait pu être vexée de son inattention, mais au contraire, cela l'avait curieusement amenée à l'aimer encore plus. Il ne lui criait jamais dessus, ne lui disait jamais de faire attention et ne lui rappelait jamais que son bonheur ne tenait qu'à elle. C'étaient là les mots de sa mère ; son père continuait tranquillement de l'aimer en toute circonstance.

— Très bien, répondit-elle en souriant pour appuyer son mensonge.

— Comment pourrait-il en être autrement ? dit-il en l'embrassant sur la tempe. Tu es la plus jolie fille de la ville, hein ? Et ta mère t'a donné le nom d'une des plus grandes héroïnes littéraires de tous les temps.

— C'est ça, Scarlett O'Hara et moi, on a un tas de choses en commun.

— Tu verras, dit-il en gloussant. Il te reste encore pas mal de choses à vivre, jeune fille.

Elle le regarda.

— Tu crois que je serai jolie en grandissant ?

— Ah, Katie, dit-il. Tu es déjà une beauté rare.

Elle prit ses mots et les glissa dans sa poche telles des pierres de relaxation ; de temps en temps, quand elle se préparait pour aller au collège, elle les palpait et les faisait tourner entre ses doigts.

Le temps qu'elle s'habille et s'apprête, la maison était déserte. Le bus familial des Mularkey avait quitté la gare.

Elle était si nerveuse qu'elle arriva en avance à l'arrêt de bus. Chaque minute qui s'écoulait semblait durer une éternité, mais Tully n'était toujours pas apparue quand le bus scolaire arriva et s'arrêta dans un soubresaut.

Kate baissa le menton et prit place au premier rang.

Durant tous les cours de la matinée, elle chercha Tully mais ne la vit pas. Au déjeuner, elle passa en vitesse près de la bande des gens populaires, qui doublaient tout le monde à leur guise dans la queue de la cafétéria, et s'assit à une des longues tables du fond. À l'autre bout du réfectoire, des élèves riaient, discutaient, se poussaient, mais ces tables-ci en Sibérie sociale étaient tristement calmes. Kate, comme les autres assis autour d'elle, levait rarement les yeux.

C'était une technique de survie que les gens peu populaires apprenaient vite : le collège était comme la jungle au Vietnam, mieux valait s'y tapir et ne pas faire de bruit. Elle était si concentrée sur son déjeuner que lorsque quelqu'un s'approcha d'elle et dit « Salut », elle fit presque un bond sur sa chaise.

*Tully.*

Même en cette fraîche journée de mai, elle portait une minijupe ultra-courte, des bottes vernies blanches, des collants noirs brillants et un bustier. Plusieurs pendentifs représentant le symbole de la paix rebondissaient sur son décolleté. Ses cheveux étaient striés de mèches cuivrées luisant dans la lumière. Un énorme sac à main en macramé pendait contre sa cuisse.

— Tu as raconté à quelqu'un ce qui s'est passé hier soir ?

— Non. Bien sûr que non.

— Alors, on est amies, n'est-ce pas ?

Kate ne sut pas ce qui la surprit le plus : la question ou la vulnérabilité dans le regard de Tully.

— On est amies.

— Parfait ! dit Tully, puis elle sortit un paquet de gâteaux à la crème de son sac et s'assit à côté de Kate.

— Maintenant, parlons maquillage. Tu as besoin d'aide, et je ne dis pas ça pour être garce. Vraiment. Je m'y connais en mode, c'est tout. C'est un don. Je peux boire ton lait ? Bien. Merci. Tu comptes manger cette banane ? Je pourrais venir chez toi après les cours…

Kate était devant le drugstore et scrutait la rue en quête de quelqu'un qui pourrait connaître sa mère.

— Tu es sûre de ça ?

— Absolument.

Cette réponse était d'un maigre réconfort, à vrai dire. Au cours de la journée où elles étaient officiellement devenues amies, Kate avait appris une chose concernant Tully : c'était une fille qui montait des projets.

Et le projet du jour consistait à rendre Kate belle.

— Tu ne me fais pas confiance ?

Et voilà la grande question. C'était comme de faire un Yam's : une fois que Tully l'avait dit, Kate perdait la partie. Elle devait faire confiance à sa nouvelle amie.

— Bien sûr que si. C'est juste que j'ai pas le droit de porter du maquillage.

— Crois-moi, je suis si experte que ta mère ne le saura jamais. Viens.

Tully entra avec assurance dans le drugstore, choisit un fard à paupières et un fard à joues qui étaient « bien » pour Kate, puis – chose étonnante – elle paya tout. Quand Kate protesta, Tully répliqua avec désinvolture :

— On est amies, non ?

Puis, en ressortant du magasin, Tully lui donna un petit coup d'épaule.

Kate gloussa et le lui rendit. Elles traversèrent la ville et longèrent la rivière en direction de chez elles.

Sur tout le trajet, elles parlèrent de vêtements, de musique et du collège. Finalement, elles quittèrent la vieille route et parcoururent l'allée de chez Tully.

— Ma grand-mère piquerait une crise si elle voyait cet endroit, dit Tully d'un air gêné.

Des rhododendrons gros comme des montgolfières recouvraient le côté de la maison.

— Cette maison lui appartient, tu sais.

— Est-ce qu'elle vous rend visite ?

— Nan. C'est plus facile d'attendre.

— D'attendre quoi ?

— Que ma mère m'oublie à nouveau.

Tully enjamba un tas de journaux, contourna trois poubelles, puis elle ouvrit la porte. Une fumée épaisse flottait à l'intérieur.

La mère de Tully était dans le salon, couchée sur le canapé, les yeux mi-clos.

— B-bonjour, madame Hart, dit Kate. Je suis Kate, la voisine d'en face.

Mme Hart essaya de s'asseoir, mais elle était visiblement trop faible pour y arriver.

— 'jour, voisine d'en face.

Tully prit Kate par la main et lui fit traverser le salon pour gagner sa chambre, dont elle claqua la porte. Elle alla aussitôt à sa pile de disques, sortit « Goodbye Yellow Brick Road » et le mit sur la platine. Quand la musique démarra, elle lança un numéro de *Tiger Beat*[1] à Kate et tira une chaise près de sa coiffeuse.

— Prête ?

---

1. Magazine américain pour ados créé en 1965.

L'inquiétude de Kate revint d'un coup. Elle savait que cela allait lui causer des ennuis, mais comment pouvait-elle se faire des amis et devenir populaire si elle ne prenait pas quelques risques ?

— Prête.

— Bien. Assieds-toi. On va commencer par tes cheveux. Ils ont besoin d'un balayage. C'est exactement le même produit qu'utilise Maureen McCormick.

Kate regarda Tully dans la glace.

— Comment tu sais ça ?

— Je l'ai lu dans le magazine *Teen* du mois dernier.

— J'imagine qu'elle va chez des coiffeurs professionnels.

Kate ouvrit le *Tiger Beat* et essaya de se concentrer sur l'article (« La copine idéale de Jack Wild : ça pourrait être toi ! »).

— Retire ça. J'ai lu deux fois la notice.

— Est-ce qu'il y a des chances que je finisse chauve ?

— Presque aucune. Maintenant, tais-toi, je relis la notice.

Tully sépara les cheveux de Kate en mèches et commença à les asperger d'éclaircissant. Il lui fallut presque une heure pour tout faire et être satisfaite.

— Tu vas ressembler à Marcia Brady[1] quand j'aurai fini.

— C'est comment, d'être populaire ?

---

1. Personnage de la série *The Brady Bunch*, incarné par l'actrice Maureen McCormick, mentionnée précédemment.

Kate n'avait pas voulu poser la question ; celle-ci lui avait échappé.

— Tu verras. Mais tu resteras mon amie, hein ?

Kate rit à cette question.

— Très drôle. Eh, ça brûle un peu.

— Vraiment ? C'est pas bon signe. Et tu as des cheveux qui tombent.

Kate se retint de grimacer. Si le prix à payer pour devenir l'amie de Tully était de devenir chauve, elle le paierait.

Tully prit le sèche-cheveux, le mit en route et souffla de l'air chaud sur les cheveux de Kate.

— J'ai mes règles, cria Tully. Ça veut dire au moins que l'autre cloche m'a pas mise en cloque.

Kate entendit la bravade dans le ton de son amie et la vit dans son regard.

— J'ai prié pour toi.

— Ah bon ? fit Tully. Wouah ! Merci.

Kate ne sut quoi répondre à ça. Pour elle, prier était comme de se brosser les dents avant de se coucher, c'était une chose qu'elle faisait spontanément.

Tully éteignit le sèche-cheveux et sourit, mais elle avait encore l'air inquiète. C'était peut-être l'odeur de cheveux brûlés.

— Bien. Prends une douche et rince-toi bien.

Kate s'exécuta. Quelques minutes plus tard, elle sortit de la douche, se sécha et se rhabilla.

Tully la prit aussitôt par la main et la reconduisit à la chaise.

— Tu perds tes cheveux ?

— Un peu, admit Kate.

— Si tu deviens chauve, je me rase la tête. Promis, dit Tully, puis elle peigna et sécha les cheveux de Kate.

Kate ne pouvait pas regarder. Elle ferma les yeux et laissa la voix de Tully se mêler au vrombissement du sèche-cheveux.

— Ouvre les yeux.

Kate ouvrit lentement les paupières. À cette distance, elle n'avait pas besoin de ses lunettes, mais elle se pencha en avant par habitude. La fille qu'elle vit dans le miroir avait des cheveux blonds et lisses parsemés de mèches, séparés par une raie précise et parfaitement séchés. Pour une fois, ils étaient soyeux et beaux au lieu de paraître fins et ternes. Les mèches blanches mettaient en valeur ses yeux vert feuille et la touche de rose sur ses lèvres. Elle était presque jolie.

— Wouah ! fit-elle, la gorge trop nouée de gratitude pour en dire plus.

— Attends de voir ce qu'on peut faire avec du mascara et du blush, dit Tully, et avec le correcteur pour ces boutons sur ton front.

— Je serai toujours ton amie, dit Kate, croyant avoir chuchoté cette promesse, mais quand Tully la regarda avec un grand sourire, elle sut qu'elle l'avait entendue.

— Bien. Maintenant, passons au maquillage. Tu as vu mon rasoir ?

— Pourquoi est-ce que tu as besoin d'un rasoir ?

— Pour tes sourcils, imbécile. Ah, il est là. Ferme les yeux.

Kate ne réfléchit pas à deux fois.

— D'accord.

Kate ne se donna même pas la peine de cacher son visage en entrant dans la maison, tant elle était confiante. Pour la première fois de sa vie, elle savait qu'elle était belle.

Son père était dans le salon, assis dans son fauteuil relax. À l'entrée de Kate, il leva les yeux.

— Dieu du ciel ! dit-il en posant brusquement son verre sur le guéridon provincial. Margie !

Maman sortit de la cuisine en s'essuyant les mains sur son tablier. Elle portait son uniforme des jours de semaine : un chemisier en polyester à rayures rouille et olive, un pattes d'éléphant en velours côtelé marron et un tablier froissé sur lequel était écrit : LA PLACE D'UNE FEMME EST À LA MAISON… ET AU SÉNAT. Quand elle vit Kate, elle s'arrêta net. Lentement, elle dénoua son tablier et le jeta sur la table.

Le silence soudain qui s'installa fit accourir Sean et le chien, qui butèrent l'un contre l'autre.

— Katie a l'air d'une mouffette, dit Sean. Pouah !

— Va te laver les mains avant le dîner, dit Maman d'un ton sec. Tout de suite, ajouta-t-elle comme il ne partait pas.

Sean grommela et monta à l'étage.

— Tu lui as donné la permission de faire ça à ses cheveux, Margie ? demanda Papa depuis le salon.

— Je m'en charge, Bud, dit Maman en traversant la pièce et en faisant les gros yeux à Kate. C'est la fille d'en face qui t'a fait ça ?

Kate hocha la tête tout en essayant de se raccrocher au souvenir de se sentir jolie.

— Ça te plaît ?

— Oui.

— Bon. À moi aussi, alors. Je me souviens quand ta tante Georgia m'a teint les cheveux en roux. Mamie Peet était furieuse, dit-elle en souriant. Mais tu aurais dû me demander. Tu es encore jeune, Kathleen, quoi que ton amie et toi vouliez croire. En revanche, qu'est-ce que tu as fait à tes sourcils ?

— Tully me les a rasés. Juste pour leur donner une forme.

Maman essaya de ne pas sourire.

— Je vois. En fait, la bonne méthode, c'est de les épiler. J'aurais déjà dû t'apprendre à le faire, mais je me disais que tu étais trop jeune.

Elle chercha ses cigarettes. Lorsqu'elle les trouva sur la table, elle en sortit une d'une chiquenaude et l'alluma.

— Après le dîner, je te montrerai. Et je suppose que tu peux mettre un peu de brillant à lèvres et de mascara au collège. Je te montrerai comment faire pour que ça fasse plus naturel.

Kate serra sa mère dans ses bras.

— Je t'aime.

— Moi aussi, je t'aime. Commence à préparer le pain de maïs. Et Katie, je suis contente que tu te sois fait une amie, mais tu n'enfreins plus les règles, d'accord ? C'est comme ça que les jeunes filles s'attirent des ennuis.

Kate ne put s'empêcher de penser à la fête de lycéens où Tully était allée.

— D'accord, Maman.

En l'espace d'une semaine, Kate devint cool par association. Les élèves du collège s'extasiaient sur son nouveau look et ne se détournaient pas en la voyant dans les couloirs. Depuis qu'elle était amie avec Tully Hart, elle était fréquentable.

Ses parents eux-mêmes remarquèrent la différence. Au dîner, Kate n'était plus silencieuse comme à son habitude. Au contraire, elle ne s'arrêtait plus de parler. Elle débitait des histoires les unes après les autres : qui sortait avec qui, qui avait gagné au spirobole, qui était collé pour avoir porté un T-shirt FAITES L'AMOUR, PAS LA GUERRE au collège, où Tully s'était fait couper les cheveux (à Seattle chez un dénommé Gene Juarez, c'est pas trop cool ?) et quel film passait au drive-in ce week-end. Elle était encore en train de parler de Tully après le dîner en faisant la vaisselle avec sa mère.

— J'ai vraiment hâte que tu la rencontres. Elle est super cool. Tout le monde l'aime bien, même les défoncés.

— Les défoncés ?

— Les drogués ? Ceux qui fument des joints ?

— Oh, fit Maman, puis elle lui prit le moule à pain de viande en verre et l'essuya. Je… je me suis renseignée un peu sur cette fille, Katie. Elle essaye d'acheter des cigarettes à Alma au drugstore.

— Elle les achète sans doute pour sa mère.

Maman posa le moule sec sur le plan de travail en Formica moucheté.

— Je te demande une seule chose, Katie. Réfléchis par toi-même, quand tu fréquentes Tully Hart. Je ne voudrais pas que tu t'attires des ennuis en la suivant.

Kate jeta la lavette en crochet dans l'eau savonneuse.

— Je n'arrive pas à y *croire* ! Et que sont devenus tous tes beaux discours pour m'encourager à prendre des risques ? Depuis des années, tu me dis de me faire des amis, et dès l'instant où j'en trouve une, tu la traites de traînée.

— Je ne l'ai absolument pas traitée de…

Kate partit en trombe de la cuisine. À chaque pas, elle s'attendait que sa mère la rappelle et la punisse, mais sa sortie fracassante ne fut suivie que de silence.

À l'étage, elle alla dans sa chambre et claqua la porte pour faire de l'effet. Puis elle s'assit sur son lit et attendit. Quand Maman viendrait, elle serait désolée. Pour une fois, Kate avait été la plus forte.

Mais Maman ne vint pas, et à dix heures, Kate commença à s'en vouloir un peu. Avait-elle fait de la peine à sa mère ? Elle se leva, arpenta la petite pièce.

Quelqu'un frappa à la porte.

Elle retourna à toute vitesse à son lit et grimpa dessus, puis elle s'efforça de prendre un air blasé.

— Ouais ?

La porte s'ouvrit lentement. Maman apparut, vêtue de la longue robe de chambre en velours rasé rouge qu'ils lui avaient offerte à Noël l'année précédente.

— Je peux entrer ?

— Comme si je pouvais t'en empêcher.

— Tu pourrais, dit doucement Maman. Je peux entrer ?

Kate haussa les épaules, mais elle se décala sur la gauche afin de faire de la place pour sa mère.

— Tu sais, Katie, la vie est…

Kate ne put se retenir de grogner. Pas encore une de ces leçons de vie.

Maman la surprit en rigolant.

— D'accord, fini les grands discours. Tu es sans doute trop grande pour ça, dit-elle, puis elle s'arrêta devant l'autel sur sa commode.

— Tu n'en avais pas fait depuis que Georgia a suivi sa chimio. Qui a besoin de tes prières ?

— La mère de Tully a un cancer et elle a été vio…

Elle referma brusquement la bouche, horrifiée par ce qu'elle avait failli révéler. Durant la plus grande partie de sa vie, elle avait tout dit à sa mère, mais à présent elle avait une meilleure amie, et elle devait donc faire attention.

Maman s'assit sur le lit à côté de Kate, comme après chaque dispute.

— Un cancer ? C'est un sacré poids à porter pour une fille de son âge.

— Ça n'a pas l'air d'effrayer Tully.

— Vraiment ?

— Rien n'a l'air de l'effrayer, dit Kate, incapable de dissimuler la fierté dans sa voix.

— Comment ça ?

— Tu ne comprendrais pas.

— Je suis trop vieille, hein ?

— Je n'ai pas dit ça.

Maman dégagea les cheveux du front de Kate d'un geste aussi naturel que le fait de respirer. Kate avait toujours l'impression d'avoir cinq ans quand sa mère faisait ça.

— Je suis désolée que tu aies cru que je jugeais ton amie.

— Tu peux l'être.

— Et tu es désolée d'avoir été si méchante avec moi, n'est-ce pas ?

Kate ne put s'empêcher de sourire.

— Ouais.

— J'ai une idée : si tu invitais Tully à dîner vendredi soir ?

— Tu vas l'adorer. J'en suis sûre.

— J'en suis sûre aussi, dit Maman en l'embrassant sur le front. Bonne nuit.

— Bonne nuit, M'man.

Bien après que sa mère fut partie et que le silence se fut installé dans la maison pour la nuit, Kate resta éveillée dans son lit, trop excitée pour dormir. Elle était impatiente d'inviter Tully à dîner. Après le repas, elles pourraient regarder *Jinny de mes rêves*, jouer à Docteur Maboul ou s'entraîner à se maquiller. Peut-être même que Tully voudrait rester dormir. Elles pourraient…

*Toc.*

… parler de garçons, de baisers et…

*Toc.*

Kate s'assit. Ce n'était pas un oiseau sur le toit ni une souris dans les murs.

*Toc.*

C'était un petit caillou qui tapait contre la vitre !

Elle écarta les couvertures, se précipita à la fenêtre et l'ouvrit.

Tully était dans son jardin avec un vélo à la main.

— Descends, dit-elle bien trop fort en lui faisant signe de se dépêcher.

— Tu veux que je fasse le mur ?

— Euh, devine.

Kate n'avait jamais rien fait de la sorte, mais elle ne pouvait plus jouer les coincées. Les ados cool enfreignaient les règles et faisaient le mur. Tout le monde le savait. Tout le monde savait aussi que ça pouvait entraîner des ennuis. Et c'était exactement ce dont sa mère avait parlé.

*Réfléchis par toi-même quand tu fréquentes Tully Hart.*

Kate s'en fichait. Ce qui comptait, c'était Tully.

— J'arrive.

Elle ferma la fenêtre et chercha des vêtements autour d'elle. Par chance, sa salopette était dans le coin, soigneusement pliée sous un sweat-shirt noir. Elle enleva son vieux pyjama Scooby-Doo et s'habilla en vitesse, puis elle parcourut le couloir à pas de loup. Lorsqu'elle passa devant la chambre de ses parents, son cœur battait si fort qu'elle fut prise de vertige. Les marches émirent des grincements menaçants à chaque pas, mais elle arriva finalement en bas de l'escalier.

À la porte de derrière, elle s'arrêta juste assez longtemps pour se dire *Je pourrais avoir des ennuis en faisant ça*, puis elle ouvrit la porte.

Tully l'attendait derrière. Elle avait à côté d'elle le vélo le plus génial que Kate ait jamais vu. Il avait un guidon torsadé, une petite selle en forme de haricot fixée sur un plateau et tout un tas de câbles.

— Wouah ! fit-elle.

Il fallait en cueillir, des baies, pour se payer un vélo pareil.

— Il a dix vitesses, dit Tully. Ma grand-mère me l'a offert à Noël dernier. Tu veux l'essayer ?

— Pas question !

Kate ferma sans bruit la porte derrière elle. Sous l'abri de voiture, elle trouva son vieux vélo rose avec son guidon en U, sa selle banane recouverte d'autocollants fleuris et son panier en osier blanc. Il était tout sauf cool : un vrai vélo de gamine.

Tully ne sembla même pas le remarquer. Elles se mirent en selle et descendirent l'allée humide et cahoteuse jusqu'à la route goudronnée. Elles tournèrent alors à gauche et continuèrent leur chemin. À Summer Hill, Tully dit :

— Regarde. Fais comme moi.

Elles franchirent la crête de la colline comme si elles volaient. Les cheveux de Kate flottaient derrière elle, et ses larmes lui piquaient les yeux. Tout autour d'elles, des arbres noirs murmuraient dans la brise. Des étoiles scintillaient dans le ciel noir velouté.

Tully se pencha en arrière et écarta les bras. Elle jeta un coup d'œil vers Kate en riant.

— Essaye !

— Je peux pas. On va trop vite.

— Justement.

— C'est dangereux.

— Allez ! Laisse-toi aller, Katie. Dieu a horreur des lâches, dit-elle, puis elle ajouta d'une voix douce : fais-moi confiance.

Kate n'avait plus le choix. La confiance était un des piliers de l'amitié, et Tully n'allait pas traîner avec une froussarde.

— Allez, se dit-elle à elle-même, d'un ton qu'elle voulait sévère.

Prenant une grande inspiration, elle dit une prière et ouvrit doucement les bras.

Elle volait, voguait à travers le ciel nocturne en dévalant la colline. Dans l'air flottait l'odeur du centre équestre voisin, des chevaux et du foin doux. Elle entendit Tully rire à côté d'elle, mais avant même qu'elle pût sourire, il y eut un hic. Sa roue avant buta contre un caillou ; le vélo rua tel un taureau brahmane et partit sur le côté, tapant la roue de Tully dans sa courbe.

Kate cria, tenta de reprendre le guidon, mais il était trop tard. Elle était dans les airs, en train de voler pour de vrai cette fois-ci. Elle arriva à toute allure sur le bitume qu'elle percuta violemment avant de glisser pour finir en boule dans un fossé plein de boue.

Tully arriva derrière elle en roulant et lui rentra dedans. Les vélos tombèrent dans un bruit de ferraille.

Sonnée, Kate regarda le ciel nocturne au-dessus d'elle. Elle avait mal partout. Sa cheville gauche était peut-être cassée. Elle lui paraissait enflée, sensible. Elle sentait les endroits où le bitume lui avait arraché des lambeaux de peau.

— C'était *incroyable*, dit Tully en riant.

— Tu plaisantes ? On aurait pu se tuer.

— Exactement.

Kate grimaça de douleur en essayant de se relever.

— Il faut qu'on sorte de ce fossé. Une voiture pourrait arriver…

— Mais c'était cool, non ? Attends, qu'on raconte ça aux autres.

Les autres du collège. Ce moment allait devenir une *histoire*, et Kate en serait une des vedettes. Les gens écouteraient avec passion, avec des *ooh* et des *aah*, ils diraient des choses comme : *Vous avez fait le mur ? Descendu Summer Hill sans les mains ? Tu te payes ma tête…*

Et tout à coup, Kate se mit à rire elle aussi.

Elles s'aidèrent mutuellement à se relever et ramassèrent leurs vélos. Quand elles eurent traversé la route, Kate ne faisait presque plus attention aux endroits où elle était blessée. Elle avait soudain le sentiment d'être différente : plus audacieuse, plus courageuse, prête à tout essayer. Et si elle avait des ennuis après une soirée comme celle-ci ? Qu'était-ce qu'une entorse à la cheville ou un genou écorché à côté d'une aventure ? Durant les deux années précédentes, elle avait respecté toutes les règles et était restée chez elle les soirs de week-end. Ce temps-là était révolu.

Elles laissèrent leurs vélos au bord de la route et se rendirent en boitant vers la rivière. Sous le clair de lune, tout était beau et laiteux : les vagues argentées, les rochers déchiquetés le long de la rive.

Tully s'assit près d'un tronc couché en décomposition et couvert de mousse, à un endroit où l'herbe était épaisse comme de la moquette à longues mèches.

Kate prit place à côté d'elle, si proche que leurs genoux se touchaient presque. Elles admirèrent ensemble le ciel étoilé. Le murmure de la rivière flottait vers elle, semblable au rire d'une jeune fille. À cet instant où tout était si calme et silencieux, on aurait cru que la brise avait retenu son souffle frais pour les laisser seules en ce lieu qui, jusque-là, n'était qu'un coude de plus sur le cours d'une rivière débordant tous les automnes.

— Je me demande qui a donné son nom à notre rue, dit Tully. Je n'ai vu aucune luciole.

Kate haussa les épaules.

— Du côté du vieux pont, il y a la rue Missouri. Peut-être qu'un pionnier a eu le mal du pays. Ou qu'il était perdu.

— À moins que ce soit de la magie. Ça pourrait être une rue magique, dit Tully en se tournant vers Kate. Ça pourrait vouloir dire qu'on était destinées à être amies.

Kate eut un frisson, tant cette pensée était saisissante.

— Avant que tu t'installes ici, je pensais que c'était simplement une route qui ne conduisait nulle part.

— Maintenant, c'est notre route.

— On pourra aller dans toutes sortes d'endroits quand on sera grandes.

— C'est pas les endroits qui comptent, dit Tully.

Kate perçut quelque chose dans la voix de son amie, une forme de tristesse qu'elle ne comprit pas. Elle se tourna. Tully regardait le ciel.

— Tu penses à ta mère ? demanda Kate avec hésitation.

— J'essaie de ne pas y penser.

Il y eut un long silence, puis Tully pêcha une cigarette Virginia Slim dans sa poche et l'alluma.

Kate prit garde de ne pas grimacer à cause de la fumée.

— Tu veux une taffe ?

Kate savait qu'elle n'avait pas le choix.

— Euh. Ouais.

— Si ma mère était normale – pas malade, je veux dire –, j'aurais pu lui raconter ce qui m'est arrivé à la fête.

Kate prit une toute petite bouffée, toussa fort et demanda :

— Tu y penses beaucoup ?

Tully s'appuya contre le tronc en reprenant la cigarette. Après un long silence, elle dit :

— J'en fais des cauchemars.

Kate aurait aimé savoir quoi dire.

— Et ton père ? Tu peux lui parler ?

Tully ne la regarda pas.

— Je crois qu'elle ne sait même pas qui c'est, dit-elle d'une voix plus faible. À moins qu'il se soit enfui en apprenant que j'arrivais.

— C'est dur.

— La vie est dure. De toute façon, j'ai pas besoin d'eux. Je t'ai, toi, Katie. C'est toi qui m'as aidée à surmonter ça.

Kate sourit. L'odeur forte et piquante de la fumée se répandit entre elles et lui brûla les yeux, mais elle s'en fichait. Ce qui comptait, c'était qu'elle soit là, avec sa nouvelle meilleure amie.

— C'est à ça que servent les amis.

Le lendemain soir, Tully était plongée dans le dernier chapitre de *Outsiders,* quand elle entendit sa mère crier à l'autre bout de la maison.

— Tully ! Va voir qui sonne à cette foutue porte !

Elle referma brusquement son livre et se rendit dans le salon, où sa mère était affalée sur le canapé, en train de prendre un bang tout en regardant *Happy Days.*

— Tu es juste à côté de la porte.

Sa mère haussa les épaules.

— Et ?

— Cache ton bang.

Avec un soupir exagéré, Nuage se pencha et mit son bang sous la table d'appoint qui se trouvait à côté du canapé. Seule une personne aveugle pouvait le manquer, mais on ne pouvait pas espérer plus de Nuage.

Tully ramena doucement ses cheveux en arrière et ouvrit la porte.

Une petite femme brune se trouvait derrière, chargée d'un plat à gratin recouvert de papier d'aluminium.

Son fard à paupières bleu électrique faisait ressortir ses yeux marron, et son blush rose – appliqué d'une main trop lourde – créait l'illusion de pommettes saillantes dans son visage rond.

— Tu dois être Tully, dit la femme d'une voix plus aiguë qu'on ne pouvait s'y attendre – une voix de jeune fille, pleine d'enthousiasme, assortie à son regard pétillant. Je suis la maman de Kate. Désolée de venir sans prévenir, mais votre ligne était occupée.

Tully se représenta le téléphone décroché à côté du lit de sa mère.

— Oh.

— Je vous ai apporté un gratin au thon pour le dîner. J'imagine que ta maman n'a pas trop le cœur à cuisiner. Ma sœur a eu un cancer il y a quelques années, je sais comment ça se passe, dit-elle en souriant sans bouger, puis son sourire finit par s'effacer. Tu m'invites à entrer ?

Tully se figea. *Ça va mal se passer*, songea-t-elle.

— Euh… bien sûr.

— Merci.

Mme Mularkey passa devant elle et entra dans la maison.

Nuage était couchée sur le canapé, presque bras et jambes écartés, avec un tas de marijuana sur le ventre. Elle sourit d'un air vaseux, essaya de s'asseoir mais n'y arriva pas. Son échec lui fit proférer quelques jurons puis elle rit. Toute la maison empestait l'herbe.

Mme Mularkey s'arrêta. Son front se plissa de confusion.

— Je suis Margie, votre voisine d'en face, dit-elle.

— Et moi Nuage, dit la mère de Tully en réessayant de s'asseoir.

C'est cool de te rencontrer.

— Vous de même.

Durant un affreux moment de gêne, elles se regardèrent fixement. Tully ne douta pas un instant que les yeux perçants de Mme Mularkey voyaient tout : le bang sous la table d'appoint, le sachet d'herbe hawaïenne par terre, le verre à vin vide renversé et les cartons de pizza sur la table.

— Je voulais aussi vous dire que je suis à la maison la plupart du temps, et je serais heureuse de vous conduire chez le médecin ou de faire des courses pour vous. Je sais comment on peut se sentir sous chimio.

Nuage fronça les sourcils.

— Qui a un cancer ?

Mme Mularkey se tourna vers Tully, qui eut envie de se rouler en boule et de mourir.

— Tully, montre où est la cuisine à notre voisine cool avec son plat.

Tully courut presque à la cuisine. Dans cet enfer rose, la table était jonchée d'emballages de cochonneries, l'évier débordait de vaisselle sale et il y avait des cendriers pleins à ras bord de toutes parts : autant de preuves supplémentaires de sa vie navrante, offertes à la vue de la mère de sa meilleure amie.

Mme Mularkey passa devant elle, se pencha vers le four, déposa le plat sur la grille, puis elle referma la porte d'un coup de hanche et se tourna pour dévisager Tully.

— Ma Katie est une fille bien, dit-elle enfin.

*Nous y voilà*.

— Oui, madame.

— Elle prie pour que ta mère guérisse de son cancer. Elle a même dressé un petit autel dans sa chambre.

Tully regarda ses pieds, trop honteuse pour répondre. Comment pouvait-elle expliquer son mensonge ? Aucune réponse ne serait assez bonne pour une mère comme Mme Mularkey, qui aimait ses enfants. À cette pensée, sa honte fut doublée d'un élan de jalousie. Peut-être que si Tully avait eu une mère qui l'aimait, il ne lui aurait pas été si facile – si nécessaire – de mentir. Et à présent, elle allait perdre la seule chose qui comptait pour elle, Katie.

— Tu penses que ce n'est pas grave de mentir à tes amis ?

— Non, madame.

Elle fixait si intensément le sol du regard qu'elle eut un sursaut quand une main délicate se posa sur son menton et la força à lever les yeux.

— Vas-tu être une bonne amie pour Kate ? Ou une amie qui lui cause des ennuis ?

— Je ne ferai jamais de mal à Katie.

Tully eut envie d'en dire plus, peut-être même de tomber à genoux et de jurer d'être une bonne personne, mais elle n'osa pas bouger, tant elle était au bord des larmes. Elle scruta les yeux sombres de Mme Mularkey et perçut une chose à laquelle elle ne s'était jamais attendue : de la compassion.

Dans le salon, Nuage alla à la télévision en trébuchant et changea de chaîne. Tully aperçut l'écran parmi les décombres de la pièce en désordre : Jean Enersen présentait les gros titres du jour.

— C'est toi qui t'en charges, n'est-ce pas ? demanda doucement Mme Mularkey, comme si elle craignait que Nuage puisse les espionner. C'est toi qui payes les factures, qui fais les courses, le ménage. Qui paye tout ça ?

La gorge de Tully se serra. Personne n'avait jamais compris aussi clairement la réalité de sa vie avant cela.

— Ma grand-mère envoie un chèque toutes les semaines.

— Mon père était un ivrogne et toute la ville le savait, dit Mme Mularkey d'une voix aussi douce que l'était son regard. Il était méchant, aussi. Les vendredis et les samedis soir, ma sœur Georgia devait aller au bar et le ramener de force à la maison. Sur tout le trajet du retour, il la giflait et l'insultait. Elle était comme ces clowns de rodéo, qui doivent sans cesse s'interposer entre le taureau et le cow-boy. À la fin de mon année de première, j'ai compris pourquoi elle fréquentait les débauchés et buvait trop.

— Elle ne voulait pas que les gens la regardent avec pitié.

Mme Mularkey hocha la tête.

— Elle avait horreur de ce regard. Ce qui compte, cependant, ce ne sont pas les autres. Voilà ce que j'ai appris. Tu n'es *pas* le reflet de la personne qu'est ta mère et de sa manière de vivre sa vie. Tu peux faire des choix par toi-même. Et tu n'as aucune raison d'avoir honte. Mais il faut que tu aies de grandes ambitions, Tully, dit-elle en jetant un coup d'œil vers le salon à travers la porte ouverte. Comme cette Jean Enersen à la télé. Une femme qui arrive à un tel niveau dans sa vie sait comment obtenir ce qu'elle veut.

— Comment puis-je savoir ce que je veux ?

— Tu gardes les yeux ouverts et tu fais les choses comme il faut. Tu fais des études. Et tu fais confiance à tes amis.

— J'ai confiance en Kate, vraiment.

— Alors, tu vas lui dire la vérité ?
— Et si je vous promets simplement…
— L'une de nous deux va le lui dire, Tully. Ça devrait être toi.

Tully prit une longue inspiration et expira. Bien qu'il fût contraire à tous ses instincts de dire la vérité, elle n'avait pas le choix. Elle voulait que Mme Mularkey soit fière d'elle.

— D'accord.
— Bien. Je t'attends donc demain soir pour le dîner. À cinq heures. Ce sera ta chance de repartir de zéro.

Le lendemain soir, Tully se changea au moins quatre fois avant de trouver la tenue idéale. Lorsqu'elle fut enfin prête, elle était si en retard qu'elle dut traverser la rue et gravir la colline en courant.

La mère de Kate lui ouvrit la porte. Elle portait des pattes d'éléphant de gabardine violet et un pull rayé à col en V avec des manches papillon. Elle lui sourit et dit :

— Je te préviens, c'est la foire là-dedans.
— J'adore la foire, dit Tully.
— Alors, tu seras tout à fait à ta place.

Mme Mularkey passa un bras autour des épaules de Tully et l'emmena dans le salon aux murs beiges avec son épaisse moquette vert mousse, son canapé rouge vif et son fauteuil relax noir. Seuls deux petits tableaux à cadre doré ornaient les murs, l'un représentant Jésus et l'autre Elvis, mais des dizaines de photos de famille encombraient le dessus du meuble de télévision. Tully ne put s'empêcher de penser au téléviseur qui se trouvait chez elle, recouvert de cendriers pleins à ras bord et de paquets de cigarettes vides, pas de photos de famille.

— Bud ? dit Mme Mularkey à l'homme brun et bien en chair qui était assis dans le fauteuil inclinable. Voici Tully Hart, notre voisine d'en face.

M. Mularkey lui sourit et posa son verre.

— Tiens, tiens. C'est donc de toi qu'on a entendu parler. Ravi de t'accueillir, Tully.

— Je suis ravie d'être là.

Mme Mularkey lui donna une petite tape sur l'épaule.

— On ne dîne pas avant six heures. Katie est là-haut dans sa chambre. Celle qui se trouve en haut de l'escalier. Je suis sûre que vous avez beaucoup de choses à vous dire.

Tully comprit le message et hocha la tête, incapable de prononcer un mot. À présent qu'elle était là, dans cette demeure chaleureuse où planait une bonne odeur de plats faits maison, côte à côte avec la mère la plus parfaite du monde, elle ne pouvait imaginer perdre tout cela, ne plus être la bienvenue.

— Je ne lui mentirai plus jamais, promit-elle.

— Bien. Vas-y, maintenant.

Avec un dernier sourire, Mme Mularkey entra dans le salon.

M. Mularkey passa un bras autour de la taille de sa femme et l'attira avec lui dans son fauteuil. Ils se mirent aussitôt tête contre tête.

Tully fut prise d'un accès de jalousie si vif et inattendu qu'elle ne put bouger. Tout aurait été différent pour elle si elle avait eu une famille comme celle-ci. Elle n'avait pas envie de s'en détourner aussi vite.

— Vous regardez les infos ?

M. Mularkey leva les yeux.

— On ne les rate jamais.

Mme Mularkey sourit.

— Jean Enersen est en train de changer le monde. C'est une des premières femmes à présenter les infos du soir.

— Je vais devenir journaliste, dit soudain Tully.

— C'est merveilleux, dit M. Mularkey.

— Tu es là, dit tout à coup Kate en arrivant près d'elle. Merci à tout le monde de m'avoir prévenue que tu étais là, dit-elle d'une voix forte.

— J'étais en train de dire à ta mère et à ton père que je vais devenir journaliste de télévision, dit Tully.

À ces mots, Mme Mularkey eut un grand sourire. Dans celui-ci, Tully vit tout ce qui manquait dans sa vie.

— N'est-ce pas un rêve merveilleux ?

Kate parut déconcertée pendant un instant. Puis elle prit Tully par le bras et l'emmena à l'étage. Dans sa petite chambre mansardée, elle se rendit au tourne-disque et parcourut une petite pile de disques. Quand elle en eut choisi un – *Tapestry*, de Carole King – et l'eut mis en route, Tully était à la fenêtre en train de regarder le ciel lavande du soir.

La montée d'adrénaline qu'elle avait ressentie au moment de son annonce s'atténuait, cédant la place à une forme de tristesse silencieuse. Elle savait ce qu'elle devait faire maintenant, mais l'idée même la rendait malade.

*Dis-lui la vérité.*

*Si tu ne le fais pas, c'est Mme Mularkey qui va le faire.*

— J'ai acheté les derniers numéros de *Seventeen* et *Tiger Beat*, dit Kate en s'étendant sur l'épaisse moquette bleue. Tu veux les lire ? On peut faire le quiz « Peux-tu être la copine de Tony DeFranco ? ».

Tully s'allongea à côté d'elle.

— Ouais.

— Jan-Michael Vincent est tellement sexy, dit Kate en ouvrant la revue sur une photo de l'acteur.

— J'ai entendu dire qu'il a menti à sa copine, dit Tully en osant un coup d'œil de côté.

— Je déteste les gens qui mentent, dit Kate en tournant la page. Tu vas vraiment devenir journaliste télé ? Tu m'as jamais dit ça.

— Oui, dit Tully, l'envisageant vraiment pour la première fois.

Peut-être qu'elle pouvait être célèbre, et alors tout le monde l'admirerait.

— Mais il faudrait que tu le deviennes aussi. Parce qu'on fait tout ensemble.

— Moi ?

— On formera une équipe comme Woodward et Bernstein, sauf qu'on sera mieux habillées. Et plus jolies.

— Je sais pas…

Tully la poussa doucement.

— Si, tu sais. Mme Ramsdale a dit à toute la classe que tu écris super bien.

Kate rigola.

— C'est vrai. D'accord. Je serai journaliste aussi.

— Quand on sera connues, on dira à Mike Wallace qu'on n'y serait pas arrivées l'une sans l'autre.

Après cela, elles se turent et feuilletèrent les magazines. Tully essaya à deux reprises d'évoquer sa mère, mais Kate l'interrompit chaque fois, puis quelqu'un cria « À table ! » et sa chance de cracher le morceau s'envola.

Durant tout le repas, le meilleur de sa vie, elle sentit le poids de son mensonge. Quand ils eurent finalement débarrassé la table, lavé et essuyé la vaisselle, elle était sur le point de craquer. Le fait même de rêver d'être une femme de télévision célèbre ne suffisait plus à l'apaiser.

— Dis, Maman, dit Kate en rangeant la dernière assiette blanche, Tully et moi, on va au parc à vélo, d'accord ?

— Tully et moi allons, corrigea sa mère en pêchant le programme télé dans la poche à magazines du fauteuil relax. Et sois de retour pour huit heures.

— Oooh, Maman…

— Huit heures, répéta son père depuis le salon.

Kate regarda Tully.

— Ils me traitent comme un bébé.

— Tu ne sais pas la chance que tu as. Allez, viens, allons prendre nos vélos.

Elles filèrent sur la route de campagne cahoteuse en riant tout au long du trajet. À Summer Hill, Tully ouvrit les bras et Kate l'imita.

Quand elles arrivèrent au parc bordant la rivière, elles abandonnèrent leurs vélos dans les arbustes et s'étendirent par terre, côte à côte, pour regarder le ciel et écouter la rivière qui clapotait contre les rochers.

— Il faut que je te dise quelque chose, dit rapidement Tully.

— Quoi ?

— Ma mère n'a pas de cancer. Elle est juste accro à l'herbe.

— Ta mère fume de l'herbe. Ouais, c'est ça.

— C'est vrai. Elle est défoncée en permanence.

Kate se tourna vers elle.

— Vraiment ?

— Vraiment.

— Tu m'as *menti* ?

Tully parvint à peine à la regarder dans les yeux, tant elle avait honte.

— Ce n'était pas volontaire.

— On ne ment pas par accident. Ce n'est pas comme de trébucher contre une bosse sur le trottoir.

— Tu ne sais pas ce que ça fait d'avoir honte de sa mère.

— Tu plaisantes ? Tu aurais dû voir ce que ma mère portait au dîner la semaine…

— Non, dit Tully. Tu ne sais pas.

— Explique-moi.

Tully savait ce que Kate lui demandait : elle voulait la vérité qui l'avait poussée à raconter ce mensonge, mais Tully ne savait pas si elle était capable de transformer toute sa souffrance en mots et de les distribuer comme des cartes. Durant toute sa vie, elle avait gardé ces secrets pour elle. Si elle expliquait la réalité à Kate puis la perdait en tant qu'amie, cela lui serait insupportable.

Mais d'un autre côté, si elle ne lui disait pas la vérité, elle perdrait son amitié à coup sûr.

— J'avais deux ans, dit-elle enfin, quand ma mère m'a larguée pour la première fois chez mes grands-parents. Elle est partie en ville chercher du lait et elle est revenue quand j'avais quatre ans. Quand j'avais dix ans, elle a réapparu et j'ai cru que ça voulait dire qu'elle m'aimait. Cette fois-là, elle m'a lâchée dans une foule. La fois suivante où je l'ai vue, j'avais quatorze ans. Ma grand-mère nous laisse vivre dans cette maison et nous envoie de l'argent toutes les semaines. Ça durera jusqu'à ce que ma mère se barre à nouveau… ce qui va arriver.

— Je ne comprends pas.

— Bien sûr que tu ne comprends pas. Ma mère n'est pas comme la tienne. Je n'ai jamais passé autant de temps avec elle que maintenant. Tôt ou tard, elle va se lasser et repartir sans moi.

— Comment une mère peut-elle faire ça ?

Tully haussa les épaules.

— Je crois qu'il y a quelque chose qui cloche chez moi.

— Il n'y a rien qui cloche chez toi. C'est elle qui est nulle. Mais je ne comprends toujours pas pourquoi tu m'as menti.

Tully la regarda enfin.

— Je voulais que tu m'apprécies.

— *Toi*, tu t'inquiétais de ce que je penserais, *moi* ? fit Kate, puis elle éclata de rire.

Tully était sur le point de lui demander ce qu'il y avait de si drôle, quand Kate cessa de rire et dit :

— Fini les mensonges, d'accord ?

— Absolument.

— On sera meilleures amies pour la vie, dit Kate avec sérieux. D'accord ?

— Tu veux dire que tu seras toujours là pour moi ?

— Toujours, répondit Kate. Quoi qu'il arrive.

Tully sentit une émotion nouvelle éclore en elle comme une fleur exotique. Elle pouvait presque sentir son parfum de miel dans l'air. Pour la première fois de sa vie, elle se sentait totalement en sécurité avec quelqu'un.

— Toujours, promit-elle. Quoi qu'il arrive.

Kate se souviendrait toujours de l'été d'après sa quatrième comme une des meilleures périodes de sa vie. Tous les jours de la semaine, elle accomplissait en vitesse et sans se plaindre ses tâches du matin et gardait son frère jusqu'à quinze heures, heure à laquelle sa mère rentrait de ses courses et de son bénévolat au centre d'animation pour les jeunes. Après cela, Kate était libre. Quant aux week-ends, elle faisait à peu près ce qu'elle voulait.

Avec Tully, elles parcouraient toute la vallée sur leurs vélos et passaient des heures à descendre la rivière Pilchuck sur des chambres à air. En fin d'après-midi, elles s'étendaient sur de minuscules serviettes, en Bikini fluo au crochet, leur peau luisant d'un mélange d'huile d'amande douce et d'iode, et elles écoutaient les chansons du Top 40 sur le transistor qui ne les quittait jamais. Elles parlaient de tout, de mode, de musique, de garçons, de la guerre et de ce qui se passait encore là-bas, de leur avenir en duo de journalistes stars, de films. Elles n'avaient aucun interdit, aucune question n'était taboue. C'était maintenant la fin du mois d'août et elles étaient dans la chambre de Kate en train de préparer leurs trousses à maquillage pour aller à la foire. Comme d'habitude, Kate devait se changer et se maquiller après avoir quitté la maison. Si elle voulait avoir l'air cool, du moins. Sa mère pensait encore qu'elle était trop jeune pour tout.

— Tu as ton bustier ? demanda Tully.

— Oui.

Tout sourire du fait de leur plan génial, elles descendirent au rez-de-chaussée, où Papa était assis dans le canapé en train de regarder la télévision.

— On va à la foire, dit Kate, soulagée que sa mère ne soit pas là.

Maman aurait remarqué le sac trop gros pour aller à la foire du comté. Sa vision à rayons X lui aurait certainement permis de voir à travers le macramé et de discerner les vêtements, chaussures et pots de maquillage à l'intérieur.

— Soyez prudentes, vous deux, dit-il sans lever les yeux.

C'était ce qu'il disait désormais à chaque fois, depuis que des jeunes filles avaient commencé à disparaître à Seattle. Au journal télévisé, on appelait à présent le tueur « Ted », car une fille avait réussi à s'enfuir au parc du lac Sammamish et avait donné sa description et son prénom à la police. Toutes les jeunes filles de l'État étaient terrifiées. On ne pouvait plus voir une Coccinelle Volkswagen jaune sans craindre que ce soit la voiture de Ted.

— On sera super prudentes, dit Tully en souriant.

Elle adorait que les parents de Kate s'inquiètent pour elles.

Kate traversa la pièce pour faire une bise à son père. Il passa un bras autour de sa taille et lui tendit un billet de dix dollars.

— Amuse-toi bien.

— Merci, Papa.

Tully et elle descendirent l'allée en faisant balancer leurs sacs.

— Tu crois que Kenny Markson sera à la foire ? demanda Kate.

— Tu fais trop attention aux garçons.

Kate donna un coup de hanche à son amie.

— Il a le béguin pour toi.

— Ça me fait une belle jambe. Je suis plus grande que lui.

Tully s'arrêta tout à coup.

— Bon sang, Tully, t'es malade ou quoi ? J'ai failli tomber…

— Oh, non, murmura Tully.

— Qu'est-ce qui se passe ?

Puis Kate remarqua la voiture de police garée dans l'allée de chez Tully.

Tully prit la main de Kate et la tira presque jusqu'au bas de l'allée, puis jusqu'à la porte d'entrée grande ouverte de l'autre côté de la rue.

Un policier les attendait dans le salon.

Quand il les vit, son visage joufflu se plissa tel celui d'un clown.

— Bonjour, les filles. Je suis l'agent Dan Myers.

— Qu'est-ce qu'elle a fait, cette fois ? demanda Tully.

— Il y a eu hier une manifestation pour la défense des chouettes tachetées[1] près du lac Quinault, qui a dégénéré. Votre mère ainsi que plusieurs autres personnes ont organisé un sit-in qui a coûté une journée entière de travail à Weyerhaeuser[2]. Pire, quelqu'un a laissé tomber une cigarette dans les bois, dit-il avant de marquer une pause. Les pompiers viennent de maîtriser le feu.

— Laissez-moi deviner, elle va aller en prison ?

---

1. Aux États-Unis, à cette période et jusqu'à la fin des années 1990, un conflit éclate entre écologistes et travailleurs de l'industrie forestière, qui s'est cristallisé autour de la chouette tachetée.

2. Entreprise américaine de l'industrie papetière.

— Son avocat essaye d'obtenir une cure de désintoxication volontaire. Si elle a de la chance, elle passera quelque temps à l'hôpital. Sinon…

Il laissa sa phrase en suspens.

— Est-ce que quelqu'un a appelé ma grand-mère ?

L'agent hocha la tête.

— Elle vous attend. Vous avez besoin d'aide pour faire vos bagages ?

Kate ne comprenait pas ce qui se passait. Elle se tourna vers son amie.

— Tully ?

Les yeux marron de Tully étaient affreusement ternes, et Kate sut qu'il se passait quelque chose de grave.

— Je dois retourner chez ma grand-mère, dit Tully, puis elle passa devant Kate et se rendit dans sa chambre.

Kate lui courut après.

— Tu ne peux *pas* partir !

Tully sortit une valise du placard et l'ouvrit d'un geste.

— Je n'ai pas le choix.

— Je vais *forcer* ta mère à revenir. Je lui dirai…

Tully arrêta de faire sa valise et regarda Kate.

— Tu ne peux pas arranger ça, dit-elle doucement, d'un ton d'adulte, fatiguée et brisée.

Pour la première fois, Kate comprit ce qu'impliquait le fait que la mère de Tully était une ratée. Elles avaient ri de Nuage, fait des blagues sur sa consommation de drogue, son sens de la mode et ses diverses histoires, mais ce n'était pas drôle. Et Tully avait su que cela arriverait.

— Promets-moi, dit Tully d'une voix cassée, qu'on sera toujours meilleures amies.

— Toujours, fut tout ce que put dire Kate.

Tully termina sa valise et la ferma. Sans un mot, elle retourna dans le salon. À la radio passait « American Pie », et Kate se demanda si elle pourrait jamais réécouter cette chanson sans se rappeler ce moment. *The day the music died*, le jour où la musique est morte. Elle sortit dans l'allée derrière Tully. Elles se cramponnèrent alors l'une à l'autre jusqu'à ce que l'agent Dan entraîne doucement Tully.

Kate n'arriva même pas à lui dire au revoir d'un signe de main. Elle resta plantée là dans l'allée, abasourdie, les joues ruisselantes de larmes, à regarder partir sa meilleure amie.

# 6

Durant les trois années suivantes, elles s'écrivirent fidèlement des lettres à tour de rôle. Cela devint plus qu'une tradition, quelque chose de vital. Tous les dimanches soir, Tully s'asseyait à son bureau blanc dans sa chambre de petite fille bleu lavande et rose et déversait ses pensées, ses rêves, ses inquiétudes et ses frustrations sur une feuille de cahier. Parfois, elle parlait de choses sans importance – sa nouvelle coupe de cheveux à la Farrah Fawcett qui la rendait sexy, ou la robe Gunne Sax qu'elle avait portée au bal des premières –, mais il lui arrivait aussi d'aller plus loin et de parler à Katie des soirs où elle n'arrivait pas à dormir ou des rêves dans lesquels sa mère revenait et lui disait qu'elle était fière d'elle. Au décès de son grand-père, c'était vers Kate que Tully s'était tournée. Elle n'avait pas pleuré sa mort avant de recevoir l'appel de sa meilleure amie, qui avait commencé par un : « Oh, Tul, je suis tellement désolée. » Pour la première fois de sa vie, Tully ne mentait pas et n'embellissait pas les choses (enfin, pas trop) ; elle était le plus souvent simplement elle-même, et cela suffisait à Kate.

C'était à présent l'été 1977. Dans quelques petits mois, elles seraient en terminale et régneraient sur leurs lycées respectifs.

Et ce jour-là, Tully le préparait depuis des mois. Elle allait enfin s'engager sur la voie que Mme Mularkey lui avait montrée tant d'années auparavant.

Celle de la future Jean Enersen.

Ces mots étaient devenus son mantra, un code secret qui dissimulait l'énormité de son rêve et donnait l'impression qu'il était réalisable. Les germes de ce rêve, plantés si longtemps auparavant dans la cuisine de la maison de Snohomish, avaient poussé avec vigueur et fait des racines au plus profond de son cœur. Elle n'avait pas mesuré avant cela combien elle avait besoin d'un rêve, mais celui-ci l'avait transformée : la pauvre Tully sans mère et abandonnée était devenue une jeune fille prête à conquérir le monde. Cette ambition ôtait toute importance à ce qu'elle avait pu vivre et lui donnait un objectif à atteindre, une chose à laquelle se raccrocher. Par ailleurs, cela rendait Mme Mularkey fière ; elle le savait grâce à ces lettres. Elle savait aussi que Kate partageait ce rêve. Elles deviendraient journalistes ensemble et chercheraient des sujets d'articles qu'elles rédigeraient ensemble. Elles seraient une équipe.

Debout sur le trottoir, elle regardait fixement l'immeuble devant elle, avec l'impression d'être un braqueur de banques devant Fort Knox.

Étonnamment, la filiale d'ABC, malgré son influence et sa célébrité, se trouvait dans un petit immeuble de Denny Triangle, le quartier d'affaires de la ville. Elle n'offrait pas de vue digne de ce nom et ne comportait pas d'imposante baie vitrée ni de hall d'entrée rempli d'œuvres d'art de grande valeur. À défaut de tout cela, on trouvait dans le hall d'accueil un bureau en forme de L, une réceptionniste assez jolie et trois fauteuils en plastique moulé jaune moutarde.

Tully prit une grande inspiration, redressa les épaules et entra. Au bureau de la réceptionniste, elle donna son nom puis s'assit sur un fauteuil le long du mur. Elle veilla à ne pas gigoter ni taper du pied durant le long moment où elle attendit son entretien.

On ne savait jamais qui vous observait.

— Mademoiselle Hart ? dit finalement la réceptionniste en levant les yeux de son bureau. Il va vous recevoir maintenant.

Tully lui adressa un sourire posé de présentatrice télé et se leva.

— Merci.

Elle suivit la réceptionniste qui lui ouvrit les portes menant à une autre salle d'attente.

Dans celle-ci, elle se trouva face à l'homme à qui elle écrivait toutes les semaines depuis près d'un an.

— Bonjour, monsieur Rorbach, dit-elle en lui serrant la main. Ravie de vous rencontrer enfin.

Il avait l'air fatigué, mais aussi plus vieux qu'elle n'avait cru. Il ne restait qu'une poignée de cheveux gris roussâtres sur son crâne luisant, et aucun d'eux n'était au bon endroit. Le costume sport bleu pâle qu'il portait était surpiqué de blanc.

— Entrez dans mon bureau, mademoiselle Hart.

— Madame Hart, corrigea-t-elle.

Il valait toujours mieux partir du bon pied. Gloria Steinem disait que l'on ne se faisait jamais respecter si on ne l'exigeait pas.

M. Rorbach la regarda en clignant des yeux.

— Pardon ?

— Je préfère « madame Hart », si ça ne vous dérange pas, ce dont je suis sûre. Comment une personne ayant obtenu une maîtrise de littérature anglaise à Georgetown pourrait-elle être hostile au changement ? Je suis certaine que vous êtes à la pointe de la conscience sociale. Je le vois dans votre regard. J'aime bien vos lunettes, d'ailleurs.

Il la regarda avec des yeux ronds et la bouche très légèrement entrouverte jusqu'à ce qu'il semble se rappeler où il était.

— Suivez-moi, madame Hart.

Il s'engagea dans le couloir blanc quelconque et la conduisit à la dernière porte en faux bois sur la gauche, qu'il ouvrit.

Son bureau était une petite pièce en coin, avec une fenêtre donnant sur la voie surélevée en ciment du monorail. Les murs étaient complètement nus.

Tully s'assit sur la chaise pliante noire placée devant le bureau.

M. Rorbach s'assit à sa place et dévisagea Tully.

— Cent douze lettres, madame Hart, dit-il en tapotant l'épaisse pochette en carton qui trônait sur son bureau.

Il avait conservé toutes les lettres qu'elle avait envoyées. Ça voulait bien dire quelque chose. Elle sortit de sa serviette son CV à jour et le posa sur le bureau.

— Comme vous le remarquerez certainement, le journal du lycée a publié mes articles en première page à de nombreuses reprises. En outre, j'ai joint un article approfondi sur le séisme survenu au Guatemala, une mise à jour sur l'affaire Karen Ann Quinlan et un regard poignant sur les derniers jours de Freddie Prinze. Tout cela vous offrira certainement un bon aperçu de mes compétences.

— Vous avez dix-sept ans.

— Oui.

— Dans un mois, vous allez commencer votre année de terminale.

Toutes ces lettres avaient porté leurs fruits. Il savait tout sur elle.

— Tout à fait. Je pense d'ailleurs que c'est une perspective intéressante. Mon entrée en terminale, avec la possibilité d'observer la promo 78. On pourrait peut-être faire des chroniques mensuelles sur ce qui se passe vraiment derrière les portes d'un lycée de la région. Je suis sûre que vos téléspectateurs…

— Madame Hart.

Il joignit les bouts de ses doigts et reposa son menton dessus en la regardant. Elle eut l'impression qu'il se retenait de sourire.

— Oui, monsieur Rorbach ?

— Ici, c'est à la filiale d'ABC, bon sang. On n'engage pas des lycéens.

— Mais vous avez des stagiaires.

— De l'université de Washington et d'autres facs. Nos stagiaires savent comment fonctionne une chaîne de télé. La plupart d'entre eux ont déjà travaillé pour la télé de leur campus. Je suis désolé, mais vous n'êtes simplement pas prête.

— Oh.

Ils se dévisagèrent.

— Ça fait longtemps que je fais ce métier, madame Hart, et j'ai rarement vu quelqu'un d'aussi ambitieux que vous, dit-il en tapotant à nouveau l'enveloppe contenant ses lettres. Écoutez, continuez de m'envoyer vos lettres. Je garde un œil sur vous.

— Alors, quand je serai prête à être reporter, vous m'embaucherez ?

Il rit.

— Continuez simplement de m'envoyer vos articles. Et récoltez de bonnes notes et allez à la fac, d'accord ? On verra après ça.

Tully se sentit regonflée.

— Je vous enverrai mes derniers articles une fois par mois. Vous m'engagerez un jour, monsieur Rorbach. Vous verrez.

— Je ne parierais pas contre vous, madame Hart.

Ils discutèrent encore quelques instants, puis M. Rorbach la raccompagna jusqu'à l'accueil. Sur le chemin, il s'arrêta devant la vitrine de trophées, dans laquelle étincelaient des dizaines d'Emmy Awards et d'autres prix journalistiques.

— Un jour, je remporterai un Emmy, dit-elle en touchant la vitre du bout des doigts.

Elle refusait de se laisser affecter par ce revers, et c'était tout ce dont il s'agissait : d'un revers.

— Vous savez quoi, Tallulah Hart, je vous crois. Maintenant, filez au lycée et profitez de votre année de terminale. La vraie vie arrive bien assez vite.

Dehors, on aurait dit une carte postale de Seattle ; le genre de journée de ciel bleu sans nuages qui incitait sournoisement les gens d'ailleurs à vendre leur maison dans des endroits plus mornes, moins grandioses pour s'installer ici. Si seulement ils savaient comme ces jours-là étaient rares. Tels les réacteurs d'une fusée, l'été brûlait vite et fort dans cette partie du monde et s'éteignait tout aussi vite.

Tenant l'épaisse serviette noire de son grand-père contre sa poitrine, Tully remonta la rue en direction de l'arrêt de bus. Sur une voie surélevée au-dessus de sa tête, le monorail passa dans un grondement de tonnerre et fit trembler le sol.

Sur tout le trajet du retour, elle se dit que c'était vraiment une occasion à saisir ; elle pourrait maintenant prouver ce qu'elle valait à la fac et décrocher un emploi encore meilleur.

Mais elle avait beau retourner les choses dans tous les sens, le sentiment d'avoir échoué ne la lâchait pas. Quand elle arriva à la maison, elle se sentit plus petite, comme si elle avait un poids sur les épaules.

Elle ouvrit la porte d'entrée et pénétra dans la maison, puis elle jeta la serviette sur la table de la cuisine.

Mamie était dans le salon, assise sur le vieux canapé élimé, ses pieds chaussés de bas sur le pouf en panne de velours et une broderie en cours de réalisation sur les genoux. Elle était endormie et ronflait légèrement.

À la vue de sa grand-mère, Tully dut se forcer à sourire.

— Salut, Mamie, dit-elle doucement en entrant dans le salon et en se penchant pour toucher la main noueuse de sa grand-mère.

Elle s'assit à côté d'elle.

Mamie se réveilla lentement. Derrière ses épaisses lunettes vieillottes, son regard perplexe s'éclaira.

— Comment ça s'est passé ?

— Le directeur adjoint de la rédaction a estimé que j'étais surqualifiée, tu te rends compte ? Il m'a dit que le poste à pourvoir était sans intérêt pour quelqu'un ayant mes compétences.

Mamie serra la main de Tully dans la sienne.

— Tu es trop jeune, hein ?

Les larmes qu'elle avait retenues lui brûlèrent les yeux. Elle les essuya, gênée.

— Je sais qu'ils me proposeront un poste dès que j'entrerai à la fac. Tu verras. Tu seras fière de moi.

Mamie la regarda d'un air compatissant.

— Je suis déjà fière. C'est l'attention de Dorothy que tu veux.

Tully s'appuya contre l'épaule frêle de sa grand-mère et s'y reposa. Elle savait que cette douleur se dissiperait dans quelques instants ; tel un coup de soleil, celle-ci guérirait d'elle-même et elle serait ensuite un peu mieux protégée.

— Je t'ai, toi, Mamie, alors elle, je m'en fiche.

Mamie poussa un soupir las.

— Pourquoi n'appellerais-tu pas ton amie Katie maintenant ? Mais ne reste pas trop longtemps. Ça coûte cher.

La simple pensée de parler avec Kate remonta le moral à Tully. Étant donné le prix des appels de longue distance, elles avaient rarement l'occasion de se téléphoner.

— Merci, Mamie. Je vais faire ça.

La semaine suivante, Tully décrocha un emploi au *Queen Anne Bee*, le journal hebdomadaire de son quartier. Ses fonctions étaient à peu près à la hauteur de son salaire horaire misérable, mais elle s'en moquait. Elle avait le pied à l'étrier. Elle passa presque chaque heure de ses journées de l'été 1977 dans les petits bureaux exigus du journal, à accumuler toutes les connaissances qu'elle pouvait. Quand elle n'était pas occupée à observer les journalistes, à faire des photocopies ou à servir du café, elle était à la maison et jouait au gin rami avec Mamie pour des allumettes. Tous les dimanches soir, sans faute, elle écrivait à Kate et lui racontait sa semaine dans les moindres détails.

Assise ce soir-là à son bureau de petite fille dans sa chambre, elle relut la lettre de huit pages de cette semaine puis la conclut d'un *Meilleures amies pour la vie, Tully* ♥ et la plia soigneusement en trois.

Sur son bureau se trouvait la dernière carte postale de Kate, partie pour les vacances annuelles sous la tente de la famille Mularkey. Kate qualifiait ce séjour de Semaine de l'enfer au pays des bestioles, mais Tully était jalouse de chacun de ces moments qui lui semblaient parfaits. Elle regrettait de ne pas avoir pu partir avec eux pour ces vacances ; décliner l'invitation avait été une des choses les plus difficiles qu'elle ait faites. Mais entre son boulot d'été de la plus haute importance et la santé déclinante de Mamie, elle n'avait pas vraiment eu le choix.

Elle jeta un coup d'œil sur la carte de son amie et relut les mots qu'elle connaissait déjà par cœur. *On joue aux cartes le soir en faisant griller des marshmallows, on se baigne dans le lac glacial…*

Elle se força à détourner les yeux. Ça n'avançait à rien dans la vie de se languir de ce qu'on ne pouvait pas avoir. Nuage lui avait au moins appris cela.

Elle glissa sa lettre dans une enveloppe, inscrivit l'adresse, puis descendit pour voir comment se portait Mamie, qui dormait déjà.

Tully regarda seule ses programmes télé préférés du dimanche soir – *All in the Family*, *Alice* et *Kojak* – puis elle ferma la maison et monta se coucher. Alors qu'elle sombrait mollement dans le sommeil, elle se demanda une dernière fois ce qu'étaient en train de faire les Mularkey.

Le lendemain matin, elle se réveilla à son heure habituelle, six heures, et s'habilla pour aller travailler. Parfois, si elle arrivait assez tôt au bureau, un des journalistes la laissait aider à préparer les articles du jour.

Elle arpenta le couloir en vitesse et tapa à la dernière porte. Elle détestait réveiller sa grand-mère, mais c'était la règle : interdit de partir sans dire au revoir.

— Mamie ?

Elle tapa à nouveau, ouvrit lentement la porte et dit :

— Mamie… je pars au travail.

Des ombres bleu lavande pâle bordaient les appuis de fenêtres. Les broderies qui ornaient les murs étaient des cadres sans forme ni substance dans la pénombre.

Mamie était couchée dans son lit. Même de là où elle était, Tully distinguait sa silhouette, son chignon blanc, la ruche de sa chemise de nuit… et l'immobilité de sa poitrine.

— Mamie ?

Elle s'approcha, toucha la joue ridée et veloutée de sa grand-mère. Sa peau était froide comme de la glace. Aucun souffle ne sortait de ses lèvres molles.

Tout le monde de Tully parut basculer et s'écrouler. Elle dut mobiliser toutes ses forces pour rester debout, les yeux rivés sur le visage sans vie de sa grand-mère.

Ses larmes mirent longtemps à se former ; c'était comme si chacune d'elles était faite de sang et trop épaisse pour passer dans ses canaux lacrymaux. Des souvenirs lui revinrent comme dans un kaléidoscope : Mamie lui tressant les cheveux pour ses sept ans, disant que sa maman viendrait peut-être si elle priait assez fort, puis reconnaissant des années plus tard que Dieu n'exauçait parfois pas les prières d'une petite fille, ni d'ailleurs celles d'une femme adulte ; Mamie riant lors d'une partie de cartes la semaine précédente quand Tully a récupéré – une fois de plus – le tas de cartes défaussées, et disant : « Tully, tu n'es pas obligée d'avoir toutes les cartes tout le temps… » ; Mamie lui souhaitant bonne nuit avec un doux baiser.

Elle ne savait pas du tout combien de temps elle était restée là, mais quand elle se pencha finalement pour embrasser la joue parcheminée de Mamie, la lumière du soleil avait traversé les rideaux fins et éclairé la chambre. Cet éclat surprit Tully. Sans Mamie, il lui semblait que cette chambre devait être plongée dans le noir.

— Allez, Tully, dit-elle.

Elle était censée réagir maintenant, elle le savait. Mamie et elle en avaient parlé, elles avaient pris des dispositions. Cependant, Tully savait qu'aucune parole n'aurait vraiment pu la préparer à cela.

Elle s'approcha de la table de nuit de Mamie, sur laquelle reposait un joli coffret en bois de rose sous la photo de Papy et à côté de sa multitude de médicaments.

Elle souleva le couvercle avec le vague sentiment d'être une voleuse, mais Mamie attendait cela d'elle. *Quand je partirai*, disait toujours Mamie, *je te laisserai quelque chose dans le coffret que Papy m'a acheté.*

À l'intérieur, sur le tas de bijoux sans valeur que Tully se rappelait rarement avoir vu sa grand-mère porter, se trouvait une feuille de papier rose pliée, sur laquelle était écrit le prénom de Tully.

Elle tendit lentement la main, prit la lettre et l'ouvrit.

*Ma Tully chérie,*

*Je suis vraiment désolée. Je sais à quel point tu as peur d'être seule, d'être abandonnée, mais Dieu a Ses projets pour chacun de nous. Je serais restée plus longtemps avec toi si j'avais pu. Ton grand-père et moi, nous veillerons toujours sur toi depuis les cieux. Tu ne seras jamais seule si tu crois à cela.*

*Tu as été la plus grande joie de ma vie.*

*Tendrement, Mamie*

Tu as été.

Mamie était partie.

Tully se tenait devant l'église et regardait le flot de personnes âgées qui passaient devant elle. Quelques amis de Mamie la reconnurent et vinrent lui présenter leurs condoléances.

*Je suis vraiment désolée, ma chérie…*

*… mais elle est dans un monde meilleur…*

*… avec son Winston bien-aimé.*

*… ne voudrait pas que tu pleures.*

Elle en supporta autant qu'elle put parce qu'elle savait que Mamie l'aurait voulu, mais dès onze heures du matin, elle était au bord de l'explosion. Est-ce qu'aucune de ces personnes bien intentionnées ne *voyait*, ne se rendait compte que Tully était une jeune fille de dix-sept ans habillée en noir et seule au monde ?

Si seulement Katie et les Mularkey avaient été là, mais elle ne savait absolument pas comment les contacter au Canada, et étant donné qu'ils ne devaient rentrer que deux jours plus tard, elle devait endurer cela seule. S'ils avaient été à ses côtés, telle une famille imaginaire, elle aurait peut-être tenu le coup jusqu'à la fin de l'office.

Sans eux, elle n'en était tout simplement pas capable. Au lieu d'assister jusqu'au bout aux évocations affreuses et déchirantes de souvenirs de Mamie, elle se leva au milieu des obsèques et sortit.

Dehors, sous le soleil chaud du mois d'août, elle respira à nouveau, même si ses larmes étaient toujours sur le point de jaillir, de même que cette vaine question : *Comment as-tu pu m'abandonner comme ça ?*

Entourée d'anciens modèles de grosses voitures poussiéreuses, elle se retint de pleurer. Mais surtout, elle s'efforça de ne pas se souvenir, et de ne pas s'inquiéter de ce qu'elle allait devenir.

Soudain, une brindille craqua non loin et Tully leva les yeux. Dans un premier temps, elle ne vit que les voitures garées n'importe comment.

Puis elle la vit.

À la lisière de la propriété, où une rangée d'imposants érables délimitait le début du parc municipal, Nuage se tenait dans l'ombre, en train de fumer une longue cigarette fine. Vêtue de pattes d'éléphant en velours côtelé abîmé et d'un chemisier fleuri sale, son visage encadré par deux parenthèses de cheveux bruns frisés, elle avait l'air squelettique.

Tully ne put s'empêcher de ressentir un petit sursaut de joie. Enfin, elle n'était plus seule. Nuage était peut-être un peu cinglée, mais dans les moments critiques, elle revenait. Tully accourut vers elle, tout sourire. Elle pardonnerait à sa mère toutes les années manquées, tous ses abandons. Ce qui importait, c'était qu'elle soit là maintenant, quand Tully avait le plus besoin d'elle.

— Dieu merci tu es là, dit-elle en s'arrêtant à bout de souffle. Tu savais que j'aurais besoin de toi.

Sa mère fit un pas vers elle en titubant et rigola quand elle faillit tomber.

— Tu es un bel esprit, Tully. Tout ce dont tu as besoin, c'est d'air et d'être libre.

Tully sentit son estomac se nouer.

— Pas encore, dit-elle en l'implorant du regard de l'aider. S'il te plaît…

— Toujours.

La voix de Nuage avait soudain une intonation différente, une tonalité rude qui contrastait avec son regard vitreux.

— Je suis ta fille et j'ai besoin de toi maintenant. Sinon je vais être seule.

Tully savait qu'elle parlait tout bas, mais elle semblait incapable de donner du volume à sa voix.

Nuage fit un pas chancelant en avant. La tristesse de son regard était indéniable, mais Tully s'en moquait. Les pseudo-émotions de sa mère allaient et venaient comme le soleil à Seattle.

— Regarde-moi, Tully.

— Je te regarde.

— Non. *Regarde*. Je ne peux pas t'aider.

— Mais j'ai besoin de toi.

— C'est ça qui est foutrement tragique, dit sa mère en tirant une longue bouffée sur sa cigarette avant de recracher la fumée quelques secondes plus tard.

— Pourquoi ? demanda Tully.

Elle s'apprêtait à ajouter : *Tu m'aimes, non ?* Mais avant qu'elle puisse exprimer sa douleur avec des mots, les funérailles se terminèrent et des nuées de gens habillés en noir affluèrent sur le parking. Tully jeta un coup d'œil de côté, juste assez longtemps pour essuyer ses larmes. Quand elle se retourna, sa mère avait disparu.

La femme des services sociaux était totalement aride. Elle essayait de dire ce qu'il fallait, mais Tully remarqua qu'elle n'arrêtait pas de regarder sa montre alors qu'elle se tenait dans le couloir à l'entrée de la chambre de Tully.

— Je ne comprends toujours pas pourquoi je dois faire mes bagages. J'ai presque dix-huit ans. Mamie n'a pas d'emprunt immobilier pour cette maison : je le sais parce que c'est moi qui ai payé les factures cette année. Je suis assez grande pour vivre seule.

— Le notaire nous attend, fut la seule réponse de la femme. Tu es bientôt prête ?

Elle déposa la pile des lettres de Kate dans sa valise, rabattit le couvercle puis la ferma. Dans la mesure où elle ne pouvait pas vraiment prononcer les mots *Je suis prête*, elle se contenta de ramasser la valise puis de prendre son sac à main en macramé sur son épaule.

— Je suppose.

— Bien, dit la femme en se retournant vivement et en se dirigeant vers l'escalier.

Tully prit son temps pour regarder une dernière fois sa chambre et eut l'impression de remarquer à nouveau des choses qu'elle avait négligées depuis des années : le dessus-de-lit à volants bleu lavande et le lit simple blanc, la rangée de chevaux en plastique – à présent pleins de poussière – qui ornait l'appui de fenêtre, la poupée de Mlle Pétronille posée sur la commode et le coffret à bijoux Miss America sur lequel trônait une ballerine rose.

Mamie avait décoré cette chambre pour la petite fille qui avait été abandonnée ici des années auparavant. Chaque élément avait été choisi avec soin, mais ils étaient désormais tous dans des cartons, enfermés dans le noir, avec les souvenirs qu'ils ravivaient. Tully se demanda combien de temps il lui faudrait pour pouvoir repenser à sa grand-mère sans pleurer.

Elle ferma la porte derrière elle et suivit la femme à travers la maison désormais silencieuse, puis elles descendirent les marches du perron et sortirent dans la rue devant la maison, où une Ford Pinto jaune cabossée était garée.

— Mets ta valise dans le coffre.

Tully s'exécuta et prit place sur le siège passager.

Quand la dame démarra la voiture, la stéréo se mit en route à un volume assourdissant. C'était « Don't Give Up on Us », de David Soul. La dame baissa aussitôt le son en marmonnant : « Désolée. »

Tully estima que c'était une chanson assez adaptée pour présenter des excuses[1], aussi elle haussa simplement les épaules et se tourna vers la vitre.

— Je suis désolée pour ta grand-mère, si je ne l'ai pas déjà dit.

Tully considéra son étrange reflet sur la vitre. Elle avait l'impression de regarder un négatif de son visage, sans couleurs et irréel. Tel qu'elle se sentait, en fait.

— Au dire de tous, c'était une femme exceptionnelle.

Tully ne répondit pas à cette remarque. Elle n'était plus vraiment en capacité de parler, de toute façon. Depuis qu'elle avait vu sa mère, elle était froide à l'intérieur. Vide.

— Bon. Nous y voilà.

Elles se garèrent devant une maison victorienne bien entretenue dans le centre du quartier de Ballard. Un écriteau peint à la main sur la devanture indiquait : BAKER ET MONTGOMERY, NOTAIRES.

Il fallut un moment à Tully pour descendre de la voiture. Lorsqu'elle y parvint, la femme lui adressa un sourire doux et compatissant.

— Ce n'est pas la peine de prendre ta valise.

— Je préfère la prendre, merci.

1. On pourrait traduire le titre de la chanson par « Ne nous abandonne pas ».

S'il y avait une chose que Tully comprenait, c'était l'importance d'avoir un bagage.

La femme hocha la tête et ouvrit la marche dans l'allée de béton veinée d'herbes qui menait à la porte d'entrée blanche. Dans le hall de la maison à la décoration excessivement pittoresque, Tully s'assit près du bureau d'accueil désert. Des dessins mièvres d'enfants aux grands yeux ornaient les murs richement tapissés. À quatre heures précises, un homme grassouillet au crâne dégarni et chaussé de lunettes à écailles vint les chercher.

— Bonjour, Tallulah. Je suis Elmer Baker, le notaire de ta grand-mère, Mme Hart.

Tully le suivit à l'étage jusqu'à une petite pièce meublée de deux fauteuils rembourrés et d'un bureau ancien en acajou encombré de blocs-notes jaunes. Dans le coin, un ventilateur sur pied produisait un bourdonnement sourd et envoyait de l'air chaud vers la porte. L'assistante sociale s'assit près de la fenêtre.

— Bien. Assieds-toi, s'il te plaît, dit-il en contournant l'élégant bureau pour gagner son fauteuil.

— Alors, Tallulah…

— Tully, dit-elle doucement.

— Exact ! Je me souviens qu'Ima m'a dit que tu préférais Tully.

Il posa ses coudes sur le bureau et se pencha en avant. Ses yeux globuleux clignotèrent derrière les épais verres grossissants de ses lunettes.

— Comme tu le sais, ta mère a refusé de te prendre sous sa garde.

Tully dut rassembler toutes ses forces pour hocher la tête, bien qu'elle eût préparé tout un monologue la veille au soir pour démontrer qu'il fallait la laisser vivre seule. À présent, dans ce bureau, elle se sentait petite et bien trop jeune.

— Je suis désolé, dit-il d'une voix douce, et Tully se surprit à tressaillir à ces mots.

— Ouais, dit-elle en serrant les poings sur les côtés.

— Mme Gulligan ici présente a trouvé une famille charmante pour t'accueillir. Tu seras sous leur garde avec plusieurs autres adolescents placés. L'excellente nouvelle, c'est que tu vas pouvoir rester dans ton lycée actuel. Je suis sûr que ça te réjouit.

— Je jubile.

Pendant un instant, M. Baker parut déconcerté par sa réaction.

— Bien sûr. Ensuite. En ce qui concerne ton héritage. Ima t'a légué tous ses biens : ses deux maisons, la voiture, les comptes bancaires et ses actions. Elle t'a laissé des instructions pour que tu continues de verser de l'argent tous les mois à sa fille, Dorothy. Ta grand-mère considérait que c'était le meilleur et le seul moyen de ne pas perdre sa trace. Dorothy a prouvé qu'on pouvait compter sur elle pour garder le contact quand elle reçoit de l'argent, indiqua-t-il, puis il s'éclaircit la voix. Donc… si nous vendons les deux maisons, tu n'auras pas à te soucier de ta situation financière pendant un bon moment. On peut s'occuper de…

— Mais dans ce cas je n'aurai pas de maison.

— Je suis désolé, mais Ima a été très explicite dans sa demande. Elle voulait que tu puisses aller dans n'importe quelle université, dit-il en levant les yeux. Tu vas gagner le Pulitzer un jour. Du moins c'est ce qu'elle m'a dit.

Tully n'arrivait pas à croire qu'elle était encore sur le point de pleurer, qui plus est devant ces gens. Elle se leva d'un bond.

— Il faut que j'aille aux toilettes.

Le front pâle de M. Baker se plissa.

— Oh. Bien sûr. En bas. Première porte à gauche de la porte d'entrée.

Tully recula son fauteuil, saisit sa valise et se dirigea vers la porte d'un pas hésitant. Une fois dans le couloir, elle ferma la porte derrière elle et s'appuya contre le mur en se retenant de pleurer.

Son avenir ne pouvait *pas* être dans une famille d'accueil.

Elle regarda la date sur sa montre célébrant le bicentenaire de l'indépendance américaine.

Les Mularkey rentraient chez eux le lendemain.

# 7

Le trajet du retour de Colombie-Britannique parut durer une éternité. La clim du break était cassée et les bouches d'aération inutiles crachaient donc de l'air chaud. Tout le monde était en surchauffe, fatigué et sale. Pourtant, Maman et Papa voulaient encore chanter des chansons. Ils n'arrêtaient pas d'embêter leurs enfants pour qu'ils chantent avec eux.

Kate n'en pouvait plus de cette situation horrible.

— Maman, tu peux dire à Sean d'arrêter de me toucher l'épaule, *par pitié* ?

Son frère rota et éclata de rire. Le chien aboya.

À l'avant, Papa se pencha et alluma la radio. « Thanks God I'm a Country Boy » de John Denver s'éleva des haut-parleurs.

— C'est la dernière que je chante, Margie. S'ils ne veulent pas nous accompagner… eh bien, tant pis.

Kate retourna à son livre. La voiture cahotait tant que les mots dansaient sur la page, mais peu importait, étant donné le nombre de fois qu'elle avait lu *Le Seigneur des anneaux*.

*Je suis content que tu sois ici avec moi. Ici, à la fin de toutes choses.*

— Katie. Kathleen.

Elle leva les yeux.

— Oui ?

— On est arrivés, dit son père. Range ce foutu bouquin et aide-nous à décharger la voiture.

— Est-ce que je peux d'abord appeler Tully ?

— Non. Tu défais d'abord les bagages.

Kate referma brusquement son livre. Ça faisait sept jours qu'elle attendait de pouvoir passer ce coup de fil. Mais c'était plus important de décharger la voiture.

— D'accord. Mais Sean a intérêt à aider.

Sa mère soupira.

— Occupe-toi de ce qui te regarde, Kathleen.

Ils sortirent en se bousculant du break nauséabond et entamèrent le rituel de fin de vacances. Quand ils terminèrent enfin, il faisait nuit. Kate déposa ses derniers vêtements sur le tas formé au sol dans la buanderie, lança la première machine, puis elle alla trouver sa mère, qui était assise sur le canapé avec Papa. Ils étaient appuyés l'un contre l'autre et avaient l'air hébétés.

— Je peux appeler Tully maintenant ?

Papa consulta sa montre.

— À neuf heures et demie ? Je suis sûr que sa grand-mère apprécierait.

— Mais…

— Bonne nuit, Katie, dit son père d'un ton ferme en passant le bras autour des épaules de Maman et en la serrant contre lui.

— C'est pas juste.

Maman rigola.

— Qui t'a dit que la vie était juste ? Maintenant, file te coucher.

Pendant près de quatre heures, Tully resta postée au coin de sa maison, à regarder les Mularkey décharger leur voiture. Elle avait songé une dizaine de fois à remonter leur allée en courant et à aller simplement les voir, mais elle n'était pas prête pour l'instant à faire face à la gaieté turbulente de toute la famille. Elle voulait être seule avec Kate, dans un lieu calme où elles pourraient discuter.

Elle attendit donc que les lumières s'éteignent puis traversa la rue. Dans l'herbe sous la fenêtre de Kate, elle attendit encore une demi-heure, pour être sûre.

Quelque part sur sa gauche, elle entendit Princesse qui s'adressait à elle en hennissant doucement et qui grattait le sol avec ses sabots. La vieille jument cherchait assurément de la compagnie elle aussi. Durant les vacances des Mularkey, un voisin lui avait donné à manger, mais ce n'était pas la même chose que d'être aimée.

— Je sais, ma belle, dit Tully en s'asseyant.

Elle serra ses jambes pliées contre son torse et se recroquevilla. Peut-être qu'elle aurait dû appeler au lieu de les épier comme ça. Mais Mme Mularkey lui aurait peut-être dit de revenir le lendemain, qu'ils étaient fatigués par le long trajet du retour, et Tully ne pouvait plus attendre. Elle ne pouvait supporter de se sentir si seule.

Finalement, à onze heures du soir, elle se releva, essuya son jean plein d'herbe et jeta un gravillon à la fenêtre de Kate.

Elle dut s'y reprendre à trois fois avant que son amie passe la tête par la fenêtre.

— Tully ! s'exclama Kate, puis elle rentra la tête dans sa chambre et referma la fenêtre.

Il fallut moins d'une minute pour qu'elle apparaisse sur le côté de la maison. En chemise de nuit Super Jaimie, avec ses vieilles lunettes à monture noire et son appareil dentaire, Kate courut vers Tully, les bras grands ouverts.

Tully sentit les bras de Kate qui l'enveloppait et, pour la première fois depuis des jours, elle se sentit en sécurité.

— Tu m'as tellement manqué, dit Kate en la serrant davantage.

Tully ne put répondre. Elle parvint tout juste à se retenir de pleurer. Elle se demanda si Kate savait, véritablement, combien leur amitié était importante pour elle.

— J'ai sorti nos vélos, dit-elle en reculant et en se détournant pour que Kate ne voie pas ses yeux humides.

— Cool.

Quelques minutes plus tard, elles étaient sur la route en direction de Summer Hill, les bras ouverts pour prendre le vent. Au pied de la colline, elles abandonnèrent leurs vélos dans les arbustes et descendirent la longue route sinueuse qui menait à la rivière. Tout autour d'elles, les arbres bavardaient entre eux ; le vent soupirait, et des feuilles tombaient en tourbillonnant des branches, signe avant-coureur de l'automne à venir.

Kate se laissa tomber par terre dans leur coin préféré, appuya son dos contre le tronc moussu et étendit les jambes dans l'herbe devenue haute en leur absence.

Tully ressentit soudain une certaine nostalgie de leur jeunesse. À cet endroit, durant la plus grande partie d'un été, elles avaient pris leurs deux vies solitaires et les avaient entrelacées pour former une corde d'amitié. Tully s'étendit à côté de Kate, si près que leurs épaules se touchaient. Après ces derniers jours, elle avait besoin de savoir que sa meilleure amie était enfin à ses côtés. Elle posa le transistor près d'elles et monta le volume.

— La Semaine de l'enfer au pays des bestioles a été encore pire que d'habitude, dit Kate. Enfin, j'ai quand même réussi à convaincre Sean de manger une limace. Ça valait la semaine d'argent de poche que j'ai perdue. Tu aurais vu sa tête quand je me suis mise à rire, dit-elle en gloussant. Tante Georgia a essayé de me parler de contraception. Tu y crois ? Elle m'a dit que je devrais…

— Est-ce que tu sais seulement la chance que tu as ?

Ces mots étaient sortis avant que Tully ne puisse les retenir, ils s'étaient déversés comme des bonbons sortant d'un distributeur.

Kate se tourna et changea de position pour être couchée sur le côté dans l'herbe et pouvoir regarder Tully.

— D'habitude, tu veux tout savoir sur nos vacances en camping sauvage.

— Ouais, eh bien, j'ai eu une mauvaise semaine.

— Tu t'es fait renvoyer ?

— C'est ça pour toi, une mauvaise semaine ? Je veux ta vie parfaite, juste le temps d'une journée.

Kate s'écarta en fronçant les sourcils.

— On dirait que tu es en colère contre moi.

— Pas contre toi, dit Tully en soupirant. Tu es ma meilleure amie.

— Alors, tu es en colère contre qui ?

— Nuage. Ma grand-mère. Dieu. Je te laisse choisir, dit-elle, puis elle prit une grande inspiration et dit : Mamie est morte pendant ton absence.

— Oh, Tully !

Et à cet instant, enfin, Tully trouva ce qu'elle avait attendu toute la semaine. Quelqu'un qui l'aimait et était sincèrement peiné pour elle. Des larmes lui brûlèrent les yeux, et elle se mit aussitôt à pleurer. À gros et profonds sanglots qui secouaient tout son corps et l'empêchaient de respirer, et pendant tout ce temps, Kate la serra contre elle et la laissa pleurer sans rien dire.

Quand elle se fut vidée de toutes ses larmes, Tully eut un sourire tremblant.

— Merci de ne pas avoir dit que tu es désolée pour moi.

— Je le suis, malgré tout.

— Je sais.

Tully s'étendit contre le tronc couché et leva les yeux vers le ciel nocturne. Elle avait envie d'admettre qu'elle avait peur et qu'aussi seule qu'elle eût pu se sentir parfois dans sa vie, elle savait désormais ce qu'était la vraie solitude, mais elle n'était pas capable de dire cela, pas même à Kate. Les pensées – et même les peurs – étaient des choses impalpables, sans forme jusqu'à ce qu'on leur donne consistance avec notre voix, et une fois qu'elles possédaient ce poids, elles pouvaient vous écraser.

Kate attendit quelques instants, puis elle dit :

— Qu'est-ce qui va se passer, alors ?

Tully s'essuya les yeux et glissa la main dans sa poche pour sortir un paquet de cigarettes. Elle en alluma une, tira une taffe et toussa. Ça faisait des années qu'elle n'avait pas fumé.

— Je dois aller dans une famille d'accueil. Mais c'est seulement pour quelque temps. Dès que j'aurai dix-huit ans, je pourrai vivre seule.

— Pas question que tu ailles vivre avec des inconnus, dit Kate d'un ton féroce. Je vais trouver Nuage et la convaincre d'assumer ses responsabilités.

Tully ne se donna pas la peine de répondre. Elle était profondément touchée que son amie dise cela, mais Kate et elle vivaient dans deux mondes différents. Dans celui de Tully, les mères n'étaient pas là pour vous aider. Ce qui comptait, c'était de trouver sa voie.

Ce qui comptait, c'était de se foutre de tout.

Et le meilleur moyen de se foutre de tout, c'était de s'entourer de bruit et de gens. Voilà bien longtemps qu'elle avait appris cela. Elle n'avait pas beaucoup de temps devant elle ici, à Snohomish. D'ici peu, les autorités la retrouveraient et la ramèneraient dans sa charmante nouvelle famille, composée d'ados placés et de gens payés pour les héberger.

— On devrait aller à cette fête demain soir. Celle dont tu m'as parlé dans ta dernière lettre.

— Chez Karen ? La boum de fin de l'été ?

— C'est ça.

Kate fronça les sourcils.

— Mes parents vont piquer une crise s'ils découvrent que je suis allée à une soirée où il y a de la bière.

— On leur dira que tu dors chez moi, dans la maison d'en face. Ta mère croira que Nuage est revenue pour quelques jours.

— Si je me fais pincer…

— Ça n'arrivera pas.

Tully vit à quel point son amie était inquiète, et elle sut qu'elle devait mettre immédiatement un terme à ce projet. C'était imprudent, peut-être même dangereux. Mais elle ne pouvait faire marche arrière. Si elle ne faisait pas quelque chose de radical, elle allait sombrer dans les ténèbres mièvres de ses propres peurs. Elle allait penser à cette mère qui l'avait si souvent abandonnée, aux inconnus avec qui elle vivrait bientôt et à sa grand-mère disparue.

— On se fera pas prendre. Je te le promets. Tu me fais confiance, non ? demanda-t-elle en se tournant vers Kate.

— Bien sûr, dit lentement Kate.

— Super. Alors on va à cette fête.

— Les enfants ! Le petit déjeuner est prêt.

Kate fut la première à s'asseoir.

Maman venait de poser une assiette de pancakes sur la table quand quelqu'un frappa à la porte.

Kate se leva d'un bond.

— J'y vais, dit-elle en courant à la porte qu'elle ouvrit d'un coup sec, feignant la surprise. Maman, regarde ! C'est Tully. Bon sang, ça fait une éternité que je t'ai pas vue !

Maman se trouvait près de la table dans son long peignoir en faux velours rouge à fermeture Éclair et ses pantoufles roses pelucheuses.

— Bonjour, Tully, ça fait plaisir de te revoir. Tu nous as manqué pour les vacances en camping sauvage de cette année, mais je sais comme ton travail est important.

Tully avança d'un pas chancelant. Elle leva les yeux, commença à dire quelque chose, mais aucun son ne sortit de sa bouche. Elle resta simplement plantée là, devant la mère de Kate.

— Qu'est-ce qu'il y a ? demanda celle-ci en s'approchant de Tully. Que se passe-t-il ?

— Ma grand-mère est morte, dit doucement Tully.

— Oh, ma chérie…

Maman prit Tully dans ses bras et la serra longuement. Finalement, elle s'écarta, passa un bras autour des épaules de Tully et la conduisit au canapé dans le salon.

— Éteins le feu sous la plaque, Katie, dit Maman sans même se retourner.

Kate s'exécuta puis les suivit dans le salon. Elle resta en retrait sous la voûte qui séparait les deux pièces. Aucune des deux femmes ne semblait se préoccuper de sa présence.

— Est-ce qu'on a raté les funérailles ? demanda Maman d'une voix douce en tenant la main de Tully.

Tully hocha la tête.

— Tous les gens m'ont dit qu'ils étaient désolés. Je déteste à tout jamais ces mots maintenant.

— Les gens ne savent pas quoi dire, c'est tout.

— La partie que je préfère, c'est l'incontournable « elle est dans un monde meilleur ». Comme si c'était mieux d'être morte que d'être avec moi.

— Et ta maman ?

— Disons simplement qu'elle ne se fait pas appeler Nuage pour rien. Elle est venue et elle est repartie, dit Tully, sur quoi elle jeta un coup d'œil vers Kate et s'empressa d'ajouter : Mais elle est ici pour le moment. On est dans la maison d'en face.

— Bien sûr qu'elle est là, dit Maman. Elle sait que tu as besoin d'elle.

— Je peux dormir là-bas ce soir, Maman ? demanda Kate.

Son cœur battait si fort et si vite qu'elle était persuadée que sa mère pouvait l'entendre. Elle s'efforça d'avoir l'air irréprochable, mais dans la mesure où elle mentait, elle s'attendait que sa mère voie clair en elle.

Cependant, Maman ne regarda même pas Kate.

— Bien sûr. Vous avez besoin d'être ensemble, toutes les deux. Et souviens-toi bien, Tully Hart : tu es la future Jessica Savitch. Tu vas survivre à tout ça. Je te le promets.

— Vous croyez vraiment ? demanda Tully.

— Je le sais. Tu as un talent rare, Tully. Et tu peux être certaine que ta grand-mère veille sur toi depuis le paradis.

Kate ressentit une envie soudaine d'intervenir, de s'avancer et de demander à sa mère si elle croyait qu'*elle* pouvait changer le monde. Elle alla même jusqu'à faire un pas en avant et ouvrir la bouche, mais avant qu'elle puisse prononcer sa question, elle entendit Tully dire :

— Un jour, vous serez fière de moi, madame M. Je vous le promets.

Kate s'arrêta. Elle ne savait absolument pas comment elle pouvait rendre sa mère fière ; elle n'était pas comme Tully. Elle n'avait aucun talent rare.

Le fait était, cependant, que sa propre mère aurait dû penser que c'était le cas et le souligner. Mais au lieu de ça, sa mère – comme tout le monde – était soumise au champ magnétique du soleil de Tully.

— On va toutes les deux devenir journalistes, dit Kate d'un ton plus abrupt qu'elle ne l'avait voulu.

En voyant leurs regards interloqués, elle se sentit bête.

— Allez, dit-elle, cette fois avec un sourire forcé. Il est temps de manger avant que tout soit foutu.

Cette fête était une mauvaise idée. Aussi mauvaise que de se moquer de Carrie au bal de fin d'année.

Tully le savait mais ne pouvait faire marche arrière. Durant les jours qui avaient suivi les funérailles de Mamie et le nouvel abandon de Nuage, son chagrin s'était peu à peu changé en colère. Celle-ci coulait dans ses veines tel le sang d'un prédateur et la remplissait d'émotions qu'elle ne pouvait modérer ou maîtriser. Elle savait que c'était inconsidéré, mais elle ne pouvait changer de cap. Si elle ralentissait, même quelques instants, sa peur la rattraperait et de toute façon le projet était en branle maintenant. Elles étaient dans l'ancienne chambre de sa mère, en train théoriquement de se préparer.

— Oh mon Dieu ! dit Kate d'une voix émerveillée. Il faut que tu lises ça.

Tully s'approcha avec fureur du lit à eau décoré d'affreux collages, arracha le livre de poche des mains de Kate et le jeta à l'autre bout de la pièce.

— Je n'en reviens pas que tu aies apporté un livre.

— Eh ! dit Kate en essayant de s'asseoir, créant des vagues autour d'elle. Wulfgar était en train de l'attacher au bout du lit. Il faut que je sache…

— On va à une fête, Kate. Ça suffit, les romans à l'eau de rose. Et pour information, attacher une femme à un lit, c'est un truc de pervers.

— Oui, dit lentement Kate en fronçant les sourcils. Je sais, mais…

— Pas de mais. Habille-toi.

— D'accord, d'accord.

Elle se traîna jusqu'au tas de vêtements que Tully avait sortis plus tôt pour elle : un jean Jordache et un haut à dos nu moulant couleur bronze.

— Ma mère ferait une attaque si elle savait que je sors là-dedans.

Tully ne répondit pas. À vrai dire, elle aurait aimé ne rien avoir entendu. Mme M. était la dernière personne à laquelle elle voulait penser à cet instant. Elle se concentra plutôt sur sa tenue : jean, bustier moulant rose et sandales à lacets et à semelles compensées bleu marine. Elle se pencha en avant, se brossa les cheveux pour avoir un maximum de volume comme Farrah, puis les vaporisa de suffisamment de laque pour arrêter une mouche en vol. Quand elle fut certaine d'avoir un look impeccable, elle se tourna vers Kate.

— Tu es p…

Kate était habillée pour la fête et à nouveau en train de lire sur le lit.

— Tu es vraiment pitoyable.

Kate roula sur le dos et sourit.

— C'est romantique, Tully. Pour de vrai.

Tully lui reprit le livre. Elle ne savait pas trop pourquoi, mais cela la mettait hors d'elle. C'était peut-être l'idéalisme romanesque de Kate. Comment pouvait-elle connaître la vie de Tully et continuer de croire aux dénouements de contes de fées ?

— Allons-y.

Sans attendre de voir si Kate la suivait, Tully alla dans le garage, ouvrit les portes et se glissa sur le siège conducteur noir craquelé de la Crown Victoria de sa grand-mère sans prêter attention au rembourrage qui ressortait dans son dos. Elle claqua ensuite la portière.

— Tu as la voiture de ta grand-mère ? demanda Kate en ouvrant la portière du côté passager et en passant sa tête à l'intérieur.

— En théorie, c'est ma voiture maintenant.

Kate prit place et ferma la portière.

Tully glissa une cartouche huit pistes de Kiss dans l'autoradio et monta le son. Elle enclencha ensuite la marche arrière et appuya doucement sur l'accélérateur.

Elles chantèrent à tue-tête sur tout le trajet jusqu'à chez Karen Abner, où cinq voitures au moins étaient déjà garées. Plusieurs d'entre elles étaient cachées parmi les arbres. Quand les parents d'un des jeunes quittaient la ville, le bruit courait vite ; les fêtes enflaient à vue d'œil.

L'intérieur de la maison était inondé de fumée. L'odeur suave d'herbe et d'encens était presque suffocante. La musique était si forte que Tully en eut mal aux oreilles. Elle saisit la main de Kate et l'entraîna dans la salle de jeux au sous-sol.

L'immense pièce était lambrissée de faux bois et décorée d'une moquette d'extérieur vert-jaune. Au centre trônait une cheminée conique encadrée par un canapé orange en forme de demi-lune et plusieurs fauteuils poire marron. À gauche, des garçons jouaient au babyfoot et criaient à chaque tour de poignet. Des gens de leur âge dansaient frénétiquement en chantant sur la musique. Deux garçons étaient sur le canapé en train de fumer de l'herbe, tandis que près de la porte une fille buvait une bière d'un trait sous un énorme tableau de matador espagnol.

— Tully !

Avant qu'elle puisse réagir, elle fut entourée de ses anciens amis qui l'entraînèrent à l'écart de Kate. Elle alla d'abord au fût de bière et laissa un des garçons lui donner un gobelet en plastique plein de Rainier dorée et mousseuse. Elle regarda le verre fixement, secouée par le souvenir qui l'accompagnait : *Pat, la renversant par terre…*

Elle chercha Kate du regard, mais ne vit pas son amie dans la cohue.

Puis tout le monde se mit à scander son prénom.

— Tu-lly ! Tu-lly !

Personne n'allait lui faire de mal. Pas ici. Le lendemain, peut-être, quand les autorités la retrouveraient, mais pas maintenant. Elle but la bière d'un trait puis tendit le gobelet pour en avoir une autre, tout en criant le prénom de Kate.

Celle-ci apparut aussitôt, comme si Tully ne l'avait simplement pas vue et qu'elle attendait qu'on l'appelle.

Tully lui tendit la bière.

— Tiens.

Kate fit non de la tête. C'était un mouvement léger, fugace, mais Tully le vit et eut honte de lui avoir proposé cette bière, puis elle fut furieuse que son amie soit si innocente. Tully n'avait jamais été innocente ; pas dans son souvenir en tout cas.

— Ka-tie ! Ka-tie ! cria Tully en invitant les autres à l'imiter. Allez, Katie, dit-elle doucement. On est meilleures amies, non ?

Kate jeta des regards nerveux sur les gens qui l'entouraient.

Tully se sentit à nouveau honteuse, et jalouse. Elle pouvait arrêter cela tout de suite, protéger Katie…

Kate prit le verre et le vida.

Plus de la moitié de la bière dégoulina sur son menton et sur son haut à dos nu, ce qui fit coller le tissu chatoyant à ses seins, mais elle ne sembla pas le remarquer.

Soudain, la musique changea. « Dancing Queen » d'ABBA retentit dans les haut-parleurs. *You can dance, you can jive…*

— J'adore cette chanson, dit Kate.

Tully prit la main de Kate et l'emmena à l'endroit où d'autres dansaient. Rapidement, elle se laissa emporter par la musique et le mouvement.

Lorsque le morceau se termina et enchaîna sur un autre plus lent, elle était essoufflée et riait facilement.

Mais c'était Kate qui était la plus transformée. Peut-être était-ce à cause de cette bière, ou du rythme entraînant de la musique, Tully ne savait pas trop. Tout ce qu'elle savait, c'était que Kate resplendissait avec ses cheveux blonds qui brillaient dans la lumière du plafonnier et son visage pâle et délicat empourpré par l'effort.

Quand Neal Stewart s'approcha d'elles et invita Kate à danser, Kate fut la seule surprise. Elle se tourna vers Tully.

— Neal veut danser avec moi, cria-t-elle quand il y eut une pause dans la chanson. Il doit être bourré.

Puis elle leva les mains en l'air et dansa à corps perdu avec Neal, laissant Tully seule au milieu de la foule.

Kate appuya sa joue contre le T-shirt doux de Neal.

C'était si agréable, de sentir ses bras autour d'elle, ses mains juste au-dessus de ses fesses. Elle sentait ses hanches qui bougeaient contre les siennes. Cela faisait accélérer les battements de son cœur et sa respiration. Une sensation nouvelle l'envahit, une sorte d'attente fébrile. Elle avait envie… de quoi ?

— Kate ?

Elle perçut une hésitation dans la manière dont il prononça son prénom et se demanda soudain : ressentait-il toutes ces choses, lui aussi ?

Lentement, elle leva les yeux.

Neal la regarda en souriant. Il titubait seulement légèrement.

— Tu es belle, dit-il, puis il l'embrassa, juste là, au milieu de la piste de danse.

Kate inspira brusquement et se raidit dans ses bras. C'était si inattendu qu'elle ne savait pas ce qu'elle était censée faire.

Neal glissa la langue dans sa bouche en forçant ses lèvres à s'entrouvrir.

— Wouah, dit-il doucement quand il s'écarta enfin.

Wouah, quoi ? *Wouah, t'es nulle* ou *Wouah, quel baiser* ?

Derrière elle, quelqu'un cria :

— Les flics !

En l'espace d'un instant, Neal disparut et Tully reparut à côté d'elle et lui prit la main. D'un pas vacillant, elles sortirent tant bien que mal de la maison, gravirent la colline, traversèrent les broussailles et redescendirent vers les arbres. Quand elles arrivèrent enfin à la voiture, Kate était terrifiée et son estomac était en pleine révolte.

— Je vais vomir.

— Non, je te l'interdis, dit Tully en ouvrant la portière passager et en poussant Kate à l'intérieur. Pas question qu'on se fasse attraper.

Tully fit rapidement le tour de la voiture par l'avant et ouvrit sa portière. Elle se glissa ensuite derrière le volant, tourna la clé de contact, enclencha la marche arrière et écrasa la pédale d'accélérateur. Elles partirent en trombe en marche arrière et heurtèrent violemment quelque chose. Kate fut projetée en avant comme une poupée de chiffon, se cogna le front contre le tableau de bord puis revint brutalement en arrière dans son siège. Étourdie, elle ouvrit les yeux, essaya de fixer son regard.

Tully était à côté d'elle, en train de baisser la vitre de son côté.

Derrière celle-ci, dans l'obscurité, se trouvait ce bon vieil agent Dan, celui qui avait emmené Tully loin de Snohomish trois ans plus tôt.

— Je savais que vous seriez des plaies, vous les filles de la route des Lucioles.

— Merde ! dit Tully.

— Joli langage, Tallulah. Maintenant, tu veux bien descendre de la voiture ? dit-il, puis il se pencha et regarda Kate. Toi aussi, Kate Mularkey. La fête est finie.

La première chose qui se passa au commissariat fut que les filles furent séparées.

— Quelqu'un va venir te parler, dit l'agent Dan en emmenant Tully dans une pièce au bout du couloir.

Un bureau vert-de-gris et deux chaises attendaient tristement sous une ampoule nue qui pendait du plafond. Les murs étaient d'un vilain vert et le sol était en béton brut bosselé. Il régnait dans la pièce une mauvaise odeur ancienne, un mélange de sueur et d'urine et de vieux café renversé.

Le mur de gauche était entièrement recouvert d'un miroir.

Il suffisait d'avoir vu un épisode de *Starsky et Hutch* pour savoir qu'il s'agissait en réalité d'un miroir sans tain.

Tully se demanda si l'assistante sociale était déjà derrière celui-ci, en train de secouer la tête de déception en disant *Cette gentille famille ne voudra plus d'elle maintenant*, ou le notaire, qui ne saurait quoi dire.

Ou les Mularkey.

À cette pensée, elle poussa un petit cri d'horreur. Comment avait-elle pu être aussi stupide ? Les Mularkey l'aimaient bien jusqu'à ce soir-là, mais elle venait de tout gâcher, et pour quoi ? Parce qu'elle était déprimée d'avoir été rejetée par sa mère ? Elle aurait dû être habituée, depuis le temps. Quand les choses avaient-elles été autrement ?

— Je ne ferai plus de bêtises, dit-elle en regardant le miroir. Si quelqu'un m'offrait encore une chance, je serais sage.

Après cela, elle attendit que quelqu'un surgisse dans la pièce, peut-être avec des menottes, mais les minutes s'écoulèrent simplement dans le silence nauséabond. Elle déplaça une des chaises en plastique noir dans un coin et s'assit dessus.

*Je savais que c'était idiot.*

Elle ferma les yeux et se répéta sans cesse la même chose. À cette pensée se joignit sa jumelle, telle une ombre se formant dans le crépuscule : *Seras-tu une bonne amie pour Katie ?*

— Comment ai-je pu être aussi bête ?

Cette fois-ci, Tully ne jeta même pas un coup d'œil au miroir. Il n'y avait personne là-derrière. Qui voudrait la regarder, de toute façon, cette gamine dont personne ne voulait ?

À l'autre bout de la pièce, la poignée de la porte tourna.

Tully se tendit. Ses doigts se crispèrent sur ses cuisses.

*Sois sage, Tully. Acquiesce à tout ce qu'on te dira. Mieux vaut aller en famille d'accueil qu'en maison de redressement.*

La porte s'ouvrit et Mme Mularkey entra dans la pièce. Avec sa robe à fleurs délavée et ses chaussures en toile blanche usée, elle était peu présentable et avait l'air fatiguée, comme si elle avait été réveillée au milieu de la nuit et s'était habillée avec ce qu'elle avait pu trouver dans le noir.

Ce qui était précisément le cas, bien sûr.

Mme Mularkey chercha ses cigarettes dans la poche de sa robe. Elle en trouva une et l'alluma. À travers la fumée tourbillonnante, elle dévisagea Tully. De ses traits émanait un sentiment de tristesse et de déception, aussi visible que la fumée autour d'elle.

Tully fut accablée de honte. Mme M. était une des rares personnes qui avaient cru en elle, et elle l'avait déçue.

— Comment va Kate ?

Mme Mularkey cracha une bouffée de fumée.

— Bud l'a ramenée à la maison. Je pense qu'elle n'est pas près d'en ressortir.

— Oh.

Tully se tortilla avec gêne. Toutes les marques de sa faiblesse étaient visibles, elle en était sûre, des mensonges qu'elle avait racontés aux secrets qu'elle avait gardés en passant par les larmes qu'elle avait versées. Mme M. voyait tout.

Et rien de tout cela ne lui plaisait.

Tully ne pouvait guère lui en vouloir.

— Je sais que je vous ai déçue.

— Oui, tu m'as déçue, dit Mme Mularkey en écartant une chaise de la table et en s'asseyant en face de Tully. Ils veulent t'envoyer en maison de redressement.

Tully baissa les yeux et regarda ses mains, incapable de supporter la déception qu'elle lisait sur le visage de Mme M.

— La famille d'accueil ne voudra plus de moi maintenant.

— J'ai cru comprendre que ta mère a refusé de te prendre sous sa garde.

— Quelle surprise.

Tully entendit sa voix s'étrangler sur ces mots. Elle savait que cela révélait combien elle avait été blessée, mais il lui était impossible de le cacher. Pas à Mme M.

— Katie pense qu'ils peuvent te trouver une autre famille d'accueil.

— Ouais, bon, Katie vit dans un autre monde que le mien.

Mme Mularkey se laissa aller sur sa chaise. Elle tira une bouffée sur sa cigarette, cracha la fumée et dit doucement :

— Elle veut que tu viennes vivre chez nous.

Ces quelques mots lui transpercèrent le cœur. Elle sut qu'il lui faudrait longtemps pour tenter de les oublier.

— Ouais, c'est ça.

Mme Mularkey attendit quelques instants avant d'ajouter :

— Pour vivre chez nous, il faudrait s'occuper des tâches ménagères et obéir aux règles. M. Mularkey et moi, nous ne tolérerions aucune entourloupe.

Tully releva brusquement la tête.

— Qu'est-ce que vous êtes en train de dire ?

Elle ne trouvait même pas les mots pour exprimer cet espoir soudain.

— Et il serait hors de question de fumer.

Tully la dévisagea et sentit des larmes lui brûler les yeux, mais cette douleur n'était rien en comparaison de ce qui se passait en elle. Elle eut soudain la sensation d'être sur le point de tomber.

— Vous êtes en train de dire que je peux vivre avec vous ?

Mme M. se pencha en avant et caressa le menton de Tully.

— Je sais comme ta vie a été dure jusque-là, Tully, et je ne peux pas supporter l'idée que ça continue ainsi.

Après avoir eu l'impression de tomber, Tully eut celle de voler, et elle se mit soudain à pleurer pour tous ces récents malheurs : Mamie, la famille d'accueil, Nuage. Elle n'avait jamais ressenti une émotion aussi grande que ce soulagement. Les mains tremblantes, elle sortit le paquet de cigarettes à moitié vide et fripé de son sac à main et le lui tendit.

— Bienvenue dans notre famille, Tully, dit enfin Mme M. dans le silence, puis elle prit Tully dans ses bras et la laissa pleurer.

Tout au long de sa vie, au fil des décennies, Tully se souviendrait de ce moment comme du début de quelque chose de nouveau pour elle ; la naissance d'une personne nouvelle. En vivant avec la bruyante, folle et aimante famille Mularkey, elle découvrit quelqu'un de totalement nouveau en elle. Elle ne gardait pas de secrets, ne racontait pas de mensonges, ne faisait pas semblant d'être quelqu'un d'autre, et à aucun moment ils ne lui donnèrent le sentiment de ne pas être désirée ou pas assez bien. Partout où elle irait par la suite, quoi qu'elle fasse, qui qu'elle fréquente, elle se rappellerait toujours ce moment et ces mots : *Bienvenue dans notre famille, Tully*. Jusqu'à la fin de ses jours, elle se souviendrait de cette année de terminale, où elle était inséparable de Kate et faisait partie de sa famille, comme étant la meilleure année de sa vie.

# 8

— Les filles ! Arrêtez de lambiner. On va se retrouver dans les bouchons si on ne part pas maintenant.

Dans la chambre mansardée au sol grinçant, Kate était penchée sur la valise ouverte sur son lit simple et contenant toutes ses plus précieuses affaires. Au sommet trônait une photo encadrée de ses grands-parents, coincée entre son paquet de lettres anciennes de Tully noué avec un ruban et une photo de Tully et elle prise lors de la cérémonie de remise de diplômes.

Bien qu'elle eût attendu ce moment avec impatience depuis des mois (Tully et elle avaient passé des soirées sans fin à en rêver, et ces rêves commençaient chaque fois par *quand on sera à la fac*), maintenant qu'il arrivait, elle n'avait pas le cœur à quitter la maison.

Au cours de leur année de terminale, elles étaient devenues inséparables. TullyEtKate. Tout le monde au lycée prononçait leurs deux prénoms comme s'ils ne faisaient qu'un. Quand Tully était devenue rédactrice en chef du journal du lycée, Kate l'avait sans cesse épaulée et aidée à réviser les articles. Elle avait vécu par procuration à travers les succès de son amie et surfé sur la vague de sa popularité, mais tout cela s'était passé dans un monde qu'elle connaissait, à un endroit où elle se sentait en sécurité.

— Et si j'oublie quelque chose ?

Tully traversa la pièce pour venir vers Kate. Elle rabattit le couvercle de la valise et en verrouilla les fermoirs.

— Tu es prête.

— Non. *Toi*, tu es prête. Tu es toujours prête, dit Kate en essayant de ne pas paraître aussi effrayée qu'elle l'était.

Elle prit brusquement conscience que ses parents, et même son petit frère allaient affreusement lui manquer.

Tully la regarda droit dans les yeux.

— On est une équipe, non ? Les filles de la route des Lucioles.

— On l'était jusque-là, mais…

— Pas de mais. On va à la fac ensemble, on entre dans la même sororité et on va se faire engager par la même chaîne de télé. Point. C'est tout. On peut y arriver.

Kate savait ce que Tully et tous les autres attendaient d'elle : qu'elle soit forte et courageuse. Si seulement elle en était plus convaincue. Mais vu que ce n'était pas le cas, elle faisait comme souvent dernièrement en compagnie de Tully. Elle souriait et faisait semblant d'y croire.

— Tu as raison. Allons-y.

Le trajet de Snohomish au centre de Seattle, qui prenait habituellement trente-cinq minutes environ, sembla passer en un clin d'œil. Kate parla à peine. Elle semblait avoir perdu sa voix, même quand Tully et sa mère bavardèrent longuement de la semaine de recrutement des sororités qui se préparait. Sa mère semblait plus excitée que Kate par leur aventure à la fac.

Dans l'imposant bâtiment du Haggett Hall, elles parcoururent les couloirs bondés et bruyants jusqu'à une petite chambre d'étudiant défraîchie au neuvième étage. C'était là qu'elles logeraient durant la semaine de recrutement. À la fin de celle-ci, elles s'installeraient dans leur sororité.

— Eh bien. Nous y voilà, dit M. Mularkey.

Kate s'approcha de ses parents et les enlaça dans la célèbre étreinte familiale des Mularkey.

Tully resta en retrait, donnant l'air, curieusement, d'être exclue.

— Bon sang, Tully, viens ici ! lança Maman.

Tully accourut et se laissa étreindre par les trois autres.

Durant l'heure qui suivit, ils défirent leurs bagages, discutèrent et prirent des photos. Puis, finalement, Papa dit :

— Bien, Margie, il est temps. Il ne faudrait pas qu'on se fasse piéger dans les bouchons.

Ils se serrèrent une dernière fois dans les bras.

Kate se cramponna à sa mère en refoulant ses larmes.

— Ça va aller, dit Maman. Tu dois croire à tous tes rêves. Tully et toi, vous allez devenir les meilleures journalistes que cet État ait connues. On est si fiers de vous, ton père et moi.

Kate hocha la tête et regarda sa mère à travers ses larmes chaudes.

— Je t'aime, Maman.

Et bien trop vite, ce moment se termina.

— On vous appellera tous les dimanches, dit Tully derrière eux. Quand vous rentrerez à la maison après la messe.

Puis, soudain, ils partirent.

Tully s'affala sur le lit.

— Je me demande comment va se passer la semaine de recrutement. Je parie que toutes les maisons vont nous vouloir. Comment pourrait-il en être autrement ?

— C'est toi qu'elles voudront, dit doucement Kate, et pour la première fois depuis des mois, elle eut le sentiment d'être redevenue celle que les gens appelaient la pouilleuse des années auparavant, la fille aux lunettes en culs de bouteille et au jean montant bon marché.

Peu importait qu'elle porte désormais des lentilles, qu'elle n'ait plus son appareil dentaire et qu'elle ait appris à se maquiller pour mettre en valeur ses traits. Les filles des sororités ne se laisseraient pas duper par tout cela.

Tully se redressa.

— Tu sais que je n'entrerai pas dans une sororité si on n'y est pas ensemble, hein ?

— Mais c'est pas juste pour toi, dit Kate en s'approchant du lit et en s'asseyant à côté d'elle.

— Tu te souviens de la route des Lucioles ? demanda Tully en baissant la voix.

Au fil des années, ces mots étaient devenus une formule fourre-tout, une sorte de code pour désigner leurs souvenirs. C'était leur manière de dire qu'une amitié née quand elles avaient quatorze ans, à l'époque où

David Cassidy avait la cote et où une chanson pouvait vous faire pleurer, serait éternelle.

— Je n'ai pas oublié.

— Mais tu ne comprends pas, dit Tully.

— Je ne comprends pas quoi ?

— Quand ma mère m'a envoyée balader, qui a été là pour moi ? Quand ma grand-mère est morte, qui m'a pris la main et recueillie ? demanda-t-elle, puis elle se tourna vers Kate. Toi. Voilà la réponse. On est une équipe, Kate. Amies pour la vie, quoi qu'il arrive. D'accord ?

Elle donna un petit coup d'épaule à Kate, ce qui la fit sourire.

— Tu arrives toujours à tes fins.

Tully rigola.

— Bien sûr. C'est un de mes traits de caractère les plus séduisants. Maintenant, voyons un peu ce qu'on va porter pour notre premier jour…

L'université de Washington comblait largement tous les espoirs de Tully. Étendue sur plusieurs hectares et composée de centaines de bâtiments de style gothique, c'était un monde à part entière. Sa taille intimidait Kate, mais pas Tully. Elle se disait que si elle pouvait triompher là, elle pouvait triompher n'importe où. Dès l'instant où elles s'installèrent dans leur sororité, elle commença à se préparer à décrocher un poste de journaliste dans une grande chaîne de télévision. En plus de suivre les cours de communication du tronc commun, elle trouvait le temps de lire au moins quatre journaux par jour et de regarder le plus de journaux télévisés possible. Le jour où la chance de sa vie se présenterait, elle serait prête.

Il lui avait fallu une bonne partie des premières semaines de cours pour trouver ses marques et comprendre ce que devait être la Phase Un de son projet universitaire. Elle était allée voir tant de fois le conseiller pédagogique de la faculté de communications qu'il l'évitait parfois dans les couloirs quand il la voyait arriver, mais elle s'en moquait. Quand elle avait des questions, elle voulait des réponses.

Le problème, encore une fois, était son jeune âge. Elle ne pouvait entrer dans les cours supérieurs de journalisme ou d'audiovisuel. La bureaucratie tentaculaire de cette énorme université d'État était insensible à toutes ses cajoleries et sollicitations. Elle devait simplement attendre son tour.

Ce qui n'était pas son fort.

Elle se pencha sur le côté et chuchota à Kate :

— Pourquoi est-on obligées de suivre des cours de sciences ? Je n'aurai pas besoin de connaître la géologie pour être journaliste.

— Chuuut.

Tully fronça les sourcils et se laissa tomber sur le dossier de sa chaise. Ils étaient dans le Kane Hall, un des plus grands amphithéâtres du campus. De sa place dans les derniers rangs, serrée parmi près de cinq cents autres étudiants, elle voyait à peine le professeur, qui s'était révélé ne pas être du tout le professeur, mais son chargé d'enseignement.

— On peut acheter des notes de cours. Allons-nous-en. Le bureau du journal ouvre à dix heures.

Kate ne la regarda même pas et continua de griffonner des notes sur sa feuille.

Tully grommela, croisa les bras de dégoût et attendit minute après minute que le cours se termine. À la seconde où la cloche sonna, elle se leva d'un bond.

— Dieu merci. Allons-y.

Kate termina de prendre ses notes et ramassa ses papiers, puis rangea tout méthodiquement dans son bloc-notes.

— Est-ce que tu *fabriques* du papier ? Allez. Je veux rencontrer le rédacteur en chef.

Kate se leva et prit son sac à dos sur une épaule.

— On ne va pas décrocher un job au journal, Tully.

— Ta mère t'a dit de ne pas être si négative, tu te souviens ?

Elles descendirent et se fondirent dans la foule bruyante des étudiants.

Dehors, le soleil brillait dans la cour de brique surnommée la Place rouge. Près de la bibliothèque Suzzallo, un groupe d'étudiants aux cheveux longs était rassemblé sous une pancarte NETTOYEZ HANFORD[1].

— Arrête de te plaindre à ma mère quand tu n'obtiens pas ce que tu veux, dit Kate tandis qu'elles se dirigeaient vers la grande pelouse du Quad. On ne peut même pas suivre les cours de journalisme avant notre troisième année.

Tully s'arrêta.

— Tu vas vraiment me laisser y aller seule ?

---

1. Référence au complexe nucléaire de Hanford, dans l'État de Washington, ayant généré d'énormes quantités de déchets nucléaires et libéré des doses très importantes de matières radioactives dans la région.

Kate sourit et continua de marcher.

— On n'aura pas ce boulot.

— Mais tu viens avec moi, hein ? On est une équipe.

— Bien sûr que je viens.

— Je le savais. Tu me faisais simplement marcher.

Elles continuèrent de discuter en traversant le Quad, où les cerisiers étaient verdoyants, tout comme les pelouses. Des dizaines d'étudiants en shorts et en T-shirts colorés jouaient au Frisbee et au footbag.

Tully s'arrêta devant le bureau du journal.

— C'est moi qui parle.

— Je suis scandalisée, vraiment.

Tout en riant, elles entrèrent dans le bâtiment, s'annoncèrent à un jeune ébouriffé à l'accueil, qui leur indiqua le chemin pour se rendre au bureau du rédacteur en chef.

La rencontre dura moins de dix minutes au total.

— Je t'avais dit qu'on était trop jeunes, dit Kate tandis qu'elles retournaient à leur sororité.

— Va te faire voir. Parfois, tu me donnes à penser que tu n'as pas envie d'être journaliste avec moi.

— C'est un énorme mensonge : tu ne penses pour ainsi dire jamais.

— Garce.

— Morue.

Kate passa son bras autour des épaules de Tully.

— Allez, viens, Barbara Walters[1], je te raccompagne chez toi.

1. Journaliste et présentatrice de télévision américaine.

Tully était si déprimée par cette entrevue au journal que Kate passa le reste de la journée à tenter de lui remonter le moral.

— Allez, dit-elle finalement, des heures plus tard, dans leur minuscule chambre de la sororité. Préparons-nous. Il faut que tu te fasses belle pour la soirée de rencontre.

— Qu'est-ce que j'en ai à faire, d'une soirée de rencontre à la noix ? Les mecs des fraternités, c'est loin d'être mon idéal.

Kate se retint de sourire. Il n'y avait pas de demi-mesures avec Tully : elle passait par des hauts et des bas extrêmes. Et cette tendance n'avait fait que s'accentuer depuis qu'elles étaient à l'université de Washington. Ce qui était curieux, c'était qu'alors que cet immense campus noir de monde avait exacerbé le côté démesuré de Tully, il avait eu à l'inverse un effet apaisant sur Kate. Elle se sentait chaque jour plus forte ici, de plus en plus prête à devenir une adulte.

— Quel cinéma tu fais ! Je te laisse me maquiller.

Tully leva les yeux.

— Vraiment ?

— C'est une offre à durée limitée. Tu ferais mieux de te grouiller.

Tully se leva d'un bond, lui prit la main et l'entraîna dans le couloir jusqu'aux sanitaires, où des dizaines de filles étaient déjà en train de se doucher, de s'essuyer et de se sécher les cheveux.

Elles attendirent leur tour, prirent leurs douches et retournèrent dans leur chambre. Heureusement, leurs deux camarades de chambre n'étaient pas là.

Le tout petit espace, rempli essentiellement de commodes, de bureaux et d'un lit superposé réservé aux troisième année, leur offrait à peine assez de place pour se retourner. Leurs lits simples à elles se trouvaient dans la grande chambre-véranda au bout du couloir.

Tully passa près d'une heure à les coiffer et les maquiller, puis elle sortit les tissus qu'elles avaient achetés pour leurs toges – doré pour Tully, argenté pour Kate – et créa deux habits magiques maintenus en place par des ceintures serrées et des broches en strass.

Kate étudia son reflet quand elles eurent fini. Le tissu argenté chatoyant s'accordait bien avec son teint pâle et ses cheveux d'or et faisait ressortir le vert de ses yeux. Après toutes ses années de ringardise, elle était parfois encore surprise de pouvoir être belle.

— Tu es géniale, dit-elle.

Tully tourna sur elle-même pour inspecter sa tenue.

— Comment suis-je ?

La toge dorée mettait en valeur ses gros seins et sa taille fine, et son épaisse chevelure bouclée, crêpée et laquée ruisselait sur son épaule, telle Jane Fonda dans *Barbarella*. Son fard à paupières bleu et son eye-liner épais lui donnaient un air exotique.

— Tu es superbe, dit Kate. Les mecs vont tomber à la renverse.

— Tu accordes trop d'importance à l'amour ; ça doit être tous ces romans à l'eau de rose que tu lis. C'est *notre* soirée. On s'en fout, des garçons.

— Tu t'en fous peut-être, mais je ne serais pas contre sortir avec quelqu'un.

Tully prit Kate par le bras et l'entraîna dans le couloir bondé de filles plus ou moins habillées qui riaient, discutaient et couraient en tous sens avec des fers à friser, des sèche-cheveux et des draps.

Au rez-de-chaussée, dans le grand salon, une fille montrait à d'autres comment danser le disco.

Dehors, Kate et Tully se fondirent dans la foule qui circulait dans la rue. Il y avait des gens partout en cette douce soirée de fin septembre. La plupart des fraternités proposaient une soirée de rencontre. Il y avait des filles déguisées, d'autres en vêtements de tous les jours, d'autres encore vêtues de presque rien, qui marchaient par groupes de sororité vers leurs diverses destinations.

La fraternité Phi Delt, grande et carrée, était un mélange assez moderne de verre, de métal et de brique, situé au coin d'une rue. À l'intérieur, les murs étaient abîmés, les meubles laids et délabrés, et la décoration évoquait une prison des années 1950. Même si on ne voyait pas grand-chose de tout cela avec la foule.

Serrés comme des sardines, les gens buvaient de la bière cul sec et oscillaient au rythme de la musique. Le morceau « Shout ! » passait à fond dans les haut-parleurs, et tout le monde chantait en chœur et sautait en rythme sur la musique.

*A little bit softer now…*

La foule s'accroupit, s'immobilisa, puis tous levèrent les mains et se relevèrent en chantant.

Comme toujours, dès l'instant où Tully mettait un pied à la fête, elle rayonnait. Son penchant dépressif, son sourire hésitant, son agacement à l'idée de ne pas avoir été embauchée… tout cela avait disparu. Kate la regarda avec émerveillement : son amie accaparait instantanément l'attention de tout le monde.

— *Shout !* cria Tully en riant.

Des garçons s'approchèrent, attirés vers elle comme des papillons de nuit par une flamme, mais Tully sembla à peine les remarquer. Elle se dirigea en hâte vers la piste de danse en entraînant Kate avec elle.

Kate s'amusa comme jamais depuis des années.

Après trois danses de groupe sur « Brick House », « Twistin' the Night Away » et « Louie Louie », elle était bouillante et en nage.

— Je reviens tout de suite, cria-t-elle à Tully, qui hocha la tête, puis elle sortit et s'assit sur le muret en briques qui délimitait la propriété.

Le fraîche brise nocturne caressa son visage. Elle ferma les yeux et se balança au rythme de la musique.

— C'est à l'intérieur, la fête, tu sais.

Elle leva les yeux.

Le garçon qui avait parlé était grand et large d'épaules et avait des cheveux couleur de blé qui tombaient devant des yeux d'un bleu d'azur.

— Je peux m'asseoir avec toi ?

— Je t'en prie.

— Je m'appelle Brandt Hanover.

— Kate Mularkey.

— C'est ta première fête de fraternité ?

— Ça se voit ?

Il sourit et devint plus beau encore qu'il ne l'était déjà.

— Juste un peu. Je me souviens de ma première année ici. J'avais l'impression d'être sur Mars. Je viens de Moses Lake, dit-il, comme si cela expliquait tout.

— C'est une petite ville ?

— Un petit point sur la carte.

— C'est vrai que c'est un peu étourdissant.

La conversation se poursuivit facilement à partir de là. Il parla de choses auxquelles elle pouvait s'identifier. Il avait grandi dans une ferme, où il donnait à manger aux vaches avant l'aube et conduisait le camion à foin de son père à treize ans. Il savait ce que c'était de se sentir perdu, mais aussi de se découvrir dans un endroit aussi grand et tentaculaire que l'université de Washington.

À l'intérieur, la musique changea. Quelqu'un monta brusquement le son. C'était « Dancing Queen », d'ABBA.

Tully sortit de la fraternité en courant.

— Kate ! cria-t-elle en riant. Te voilà.

Brandt se leva aussitôt.

Tully le regarda en fronçant les sourcils.

— C'est qui, lui ?

— Brandt Hanover.

Kate sut exactement ce qui allait se passer ensuite. Après ce qui s'était passé dans les bois obscurs près de la rivière tant d'années plus tôt, Tully ne faisait pas confiance aux garçons, ne voulait rien avoir à faire avec eux et s'appliquait à protéger Kate de toute forme de danger ou de souffrance. Malheureusement, cependant, Kate n'avait pas peur. Elle avait même *envie* de sortir avec un garçon, de s'amuser et même peut-être de tomber amoureuse.

Mais comment pouvait-elle dire ça, quand Tully essayait simplement de la protéger ?

Tully saisit le bras de Kate et la tira pour qu'elle se lève.

— Pas de bol, Brandt, dit-elle en riant un peu trop fort et en entraînant Kate. C'est notre chanson.

— J'ai vu Brandt au HUB aujourd'hui. Il m'a souri.

Tully se retint de lever les yeux au ciel. Tout au long des six mois qui s'étaient écoulés depuis cette première fête en toges chez les Phi Delt, Kate avait trouvé un moyen d'évoquer Brandt Hanover au moins une fois par jour. On aurait cru qu'ils sortaient ensemble, tant son prénom était mentionné souvent.

— Laisse-moi deviner : tu as fait semblant de ne pas le remarquer.

— Je lui ai souri aussi.

— Wouah ! C'est un jour à marquer d'une pierre blanche.

— J'ai pensé à l'inviter pour le bal de printemps. On pourrait faire une sortie à deux couples.

— Je dois écrire un article sur l'ayatollah Khomeini. Je me dis que si je continue à envoyer des trucs au journal, ils finiront tôt ou tard par publier quelque chose. Tu ferais bien d'essayer un peu plus de…

Kate se tourna vers son amie.

— Ça *suffit*. Je renonce à notre amitié. Je sais que ça ne t'intéresse pas d'avoir une vie sociale, mais moi si. Si tu ne viens pas…

Elle rigola.

— Je t'ai eue !

Kate ne pouvait plus s'arrêter de rire.

— Saleté !

Elle passa le bras autour des épaules de Tully, et elles arpentèrent ensemble le trottoir parsemé d'herbe de la 21e Rue jusqu'au campus.

Au poste de sécurité du campus, Kate dit :

— Je vais au Meany Center. Et toi ?

— Art dramatique-Télé.

— C'est vrai ! Ton premier cours de journalisme audiovisuel – qui plus est avec ce type célèbre que tu traques depuis qu'on est arrivées ici.

— Chad Wiley.

— Combien de lettres tu as dû écrire pour être acceptée ?

— Un millier. Tu devrais venir avec moi. On a toutes les deux besoin de ce cours.

— Je le suivrai en troisième année. Tu as besoin que je t'accompagne ?

C'était une des choses que Tully adorait chez son amie. Kate savait d'instinct que malgré les airs courageux qu'elle se donnait, Tully appréhendait ce cours. Tout ce à quoi elle aspirait pouvait démarrer ce jour-là.

— Non, merci. Comment puis-je faire une entrée fracassante si je suis accompagnée de quelqu'un ?

Elle regarda Kate s'éloigner d'elle. Désormais seule parmi les flots d'étudiants qui circulaient entre les bâtiments, Tully respira profondément et essaya de se tranquilliser. Il fallait qu'elle paraisse calme.

D'un pas nonchalant et confiant, elle fit le tour de la fontaine de Frosh Pond et entra dans le bâtiment Art dramatique-Télé, où elle se rendit en premier lieu aux toilettes.

Une fois dans celles-ci, elle se regarda dans le miroir. Ses cheveux bouclés et laqués étaient impeccables, de même que son maquillage. Son jean ajusté à pattes d'éléphant et son chemisier ample blanc satiné avec sa ceinture dorée et son col fermé étaient à la fois sexy et sérieux.

Quand la cloche sonna, elle parcourut rapidement le couloir, son sac à dos rebondissant contre ses fesses. Dans l'amphithéâtre, elle descendit avec assurance jusqu'au premier rang et s'installa.

Sur l'estrade, le professeur était assis sur une chaise en métal, le dos voûté.

— Je m'appelle Chad Wiley, dit-il d'une voix sexy de buveur de whisky. Ceux d'entre vous qui connaissent mon nom auront un 20 sur 20 à ce cours.

Quelques rires résonnèrent dans la salle. Celui de Tully fut le plus sonore. Elle connaissait plus que son nom. Elle connaissait toute sa vie. À sa sortie de l'université, il avait été une sorte de jeune prodige du journalisme télé. Il avait rapidement gravi les échelons et était devenu présentateur télé avant ses trente ans. Puis, il avait tout simplement disjoncté. Deux condamnations pour conduite en état d'ivresse, un accident de voiture qui lui avait cassé les deux jambes et avait blessé un enfant, et son étoile s'était éteinte. On n'avait plus du tout parlé de lui pendant deux ou trois ans, puis, finalement, il avait refait surface en tant qu'enseignant à l'université de Washington.

Wiley se leva. Il était négligé, avec ses longs cheveux bruns et sa barbe grise et noire d'au moins trois jours, mais ses yeux sombres n'avaient rien perdu de leur intelligence. Il portait encore le sceau de la grandeur. Ce n'était pas étonnant qu'il ait réussi.

Il tendit un plan de cours à Tully et commença à s'éloigner.

— Votre couverture de l'affaire Karen Silkwood était inspirée, dit-elle avec un grand sourire.

Il s'arrêta et posa les yeux sur elle. Il y eut quelque chose de troublant dans son regard – quelque chose d'intense, mais qui ne dura qu'une seconde, tel un rayon laser allumé et éteint –, puis il repartit vers l'étudiant suivant.

Il devait la prendre pour une de ces lèche-bottes du premier rang qui voulaient gagner sa faveur.

Elle devrait se montrer plus prudente à l'avenir. Rien ne lui importait plus à ce stade que d'impressionner Chad Wiley. Elle comptait bien apprendre tout ce qu'elle pouvait de lui.

# PARTIE 2

## Les années 1980
## Love is a Battlefield

*heartache to heartache,*
*we stand*[1]

1. Extrait des paroles de la chanson « Love is a Battlefield », de Pat Benatar, qu'on pourrait traduire approximativement par : « Unis face à nos peines de cœur, nous résistons. »

# 9

À la fin de la deuxième année de Tully, il ne faisait plus de doute pour elle que Chad Wiley savait qui elle était. Elle avait suivi deux de ses cours, Journalisme audiovisuel I et II. Tout ce qu'il enseignait, elle l'apprenait ; tout ce qu'il lui demandait, elle le faisait. En s'y mettant corps et âme. À fond les ballons.

Le problème, c'était qu'il ne semblait pas reconnaître son talent. Ils avaient passé toute la semaine précédente à lire les actualités sur un téléprompteur. Chaque fois qu'elle terminait, elle le regardait tout de suite, mais il levait à peine les yeux de ses notes. Il se contentait de balancer une critique comme s'il donnait une recette à un voisin pénible, puis criait : « Suivant ! »

Jour après jour, semaine après semaine, cours après cours, Tully attendait qu'il réagisse à son talent évident, qu'il dise : *Vous êtes prête à entrer chez KVTS.* C'était à présent la première semaine de mai. Il restait environ six semaines avant la fin de sa deuxième année, et elle attendait encore.

Beaucoup de choses avaient changé dans sa vie au cours des deux années précédentes. Elle avait désormais les cheveux mi-longs et portait la frange. Elle avait changé d'idole en matière de style, passant de Farrah Fawcett-Majors à Jessica Savitch. L'année 1980 était faite pour elle : la mode était aux coiffures volumineuses, au maquillage coloré, aux tissus scintillants et aux épaulettes. Pas de couleurs pâles ni de style étudiante modèle pour elle. Ces derniers temps, quand elle entrait dans une pièce, on la remarquait.

À l'exception, bien sûr, de Chad Wiley.

Mais c'était sur le point de changer, Tully en était sûre cette fois. La semaine précédente, elle avait enfin accumulé assez de points pour pouvoir postuler à une offre de stage d'été chez KVTS, la chaîne de télévision locale dont les locaux se trouvaient sur le campus. Elle s'était levée à six heures du matin pour que son nom figure en tête de la feuille d'inscription. Quand on lui avait donné le texte à lire de l'audition, elle était rentrée chez elle et s'était entraînée sans s'arrêter, essayant au moins une douzaine de manières différentes jusqu'à trouver l'intonation qui collait exactement avec le reportage. La veille, elle avait cartonné à l'audition. Elle en était certaine. À présent, enfin, le moment était venu pour elle de découvrir quel poste elle avait décroché.

— Comment tu me trouves ?

Kate ne leva pas les yeux des *Oiseaux se cachent pour mourir*.

— Sublime.

Tully eut un élan d'agacement qui survenait de plus en plus fréquemment. Parfois, il suffisait qu'elle regarde Kate pour sentir son sang bouillir. Elle parvenait tout juste à se retenir de hurler.

Le problème, c'était l'amour. Kate avait passé toute leur première année à soupirer pour Brandt le mal coiffé. Et quand ils étaient enfin sortis ensemble, ç'avait été une déception, et leur histoire s'était vite terminée. Mais cela n'avait pas semblé affecter Kate. Durant la plus grande partie de leur deuxième année, elle était sortie avec Ted, qui était prétendument amoureux d'elle, puis avec Éric, qui ne l'était certainement pas. Kate enchaînait les bals de fraternité, et même si elle ne tombait jamais amoureuse des imbéciles avec qui elle sortait – et ne couchait assurément pas avec eux –, elle en parlait sans arrêt. Ces derniers temps, chacune de ses phrases semblait commencer par le prénom d'un garçon. Pire, elle ne mentionnait presque jamais leur avenir de stars du journalisme. Elle semblait parfaitement heureuse de suivre des cours dans d'autres secteurs. Chaque fois qu'une de leurs sœurs de sororité se fiançait, Kate se précipitait parmi la foule qui se pâmait devant sa bague.

À vrai dire, Tully en avait marre. Elle continuait d'écrire des articles que le journal de la fac refusait de publier et de traîner dans les locaux de la chaîne de télé du campus où personne ne prêtait attention à elle, et devant tous ces échecs, face auxquels elle aurait bien eu besoin de sa meilleure amie, Kate continuait simplement de s'épancher sur sa dernière conquête.

— Tu n'as même pas regardé.

— Pas besoin.

— Tu ne sais pas à quel point ce stage est important pour moi.

Kate leva enfin les yeux.

— Ça fait deux semaines que tu t'entraînes sur ce reportage. Même quand je me lève au milieu de la nuit pour faire pipi, je t'entends répéter. Crois-moi, je sais à quel point tu es obsédée par ce truc.

— Alors, pourquoi tu prends ça autant à la légère ?

— Je ne prends pas ça à la légère. Je sais simplement que tu auras le poste de présentatrice.

Tully eut un grand sourire.

— Je vais l'avoir, hein ?

— Bien sûr. T'es sensass ! Tu vas devenir la première élève de troisième année à passer vraiment à l'antenne.

— M. Wiley va devoir l'admettre cette fois, dit Tully en ramassant son sac à dos et en le prenant sur son épaule. Tu veux venir avec moi ?

— Je peux pas. J'ai rendez-vous à la bibli avec Josh, pour un travail de groupe.

— Ça rentre à peu près dans la catégorie des rencarts pourris, mais chacun son truc, dit Tully en s'emparant de ses lunettes de soleil sur la commode avant de sortir.

Le soleil baignait le campus d'une lumière douce en cette journée de mi-mai. Toutes les plantes étaient en fleurs, et les pelouses étaient si épaisses et verdoyantes qu'on aurait dit des étendues de velours vert soigneusement disposées entre des bandes de béton. Marchant à grands pas assurés, Tully traversa le campus jusqu'au bâtiment où se trouvaient les locaux de KVTS. Elle s'arrêta juste assez longtemps devant celui-ci pour lisser ses cheveux laqués, puis elle pénétra dans le calme couloir fonctionnel. À sa gauche se trouvait un tableau d'affichage recouvert d'annonces. *Cherche colocataire : fumeur d'herbe exclusivement* fut la première qui attira son attention. Elle remarqua que toutes les languettes comportant le numéro de téléphone avaient été arrachées, tandis que l'annonce voisine (*Cherche colocataire : évangéliste de préférence*) était tristement intacte.

La salle 214 était fermée. Aucun trait de lumière n'était visible sous la porte. À côté de celle-ci, une feuille de papier était punaisée sur le tableau d'affichage.

STAGES D'ÉTÉ : POSTES ET SERVICES

| | |
|---|---|
| Actualités présentation | Steve Landis |
| Météo | Jane Turner |
| Marketing & communication | Gretchen Lauber |
| Sports | Dan Bluto |
| Organisation de l'après-midi | Eileen Hutton |
| Documentation et contrôle d'informations | Tully Hart |

Tully sentit monter en elle une vague de déception, puis de colère. Elle ouvrit brusquement la porte et se glissa dans l'amphithéâtre plongé dans le noir, où personne ne pouvait la voir, en marmonnant :

— Chad Wiley, espèce de pauvre type. Tu ne verrais pas le talent quand bien même il attraperait ta petite quéquette et la serrerait…

— Je suppose que vous parlez de moi.

Elle sursauta en entendant sa voix.

Il était à moins de cinq mètres d'elle, debout dans la pénombre. Ses cheveux sombres, encore plus en bataille que d'habitude, formaient un amas de boucles emmêlées tombant sur ses épaules.

Il s'approcha en laissant traîner ses doigts sur le dossier de la chaise à sa droite.

— Demandez-moi pourquoi vous n'êtes pas en stage au journal du soir, et je vous le dirai.

— Je me fiche bien de savoir pourquoi.

— Vraiment ?

Il la regarda pendant une longue minute sans sourire, puis s'éloigna d'elle en descendant l'allée et monta sur l'estrade.

Elle pouvait soit garder sa fierté soit risquer son avenir. Le temps qu'elle prenne sa décision et coure après lui, elle était dans l'arrière-salle.

— D'accord… dit-elle, et le mot parut se coincer dans sa gorge. Pourquoi ?

Il fit un pas vers elle. Pour la première fois, elle remarqua les rides sur son visage, les plis sur ses joues. La faible lumière du plafonnier accentuait tous les défauts, chaque creux et chaque tache sur sa peau.

— Chaque fois que vous venez en cours, je vois bien que vous avez choisi vos vêtements avec soin et passé beaucoup de temps à vous coiffer et vous maquiller.

Pour la première fois, il la regardait, il la *voyait*. Et elle aussi le voyait. Au-delà de son allure négligée et hirsute, elle voyait ces traits anguleux qui l'avaient autrefois rendu si beau. Mais c'étaient ses yeux qui captivaient Tully : marron clair et tristes, ils parlaient aux espaces vides en elle.

— Oui. Et alors ?

— Vous savez que vous êtes belle, dit-il.

Ni bégaiement, ni impatience. Il était calme, posé. Contrairement aux garçons qu'elle rencontrait dans les soirées de fraternités, sur le campus ou dans les bars autour d'une table de billard, il n'était pas à moitié bourré et prêt à tout pour la peloter.

— Je suis aussi douée.

— Un jour, peut-être.

La manière dont il dit cela la mit en rage. Elle se creusait la tête pour trouver une réplique cinglante quand il vint tout près d'elle. Elle n'eut le temps que de prononcer un « Que faites-v… » déconcerté avant qu'il l'embrasse.

Au contact de ses lèvres, doux mais ferme, elle sentit quelque chose d'exquis et de tendre affleurer en elle, et sans aucune raison, elle se mit à pleurer. Il dut sentir le goût de ses larmes, car il recula et la regarda en fronçant les sourcils.

— Es-tu une femme, Tully Hart, ou une petite fille ?

Elle savait ce qu'il lui demandait. Elle avait eu beau faire tout son possible pour dissimuler son innocence, il l'avait perçue, en avait senti le goût.

— Une femme, mentit-elle, avec une hésitation imperceptible sur le *f*.

Elle comprit tout à coup, après ce seul baiser, que de tout ce que l'on pouvait savoir du sexe, son viol pitoyable dans les bois ne lui avait rien appris. Elle n'était certes pas vierge, mais quelque chose de pire d'une certaine façon, un réservoir de mauvais souvenirs douloureux, et pourtant, à cet instant, avec lui, pour la première fois elle en voulait plus.

C'était ce qu'elle avait ressenti aussi ce soir-là avec Pat.

Non. Cette fois, c'était différent. Elle n'était plus du tout cette fille désespérée et esseulée prête à s'enfoncer dans une forêt obscure pour être aimée.

Il l'embrassa à nouveau en murmurant : « Bien. » Cette fois, leur baiser se prolongea et s'enflamma jusqu'à la prendre au ventre et la rendre brûlante de désir. Quand il pressa finalement ses hanches contre les siennes, déclenchant un feu entre ses jambes, elle avait complètement oublié d'avoir peur.

— Tu en veux plus ? chuchota-t-il.

— Oui.

Il la souleva dans ses bras et la porta jusqu'à un canapé défoncé caché dans l'ombre contre le mur du fond de la pièce. Il la déposa ensuite sur les coussins bosselés et rêches et commença à la déshabiller lentement, doucement. Elle sentit lointainement son soutien-gorge se dégrafer, sa culotte glisser sur ses jambes. Et pendant tout ce temps, il continuait de l'embrasser, d'alimenter le feu en elle.

Quand ils furent tous les deux nus, il s'étendit sur le canapé et la prit dans ses bras. Les ressorts s'affaissèrent sous leur poids et grincèrent en signe de protestation.

— Personne n'a jamais pris le temps de s'occuper de toi, n'est-ce pas, Tully ?

Elle vit son propre désir reflété dans ses yeux, et pour la première fois, elle n'eut pas peur dans les bras d'un homme.

— C'est ce que tu vas faire ? T'occuper de moi ?

Il écarta ses cheveux humides de son visage.

— Je vais t'apprendre des choses, Tully. N'est-ce pas ce que tu voulais de moi ?

Il fallut près de deux heures à Tully pour trouver Kate. Elle la chercha d'abord aux tables d'étude au sous-sol de leur sororité. Elle passa ensuite par la salle télé et leur chambre et vérifia même dans la chambre-véranda, bien qu'à seize heures un jour ensoleillé de mai, celle-ci était naturellement déserte. Elle essaya la bibliothèque du premier cycle et le box préféré de Kate, puis la salle de lecture du deuxième cycle, où plusieurs étudiants plus âgés aux airs de hippies firent chut simplement parce qu'elle parcourait les allées. Elle était sur le point de laisser tomber, quand elle se souvint de l'Annexe.

Évidemment.

Elle traversa l'immense campus en courant, jusqu'à un petit édifice de deux niveaux au toit pointu surnommé l'Annexe. Chaque trimestre, seize chanceuses de la troisième et quatrième année avaient l'opportunité de quitter la résidence principale pour s'installer là. C'était le QG de la fête. Pas de responsables, personne pour surveiller les portes ; c'était l'endroit le plus proche de la réalité qu'elles puissent trouver jusqu'à ce qu'elles quittent totalement la sororité.

Tully ouvrit la porte d'entrée et appela Kate. Quelqu'un lui répondit depuis une pièce voisine.

— Je crois qu'elle est sur le toit.

Tully prit deux canettes de Coca Light dans le frigo et monta. Dans une chambre du fond, la fenêtre était ouverte. Elle se pencha dehors et regarda sur le toit de l'abri pour voiture.

Kate était là, toute seule, dans un minuscule Bikini au crochet blanc, étendue sur une serviette de plage, en train de lire un livre de poche.

Tully monta le rebord de la fenêtre et traversa le toit de l'abri, que tout le monde appelait la Plage noire.

— Salut, dit-elle en tendant une canette à Kate. Laisse-moi deviner, tu lis un roman d'amour.

Kate inclina la tête et sourit en plissant les yeux à cause du soleil.

— *Leur promesse*, de Danielle Steel. C'est super triste.

— Tu veux que je te raconte une vraie histoire d'amour ?

— Comme si tu y connaissais quelque chose. Tu n'as pas eu un seul rencard depuis qu'on est ici.

— Pas besoin d'avoir un rencard pour faire l'amour.

— Pour la plupart des gens, si.

— Je ne suis pas la plupart des gens. Tu le sais bien.

— Ouais, c'est ça, dit Kate. Et je suis censée croire que tu as fait l'amour.

Tully prit une des serviettes laissées là et s'étendit dessus. Se retenant de sourire, elle regarda le ciel bleu et dit :

— Trois fois, pour être exacte.

— Mais tu allais seulement voir quel poste on t'a attribué pour le stage d'été…

Kate retint soudain son souffle et se redressa d'un coup.

— Tu n'as pas fait ça ?

— Tu vas me dire qu'on n'est pas censé coucher avec nos profs. Je pense qu'il faut plutôt prendre ça comme un conseil. Une recommandation. Tu ne dois en parler à personne, cela dit.

— Tu as couché avec Chad Wiley.

À ces mots, Tully soupira d'un air rêveur.

— C'était génial, Katie. Vraiment.

— Wouah ! Qu'est-ce que tu as fait ? Qu'est-ce que tu lui as fait ? Tu as eu mal ? Ou peur ?

— J'ai eu peur, admit doucement Tully. Au début, je n'arrivais pas à penser à autre chose qu'à... tu sais... la nuit avec Pat. J'ai cru que j'allais vomir, ou peut-être m'enfuir, mais alors il m'a embrassée.

— Et ?

— Et... j'ai tout simplement fondu. Il m'a déshabillée avant même que je m'en rende compte.

— Ça t'a fait mal ?

— Oui, mais pas comme l'autre fois.

Tully fut surprise de la facilité avec laquelle elle parlait tout à coup de ce soir où elle avait été violée. Pour la première fois, c'était un souvenir plus lointain, une mauvaise expérience qu'elle avait vécue adolescente. La douceur de Chad lui avait montré que ça ne faisait pas forcément mal de faire l'amour, que cela pouvait être beau.

— Au bout d'un moment, c'est devenu super agréable. Maintenant, je sais de quoi parlent tous ces articles dans *Cosmo*.

— Est-ce qu'il a dit qu'il t'aimait ?

Tully rigola, mais au fond d'elle-même, ce n'était pas aussi drôle qu'elle l'aurait voulu.

— Non.

— Tant mieux.

— Pourquoi ? Je ne suis pas assez bien pour qu'on tombe amoureux de moi ? C'est réservé aux gentilles petites cathos comme toi ?

— C'est ton *prof*, Tully.

— Oh, ça. Je me fiche de ce genre de choses. Je pensais que tu allais faire la romantique et comparer ça à un conte de fées, dit-elle en regardant son amie.

— Il faut que je le rencontre, dit Kate avec fermeté.

— On peut pas vraiment faire une sortie à deux couples.

— Eh bien je tiendrai la chandelle, je suppose. Eh, il peut sans doute avoir un tarif senior si on sort dîner quelque part.

Tully rigola.

— Saleté !

— Peut-être, mais je suis une saleté qui veut plus de détails. Je veux *tout* savoir. Je peux prendre des notes ?

*

Kate descendit du bus et resta plantée sur le trottoir, les yeux baissés sur les indications qu'elle tenait en main.

C'était la bonne adresse.

Tout autour d'elle, des gens circulaient. Plusieurs d'entre eux la bousculèrent en passant. Elle redressa les épaules et se dirigea vers la porte. Ça ne servait à rien d'appréhender ce rendez-vous. Ça faisait plus d'un mois qu'elle s'inquiétait, et elle n'avait cessé de tanner Tully pendant presque tout ce temps. Ça n'avait pas été facile de lui faire accepter le rendez-vous de ce soir.

Mais Kate avait fini par prononcer les mots magiques et faire mouche : *Tu ne me fais pas confiance ?* Après cela, il avait seulement fallu programmer l'événement.

C'est ainsi que, par cette chaude soirée, elle se dirigeait vers un bâtiment qui ressemblait à un pub, déterminée à empêcher sa meilleure amie de commettre la plus grosse erreur de sa vie.

*Coucher avec un prof.*

Sincèrement, qu'est-ce que ça pouvait amener de bon ?

À l'intérieur du Last Exit to Brooklyn, Kate se retrouva dans un monde qui ne ressemblait à rien de ce qu'elle connaissait. Tout d'abord, l'endroit était immense. Il devait compter soixante-quinze tables : certaines en marbre le long des murs, d'autres grosses et rustiques au centre de la pièce. Une petite scène surmontée d'un piano droit semblait constituer le centre d'attraction. Sur le mur à côté du piano, une affiche jaunie et ondulée du poème « Desiderata » attira son attention. *Reste calme au milieu du bruit et de l'impatience, et souviens-toi de la paix qui découle du silence.*

C'était pourtant difficile de trouver paix et silence en ce lieu. De même qu'un air respirable.

Une épaisse fumée gris-bleu flottait dans la salle, formant une nappe sous les hauts plafonds. Presque tout le monde fumait. Des cigarettes scintillaient de toutes parts, coincées entre des doigts qui remuaient à chaque mot. Kate ne vit d'abord aucune table libre ; toutes étaient occupées par des gens jouant aux échecs, tirant les tarots ou discutant de politique. Plusieurs personnes étaient assises sur des chaises autour d'un micro et grattaient leurs guitares.

Elle se faufila entre les tables vers le coin du fond. Par une porte ouverte, elle vit une arrière-salle pleine de tables de pique-nique, autour desquelles d'autres personnes discutaient et fumaient.

Tully était assise à une table tout au fond, tapie dans un coin sombre. Quand elle vit Kate, elle se leva et lui fit signe.

Kate passa près d'une femme qui fumait une cigarette aux clous de girofle et contourna un poteau.

Ce fut à ce moment-là qu'elle le vit.

Chad Wiley.

Il n'était pas du tout comme elle l'avait imaginé. Il était assis nonchalamment sur une chaise, une jambe étendue. Malgré la fumée et la pénombre, elle vit à quel point il était beau. Il n'avait pas l'*air* vieux. Fatigué, peut-être, mais plutôt désabusé. Comme une rock star ou un bandit vieillissant. Il lui adressa un sourire qui se dessina lentement sur son visage, en remontant jusqu'à ses yeux, et dans ceux-ci, elle vit quelque chose qui la surprit et lui fit faire un faux pas.

Il savait pourquoi elle était là : c'était la meilleure amie venue sauver une fille qui commettait une erreur en sortant avec le mauvais homme.

— Vous devez être Chad, dit-elle.

— Et vous, Katie.

Elle tressaillit en l'entendant utiliser son diminutif sans qu'elle s'y attende. Cela lui rappela brusquement que Chad connaissait Tully lui aussi.

— Assieds-toi, dit Tully. Je vais chercher une serveuse.

Elle se leva et fila avant que Kate puisse la retenir.

Kate regarda Chad. Il la dévisagea à son tour en souriant comme s'il détenait un secret.

— C'est un endroit intéressant, dit-elle pour faire la conversation.

— C'est comme un pub sans bière, dit-il. Le genre d'endroit où on peut changer pour devenir quelqu'un d'autre.

— Je croyais que le changement venait de l'intérieur.

— Parfois. Et parfois il nous est imposé.

Ses propres paroles provoquèrent quelque chose en lui, une émotion qui assombrit son regard. Elle se souvint soudain de son histoire, de sa brillante carrière qui s'était effondrée.

— Ils vous renverraient – l'université – s'ils découvraient votre relation avec Tully, non ?

Il replia sa jambe et se redressa.

— Alors, c'est comme ça que vous voulez le jouer. Bien. J'aime quand on est direct. Oui. Ça briserait à nouveau ma carrière.

— Êtes-vous une sorte d'accro au risque ?

— Non.

— Avez-vous déjà couché avec vos étudiantes auparavant ?

Il rigola.

— Certainement pas !

— Alors, pourquoi ?

Il jeta un coup d'œil de côté en direction de Tully, qui était au comptoir bondé, en train d'essayer de commander.

— Vous êtes bien la dernière qui devrait me demander ça. Pourquoi est-elle votre meilleure amie ?

— Elle a quelque chose de spécial.

— En effet.

— Mais sa carrière à elle, alors ? Elle sera brisée si on apprend qu'elle est avec vous. Les gens diront qu'elle a couché avec vous pour obtenir son diplôme.

— Vous avez raison, Katie. Vous devez veiller sur elle. Elle en a besoin. Elle est… fragile, notre Tully.

Kate ne sut pas ce qui la dérangea le plus : qu'il décrive Tully comme quelqu'un de fragile ou qu'il ait dit *notre* Tully.

— Tully est un rouleau compresseur. C'est pas pour rien que je la surnomme la Tempête tropicale.

— Ça, c'est la façade. Pour faire impression.

Kate s'appuya au dossier de sa chaise, surprise.

— Vous tenez vraiment à elle.

— C'est bien dommage, j'imagine. Qu'allez-vous lui dire ?

— À quel sujet ?

— Vous êtes venue ici pour trouver un moyen de la convaincre d'arrêter de me voir, non ? Vous pouvez certainement dire que je suis trop vieux. Ou alors, le fait que je sois prof, ça marche à tous les coups. Sachez aussi que je bois trop.

— Vous voulez que je lui dise tout ça ?

Il la regarda.

— Non. Je ne veux pas que vous lui disiez tout ça.

Derrière eux, un jeune homme aux cheveux hirsutes et vêtu d'un pantalon élimé s'approcha du micro. Il se présenta sous le nom de Kenny Gorelick, puis se mit à jouer du saxophone. Sa musique était follement romantique et jazzy. Pendant quelques instants, tout le monde se tut. Kate se sentit envahie, transportée. Peu à peu, cependant, la musique se mêla au fond sonore et elle regarda Chad. Il la scrutait avec insistance. Elle comprit à quel point cette conversation était importante pour lui, à quel point Tully comptait pour lui. Cela renversait totalement la situation, et elle fut étonnée par le caractère soudain de ce revirement. À présent qu'elle était assise là, elle avait peur que Tully puisse dévaster cet homme, qui donnait franchement l'impression de ne pas avoir la force d'encaisser un autre coup dur comme celui-là. Avant qu'elle puisse répondre à la question qu'il avait posée, Tully reparut, accompagnée d'une serveuse aux cheveux violets.

— Alors, dit-elle en fronçant les sourcils et un peu essoufflée, vous êtes déjà amis ?

Chad fut le premier à lever les yeux.

— On est amis.

— Formidable, dit Tully en s'asseyant sur ses genoux. Qui veut de la tarte aux pommes ?

Chad les déposa à deux pâtés de maisons de leur sororité, dans une rue obscure bordée de résidences vieillottes pleines de ce genre d'étudiants qui ne prêtaient aucune attention à ce que faisaient les membres des sororités.

— Ravie de t'avoir rencontré, dit Kate en descendant de la voiture.

Elle resta sur le trottoir à attendre que Tully arrête de lui rouler des patins.

Tully sortit finalement de la voiture et dit au revoir à Chad d'un signe de main tandis que sa Ford Mustang s'éloignait.

— Alors ? demanda-t-elle soudain en se tournant vers Kate. Il est beau, non ?

Kate hocha la tête.

— Canon.

— Et sympa, non ?

— Indéniablement.

Elle commença à se mettre en chemin, mais Tully lui attrapa la manche, l'arrêta et la fit se retourner.

— Il t'a plu ?

— Bien sûr qu'il m'a plu. Il a beaucoup d'humour.

— Mais ?

Kate se mordit la lèvre, prise de court. Elle ne voulait ni blesser Tully ni la mettre en rogne, mais quel genre d'amie serait-elle si elle mentait ? La vérité, c'était que Chad lui avait réellement plu et qu'elle le croyait vraiment attaché à Tully, mais c'était vrai aussi que cette relation ne lui disait rien qui vaille et que c'était encore pire depuis qu'elle l'avait rencontré.

— Allez, Katie, tu me fais peur.

— Je ne comptais rien te dire, Tully, mais puisque tu m'y forces… Je pense que tu ne devrais pas sortir avec lui, dit-elle, et à présent qu'elle avait commencé à donner son avis, elle ne pouvait plus s'arrêter. Je veux dire, il a trente et un ans. Il a une ex-femme et une fille de quatre ans qu'il ne voit jamais. Tu ne peux pas être vue en public avec lui, sinon il se fait virer. Quel genre de relation est-ce que c'est que ça ? Tu es en train de passer à côté de tes années de fac.

Tully recula d'un pas.

— Je passe à côté de mes années de fac ? Tu parles d'aller à des soirées déguisée en Tahitienne et de boire des bières cul sec ? Ou de sortir avec des types comme les abrutis que tu as l'air de choisir ? La plupart sont à peine plus intelligents qu'un pot de fleurs.

— On devrait peut-être en rester là…

— Tu crois que je suis avec lui pour ma carrière, n'est-ce pas ? Pour quoi ? Avoir de meilleures notes ou un poste à la télé ?

— C'est pas vrai ? Même pas un petit peu ? dit Kate, sachant aussitôt qu'elle n'aurait pas dû. Je suis désolée, dit-elle en tendant la main vers son amie. Je ne pensais pas ce que j'ai dit.

Tully se dégagea d'un mouvement brusque.

— Bien sûr que tu le pensais. Mademoiselle Parfaite avec sa famille idéale et ses bonnes notes partout. Je ne sais même pas pourquoi tu me fréquentes : je suis une telle traînée obsédée par sa carrière.

— Attends ! cria Kate, mais Tully était déjà partie en courant dans la rue obscure.

## 10

Tully courut sans s'arrêter jusqu'à l'arrêt de bus de la 45e Rue.

— Quelle garce, marmonna-t-elle en s'essuyant les yeux.

Quand le bus arriva, elle acheta un ticket et monta à bord en répétant « la garce » deux fois quand elle trouva une place et s'assit.

Comment Kate avait-elle pu lui dire ces choses ?

— La garce, répéta-t-elle, mais elle le dit cette fois d'une voix faible et triste.

Le bus s'arrêta à moins d'un pâté de maisons de chez Chad. Elle arpenta rapidement le trottoir vers sa petite maison rustique et frappa à la porte.

Il ouvrit presque aussitôt, vêtu d'un vieux jogging gris et d'un T-shirt des Rolling Stones. Elle devina à son sourire qu'il s'attendait qu'elle vienne.

— Salut, Tully.

— Emmène-moi au lit, murmura-t-elle d'une voix rauque en glissant ses mains sous le T-shirt de Chad.

Ils traversèrent la maison à tâtons en s'embrassant, jusqu'à la petite chambre située au fond. Elle restait contre lui, serrée dans ses bras, et l'embrassait avec passion. Elle ne le regardait pas, ne le pouvait pas, mais c'était sans importance. Lorsqu'ils tombèrent finalement sur le lit, ils étaient tous les deux nus et brûlants de désir.

Tully s'oublia et oublia son chagrin dans le plaisir que lui procurèrent les mains et la bouche de Chad, et quand ils eurent fini et qu'ils furent étendus là, entrelacés, elle s'efforça de ne penser à rien d'autre qu'au bien-être qu'il lui apportait.

— Tu veux en parler ?

Elle leva les yeux vers le plafond uni et pentu qu'elle connaissait désormais aussi bien que ses propres rêves.

— Qu'est-ce que tu veux dire ?

— Allons, Tully.

Elle roula sur le côté et le regarda en posant la tête dans sa main.

Il caressa doucement son visage.

— Kate et toi, vous vous êtes disputées à mon sujet, et je sais à quel point son opinion compte pour toi.

Ces paroles la surprirent même si elles n'auraient pas dû. Depuis qu'ils couchaient ensemble, elle s'était mise peu à peu à lui révéler de petites choses sur elle. Ça avait commencé l'air de rien, une remarque par-ci par-là après avoir fait l'amour ou pendant qu'ils buvaient un verre, et la chose avait pris de l'ampleur. Elle se sentait en sécurité dans son lit, à l'abri de tout jugement et de toute critique. Ils étaient des amants qui ne s'aimaient pas, et cela leur permettait de parler plus facilement. Néanmoins, elle voyait maintenant qu'il avait écouté toutes ses histoires et laissé les mots former un tableau. Elle se sentait tout à coup moins seule maintenant qu'elle savait cela, et même si cela l'effrayait, elle ne pouvait s'empêcher de se sentir rassurée.

— Elle pense qu'on ne devrait pas faire ça.

— Elle a raison, Tully. On le sait tous les deux.

— Je m'en fiche, dit-elle d'un ton âpre en s'essuyant les yeux. C'est ma meilleure amie. Elle est censée me soutenir en toutes circonstances.

Sa voix s'étrangla sur ces derniers mots, la promesse qu'elles s'étaient faite bien des années plus tôt.

— Elle a raison, Tully. Tu devrais l'écouter.

Elle perçut quelque chose dans sa voix, un infime tremblement qui la poussa à plonger au fond de ses yeux. Dans ceux-ci, elle vit une tristesse qui la troubla.

— Comment peux-tu dire ça ?

— Je suis en train de tomber amoureux de toi, Tully, et je le regrette, dit-il avec un sourire triste. Ne prends pas cet air effrayé. Je sais que tu n'y crois pas.

Cette vérité s'imposa à elle, et elle se sentit soudain vieille.

— Peut-être que j'y croirai un jour.

Elle avait envie de croire au moins cela.

— Je l'espère, dit-il, puis il l'embrassa doucement sur les lèvres. Alors, qu'est-ce que tu vas faire avec Kate ?

— Elle refuse de me parler, Maman.

Kate s'adossa contre le mur capitonné du minuscule réduit qui servait de cabine téléphonique. Elle avait dû attendre son tour pendant près d'une heure en ce dimanche après-midi.

— Je sais. Je viens de l'avoir au téléphone.

*Bien sûr que Tully avait appelé en premier.* Kate ne savait pas pourquoi cela l'irritait. Elle entendit le bruit caractéristique d'une cigarette qu'on allume à l'autre bout de la ligne.

— Qu'est-ce qu'elle t'a dit ?

— Que tu n'aimes pas son petit copain.

— C'est tout ?

Kate devait faire attention. Si Maman apprenait l'âge de Chad, elle piquerait une crise, et Tully serait *vraiment* furieuse si elle pensait que Kate avait monté Maman contre elle.

— Il y a autre chose ?

— Non, répondit-elle rapidement. Il n'a rien pour elle, Maman.

— C'est ta grande expérience des hommes qui te fait dire ça ?

— Elle n'est pas venue au dernier bal parce qu'il ne voulait pas. Elle est en train de passer à côté de la vie de la fac.

— Tu pensais vraiment que Tully serait une étudiante lambda ? Allons, Katie. Elle est… dans le spectaculaire. Pleine de rêves. Ça ne te ferait pas de mal d'avoir un peu de cette ardeur, d'ailleurs.

Kate leva les yeux au ciel. Sa mère faisait toujours plus ou moins subtilement pression sur elle pour qu'elle soit comme Tully.

— On ne parle pas de mon avenir. Concentre-toi, Maman.

— Je dis simplement que…

— Je t'ai entendue. Alors qu'est-ce que je fais ? Elle m'évite comme la peste. J'essayais simplement d'être une bonne amie.

— Parfois, être une bonne amie, ça consiste à ne rien dire.

— Je suis censée la regarder commettre une erreur sans rien faire ?

— Parfois, oui. Et ensuite, tu te tiens prête à l'aider, à recoller les morceaux. Tully a une très forte personnalité ; c'est facile d'oublier son histoire et à quel point elle peut être fragile.

— Mais alors, qu'est-ce que je fais ?

— Tu es la seule à pouvoir répondre à cette question. Ça fait longtemps que je ne suis plus ton Jiminy Cricket.

— Fini les leçons de vie, hein ? Super. Juste au moment où je pourrais en avoir besoin.

À l'autre bout de la ligne, elle entendit sa mère souffler de la fumée.

— Je sais tout de même qu'elle sera dans la salle de montage de KVTS à une heure.

— Tu es sûre ?

— C'est ce qu'elle m'a dit.

— Merci, Maman. Je t'aime.

— Moi aussi, je t'aime.

Kate raccrocha et retourna à sa chambre, où elle s'habilla en vitesse et mit un peu de maquillage : du fond de teint, essentiellement, pour cacher les boutons qui étaient apparus sur son front depuis leur dispute.

Elle traversa ensuite le campus en un temps record. C'était facile. En cette fin de trimestre, les étudiants étaient occupés à réviser pour les examens de fin d'année. À la porte de KVTS, elle s'arrêta, s'arma de courage comme avant un combat, puis entra.

Elle trouva Tully à l'endroit exact où Maman l'avait prédit : courbée devant un écran, en train de découper et d'ordonner les rushes et les interviews. À l'entrée de Kate, elle leva les yeux.

— Tiens, tiens, dit Tully en se levant. Ne serait-ce pas la grande cheffe de la bienséance morale ?

— Je suis désolée, dit Kate.

À ces mots, le visage de Tully se plissa, comme si elle avait retenu son souffle et le relâchait tout d'un coup.

— Tu as été une vraie garce.

— Je n'aurais pas dû te dire tout ça. C'est juste que… On ne s'est jamais rien caché.

— C'est donc là, notre erreur.

Tully déglutit, essaya de sourire. N'y arriva pas.

— Je ne te ferai jamais le moindre mal. Tu es ma meilleure amie. Je suis désolée.

— Jure-moi que ça ne se reproduira pas. Aucun homme n'entravera jamais notre relation.

— Je le jure.

Kate dit cela avec la plus profonde sincérité. Si elle avait dû s'agrafer la langue, elle l'aurait fait. Leur amitié était plus importante que n'importe quelle relation. Les hommes allaient et venaient, mais leur amitié était éternelle. Elles le savaient.

— Maintenant, à ton tour.

— Comment ça ?

— Jure que tu ne me laisseras plus jamais en plan comme ça. Ces trois derniers jours ont été vraiment nuls.

— Je le jure.

Tully ne savait pas bien comment cela s'était produit, mais cette aventure avec son prof s'était peu à peu transformée en une relation sérieuse. Peut-être que Kate avait vu juste et qu'il s'agissait bel et bien au départ d'une sorte de démarche carriériste ; elle ne se souvenait plus. Tout ce qu'elle savait, c'était qu'elle se sentait bien dans ses bras, et c'était là une émotion nouvelle pour elle.

Bien entendu, il était *aussi* son mentor. Depuis le début de leur histoire, il lui avait appris des choses qu'il lui aurait fallu des années pour découvrir par elle-même.

Mais surtout, il lui avait montré ce que c'était que faire l'amour. Son lit était devenu le port d'attache de Tully, ses bras sa bouée de sauvetage. Quand elle l'embrassait et se laissait toucher par lui avec une habileté inimaginable, elle oubliait qu'elle ne croyait pas à l'amour. Sa première fois, longtemps auparavant dans ces bois sombres de Snohomish, s'était effacée un peu plus chaque jour de sa mémoire, jusqu'à ce qu'elle s'aperçoive que ce souvenir ne la hantait plus. Elle le garderait toujours en elle, telle une cicatrice sur son âme, mais comme toutes les cicatrices celle-ci s'estompait avec le temps, la marque rouge vif devenant un fin trait argenté visible seulement de temps à autre.

Mais malgré tout cela, malgré tout ce qu'il lui avait montré et donné, ça commençait à ne pas suffire. Dès le semestre d'automne de sa troisième année, elle commença à ne plus supporter le monde très fermé de l'université. CNN avait changé le visage de la télévision. À l'extérieur, dans le monde réel, il se passait des choses, des choses importantes. John Lennon avait été abattu devant son appartement de New York, un dénommé Hinckley avait tiré sur le président Reagan dans le but lamentable d'impressionner Jodie Foster, Sandra Day O'Connor était devenue la première femme juge à la Cour suprême des États-Unis, et Diana Spencer avait épousé le prince Charles, lors d'une cérémonie si digne d'un conte de fées que toutes les jeunes filles américaines avaient cru à l'amour et aux heureux dénouements pendant tout l'été. Kate parlait si souvent de ce mariage, et avec tant de précision qu'elle donnait l'impression d'y avoir été invitée.

Tous ces événements faisaient les gros titres du vivant de Tully, mais parce qu'elle était à la fac, ce n'était pas encore son heure. Oh, certes, elle écrivait des articles pour le journal de l'université et avait même parfois l'occasion de lire quelques phrases à l'écran, mais ce n'étaient que des exercices factices d'échauffement pour un jeu qu'elle n'avait pas encore le droit de jouer.

Elle mourait d'envie de nager dans les vraies eaux de l'actualité locale ou nationale. Elle en avait de plus en plus marre des bals de sororités, de fêtes de fraternités et du plus archaïque de tous ces rituels : le passage de bougie[1]. Ça la dépassait que toutes ces filles veuillent se fiancer. Ne savaient-elles pas ce qui se passait dans le monde, ne voyaient-elles pas les perspectives que cela ouvrait ?

Elle avait profité de tout ce que l'université de Washington avait à offrir, suivi tous les cours importants de journalisme audiovisuel et de presse, et

---

1. Cérémonie célébrée au sein d'une sororité, qui consiste à faire circuler parmi ses membres une bougie allumée à laquelle est attaché un anneau de fiançailles, jusqu'à révéler qui est la future mariée.

appris tout ce qu'elle pouvait apprendre en l'équivalent d'une année de stage à la chaîne politique publique. Il était temps à présent qu'elle entre de plain-pied dans le monde sans merci de l'actualité télévisée. Elle avait envie de se lancer dans la foule des journalistes et de jouer des coudes pour passer devant tout le monde.

— Tu n'es pas prête, dit Chad en soupirant.

C'était la troisième fois qu'il lui disait ça en autant de minutes.

— Tu te trompes, répliqua-t-elle en se penchant vers le miroir suspendu au-dessus de sa commode afin de se remettre une couche de mascara.

En ce début glamour des années 1980, on ne pouvait pas porter trop de maquillage ni avoir une coiffure trop volumineuse.

— Tu m'as préparée et on le sait tous les deux. Tu m'as poussée à me faire cette coupe au carré déprimante à la Jane Pauley. Tous mes tailleurs sont noirs et mes chaussures me donnent l'air d'une ménagère de banlieue, dit-elle en rangeant la brosse de mascara dans son tube, puis elle se retourna lentement en examinant les faux ongles autocollants qu'elle avait mis le matin même. De quoi ai-je besoin d'autre ?

Il se redressa dans le lit. À cette distance, il avait l'air soit attristé par leur conversation, soit fatigué, elle ne savait pas trop.

— Tu connais la réponse à cette question, dit-il doucement.

Elle chercha une autre couleur de rouge à lèvres dans son sac à main.

— J'en ai marre de la fac. J'ai besoin de me confronter à la réalité.

— Tu n'es pas prête, Tully. Pour être reporter à la télé, il faut faire preuve d'un mélange parfait d'objectivité et de compassion. Tu es trop objective, trop froide.

C'était la seule critique qui l'insupportait. Elle avait passé des années à s'efforcer de ne *rien* ressentir. Et voilà qu'elle était soudain censée être à la fois compatissante et objective. Bienveillante mais professionnelle. Elle n'en était pas vraiment capable, et Chad le savait aussi bien qu'elle.

— Je ne parle pas encore des grandes chaînes. Il s'agit juste d'un entretien pour un temps partiel jusqu'à mon diplôme.

Elle se dirigea vers le lit. Dans son tailleur noir et son chemisier blanc, elle était le chic conservateur incarné. Elle avait même atténué son côté sexy en attachant ses cheveux mi-longs avec une pince. Elle s'assit au bord du matelas et dégagea une longue mèche de cheveux des yeux de Chad.

— Tu n'es simplement pas prêt à me laisser voler de mes propres ailes.

Il soupira et caressa le menton de Tully du dos de son doigt.

— C'est vrai que je te préfère dans mon lit qu'en dehors.

— Reconnais-le, je suis prête.

Elle avait voulu prendre un ton sexy et adulte, mais elle fut trahie par le tremblement de sa voix. Elle avait besoin de sa bénédiction comme elle avait besoin d'air ou de soleil. Elle pouvait y aller sans, bien sûr, mais avec moins d'assurance, or elle avait à présent besoin de toute la confiance en elle qu'elle pouvait trouver.

— Ah, Tully, dit-il finalement. Tu es prête depuis toujours.

Elle sourit d'un air triomphant, l'embrassa – fort – puis se leva. Dans son dossier en vinyle, elle prit son CV imprimé en plusieurs exemplaires sur du papier ivoire épais, plusieurs cartes de visite indiquant *Tallulah Hart, journaliste de télévision*, et une cassette vidéo d'un reportage qu'elle avait fait à l'antenne pour KVTS.

— Bonne chance, dit Chad.

— Merci.

Elle prit le bus devant le kiosque à hamburgers Kidd Valley. Bien qu'elle fût en troisième année, elle ne s'était pas donné la peine d'amener sa voiture à la fac. C'était cher et difficile de se garer. Par ailleurs, les Mularkey étaient ravis de profiter de la grosse voiture de sa grand-mère.

Sur tout le trajet à travers le quartier de l'université vers le centre-ville, elle se remémora ce qu'elle savait au sujet de l'homme qu'elle allait rencontrer. À vingt-six ans, c'était déjà un ancien journaliste de direct très respecté qui avait remporté un grand prix de reporter durant un conflit en Amérique centrale. Quelque chose – aucun article ne disait quoi – l'avait fait rentrer chez lui, et il avait tout à coup changé de carrière. Il était désormais directeur de l'information pour le petit service d'une des chaînes locales. Elle avait répété mille fois ce qu'elle allait lui dire.

*Ravie également de vous rencontrer, monsieur Ryan. Oui, j'ai une expérience impressionnante pour une femme de mon âge.*

*Je m'emploie à devenir une journaliste de premier ordre et espère, non, compte…*

Le bus s'arrêta dans un sifflement et un nuage de fumée au coin de la Première Avenue et de Broad Street.

Elle en descendit en vitesse. Elle était en train de consulter ses notes sous le panneau indiquant l'arrêt du bus quand il se mit à pleuvoir, pas assez fort pour nécessiter un parapluie ou une capuche, mais juste assez pour ruiner sa coiffure et que des gouttes lui tombent dans les yeux. Elle pencha la tête en avant pour protéger son maquillage et courut sur le trottoir jusqu'à sa destination.

Le petit immeuble en béton aux fenêtres sans rideaux se trouvait au milieu du pâté de maisons, à côté d'un parking. À l'intérieur, elle consulta le plan des lieux et trouva ce qu'elle cherchait : KPCO – BUREAU 201.

Elle se redressa, afficha un sourire de professionnelle et monta au 201.

Une fois arrivée, elle ouvrit la porte et faillit se heurter à quelqu'un.

Pendant quelques instants, Tully fut à vrai dire décontenancée. L'homme qui se trouvait face à elle était extrêmement beau, avec des cheveux noirs en bataille, des yeux bleu électrique et une barbe naissante. Elle ne s'était pas du tout attendue à ça.

— Vous êtes Tallulah Hart ?

Elle lui tendit la main.

— En personne. Êtes-vous monsieur Ryan ?

— Lui-même, dit-il en lui serrant la main. Entrez.

Il lui fit traverser une première petite pièce encombrée de papiers, de caméras et de tas de journaux. Deux portes ouvertes laissaient voir des bureaux vides. Un autre homme était debout dans le coin, en train de fumer une cigarette. Il était immense, au moins un mètre quatre-vingt-quinze, avait des cheveux blonds hirsutes et des vêtements donnant l'impression qu'il les avait portés pour dormir. Une énorme feuille de marijuana ornait son T-shirt. À leur entrée, il leva les yeux.

— Voici Tallulah Hart, dit M. Ryan en guise de présentation.

Le grand type grogna.

— C'est la fille qui envoie plein de lettres ?

— C'est elle, dit M. Ryan en souriant à Tully. Ça, c'est Mutt. Notre cameraman.

— Ravie de vous rencontrer, monsieur Mutt.

Cela les fit rire tous les deux, et leur rire ne fit que cimenter sa crainte à l'idée d'être trop jeune pour ce poste.

Il l'emmena ensuite dans un bureau en coin et désigna une chaise en métal devant un bureau en bois.

— Asseyez-vous, dit-il en fermant la porte derrière lui.

Il s'installa derrière le bureau et la regarda.

Elle se redressa et essaya de se donner l'air plus âgée.

— Alors, c'est vous qui encombrez ma boîte aux lettres de cassettes et de CV. Je suis sûr qu'avec toute votre ambition, vous avez fait des recherches sur nous.

Nous sommes l'équipe de Seattle pour KCPO, dont le siège est Tacoma. Nous ne prenons pas de stagiaires ici.

— C'est ce que disent vos lettres.

— Je sais. C'est moi qui les ai écrites, dit-il en se laissant aller en arrière dans son fauteuil et en ouvrant les bras derrière sa tête.

— Avez-vous lu mes articles et regardé mes cassettes ?

— À vrai dire, c'est pour ça que vous êtes là. Quand j'ai compris que vous n'alliez pas arrêter de m'envoyer vos vidéos d'essais, je me suis dit que je ferais aussi bien d'en regarder une.

— Et ?

— Et vous serez forte un jour. Vous avez le truc.

*Un jour ? Serez ?*

— Mais vous êtes loin d'être prête.

— C'est pour ça que je veux faire ce stage.

— Ce stage inexistant, vous voulez dire.

— Je travaillerai gratuitement de vingt à trente heures par semaine, et peu m'importe que ça me rapporte des crédits à la fac ou non. Je rédigerai les textes, je ferai du contrôle d'informations, des recherches. Tout ce que vous voulez. Comment pouvez-vous vous tromper ?

— Tout ce que je veux ? dit-il en la dévisageant. Êtes-vous prête à faire du café, passer l'aspirateur et nettoyer les toilettes ?

— Qui fait tout ça pour l'instant ?

— Mutt et moi. Et Carol, quand elle n'est pas en reportage.

— Alors oui, absolument.

— Vous êtes donc prête à tout.

— Tout à fait.

Il s'enfonça dans son fauteuil et scruta son visage.

— Vous vous rendez compte que vous serez une petite main, qui plus est non rémunérée.

— Je m'en rends compte. Je peux travailler le lundi, le mercredi et le vendredi.

Il se leva finalement et dit :

— Très bien, Tallulah Hart. Montrez-moi de quoi vous êtes capable.

— Avec plaisir, dit-elle en souriant. Et c'est Tully, au fait.

Il la raccompagna ensuite en repassant par les bureaux.

— Eh, Mutt, voici notre nouvelle stagiaire, Tully Hart.

— Cool, dit Mutt sans lever les yeux de la caméra qu'il avait sur ses genoux.

À la porte, M. Ryan s'arrêta et la regarda.

— J'espère que vous comptez prendre ce travail au sérieux, mademoiselle Hart. Sans cela, c'est une expérience qui ne durera pas plus longtemps qu'un feu de paille.

— Vous pouvez compter sur moi, monsieur Ryan.

— Appelez-moi Johnny. On se voit vendredi. Disons à huit heures ?

— Je serai là.

Elle repassa en boucle cette entrevue dans sa tête en parcourant la rue d'un bon pas jusqu'à l'arrêt de bus. Elle monta à bord.

Elle avait bel et bien décroché un stage. Un jour, quand Phil Donahue l'interviewerait, elle raconterait cette histoire pour montrer sa détermination et son courage.

*Oui, Phil. C'était une démarche audacieuse, mais vous connaissez le milieu de la télé. C'est un monde sans pitié, et j'étais une fille ambitieuse.*

Mais elle le dirait d'abord à Katie. Rien n'était vraiment parfait tant qu'elle n'en avait pas fait part à Katie.

C'était le commencement de leur rêve.

Les cerisiers de la pelouse du Quad marquaient le passage du temps mieux que n'importe quel calendrier. Ils étaient roses et chargés de fleurs au printemps ; touffus et verts durant la période chaude et calme de l'été ; pleins de nuances merveilleuses à la rentrée ; et à présent, dénudés en cette journée de novembre 1981.

Pour Kate, la vie allait bien trop vite. Elle était à des années-lumière de la jeune fille timide et discrète qu'elle avait été à son arrivée. Au fil de ses années à l'université de Washington, elle avait appris à mettre en scène des parodies lors de la semaine de recrutement des sororités, à organiser un bal pour trois cents personnes, à boire une bière d'un trait et avaler une huître crue, à aller de groupe en groupe dans une fête de fraternité et être à l'aise en présence de personnes qu'elle ne connaissait pas, à rédiger des articles audacieux et accrocheurs et à filmer l'événement en question même si elle bougeait pendant qu'il se produisait. Ses professeurs de journalisme lui avaient mis d'excellentes notes et lui avaient répété qu'elle avait un don.

Le problème, semblait-il, c'était son cœur tendre. Contrairement à Tully, qui pouvait foncer tête baissée et poser n'importe quelle question, Kate avait du mal à déranger les gens dans leur chagrin. De plus en plus souvent dernièrement, elle n'arrivait pas à écrire ses articles et préférait réviser ceux de Tully.

Elle n'était pas faite pour devenir chef d'édition ou journaliste de premier plan. Elle se mentait tous les jours, lorsqu'elle assistait à ses cours d'audiovisuel et médias.

Ces derniers temps, elle rêvait d'autres choses, de se lancer dans des études de droit pour pouvoir combattre les injustices sur lesquelles elle faisait des reportages, ou d'écrire des romans qui permettraient aux gens de voir le monde sous un jour meilleur, plus optimiste… Ou encore – et c'était son rêve le plus secret – de tomber amoureuse. Mais comment pourrait-elle dire ces choses à Tully ?

Tully, qui l'avait prise par la main tant d'années auparavant quand personne ne le voulait, qui avait échafaudé le rêve fragile d'une vie de partenaires dans les informations télévisées. Comment pouvait-elle dire à sa meilleure amie qu'elle ne partageait plus son rêve ?

Ç'aurait dû être facile. Elles étaient des gamines quand elles avaient décidé de s'engager dans cette vie en tandem si longtemps auparavant. Au cours des années écoulées depuis ce moment-là, le monde avait énormément changé. Les États-Unis avaient perdu la guerre du Vietnam, Nixon avait démissionné, le mont Saint Helens était entré en éruption et la cocaïne était devenue le biscuit apéro d'une nouvelle génération de fêtards. L'équipe américaine de hockey sur glace avait miraculeusement décroché l'or aux jeux Olympiques et un acteur de seconde zone était devenu président. Les rêves pouvaient difficilement rester immuables en des temps si changeants.

Il lui suffisait de tenir tête à Tully, pour une fois, et de lui dire la vérité : *Ce sont tes rêves, Tully, et je suis fière de toi, mais je n'ai plus quatorze ans et je ne peux pas te suivre éternellement.*

— Peut-être aujourd'hui, dit-elle à voix haute en traînant son sac à dos à côté d'elle alors qu'elle traversait le campus gris enveloppé de brouillard.

Si seulement elle avait vraiment un rêve à elle, quelque chose pour remplacer celui de devenir un duo de stars de la télé. Tully pourrait accepter cela, mais le vague *je ne sais pas* de Kate ne vaudrait pas grand-chose pour Tully la Tempête tropicale.

À la périphérie du campus, elle se mêla au flot d'étudiants et traversa la rue en souriant et faisant signe de la main aux amis qu'elle croisait. Une fois à la sororité, elle alla à droite dans le salon, où des filles étaient agglutinées sur les canapés et les fauteuils et sur le moindre centimètre carré de moquette vert céleri.

Elle jeta son sac à dos par terre et trouva une place entre Charlotte et Mary Kay.

— Ça a commencé ?

Une trentaine de personnes lui firent chut alors que la musique du générique de *Hôpital central* commençait. Le visage de Laura envahit l'écran. Elle était belle et avait l'air ingénue avec sa magnifique couronne de mariée blanche. Un soupir collectif parcourut le salon.

Puis Luke apparut dans son costume gris, souriant à sa future épouse.

À cet instant, la porte de la sororité s'ouvrit brusquement.

— Kate ! cria Tully en entrant dans la pièce.

— Chuuuut, fit tout le monde.

Tully s'accroupit derrière Kate.

— Il faut qu'on parle.

— Chut. Luke et Laura se marient. Tu pourras me raconter ton entretien – tu as eu le poste, félicitations ! – quand ce sera terminé. Maintenant, silence !

— Mais…

— Chut.

Tully tomba à genoux et marmonna :

— Comment pouvez-vous toutes être aussi gagas devant ce type blanc tout maigre avec sa vilaine permanente ? De plus, c'est un violeur. Je crois…

— Chuuut !

Tully poussa un soupir exaspéré et croisa les bras.

Dès que l'épisode se termina et que le générique reprit, elle se leva d'un bond.

— Viens, Katie. Il faut qu'on parle.

Elle prit la main de Kate et la fit sortir du lieu public qu'était la salle télé, parcourir les couloirs puis descendre un escalier qui menait au coin secret de la sororité, le fumoir. C'était une toute petite pièce cachée derrière la cuisine, meublée de deux causeuses et d'une table basse jonchée de cendriers pleins, et dont l'air était si enfumé qu'il brûlait les yeux, même quand personne ne s'y trouvait. C'était *le* lieu de rendez-vous pour discuter après une fête et s'offrir un fou rire en fin de soirée.

Kate détestait cet endroit. Cette pratique qui lui avait paru si cool et rebelle à treize ans lui semblait désormais dégoûtante et stupide.

— Bon, dis-moi tout. Tu as décroché ton stage, n'est-ce pas ?

Tully eut un grand sourire.

— Oui. Les lundis, mercredis et vendredis. Certains week-ends. On est lancées, Katie. Je vais faire un carton dans ce boulot, et quand on aura notre diplôme, je les convaincrai de t'embaucher. On sera une équipe, comme on l'a toujours été.

Kate prit une grande inspiration. *Fais-le. Dis-lui.*

— Tu ne devrais pas te préoccuper de moi, Tully. C'est ton grand jour, ton début.

— Ne sois pas ridicule. Tu veux toujours qu'on soit une équipe, non ?

Tully attendit en dévisageant Kate, qui prit son courage à deux mains et ouvrit la bouche. Puis Tully rigola.

— Bien sûr que oui. Je le savais. Tu me taquinais, c'est tout. Très drôle ! Je parlerai à M. Ryan – c'est mon nouveau patron – dès qu'il ne pourra plus se passer de moi. Maintenant, il faut que je file. Chad doit être impatient que je lui raconte cet entretien, mais il fallait que je t'annonce la nouvelle en premier.

Tully la serra fort dans ses bras et partit.

Kate resta plantée là, dans cette vilaine petite pièce qui sentait le tabac froid, les yeux rivés sur la porte ouverte.

— Non, dit-elle doucement. Je ne veux pas faire ça.

Mais il n'y avait personne pour l'écouter.

# 11

La fête de Thanksgiving était toujours un événement chez les Mularkey. Tante Georgia et oncle Ralph faisaient le trajet depuis l'est de l'État et apportaient de quoi nourrir tout un régiment. Dans le passé, ils étaient venus avec leurs quatre enfants, mais ces enfants devenus des adultes devaient parfois se rendre dans d'autres familles en ce jour férié. Cette année-là, Georgia et Ralph étaient seuls et semblaient un peu déroutés par leur situation. Georgia s'était servi un verre avant même de dire bonjour à qui que ce fût dans la maison.

Kate était assise sur l'accoudoir élimé du canapé rouge cerise qui constituait la pièce centrale de ce salon d'aussi loin qu'elle se souvenait. Tully était en tailleur par terre aux pieds de Maman. C'était sa place habituelle durant les vacances. Tully aimait rarement être trop loin de la femme qu'elle considérait comme la mère idéale. Maman, dans le fauteuil relax de Papa, était en face de Georgia, installée dans le canapé.

C'était l'heure des copines : une tradition familiale. Georgia l'avait instaurée voilà des années, avant que quiconque doive s'occuper d'enfants, du moins c'était ce que racontait la légende. À chaque Thanksgiving, durant une heure, pendant que les hommes regardaient le football américain, les femmes se réunissaient dans le salon pour boire un cocktail et se donner des nouvelles. Elles savaient toutes qu'un travail herculéen les attendait dans la cuisine, mais durant soixante minutes, tout le monde s'en fichait.

Cette année-là, pour la toute première fois, Maman avait servi un verre de vin blanc à Kate et Tully. Kate se sentait très adulte, à siroter son vin assise sur l'accoudoir du canapé. Le premier album de Noël de l'année était déjà sur le tourne-disque. Elvis, naturellement, qui chantait l'histoire d'un petit garçon dans le ghetto.

C'était drôle, comme un album, voire un simple morceau, pouvait vous rappeler tant de moments de votre vie. Kate avait l'impression de n'avoir jamais connu le moindre événement familial – Noël, Thanksgiving, Pâques, les vacances annuelles en camping sauvage – où Elvis n'avait pas été présent. Les rendez-vous familiaux des Mularkey n'étaient tout simplement pas dignes de ce nom sans lui. Maman et Georgia y veillaient. Sa mort n'avait aucunement changé cette tradition, mais parfois, si elles buvaient assez, elles se serraient dans les bras l'une de l'autre et le pleuraient.

— Si vous saviez ce qu'on m'a fait faire cette semaine ! dit Tully en se dressant sur ses genoux dans son enthousiasme.

Kate ne put s'empêcher de remarquer qu'elle avait l'air d'une suppliante attendant la bénédiction de Maman.

— Vous avez entendu parler de l'affaire du violeur de Spokane ? Eh bien, dit-elle d'un ton théâtral pour les accrocher, le type qui s'est fait arrêter ? Sa mère a engagé quelqu'un pour tuer le juge et le procureur. Vous y croyez ? Et Johnny – c'est mon patron – m'a laissée rédiger une première version du texte. Ils ont même utilisé une phrase que j'avais écrite. C'était tellement génial. La semaine prochaine, il va me laisser l'accompagner pour l'interview d'un type qui a inventé une nouvelle sorte d'ordinateur.

— Tu es vraiment lancée, Tully, dit Maman en lui souriant.

— Pas seulement moi, madame M., dit Tully. Ça va marcher pour Kate aussi. Je vais lui obtenir un stage à la chaîne, vous verrez. J'ai déjà commencé à y faire allusion. Un jour, vous nous verrez toutes les deux à la télé. Le premier duo de présentatrices d'un grand journal télévisé.

— Tu imagines, Margie, dit Georgia d'un ton rêveur.

— Présentatrices ? dit Kate en se redressant. Je croyais qu'on allait devenir reporters.

Tully afficha un grand sourire.

— Avec notre ambition ? Tu plaisantes ? On vise le sommet, Katie.

Kate devait dire quelque chose maintenant. La situation devenait intenable, et c'était à vrai dire un bon jour pour vider son sac. Cet apéritif avait adouci tout le monde.

— Il faut que je vous dise…

— On sera plus célèbres que Jean Enersen, madame M., dit Tully en riant. Et plus riches, bien entendu.

— Imagine, être riche, dit Maman.

Tante Georgia tapota la cuisse de Kate.

— Tout le monde dans la famille est si fier de toi, Katie. Tu vas faire connaître notre nom à tous.

Kate soupira. Une fois encore, elle avait raté sa chance. Elle se leva, traversa la pièce, passa dans le coin où se trouverait bientôt le sapin de Noël et s'arrêta à la fenêtre, d'où elle contempla le pré. Une couche blanche scintillante enveloppait le champ et formait des monticules étincelants sur les piquets de clôture. La lumière de la lune donnait à tout le paysage une belle teinte bleue et blanche glaciale ; sous le ciel de velours noir, on aurait dit une carte de vœux. Dans son enfance, Kate avait attendu avec impatience cette météo inopinée, prié pendant des mois pour qu'elle arrive, et ce n'était pas étonnant. Recouverte de neige, la route des Lucioles semblait sortie d'un conte de fées. C'était le genre d'endroit où rien ne pouvait jamais mal tourner, où une jeune fille devait pouvoir dire simplement à sa famille qu'elle avait changé d'avis.

Les derniers mois de leur troisième année furent parfaits. Même si Tully passait plus de vingt-cinq heures par semaine à la chaîne de télé où elle était en stage et Kate autant d'heures à travailler chez Starbucks, le nouveau café branché du marché de Pike Place, elles veillaient à passer une grande partie de leurs week-ends ensemble, à jouer au billard et boire de la bière chez Goldies ou à écouter de la musique à la Blue Moon Tavern. Tully dormait très souvent chez Chad, mais Kate ne disait pas grand-chose à ce sujet. En toute honnêteté, elle s'éclatait trop à sortir avec des garçons pour bassiner Tully à propos de ses choix.

Le seul problème dans la vie de Kate – et non des moindres –, était sa fin de cursus imminente. Elle allait obtenir le mois suivant une licence avec mention en journalisme audiovisuel-médias, et elle n'avait toujours pas dit à qui que ce soit que ce n'était pas le travail de ses rêves.

Mais elle s'apprêtait justement à cracher le morceau. Elle se trouvait dans une des cabines téléphoniques du deuxième étage, pliée en deux pour y tenir, et elle venait de composer le numéro de la maison.

Maman décrocha à la deuxième tonalité.

— Allô ?

— Bonjour, Maman.

— Katie ! Quelle bonne surprise. Je ne me souviens pas de la dernière fois que tu as appelé au milieu de la semaine. Tu dois avoir un sixième sens : Papa et moi, on vient de rentrer du centre commercial. Il faut que tu voies la robe que j'ai achetée pour votre remise de diplôme. Elle est belle. Ne laisse personne te dire qu'on ne trouve pas de super vêtements chez JC Penney.

— Comment est-elle ?

Kate gagnait du temps. Elle écouta la description de sa mère d'une oreille distraite. Maman venait de parler d'épaulettes et de paillettes quand Kate se jeta à l'eau.

— Je viens de postuler pour un emploi chez Nordstrom, Maman, la chaîne de grands magasins. Au service publicité.

Il y eut un silence notable à l'autre bout de la ligne, puis le bruit caractéristique d'une cigarette qu'on allume.

— Je croyais que Tully et toi, vous alliez devenir…

— Je sais, dit Kate en s'adossant au mur. Un tandem de reporters. Célèbres dans le monde entier, et riches.

— Qu'est-ce qui se passe vraiment, Kathleen ?

Kate s'efforça d'exprimer son indécision. Elle ne savait simplement pas ce qu'elle voulait faire du reste de sa vie. Elle estimait qu'il devait exister une vocation qui lui corresponde, une voie qui n'appartienne qu'à elle et qui la voue au bonheur, mais où commençait-elle ?

— Je ne suis pas comme Tully, dit-elle enfin, avouant la vérité qu'elle connaissait depuis longtemps. Je ne vis pas que pour les infos. Certes, je suis assez bonne pour avoir des A partout et mes profs m'adorent parce que je ne rends jamais un devoir en retard, mais le monde du journalisme, que ce soit celui de la télé ou de la presse, est une jungle. Les gens comme Tully, prêts à tout pour un scoop, ne vont faire qu'une bouchée de moi. Ce n'est tout simplement pas réaliste de croire que je pourrais y arriver.

— Réaliste ? Être réaliste, c'est essayer de gérer ses dépenses comme ton père et moi le faisons quand on réduit sans arrêt ses heures à l'usine. Être réaliste, c'est être une femme intelligente comme moi et ne pas réussir à décrocher un boulot au-dessus du Smic parce que je n'ai pas fait d'études et que je n'ai fait qu'élever mes enfants. Crois-moi, Katie, tu ne veux certainement pas être réaliste à ton âge. Tu as largement le temps pour ça. Pour l'instant, tu dois voir les choses en grand et viser haut.

— Je veux simplement autre chose.

— Quoi ?

— Si seulement je le savais.

— Oh, Katie… Je crois que tu as peur de décrocher la timbale. N'aie pas peur.

Avant que Katie puisse répondre, quelqu'un frappa à la porte.

— Je suis là, cria-t-elle.

La porte s'ouvrit d'un coup et Tully apparut.

— Te voilà enfin. Je t'ai cherchée partout. Avec qui est-ce que tu parles ?

— Maman.

Tully arracha le combiné de la main de Kate et dit :

— Bonjour, madame M. Je kidnappe votre fille. On vous rappellera. Au revoir, dit-elle, puis elle raccrocha et se tourna vers Kate. Tu viens avec moi.

— Où est-ce qu'on va ?

— Tu verras.

Tully l'emmena sur le parking, où attendait sa nouvelle Coccinelle bleue Volkswagen.

Sur tout le trajet vers le centre-ville de Seattle, Kate demanda où elles allaient et ce qu'il se passait, jusqu'à ce qu'elles se garent devant un petit immeuble de bureaux.

— C'est ici que je travaille, dit Tully en coupant le moteur. Je n'arrive pas à croire que tu ne sois encore jamais venue. Enfin, peu importe, tu es là maintenant.

Kate leva les yeux au ciel. Elle savait à présent ce qui se passait : Tully voulait se targuer d'un nouveau succès. Une bande, une cassette, un reportage qu'elle avait fait et qui avait été diffusé. Comme toujours, Kate suivait.

— Écoute, Tully, dit-elle tandis qu'elles parcouraient le couloir terne et pénétraient dans le petit espace encombré qui constituait le bureau de Seattle de KCPO-TV, il faut que je te dise quelque chose.

Tully ouvrit la porte.

— Bien sûr. Plus tard. Je te présente Mutt, au fait, dit-elle en désignant un immense type aux cheveux longs et voûté debout près de la fenêtre ouverte, en train de cracher la fumée de sa cigarette dehors.

— Salut, dit-il en levant à peine un doigt en guise de bonjour.

— Carol Mansour – c'est la reporter – est à la réunion du conseil municipal, dit Tully en conduisant Kate vers une porte fermée.

Comme si Kate n'avait jamais entendu les reportages de Carol Mansour avant cela.

Tully s'arrêta à la porte et frappa. Quand une voix masculine répondit, elle ouvrit la porte et entraîna Kate à l'intérieur.

— Johnny ? Voici mon amie Kate.

Un homme leva les yeux derrière son bureau.

— Kate Mularkey, c'est ça ?

C'était de loin le plus bel homme que Kate ait jamais vu. Il était plus âgé qu'elles, mais pas de beaucoup, peut-être cinq ou six ans. Ses longs cheveux noirs étaient épais et dégradés à l'arrière, et très légèrement bouclés aux extrémités. Ses pommettes saillantes et son menton assez petit auraient pu lui donner l'air délicat, mais il n'avait rien d'efféminé. Quand il lui sourit, Kate retint son souffle et éprouva une soudaine attirance purement physique qui ne ressemblait à rien de ce qu'elle avait connu jusque-là.

Et elle était là devant lui, prête à aller travailler dans un jean taille haute BCBG, des mocassins et un pull rouge à col en V. Toutes ses boucles de la veille au soir étaient retombées, et elle ne les avait pas refaites ce matin-là. Elle ne s'était pas donné la peine de se maquiller non plus.

Elle allait tuer Tully.

— Je vous laisse tous les deux, dit Tully en sortant en vitesse du bureau avant de fermer la porte derrière elle.

— Je vous en prie. Asseyez-vous, dit-il en désignant le fauteuil vide installé de l'autre côté de son bureau.

Elle s'assit en se juchant nerveusement sur le bord du fauteuil.

— Tully me dit que vous êtes un génie.

— C'est que… c'est ma meilleure amie.

— Vous avez de la chance. C'est une fille extra.

— Oui, monsieur, c'est vrai.

Il rit à ces mots, d'un rire chaleureux et contagieux qui la fit sourire aussi.

— S'il vous plaît, ne m'appelez pas monsieur. Ça me donne l'impression d'avoir un vieux bonhomme derrière moi, dit-il, puis il se pencha en avant. Alors, Kate, qu'est-ce que vous en dites ?

— De quoi ?

— Du poste.

— Quel poste ?

Il jeta un coup d'œil vers la porte, dit « Hum, c'est intéressant », puis la regarda à nouveau.

— Nous avons un poste d'employé de bureau à pourvoir. Carol s'occupait jusqu'à présent de répondre au téléphone et du classement, mais elle attend un bébé et notre radin de directeur d'antenne a finalement accepté de nous aider un peu.

— Mais Tully…

— Elle veut rester stagiaire. Elle dit que grâce à sa grand-mère, elle n'a pas besoin de cet argent. Et entre nous, elle n'est pas très douée pour répondre au téléphone de toute façon.

Tout cela allait beaucoup trop vite pour Kate. Une heure plus tôt seulement, elle avait enfin avoué qu'elle ne voulait pas travailler dans l'audiovisuel, et voilà à présent qu'on lui proposait un poste pour lequel n'importe quel étudiant de sa section à la fac aurait tué père et mère.

— Quel est le salaire ? demanda-t-elle pour gagner du temps.

— Le minimum légal, bien sûr.

Elle fit le calcul dans sa tête. Avec les pourboires, elle gagnait près du double chez Starbucks.

— Allons, dit-il en souriant. Comment pouvez-vous refuser ? Vous pouvez être réceptionniste dans un vilain bureau pour presque rien. N'est-ce pas le rêve de tout jeune diplômé ?

Elle ne put se retenir de rire.

— Dit comme ça, comment pourrais-je dire non ?

— C'est un premier pas dans le monde glamour de l'actualité télévisée, non ?

Son sourire était comme une sorte de superpouvoir qui brouillait les pensées de Kate.

— Est-ce que ça l'est ? Glamour, je veux dire ?

Il parut surpris par cette question et la regarda vraiment pour la première fois. Son sourire de façade s'effaça, et ses yeux bleus lui adressèrent un regard dur, cynique.

— Pas dans ce bureau.

Il la déstabilisait. Elle ne savait pas pourquoi, mais l'attirance qu'elle ressentait était puissante. Rien de comparable avec ce qu'elle avait pu éprouver pour des étudiants de la fac. Et une raison de plus de ne pas accepter ce poste.

Derrière elle, la porte s'ouvrit. Tully entra en faisant presque un bond.

— Alors, tu as dit oui ?

C'était de la folie d'accepter un emploi parce qu'on était attirée par le patron.

Néanmoins, elle avait vingt et un ans et il lui offrait une chance de mettre un pied dans le milieu de la télévision.

Elle ne regarda pas Tully. Si elle le faisait, Kate savait qu'elle aurait le sentiment de se trahir, de la suivre à nouveau, et ce pour toutes les mauvaises raisons.

Mais comment pouvait-elle dire non ? Peut-être qu'elle se découvrirait la passion et le talent dont elle avait besoin dans un vrai travail. Plus elle y réfléchissait, plus cela semblait possible. La fac, ce n'était pas la réalité. C'était peut-être pour cela qu'elle n'avait pas été conquise jusque-là par le monde de l'actualité. Ici, les reportages auraient du sens.

— Entendu, dit-elle enfin. Je vais essayer, monsieur Ryan.

— Appelez-moi Johnny.

Le sourire qu'il lui adressa fut si déstabilisant qu'elle dut détourner les yeux. Elle était persuadée qu'il avait le pouvoir de voir en elle ou d'entendre comme il faisait battre vite son cœur.

— D'accord, Johnny.

— Génial ! dit Tully en battant des mains.

Kate ne put s'empêcher de remarquer comme son amie capta instantanément toute l'attention de Johnny. Il était maintenant assis à son bureau, les yeux braqués sur elle.

Ce fut à ce moment-là que Kate sut qu'elle avait fait une erreur.

Kate se regarda dans le petit miroir ovale accroché au-dessus de la commode. Ses longs cheveux raides et striés de mèches étaient tirés en arrière et maintenus par un bandeau de velours noir. Son fard à paupières bleu pâle et ses deux couches de mascara vert faisaient ressortir la couleur de ses yeux, et son brillant à lèvres rose et son blush avivaient son teint.

— Tu vas apprendre à aimer l'actu, dit-elle à son reflet. Et tu ne fais pas que suivre Tully.

— Dépêche-toi, Kate ! cria Tully en frappant fort à la porte de la chambre. Tu ne veux quand même pas être en retard pour ton premier jour de travail. Je t'attends sur le parking.

— Bon, d'accord, peut-être que tu la *suis*.

Elle ramassa sa sacoche sur son lit, sortit de la chambre et descendit l'escalier.

En cette dernière semaine de fac, les couloirs grouillaient de filles en train de réviser pour les exams, de se dire au revoir et de faire leurs valises. Kate se faufila dans la mêlée et sortit sur le petit parking situé derrière la résidence, où Tully l'attendait dans sa Coccinelle neuve, moteur en route.

À la seconde où Kate s'assit et claqua la portière, elles démarrèrent. Prince crachait la bande originale de *Purple Rain* dans les minuscules haut-parleurs. Tully dut crier pour se faire entendre.

— C'est super, non ? On va enfin travailler ensemble.

Kate hocha la tête.

— Carrément.

Elle devait reconnaître qu'elle était excitée. Après tout, elle avait sa licence – ou l'aurait bientôt – et avait trouvé un excellent poste pour débuter dans sa spécialité. Peu importait que ce soit Tully qui lui ait obtenu ce poste, ou que fondamentalement elle suive sa meilleure amie. L'important, c'était qu'elle fasse ce travail en donnant le meilleur d'elle-même et qu'elle voie si le journalisme de télé était fait pour elle.

— Parle-moi de notre chef, dit-elle en baissant le volume de l'autoradio.

— Johnny ? Il est super bon dans ce qu'il fait. Il a été correspondant de guerre. Au Salvador ou en Libye, qui sait ? J'ai entendu dire que le terrain lui manque, mais c'est un super chef d'édition. Tu peux apprendre beaucoup de choses de lui.

— Tu as déjà eu envie de sortir avec lui ?

Tully rigola.

— C'est pas parce que j'ai couché avec mon prof que tous les patrons sont mes proies potentielles.

Kate fut soulagée d'entendre ça, plus qu'elle n'aurait dû. Elle eut envie de demander à Tully si Johnny était marié – elle avait envie de poser cette question depuis près d'une semaine, mais elle n'était pas vraiment capable de prononcer ces mots. Ils seraient trop révélateurs.

— Nous y voici.

Tully s'arrêta près du trottoir devant le bâtiment et se gara. Durant tout le temps qu'elles mirent pour monter l'escalier et parcourir le couloir, elle ne cessa de dire comme ç'allait être formidable de travailler ensemble, mais une fois qu'elles furent dans le petit ensemble de bureaux exigus, elle se dirigea tout droit vers Mutt et commença à discuter avec lui.

Kate resta plantée là, sa serviette en faux cuir serrée contre sa poitrine, se demandant ce qu'elle devait faire.

Elle venait de décider d'enlever sa veste quand Johnny apparut, à la fois incroyablement beau et l'air particulièrement énervé.

— Mutt ! Carol ! cria-t-il, bien qu'ils fussent tous debout devant lui. Cette nouvelle entreprise, Microsoft, va annoncer quelque chose. Je n'ai pas la moindre foutue idée de ce que c'est. Mike est en train de faxer l'info. Il veut que vous alliez au siège de l'entreprise pour voir si vous pouvez parler avec le patron. Bill Gates.

Tully fit un bond en avant.

— Je peux y aller aussi ?

— À ta guise. C'est du vent de toute façon, dit Johnny, puis il retourna dans son bureau et claqua la porte.

Une grande agitation régna dans les instants qui suivirent. Carol, Tully et Mutt rassemblèrent leur matériel et partirent précipitamment.

Après leur départ, Kate se retrouva seule dans le bureau désert et à présent silencieux, et se demanda bien ce qu'elle était censée faire.

À côté d'elle, le téléphone sonna.

Elle ôta sa veste, la suspendit au dossier de sa chaise, s'assit et répondit.

— KCPO Actualités, bonjour. Kathleen à l'appareil. Que puis-je faire pour vous ?

— Bonjour, chérie, c'est Papa et Maman. On voulait simplement appeler pour te souhaiter une très bonne première journée de travail. Nous sommes si fiers de toi.

Kate ne fut guère étonnée. Certaines choses ne changeaient jamais dans la vie, et sa famille en faisait partie. C'était pour ça qu'elle les aimait.

— Merci, c'est gentil.

Elle n'eut aucun mal à s'occuper durant les heures qui suivirent. Le téléphone sonnait presque sans arrêt, et la corbeille du courrier sur le bureau semblait ne pas avoir été touchée depuis des années. Les dossiers étaient rangés n'importe comment.

Elle fut rapidement si absorbée par son travail que quand elle regarda à nouveau l'horloge, il était une heure et elle mourait de faim.

Elle avait certainement droit à une pause-déjeuner ? Elle se leva de son fauteuil et traversa le bureau désormais rangé. Elle s'arrêta à la porte de Johnny, trouva le courage de frapper, mais avant qu'elle puisse le faire, elle entendit des cris de l'autre côté de la porte. Il était au téléphone, en train de se disputer avec quelqu'un.

Mieux valait ne pas l'interrompre. Elle activa le répondeur téléphonique et courut chez le traiteur du rez-de-chaussée. Elle s'y acheta un demi-sandwich jambon-fromage. Sur un coup de tête, elle acheta également un bol de soupe de palourdes et un sandwich au bacon et conclut sa commande par deux Coca. Sac en main, elle remonta au bureau et ralluma le téléphone.

Puis elle retourna à la porte de Johnny. Elle n'entendit rien derrière celle-ci.

Elle frappa timidement.

— Entrez.

Elle ouvrit la porte.

Il était assis à son bureau, l'air fatigué. Ses longs cheveux étaient tout ébouriffés, comme s'il n'avait cessé de passer ses doigts dedans et de les tirer en arrière. Des dizaines de journaux jonchaient son bureau, à tel point que même le téléphone était caché.

— Mularkey, dit-il en soupirant. Merde. J'ai oublié que vous commenciez aujourd'hui.

Kate eut envie de faire une blague à ce propos, mais sa voix refusa de lui obéir. Elle était si consciente de la présence de Johnny que c'était un peu troublant qu'il n'ait même pas su qu'elle était là.

— Entrez. Qu'est-ce que vous avez là ?

— Le déjeuner. Je me suis dit que vous auriez peut-être faim.

— Vous m'avez acheté à manger ?

— Je n'aurais pas dû ? Je suis désolée, je…

— Asseyez-vous, dit-il en désignant la chaise située de l'autre côté de son bureau. Je vous remercie beaucoup. Je ne me rappelle pas la dernière fois que j'ai mangé.

Elle s'approcha du bureau et commença à déballer leur déjeuner. Tout au long de ce moment, elle sentit ses yeux bleus pénétrants qui la fixaient avec attention. Cela la rendit si nerveuse qu'elle faillit renverser la soupe.

— De la soupe chaude, dit-il, d'une voix désormais basse, intime. Alors vous êtes comme ça.

Elle s'assit, le regarda, incapable de le quitter des yeux.

— Comme ça ?

— Vous prenez soin des autres, dit-il en ramassant la cuillère. Laissez-moi deviner : vous avez grandi dans une famille heureuse. Deux enfants et un chien. Pas de divorce.

Elle rigola.

— Je plaide coupable. Et vous ?

— Pas de chien. Pas si heureuse.

— Oh, fit-elle, puis elle chercha autre chose à dire. Vous êtes marié ? lâcha-t-elle malgré elle.

— Non. Jamais. Vous ?

Elle sourit.

— Non.

— Tant mieux. Ce travail demande de l'attention.

Kate se sentit coupable d'imposture. Elle était là, assise en face de son patron, en train d'essayer de se concentrer pour trouver quelque chose à dire qui forcerait son admiration, et elle n'arrivait même pas à le regarder dans les yeux. C'était insensé. Il n'était pas *si* beau. Quelque chose chez lui la troublait si profondément qu'elle n'arrivait pas à réfléchir. Finalement, elle dit :

— Vous pensez qu'ils vont rapporter un bon reportage de chez Microsoft ?

— Israël a envahi le Liban hier. Vous saviez ça ? Les Israéliens ont repoussé les Palestiniens à Beyrouth. Voilà le vrai sujet à traiter. Et nous, on est dans ce bureau pourri, en train de perdre notre temps avec des infos sans intérêt, dit-il avec un soupir. Je suis désolé. C'est simplement pas mon jour. Et c'est votre premier, dit-il en souriant, mais son sourire n'atteignit pas ses yeux. Et vous m'avez acheté de la soupe. Demain, je serai aimable, je vous le promets.

— Tully m'a dit que vous avez été correspondant de guerre.

— Oui.

— Je suppose que vous avez adoré ça, non ?

Kate vit alors une expression passer fugitivement sur son visage. Son premier instinct aurait été de qualifier cela de tristesse, mais comment pouvait-elle savoir ?

— C'était fou.

— Comment ça se fait que vous ayez arrêté ?

— Vous êtes trop jeune pour comprendre.

— Je ne suis pas beaucoup plus jeune que vous. Essayez toujours.

Il soupira.

— Parfois la vie nous en fait voir de toutes les couleurs, c'est tout. C'est comme dans la chanson des Stones : « You Can't Always Get What You Want ». On n'a pas toujours ce qu'on veut.

— Mais la chanson dit aussi qu'on peut avoir ce dont on a besoin.

À ce moment-là, il la regarda, et durant une fraction de seconde, elle sut qu'elle avait retenu son attention.

— Vous avez trouvé de quoi vous occuper ce matin ?

— Les dossiers étaient en désordre. Le courrier aussi. J'ai organisé et rangé toutes ces cassettes qui étaient dans le coin.

Il rigola, d'un rire qui transforma son visage, le rendit si beau qu'elle en eut le souffle coupé.

— Ça fait des mois qu'on demande à Tully de faire ça.

— Je ne voulais pas…

— Ne vous en faites pas. Vous n'avez pas causé d'ennuis à votre amie. Croyez-moi, je sais quoi attendre de Tully.

— Quoi donc ?

— De la passion, dit-il simplement en fourrant l'emballage vide du sandwich dans le bol en polystyrène de la soupe.

Kate tressaillit presque à la manière dont il dit cela, et elle comprit soudain qu'elle était dans de mauvais draps. Elle avait beau se rappeler sans cesse qu'il était son patron, cela ne changeait rien. Au bout du compte, ce qui importait, c'était ce qu'elle ressentait en sa présence.

Or elle avait l'impression de *tomber*. Il n'y avait pas d'autre mot pour décrire ça.

Et pourtant, durant le reste de la journée, tout en répondant au téléphone et en classant les papiers, elle se remémora ce dernier moment passé avec lui et la facilité, la spontanéité avec laquelle il avait répondu à sa question sur Tully : *de la passion*.

Mais surtout, elle se rappela son sourire admiratif en prononçant ces mots.

# 12

L'été qui suivit la remise des diplômes fut aussi proche de la perfection que pouvait l'imaginer Tully. Avec Kate, elles trouvèrent un appartement style années 1960 bon marché et très bien placé : au-dessus du marché de Pike Place. Elles le garnirent de meubles provenant de chez sa grand-mère et remplirent la cuisine de toute une batterie de casseroles en cuivre et de vaisselle en faïence rétro. Elles accrochèrent aux murs leurs affiches préférées et disposèrent des photos d'elles sur toutes les consoles. Mme Mularkey leur avait un jour fait la surprise de venir avec des sacs pleins de provisions et plusieurs fausses plantes, pour rendre l'endroit plus accueillant, avait-elle dit.

Leur mode de vie évolua avec leur quartier. Elles se trouvaient à deux pas de plusieurs bars, leurs préférés étant The Athenian à l'intérieur du marché, et le vieux Virginia Inn enfumé au coin. À six heures du matin, dans le concert de bips des camions de livraison et de bruits de Klaxon, elles traversaient la rue pour aller chercher des cafés au lait chez Starbucks et des croissants chez Le Panier, une boulangerie française.

En tant que jeunes travailleuses célibataires, elles tombèrent dans une routine facile. Tous les matins, elles sortaient prendre le petit déjeuner dehors, s'asseyaient aux tables en fer forgé sur le trottoir et lisaient les divers journaux qu'elles collectaient. Le *New York Times*, le *Wall Street Journal*, le *Seattle Times* et le *Post-Intelligencer* devinrent leurs bibles. Une fois leur lecture terminée, elles se rendaient en voiture au bureau, où elles apprenaient chaque jour de nouvelles choses sur le fonctionnement d'un journal télévisé, et après le travail, elles s'habillaient de grandes tuniques chatoyantes à épaulettes et de pantalons-fuseaux et sortaient dans une des nombreuses boîtes du centre-ville. N'importe quel soir de la semaine, elles pouvaient écouter du punk-rock, de la New Wave, du rock'n'roll, de la pop…, tout ce qui leur plaisait.

Et dans la mesure où Tully n'était plus contrainte de cacher l'existence de Chad, il les emmenait souvent toutes les deux en virée, et ils s'éclataient tous les trois.

C'était tout ce dont Kate et elle avaient rêvé, tant d'années plus tôt sur les berges obscures de la Pilchuck, et Tully en savourait chaque instant.

Comme tous les jours, elles se garèrent devant le bureau. Elles discutèrent sur tout le trajet entre la voiture et le bureau.

Mais dès l'instant où Tully ouvrit la porte, elle sut qu'il se passait quelque chose. Mutt était près la fenêtre en train de rassembler en vitesse son matériel. Johnny était dans son bureau et criait après quelqu'un au téléphone.

— Qu'est-ce qui se passe ? demanda Tully en jetant son sac à main sur le bureau impeccable de Kate.

Mutt leva les yeux.

— Il y a une manif en ce moment même. C'est pour nous.

— Où est Carol ?

— À l'hôpital. En train d'accoucher.

C'était la chance de Tully. Elle fonça dans le bureau de Johnny, sans même se donner la peine de frapper.

— Laisse-moi faire ce reportage. Je sais que tu estimes que je ne suis pas prête, mais je le suis. Et qui d'autre est disponible ?

Il raccrocha le téléphone et la regarda.

— J'ai déjà dit à la chaîne que tu allais faire le reportage. C'était à cause de ça, tous ces cris, dit-il, puis il fit le tour du bureau et s'approcha d'elle. Ne me déçois pas, Tully.

Tully savait que ce n'était pas professionnel, mais elle ne put s'en empêcher : elle le serra dans ses bras.

— Tu es le meilleur. Je vais te rendre fier. Tu verras.

Elle était à mi-chemin de la porte quand il s'éclaircit la gorge et prononça son prénom. Elle s'arrêta, se retourna.

— Tu ne veux pas lire le dossier explicatif ? À moins que tu préfères faire ça à l'aveugle ?

Tully sentit ses joues s'échauffer.

— Oups. Je vais le lire.

Il lui tendit une pochette pleine de papiers de fax luisants.

— C'est au sujet d'une femme au foyer de Yelm qui est habitée par des fantômes. J. Z. Knight.

Tully fronça les sourcils.

— C'est un problème ?

— Non. Je… connais simplement quelqu'un qui habite là-bas. C'est tout.

— Eh bien, tu n'auras pas le temps de rendre visite à des amis. Maintenant file. Je veux que vous soyez revenus à quatorze heures pour le montage.

Sans Mutt et Tully, le bureau était calme. C'était la seconde fois seulement de tout l'été que Kate y était seule avec Johnny. Un peu troublée par le silence – mais aussi par la porte ouverte de Johnny et l'idée qu'il se trouvait juste derrière –, elle répondait un peu trop vite au téléphone et était même un peu essoufflée quand elle parlait.

Quand Tully était là, il y avait du bruit et de l'agitation. Elle vivait pour le journal télévisé, et chaque moment de sa préparation méritait qu'elle s'y intéresse. Toute la journée, tous les jours, elle assaillait Johnny, Carol et Mutt de questions, cherchant continuellement leur avis sur tous les sujets.

Kate ne comptait plus le nombre de fois où Mutt avait levé les yeux au ciel quand Tully sortait d'une conversation. Carol était encore moins obligeante ; la reporter principale avait à peine parlé à Tully dernièrement. Non pas que cela parût affecter Tully. Ce qui lui importait, c'était l'actualité, et l'actualité seulement.

Kate, à l'inverse, se préoccupait davantage des gens qui travaillaient là que des sujets de leurs reportages. Elle s'était presque instantanément liée d'amitié avec Carol, qui l'emmenait souvent déjeuner dehors pour discuter de son accouchement imminent et qui lui demandait tout aussi souvent de relire ses textes ou de faire des recherches en vue de reportages. Mutt avait lui aussi choisi Kate comme confidente. Il passait de longues heures à lui parler de ses problèmes familiaux et de la femme qui refusait de l'épouser.

La seule personne avec qui Kate n'avait pas tissé des liens, c'était Johnny.

Elle avait les nerfs en pelote en sa présence. Il suffisait qu'il regarde dans sa direction et sourie pour qu'elle lâche ce qu'elle avait en main. Elle bégayait systématiquement quand elle lui communiquait ses messages et trébuchait chaque fois sur le bord du tapis déchiré dans son bureau.

C'était pitoyable.

Kate crut d'abord que c'était à cause de sa beauté. Il avait tout d'un parfait catholique irlandais avec ses cheveux noirs et ses yeux bleus, et quand il souriait, tout son visage se plissait d'une manière qui lui coupait le souffle.

Elle avait supposé que sa fascination pour lui ne durerait pas, qu'elle apprendrait à le connaître avec le temps et serait moins captivée. Tout au moins, elle avait présumé qu'elle finirait par être immunisée contre son sourire.

Mais pensez-vous. Tout ce qu'il disait et faisait serrait davantage le nœud coulant qui étranglait son cœur. Sous son apparence cynique, elle avait entrevu un idéaliste, et qui plus est, un idéaliste blessé. Quelque chose avait brisé Johnny et l'avait conduit là, dans l'ombre du reportage du siècle, et ce mystère la magnétisait.

Elle se rendit dans le coin, où gisaient un tas de cassettes attendant d'être rangées. Elle venait d'en ramasser une brassée quand Johnny apparut dans l'embrasure de la porte de son bureau.

— Eh, dit-il. Vous êtes occupée ?

Elle laissa tomber la pile de cassettes. *Imbécile.*

— Non, répondit-elle. Pas vraiment.

— Allons prendre un vrai déjeuner. Il ne se passe pas grand-chose aujourd'hui, et j'en ai marre des sandwichs du traiteur.

— Euh… volontiers.

Elle se concentra sur les tâches qu'elle devait accomplir : activer le répondeur, enfiler un pull, prendre son sac à main.

Il vint à côté d'elle.

— Prête ?

— Allons-y.

Marchant côte à côte, ils longèrent le pâté de maisons et traversèrent la rue. De temps à autre, le corps de Johnny effleurait le sien, et elle était extrêmement sensible au moindre contact.

Quand ils arrivèrent enfin au restaurant, il la conduisit à une table dans le coin qui offrait une vue sur la baie d'Elliott et les boutiques du Pier 70. Une serveuse vint presque aussitôt prendre leur commande.

— Vous êtes en âge de boire, Mularkey ? demanda-t-il avec un sourire.

— Très drôle. Mais je ne bois pas pendant le travail.

À ces mots, qui la faisaient passer pour la pire des coincées, elle grimaça et se redit *Imbécile.*

— Vous êtes une fille très responsable, dit-il quand la serveuse partit, en se retenant à l'évidence de sourire.

— Une femme, corrigea-t-elle avec fermeté, espérant ne pas rougir.

Il sourit à cette remarque.

— J'essayais de vous faire un compliment.

— Et vous avez choisi *responsable* ?

— Qu'est-ce que vous préféreriez ?

— Sexy. Brillante. Belle, énuméra-t-elle, puis elle rit nerveusement, d'une manière plus adolescente qu'elle n'aurait voulu. Vous savez, ces mots que n'importe quelle femme veut entendre.

Elle sourit. C'était l'occasion de faire impression sur lui, de capter son attention comme il avait capté la sienne. Elle ne voulait pas la gâcher.

Il se laissa aller sur sa chaise, et elle espéra que ce n'était pas parce qu'il voulait tout à coup mettre de la distance entre eux. Elle regretta alors profondément de ne pas avoir couché avec un de ses petits amis de la fac. Elle était certaine qu'il voyait sur elle la marque de la virginité.

— Vous êtes à la chaîne depuis, combien… deux mois maintenant ?

— Presque trois.

— Comment trouvez-vous ce travail ?

— Bien.

— Bien ? C'est une drôle de réponse. C'est un métier qu'on aime ou qu'on déteste, dit-il, puis il se pencha en avant et posa ses coudes sur la table. Est-ce que c'est une passion pour vous ?

Encore ce mot : celui qui la distinguait de Tully aussi nettement que le bon grain de l'ivraie.

— O-oui.

Il la dévisagea, puis sourit d'un air entendu. Elle se demanda jusqu'où ses yeux bleus avaient réussi à sonder son âme.

— Une chose est sûre, c'en est une pour Tully.

— Oui.

Il demanda ensuite, d'un ton qui se voulait désinvolte :

— Est-ce qu'elle fréquente quelqu'un ?

Kate se glorifia de n'avoir ni sursauté ni froncé les sourcils. Elle savait désormais au moins pourquoi il l'avait invitée à déjeuner. Elle aurait dû s'en douter. Elle eut envie de dire : *Oui, ça fait des années qu'elle est avec le même homme*, mais elle n'osa pas. Certes, Tully ne cachait plus Chad, mais elle ne l'affichait pas pour autant.

— D'après vous ?

— Je pense qu'elle fréquente beaucoup d'hommes.

Par bonheur, la serveuse revint alors avec leur commande et Kate fit mine d'être fascinée par son assiette.

— Et vous ? J'ai le sentiment que vous n'êtes pas vraiment passionné par votre travail.

Il releva brusquement les yeux.

— Qu'est-ce qui vous fait dire ça ?

Elle haussa les épaules et continua de manger, mais à présent elle le surveillait.

— Peut-être pas, dit-il à voix basse.

Elle sentit qu'elle s'immobilisait ; sa fourchette resta en suspens dans l'air. Pour la première fois, ils ne faisaient pas qu'échanger des banalités. Il venait de lui révéler quelque chose d'important, elle en était certaine.

— Parlez-moi du Salvador.

— Vous savez ce qui s'est passé là-bas ? Le massacre ? Ça a été un bain de sang. Et les choses ont empiré dernièrement. Les escadrons de la mort tuent des civils, des prêtres, des bonnes sœurs.

Kate ne savait rien de tout cela, mais elle hocha tout de même la tête et observa les émotions qui se lisaient sur le visage de Johnny. Elle ne l'avait jamais vu aussi animé, aussi passionné. À nouveau, elle remarqua une émotion indéchiffrable dans son regard.

— On dirait que vous avez adoré couvrir ce conflit. Pourquoi en êtes-vous parti ?

— Je ne parle pas de ça, dit-il, puis il finit sa bière et se leva. On ferait mieux de retourner au travail.

Elle considéra leur déjeuner à peine entamé. De toute évidence, elle était allée trop loin, l'avait trop questionné.

— J'ai été trop indiscrète, je suis désolée…

— Ne le soyez pas. C'est de l'histoire ancienne. Allons-y.

Il ne dit pas un mot sur tout le trajet du retour. Arrivés au bâtiment, ils s'empressèrent de monter l'escalier et de regagner le bureau désert.

Une fois-là, elle ne put s'empêcher de lui poser la main sur le bras.

— Je suis vraiment désolée. Je ne voulais pas vous contrarier.

— Comme je vous l'ai dit, c'est du passé.

— Pas tout à fait, cependant, n'est-ce pas ? dit-elle doucement, sachant aussitôt qu'elle avait de nouveau dépassé la mesure.

— Remettez-vous au travail, dit-il d'un ton brusque, puis il retourna dans son bureau en claquant la porte derrière lui.

Nichée dans la vallée verdoyante qui s'étendait entre Olympia et Tacoma, Yelm avait toujours été le genre de petite ville dont les habitants étaient vêtus de chemises de flanelle et de jeans délavés et se saluaient de la main en passant.

Tout cela avait changé quelques années plus tôt, le jour où un guerrier atlante vieux de trente-cinq mille ans était prétendument apparu dans la cuisine d'une femme au foyer par ailleurs ordinaire.

Les habitants, qui croyaient au credo du Nord-Ouest américain du « vivre et laisser vivre », avaient fermé les yeux sur cette histoire pendant longtemps. Ils n'avaient pas prêté attention aux « cinglés » qui venaient à Yelm (pour beaucoup dans des voitures luxueuses et habillés de vêtements de marque, le « style hollywoodien ») ni aux panneaux VENDU qui s'étaient mis à fleurir sur les meilleurs terrains.

Mais quand le bruit s'était mis à courir que J. Z. Knight s'apprêtait à construire une sorte de complexe abritant une école pour ses disciples, les habitants en avaient eu assez. D'après le responsable de KCPO pour la région sud du détroit, des manifestants avaient formé un cordon devant la propriété de Knight.

La « foule » protestant contre le projet d'aménagement se révéla composée d'une dizaine de personnes armées de pancarte en train de discuter. On aurait plus dit une réunion autour d'un café qu'un rassemblement politique… jusqu'à l'apparition de la camionnette de la télé. Aussitôt, les gens se mirent à marcher en cercle et à scander des slogans.

— Ah, dit Mutt, le pouvoir des médias.

Il se gara sur le bord de la route et se tourna vers Tully.

— Il y a une chose qu'on ne t'a pas apprise à la fac : tu dois te mêler à la foule. Aller en plein milieu. Si une bagarre semble sur le point d'éclater, je veux que tu sois là, compris ? N'arrête jamais de poser des questions ou de parler. Et si je te fais signe, tu sors tout de suite du cadre.

Le cœur de Tully battait à mille pulsations par minute quand elle se mit en action.

Les manifestants leur fondirent dessus. Tout le monde parlait en même temps, essayait de se faire entendre, jouait des coudes.

Mutt poussa fermement Tully. Elle trébucha en avant et se retrouva le nez contre la poitrine d'un énorme gaillard avec une barbe de Père Noël et brandissant une pancarte qui indiquait : DITES SIMPLEMENT NON À RAMTHA.

— Je suis Tallulah Hart pour KCPO. Pourquoi êtes-vous ici aujourd'hui ?

— Demande-lui son nom, cria Mutt.

Tully grimaça. *Merde*.

L'homme dit :

— Je m'appelle Ben Nettleman. Ma famille et moi, on vit à Yelm depuis près de quatre-vingts ans. On ne veut pas que notre ville devienne un supermarché pour cinglés New Age.

— Ils ont la Californie pour ça ! cria quelqu'un.

— Parlez-moi du Yelm que vous connaissez, dit Tully.

— C'est un endroit calme, où les gens se serrent les coudes. On commence nos journées par une prière, et en général on ne prête pas attention à ce que font nos voisins… Jusqu'à ce qu'ils construisent des horreurs qui n'ont rien à faire là, et qu'ils ramènent des barjos par bus entiers.

— Et vous dites barjos parce que…

— Parce qu'ils le sont ! Cette dame est habitée par un type mort qui dit avoir vécu sur l'Atlantide.

— Moi aussi, je peux prendre un accent indien. Mais je suis pas Ramtha pour autant ! cria quelqu'un.

Durant les vingt minutes qui suivirent, Tully fit ce qu'elle faisait le mieux : elle parla avec les gens. Au bout de six ou sept minutes, elle prit le pli et se rappela ce qu'on lui avait appris. Elle écoutait et posait les questions de circonstance qu'elle aurait posées à n'importe qui un jour normal. Elle ne savait pas du tout si c'étaient les bonnes questions ni si elle était toujours placée au meilleur endroit, mais elle savait en revanche qu'au bout de sa troisième interview, Mutt avait arrêté de lui donner des consignes et l'avait laissée mener le bal. Elle savait aussi qu'elle se *sentait* bien. Les gens se livraient vraiment à elle, ils lui faisaient part de leurs sentiments, de leurs inquiétudes et de leurs peurs.

— Bien, Tully, dit Mutt derrière elle. C'est bon. On a fini.

Dès l'instant où il éteignit la caméra, le groupe se dispersa.

— Je l'ai fait, murmura-t-elle en se retenant à grand-peine de sauter littéralement sur place. Quelle excitation !

— Tu t'en es bien sortie, dit Mutt en lui adressant un sourire qu'elle n'oublierait jamais.

Mutt rangea son matériel en un temps record et grimpa dans la camionnette.

Tully était en pleine montée d'adrénaline.

Puis elle vit le panneau annonçant le terrain de camping.

— Tourne là, dit-elle, se surprenant elle-même.

— Pourquoi ? demanda Mutt.

— Ma mère est… en vacances. Elle est dans ce camping. Donne-moi cinq minutes pour lui dire bonjour.

— Je vais faire une pause-clope. Ça te laisse un quart d'heure. Mais après, il faut qu'on décolle.

Mutt gara la camionnette devant le bureau d'accueil du camping.

Tully alla au comptoir et demanda si sa mère était bien là. L'homme de service hocha la tête.

— Emplacement trente-six. Dites-lui qu'il faut qu'elle paye quand vous la verrez.

Sur le chemin à travers les arbres, Tully faillit se retourner une douzaine de fois. Elle ne savait pas du tout ce qu'elle faisait là. Elle n'avait pas vu ni parlé à sa mère depuis les funérailles de sa grand-mère, et bien qu'elle fût devenue l'exécutrice testamentaire de Mamie à dix-huit ans et responsable du versement mensuel fait à Nuage, elle n'avait jamais reçu un merci pour cet argent. Seulement une suite de cartes postales disant « J'ai déménagé, merci d'envoyer l'argent à cette adresse. » Ce camping à Yelm était la dernière en date.

Elle aperçut sa mère debout devant une rangée de toilettes mobiles, en train de fumer une cigarette. Dans son pull grossier à motifs indiens gris et son pantalon semblable à un bas de pyjama, on aurait dit qu'elle s'était évadée d'une prison pour femmes. Les années avaient émoussé un peu sa beauté et dessiné un réseau de fines rides sur ses joues creusées.

— Salut, Nuage, dit-elle en arrivant près d'elle.

Sa mère tira une bouffée sur sa cigarette et cracha lentement la fumée en la regardant de ses yeux aux paupières lourdes.

Tully vit comme sa mère avait l'air mal en point, comme les drogues la vieillissaient. À moins de quarante ans, elle en faisait facilement cinquante. Comme toujours, elle avait le regard vitreux et dans le vague d'une toxicomane.

— Je suis venue faire un reportage pour la chaîne d'infos KCPO.

Tully essaya de ne pas prendre un ton fier, sachant qu'il était idiot d'attendre quoi que ce soit de sa mère, mais sa fierté était là quand même, dans son regard et sa voix, ce qu'il restait de cette petite fille pitoyable qui avait rempli douze cahiers souvenirs afin qu'un jour sa mère la connaisse et soit fière.

— C'est mon premier reportage diffusé. Je t'avais dit que je passerai un jour à la télé.

Le corps de Nuage oscillait très légèrement, comme s'il flottait dans l'air une musique qu'elle seule pouvait entendre.

— La télé, c'est l'opium du peuple.

— C'est sûr que s'il y a une personne qui s'y connaît en drogues, c'est bien toi.

— À ce propos, je suis un peu à sec ce mois-ci. T'as de l'argent ?

Tully fouilla dans son sac à main, trouva le billet de cinquante dollars qu'elle gardait dans son porte-monnaie pour les urgences et le donna à sa mère.

— Ne donne pas tout à un seul dealer.

Nuage fit un pas maladroit en avant et prit l'argent d'un geste furtif.

Tully aurait voulu ne jamais être venue là. Elle savait quoi attendre de sa mère : rien. Pourquoi n'arrivait-elle pas à se souvenir de cela ?

— J'enverrai de l'argent pour ta prochaine désintox, Nuage. Toutes les familles ont leurs traditions, n'est-ce pas ?

Sur ces mots, elle tourna les talons et retourna à la camionnette.

Mutt l'attendait. Il laissa tomber sa cigarette, qu'il écrasa avec son talon et lui fit un grand sourire.

— Maman est fière de sa jeune diplômée ?

— Tu rigoles ? dit Tully avec un grand sourire tout en s'essuyant les yeux. Elle a pleuré comme une madeleine.

Au retour de Tully et Mutt, l'équipe mit le grand braquet. Ils s'entassèrent tous les quatre dans la salle de montage et transformèrent les vingt-six minutes de rushes en un reportage de trente secondes percutant et impartial. Kate essaya de rester concentrée sur le reportage, rien que le reportage, mais ce déjeuner avec Johnny avait émoussé ses sens. À moins qu'il ne les eût décuplés. Elle n'était pas vraiment sûre. Tout ce qu'elle savait, c'était que le béguin de lycéenne qu'elle avait eu pour lui avant qu'il ne l'invite à déjeuner s'était transformé en autre chose.

Quand ils finirent le montage, Johnny décrocha le téléphone et appela le directeur de la station de

Tacoma. Il parla pendant quelques instants, puis il raccrocha et regarda Tully.

— Ils vont le diffuser ce soir à dix heures, sauf s'il se passe quelque chose.

Tully fit un bond et battit des mains.

— On a réussi !

Kate ne put se retenir de ressentir une pointe de jalousie. Elle rêvait qu'une fois seulement Johnny la regarde comme il regardait Tully.

Si seulement elle avait été comme son amie, sûre d'elle, sexy et prête à s'emparer de tous les hommes, de tout ce qu'elle voulait. Elle aurait alors peut-être eu sa chance, mais l'idée que Johnny la repousse ou lui réponde d'un *hein ?* déconcerté la faisait rester dans l'ombre.

Dans l'ombre de Tully, plus précisément. Comme toujours, Kate était la choriste qui n'était jamais sous les feux de la rampe.

— Allons fêter ça, dit Tully. Je paie le dîner.

— Ce sera sans moi, dit Mutt. Darla m'attend.

— Je ne peux pas venir dîner, mais que diriez-vous de boire un verre à vingt et une heures ? dit Johnny.

— On peut faire ça, dit Tully.

Kate savait qu'elle devait dire non. La dernière chose qu'elle voulait, c'était se retrouver à la table à regarder Johnny regarder Tully… mais avait-elle le choix ? Elle était sa meilleure copine. Sa Rhoda Morgenstern[1]. Et partout où Mary allait, Rhoda devait la suivre, même si cela lui était insupportable.

---

1. Personnage d'une sitcom américaine des années 1970, *The Mary Tyler Moore Show*, centrée notamment sur l'amitié unissant Rhoda Morgenstern et Mary Richards.

Kate choisit sa tenue avec soin : un T-shirt blanc à mancherons, un gilet noir rétro en jacquard et un jean moulant rentré dans des bottines souples. Après avoir fait boucler ses cheveux, elle les peigna soigneusement d'un côté et les noua en queue-de-cheval. Elle se trouva jolie, jusqu'au moment où elle alla dans le salon et vit Tully vêtue d'une robe verte en jersey avec un décolleté plongeant, des épaules rembourrées et une large ceinture métallisée, en train de se balancer au rythme de la musique.

— Tully ? Tu es prête ?

Tully arrêta de danser, éteignit la chaîne stéréo et prit Kate par le bras.

— Allez, hop. En route !

Dans la rue devant leur appartement, elles trouvèrent Johnny appuyé contre sa Chevrolet El Camino noire. Avec son jean délavé et son vieux T-shirt Aerosmith, il était super sexy dans un style désinvolte et décontracté.

— Où est-ce qu'on va ? demanda Tully en lui donnant aussitôt son autre bras.

— J'ai un plan, dit Johnny.

— J'adore les hommes qui ont des plans, dit Tully. Pas toi, Kate ?

Le mot *adore* associé à Johnny la déstabilisa, et elle s'abstint par conséquent de le regarder en répondant :

— Si.

Marchant à trois de front, ils parcoururent la rue pavée du marché désert.

Au sex-shop éclairé au néon qui se trouvait au coin, Johnny les fit tourner à droite.

Kate fronça les sourcils. Pike Street constituait une sorte de ligne invisible, tel l'équateur. Au sud de celle-ci, tout devenait rapidement laid. C'était une zone où les touristes ne se rendaient pas sauf s'ils cherchaient de la drogue ou des prostituées. Les magasins et les commerces des deux côtés de la rue étaient miteux.

Ils passèrent devant deux librairies pour adultes et un cinéma X qui diffusait la suite de *Debbie Does Dallas*, suivi de *Saturday Night Beaver*[1].

— C'est génial, dit Tully. Avec Kate, on ne vient jamais par ici.

Johnny s'arrêta devant une porte en bois abîmée, qui avait de toute évidence été rouge autrefois.

— Prêtes ? dit-il avec un sourire.

Tully hocha la tête.

Il ouvrit la porte. La musique était assourdissante.

Un colosse noir était assis sur un tabouret à l'entrée.

— Pièces d'identité, s'il vous plaît, dit-il en allumant une torche pour examiner leurs permis de conduire. Allez-y.

Tully et Kate lui montrèrent leurs permis, puis entrèrent et parcoururent un étroit couloir sombre aux murs recouverts de flyers, d'affiches et d'autocollants.

Le couloir donnait sur une longue salle rectangulaire bondée de gens vêtus de cuir noir rehaussé de métal. Kate n'avait jamais vu autant de coiffures

1. Titres que l'on peut traduire respectivement par « Debbie se tape Dallas » et « La Foufoune du samedi soir ».

bizarres dans une seule pièce. Il y avait des dizaines de personnes avec des crêtes hautes de vingt centimètres enduites de gel, semblables à des lames de scie parfaites et teintes aux couleurs de l'arc-en-ciel.

Johnny les guida à travers la piste de danse, passa devant quelques tables en bois et gagna le bar, où une fille aux cheveux magenta divisés en pointes longues et minces et avec une épingle à nourrice dans la joue prit leurs commandes. Au bout du bar était suspendu un téléviseur assez grand, réglé sur MTV. Personne n'y prêtait la moindre attention.

Quand la barmaid revint, Johnny lui donna un pourboire substantiel et lui fit un grand sourire, puis il conduisit Kate et Tully à une table dans le coin, sous la télé.

Tully leva aussitôt sa margarita pour porter un toast.

— À nous. On a carrément assuré aujourd'hui.

Ils trinquèrent et burent.

Et burent encore.

À la troisième tournée, Tully était soûle. Quand la chanson appropriée démarra – « Call Me » ou « Sweet Dreams (Are Made of This) » ou « Do You Really Wanna Hurt Me ? » –, elle se leva et se mit à danser toute seule juste à côté de la table.

Kate aurait aimé parvenir à être aussi à l'aise, mais deux verres ne suffisaient pas à la transformer. Elle resta donc assise là, à regarder Johnny regarder Tully.

Il ne regarda pas vraiment Kate avant que Tully ne parte aux toilettes.

— Elle ne ralentit jamais, hein ?

Kate chercha un moyen de détourner la conversation de sa meilleure amie, voire de révéler son propre côté passionné, mais de qui se moquait-elle ? Elle n'avait pas de côté passionné. Tully était de la soie couleur pomme d'amour, Kate, du coton beige.

— Ouais.

Tully revint précipitamment des toilettes et alla se cogner contre le bar.

— Eh, il est vingt-deux heures. On peut changer de chaîne sur la télé ? Personne ne la regarde, de toute façon.

— N'importe.

Le barman, qui avait l'air d'un figurant sorti d'un film de guerre apocalyptique, monta sur un escabeau et changea de chaîne.

Tully s'approcha de la télé, telle une pénitente devant le pape.

Puis son visage apparut à l'écran.

*Tallulah Hart, envoyée spéciale à Yelm, État de Washington. Cette ville paisible a été aujourd'hui le théâtre d'une manifestation quand des disciples de J. Z. Knight et de l'esprit âgé de trente-cinq mille ans qu'elle appelle Ramtha se sont confrontés à des habitants au sujet du projet de construction d'un complexe…*

À la fin du reportage, Tully se tourna vers Kate et dit « Alors ? » d'une voix basse et nerveuse.

— Tu as été d'enfer, dit sincèrement Kate. Géniale.

Tully se jeta au cou de Kate et la serra contre elle, puis elle lui prit la main.

— Viens. J'ai envie de danser. Toi aussi, Johnny. On peut danser tous les trois.

Sur la piste de danse, des hommes dansaient ensemble, et des femmes se caressaient au rythme des Sex Pistols. La fille qui se trouvait à côté de Kate, vêtue d'une minijupe en plastique noire et de rangers avec des bas résille, dansait seule.

Tully fut la première à se mettre à danser, suivie de Johnny et enfin de Kate. Kate se sentit d'abord gênée – la cinquième roue du carrosse –, mais elle se détendit au fil de la chanson. L'alcool la désinhibait, il rendait son corps plus souple, et quand la musique changea et ralentit, elle hésita à peine à se fondre dans les bras de Tully et Johnny. Ils bougeaient tous les trois avec une aisance naturelle qui était étonnamment sexy. Kate leva les yeux vers Johnny, qui regardait Tully, et elle ne put s'empêcher de souhaiter qu'il la regarde ainsi une fois seulement.

— Je n'oublierai jamais cette soirée, leur dit Tully.

Johnny se pencha et embrassa Tully. Kate était assez soûle pour qu'il lui faille une seconde afin de se rendre compte de ce qu'elle voyait. Puis vint la douleur.

Tully mit fin à leur baiser.

— Vilain Johnny, dit-elle en riant et en le repoussant.

Johnny descendit sa main dans le dos de Tully et essaya de l'attirer contre lui.

— Qu'est-ce qu'il y a de mal à être vilain ?

Avant que Tully puisse répondre, quelqu'un cria son prénom et elle se retourna.

Chad se frayait un chemin parmi la foule en train de tournoyer et de se bousculer. Avec ses cheveux longs et son T-shirt de Bruce Springsteen usé, on aurait dit un chanteur de hard-rock dans un monde New Wave.

Tully accourut vers lui. Ils s'embrassèrent comme s'ils étaient seuls dans la pièce, puis Kate entendit son amie dire :

— Emmène-moi au lit, vieil homme.

Sans un signe de main ni un au revoir, ils s'éclipsèrent. Kate resta plantée là, encore dans les bras de Johnny. Il regardait fixement la porte comme s'il s'attendait que Tully revienne, crie « Poisson d'avril ! » et se remette à danser avec eux.

— Elle ne reviendra pas, dit Kate.

Johnny sortit de sa torpeur. Il la lâcha, retourna à la table et commanda deux verres. Dans le silence qui suivit, Kate le regarda en pensant : *Regarde-moi.*

— C'était Chad Wiley, dit-il.

Kate hocha la tête.

— Pas étonnant... commença-t-il, les yeux braqués sur le couloir désert de l'autre côté de la piste de danse.

— Ça fait longtemps qu'ils sont ensemble, dit Kate en étudiant son profil.

Durant une folle seconde, elle songea à agir, à tendre la main vers lui. Peut-être qu'elle devait l'aider à oublier Tully ou à se changer les idées ; peut-être que ce soir-là elle se moquait d'être son pis-aller, ou que cela arrive à cause de l'alcool. L'amour pouvait bien naître d'un moment de passion alcoolisé, non ?

— Tu pensais que Tully et toi, vous pourriez...

Il hocha la tête avant qu'elle puisse terminer, et dit :

— Viens, Mularkey. Je te raccompagne chez toi.

Sur tout le trajet jusqu'à chez elle, elle se dit que c'était pour le mieux.

— Eh bien, bonne nuit, Johnny, dit-elle devant la porte de son appartement.

— Bonne nuit, dit-il, puis il partit vers l'ascenseur, mais il s'arrêta à mi-chemin et se retourna. Mularkey ?

Elle s'immobilisa, tourna la tête.

— Oui ?

— Tu as été très bonne aujourd'hui. Je te l'ai dit ? Tu es une des rédactrices les plus douées que j'aie jamais vues.

— Merci.

Plus tard, étendue dans son lit, le regard perdu dans l'obscurité, elle se souvint de ces mots et de son visage quand il les avait prononcés.

Dans une faible mesure, il l'avait remarquée ce jour-là.

Sa cause n'était peut-être pas aussi désespérée qu'elle l'avait pensé.

# 13

Dès l'instant où Tully fit son premier reportage diffusé, tout changea. Ils devinrent le groupe des quatre irréductibles : Kate, Tully, Mutt et Johnny. Ils passèrent deux années constamment ensemble, tantôt réunis dans le bureau pour travailler sur les reportages, tantôt allant d'un endroit à l'autre, tels des gitans. Le deuxième reportage de Tully portait sur une chouette des neiges qui avait élu domicile sur un réverbère dans le quartier de Capitol Hill. Elle suivit ensuite la campagne de Booth Gardner pour devenir gouverneur, et bien qu'elle fût alors mêlée à des dizaines de reporters, Gardner semblait souvent répondre à ses questions en premier. Lorsque les premiers employés millionnaires de Microsoft se mirent à sillonner le centre-ville dans leurs Ferrari toutes neuves en écoutant de la musique bizarre dans d'énormes casques audio, tout le monde à KCPO sut que Tully ne resterait pas longtemps dans la plus petite chaîne régionale.

Ils le savaient tous, mais Johnny peut-être mieux que tout le monde. Aussi, même s'ils ne parlaient pas de l'avenir quand ils étaient tous les trois, ils sentaient son ombre en permanence, et cela avait pour effet de rendre le temps qu'ils passaient ensemble plus agréable et plus intense. Les rares soirs où ils ne travaillaient pas sur un reportage, Johnny, Tully et Kate se retrouvaient chez Goldies pour jouer au billard et boire de la bière. À la fin de leur deuxième année ensemble, ils savaient tout ce qu'ils pouvaient savoir les uns sur les autres ; du moins, tout ce que chacun était disposé à partager.

C'est-à-dire tout, sauf ce qui importait vraiment. Kate trouvait souvent cela ironique que trois personnes qui cherchaient des miettes de vérité dans le chaos de l'existence puissent être aussi obstinément aveugles quant à leurs propres vies.

Tully ne savait pas du tout que Johnny était épris d'elle, et lui-même ne se rendait pas du tout compte que Kate était folle de lui.

Leur étrange triangle silencieux persistait, jour après jour, soir après soir. Tully demandait sans cesse à Kate pourquoi elle n'avait pas de petit copain. Kate avait très envie de tout déballer, de dire la vérité à Tully, mais chaque fois qu'elle commençait à passer aux aveux, elle faisait machine arrière. Comment pouvait-elle dire la vérité au sujet de Johnny, après tous les sermons qu'elle avait faits à Tully à propos de Chad ? Après tout, c'était pire de sortir avec son patron qu'avec son prof.

Et puis, que savait Tully de l'amour à sens unique ? Son amie s'empresserait simplement de pousser Kate à faire des avances à Johnny. Et que lui dirait alors Kate ? *Je ne peux pas. Il est amoureux de toi*. Au fond d'elle-même, dans un coin obscur qu'elle explorait rarement, régnait une autre peur, une peur qui ne surgissait que dans ses cauchemars et ses rêves. Dans la lumière froide du jour, elle n'y croyait pas, mais la nuit, seule, elle craignait que si Tully découvrait l'amour de Kate, cela pourrait en fait rendre Johnny plus attirant à ses yeux. C'était ça, le problème chez sa meilleure amie ; ce n'était pas qu'elle voulait ce qu'elle ne pouvait pas avoir, c'était qu'elle voulait tout, et que tôt ou tard, elle finissait par l'avoir. Kate ne pouvait prendre ce risque. Elle pouvait vivre sans avoir Johnny, mais il lui serait insupportable de se le faire enlever par Tully.

Kate gardait donc la tête baissée, les mains occupées et ses rêves amoureux enfouis. Elle souriait facilement quand Maman, Papa ou Tully la taquinaient sur sa vie sentimentale, répliquait pour plaisanter qu'elle avait des critères de sélection plus élevés que certaines personnes qu'elle pouvait nommer, ce qui les faisait bien rire.

Elle essayait aussi de ne pas être trop souvent seule avec Johnny, par simple précaution. Même si elle avait cessé de tripoter maladroitement des objets ou de perdre l'usage de la parole en sa présence, elle sentait toujours qu'il était très clairvoyant et que, si elle lui en donnait trop l'occasion, il pourrait percevoir ce qu'elle se donnait tant de mal à cacher.

Son plan fonctionna plutôt bien, tout bien considéré, jusqu'à un jour froid de novembre 1984 où Johnny l'appela dans son bureau.

Ils étaient de nouveau seuls ce jour-là. Tully et Mutt étaient partis pour tenter d'apercevoir un yeti dans la forêt humide de Hoh.

Kate lissa son pull angora et adopta un sourire froid, puis entra et le trouva debout près de la vitre sale de son bureau.

— Oui, Johnny ?

Il avait une mine affreuse. L'air défait.

— Tu te souviens, quand je t'ai parlé du Salvador ?

— Bien sûr.

— Eh bien, j'ai encore des amis là-bas. L'un d'eux, le père Ramón, a disparu. Sa sœur pense qu'on l'a emmené quelque part pour le torturer ou qu'on l'a tué. Elle veut que j'y aille pour essayer de l'aider.

— Mais c'est dangereux…

— Le danger, c'est toute ma vie, dit-il en souriant, mais son sourire était comme un reflet sur l'eau, déformé et irréel.

— Il n'y a pas de quoi plaisanter. Tu pourrais te faire tuer. Ou disparaître, comme ce journaliste au Chili pendant le coup d'État. On ne l'a jamais revu.

— Crois-moi, dit-il, je ne plaisante pas. J'ai déjà été là-bas, tu te souviens ? Je sais ce que ça fait de se faire tirer dessus, les yeux bandés, dit-il en tournant la tête.

Son regard se perdit dans le vague, et elle se demanda ce dont il se souvenait.

— Je ne peux pas tourner le dos à ceux qui m'ont protégé là-bas. Pourrais-tu te détourner de Tully, si elle te suppliait de l'aider ?

— Je l'aiderais, comme tu le sais. Même si je ne m'attends pas à la voir dans une zone de conflit, à moins qu'on considère comme tels les soldes exceptionnels de chez Nordstrom.

— Je savais que je pouvais compter sur toi. Tu peux donc faire tourner la boutique pendant mon absence ?

— Moi ?

— Comme je te l'ai dit un jour, tu es une fille responsable.

Elle ne put s'en empêcher, elle avança vers lui, leva les yeux. Il allait partir, pouvait être blessé là-bas, voire pire.

— Une femme, corrigea-t-elle.

Il la regarda sans sourire. Elle sentit les quelques centimètres seulement qui les séparaient. Il suffisait d'un rien, d'un simple mouvement pour qu'ils se touchent.

— Une femme, répéta-t-il.

Puis il la laissa là, toute seule, dans une nuée de mots fantômes… de choses qu'elle aurait pu dire.

Johnny parti, Kate découvrit combien le temps était extensible, comme il pouvait s'étirer au point qu'une minute semble durer des heures. Il suffisait cependant d'un coup de fil de la part d'un officiel disant qu'il était désolé, pour qu'il s'arrête tout à coup, tel un élastique reprenant sa place. Chaque fois que le téléphone sonnait, elle se tendait. À la fin de la première journée, elle avait un violent mal de tête.

Elle apprit également autre chose, cette première semaine. La vie continuait. Les grands chefs de Tacoma appelèrent, et un chef d'édition fut envoyé pour superviser les reportages confiés à l'équipe. Mais en vérité, Kate commença progressivement à assumer certaines de ses responsabilités. Mutt et Tully lui faisaient confiance, et elle savait comment faire les choses avec le budget minime qu'on leur allouait. Ses années de frustration finissaient par payer : elle semblait avoir observé Johnny d'assez près pour savoir comment faire son travail. Elle était une petite main quand lui était un grand couturier, bien sûr, mais elle était tout de même compétente. Et ainsi, dès le jeudi de la première semaine, le chef d'édition venu de Tacoma avait levé les bras au ciel, dit qu'il avait mieux à faire que de suivre des fous toute la journée, et était reparti.

Le vendredi, Kate produisit son premier reportage. C'était un sujet secondaire et sans grand intérêt – une actualité concernant l'ancienne star de programmes pour enfants Brakeman Bill –, mais c'était tout de même elle qui l'avait réalisé, et il avait été diffusé.

Quelle montée d'adrénaline elle avait ressentie en voyant son travail à l'écran, même si c'était du visage et de la voix de Tully dont tout le monde se souviendrait. Elle avait appelé ses parents et ils étaient descendus en ville pour regarder le journal avec Kate et Tully. Après cela, ils avaient porté un toast à « leur rêve » en convenant qu'elles n'avaient jamais été aussi près de le réaliser.

— J'ai toujours cru que Katie et moi, on serait à l'écran ensemble, qu'on serait un duo de présentatrices, mais je crois que je me suis trompée, avait dit Tully. En fait, elle sera un jour la productrice de mon émission. Et quand Barbara Walters m'interviewera, je dirai que je n'y serais jamais arrivée sans elle.

Kate avait trinqué quand il fallait en souriant sciemment et revécu chaque instant à travers le bavardage de Tully. Elle avait été fière d'elle-même, vraiment, et elle avait adoré faire ce travail et fêter cela avec ses parents. Elle avait été particulièrement émue quand Maman l'avait prise à part et lui avait dit :

— Je suis fière de toi, Katie. Tu es lancée, maintenant. Est-ce que tu n'es pas contente de ne pas avoir abandonné ?

Mais pendant tout ce temps, une partie d'elle surveillait l'horloge et trouvait le temps affreusement long.

— Tu as une mine affreuse, dit Tully le lendemain en posant lourdement une pile de cassettes sur le bureau de Kate.

Le bruit fit sursauter Kate. Elle se rendit compte qu'elle était à nouveau en train de regarder l'horloge.

— Ouais, eh bien toi, tu chantes comme une casserole.

Tully rit à cette réplique.

— On a tous quelque chose qu'on ne sait pas faire, dit-elle, puis elle posa ses paumes sur le bureau de Kate et se pencha en avant. On sort au Backstage ce soir avec Chad. Il y a un concert de Junior Cadillac. Tu veux venir ?

— Pas ce soir.

Tully la mesura du regard.

— Qu'est-ce qui ne va pas chez toi, bon sang ? Ça fait plus d'une semaine que tu broies du noir. Je sais que tu ne dors pas – je t'entends te balader au milieu de la nuit – et tu refuses de sortir chaque fois. J'ai l'impression de vivre avec Elephant Man.

Kate ne put s'empêcher de jeter un coup d'œil en direction du bureau de Johnny avant de lever les yeux vers son amie. Elle fut submergée par un puissant sentiment d'abattement : si seulement elle avait pu dire la vérité à Tully, lui dire qu'elle était accidentellement tombée amoureuse de Johnny et qu'elle s'inquiétait maintenant pour lui. Cela l'aurait soulagée d'un tel poids. En dix ans, c'était la première chose qu'elle cachait à Tully, et cela la faisait souffrir physiquement.

Mais ses sentiments pour Johnny étaient si fragiles. Elle savait que Tully, la Tempête tropicale, les ravagerait en tombant à verse sur eux.

— Je suis juste fatiguée, dit-elle. C'est beaucoup de travail, de produire des reportages. C'est tout.

— Mais ça te plaît, n'est-ce pas ?

— Bien sûr. C'est génial. File maintenant, va retrouver Chad. Je fermerai.

Après le départ de Tully, Kate traîna dans le bureau plongé dans l'obscurité et le silence. Le plus étrange, c'était qu'elle aimait bien être là ; elle s'y sentait proche de lui.

— Tu es une imbécile, se dit-elle tout haut.

Elle se disait cela au moins deux fois par jour ces derniers temps. Elle se comportait – et avait le sentiment – d'être comme une amante délaissée, mais tout cela n'était que le fruit de son imagination. Au moins, elle n'était pas cinglée au point d'oublier cela.

Elle rentra chez elle toute seule. Le bus la déposa au coin de la Première Avenue et de Pine Street. Parmi la foule bariolée des touristes, des cinglés et des hippies, elle s'acheta à manger. Une fois à l'appartement, elle se pelotonna sur le canapé, mangea son dîner dans des barquettes en carton et regarda le journal du soir. Elle nota ensuite des idées de reportages, appela sa mère, puis changea de chaîne pour regarder *Dynastie* et *Hôpital St Elsewhere* sur NBC.

Au milieu de l'épisode de la série médicale, quelqu'un sonna à la porte.

Fronçant les sourcils, elle alla voir.

— Qui est-ce ?

— Johnny Ryan.

Le choc de Kate fut si grand qu'elle faillit tomber à la renverse. Soulagement. Joie. Peur. Ces trois sentiments l'envahirent en une fraction de seconde.

Elle jeta un coup d'œil au miroir accroché au mur à côté d'elle et retint son souffle. On aurait dit une photo « avant » dans un magazine de mode : les cheveux ternes, pas de maquillage, les sourcils pas épilés.

Il sonna de nouveau.

Elle ouvrit.

Il était appuyé lourdement contre le chambranle, vêtu d'un jean Levi's sale et d'un T-shirt déchiré de la tournée BORN IN THE USA. Il avait les cheveux longs et ébouriffés, et bien qu'il fût bronzé, il avait l'air las, plus vieux. Il sentait aussi l'alcool.

— Salut, dit-il en ouvrant ses doigts posés sur le chambranle pour la saluer.

Ce mouvement lui fit perdre l'équilibre et il faillit tomber.

Kate s'approcha de lui. Elle le soutint, l'aida à entrer dans l'appartement, ferma la porte du pied et le conduisit au canapé, où il s'assit en tombant à moitié.

— J'ai traîné un moment à l'Athenian, à essayer de trouver le cran de venir ici, dit-il, puis il fouilla l'appartement de son regard trouble. Où est Tully ?

— Elle n'est pas là, dit Kate avec un pincement au cœur.

— Oh.

Elle s'assit à côté de lui.

— Comment ça s'est passé, au Salvador ?

Il se tourna alors vers elle et la regarda d'un air si déchirant qu'elle lui passa un bras autour des épaules et le serra contre elle.

— Il était mort, dit-il après un long silence. Avant même que j'arrive là-bas, il était mort. Mais il fallait que je le retrouve… fit-il, puis il sortit une flasque de sa poche arrière et but une longue gorgée. T'en veux ?

Elle prit une petite gorgée, sentit celle-ci lui brûler tout l'œsophage en coulant, et se poser tel un charbon ardent dans le creux de son ventre.

— C'est vraiment à fendre le cœur, ce qui se passe là-bas. Et on n'en parle pas assez aux infos. Tout le monde s'en fout.

— Tu pourrais y retourner en reportage, dit-elle, bien que cette idée lui fît horreur.

— J'aimerais pouvoir… dit-il d'une voix déclinante. Mais ce n'est plus d'actualité, ajouta-t-il d'un ton acerbe avant de boire une nouvelle lampée.

— Tu devrais peut-être ralentir un peu.

Elle essaya de lui prendre la flasque des mains, mais il lui saisit le poignet et l'attira sur ses genoux. Il toucha son visage de sa main libre, caressa sa joue comme s'il était aveugle et qu'il essayait de se figurer à quoi elle ressemblait.

— Tu es belle, murmura-t-il.

— Tu es soûl.

— Tu es quand même belle.

Il remonta une main le long de son bras et fit glisser l'autre sur sa gorge jusqu'à la tenir dans ses bras. Elle savait qu'il allait l'embrasser, le sentit dans chaque terminaison nerveuse de son corps, de la même façon qu'elle savait qu'elle devait l'arrêter.

Il la serra davantage et toutes les bonnes intentions de Kate s'évanouirent. Elle céda à la pression de ses mains, se laissa guider doucement vers sa bouche.

Leur baiser fut sans comparaison avec tout ce qu'elle avait connu auparavant : tendre et doux d'abord, puis appuyé, vorace.

Elle se livra à lui aussi entièrement qu'elle en avait rêvé. La langue de Johnny l'électrisait, éveillait un désir nouveau et douloureux. Elle avait une envie féroce, irrépressible de lui. Sans réfléchir, elle glissa ses mains sous le T-shirt de Johnny, sentit sa peau chaude, eut besoin d'être plus près…

Ses mains étaient sur sa clavicule et poussaient le coton doux et chaud vers le haut quand elle se rendit compte qu'il s'était immobilisé.

Les sens de Kate étaient si déchaînés qu'il lui fallut quelques instants pour s'éclaircir les idées. Le souffle court, brûlante de ce désir nouveau, elle recula suffisamment pour pouvoir le regarder.

Il était renversé contre le dossier du canapé, les yeux à demi clos. Il leva la main lentement, par à-coups, presque comme s'il ne contrôlait pas tout à fait ses mouvements, et toucha les lèvres de Kate, en suivit le contour du bout de son doigt.

— Tully, murmura-t-il. Je savais que tu aurais bon goût.

Et sur ce coup porté tout droit au cœur de Kate, il s'endormit.

Kate ne sut pas bien combien de temps elle resta assise sur ses genoux, le regard fixé sur son visage endormi. Une fois de plus, le temps semblait élastique entre eux. Elle eut l'impression de saigner… mais ce n'était pas du sang qu'elle perdait, ce n'était pas une chose qui pouvait être transfusée aussi facilement. Non, ce qu'elle perdait, c'étaient ses rêves. La fleur fantasmée de l'amour, qu'elle avait plantée toute seule et dont elle s'était occupée avec tant de soin.

Elle descendit de ses genoux et l'installa sur le canapé, en lui enlevant ses chaussures et le couvrant avec une couverture.

Une fois dans son propre lit, une porte fermée entre eux, elle resta éveillée longtemps, essayant de ne pas se repasser la scène en boucle, mais c'était impossible. Elle sentait encore le goût de ses lèvres, sa langue contre la sienne, et l'entendait murmurer *Tully*.

Quand elle s'endormit enfin, il était déjà bien plus de minuit et le matin arriva bien trop vite. À six heures, elle éteignit son réveil d'un grand coup, se brossa les dents et les cheveux, mit une robe de chambre et alla en hâte dans le salon.

Johnny était levé, assis à la table de la cuisine, en train de boire du café. À son arrivée, il posa sa tasse et se leva.

— Salut, dit-il en se passant la main dans les cheveux.

— Salut.

Ils se dévisagèrent. Elle serra la ceinture de son peignoir en éponge.

Il jeta un coup d'œil en direction de la porte de Tully.

— Elle n'est pas là, dit Kate. Elle a passé la nuit chez Chad.

— Et tu m'as donc couché sur le canapé et mis une couverture.

— Ouais.

Il s'approcha d'elle.

— J'étais salement bourré hier soir. Je suis désolé. Je n'aurais pas dû venir.

Kate ne savait pas trop quoi dire.

— Mularkey, dit-il enfin, je sais que j'étais pété…

— Oui, en effet.

— Il s'est… passé quelque chose ? Je veux dire, je n'ose pas imaginer…

— Entre nous ? Comment veux-tu ? dit-elle avant qu'il puisse finir de dire à quel point il regretterait s'ils avaient eu une aventure. Ne t'en fais pas. Il ne s'est rien passé.

Il lui adressa alors un sourire si soulagé qu'elle eut envie de pleurer.

— Dans ce cas, je suppose qu'on se voit tout à l'heure au travail, hein ? Et merci de t'être occupée de moi.

— De rien, dit-elle en croisant les bras. C'est à ça que servent les amis, non ?

## 14

À la fin de l'année 1985, Tully eut la chance de sa vie. Envoyée à Beacon Hill pour un reportage en direct, elle fut surprise par le trac qui fit trembler ses doigts et étrangla sa voix, mais quand ce fut terminé, elle se sentit invincible.

Elle avait été bonne.

Peut-être même sensationnelle.

Elle était à présent assise bien droite sur le siège passager du camion-régie, une camionnette conçue tout spécialement pour les besoins techniques d'une émission en direct, frétillante d'enthousiasme. Quand elle ferma les yeux, elle revécut chaque seconde de son reportage : la manière dont elle s'était introduite à l'avant de la foule et avait posé ses questions, son résumé impeccable à la fin, filmé devant la banque bien éclairée, avec les gyrophares rouges et jaunes de la police qui tournoyaient dans la nuit de plus en plus noire. Après cela, il leur avait fallu une éternité pour ranger tout le matériel et se remettre en route, mais elle s'en moquait. Plus la nuit était longue, mieux c'était. Elle n'avait même pas enlevé son oreillette, sa batterie portative, son micro sans fil et son talkie-walkie. C'étaient ses marques honorifiques.

— Arrête-toi au 7-Eleven, dit Johnny depuis l'arrière de la camionnette. J'ai soif. Mutt, descends faire quelques plans de situation tant qu'on est là. C'est à ton tour d'aller nous chercher à boire, Tully.

Mutt entra sur le parking.

— Cool.

Une fois qu'ils furent garés, Tully récolta leur quote-part, puis descendit de la camionnette et se dirigea vers la supérette.

— Je ne veux pas de ce nouveau Coca, dit Johnny dans l'oreillette.

Elle décrocha le talkie-walkie de sa ceinture, l'alluma et dit :

— Tu me dis ça chaque fois. Je suis pas débile.

Dans le magasin baigné de lumière, elle chercha le frigo des boissons, l'aperçut et s'y rendit par le rayon des médicaments.

— Eh, dis donc, dit-elle dans le talkie-walkie, il y a du Geritol[1]. T'en veux, Johnny ?

— Petite rigolote, répondit-il dans son oreillette.

Tout en riant, elle tendit la main vers la poignée du frigo, quand elle remarqua sur la vitre le reflet d'une silhouette qui passait. Elle se retourna et vit un homme avec une cagoule grise braquer un pistolet sur le caissier.

— Oh, mon Dieu !

1. Complément alimentaire riche en fer et en vitamines et destiné essentiellement aux personnes âgées.

— Tu parles de moi ? dit Johnny. Parce qu'il est temps…

Elle chercha précipitamment le bouton de volume du talkie-walkie et l'éteignit avant que le voleur n'entende quelque chose. Elle le raccrocha ensuite à sa ceinture et le cacha avec sa veste, de même que sa batterie.

À la caisse, le voleur se tourna vers elle.

— Toi ! Mets-toi par terre, dit l'homme cagoulé en pointant son pistolet vers le plafond, et appuyant sur la détente pour se faire comprendre.

— Tully ? Qu'est-ce qui se passe, bon sang ? fit la voix de Johnny dans l'oreillette.

Tully chercha le câble de son oreillette et essaya de la dissimuler sous sa veste. Elle monta ensuite le volume du micro du talkie-walkie, espérant de tout son cœur que Johnny pourrait entendre un peu ce qui se passait.

— Quelqu'un est en train de dévaliser le magasin, chuchota-t-elle aussi fort qu'elle osa en appuyant sur le bouton d'émission.

Dans son oreillette, elle entendit Johnny dire :

— Merde alors ! Mutt, appelle la police puis commence à filmer. Tully, reste calme et couche-toi tout de suite par terre. On peut faire un direct. Allume ton micro. J'appelle la station. Ils sont à l'antenne en ce moment même. Stan, tu m'entends ?

Quelques secondes plus tard, Johnny dit :

— Bien, Tully, on va te mettre en communication avec Mike. Il est à l'antenne en ce moment pour le journal de dix heures. On va t'entendre en direct. Tu ne pourras pas entendre Mike, mais lui t'entendra.

Tully alluma son micro, chuchota dedans :

— Je ne sais pas, Johnny. Comment…

— Ton micro fonctionne, Tully, dit-il avec intensité. Tu es en direct, vas-y.

L'homme cagoulé dut entendre quelque chose, car il se retourna soudain vers elle et braqua son pistolet sur elle.

— Je t'ai dit de rester au sol, bon sang !

Elle eut juste le temps de l'entendre marmonner « J'en ai assez de ces conneries », quand il appuya sur la gâchette.

Il y eut une forte détonation. Tully eut à peine le temps de crier avant que la balle l'atteigne à l'épaule et la projette en arrière. Elle percuta les rayons à côté d'elle, se rendit vaguement compte que des boîtes colorées tombaient autour d'elle. Sa tête heurta violemment le sol recouvert de lino.

Pendant quelques instants, elle resta étendue à terre, le souffle coupé, et vit un serpent de lumière fluorescente frétiller au-dessus d'elle.

— Tully ?

C'était la voix de Johnny, dans son oreille. Elle bascula tout doucement sur le côté. Son épaule l'élançait, mais elle serra les dents et continua de se retourner. Restant baissée, elle rampa jusqu'au bout de l'allée, déchira un paquet de serviettes hygiéniques et en appuya une sur sa blessure. La pression lui fit affreusement mal et lui tourna la tête.

— Tully ? Qu'est-ce qui s'est passé ? Parle-moi. Tu vas bien ?

— Je suis là, dit-elle. Je viens de… mettre un pansement sur ma blessure. Je crois que ça va.

— Dieu merci, dit Johnny. Tu veux éteindre ton micro ?

— Pas question.

— D'accord. Tu es en direct, tu te souviens ? Continue de parler. Moi, on ne m'entend pas, mais toi oui. C'est la chance de ta vie, ma petite, et je suis juste là pour t'aider. Est-ce que tu peux décrire la situation ?

Elle parvint à s'accroupir en grimaçant de douleur et avança lentement en essayant de voir quand elle pouvait lever la tête.

— Il y a quelques instants, un homme cagoulé est entré dans cette supérette à Beacon Hill en brandissant un pistolet et en demandant de l'argent au caissier. Il a tiré une fois en l'air pour montrer sa détermination et une fois sur moi, murmura-t-elle aussi fort qu'elle osa.

Elle entendit un bruit ; cela ressemblait à des pleurs. Toujours baissée, elle tourna au bout de son allée et trouva un petit garçon, recroquevillé contre le rayon des bonbons fluo.

— Coucou, dit-elle en lui tendant la main, qu'il prit avec empressement et serra si fort qu'elle ne pouvait se libérer. Comment tu t'appelles ?

— Gabe. Je suis avec mon papy. Tu as vu le monsieur qui a tiré avec son pistolet ?

— Oui. Je vais aller voir ton papy pour m'assurer qu'il va bien. Toi, tu restes ici. Quel est ton nom de famille, Gabe, et quel âge as-tu ?

— Linklater. Je vais avoir sept ans en juillet.

— D'accord, Gabe Linklater. Reste baissé et ne fais pas de bruit. Tu arrêtes de pleurer, d'accord ? Sois un grand garçon.

— Je vais essayer.

Elle rentra son menton contre sa poitrine et parla à voix basse dans le micro. Elle ne savait pas bien ce que la station entendait, mais elle continua tout de même de parler.

— J'ai trouvé le petit Gabe Linklater, âgé de sept ans, dans le rayon des bonbons. Il est venu ici avec son grand-père, que je suis en train de chercher. J'entends le bandit armé qui menace le caissier à la caisse. Dites à la police qu'il n'y a qu'un seul voleur, précisa-t-elle, puis elle tourna au bout de l'allée.

Elle trouva alors un vieil homme, assis en tailleur par terre avec une boîte de croquettes pour chien Purina dans les mains.

— Êtes-vous le grand-père de Gabe ? lui demanda-t-elle tout bas.

— Est-ce qu'il va bien ?

— Il a un peu peur, mais ça va. Il est dans le rayon des bonbons. Qu'avez-vous vu ?

— Le voleur est arrivé dans une voiture bleue. Je l'ai vu à travers la vitre, dit-il, puis il regarda l'épaule de Tully. Vous devriez peut-être…

— Je vais m'approcher.

Elle comprima à nouveau la serviette hygiénique contre sa blessure, grimaça de douleur et attendit que la nausée passe. Cette fois, sa main était tachée de sang. N'y prêtant pas attention, elle fit à nouveau le compte rendu de la situation au présentateur qu'elle ne pouvait entendre.

— Apparemment, Mike, le bandit est arrivé seul dans une voiture bleue, qui doit être garée dehors devant une des vitrines. J'ai le bonheur de vous annoncer que le grand-père de Gabe est lui aussi vivant et indemne. Je me dirige maintenant vers la caisse. J'entends le bandit qui crie qu'il y a forcément plus d'argent et le caissier qui dit qu'il ne peut pas ouvrir le coffre-fort. J'aperçois des lumières de gyrophares dehors. La police est donc arrivée. Les policiers ont pointé leurs phares sur le magasin et disent au bandit de sortir les mains en l'air.

L'espace d'une seconde seulement, elle se mit à découvert en se précipitant pour aller s'accroupir derrière une silhouette en carton de la gymnaste Mary Lou Retton en train de manger des céréales Wheaties.

— Dites à la police que le bandit a enlevé sa cagoule, Mike. Il est blond et a un tatouage en forme de serpent qui fait le tour de son cou. Il est extrêmement agité. Il crie des obscénités et agite son pistolet dans tous les sens. Je crois…

Un nouveau coup de feu retentit, suivi d'un bruit de verre brisé. Quelques secondes plus tard, une équipe des forces spéciales entra en trombe par les portes vitrées.

— Tully !

C'était Johnny qui l'appelait.

— Je vais bien.

Elle se leva lentement et fut aussitôt prise d'une vague de douleur et de nausée. Elle aperçut le camion-régie à travers la vitre brisée. Mutt était là avec la caméra, en train de tout filmer, mais elle ne voyait pas Johnny.

— Les forces d'intervention spéciale de Seattle viennent de briser la vitrine en tirant dessus et d'entrer. Ils tiennent le voleur au sol. Je vais voir si je peux m'approcher suffisamment pour leur poser quelques questions.

Elle contourna doucement la silhouette en carton et avança lentement. Elle était à présent près du rayon des céréales, et elle repensa pendant une fraction de seconde aux petits déjeuners du samedi matin chez les Mularkey. Mme M. la laissait alors manger des Quisp. Seulement le week-end, cependant.

Ce fut sa dernière pensée avant qu'elle s'évanouisse.

Le trajet jusqu'à l'hôpital parut durer une éternité. Durant tout ce temps, dans la circulation urbaine en accordéon, Kate pria sur la banquette arrière du taxi nauséabond pour que Tully s'en sorte. À onze heures passées, elle arriva enfin. Elle paya le chauffeur et courut dans le hall d'entrée baigné de lumière.

Johnny et Mutt étaient déjà là, voûtés sur des chaises en plastique inconfortables, la mine défaite. À son entrée, Johnny se leva.

Kate courut vers lui.

— J'ai vu les infos. Qu'est-ce qui s'est passé ?

— Un type lui a tiré dans l'épaule et elle a continué de décrire la situation en direct. Tu aurais dû la voir, Mularkey, elle a été incroyable. Elle n'avait même pas peur.

Kate perçut l'admiration dans la voix de Johnny, la vit dans son regard. En toute autre circonstance, cette fierté évidente l'aurait peut-être blessée, mais à cet instant, cela la mit hors d'elle.

— C'est pour ça que tu es amoureux d'elle, hein ? Parce qu'elle a le cran que tu n'as pas. Alors, tu la mets en danger au point qu'elle se fait tirer dessus et tu es fier de sa *passion*, lança-t-elle d'une voix tremblante, crachant ce dernier mot tel un bonbon empoisonné. On s'en fout que ce soit une héroïne. Je ne parlais pas du journal. Je te questionnais sur sa survie. As-tu seulement demandé comment elle va ?

Johnny parut très surpris de cet accès de colère.

— Elle est en salle d'opération. Elle…

— Katie !

Entendant Chad crier son prénom, elle se retourna et le vit en train de courir dans le hall. Ils se rejoignirent aussi naturellement que le vent et la pluie et se serrèrent dans les bras l'un de l'autre.

— Comment va-t-elle ? lui murmura-t-il à l'oreille d'une voix aussi fragile qu'elle.

Elle recula d'un pas.

— Elle est en salle d'opération. C'est tout ce que je sais. Mais elle va s'en sortir. Les balles n'arrêtent pas une tempête.

— Elle n'est pas aussi robuste qu'elle prétend l'être. On le sait tous les deux, non, Kate ?

Elle déglutit et hocha la tête. Ils restèrent face à face dans un silence gêné, liés par les fils invisibles de leur inquiétude commune. Elle le vit dans son regard, clair comme le jour : il *aimait* véritablement Tully, et il avait peur.

— Je ferais mieux d'aller appeler mes parents. Ils voudraient être là.

Elle attendit une réaction de sa part, mais il resta immobile, le regard dans le vague, les poings serrés sur les côtés tel un cow-boy qui pourrait devoir bientôt dégainer son arme. Avec un sourire las, elle s'éloigna. En passant devant Johnny, elle ne put s'empêcher de dire :

— C'est comme ça que les vraies gens s'entraident dans les moments difficiles.

À la rangée de téléphones publics, elle glissa quatre pièces de vingt-cinq cents dans l'un d'eux, et composa le numéro de ses parents. Quand son père répondit – Dieu merci, ce n'était pas sa mère, Kate aurait perdu ses moyens –, elle lui annonça la nouvelle et raccrocha.

Elle se retourna et se trouva nez à nez avec Johnny qui l'attendait.

— Je suis désolé.

— Tu peux l'être.

— Une des caractéristiques de ce boulot, Katie, c'est qu'on apprend à définir ses priorités, à placer l'info avant tout. C'est un des aléas du métier.

— C'est toujours l'info qui prime pour les gens comme Tully et toi.

Elle le laissa planté là et alla au canapé, où elle s'assit. Courbant la tête, elle se remit à prier.

Au bout de quelques instants, elle sentit qu'il était revenu à côté d'elle. Voyant qu'il ne disait rien, elle leva les yeux.

Il ne bougea pas, ne cligna même pas des yeux, mais elle vit bien à quel point il était tendu. Son calme ne semblait tenir qu'à un fil qui s'effilochait rapidement.

— Tu es plus coriace qu'il n'y paraît, Mularkey.

— Parfois.

Elle eut envie de dire qu'elle trouvait sa force dans l'amour, surtout dans un moment comme celui-là, mais elle eut peur de seulement prononcer ce mot en le regardant.

Il s'assit lentement à côté d'elle.

— Depuis quand me connais-tu si bien ?

— Notre bureau est petit.

— Ce n'est pas ça. Personne ne me connaît comme toi, dit-il, puis il soupira et se laissa aller sur son siège. Je l'ai en effet mise en danger.

— Elle n'aurait pas accepté de faire autrement, concéda-t-elle. On le sait l'un comme l'autre.

— Je sais, mais…

Quand il laissa sa phrase en suspens, elle le regarda.

— Est-ce que tu l'aimes ?

Il ne montra aucune réaction et resta immobile, les yeux fermés.

Cela insupporta Kate. Maintenant qu'elle avait enfin osé lui poser la question, elle voulait une réponse.

— Johnny ?

Il lui passa le bras autour des épaules et l'attira contre lui. Elle céda au réconfort qu'il lui offrait. Le fait d'être ainsi à côté de lui parut aussi naturel que de respirer, même si elle savait combien ce sentiment était dangereux.

Ils restèrent assis là, sans rien dire de plus, durant les longues heures creuses de la nuit. À attendre.

Tully se réveilla lentement et fit le point sur l'endroit où elle se trouvait : un plafond de panneaux acoustiques blancs, des tubes au néon, des rails argentés sur les bords de son lit et un plateau à côté d'elle.

La mémoire lui revint peu à peu : Beacon Hill. La supérette. Le pistolet braqué sur elle. Et la douleur.

— Tu ferais n'importe quoi pour attirer l'attention, hein ?

Kate était debout près de la porte, dans un jogging ample de l'université de Washington et un vieux

T-shirt de la Greek Week[1]. Lorsqu'elle s'approcha du lit, ses yeux se remplirent de larmes. Elle essuya celles-ci avec impatience.

— Merde. J'avais juré que je ne pleurerais pas.

— Dieu merci, tu es là, dit Tully en appuyant sur le bouton de la télécommande de son lit pour se redresser.

— Bien sûr, que je suis là, imbécile. Tout le monde est là. Chad, Mutt, Maman, Papa. Johnny. Ils ont passé des heures à jouer aux cartes et discuter de l'actualité avec mon père. Maman a fait au moins deux nouveaux jetés de lit. On s'est tellement inquiétés.

— J'ai été bonne ?

Kate rigola à cette question en même temps que des larmes roulaient sur ses joues.

— C'est évidemment ta première question. Johnny a dit que Jessica Savitch pouvait aller se rhabiller.

— Je me demande si on va vouloir m'interviewer dans *60 Minutes*.

Kate se rapprocha d'elle.

— Ne me fais plus jamais une peur pareille, compris ?

— Je vais essayer.

Avant que Kate puisse dire quoi que ce soit, la porte s'ouvrit et Chad apparut avec deux tasses de café en polystyrène.

— Elle est réveillée, dit-il doucement en posant les tasses sur la table à côté de lui.

---

1. Semaine de célébration pour toutes les fraternités et sororités d'un campus.

— Elle vient d'ouvrir les yeux. Bien entendu, elle s'intéresse plus à ses chances de remporter un Emmy Awards qu'à son rétablissement, dit Kate en regardant son amie. Je vous laisse une minute tous les deux.

— Mais tu ne pars pas, hein ? dit Tully.

— Je reviendrai plus tard, quand tous les autres seront rentrés chez eux.

— Bien, dit Tully. Parce que j'ai besoin de toi.

Dès que Kate fut partie, Chad se rapprocha d'elle.

— J'ai cru t'avoir perdue.

— Je vais bien, dit-elle d'un ton impatient. Tu as vu le reportage ? Qu'est-ce que tu en penses ?

— Je pense que tu ne vas pas bien, Tully, dit-il doucement. Tu es la personne qui va le moins bien de toutes celles que je connais, mais je t'aime. Et j'ai réfléchi toute la nuit à ce que ma vie serait sans toi, et je n'aime pas ce que je vois.

— Pourquoi est-ce que tu me perdrais ? Je suis juste là.

— Épouse-moi, Tully.

Elle faillit rire, pensant que c'était une blague, puis elle vit la crainte dans le regard de Chad. Il avait vraiment peur de la perdre.

— Tu es sérieux ? dit-elle en fronçant les sourcils.

— On m'a proposé un poste à Vanderbilt, dans le Tennessee. Je veux que tu viennes avec moi. Tu m'aimes, Tully, même si tu ne le sais pas. Et tu as besoin de moi.

— Bien sûr que j'ai besoin de toi. Est-ce que le top quarante des chaînes d'infos s'intéresse au Tennessee ?

Le visage anguleux de Chad se décomposa à cette question, et son sourire s'effaça.

— Je t'aime, répéta-t-il, cette fois d'une voix douce, et sans le baiser pour sceller ces mots et leur donner du poids.

La porte s'ouvrit derrière lui. Mme Mularkey apparut, les poings sur les hanches, vêtue d'une jupe en jean bon marché et d'un chemisier écossais avec un col Claudine. On aurait dit une figurante dans *Footloose*.

— L'infirmière a dit encore cinq minutes de visite, puis ils nous mettent tous dehors.

Chad se pencha et l'embrassa. C'était un beau baiser envoûtant, qui parvint curieusement à les rapprocher, tout en faisant ressortir à quel point ils pouvaient être éloignés l'un de l'autre.

— Je t'ai aimée, Tully, dit-il tout bas.

Je t'*ai aimée* ? Avait-il dit cela ? Au passé ?

— Chad…

Il se détourna du lit.

— Elle est tout à vous, Margie.

— Désolée de vous flanquer dehors, dit Mme Mularkey.

— Ne vous en faites pas. Je crois que mon temps était écoulé. Au revoir, Tully. Il s'éloigna d'elle et quitta la chambre en laissant la porte claquer derrière lui.

— Bonjour, jeune fille, dit Mme Mularkey.

Tully se surprit à fondre en larmes.

Mme Mularkey lui caressa simplement les cheveux et la laissa pleurer.

— Je crois que j'ai eu vraiment peur.

— Chut, dit Mme Mularkey d'un ton apaisant en essuyant ses larmes avec un mouchoir. Bien sûr que tu as eu peur, mais on est là maintenant. Tu n'es pas seule.

Tully pleura jusqu'à ce que la sensation d'oppression dans sa poitrine s'atténue et que ses larmes sèchent. Quand elle se sentit enfin mieux, elle essuya ses yeux et essaya de sourire.

— Bien. Je suis prête pour le sermon, maintenant.

Mme Mularkey lui adressa Le Regard.

— Ton professeur, Tallulah ?

— Ex-professeur. C'est pour ça que je ne vous l'ai jamais dit. Vous auriez dit qu'il était trop vieux pour moi.

— Est-ce que tu l'aimes ?

— Comment puis-je le savoir ?

— Tu le saurais.

Tully leva les yeux vers Mme M. Pour une fois, elle eut le sentiment d'être la plus vieille des deux, la plus expérimentée. Les Mularkey voyaient tous l'amour comme une chose durable, solide, facile à identifier. Tully était peut-être jeune, mais elle savait qu'ils se trompaient. L'amour pouvait être plus fragile qu'un os de moineau. Mais elle ne pouvait le dire tout haut. Elle se contenta de répondre :

— Peut-être.

Du jour au lendemain, Tully devint une star médiatique. Le journaliste de presse Emmett Watson cessa momentanément de râler contre l'invasion de l'État de Washington par des Californiens, pour écrire un éditorial sur le courage face au danger et la fierté que nous devrions tirer du dévouement de Tallulah Hart pour l'information. La station de radio KJR dédia une journée entière de chansons de rock'n'roll à « la journaliste qui s'est servi d'un micro pour arrêter un vol à main armée », et même *Almost Live*, l'émission comique locale, diffusa une chronique qui se moquait du voleur bégayant et présentait Tully dans une tenue de Wonder Woman.

Sa chambre d'hôpital fut envahie de fleurs et de ballons, dont un grand nombre étaient envoyés par des gens qui faisaient eux-mêmes la une habituellement. À partir du mercredi, elle dut commencer à donner des beaux bouquets à d'autres patients. Les infirmières qui s'occupaient d'elle apprirent à jouer les gardes du corps et les videurs, en plus de leur travail habituel.

— Bon, c'est toi le génie ici. Qu'est-ce que je fais ?

Elle se redressa dans son lit et passa en revue le tas de messages que Kate lui avait rapportés du bureau. La liste de noms était impressionnante, mais elle avait des difficultés à se concentrer. Elle avait mal au bras et son écharpe rendait la moindre tâche difficile. Pire, elle repensait sans cesse à la demande en mariage totalement inattendue de Chad.

— Je veux dire, le Tennessee. Pourquoi pas le Nebraska, tant qu'à faire ?

— C'est sûr.

— Comment pourrais-je arriver au sommet de l'échelle dans un coin pareil ? À moins que ce soit précisément l'endroit où je puisse gravir les échelons rapidement et me faire remarquer par les grandes chaînes de télé.

Kate était assise à l'autre bout du lit, les jambes étendues contre celles de Tully.

— Écoute. Ça fait bien une heure qu'on parle de ça. Je ne suis peut-être pas la bonne personne pour te répondre, mais il me semble qu'à un moment donné, il faut au moins que tu évoques l'amour.

— Ta mère m'a dit que je le saurais si je l'aimais.

Elle regarda sa main gauche nue, essayant d'imaginer une bague ornée d'un diamant.

— Tu m'as dit que je devais te tirer une balle si tu songeais seulement au mariage avant tes trente ans. Tu veux revenir là-dessus ? demanda Kate avec un grand sourire.

— Très drôle.

Le téléphone qui se trouvait à son chevet sonna. Tout en continuant de regarder sa main, elle décrocha rapidement, espérant que ce soit Chad.

— Allô ?

— Tallulah Hart ?

Elle soupira, déçue.

— En personne.

— Ici, Fred Rorbach. Vous vous souvenez peut-être de moi…

— Bien sûr que je me souviens de vous. KILO-TV. Je vous ai envoyé mon CV toutes les semaines pendant toute mon année de terminale, puis je vous ai envoyé des cassettes à la fac. Comment allez-vous ?

— Je vais bien, merci, mais je suis chez KLUE-TV maintenant, plus chez KILO. Je suis en charge du journal du soir.

— Félicitations.

— À vrai dire, c'est pour ça que je vous appelle. Nous ne sommes sans doute pas la première chaîne à vous appeler, mais nous sommes certains d'avoir la meilleure proposition.

Il avait toute son attention à présent.

— Oh, vraiment ?

Kate descendit du lit et vint près de Tully en articulant en silence : *Qu'est-ce qui se passe ?*

Tully la repoussa d'un geste de la main.

— Nous ferons tout ce qu'il faudra pour vous accueillir dans la famille du journal de KLUE. Quand pouvez-vous venir pour que nous en discutions ?

— Je m'apprête à sortir de l'hôpital. Demain ? Dix heures.

— Parfait, à demain alors.

Tully raccrocha le téléphone et poussa un cri de joie.

— C'était KLUE-TV. Ils veulent m'engager.

— C'est pas vrai ! dit Kate en bondissant d'excitation. Tu vas devenir une star. Je le savais. Je suis impatiente de…

Elle s'arrêta au milieu de sa phrase et son sourire s'effaça.

— Quoi ?

— Chad.

Tully sentit quelque chose se tordre au fond d'elle-même. Elle eut envie de faire comme si elle devait réfléchir, prendre une décision, mais elle savait la vérité, et Kate aussi.

— Tu vas être une grande star, dit Kate d'un ton résolu. Il comprendra.

# 15

Kate faisait mine de concentrer toute son attention sur le fait qu'elle conduisait la voiture de Tully, mais ce n'était pas facile. Depuis qu'elle l'avait récupérée après son entretien, Tully n'avait pas arrêté de parler, de ressasser ses rêves de petite fille. *On est lancées, Kate. Dès que j'aurai un poste de présentatrice, je ferai en sorte qu'ils t'engagent comme reporter.*

Kate savait qu'elle devait – enfin – mettre un frein à ce fantasme d'avenir commun. Elle en avait assez de suivre Tully, et qui plus était, elle n'avait pas envie de quitter son travail. Elle avait finalement une raison de rester là où elle était.

*Johnny.*

N'était-ce pas pitoyable ? Il ne l'aimait pas, mais elle ne pouvait s'empêcher de se dire que si Tully partait, elle aurait peut-être sa chance.

C'était ridicule et gênant, mais ses rêves se concentraient plus sur lui et moins sur la télévision. Bien entendu, elle ne pouvait pas avouer cela à qui que ce fût. Les femmes de vingt-cinq ans diplômées d'université étaient censées rêver de gagner plus d'argent, d'avoir des postes plus élevés dans leur hiérarchie et de diriger les entreprises qui avaient refusé d'employer leurs mères. Elles devaient aussi éviter de se marier avant trente ans. On avait toujours le temps pour se marier et faire des enfants, tel était le refrain du moment. Il ne fallait pas renoncer à *soi* pour *eux*.

Mais si l'on voulait d'*eux* plus que d'un *soi* singulier et puissant ? Personne ne parlait jamais de ça. Kate savait que Tully se serait moquée de telles pensées et aurait dit que Kate était coincée dans les années cinquante. Sa mère elle-même aurait dit qu'elle se trompait et aurait évoqué l'idée écrasante du *regret*. Elle aurait répété les mots qui remplissaient les pages du magazine féministe *Ms.* et dit qu'être *seulement* mère, c'était gâcher ses talents. Elle n'aurait même pas remarqué à quel point elle avait l'air triste en parlant, comme si la vie qu'elle avait choisie n'avait servi à rien.

— Eh, tu as oublié de tourner.

— Oh, pardon, dit Kate qui tourna au pâté de maisons suivant, revint en arrière et se gara devant chez Chad. Je t'attends là. J'ai *Le Talisman* à finir.

Tully n'ouvrit pas sa portière.

— Il comprendra pourquoi je ne peux pas l'épouser maintenant. Il sait à quel point cette opportunité est importante pour moi.

— C'est certain, acquiesça Kate.

— Souhaite-moi bonne chance.

— Est-ce que je ne le fais pas chaque fois ?

Tully sortit de la voiture et marcha jusqu'à la porte d'entrée.

Kate ouvrit son livre broché et se replongea dans l'histoire. Ce ne fut que bien plus tard qu'elle releva les yeux et se rendit compte qu'il avait commencé à pleuvoir.

Depuis le temps, Tully aurait dû être revenue pour lui dire qu'elle allait passer la nuit chez Chad, qu'elle pouvait rentrer. Kate ferma son livre et descendit de la voiture. Tout en remontant l'allée bétonnée, elle eut le mauvais pressentiment que quelque chose clochait.

Elle frappa deux coups, puis ouvrit la porte.

Tully était dans un salon vide, à genoux devant la cheminée, en pleurs.

Elle tendit à Kate une feuille de papier tachée de larmes.

— Lis.

Kate s'assit sur ses talons et posa les yeux sur les épaisses lettres noires manuscrites.

*Chère Tully,*

*C'est moi qui t'ai recommandée chez KLUE, je sais donc tout au sujet du travail dont tu es venue me parler, et je suis fier de toi, chérie. Je savais que tu y arriverais.*

*Quand j'ai accepté ce poste à Vanderbilt, je savais ce que ça signifiait pour nous. J'espérais… mais je savais.*

*Tu veux beaucoup de ce monde, Tully. Moi, je ne veux que toi.*

*On ne peut pas dire que ça colle parfaitement, hein ?*

*Mais voilà ce qui importe, je t'aimerai toujours.*

*Illumine le monde.*

La lettre était simplement signée d'un C.

— Je croyais qu'il m'aimait, dit Tully quand Kate la lui rendit.

— On dirait que c'est le cas.

— Alors, pourquoi est-ce qu'il me quitte ?

Kate regarda son amie et perçut l'écho lointain de toutes les fois où Tully avait été abandonnée par sa mère.

— Est-ce que tu lui as déjà dit que tu l'aimais ?

— Je ne pouvais pas.

— Peut-être que tu ne l'aimes pas, alors.

— Peut-être que si, dit Tully en soupirant. C'est juste tellement difficile d'y croire.

C'était là la différence fondamentale entre elles : Kate croyait à l'amour de tout son cœur. Malheureusement, elle était tombée amoureuse d'un homme qui ignorait son existence.

— De toute façon, ce qui compte maintenant, c'est ta carrière. Tu as tout le temps pour tomber amoureuse et te marier.

— Oui. Une fois que j'aurai réussi.

— Oui.

— Quelqu'un va forcément m'aimer à ce moment-là.

— Le monde entier t'aimera.

Mais plus tard, bien après que Tully eut dit « Qu'il aille se faire voir, de toute façon », et ri d'un rire un peu désespéré, Kate ne put chasser ces derniers mots de son esprit. Elle fut tout à coup prise d'inquiétude.

Que se passerait-il si un jour le monde entier aimait Tully, et que ça ne suffisait toujours pas ?

Tully avait oublié à quel point la nuit pouvait être longue et teintée de solitude. Pendant de nombreuses années, Chad avait été sa protection, son port d'attache. Avec lui, elle avait appris à dormir la nuit, en respirant paisiblement et en ne rêvant que de son brillant avenir, et parce qu'il l'avait aimée, elle avait bien dormi aussi dans son lit à elle, lors des nuits qu'ils passaient séparément, rassurée à l'idée qu'elle pouvait le retrouver à tout moment.

Elle repoussa les couvertures et sortit de son lit. D'un rapide coup d'œil au réveil sur sa table de chevet, elle vit qu'il était un peu plus de deux heures du matin.

Comme elle se l'était dit, une nuit longue et teintée de solitude. Dans la cuisine, elle mit une casserole d'eau sur la cuisinière et resta devant en attendant qu'elle bouille.

Peut-être qu'elle avait fait une erreur. Peut-être que le vide qu'elle ressentait à présent était de l'amour. Étant donné la vie qu'elle avait vécue, il était logique qu'elle remarque le côté négatif d'une émotion plutôt que son côté positif. Mais si vraiment elle l'aimait, qu'est-ce que ça changeait ? Que pouvait-elle faire ? Le suivre dans le Tennessee, s'installer dans une résidence étudiante et devenir Mme Wiley ? Comment pourrait-elle alors être la future Jean Enersen ou Jessica Savitch ?

Elle sortit une grosse tasse KVTS du placard et se servit un thé, puis elle alla dans le salon, où elle s'assit sur le canapé, replia ses pieds sous elle et réchauffa ses mains froides sur la faïence. Une vapeur parfumée monta à ses narines. Elle ferma les yeux et essaya de s'éclaircir les idées.

— Tu n'arrives pas à dormir ?

Elle leva les yeux et vit Kate, debout devant la porte de sa chambre, dans cette même chemise de nuit de flanelle qu'elle portait depuis des années. Habituellement, Tully la taquinait en lui disant qu'elle ressemblait à un des Walton dans *La Famille des collines*, mais ce soir-là, elle apprécia le caractère familier de ce vêtement. C'était étonnant comme un simple vêtement pouvait vous rappeler des années passées ensemble : des soirées pyjamas aux séances de relooking, en passant par les petits déjeuners devant des dessins animés le samedi matin.

— Je suis désolée si je t'ai réveillée.

— Tu marches comme un éléphant. Est-ce qu'il reste de l'eau chaude ?

— La casserole est sur la cuisinière.

Kate alla dans la cuisine et revint avec une tasse de thé et un paquet de pop-corn au caramel. Elle jeta le paquet entre elles et s'assit face à Tully, puis s'appuya sur l'accoudoir du canapé.

— Ça va ?

— Mon épaule me fait un mal de chien.

— Quand as-tu pris ton dernier antidouleur ?

— Ça fait trop longtemps.

Kate posa sa tasse, partit dans la salle de bains et revint avec une aspirine et un verre d'eau.

Tully prit le cachet et l'avala.

— Bon, dit Kate en se rasseyant. Tu veux parler de ce qui ne va vraiment pas ?

— Non.

— Allez, Tully. Je sais que tu penses à Chad, que tu te demandes si tu as fait ce qu'il fallait.

— C'est ça, le problème avec les amis de toujours. Ils en savent trop.

— Peut-être.

— Et après tout, qu'est-ce qu'on sait de l'amour, toi et moi ?

Le visage de Kate prit cet air triste, à demi-moralisateur, que Tully détestait. C'était presque comme si elle disait « Pauvre Tully ».

— Je sais ce que c'est que l'amour, dit-elle doucement. Peut-être pas ce que c'est que d'être amoureuse ou d'être aimée, mais je sais ce que c'est que d'aimer quelqu'un, et je connais la douleur que ça peut causer. Je pense que si tu aimais vraiment Chad, tu le saurais, et tu serais dans le Tennessee en ce moment même. En tout cas, si moi j'aimais quelqu'un, je le saurais.

— Tout est toujours tout noir ou tout blanc avec toi. Comment fais-tu pour toujours savoir ce que tu veux ?

— Tu sais aussi ce que tu veux, Tully. Tu l'as toujours su.

— Et c'est pour ça que je n'ai pas le droit de tomber amoureuse ? C'est le prix que je dois payer pour réussir et devenir célèbre ? Être éternellement seule ?

— Bien sûr que tu peux tomber amoureuse. Tu dois simplement te le permettre. On ne dit pas « tomber » pour rien.

Ces paroles auraient dû rassurer Tully ; elles se voulaient pleines d'espoir, elle le savait, mais elle ne pouvait ressentir cet optimisme à cet instant. Au contraire, elle se sentit plus froide et plus vide après les avoir entendues dans la bouche de Kate.

— Il manque quelque chose chez moi, dit-elle à voix basse. Le premier à l'avoir vu, ça a été mon père, qui qu'il soit. Il a dû me regarder une seconde, et il a pris ses jambes à son cou. Ne parlons même pas de ma tendre mère. On me… m'abandonne facilement. Comment ça se fait ?

Kate se rapprocha de Tully sur le canapé et se serra contre elle comme autrefois, tant d'années auparavant sur les berges de la Pilchuck. Le paquet de pop-corn lui appuya dans le dos, aussi elle le prit derrière elle et le jeta sur la table basse jonchée de journaux.

— Il ne manque rien chez toi, Tully. En réalité, c'est le contraire. Tu es *plus* que la plupart des gens. Tu es vraiment, vraiment hors du commun, et si Chad n'a pas vu ça – ou n'était pas capable d'attendre que tu sois prête pour lui –, alors ce n'est pas la personne qu'il te faut. C'est peut-être un problème normal, avec un type plus âgé. Il est prêt à atterrir quand tu es en train de décoller.

— C'est vrai. Je suis jeune. Je l'oublie. Il aurait dû comprendre ça et m'attendre. Après tout, s'il m'aimait vraiment, comment aurait-il pu me quitter ? Pourrais-tu quitter quelqu'un que tu aimes ?

— Ça dépend.

— De quoi ?

— Si je pensais qu'il allait un jour m'aimer lui aussi.

— Combien de temps serais-tu prête à attendre ?

— Longtemps.

Cela réconforta Tully, pour la première fois depuis qu'elle avait lu le mot de Chad.

— Tu as raison. Je l'aimais, mais je suppose que lui ne m'aimait pas. Pas assez, en tout cas.

Kate fronça les sourcils.

— Ce n'est pas tout à fait ce que j'ai dit.

— Presque. On est bien trop jeunes pour être enchaînées par l'amour. Comment ai-je pu oublier ça ? dit-elle, puis elle serra Kate dans ses bras. Qu'est-ce que je ferais sans toi ?

Ce ne fut que bien plus tard, après une longue nuit sans sommeil, alors qu'elle était couchée dans son lit et regardait un nouveau jour se lever à travers sa vitre, que les propres paroles de Tully lui revinrent et l'obsédèrent, tant elles étaient saisissantes. *On m'abandonne facilement*.

# 16

Dès le jour où Tully prit son nouveau poste, Kate se mit à assister de loin à la vie de son amie. Mois après mois, elles menèrent leur existence indépendamment l'une de l'autre, avec leur domicile pour seul lien. Si bien qu'à la fin de l'été suivant, leur minuscule appartement, qui avait été le réceptacle de leurs vies, était devenu une sorte de gîte d'étape. Tully travaillait douze heures par jour, sept jours par semaine. Quand elle n'était pas techniquement au travail, elle cherchait des pistes et faisait du suivi de reportages, essayant coûte que coûte de faire quelque chose – n'importe quoi – qui la placerait devant la caméra.

Sans Tully, la vie de Kate avait perdu sa forme, et tel un pull lavé à trop forte température, elle avait beau l'étirer autant qu'elle voulait, rien n'y faisait. Sa mère lui répétait sans cesse de se reprendre en main et de sortir avec des garçons, de s'amuser un peu, mais comment pouvait-elle sortir avec des garçons quand ceux qui s'intéressaient à elle ne l'intéressaient pas du tout ?

Tully ne souffrait pas du même mal-être. Certes, elle continuait de pleurer Chad quand elles buvaient tard le soir, mais elle n'avait aucun mal à rencontrer des garçons et à les ramener chez elles. Kate n'avait pas encore vu deux fois le même mec sortir de la chambre de Tully. D'après Tully, c'était l'idée. Elle n'avait, du moins elle le prétendait, aucunement l'intention de tomber amoureuse. Rétrospectivement, bien sûr, Tully en était venue à croire qu'elle avait aimé follement Chad, à tel point qu'aucun autre homme n'était à la hauteur. Mais pas assez, comme lui faisait régulièrement remarquer Kate, pour l'appeler ou le rejoindre dans le Tennessee.

À vrai dire, Kate commençait à en avoir marre des réminiscences alcoolisées de son amie quant à l'amour infini qu'elle avait eu pour Chad.

Kate savait ce qu'était l'amour, à quel point il pouvait vous mettre sens dessus dessous et dessécher votre cœur. Un amour sans retour était une chose triste et effroyable. Toute la journée, tous les jours, elle gravitait telle une planète inférieure dans l'orbite de Johnny, et le regardait, le désirait, brûlait d'être avec lui dans un silence esseulé.

Après cette longue nuit passée ensemble dans la salle d'attente de l'hôpital, Kate avait cru qu'il existait peut-être un espoir. Elle avait senti qu'une porte s'était ouverte entre eux ; ils avaient parlé facilement, et de choses importantes. Mais quelle que fût l'avancée qu'ils avaient faite dans la lumière vive de cette salle d'attente, celle-ci s'était voilée avec l'aube. Elle n'oublierait jamais l'expression de Johnny quand il avait appris que Tully allait s'en sortir. C'était plus que du soulagement.

C'était à ce moment-là qu'il s'était détourné d'elle.

À présent, le moment était venu pour elle de se détourner enfin de lui. De laisser ses fantasmes de petite fille dans le bac à sable avec ses autres jouets oubliés, et d'aller de l'avant. Il ne l'aimait pas. Tous les rêves allant à l'encontre de cela ne valaient rien.

Ça ne pouvait plus continuer. C'était la décision qu'elle avait prise ce jour-là au travail, debout dans l'embrasure de la porte du bureau de Johnny, à attendre qu'il remarque sa présence.

Dès la fin de sa journée de travail, elle était allée au kiosque à journaux du marché et avait acheté tous les journaux locaux. Pendant que Tully faisait la tournée des bars avec son mec du jour, ou travaillait encore, Kate avait entrepris de reprendre sa vie en main.

Assise à la table de la cuisine devant son dîner à moitié mangé et encore en barquette, elle ouvrit le *Seattle Times* et se rendit à la rubrique des petites annonces. Elle vit alors plusieurs offres intéressantes. Elle prit un stylo et s'apprêtait à en entourer une, quand la porte s'ouvrit derrière elle.

Elle se retourna et vit Tully sur le pas de la porte. Son amie portait sa tenue des rendez-vous galants : un sweat-shirt déchiré avec soin pour mettre à nu une épaule, un jean rentré dans des bottines souples et une large ceinture basse. Ses cheveux crêpés autour de son visage étaient maintenus par une barrette colorée au-dessus de son oreille gauche. À son cou pendait un assortiment chargé de crucifix.

Et bien sûr, elle était accompagnée d'un mec ; elle était suspendue à son cou.

— Salut, Katie, dit-elle d'une voix mal articulée de qui a déjà bu trois margaritas. Regarde sur qui je suis tombée.

Le type sortit de derrière la porte.

Johnny.

— Salut, Mularkey, dit-il en souriant. Tully veut que tu viennes danser avec nous.

Kate referma le journal avec un soin exagéré.

— Non, merci.

— Allez, Katie. Ce sera comme au bon vieux temps, dit Tully. Les Trois Mousquetaires.

— Je ne crois pas.

Tully lâcha la main de Johnny et s'approcha de Kate en trébuchant en avant.

— S'il te plaît, dit-elle. J'ai passé une mauvaise journée. J'ai besoin de toi.

— Ne me… commença Kate, mais Tully ne l'écoutait pas.

— On ira au Kells.

— Allez, Mularkey, dit Johnny en s'approchant à son tour. On va s'amuser.

Lorsqu'elle vit son sourire, il lui fut impossible de dire non, même si elle savait que c'était une mauvaise idée de se joindre à eux.

— D'accord, dit-elle. Je vais m'habiller.

Elle alla dans sa chambre et mit une robe bleue étincelante à épaulettes avec une ceinture-corset. Lorsqu'elle ressortit finalement, Johnny était en train d'embrasser Tully plaquée contre le mur en lui tenant les mains au-dessus de la tête.

— Je suis prête, dit Kate d'un ton morne.

Tully se dégagea de sous Johnny et sourit à Kate.

— Super ! On va danser le rock'n'roll.

Marchant trois de front, bras dessus bras dessous, ils sortirent de l'appartement et descendirent dans la rue pavée déserte. Au Kells, un pub irlandais, ils trouvèrent une petite table libre près de la piste de danse.

Dès que Johnny partit leur chercher à boire, Kate regarda Tully de l'autre côté de la table.

— Qu'est-ce que tu fais avec lui ?

Tully rigola.

— Qu'est-ce que je peux dire ? On s'est rencontrés par hasard après le travail et on a bu quelques verres. Une chose en a entraîné une autre, et… dit-elle, puis elle regarda brusquement Kate. Ça te *dérange* si je couche avec lui ?

Et voilà. La question clé. Kate n'avait pas de doute sur le fait que si elle mettait son cœur à nu et disait la vérité, cette affreuse soirée se terminerait. Tully repousserait les avances de Johnny plus vite qu'une porte claquant dans une tornade, et elle ne lui dirait pas pourquoi.

Mais qu'est-ce que Kate y gagnerait ? Elle savait ce que Johnny ressentait pour Tully, ce qu'il avait toujours ressenti. Il désirait une femme avec passion ; ce n'était pas parce qu'il perdrait Tully qu'il se tournerait vers Kate. Et il était peut-être temps de prendre enfin des mesures drastiques. Les espoirs de Kate avaient survécu à beaucoup de choses, mais s'il couchait avec Tully, cela en aurait raison.

Elle leva les yeux en priant pour qu'ils soient secs.

— Enfin, Tully, tu sais bien que non.

— Tu es sûre ? Tu veux que…

— Non. Mais… Il tient à toi, tu le sais, n'est-ce pas ? Tu pourrais lui briser le cœur.

Tully rigola à cette remarque.

— Vous, les nanas catholiques, vous vous inquiétez pour tout le monde, hein ?

Avant que Kate puisse répondre, Johnny revint à la table avec deux margaritas et une bouteille de bière. Il posa les boissons, prit la main de Tully et l'entraîna sur la piste de danse. Ils se fondirent alors dans la foule, où il la prit dans ses bras et l'embrassa.

Kate prit son verre. Elle ne savait pas du tout ce que signifiait ce baiser pour Tully, mais elle savait ce qu'il signifiait pour Johnny, et cette idée la rongeait comme une sorte de poison.

Durant les deux heures qui suivirent, elle resta assise avec eux, à boire beaucoup et faire semblant de s'amuser. Et pendant tout ce temps, quelque chose mourait lentement en elle.

À un moment donné de cette soirée atroce et interminable, Tully alla aux toilettes et laissa Johnny et Kate seuls. Kate essaya de trouver quelque chose à lui dire, mais elle n'osait pas le regarder dans les yeux. Avec ses cheveux bouclés et humides et ses joues empourprées, il était si sexy qu'elle en avait mal dans la poitrine.

— C'est vraiment quelque chose, cette fille, dit-il au moment où le groupe derrière lui termina sa chanson et chercha l'inspiration dans ses partitions. Je commençais à croire que ça n'arriverait jamais… elle et moi, dit-il en sirotant sa bière et en regardant fixement en direction des toilettes, comme s'il pouvait la faire revenir par la seule force de sa volonté.

— Tu devrais être prudent, dit Kate d'une voix presque trop basse pour être entendue.

Elle savait que ces mots, cet avertissement, révéleraient en partie ses sentiments, mais elle n'avait pu s'en empêcher. Johnny portait peut-être l'habit d'un cynique au travail, mais Kate avait appris la vérité à l'hôpital. Au fond, là où cela importait, c'était un idéaliste. Personne ne se blessait aussi facilement qu'un convaincu. Elle le savait mieux que quiconque.

Johnny se pencha vers elle.

— Qu'est-ce que tu as dit, Mularkey ?

Elle secoua la tête. Il lui était impossible de le répéter et, qui plus était, Tully était de retour.

Bien plus tard, quand elle fut couchée seule dans son lit et entendit les bruits d'ébats dans la pièce voisine, elle pleura enfin.

Durant les mois qui suivirent leur soirée festive au Kells, Kate ne fut pas la seule à remarquer un changement chez Johnny. Au fur et à mesure que l'automne s'installait dans la ville et la dépouillait de ses couleurs, l'ambiance au bureau devint maussade et froide. Mutt restait dans son coin à nettoyer et réarranger son matériel, et à ranger des négatifs dans des carnets. Carol, qui avait à force de cajoleries repris son poste après le départ de Tully, restait dans son bureau la porte fermée sans pratiquement dire un mot, même quand elle allait chercher son café.

Personne ne parlait de l'apparence de Johnny, mais tout le monde voyait qu'il semblait depuis peu sortir directement de son lit pour venir travailler. Ses cheveux étaient trop longs et commençaient à boucler de manière étrange. Ça faisait des jours qu'il ne s'était pas rasé : sa barbe poussait en formant des taches sombres sur ses joues creusées, et ses vêtements étaient souvent mal assortis.

Les premières fois qu'il était venu travailler ainsi, ils s'étaient rassemblés autour de lui comme des oies et lui avaient fait part de leur inquiétude. Avec douceur, mais fermeté, il avait fermé la porte de son bureau en disant qu'il allait bien. Mutt avait lancé une offensive en lui proposant de l'herbe, ce qui s'était conclu par un : « Comme tu veux, mon vieux. Je suis là si tu veux parler. »

Carol avait essayé à sa manière de franchir les douves invisibles que Johnny avait creusées autour de lui, mais ses tentatives avaient échoué aussi radicalement que celles de Mutt.

La seule à ne pas essayer de communiquer avec Johnny, c'était Kate, et c'était la seule à savoir quel était le problème.

Tully.

Le matin même, durant leur petit déjeuner, Tully avait dit :

— Johnny continue de m'appeler. Est-ce que je devrais ressortir avec lui ?

Par chance pour Kate, il s'était révélé que c'était une question de rhétorique.

Tully y avait répondu elle-même.

— Pas question. J'ai autant envie d'être en couple que d'une injection mortelle. Je croyais qu'il le savait.

À présent, Kate était assise à son bureau, prétendument en train de remplir leur nouvelle fiche de renseignement d'assurances.

Pour la première fois depuis des jours, elle était seule au bureau avec Johnny. Carol et Mutt étaient partis faire un reportage.

Elle se leva lentement et marcha jusqu'à la porte fermée du bureau de Johnny. Elle n'avait aucune bonne raison d'aller le voir ; à coup sûr, dans la situation inverse, il ne serait pas allé la voir, mais il souffrait en ce moment même, et Kate ne pouvait le supporter. Après une longue minute, elle frappa.

— Entrez.

Elle ouvrit la porte.

Il était penché sur son bureau, en train d'écrire à toute allure sur un bloc-notes jaune. Une mèche de cheveux tomba le long de son visage ; il la repoussa avec impatience derrière son oreille et leva les yeux vers Kate.

— Oui, Mularkey ?

Elle alla au frigo dans le coin de la pièce et en sortit deux bières. Elle les ouvrit, en tendit une à Johnny, puis s'assit sur le bord de son bureau encombré.

— On dirait un homme en train de se noyer, dit-elle simplement.

Il prit la bière.

— Ça se voit, hein ?

— Ça se voit.

Il jeta un coup d'œil vers la porte.

— On est seuls ?

— Mutt et Carol sont partis il y a une dizaine de minutes.

Johnny but une longue gorgée de sa bière et se laissa aller dans son fauteuil.

— Elle ne répond pas à mes appels.

— Je sais.

— Je ne comprends pas. Ce soir-là – notre soirée ensemble, je veux dire –, j'ai cru…

— Tu veux la vérité ?

— Je connais la vérité.

Ils restèrent assis en silence pendant un long moment, chacun sirotant sa bière.

— C'est vraiment affreux de vouloir quelqu'un qu'on ne peut pas avoir.

Et à ses mots, Kate sut qu'elle n'avait jamais eu la moindre chance avec lui.

— Oui, c'est sûr, dit-elle.

Elle marqua un temps d'arrêt et le regarda. Il était temps – plus que temps, à vrai dire – qu'elle renonce à ce rêve et passe à autre chose.

— Je suis désolée, Johnny, dit-elle enfin en se levant de son bureau.

— De quoi es-tu désolée ?

Elle aurait aimé avoir le cran de lui répondre, de lui dire ce qu'elle ressentait, mais il valait mieux ne pas dire certaines choses.

Assise sur une chaise inconfortable dans un bureau étranger, Kate regarda l'arbre dénudé et le ciel gris derrière la vitre. Elle se demanda vaguement quand les dernières feuilles orange étaient tombées.

— Eh bien, mademoiselle Mularkey, vous avez un CV très impressionnant pour quelqu'un de votre âge. Puis-je vous demander pourquoi vous songez à vous réorienter vers la publicité ?

Kate s'efforça d'avoir l'air détendue. Elle avait choisi ses vêtements avec soin pour cet entretien : un tailleur en gabardine de laine noire unie avec un chemisier blanc et un foulard en soie à motif cachemire noué en nœud papillon flottant à son cou. Elle espérait ainsi avoir une allure de professionnelle jusqu'au bout des ongles.

— Au cours de mes années d'exercice dans les informations télévisées, j'ai appris un certain nombre de choses sur moi-même, mais aussi à propos du monde. Avec l'actualité, comme vous le savez, tout va à un rythme endiablé. On fait toujours tout en quatrième vitesse, on se contente de rassembler les faits, puis on passe à autre chose. Je m'intéresse souvent plus à ce qui se passe après un événement qu'à l'événement lui-même. Je suis plus douée, il me semble, pour réfléchir et organiser les choses sur le long terme. Pour le détail, plutôt que pour le sommaire. Et j'écris bien. J'aimerais me perfectionner dans ce domaine, mais je ne le ferai pas avec des phrases d'accroche de dix secondes.

— Vous avez beaucoup réfléchi à tout ça.

— En effet.

La femme qui se trouvait de l'autre côté du bureau se laissa aller dans son fauteuil et considéra Kate à travers une paire de lunettes branchées incrustées de petites perles. Elle parut satisfaite de ce qu'elle vit.

— Bien, mademoiselle Mularkey. Je vais en discuter avec mes associés et nous vous rappellerons. À titre indicatif, quand pourriez-vous commencer à travailler ?

— J'ai un préavis de départ de deux semaines, après quoi je serai prête à commencer.

— Formidable, dit la femme en se levant. Avez-vous besoin d'un bon de stationnement ?

— Non, merci.

Kate serra fermement la main de la femme et quitta son bureau.

Dehors, le quartier de Pioneer Square était recroquevillé sous un ciel anthracite austère. Des voitures encombraient ses vieilles rues étroites, mais très peu de piétons passaient devant les immeubles en brique. Même les sans-abri qui dormaient habituellement sur les bancs du parc et tapaient des cigarettes et de l'argent aux passants étaient autre part en cet après-midi froid.

Kate s'élança d'un bon pas dans la Première Avenue et boutonna son vieux blouson de la fac en marchant. Elle prit le bus qui remontait vers le nord et descendit à l'arrêt qui se trouvait devant le bureau, à exactement 15 h 57.

Étonnamment, la pièce principale du bureau était déserte. Kate accrocha son blouson et jeta son sac à main et sa serviette sous son bureau, puis elle se dirigea vers le bureau de Johnny au coin de la pièce.

— Je suis de retour.

Il était au téléphone, mais lui fit signe d'entrer.

— Mais enfin, comment suis-je censé t'aider à régler ça ? dit-il d'un ton exaspéré, puis il garda le silence pendant quelques instants, les sourcils froncés, et déclara finalement : bon, d'accord. Mais c'est à charge de revanche.

Il raccrocha le combiné et sourit à Kate, mais ce n'était pas son ancien sourire, celui qui lui avait coupé le souffle. Elle n'avait pas vu ce sourire depuis la soirée avec Tully.

— Tu portes un tailleur, dit-il. Ne va pas croire que je n'ai pas remarqué. Par ici, ça ne peut vouloir dire que deux choses, et étant donné que je sais que tu ne présentes pas le journal…

— Mogelgaard et Associés.

— L'agence de pub ? À quel poste est-ce que tu as postulé ?

— Responsable du budget.

— Tu serais douée pour ça.

— Merci, mais je n'ai pas encore le poste.

— Tu l'auras.

Elle attendit qu'il ajoute quelque chose, mais il se contenta de la dévisager, comme si quelque chose le troublait. À tous les coups, elle lui rappelait la nuit passée avec Tully.

— Bon, je ferais mieux de me remettre au travail.

— Attends. Je suis en train de travailler sur ce reportage pour Mike Hurtt. Je ne serais pas contre un coup de main.

— Bien sûr.

Ils passèrent les heures qui suivirent côte à côte au bureau de Johnny, à remanier le script problématique. Kate essaya de se tenir à distance et s'interdit de le regarder dans les yeux. Mais elle ne parvint à respecter aucune de ces deux résolutions. Quand ils terminèrent ce travail, la nuit était tombée ; les halls d'accueil des immeubles de bureaux voisins étaient plongés dans le noir.

— Je t'invite à dîner, je te dois bien ça, dit Johnny en rangeant ses papiers. Il est presque huit heures.

— Tu ne me dois rien du tout, répondit-elle. Je faisais simplement mon travail.

Il la regarda.

— Comment vais-je m'en sortir sans toi ?

Quelques mois auparavant, quand il y avait encore de l'espoir, elle aurait rougi dans un moment comme celui-ci. Peut-être même une semaine plus tôt.

— Je vais t'aider à recruter quelqu'un.

— Tu crois que ce sera facile de te remplacer ?

Elle n'avait pas de réponse à cette question.

— Je vais y aller maintenant…

— Je t'invite à dîner. Un point c'est tout. Va chercher ta veste. S'il te plaît.

— D'accord.

Ils sortirent du bâtiment et montèrent dans sa voiture. Quelques minutes plus tard, ils s'arrêtaient devant une magnifique maison sur pilotis en bardeaux de cèdre, sur le lac Union.

— Où sommes-nous ? demanda Kate.

— Chez moi. Ne t'en fais pas, je ne vais pas te préparer à manger. Je veux simplement me changer. Tu es tout apprêtée.

Kate se cuirassa contre l'émotion qui assaillait son cœur. Il n'était pas question qu'elle y pénètre. Elle s'était trop longtemps laissé écraser par des rêves de dénouement heureux qui ne se réaliseraient jamais. Elle suivit Johnny sur le quai, puis dans la maison, qui était étonnamment spacieuse.

Johnny alla aussitôt à la cheminée, où un feu était déjà prêt. Il se baissa, enflamma les journaux et le feu s'alluma en ronflant. Puis il se tourna vers elle.

— Tu veux un verre ?

— Un rhum-Coca ?

— Parfait, dit-il, sur quoi il alla dans la cuisine, servit deux verres et revint.

— Tiens. Je reviens tout de suite.

Elle resta sur place pendant quelques instants, ne sachant trop quoi faire. Elle jeta un coup d'œil autour d'elle dans le salon, remarqua qu'il avait très peu de photos. Sur le meuble-télé trônait une unique photo d'un couple entre deux âges, vêtu d'habits colorés et accroupi dans un décor évoquant la jungle, au milieu d'un groupe d'enfants.

— Mes parents, dit Johnny en arrivant derrière elle. Myrna et William.

Elle se retourna brusquement, comme si elle avait été surprise en train de fouiner.

— Où habitent-ils ? demanda-t-elle en allant au canapé et en s'asseyant.

Elle avait besoin de laisser une distance entre eux.

— Ils étaient missionnaires. Ils ont été tués en Ouganda par les escadrons de la mort d'Amin Dada.

— Où étais-tu ?

— Quand j'avais seize ans, ils m'ont envoyé dans un pensionnat à New York. C'est la dernière fois que je les ai vus.

— Alors, c'étaient des idéalistes, eux aussi.

— Qu'est-ce que tu entends par « eux aussi » ?

Elle ne vit aucune raison de mettre des mots sur ce qu'elle avait saisi au fil des années, cette représentation de la vie de Johnny qu'elle s'était construite peu à peu.

— Peu importe. Tu as eu de la chance d'être élevé par des gens qui croyaient à quelque chose.

Il la dévisagea en fronçant les sourcils.

— C'est pour ça que tu es devenu correspondant de guerre ? Pour te battre à ta façon ?

Il soupira et secoua la tête, puis s'approcha du canapé et s'assit à côté d'elle. La manière dont il la regarda, comme s'il ne la distinguait pas nettement, fit s'accélérer le pouls de Kate.

— Comment fais-tu ?

— Quoi ?

— Pour me connaître si bien ?

Elle sourit en espérant ne pas avoir l'air aussi crispée qu'elle le pensait.

— Ça fait longtemps qu'on travaille ensemble.

Il s'écoula un long moment avant qu'il dise :

— Pourquoi est-ce que tu démissionnes, Mularkey ?

Kate recula un peu.

— Tu te souviens, quand tu as dit que c'était atroce de vouloir quelque chose qu'on ne peut pas avoir ? Je ne serai jamais une reporter du tonnerre ni une productrice de premier ordre. Je ne vis pas pour l'info. J'en ai assez de ne pas être assez bonne.

— J'ai dit que c'était atroce de vouloir *quelqu'un* qu'on ne peut pas avoir.

— Eh bien… ça revient au même.

— Vraiment ? dit-il en posant son verre sur la table basse.

Elle se tourna légèrement pour être face à lui, et tira ses jambes sous elle.

— Je sais ce que c'est que de vouloir quelqu'un.

Il parut sceptique. Il songeait certainement aux fois où Tully l'avait taquinée parce qu'elle ne sortait jamais avec des mecs.

— Qui ?

Elle savait qu'elle devait mentir, éluder la question, mais à cet instant où il était si près d'elle, elle fut envahie par une vague de sentiments qui faillit la submerger. Malheur à elle, mais cette porte semblait de nouveau ouverte. Et bien qu'elle sût que ce n'était pas vrai, que c'était une illusion, elle la franchit quand même.

— Toi.

Il eut un mouvement de recul. De toute évidence, il n'avait jamais imaginé cela.

— Tu ne m'as jamais…

— Comment l'aurais-je pu ? Je savais ce que tu ressentais pour Tully.

Elle attendit qu'il dise quelque chose, mais il se contenta de la regarder. Dans le silence, elle pouvait tout imaginer. Il n'avait pas dit non, il n'avait pas ri. Peut-être que ça voulait dire quelque chose.

Pendant des années, elle avait fait des efforts considérables pour maintenir fermé le robinet de ses sentiments pour lui, mais maintenant qu'il était si près, elle ne pouvait se retenir. C'était sa dernière chance.

— Embrasse-moi, Johnny. Montre-moi que j'ai tort de te vouloir.

— Je ne voudrais pas te faire du mal. Tu es une chouette fille, et je ne cherche pas…

— Et si ce qui me fait du mal, c'est de ne pas t'embrasser ?

— Katie…

Pour une fois, elle n'était plus Mularkey. Elle se pencha vers lui.

— Qui a peur, maintenant ? Embrasse-moi, Johnny.

Juste avant que ses lèvres ne touchent celles de Johnny, elle crut l'entendre dire « C'est une mauvaise idée », mais elle n'eut pas le temps de le rassurer qu'il lui rendit son baiser.

Ce n'était pas la première fois que Kate embrassait quelqu'un. Ce n'était même pas la première fois qu'elle embrassait un homme auquel elle était attachée, et pourtant, ridiculement, elle se mit à pleurer.

Il essaya de s'écarter quand il remarqua ses larmes, mais elle le retint. Alors qu'ils s'embrassaient comme des ados sur le canapé, elle se retrouva sans s'en rendre compte étendue par terre devant le feu, toute nue.

Il s'agenouilla à côté d'elle, encore habillé. Des ombres dissimulaient la moitié de son corps et soulignaient les angles aigus et les creux de son visage.

— Tu es sûre ?

— Ç'aurait été une bonne question à me poser *avant* de me retirer mes vêtements.

Tout sourire, elle se redressa sur ses coudes et commença à déboutonner sa chemise.

Il poussa un soupir évoquant à moitié le désespoir, à moitié la capitulation, et se laissa déshabiller. Puis il la prit à nouveau dans ses bras.

Ses baisers étaient différents à présent, plus voraces, plus profonds, plus érotiques. Elle sentit son corps réagir comme jamais auparavant. C'était comme si elle devenait rien et tout à la fois, un simple faisceau de terminaisons nerveuses à vif. Le contact de la peau de Johnny était sa torture, son salut.

Tout ne devint que sensations, tout ce qu'elle était, tout ce qui lui importait ; un mélange de douleur, de plaisir et de frustration. Même sa respiration ne lui appartenait plus. Elle haletait, étouffait, lui demandait à grands cris d'arrêter, et de ne pas arrêter, de faire que ça continue et de faire que ça s'arrête.

Elle sentit son corps s'arquer, comme si elle essayait d'atteindre quelque chose de tout son être, comme si elle en avait un tel besoin qu'elle en avait mal, mais elle ne savait même pas de quoi il s'agissait.

Et tout à coup, il pénétra en elle, ce qui lui fit mal. Elle eut le souffle coupé par cette douleur soudaine, mais ne fit aucun bruit. Au lieu de cela, elle s'agrippa à lui, l'embrassa et se mut avec lui jusqu'à ce que la douleur s'évanouisse et qu'elle-même n'existe plus, qu'il ne reste plus que cela, ces sensations qu'ils avaient ensemble, le besoin saisissant, ardent d'aller plus loin…

*Je t'aime*, pensa-t-elle en le serrant dans ses bras et en se redressant pour lui faire face. Ces mots tus remplirent sa tête, devinrent comme une bande-son vibrant au rythme de leurs corps.

— Katie, cria-t-il en pénétrant plus loin en elle.

Le corps de Kate explosa, telle une étoile dans l'espace qui vole en éclats et part à la dérive. Le temps s'arrêta un instant, puis reprit lentement son cours.

— Waouh, fit-elle en retombant sur le tapis chaud.

Pour la première fois de sa vie, elle comprenait pourquoi on en faisait toute une histoire.

Johnny s'étendit à côté d'elle en collant son corps moite de sueur à celui de Kate. La serrant contre lui d'un bras, il regarda fixement le plafond. Comme elle, sa respiration était hachée.

— Tu étais vierge, dit-il d'une voix qui semblait effroyablement lointaine.

— Oui, fut tout ce qu'elle put dire.

Elle roula sur le côté, glissa sa jambe nue sur lui.

— C'est toujours comme ça ?

Quand il se tourna vers elle, elle vit quelque chose dans ses yeux bleus qui la troubla : de la peur.

— Non, Katie, dit-il au bout d'un long moment. Ce n'est pas toujours comme ça.

Kate se réveilla dans les bras de Johnny. Ils étaient tous les deux couchés sur le dos, les draps étalés autour de leurs hanches. Elle leva les yeux vers le plafond de planches, sentit le poids lourd, inhabituel de la main de Johnny entre ses seins nus.

Les premières lueurs pâles de l'aube filtraient à travers la fenêtre ouverte et formaient une tache couleur de beurre sur le plancher de bois dur. Le clapotis continuel des vagues contre les pilotis faisait écho au battement lent et régulier de son cœur.

Elle ne savait pas ce qu'elle était censée faire maintenant, comment elle était censée réagir. Depuis leur premier baiser, tout cela avait été un cadeau magique et inattendu. Ils avaient fait l'amour trois fois durant la nuit, la dernière fois seulement quelques heures plus tôt. Ils s'étaient embrassés, ils avaient fait une omelette et mangé devant le feu, ils avaient parlé de leurs familles, de leur travail et de leurs rêves. Johnny lui avait même raconté une suite de blagues extrêmement bêtes.

Ce dont ils n'avaient pas parlé, c'était du lendemain, qui était là maintenant, aussi présent entre eux que les draps doux et le bruit de leur respiration.

Elle était contente d'avoir attendu pour faire l'amour, même si c'était devenu ringard d'attendre la bonne personne. La nuit précédente avait totalement bouleversé son monde, exactement comme le prédisaient les poètes.

Mais si Johnny ne considérait pas qu'elle était la bonne personne pour lui ? Il n'avait pas dit qu'il l'aimait – bien sûr que non –, et sans ces mots, comment une femme pouvait-elle faire vivre sa passion ?

Était-elle censée s'habiller, filer en douce et faire comme s'il ne s'était jamais rien passé ? Ou devait-elle descendre, préparer le petit déjeuner et prier Dieu pour que cette soirée de la veille soit un début, et non une fin ?

Quand elle sentit qu'il remuait à côté d'elle, elle se tendit.

— Bonjour, dit-il d'une voix râpeuse.

Elle ne savait pas comment jouer les timides ou feindre l'indifférence. Elle l'aimait depuis trop longtemps pour faire mine du contraire. Ce qui importait à présent, c'était qu'ils ne se lèvent pas simplement pour partir chacun de son côté.

— Dis-moi quelque chose que je ne sais pas sur toi.

Il lui caressa le bras.

— Hum. J'ai été enfant de chœur.

C'était étonnamment facile de l'imaginer ainsi, en jeune garçon maigre aux cheveux lissés en arrière avec de l'eau, marchant à pas mesurés dans l'allée centrale. Cette image la fit glousser.

— Ma mère t'adorerait.

— Maintenant, dis-moi quelque chose sur toi.

— Je suis fan de science-fiction. *La Guerre des étoiles*, *Star Trek*, *Dune*. J'adore tout ça.

— Je t'aurais pris pour une lectrice de romans d'amour.

— Ça aussi. Maintenant, raconte-moi quelque chose d'important dans ta vie. Pourquoi as-tu arrêté d'être reporter ?

— Tu rentres toujours tout de suite dans le vif du sujet, hein ? Je pense que tu as déjà compris de toute façon, dit-il en soupirant. Le Salvador. J'y suis allé en me prenant pour une sorte de chevalier blanc, prêt à mettre la vérité au grand jour. Mais j'ai ensuite vu ce qui se passait…

Elle ne dit rien et se contenta d'embrasser la pointe de son épaule.

— Mes parents m'avaient caché tant de choses. Je me croyais préparé, mais personne ne peut l'être. Il y a du sang, des morts, des membres arrachés. Des cadavres d'enfants dans la rue et des petits garçons avec des mitrailleuses. J'ai été capturé…

Sa voix s'éteignit. Il s'éclaircit la gorge et la raffermit.

— Je ne sais pas pourquoi ils m'ont laissé vivre, mais ils l'ont fait. Quelle veine. J'ai replié ma queue entre mes jambes et je suis rentré au bercail.

— Tu n'as rien fait de honteux.

— Je me suis enfui comme un lâche. Et j'ai échoué. Voilà, maintenant tu sais tout, tu sais pourquoi je suis à Seattle.

— Tu crois que ça change mes sentiments pour toi ?

Il s'écoula quelques instants avant qu'il dise :

— Il faut qu'on aille doucement, Katie.

— Je sais.

Elle roula sur le côté afin de se serrer contre lui. Elle essaya de mémoriser le moindre détail de son visage et de son apparence au réveil. Elle remarqua un début de barbe qui avait poussé durant leurs quelques heures de sommeil et songea : *Déjà, un changement.*

Il repoussa les cheveux de Kate derrière son oreille.

— Je ne veux pas te faire de mal.

Elle eut envie de dire simplement *Alors ne m'en fais pas*, mais ce n'était pas le moment opportun pour des réponses simples ou pour faire semblant. L'important à cet instant, c'était d'être sincère.

— Je suis prête à prendre le risque de souffrir si tu le prends aussi, dit-elle d'une voix égale.

Un semblant de sourire se dessina aux coins de la bouche de Johnny, mais Kate ne le vit pas dans ses yeux. À vrai dire, il avait l'air plutôt inquiet.

— Je savais que tu serais dangereuse.

Elle ne comprit pas.

— Moi ? Tu plaisantes. Personne n'a jamais pensé que j'étais dangereuse.

— Moi, si.

— Pourquoi ?

Il ne répondit pas, mais se pencha juste assez pour l'embrasser. Elle ferma les yeux, attendit son baiser. Elle n'en était pas sûre, mais juste avant que leurs lèvres se rencontrent, elle crut l'entendre dire :

— Parce que tu es le genre de fille dont un homme peut tomber amoureux.

Il ne dit pas cela d'un ton particulièrement enjoué.

Kate s'arrêta devant la porte de son appartement. À peine quelques instants plus tôt, elle se délectait sur un petit nuage de cette nuit passée dans les bras de Johnny. Mais à présent elle reprenait pied dans la réalité, où elle avait fait l'amour avec un homme qui avait d'abord couché avec sa meilleure amie.

Qu'allait dire Tully ?

Elle ouvrit la porte et entra. En cette matinée grise et pluvieuse, l'appartement était étonnamment calme. Kate jeta son sac à main sur la table de la cuisine et se prépara une tasse de thé.

— Où étais-tu passée ?

Elle se retourna en tressaillant.

Tully était là, les cheveux trempés, revêtue seulement d'une serviette.

— J'ai failli appeler les flics hier soir. Où… tu portes ton tailleur d'hier, dit Tully, puis un sourire entendu se dessina lentement sur son visage. Tu as passé la nuit avec quelqu'un ? Oh, *mon Dieu*, c'est ça ? Tu rougis, dit Tully en riant. Et moi qui pensais que tu allais mourir vierge.

Elle prit Kate par le bras et l'entraîna vers le canapé.

— Raconte.

Kate regarda sa meilleure amie et regretta de ne pas être rentrée après son départ au travail. Cette conversation exigeait qu'elle réfléchisse, qu'elle se prépare. Tully pouvait tout foutre en l'air d'un simple mot, d'un regard. *Il est à moi*, pouvait dire son amie, et que ferait alors Kate ?

— Raconte, répéta Tully en lui donnant un petit coup de coude.

Kate prit une grande inspiration.

— Je suis amoureuse.

— Waouh, quel cœur tendre. Amoureuse ? Après une nuit ?

C'était le moment ou jamais, et même si jamais lui aurait bien convenu, ça ne servait à rien de repousser l'inévitable.

— Non, dit-elle. Je l'aime depuis des années.

— Qui ça ?

— Johnny.

— *Notre* Johnny ?

Kate refusa de se laisser affecter par ce possessif.

— Oui. Hier soir…

— Il a couché avec moi il y a, quoi ? Quelques mois, puis il n'a pas arrêté de m'appeler. Il est encore sous le coup, Katie. Il ne peut pas être amoureux de toi.

Kate essaya de ne pas laisser l'expression « sous le coup » prendre d'emprise sur elle, mais elle n'y parvint pas.

— Je savais que tu ramènerais ça à toi.

— Mais… c'est ton patron, bon sang.

— Je démissionne. Je commence un boulot dans la pub dans deux semaines.

— Oh, super. Maintenant, tu renonces à ta carrière pour un mec.

— On sait toutes les deux que je ne suis pas assez douée pour faire ma place à la télévision. C'est ton rêve à toi, Tully. Depuis toujours.

Elle vit que son amie voulait contester cela, mais elle vit aussi que tous ses arguments seraient des mensonges.

— Je suis amoureuse de lui, Tully. Et ce, depuis des années.

— Pourquoi est-ce que tu ne me l'as pas dit ?

— J'avais peur.

— De quoi ?

Katie ne put répondre.

Tully la dévisagea. Dans ces yeux sombres et expressifs, elle vit tout : de la peur, de l'inquiétude et de la jalousie.

— Ça sent la catastrophe à plein nez.

— Je n'avais pas confiance en Chad il y a des années, tu te souviens ? Mais j'ai mis ça de côté parce que tu avais besoin de lui.

— En parlant de catastrophes amoureuses…

— Peux-tu être heureuse pour moi ?

Tully la regarda, et bien qu'elle finît par sourire, ce sourire n'était pas sincère, et elles le savaient toutes les deux.

— Je vais essayer.

*Sous le coup.* Ces mots, à l'image de ce qu'ils évoquaient, ne cessaient d'accabler Kate.

*Il a couché avec moi, ça fait combien ? Quelques mois…*

*… il ne peut pas être amoureux de toi…*

Dès que Tully quitta l'appartement, Kate se fit porter pâle au travail et se glissa dans son lit. Ça ne faisait pas vingt minutes qu'elle y était qu'elle fut tirée de ses pensées en sursaut par quelqu'un qui frappait à la porte.

— Nom d'un chien, Tully, marmonna-t-elle en mettant sa robe de chambre en faux velours rose et ses chaussons en forme de lapins. Est-ce qu'un jour tu peux penser à prendre tes clés ? dit-elle en ouvrant la porte.

Johnny se tenait derrière.

— Tu n'as pas l'air malade.

— Menteur. J'ai une mine affreuse.

Il tendit la main vers elle, dénoua sa ceinture et fit glisser sa robe de chambre sur ses épaules. Celle-ci tomba à ses pieds en une épaisse corolle rose.

— Une chemise de nuit en flanelle. Comme c'est sexy, dit-il en fermant la porte derrière lui.

Elle essaya de ne pas penser à sa conversation avec Tully,

*sous le coup,*

*ne peut pas être amoureux…*

Mais les mots se bousculaient dans son esprit, trébuchant de temps à autre sur le ... *ne veux pas te faire de mal*, de Johnny.

Elle vit alors, tout à coup, le danger qu'elle avait accepté si naïvement. Il pouvait lui briser le cœur, et elle n'avait aucun moyen de se protéger.

— Je me suis dit que tu serais contente de me voir, dit-il.

— J'ai parlé de nous à Tully.

— Oh. Et il y a eu un problème ?

— Elle pense que tu sors avec moi par dépit.

— Ah oui, vraiment ?

La gorge de Kate se serra.

— Est-ce que tu l'aimes ?

— C'est donc ça qui te tracasse ?

Il la souleva dans ses bras et la porta jusqu'à sa chambre comme si elle ne pesait rien. Une fois qu'ils furent dans le lit, il commença à déboutonner sa chemise de nuit en plantant des baisers au fur et à mesure.

— Ça n'a pas d'importance, murmura-t-il contre sa peau nue. Elle ne m'aimait pas.

Kate ferma les yeux et laissa Johnny l'emporter une nouvelle fois au septième ciel, mais quand cela fut fini et qu'elle fut de nouveau blottie contre lui, le doute resurgit. Elle n'était peut-être pas la fille la plus expérimentée au monde, mais elle n'était pas non plus la plus naïve, et s'il y avait une chose dont elle était sûre, c'est que ça avait de l'importance que Johnny ait aimé Tully.

Ça avait beaucoup d'importance.

# 17

Kate trouvait dans l'amour tout ce dont elle avait rêvé. Dès le retour du printemps, qui peignit le paysage de couleurs éclatantes, Johnny et elle formaient un couple authentique : ils passaient la plupart de leurs week-ends ensemble et autant de soirs de semaine que possible. En mars, elle l'avait emmené chez ses parents pour le leur présenter, et ils avaient débordé d'enthousiasme pour ce gentil garçon catholique irlandais doté d'une belle carrière et d'un bon sens de l'humour, aimant jouer aux cartes et aux jeux de société. Papa le qualifia de « bon gars », et Maman déclara qu'il était parfait.

— Ça valait assurément la peine d'attendre, lui avait-elle murmuré à la fin de cette première rencontre.

Pour sa part, Johnny s'était intégré dans le clan Mularkey comme s'il y était né. Il ne l'avait jamais avoué, mais Kate était certaine que ça lui plaisait de faire à nouveau partie d'une famille, après tant d'années de solitude. Même s'ils ne parlaient pas de l'avenir, ils se délectaient de chaque minute du présent.

Mais tout cela était sur le point de changer.

Elle était au lit, les yeux levés vers le plafond. À côté d'elle, Johnny dormait. Il était plus de quatre heures du matin et elle avait déjà vomi deux fois. Ça ne servait à rien de repousser davantage l'inévitable.

Elle écarta doucement les couvertures en prenant garde de ne pas le réveiller, puis se leva. Elle marcha pieds nus sur l'épaisse moquette jusqu'à la salle de bains de Johnny, dont elle ferma la porte derrière elle.

Elle ouvrit ensuite son sac à main, fouilla dans la pagaille qu'il contenait et en sortit la boîte qu'elle avait achetée la veille. Puis elle l'ouvrit et suivit les instructions.

Un peu moins de deux heures plus tard, elle eut une réponse : rose, pour enceinte.

Elle regarda fixement le test. Sa première pensée absurde fut que, pour une fille qui avait rêvé de devenir mère, elle était un peu trop au bord des larmes.

Ça n'allait pas plaire à Johnny. Il n'était pas du tout prêt à devenir père. Il ne lui avait même pas encore dit qu'il l'aimait.

Elle l'aimait tant, et tout était si merveilleux depuis quelques mois. Cependant, elle ne pouvait s'ôter le sentiment que leur relation était fragile, que l'équilibre était précaire. Un bébé pouvait tout anéantir.

Elle cacha la boîte et le test dans son sac à main – cette chose extraordinaire mêlée au fourbi ordinaire de sa vie – et prit une longue douche chaude. Lorsqu'elle fut habillée et prête à partir travailler, le réveil sonna. Elle alla vers le lit, s'assit à côté de Johnny et lui caressa les cheveux tandis qu'il se réveillait.

Il la regarda en souriant et dit « Salut », d'une voix endormie.

Elle eut envie de dire simplement *Je suis enceinte*, mais ces mots d'aveu refusèrent de franchir ses lèvres et elle dit, à défaut :

— Je dois être au bureau de bonne heure aujourd'hui. Le budget Red Robin.

Il prit la nuque de Kate dans sa main et l'attira vers lui pour l'embrasser. À la fin de ce baiser, elle voulut se redresser doucement.

— Je t'aime, murmura-t-elle.

Il l'embrassa à nouveau.

— Et ça fait de moi l'homme le plus heureux du monde.

Elle lui dit au revoir comme si ce n'était qu'un matin parmi tant d'autres où ils s'étaient réveillés ensemble et étaient partis travailler. Arrivée dans son bureau, elle claqua la porte et resta plantée sur place, se retenant de pleurer.

— Je suis enceinte, dit-elle aux murs recouverts de pubs.

Si seulement elle avait pu le dire à Johnny. Elle aurait dû être en mesure de tout lui dire : n'était-ce pas comme cela que l'amour était censé fonctionner ? Dieu savait qu'elle l'aimait assez, peut-être même plus qu'assez. Elle ne pouvait plus imaginer sa vie sans lui. Elle aimait leur routine quotidienne, le fait qu'ils prenaient souvent le petit déjeuner ensemble dans la cuisine de sa maison sur pilotis, debout côte à côte devant l'évier, ou ces moments où ils restaient assis au lit, blottis l'un contre l'autre, devant l'émission d'Arsenio Hall. Quand il l'embrassait, que ce fût d'un doux baiser de bonne nuit ou avec passion pour initier des ébats, le cœur de Kate s'emballait chaque fois. Ils discutaient tout le temps, de tout et de rien. Jusqu'à ce jour, elle aurait dit qu'il n'y avait rien qu'elle ne puisse lui dire.

Durant la plus grande partie de la journée, elle fit son travail machinalement, mais aux alentours de seize heures elle se trouva à court de volonté. Elle décrocha le téléphone, composa le numéro qu'elle connaissait par cœur et attendit impatiemment.

— Allô ? fit Tully.

— C'est moi. J'ai un problème urgent.

— Je serai là dans vingt minutes, dit Tully sans hésitation.

Pour la première fois de la journée, Kate sourit. Le simple fait de voir Tully l'aiderait ; ça avait toujours fonctionné. Un quart d'heure plus tard, elle rangea son bureau déjà en ordre, prit son sac à main et quitta le bureau.

Dehors, le soleil formait un disque blanc pâle dans un ciel bleu lavé. Quelques touristes hardis se baladaient dans Pioneer Square. De l'autre côté de la rue, les sans-abri qui vivaient dans l'Occidental Park étaient affalés sur le sol pavé et sur les bancs en fer forgé, blottis sous des couvertures sales et de vieux sacs de couchage. Les arbres qui les entouraient étaient en pleine floraison.

Kate était en train de boutonner son blouson quand Tully s'arrêta dans sa Corvette décapotable bleu métallisé toute neuve.

Comme toujours quand elle voyait cette voiture, Kate secoua la tête tout en souriant. Ce cabriolet était tellement… phallique, et pourtant il convenait parfaitement à Tully. Elle portait même un pantalon en laine et un chemisier en soie du même ton bleu que sa décapotable.

Kate en fit rapidement le tour jusqu'à la portière passager et monta.

— Où est-ce que tu veux aller ?

— Surprends-moi, répondit Kate.

— Banco.

En un rien de temps, elles se faufilèrent dans la circulation du centre-ville, traversèrent à toute allure le West Seattle Bridge et arrivèrent à un restaurant donnant sur Alki Beach. En ce jour de printemps terne, l'endroit était désert, et on les installa immédiatement à une table dominant le détroit de Puget gris acier.

— Je te bénis de m'avoir appelée, dit Tully. Cette semaine a été un enfer. On m'a fait aller dans tous les coins paumés de l'État. La semaine dernière, j'ai interviewé un type de Cheney qui a fabriqué un pick-up qui marche au bois. Je ne plaisante pas. Il a installé un poêle de la taille d'un porte-avions sur le plateau et il consomme environ deux stères de bois par semaine. Je pouvais à peine voir son foutu bahut à travers la fumée noire qu'il crachait, et le type voulait que je raconte qu'il avait découvert l'avenir. Demain, je dois aller à Lynden pour interviewer une nana huttérite qui a gagné trente-deux prix d'excellence à la foire. Youpi ! Oh, et la semaine dernière…

— Je suis enceinte.

Tully resta bouche bée.

— Tu te fous de moi ?

— Ai-je l'air de rigoler ?

— Merde alors… fit Tully en se reposant sur sa chaise, l'air stupéfait. Je croyais que tu prenais la pilule.

— Je la prends. Et je n'en ai jamais raté une.

— Enceinte. Wouah. Qu'a dit Johnny ?

— Je ne le lui ai pas encore dit.

— Qu'est-ce que tu vas faire ?

La question était pesante, chargée de la possibilité qu'elle sous-entendait.

— Je ne sais pas, dit Kate, puis elle leva les yeux et rencontra le regard de Tully. Mais je sais ce que je ne vais pas faire.

Tully la dévisagea longuement sans rien dire. Dans ces yeux sombres et incroyablement expressifs, Kate vit un défilé d'émotions : incrédulité, peur, tristesse, inquiétude, et finalement amour.

— Tu feras une excellente mère, Katie.

Elle sentit les larmes lui monter aux yeux. C'était ce qu'elle voulait ; maintenant, ici, pour la première fois, elle osait se l'avouer. C'était à ça que servait une meilleure amie, à lever un miroir et vous montrer votre cœur.

— Il n'a jamais dit qu'il m'aimait, Tully.

— Oh. Bon… Tu connais Johnny.

À ces mots, Kate sentit le passé resurgir entre elles. Elle savait que Tully pensait à la même chose, cette chose qu'elle s'était tant efforcée d'oublier. Leur aventure commune avec John Ryan.

— Tu es comme lui, dit-elle enfin. Comment va-t-il se sentir quand il l'apprendra ?

— Pris au piège.

C'était exactement ce que s'était dit Kate.

— Alors, que dois-je faire ?

— Tu me demandes, à moi ? La femme qui ne peut pas garder un poisson rouge en vie plus d'une semaine ? dit Tully, puis elle rit d'un rire très légèrement amer. Rentre chez toi, et dis à l'homme que tu aimes qu'il va être papa.

— Ça a l'air si facile quand tu le dis.

Tully prit la main de Kate dans la sienne.

— Fais-lui confiance, Katie.

Elle savait que c'était le meilleur conseil qu'elle pouvait recevoir.

— Merci.

— Maintenant, parlons des trucs importants, comme le prénom. T'es pas obligée de l'appeler comme moi. Tallulah, ça craint un peu. Pas étonnant que l'autre défoncée l'ait choisi, mais mon deuxième prénom, c'est Rose. C'est pas si mal…

Elles discutèrent tranquillement pendant le reste de l'après-midi. Elles évitèrent de parler du bébé et se concentrèrent sur des choses sans conséquence. Lorsqu'elles sortirent finalement du restaurant et rentrèrent en ville, le désespoir de Kate s'était atténué. Il n'avait pas disparu, mais ça la soulageait d'avoir un plan d'action.

Quand Tully se gara derrière la maison sur pilotis, Kate serra fort son amie dans ses bras et lui dit au revoir.

Seule chez Johnny, elle enfila un jogging et un vieux T-shirt, puis alla l'attendre dans le salon.

Une fois assise là, les genoux serrés (trop tard pour ça), les mains jointes, elle écouta les bruits ordinaires de cette vie à laquelle elle s'était habituée : le clapotement des vagues sur les pilotis autour d'elle, les cris des mouettes, le teuf-teuf omniprésent d'un bateau à moteur passant à côté. Cette existence ne lui avait jamais paru aussi précaire auparavant, ni aussi douce-amère. Toute sa vie, elle avait imaginé l'amour comme une chose durable, une émotion en polyester qui pouvait supporter l'usure du quotidien, mais elle voyait à présent combien cette vision était dangereuse. Elle vous endormait, vous mettait en danger.

À l'autre bout de la pièce, la serrure cliqueta et la porte s'ouvrit. Johnny sourit en la voyant.

— Salut, toi. J'ai essayé de t'appeler avant de quitter le bureau. Où étais-tu ?

— J'ai fait l'école buissonnière avec Tully.

— Un petit break, hein ? dit-il en l'attirant dans ses bras et en l'embrassant.

Elle se laissa aller contre lui. Quand elle le serra dans ses bras, elle se surprit à ne plus pouvoir le lâcher. Elle était si fermement agrippée qu'il dut littéralement la décrocher.

— Katie ? dit-il en reculant suffisamment pour pouvoir la regarder. Qu'est-ce qui ne va pas ?

Durant l'heure qui avait précédé, elle avait imaginé une dizaine de manières différentes de lui dire, de lui annoncer la nouvelle en douceur, mais à présent qu'elle était devant lui, elle voyait comme tous ces préparatifs étaient inutiles. Il ne s'agissait pas d'un cadeau qu'on pouvait emballer dans un joli papier, et elle n'était pas le genre de femme à pouvoir garder le silence.

— Je suis enceinte, dit-elle d'une voix aussi ferme qu'elle put.

Il la dévisagea pendant une éternité, dérouté.

— Tu es quoi ? Comment est-ce arrivé ?

— De façon normale, j'en suis à peu près sûre.

Il poussa un long soupir puis se laissa tomber sur le canapé.

— Un bébé.

— Je ne l'ai pas fait exprès, dit-elle en s'asseyant à côté de lui. Je ne veux pas que tu te sentes piégé.

Le sourire qu'il lui adressa était celui d'un inconnu, et non celui qu'elle aimait, qui plissait les yeux de Johnny et la faisait sourire à son tour.

— Tu sais à quel point j'ai envie de tout plaquer quand je serai enfin prêt. Partir pour un grand reportage et recouvrer mon honneur. J'ai cette idée en tête depuis si longtemps… depuis que j'ai merdé au Salvador.

La gorge serrée, Kate hocha la tête. Ses yeux la brûlaient, mais elle refusa d'attirer l'attention sur ses larmes en les essuyant.

— Je sais.

Il tendit la main, toucha son ventre plat.

— Mais je ne peux plus partir comme ça, n'est-ce pas ?

— À cause du bébé ?

— Parce que je t'aime, dit-il simplement.

— Moi aussi, je t'aime, mais je ne veux pas…

Il descendit du canapé, posa un genou au sol, et elle prit une vive inspiration.

— Kathleen Scarlett Mularkey, voulez-vous m'épouser ?

Elle eut envie de dire oui, de le crier, mais elle n'osa pas. Elle était encore trop habitée par la peur. Elle se contenta donc de dire :

— Tu es sûr, Johnny ?

Puis, finalement, elle vit son sourire.

— Je suis sûr.

Kate avait suivi le conseil de Tully, bien entendu, et misé sur l'élégance intemporelle. Sa robe de mariée était une robe en soie ivoire avec un corsage de perles laissant les épaules dénudées. Ses cheveux, soigneusement éclaircis en trois nuances blondes, avaient été relevés et torsadés à la manière de Grace Kelly. Le voile, quand elle le mettait, flottait sur son visage et tombait sur ses épaules tel un nuage scintillant. Pour la première fois de sa vie, elle se sentait belle comme une star de cinéma. Maman était du même avis : à peine avait-elle posé les yeux sur elle qu'elle s'était mise à pleurer. Quelques instants plus tôt, elle avait serré Kate dans ses bras avec ferveur, l'avait embrassée sur la joue et était entrée dans l'église, laissant Kate et Tully seules pour la première fois de la journée.

À présent, debout devant un miroir en pied qui renvoyait son reflet de princesse, Kate lança un regard vers Tully, qui avait été anormalement silencieuse durant cette séance exceptionnelle de maquillage et de coiffage. Dans sa robe de demoiselle d'honneur en taffetas rose pâle et sans bretelles, elle semblait agitée et vaguement mal à l'aise.

— On dirait que tu te prépares à un enterrement plutôt qu'à un mariage.

Tully la regarda, essaya d'afficher un sourire authentique, mais elles étaient amies depuis trop longtemps pour être dupes de telles émotions fausses.

— Tu es sûre de vouloir te marier ? Je veux dire, vraiment sûre ? Il n'y a pas de…

— Je suis sûre.

Tully ne parut pas convaincue. Plus que cela, elle parut effrayée.

— Bien, dit-elle en se mordant la lèvre inférieure et en hochant la tête avec raideur. Parce que c'est pour *toujours*.

— Tu sais ce qui durera aussi pour toujours ?

— Les couches sales.

Kate prit la main de Tully et remarqua comme la peau de son amie était froide. Comment pouvait-elle persuader Tully que c'était l'Y dans leurs vies, l'inévitable séparation, mais pas un abandon ?

— Nous, dit-elle avec insistance. On restera amies quels que soient nos boulots, qu'on ait des enfants ou qu'on se marie, dit-elle avec un grand sourire. Je suis sûre que je survivrai à plusieurs de tes maris.

— Oh, c'est sympa, dit Tully en riant et en donnant un petit coup d'épaule à Kate. Tu penses que je ne serais pas capable de rester mariée.

Kate s'appuya sur l'épaule de son amie.

— Je pense que tu feras bien ce qui te plaira, Tully. Tu es tellement rayonnante. Moi, je veux seulement Johnny. Je l'aime tellement que ça me fait parfois mal.

— Comment peux-tu dire que tu veux seulement Johnny ? Tu as une grande carrière devant toi. Un jour, tu dirigeras cette agence. Cette grossesse ne va pas t'arrêter sur ta lancée. De nos jours, les femmes peuvent tout avoir.

Kate sourit.

— C'est bien toi, Tully. Et je suis si fière de toi que ça me dévore. Parfois quand je vais au supermarché, je dis à de parfaits inconnus que je suis ton amie. Mais j'ai besoin que tu sois fière de moi, toi aussi. Quoi que je fasse. Ou que je ne fasse pas.

— Je serai toujours là pour toi. Tu le sais.

— Je sais.

Elles se regardèrent et, à cet instant où elles étaient toutes les deux habillées comme des princesses et debout devant un miroir, elles redevinrent les ados de quatorze ans qu'elles avaient été et qui avaient planifié toute leur vie.

Tully finit par sourire. Cette fois-ci, son sourire était sincère.

— Quand vas-tu dire à ta mère que tu es enceinte ?

— Une fois que je serai mariée, dit Kate en riant. Je me confesserai à Dieu, mais pas question que je le dise à ma mère tant que je ne serai pas Mme Ryan.

L'espace d'un instant unique et merveilleux, le temps s'arrêta. Elles étaient à nouveau TullyEtKate ; des petites filles se confiant leurs secrets.

Puis la porte s'ouvrit.

— Il est temps, dit Papa. L'église est bondée. Tully, en piste.

Tully serra fort Kate dans ses bras, puis elle sortit de la loge.

Kate regarda son père dans son smoking loué, avec ses cheveux fraîchement coupés, et elle fut submergée d'amour pour lui. Derrière les portes, ils entendirent la musique démarrer.

— Tu es magnifique, dit-il au bout de quelques instants.

Sa voix était vacillante, tout à fait différente de d'habitude.

Elle s'approcha de lui, le regarda dans les yeux et cent souvenirs lui revinrent à l'esprit en une fraction de seconde. Les histoires qu'il lui lisait au lit quand elle était enfant, sa manière de glisser une pièce de monnaie dans sa poche arrière quand elle était plus grande, ces moments où il chantait faux à l'église.

Il lui toucha le menton et le lui souleva. Ce fut à ce moment-là qu'elle vit les larmes dans ses yeux.

— Tu seras toujours ma petite fille, Katie Scarlett. Ne l'oublie jamais.

— Je ne pourrai jamais l'oublier.

Dans l'église, la musique s'arrêta, puis la *Marche nuptiale* commença. Son père la prit par le bras et ils se dirigèrent vers le portail à deux battants. D'un pas lent et hésitant, ils parcoururent l'allée centrale.

Johnny l'attendait devant l'autel. Quand il lui prit la main et lui sourit, elle eut de nouveau cette sensation de bouillonnement dans sa poitrine, la douce certitude que c'était l'homme qu'il lui fallait. Quoi qu'il puisse lui arriver dans sa vie, elle savait qu'elle épousait son amour véritable, et cela faisait d'elle une femme chanceuse.

Après cela, la soirée prit l'aspect vaporeux et irréel d'un rêve. Leurs amis et leurs proches défilèrent pour les embrasser et leur présenter leurs meilleurs vœux.

Le monde semblait leur ouvrir grand les bras. Tout était possible. Kate s'aperçut qu'elle ne pouvait s'arrêter de sourire ou de pleurer.

Quand la musique commença – « Crazy for You », de Madonna –, Johnny la trouva dans la foule et lui prit la main.

— Bonjour, madame Ryan.

*« Touch me once and you'll know it's true »*...

Elle se mit en mouvement dans ses bras, réjouie par le contact de son corps contre le sien.

Tout autour d'eux, les gens reculèrent pour faire de la place et laisser danser les jeunes mariés. Elle sentait qu'ils regardaient, souriaient, remarquaient comme cette chanson était romantique et comme la mariée était belle.

C'était le moment où elle était Cendrillon au bal dont elle avait rêvé toute sa vie.

— Je t'aime, dit-elle.

— Tu as intérêt, chuchota-t-il en l'embrassant tendrement.

À la fin de la chanson, il y eut un tonnerre d'applaudissements. Les invités levèrent leurs coupes de champagne, leurs bouteilles de bière, leurs verres de cocktail et crièrent : « À la santé des Ryan ! »

Ce ne fut qu'à la toute fin de la plus magique des soirées que Kate perdit son sourire. Elle était au bar, en train de commander un autre verre de cidre et de discuter avec sa tante Georgia, quand cela se produisit.

Plus tard, au fil des années qui suivirent, surtout dans les périodes de trouble, elle se demanderait pourquoi, avec toutes les personnes qui se trouvaient dans la salle en train de danser, de parler et de rire, il avait fallu qu'elle lève les yeux à cet instant pour voir Johnny, seul, en train de regarder Tully.

## 18

— Je ne sais pas qui écrit ces modes d'emploi, mais je ne crois pas que ces abrutis parlent anglais.

Kate sourit et descendit prudemment de l'échelle. Elles étaient dans la chambre du bas de la maison sur pilotis, en train de préparer la chambre d'enfant. Kate vit que Tully était à deux doigts de jeter le tournevis contre le mur qui venait d'être repeint.

— Laisse-moi regarder ce papier.

De là où elle se trouvait assise au milieu de la pièce, entourée de tas de barreaux blancs, de planches et de sachets de vis et de rondelles, Tully lui tendit la longue feuille de papier froissé.

— Je t'en prie !

Kate étudia le mode d'emploi ridiculement compliqué.

— On commence par cette longue pièce plate. Elle s'assemble avec cette pièce-là, tu vois ? Puis tu visses cette partie là-dessus…

Durant les deux heures qui suivirent, elles ne cessèrent de s'asseoir et se relever, s'accroupir et se pencher en avant pour assembler le berceau le plus compliqué qui fût.

Quand elles en vinrent à bout et qu'elles l'eurent placé contre le mur jaune vif avec sa frise Winnie l'Ourson, elles reculèrent et admirèrent leur travail.

— Qu'est-ce que je ferais sans toi, Tully ?

Tully lui passa un bras autour de la taille.

— Heureusement, tu n'auras jamais à le savoir. Viens, je vais faire des margaritas.

— Je ne peux pas boire. Tu le sais bien.

Tully lui fit un grand sourire.

— Moi qui pense être à mille lieues d'avoir un polichinelle dans le tiroir, je mérite largement ma margarita après avoir monté ce berceau – ce qui aurait dû revenir à Johnny, car il faut une paire de testicules pour monter ça en moins d'une journée. À toi le virgin cocktail[1], c'est l'ironie du sort, tu ne trouves pas ?

Bras dessus bras dessous, elles ne cessèrent de discuter, dans la cuisine en préparant leurs cocktails, puis dans le salon et devant la cheminée. De petites choses, essentiellement : l'amende de Tully pour excès de vitesse la semaine précédente, la nouvelle copine de Sean, le cours que Maman suivait au centre de formation local.

— Alors c'est comment, d'être mariée ? demanda Tully quand Kate se leva pour mettre une bûche dans la cheminée.

— En bien, ça ne fait que trois mois, donc je suis loin d'être une experte, mais jusque-là c'était super, dit-elle en se rasseyant près de la table basse, sa main sur son ventre à peine arrondi. Tu vas me croire folle,

---

1. Littéralement un cocktail vierge, c'est-à-dire sans alcool.

mais j'adore cette routine, prendre le petit déjeuner ensemble chacun avec son journal. Ça me plaît qu'il soit la première personne que je vois chaque matin, et qu'il m'embrasse pour me souhaiter bonne nuit avant que je m'endorme, dit-elle en souriant. Mais ça me manque de ne plus partager la salle de bains avec toi. Il n'arrête pas de déplacer mes affaires… puis il oublie où il les a mises. Et toi, Tully ? Comment ça se passe, dans notre ancien appartement ?

— Je me sens seule, dit Tully, haussant les épaules en souriant comme si elle s'en moquait. Je commence à me réhabituer.

— Tu peux m'appeler à tout moment, tu le sais.

— Et je le fais, dit Tully en se resservant une margarita. Est-ce que Johnny et toi, vous avez décidé de ce qui va se passer après la naissance de mon ou ma filleule ? Est-ce qu'on vous accorde quelques semaines de congé ?

C'était le sujet que Kate avait essayé d'éviter. Elle le savait depuis l'instant où Johnny l'avait épousée, mais n'avait pas eu le courage de le dire à Tully. Elle prit une grande inspiration.

— Je démissionne.

— Quoi ? Pourquoi ? On t'a confié les meilleurs budgets, et Johnny et toi vous gagnez bien vos vies. On est en 1987, nom d'un chien ! Tu n'as pas besoin de démissionner pour être mère. Vous pouvez engager une nounou.

— Je ne veux pas que quelqu'un d'autre élève ce bébé. Du moins, pas avant l'école primaire.

Tully bondit.

— L'école primaire ? Ça fait quoi, huit ans ?

Kate sourit à cette remarque.

— Cinq.

— Mais…

— Pas de mais. C'est important, pour moi, d'être une bonne mère. Tu devrais comprendre mieux que quiconque à quel point ça compte pour un enfant.

Tully se rassit. Elles savaient toutes les deux qu'elle ne pouvait pas répondre grand-chose à cela. Tully portait encore les cicatrices laissées par sa mère intermittente.

— Une femme peut faire les deux, tu sais. On n'est plus dans les années cinquante.

— Ma mère était présente pour toutes les sorties pédagogiques que j'ai pu faire. Tous les ans, elle venait aider en classe, jusqu'à ce que je la supplie d'arrêter. Je n'ai pas pris le bus avant le collège, et je me souviens encore des discussions avec elle quand elle me ramenait à la maison le soir. Je veux que mon enfant ait tout ça. Je pourrai toujours reprendre le travail plus tard.

— Et tu crois que ça te suffira, les trajets en voiture, les sorties pédagogiques et le bénévolat à l'école ?

— Si ça ne me suffit pas, je trouverai autre chose. Allons, ce n'est pas comme si j'étais astronaute, dit-elle en souriant. Mais toi, parle-moi de ton travail. Je vais vivre par procuration, alors raconte-moi de bonnes anecdotes.

Tully se lança aussitôt dans le récit hilarant de son dernier reportage en date.

Kate s'enfonça dans le canapé et écouta, les yeux fermés.

— Kate ? Kate ?

Elle était si perdue dans ses pensées qu'il lui fallut un moment pour se rendre compte que Tully lui parlait.

— Désolée. Qu'est-ce que tu disais ?

— Tu t'es endormie pendant que je te parlais. J'évoquais ce type qui m'a invitée à sortir avec lui, et quand j'ai tourné la tête, tu dormais comme une masse.

— C'est pas vrai, dit rapidement Kate, mais la vérité était qu'elle se sentait somnolente et un peu étourdie. Je crois que j'ai besoin d'une tasse de thé.

Elle se leva et oscilla sur ses jambes, puis s'appuya sur le dossier du canapé.

— Waouh, c'était... fit-elle, s'interrompant au milieu de sa phrase pour regarder Tully en fronçant les sourcils. Tully...

Tully se leva si vite qu'elle renversa sa margarita. Elle attrapa Kate par la taille et la soutint.

— Je suis là.

Quelque chose n'allait pas ; Kate fut soudain prise d'un vertige si violent qu'elle fit un faux pas.

— Accroche-toi, chérie, dit Tully en l'emmenant doucement vers la porte. Il faut qu'on aille au téléphone.

Le téléphone ? Kate secoua la tête, l'esprit troublé. Sa vue se brouilla.

— Je ne sais pas ce qui se passe, marmonna-t-elle. Puis elle baissa les yeux vers l'endroit où elle avait été assise sur le canapé.

Une tache sombre maculait le revêtement et le plancher était constellé de sang à ses pieds.

— Oh non, murmura-t-elle en posant la main sur son ventre.

Elle voulut en dire plus, appeler Dieu à l'aide, mais alors qu'elle cherchait péniblement ses mots, le monde bascula à la renverse et elle s'évanouit.

Tully força la main des ambulanciers pour rester avec Kate. Assise près d'elle, elle répétait sans cesse «Je suis là».

Kate était tout juste consciente. Sa peau était pâle comme un drap trop lavé, et même ses yeux verts, d'habitude si brillants, étaient ternes et vitreux. Des larmes coulaient sur ses tempes.

L'ambulance s'arrêta devant l'hôpital. Les ambulanciers écartèrent Tully et se hâtèrent de sortir Kate du véhicule pour l'emmener à l'intérieur, sous un éclairage cru. Tully resta plantée sur le pas de la porte ouverte et perçut tout à coup la gravité de ce qui était en train de se passer. Une fausse couche pouvait vous vider de votre sang.

— Pitié, mon Dieu, dit-elle, regrettant pour la première fois de sa vie de ne pas vraiment savoir prier, ne me laissez pas la perdre.

Elle savait que ce n'était pas la bonne prière, pas celle que Kate aurait voulue.

— Et prenez soin de son bébé.

C'était comme de jeter des diamants dans une rivière, de prier ce Dieu qui ne l'avait jamais écoutée.

— Katie va à l'église tous les dimanches, Lui rappela-t-elle à toutes fins utiles.

Dans la petite chambre d'hôpital verte qui donnait sur le parking, Kate dormait. À côté d'elle, Mme M., assise sur une chaise en plastique moulé, était plongée dans un livre de poche. Comme toujours, elle remuait les lèvres en lisant.

Tully vint près d'elle et lui toucha l'épaule.

— Je vous ai apporté un café, dit-elle, la main posée sur l'épaule de Mme M.

Ça faisait presque deux heures que Kate avait perdu le bébé. Elles avaient appelé Johnny, mais il était en reportage à Spokane, à l'autre bout de l'État.

— Je suppose que c'est une chance que ce soit arrivé tôt, dit Tully.

— Quatre mois, ce n'est pas si tôt, Tully, dit doucement Mme Mularkey. Les gens qui n'ont jamais fait de fausse couche disent toujours ça. C'est ce que m'a dit Bud, deux fois, dit-elle en levant les yeux. Je n'ai jamais vraiment eu le sentiment que c'était une chance. J'ai plutôt eu l'impression de perdre un être aimé. Tu sais de quoi je parle, non ?

— Merci, dit-elle en pressant l'épaule de Mme Mularkey dans sa main, puis elle s'approcha du lit. Maintenant, je sais ce que je ne dois pas dire. J'aimerais seulement savoir ce qui peut l'aider.

Kate ouvrit les yeux et les vit.

Mme Mularkey se leva et vint près du lit avec Tully.

— Salut, murmura Kate. Dans combien de temps Johnny…

À la mention du prénom de son mari, sa voix se cassa comme un œuf et elle se mit à trembler.

— Quelqu'un parle de moi ?

Tully se retourna.

Johnny était sur le pas de la porte, chargé d'un bouquet de fleurs qui commençaient à retomber légèrement. Il avait l'air totalement négligé : son visage pâle était mangé par une barbe de plusieurs jours, ses cheveux noirs longs et emmêlés laissaient paraître des yeux témoignant d'un épuisement profond. Son jean Levi's était déchiré et sale, et sa chemise kaki présentait plus de plis qu'un lit défait.

— J'ai pris un avion privé. Ça va me faire une sacrée note de carte Bleue.

Il jeta les fleurs sur une chaise et s'approcha de sa femme.

— Bonjour, chérie, murmura-t-il. Je suis désolé d'avoir mis si longtemps.

— C'était un garçon, dit Katie en éclatant en sanglots et en se cramponnant à lui.

Tully entendit Johnny pleurer avec Kate.

Mme Mularkey lui glissa un bras autour de la taille.

— Il l'aime, dit lentement Tully.

Le souvenir de sa nuit avec Johnny l'avait en quelque sorte aveuglée, piégée comme un insecte pris dans la sève d'un moment oublié. Elle s'était imaginé que Kate était le deuxième choix de Johnny, sa deuxième dauphine en amour.

Mais ce qu'elle voyait n'était pas un choix par défaut.

Mme Mularkey l'entraîna à l'écart du lit.

— Bien sûr qu'il l'aime. Viens, laissons-les tranquilles.

Elles prirent leurs cafés et sortirent dans le couloir, où M. Mularkey attendait sur une chaise inconfortable. Il leva des yeux injectés de sang.

— Comment va-t-elle ?

— Johnny est avec elle, dit Mme M. en touchant son épaule.

Pour la première fois depuis des années, Tully se sentit une étrangère dans cette famille.

— Je devrais être avec elle.

— Ne t'inquiète pas, Tully, dit Mme M. Elle aura toujours besoin de toi.

— Mais les choses sont différentes, maintenant.

— Bien sûr. Katie est mariée. Vous avez pris des voies différentes, mais vous serez toujours les meilleures amies.

Des voies différentes.

C'était donc ça qu'elle aurait dû voir et qui lui avait échappé jusque-là.

Durant les jours suivants, ils veillèrent à tour de rôle au chevet de Kate. Le jeudi fut le tour de Tully. Elle se fit porter pâle au travail et passa la journée avec Kate. Elles jouèrent aux cartes, regardèrent la télévision et discutèrent. La plupart du temps, à vrai dire, Tully ne fit qu'écouter. Quand c'était à elle de répondre, elle essayait de trouver les mots justes, mais elle était à peu près sûre d'avoir le plus souvent échoué. Son amie était touchée par une tristesse nouvelle, une zone grise qui l'enveloppait et était si étrangère à Tully qu'elle avait l'impression de se trouver face à une version négative de leur amitié. Elle ne disait jamais vraiment ce qu'il fallait.

Finalement, vers vingt heures, Kate dit :

— Je sais que tu vas me prendre pour une folle, mais je vais me coucher. Johnny sera à la maison dans une heure. Tu peux rentrer chez toi, maintenant. Va faire l'amour toute la nuit avec ce nouveau mec, Ted.

— Todd. Et je ne suis pas vraiment d'humeur à m'envoyer en l'air. Cela dit… fit-elle en souriant.

Elle aida ensuite Kate à monter l'escalier et l'installa dans son lit, puis elle la regarda.

— Tu ne sais pas à quel point je souhaite trouver les mots justes pour te réconforter.

— Tu le fais. Merci, dit Kate en fermant les yeux.

Prise d'un sentiment d'impuissance inhabituel, Tully resta là quelques instants de plus. Avec un soupir, elle redescendit et commença à faire la vaisselle. Elle essuyait le dernier verre, quand la porte s'ouvrit sans bruit, puis se referma avec un déclic.

Johnny apparut avec un bouquet de roses à la main. Avec ses cheveux coupés ras, son jean délavé et ses tennis Adidas blanches aux languettes qui dépassaient, il avait l'air d'avoir la vingtaine. Depuis tant d'années qu'elle le connaissait, il ne lui avait jamais paru aussi triste et dévasté.

— Salut, dit-il en posant les fleurs sur la table basse.

— On dirait que tu as besoin d'un verre.

— Pourquoi pas une perfusion ? dit-il en essayant de sourire. Elle dort ?

— Oui.

Tully prit une bouteille de whisky sur le bar et lui servit un verre bien tassé, puis elle se servit un verre de vin et s'approcha de lui.

— Allons nous asseoir sur le quai, dit-il en lui prenant le verre. Je ne veux pas la réveiller.

Tully prit son manteau et le suivit dehors. Ils s'assirent côte à côte sur le quai, laissant pendre leurs jambes, tels des enfants au-dessus des eaux noires du lac Union.

Tout était calme. Une pleine lune perchée dans le ciel illuminait les toits et se reflétait sur diverses fenêtres. Le lointain vrombissement des voitures sur le pont était syncopé par l'eau qui clapotait contre les pilotis.

— Comment vas-tu pour de vrai ? demanda Tully.

— C'est pour Katie que je m'inquiète.

— Je sais, répondit-elle, mais c'est à toi que j'ai posé la question.

— J'ai connu des jours meilleurs, dit-il, puis il but une petite gorgée.

Tully s'appuya contre lui.

— Tu as de la chance, dit-elle. Elle t'aime, et quand un Mularkey tombe amoureux, c'est pour la vie.

À peine eut-elle prononcé ces mots qu'elle eut à nouveau un étrange sentiment d'échec. D'une solitude qu'elle ne distinguait pas encore, mais qui s'approchait d'elle. Pour la première fois, elle se demanda quelle aurait pu être sa vie si elle avait été comme Kate et avait choisi l'amour. Aurait-elle su ce que cela faisait de se sentir vraiment chez elle quelque part avec quelqu'un ? Elle regarda au loin sur les eaux du détroit.

— Qu'est-ce qu'il y a, Tully ?

— Je crois que je suis jalouse de Kate et toi.

— Tu ne veux pas de cette vie.

— Quelle vie est-ce que je veux ?

Il passa un bras autour de ses épaules.

— C'est une chose que tu as toujours sue. Tu veux percer à la télé.

— Est-ce que ça fait de moi une personne superficielle ?

Il rit.

— C'est sûrement pas à moi qu'il faut demander ça. Écoute, je vais passer quelques coups de fil. Tôt ou tard, on te trouvera un boulot sur une grande chaîne.

— Tu ferais ça ?

— Bien sûr. Mais tu dois être patiente. Ces choses-là prennent du temps.

Elle se tourna vers lui et le serra dans ses bras en murmurant « Merci, Johnny ». Il la connaissait si bien. Il avait même déjà compris ce qu'elle venait de découvrir : il était temps pour elle de passer aux choses sérieuses.

Aussi fatiguée que fût Kate, elle ne parvenait pas à s'endormir. Elle était étendue dans le lit, les yeux rivés sur le plafond à double pente, à attendre son mari.

Cette angoisse était ancrée dans leur relation. Quand les choses allaient mal, elle se rappelait qu'elle avait été son deuxième choix, et elle avait beau se répéter que ce n'était pas vrai, une sorte de double obscur en elle le croyait et s'en inquiétait.

C'était une névrose destructrice. Comme les eaux de la Pilchuck quand elle montait, elle dévastait tout autour d'elle, décrochait de grosses mottes de terre.

Kate entendit un bruit en bas.

Il était rentré.

— Dieu merci.

Elle sortit péniblement du lit et descendit l'escalier.

Les lumières étaient éteintes, et le feu était presque mort : seules quelques braises y rougeoyaient encore faiblement. Elle pensa d'abord qu'elle s'était trompée, qu'il n'était pas rentré, puis elle remarqua les silhouettes sur le quai. Deux personnes, assises côte à côte, épaule contre épaule. La lumière de la lune révélait leurs contours argentés, qui se détachaient sur les eaux noires du détroit. Kate traversa la maison sans bruit, ouvrit la porte et sortit dans la nuit. Une légère brise agita ses cheveux et sa chemise de nuit.

Tully se tourna, serra Johnny dans ses bras et lui murmura quelque chose à l'oreille. La réponse de Johnny fut couverte par le bruit de l'eau qui clapotait contre le quai. Il avait peut-être ri, Kate n'en était pas sûre.

— Vous faites la fête sans moi, vous deux ?

Elle entendit sa voix dérailler et prit une vive inspiration pour masquer cette défaillance. Elle savait au fond d'elle-même que Johnny ne s'était pas tourné pour embrasser Tully, mais son double obscur n'en était pas sûr. Cette pensée affreuse et néfaste était plus petite qu'une goutte de sang, et pourtant elle contaminait le ruisseau entier.

Johnny fut auprès d'elle en un instant. Il la prit dans ses bras et l'embrassa. Quand il recula, elle chercha Tully autour d'elle, mais ils étaient seuls sur le quai.

Pour la première fois de sa vie, elle aurait voulu l'aimer moins. C'était dangereux d'avoir de tels sentiments ; elle était comme un bébé nu exposé aux éléments. Fragile et terriblement apeuré. Johnny pouvait la détruire un jour. Elle n'avait aucun doute là-dessus.

Quand les mois passèrent et qu'une nouvelle année commença, Tully s'efforça de rester patiente et optimiste, mais arrivée à la fin du mois de mai, elle avait presque perdu espoir. L'année 1988 ne s'annonçait pas bonne pour elle. Il était tôt en ce chaud matin de printemps, et elle travaillait dur pour profiter de son créneau en tant que présentatrice remplaçante. À la fin de l'émission, elle retourna dans son bureau.

Elle venait de s'asseoir dans son fauteuil, quand elle entendit :

— Ligne deux, Tully.

Elle décrocha le téléphone, appuya sur le bouton blanc carré de la ligne deux, qui s'éclaira aussitôt.

— Tallulah Hart.

— Bonjour, mademoiselle Hart. Dick Emerson à l'appareil. Je suis le directeur de la programmation pour NBC à New York. J'ai cru comprendre que vous cherchiez à évoluer vers les grandes chaînes.

Tully retint son souffle.

— En effet.

— Nous avons un poste de reporter généraliste à pourvoir pour la première partie de la matinale.

— Vraiment ?

— Je dois recevoir près de cinquante candidats la semaine prochaine. La compétition va être féroce, mademoiselle Hart.

— Je le suis aussi, monsieur Emerson.

— C'est le genre de réponse ambitieuse que j'aime entendre, dit-il, sur quoi Tully entendit des bruits de papier sur un bureau. Je vais dire à ma secrétaire de vous envoyer un billet d'avion. Elle vous appellera pour vous trouver un logement en ville et pour fixer la date de votre entretien. Tout cela vous convient ?

— Parfaitement. Merci, monsieur. Je ne vous décevrai pas.

— Bien. Je déteste perdre mon temps, dit-il, puis il marqua une pause avant d'ajouter : passez le bonjour à Johnny Ryan de ma part.

Tully raccrocha et composa le numéro de Kate et Johnny.

Kate répondit aussitôt.

— Allô ?

— Je suis amoureuse de ton mari.

Il y eut une demi-seconde de silence.

— Oh, vraiment ?

— Il m'a obtenu un entretien chez NBC.

— La semaine prochaine, c'est ça ?

— Tu étais au courant ?

Kate rigola.

— Bien sûr. Ça fait longtemps qu'il y travaille. Et c'est bibi qui a envoyé les cassettes.

— Avec tous les soucis que tu as, tu pensais encore à moi ? demanda Tully avec attendrissement.

— Toi et moi contre le reste du monde, Tully. Certaines choses ne changent jamais.

— Cette fois, je vais vraiment leur en mettre plein la vue, dit-elle en riant. J'ai enfin un putain de défi à ma mesure.

New York était tout ce dont Tully avait rêvé. Lors de sa première semaine sur place, avec ses nouvelles cartes de visite de la NBC en main, elle en avait parcouru les rues animées telle Alice au pays des merveilles, la tête constamment levée vers le ciel. Les gratte-ciel sans fin la stupéfiaient, de même que les restaurants qui ne fermaient jamais, les calèches alignées devant le parc et les foules de gens vêtus de noir qui grouillaient dans les rues.

Elle avait passé deux semaines à explorer la ville, choisir un quartier, trouver un appartement, apprendre à se repérer dans le métro. Elle aurait pu se sentir seule pendant cette période ; après tout, qui avait envie de découvrir seul les merveilles d'une ville magique comme New York ? Mais en vérité, elle était si excitée par son nouveau poste qu'elle se moquait même d'être en solitaire. Par ailleurs, dans la ville qui ne dormait jamais, on n'était jamais vraiment seul. Il y avait toujours des gens dans les rues, même au cœur de la nuit.

Et puis, il y avait son travail. Depuis l'instant où elle avait pénétré dans l'immeuble de la NBC en tant que reporter, elle était accro. Elle se réveillait à deux heures et demie tous les matins pour pouvoir être au studio avant quatre heures. Bien qu'elle n'eût théoriquement pas besoin d'y être si tôt, elle adorait y traîner et donner un coup de main. Elle étudiait tous les gestes et les automatismes de Jane Pauley.

Tully avait été engagée comme reporter généraliste, ce qui signifiait qu'on lui confiait des petits éléments de reportages d'autres personnes. À un moment donné, si elle avait de la chance, elle pourrait couvrir un sujet dont les grands correspondants ne voudraient pour rien au monde : la plus grosse citrouille de l'État de l'Indiana, ou quelque chose d'un intérêt approchant. Elle en mourait d'impatience. Quand elle aurait fait ses preuves, on lui confierait un *vrai* reportage, et quand elle aurait enfin cette chance, elle casserait la baraque. En toute honnêteté, quand elle observait des gens comme Pauley et Bryant Gumbel, elle savait tout le chemin qui lui restait à parcourir. Ils étaient des dieux vivants à ses yeux, et elle passait chaque minute qu'elle avait de libre à regarder comment ils faisaient leur travail. Chez elle, elle analysait les journaux télévisés, qu'elle enregistrait sur des cassettes vidéo et se repassait ensuite maintes et maintes fois.

À l'automne 1989, elle avait trouvé son rythme et commençait à avoir moins le sentiment d'être une apprentie qu'une jeune femme prête à se faire un nom. Le mois précédent, on lui avait confié son premier vrai reportage : elle s'était rendue en Arkansas pour faire le portrait d'un cochon primé. Son reportage n'avait finalement jamais été diffusé, mais elle avait fait son travail et elle l'avait bien fait, et avait beaucoup appris lors de ce déplacement.

Elle en aurait appris davantage au studio, elle en était certaine, si la matinale n'avait pas été en pleine tourmente. Une véritable guerre faisait rage sur le plateau, et le pays entier était au courant. La semaine précédente, une nouvelle photo de présentation avait été prise, et Deborah Norville, la présentatrice de la toute première partie de la matinale, était apparue sur le canapé avec Jane et Bryant. Cette photo avait provoqué un électrochoc chez NBC, et même à travers le pays. Les articles s'étaient succédé, affirmant tous que Norville essayait d'évincer Pauley.

Tully gardait profil bas et se tenait à l'écart des commérages. Il n'était pas question qu'une rumeur publique compromette ses chances de réussir. Elle restait donc concentrée sur son travail. Si elle travaillait plus dur que tous les autres, on lui proposerait peut-être un poste de remplaçante dans le journal du début de matinée, *NBC News at Sunrise*. De là, elle était sûre qu'elle aurait un jour sa chance au coin infos de *Today* et, à partir de là, le monde serait à elle.

Ses journées de travail de dix-huit heures ne lui laissaient pas beaucoup de temps pour sa vie privée, mais elle avait tout de même Katie, malgré tous les kilomètres qui les séparaient. Elles s'appelaient au moins deux fois par semaine, et tous les dimanches Tully appelait Mme M. Elle leur racontait la pression au travail, les stars qu'elle apercevait et la vie à Manhattan, en réponse à quoi les deux femmes décrivaient la nouvelle maison que Kate et Johnny avaient achetée, le voyage que M. et Mme M. avaient prévu pour le printemps, et surtout, Kate lui annonça qu'elle était de nouveau enceinte et que tout se passait bien.

Les jours passaient comme des cartes tombant d'un jeu, si vite qu'elle avait parfois l'impression de nager dans une confusion de bruits et de couleurs. Mais elle était sur la bonne voie. Elle le savait, et cette idée lui permettait de continuer d'avancer.

En cette journée glaciale de fin décembre, comme chacune des innombrables qui l'avaient précédée, elle passa quatorze heures à la station, puis prit le chemin de chez elle d'un pas lourd.

Tout en marchant dans la rue, elle fut captivée par le Rockefeller Center en cette période de fêtes. Même dans l'obscurité grandissante d'un soir nuageux, l'endroit grouillait de gens en train de faire des courses, de prendre des photos de l'immense sapin de Noël et de faire du patin à glace sur la patinoire saisonnière.

Elle était sur le point de se mettre en route, quand elle vit la pancarte du Rainbow Room, le restaurant panoramique perché dans les hauteurs du complexe, et se dit *pourquoi pas ?* Ça faisait maintenant plus d'un an qu'elle était à New York, et bien qu'elle eût fait de nombreuses rencontres, elle ne s'était pas donné la peine de sortir avec des hommes.

Peut-être était-ce dû aux décorations de Noël, ou au fait que son chef ait ri quand elle avait demandé des congés, elle ne savait pas trop. Ce qu'elle savait, c'est que c'était un vendredi soir, quelques jours seulement avant Noël, et qu'elle n'avait pas envie de rentrer dans son appartement silencieux. CNN pouvait attendre.

Le panorama depuis le Rainbow Room était plus époustouflant encore que tout ce qu'elle en avait entendu. Elle avait l'impression d'être sur le pont d'un énorme vaisseau-mère du futur en train de planer au-dessus de la splendeur nocturne multicolore de Manhattan.

Il était encore tôt, et il y avait donc de nombreuses places encore libres au bar et aux tables. Elle choisit une table près de la baie vitrée, s'assit et commanda une margarita.

Elle s'apprêtait à en commander une autre, quand le bar fut pris d'assaut. Des hommes et des femmes de Wall Street et du quartier des affaires, Midtown, se mêlèrent en groupes aux touristes trop bien habillés, réquisitionnant tables et chaises et s'étalant sur trois rangées au comptoir.

— Puis-je me joindre à vous ?

Tully leva les yeux.

Un beau blond vêtu d'un costume de qualité lui souriait.

— J'en ai assez de jouer des coudes parmi les yuppies pour avoir un verre.

Un accent anglais. Ça la faisait craquer.

— Je ne voudrais surtout pas que vous restiez assoiffé, dit-elle en poussant juste assez du pied la chaise qui se trouvait en face d'elle pour qu'il puisse s'asseoir.

— Dieu soit loué.

Il héla un serveur, commanda un whisky-glace pour lui et une autre margarita pour elle, puis s'écroula sur la chaise.

— C'est une vraie foire d'empoigne ici, n'est-ce pas ? Moi c'est Grant, au fait.

Elle aima son sourire et lui en adressa un en retour.

— Tully.

— Pas de noms de famille. Génial. Ça veut dire qu'on n'est pas obligés de se raconter toutes nos vies. On peut simplement s'amuser.

Le serveur apporta leurs boissons et les laissa de nouveau seuls.

— Santé, dit-il en tapant doucement son verre contre celui de Tully. La vue ici est plus épatante que ce qu'on m'avait dit, déclara-t-il, puis il se pencha vers elle. Vous êtes belle, mais je pense que vous le savez.

Elle avait entendu ces mots toute sa vie. Habituellement, ils ne signifiaient rien, rebondissaient sur elle comme des gouttes de pluie sur un toit en métal, mais curieusement, dans cette salle, à l'approche des fêtes, ce compliment était exactement ce qu'elle avait besoin d'entendre.

— Pour combien de temps êtes-vous à New York ?

— Environ une semaine. Je travaille pour Virgin Entertainment.

— Vous venez d'inventer ça[1] ?

1. « Virgin Entertainment » veut littéralement dire « Divertissements pour vierges ».

— Non, c'est vrai. C'est une des sociétés de Richard Branson. On explore des lieux aux États-Unis pour implanter un Virgin Megastore.

— Je frémis à la pensée de ce que vous vendez.

— Quelle coquine vous faites. C'est un magasin de musique, pour commencer en tout cas.

Elle but dans son verre et le dévisagea au-dessus du bord salé en souriant. Kate lui répétait sans arrêt de sortir plus, de rencontrer des gens. Elle se dit à cet instant que c'était un excellent conseil.

— Votre hôtel est dans les parages ?

# PARTIE 3

## Les années 1990
## I'm Every Woman

*it's all in me*[1]

1. Extrait des paroles de la chanson « I'm Every Woman », de Chaka Khan, reprise par Whitney Houston, qu'on pourrait traduire par : « Tout est en moi ».

## 19

— Assomme-moi. Je suis sérieuse. S'ils refusent de me donner des calmants, prends une batte de base-ball et frappe-moi. Ces histoires de respiration, c'est de la m… aaah !

Kate sentit la douleur lui tordre le ventre.

À côté d'elle, Johnny disait :

— Allez… ah, ah, ah… tu peux y arriver. Respire, ah… ah… comme ça. Tu te souviens de notre cours ? Concentre-toi. Visualise. Est-ce que tu veux cette statuette qu'on…

Elle l'attrapa par le col et le tira vers elle.

— Je le jure devant Dieu, si tu me parles encore de respirer, je te démolis. Je veux des calmants…

La douleur revint et l'étreignit, la transperça, l'accabla jusqu'à ce qu'elle pousse un cri. Durant les six premières heures, elle s'en était bien sortie. Elle s'était concentrée, elle avait respiré, embrassé son mari quand il se penchait vers elle et elle l'avait remercié quand il tamponnait son front avec un linge humide et frais. Durant les six heures suivantes, elle avait perdu son optimisme naturel. La douleur implacable et lancinante était comme une horrible créature la dévorant peu à peu.

À la dix-septième heure, elle s'était transformée en véritable garce. L'infirmière elle-même allait et venait comme une flèche.

— Allez, chérie, respire. Il est trop tard pour les calmants. Tu as entendu le médecin. Ça ne sera plus très long.

Elle remarqua que même quand il essayait de l'apaiser, Johnny ne s'approchait pas trop. On aurait dit un soldat dans un champ de mines, terrorisé après avoir vu son meilleur ami sauter. Il avait peur de faire le moindre mouvement.

— Où est Maman ?

— Je crois qu'elle est descendue pour rappeler Tully.

Kate essaya de se concentrer sur sa respiration, mais ça ne la soulagea pas. La douleur continuait de s'intensifier, d'atteindre des sommets. Elle se cramponna aux ridelles de son lit avec ses mains moites.

— Va… me chercher… des… glaçons !

Elle cria le dernier mot. Ç'aurait été drôle de regarder Johnny se précipiter vers la porte si elle n'avait pas eu l'impression d'être cette fille en train de nager seule dans *Les Dents de la mer*.

La porte de sa chambre s'ouvrit brusquement.

— J'ai entendu dire qu'on avait une vraie furie, là-dedans.

Kate s'efforça de sourire, mais une nouvelle contraction la surprit.

— Je ne… veux… plus… faire ça.

— T'as changé d'avis ? C'est le bon moment, dit Tully en venant sur le côté du lit.

La douleur l'envahit de nouveau.

— Crie, dit Tully en lui caressant le front.

— Je suis… censée… tenir le coup… en respirant.

— Tout ça, c'est des conneries. Crie.

Elle cria, et ça lui fit du bien. Quand la douleur s'estompa à nouveau, elle rit faiblement.

— J'en déduis que tu es contre la méthode Lamaze.

— Je ne me décrirais pas comme une adepte de l'accouchement naturel, dit Tully, puis elle regarda le ventre gonflé et le visage pâle et transpirant de Kate. Bien entendu, tu m'offres la meilleure pub pour la contraception que j'aie jamais vue. À compter d'aujourd'hui, je mettrai trois préservatifs à chaque fois, dit Tully en souriant, mais son regard était inquiet. Ça va, vraiment ? Tu veux que j'aille chercher le médecin ?

Kate secoua mollement la tête.

— Parle-moi. Distrais-moi.

— J'ai rencontré un mec le mois dernier.

— Comment il s'appelle ?

— C'est évidemment ta première question. Grant. Et avant que tu m'assènes une liste de questions stupides sorties de *Cosmo* pour savoir « si je connais bien mon homme », laisse-moi te dire que je sais que dalle sur lui, si ce n'est qu'il embrasse comme un dieu et qu'il baise comme un démon.

Kate fut prise d'une nouvelle contraction. Elle s'arqua et cria de nouveau. Elle entendait la voix de Tully comme dans le lointain et sentait sa main qui caressait son front, mais la douleur était si accablante qu'elle ne pouvait rien faire d'autre que suffoquer.

— *Merde*, dit-elle quand cela se termina. La prochaine fois que Johnny vient près de moi, je le gifle.

— C'est toi qui voulais un bébé.

— Je vais changer de meilleure amie. J'ai besoin de quelqu'un qui a la mémoire plus courte.

— J'ai la mémoire courte. Je t'ai dit que je sors avec quelqu'un ? Il est parfait pour moi.

— Pourquoi ? demanda Kate, haletante.

— Il vit à Londres. On ne se voit que les week-ends. Pour s'envoyer en l'air comme jamais, pourrais-je ajouter.

— C'est pour ça que tu n'as pas répondu quand Maman t'a appelée ?

— On était en pleine action, mais dès qu'on a terminé, j'ai commencé à faire mon sac.

— Je suis contente de voir que tu as – oh, merde – des priorités.

Kate était sous le coup d'une autre contraction quand la porte de sa chambre s'ouvrit. L'infirmière entra en premier, suivie de sa mère et de Johnny. Tully recula pour laisser tout le monde s'approcher de Kate. À un moment donné, l'infirmière contrôla l'ouverture du col de l'utérus et appela le médecin. Il arriva dans la chambre d'un air affairé, sourit comme s'ils se rencontraient par hasard à l'épicerie et enfila des gants. Il sortit ensuite les étriers, et le moment était venu.

— Poussez, dit le médecin d'une voix tout à fait raisonnable et détachée qui donna envie à Kate de lui arracher les yeux.

Elle cria, poussa et pleura jusqu'à ce que son supplice se termine, aussi vite qu'il avait commencé.

— Une petite fille parfaite, dit le médecin. Papa, voulez-vous couper le cordon ?

Kate essaya de se redresser, mais elle était trop faible. Quelques instants plus tard, Johnny vint à côté d'elle et lui tendit un minuscule paquet rose. Elle prit sa fille nouveau-née dans ses bras et regarda son visage en forme de cœur. Elle avait une crinière de boucles noires humides en bataille et la peau pâle de sa mère, ainsi que les petites lèvres les plus parfaites que Kate ait jamais vues. L'amour qui s'éveilla en elle était trop grand pour qu'elle puisse le décrire.

— Bonjour, Marah Rose, murmura-t-elle en prenant entre ses doigts le poing de sa fille gros comme un raisin. Bienvenue parmi nous, petite fille.

Quand elle regarda Johnny, il pleurait. Il se pencha vers elle et l'embrassa avec la douceur d'un papillon.

— Je t'aime, Katie.

Jamais de sa vie tout n'avait été si idéal dans son monde, et elle sut que, quoi qu'il arrive, quoi que lui réserve la vie, elle se souviendrait toujours de ce moment unique et merveilleux comme d'un aperçu du paradis.

Tully avait quémandé deux jours de congés supplémentaires afin d'aider Kate à bien s'installer chez elle. Quand elle avait appelé ses supérieurs, ça lui avait semblé vital, incontestablement nécessaire.

Mais à présent, quelques heures seulement après que Kate et Marah étaient sorties de l'hôpital, elle voyait la vérité. Elle était à peu près aussi utile qu'un micro HS. Mme Mularkey était une véritable machine. Elle donnait à manger à Kate avant même qu'elle dise qu'elle avait faim, changeait comme une magicienne les couches du bébé de la taille d'un mouchoir et apprenait à Kate à donner le sein à sa fille. Ce n'était apparemment pas une chose aussi instinctive que l'aurait cru Tully.

Et quelle était sa contribution ? Quand elle avait de la chance, elle faisait rire Kate. Mais le plus souvent, sa meilleure amie ne faisait que soupirer, l'air à la fois incroyablement amoureuse de son enfant et totalement épuisée. Kate était maintenant couchée dans son lit, avec son bébé dans les bras.

— Elle est belle, non ?

Tully considéra le minuscule paquet rose.

— Oui, très.

Kate caressa la petite joue de sa fille en lui souriant.

— Tu devrais rentrer chez toi, Tully. Vraiment. Reviens quand je serai de nouveau sur pied.

Tully essaya de ne pas laisser paraître son soulagement.

— Ils ont besoin de moi au studio, en effet. C'est probablement la grosse pagaille en mon absence.

Kate sourit d'un air complice.

— Je n'y serais pas arrivée sans toi, tu sais.

— Vraiment ?

— Oui, vraiment. Maintenant, embrasse ta filleule et retourne travailler.

— Je reviendrai pour son baptême.

Tully se pencha et embrassa la joue velouteuse de Marah, puis le front de Kate. Quand elle lui dit doucement au revoir et se dirigea vers la porte, Kate semblait l'avoir déjà totalement oubliée.

Au rez-de-chaussée, elle trouva Johnny voûté dans un fauteuil près de la cheminée. Ses cheveux étaient hirsutes et tout en broussaille, son T-shirt à l'envers et ses chaussettes dépareillées. Il buvait une bière à onze heures du matin.

— Tu as une mine affreuse, dit-elle en s'asseyant à côté de lui.

— Elle s'est réveillée toutes les heures, cette nuit. Je dormais mieux au Salvador, dit-il en buvant une gorgée. Mais elle est belle, non ?

— Magnifique.

— Katie veut déménager en banlieue, maintenant. Elle vient de se rendre compte que cette maison est entourée d'eau, donc on part s'installer dans une impasse où il y aura des ventes de gâteaux et des goûters d'enfants, dit-il avec une grimace. Tu m'imagines à Bellevue ou Kirkland, avec tous ces yuppies ?

Le plus drôle, c'était qu'elle l'imaginait bien.

— Et ton travail ?

— Je retourne travailler chez KILO. Pour produire des reportages politiques et internationaux.

— Ça ne te ressemble pas.

Il parut surpris par cette remarque. Quand il la regarda, elle vit des souvenirs resurgir en lui : elle lui avait rappelé leur passé.

— J'ai trente-cinq ans, Tul. J'ai une femme et une fille. Je vais devoir trouver mon bonheur dans d'autres choses, désormais.

Elle ne put s'empêcher de remarquer qu'il avait dit « je *vais* devoir ».

— Mais tu adores le journalisme subjectif. Les champs de bataille, les obus de mortier et les gens qui te tirent dessus. On sait tous les deux que tu ne peux pas y renoncer à tout jamais.

— Tu crois seulement me connaître, Tully. C'est pas comme si on avait échangé des secrets.

Elle se rappela soudain, brusquement, ce qu'elle était censée oublier.

— Tu as essayé.

— J'ai essayé, reconnut-il.

— Katie voudrait que tu sois heureux. Tu ferais un tabac chez CNN.

— À Atlanta ? dit-il en riant. Un jour, tu comprendras.

— Tu veux dire quand je serai mariée et que j'aurai des enfants ?

— Je veux dire quand tu tomberas amoureuse. Ça change une personne.

— Comme ça t'a changé, toi ? Un jour j'aurais un gosse et je voudrais écrire à nouveau pour le *Queen Anne Bee*, c'est ça ?

— Il faudrait d'abord que tu tombes amoureuse, non ?

Le regard que lui adressa alors Johnny était si clairvoyant, si pénétrant qu'elle se sentit transpercée. Elle n'était pas la seule à se souvenir du passé.

Elle se leva.

— Il faut que je rentre à Manhattan. Tu connais les infos. Ça ne s'arrête jamais.

Johnny posa sa bière et se leva à son tour, puis il s'approcha d'elle.

— Fais-le pour moi, Tully. Montre ce qui se passe dans le monde.

La façon dont il dit cela parut triste à Tully, et elle ne sut pas si elle devait y percevoir les regrets de Johnny ou sa tristesse à son égard.

Elle se força à sourire.

— Compte sur moi.

Deux semaines après que Tully fut rentrée de Seattle, une tempête enveloppa Manhattan de neige et figea la ville animée. Durant quelques heures, du moins. La circulation incessante s'arrêta presque immédiatement. Une neige immaculée recouvrit les rues et les trottoirs et changea Central Park en un décor hivernal féerique.

Tully parvint tout de même à être au travail à quatre heures du matin. Dans son appartement glacial d'un immeuble sans ascenseur, avec le radiateur qui faisait un bruit de ferraille et la glace qui s'accumulait sur ses vitres anciennes fines comme du papier à cigarettes, elle mit des collants, un pantalon à élastiques en faux velours noir, des après-ski et deux pulls. Complétant sa tenue d'un manteau en laine bleu marine et de mitaines grises, elle brava les éléments, inclinant son corps contre le vent pour remonter péniblement la rue. La neige lui brouillait la vue et lui brûlait les joues. Elle s'en moquait : elle aimait tant son travail qu'elle aurait fait n'importe quoi pour y arriver de bonne heure.

Dans le hall, elle tapa des pieds pour enlever la neige de ses bottes, émargea le registre et monta. Elle se rendit compte presque tout de suite que la plupart des employés s'étaient fait porter pâles. Il ne restait qu'une équipe réduite au minimum.

À son bureau, elle se mit aussitôt à travailler sur le reportage qu'on lui avait confié la veille. Elle faisait des recherches sur la controverse de la chouette tachetée dans le Nord-Ouest. Bien décidée à donner une «touche» locale à son reportage, elle lisait avec zèle tout ce qu'elle trouvait : rapports des sous-comités du Sénat, découvertes écologiques, statistiques économiques sur l'exploitation du bois, la fertilité des forêts primaires.

— Vous travaillez dur.

Tully releva vivement la tête. Elle était si absorbée par sa lecture qu'elle n'avait entendu personne approcher de son bureau.

Et ce n'était pas n'importe qui.

Edna Guber se tenait devant elle dans son tailleur-pantalon en gabardine noire caractéristique, légèrement déhanchée, fumant une cigarette. Ses yeux gris et pénétrants la fixaient sous une frange bleu-noir taillée au rasoir à la Anna Wintour. Edna était célèbre dans le milieu de l'actualité, une de ces femmes qui s'étaient hissées en haut de l'échelle à une époque où d'autres de son sexe n'étaient pas parvenues à franchir les portes d'entrée à moins d'avoir des compétences en secrétariat. On racontait qu'Edna – on ne l'appelait jamais que par son prénom – avait un carnet d'adresses rempli des numéros personnels de tout le monde, de Fidel Castro à Clint Eastwood. Personne ne lui refusait jamais un entretien, et elle pouvait aller n'importe où sur terre pour trouver ce qu'elle voulait.

— Vous avez perdu votre langue ? demanda-t-elle en crachant sa fumée.

Tully se leva d'un bond.

— Je suis désolée, Edna. Madame Guber. Madame.

— Je déteste quand les gens m'appellent madame. Ça me donne l'impression d'être vieille. Vous me trouvez vieille ?

— Non, m…

— Bien. Comment êtes-vous venue ici ? Y a pas un foutu taxi ni un bus qui circule aujourd'hui.

— Je suis venue à pied.

— Votre nom ?

— Tully Hart. Tallulah.

Les yeux d'Edna se plissèrent. Elle considéra lentement Tully de la tête aux pieds.

— Suivez-moi.

Elle se retourna vivement sur les talons de ses bottes noires et arpenta le couloir jusqu'à un bureau qui se trouvait au coin de l'immeuble.

*Nom d'un chien.*

Le cœur de Tully battait la chamade. Elle n'avait jamais été invitée dans ce bureau, et n'avait même jamais rencontré Maury Stein, le grand manitou de la matinale.

Le bureau était immense et doté de deux grandes baies vitrées. Dehors, la neige qui tombait rendait tout gris, blanc et sinistre. De ce point de vue privilégié, on avait un peu l'impression de regarder au-dehors depuis l'intérieur d'une boule à neige.

— Celle-ci fera l'affaire, dit Edna avec un mouvement de tête en direction de Tully.

Maury leva les yeux de son travail. Il jeta à peine un coup d'œil à Tully puis hocha la tête.

— Bien.

Edna sortit du bureau.

Tully resta plantée là, déconcertée. Puis elle entendit Edna dire :

— Vous êtes épileptique ? Comateuse ?

Tully la suivit dans le couloir.

— Vous avez de quoi noter ?

— Oui.

— Je n'ai pas besoin de réponse, faites simplement ce que je vous demande, et faites-le vite.

Tully chercha maladroitement un stylo dans sa poche et trouva du papier sur un bureau à proximité.

— Je suis prête.

— Tout d'abord, je veux un rapport détaillé sur les élections à venir au Nicaragua. Vous savez ce qui se passe là-bas, n'est-ce pas ?

— Bien sûr, mentit-elle.

— Je veux tout savoir sur les sandinistes, la politique de Bush au Nicaragua, le blocus, les gens qui vivent là-bas. Je veux savoir quand Violeta Chamorro a perdu sa virginité. Et vous avez douze jours pour me trouver ça.

— Oui…

Elle se retint juste à temps d'ajouter « madame ».

Edna s'arrêta au bureau de Tully.

— Vous avez un passeport ?

— Oui. On m'a fait faire une demande quand j'ai été engagée.

— Naturellement. Nous partirons le seize. Avant ça…

— Nous ?

— Pourquoi est-ce que vous croyez que je vous parle ? Ça vous pose un problème ?

— Non. Aucun problème. Merci. Je suis vraiment…

— On va avoir besoin de vaccins. Faites venir un médecin ici pour qu'il s'occupe de nous et de l'équipe. Ensuite, vous pourrez commencer à prendre des rendez-vous pour les interviews. Compris ? dit-elle en consultant sa montre. Il est neuf heures. Faites-moi un point vendredi matin à, disons, cinq heures ?

— Je m'y mets tout de suite. Et merci, Edna.

— Ne me remerciez pas, Hart. Faites simplement votre boulot… et faites-le mieux que n'importe qui d'autre.

— Comptez sur moi.

Tully s'assit à son bureau et décrocha le téléphone. Avant même qu'elle ait fini de composer le numéro, Edna était partie.

— Allô ? fit Kate d'un ton endormi.

Tully regarda l'horloge. Il était neuf heures. Cela voulait dire qu'il était six heures à Seattle.

— Oups. J'ai recommencé. Désolée.

— Ta filleule ne dort pas. C'est un monstre. Est-ce que je peux te rappeler dans quelques heures ?

— En fait, j'appelle pour parler à Johnny.

— Johnny ?

Dans le silence qui précéda cette question, Tully entendit un bébé se mettre à pleurer.

— Edna Guber m'envoie au Nicaragua. Je veux lui poser quelques questions sur la situation là-bas.

— Attends une seconde.

Kate couvrit le combiné avec sa main. Il y eut un bruit de froissement de papier paraffiné et une suite de murmures, puis Johnny prit l'appel.

— Salut, Tully, et bravo. Edna est une légende.

— C'est la chance de ma vie, Johnny, et je ne veux pas la rater. Je me suis dit que j'allais commencer par faire appel à tes lumières.

— Ça fait un mois que je ne dors pas, donc je ne sais pas si je te serai très utile, mais je vais faire ce que je peux, dit-il, puis il marqua une pause. Tu sais que c'est dangereux là-bas. Une vraie poudrière. Des gens meurent.

— Tu as l'air inquiet pour moi.

— Bien sûr que je suis inquiet. Enfin, commençons par la partie de l'histoire qui nous intéresse. En 1960 ou 61, le Front sandiniste de libération nationale, ou FSLN, est créé…

Tully écrivit aussi vite qu'elle put.

Tully travailla comme une acharnée pendant près de deux semaines. De dix-huit à vingt heures par jour, elle lisait, écrivait, passait des coups de fil, prenait des rendez-vous. Durant les rares heures où elle ne travaillait pas ou n'essayait pas de dormir, elle allait dans le genre de commerces qu'elle n'avait jamais fréquentés auparavant : magasins de matériel de camping, surplus militaires et autres boutiques de cet ordre. Elle achetait des canifs, des chapeaux de brousse avec moustiquaire, des chaussures de marche. Tout ce à quoi elle pouvait penser. Si elles étaient dans la jungle et qu'Edna voulait une foutue tapette à mouche, Tully allait la lui sortir.

Lorsque le moment de partir arriva, Tully était tendue. À l'aéroport, Edna, vêtue d'un pantalon en lin parfaitement repassé et d'un chemisier en coton blanc, posa les yeux sur la tenue de jungle kaki multipoche de Tully et éclata de rire.

Durant les heures interminables que durèrent leurs vols, avec des escales à Dallas et Mexico, pour finalement prendre un petit avion à Managua, Edna bombarda Tully de questions.

L'avion atterrit sur ce qui apparut à Tully comme un jardin. Des hommes – de jeunes garçons, à vrai dire – en tenues de camouflage et armés de fusils, encadraient le périmètre. Des enfants sortirent de la jungle pour jouer dans l'air brassé par les hélices. Tully sut qu'elle se souviendrait toujours de cette image dichotomique, mais de l'instant où elle descendit de l'avion à celui où elle embarqua de nouveau pour rentrer cinq jours plus tard, elle eut bien peu de temps pour songer à ce genre de choses.

Edna était une femme d'action.

En se battant contre les moustiques, elles traversèrent des jungles infestées de guérilléros et hantées par les cris aigus de singes hurleurs, et remontèrent en bateau des rivières aux berges grouillantes d'alligators. On leur banda les yeux par moments. Au cœur de la jungle, pendant qu'Edna enregistrait son entretien avec *el jefe*, le général en chef, Tully discuta avec les soldats.

Ce voyage lui ouvrit les yeux sur un monde qu'elle n'avait jamais vu auparavant. Plus que cela, il lui montra qui elle était. La peur, la montée d'adrénaline, les événements à couvrir… tout cela l'excitait comme rien de ce qu'elle avait connu auparavant.

Plus tard, une fois que le reportage fut bouclé et qu'Edna et elle furent de retour à leur hôtel de Mexico, assises sur le balcon de la chambre d'Edna, à boire des shots de tequila pure, Tully dit :

— Je ne vous remercierai jamais assez, Edna.

Edna but un autre shot de tequila et se laissa aller dans son fauteuil. La soirée était calme. C'était la première fois qu'elles n'entendaient pas de coups de feu depuis des jours.

— Tu t'en es bien sortie, petite.

Tully se gonfla d'une fierté aux proportions presque douloureuses.

— Merci. J'ai plus appris auprès de vous ces dernières semaines qu'en quatre ans à la fac.

— Alors, tu voudras peut-être m'accompagner pour mon prochain reportage.

— Je vous suivrais n'importe où.

— Je vais interviewer Nelson Mandela.

— Comptez sur moi.

Edna se tourna vers elle. La lueur orange poisseuse de l'ampoule d'extérieur nue faisait ressortir ses rides et les poches sous ses yeux. Dans cette lumière, elle faisait dix ans de plus que d'habitude et avait l'air fatiguée ; peut-être un peu soûle.

— Tu as un petit ami ?

— Avec mon emploi du temps ? dit Tully en riant et en se resservant un shot. Sûrement pas.

— Ouais, dit Edna. C'est toute ma vie.

— Vous le regrettez ? demanda Tully.

Si elles n'avaient pas bu, elle n'aurait jamais posé une question aussi personnelle, mais la tequila avait brouillé les frontières entre elles pour ce seul moment. Tully pouvait faire comme si elles étaient deux collègues plutôt qu'un duo icône-novice.

— D'avoir consacré votre vie à ça, je veux dire ?

— Il y a un prix à payer, c'est certain. Pour ma génération, en tout cas, il était impossible de faire ce travail et d'être mariée. On pouvait se marier – je l'ai fait, trois fois –, mais pas le rester. Et je ne parle même pas d'avoir des enfants. Dès qu'il se passait quelque chose, il fallait que je sois sur place, point. Ç'aurait pu être le jour du mariage de mon fils, j'y serais allée. J'ai donc vécu seule, dit-elle en regardant Tully. Et j'ai adoré ça. Chaque seconde de ma vie. Si je finis mes jours seule dans une maison de retraite, tout le monde s'en fout. J'ai été là où je voulais être à chaque instant de mon existence, et j'ai fait œuvre utile.

Tully avait l'impression d'être baptisée dans la religion à laquelle elle avait toujours cru.

— Ainsi soit-il.

— Alors, qu'est-ce que tu sais sur l'Afrique du Sud ?

## 20

Ses douze premiers mois en tant que mère furent un tourbillon glacé qui engloutissait bien trop souvent Kate.

C'était embarrassant de se révéler aussi mal préparée à cet heureux événement dont elle avait rêvé secrètement depuis son enfance. Si embarrassant, à vrai dire, qu'elle ne disait à personne à quel point elle se sentait parfois débordée. Quand on lui demandait des nouvelles, elle affichait un grand sourire et disait qu'être mère était la plus belle chose qui lui soit jamais arrivée. Ce qui était vrai.

Mais parfois, non.

La vérité, c'était que sa magnifique fille à la peau pâle, aux cheveux bruns et aux yeux marron lui en faisait sacrément baver. Dès l'instant où elle était rentrée à la maison, Marah avait été malade. Les otites se suivaient comme les wagons d'un train : dès qu'une se terminait, une autre commençait. Ses coliques la faisaient pleurer, inconsolable pendant des heures d'affilée. Kate ne comptait plus le nombre de fois où elle s'était retrouvée dans le salon au milieu de la nuit avec sa fille écarlate hurlant dans ses bras, elle-même pleurant sans bruit.

Marah allait avoir un an dans trois jours et elle ne faisait pas encore ses nuits. Son record jusque-là était de quatre heures. Au cours des douze derniers mois, Kate n'avait donc pas dormi une seule nuit complète. Johnny lui proposait toujours de se lever. Au début, il avait même été jusqu'à rejeter les couvertures, mais Kate l'avait toujours arrêté. Elle ne voulait pas jouer les martyres, bien qu'elle eût souvent l'impression d'en être une.

Mais Johnny avait un travail, c'était aussi simple que cela. Kate avait renoncé à sa carrière pour être maman. C'était donc son boulot de se lever la nuit. Au départ, elle l'avait fait de bon cœur, puis au moins avec le sourire. Ces derniers temps, cependant, quand Marah poussait son premier gémissement à vingt-trois heures, Kate en arrivait à prier Dieu de lui donner la force nécessaire.

Et puis, il y avait d'autres problèmes. Tout d'abord, elle ne ressemblait plus à rien. Elle était à peu près sûre que c'était une conséquence de plus de son manque de sommeil. Elle avait beau se mettre des tonnes de maquillage et de crème hydratante, rien n'y faisait. Sa peau, toujours pâle, était désormais blanche comme celle d'un clown, exception faite des cernes sous ses yeux, d'une ravissante teinte marron. Elle avait perdu tous les kilos pris durant sa grossesse sauf cinq, mais quand on mesurait un mètre soixante, cinq kilos, ça faisait deux tailles. Elle n'avait porté que des joggings depuis près d'un an.

Il fallait qu'elle commence un programme de remise en forme. La semaine précédente, elle avait retrouvé ses vieilles cassettes d'exercices présentés par Jane Fonda, un justaucorps et des jambières. Tout ce qu'il lui restait à faire maintenant, c'était appuyer sur Lecture et s'y mettre.

— Aujourd'hui, c'est le bon jour, dit-elle tout haut en remettant sa fille au lit et en l'enveloppant délicatement dans la coûteuse couverture en cachemire rose et blanche que Tully lui avait offerte.

D'une douceur luxueuse, elle était devenue l'objet de prédilection de Marah pour dormir. Kate pouvait lui proposer toutes sortes de jouets ou de couvertures, c'était celle de Tully qu'elle choisissait.

— Essaye de dormir jusqu'à sept heures. Ça rendrait service à Maman.

Avec un bâillement, Kate retourna au lit et se blottit contre son mari.

Il l'embrassa sur les lèvres, fit durer son baiser comme s'il voulait peut-être commencer quelque chose, puis il murmura :

— Tu es si belle.

Elle ouvrit les yeux et le dévisagea avec un regard trouble.

— Bon, c'est qui ? Il n'y a que la culpabilité qui puisse te faire dire que je suis belle à cette heure indue.

— Tu plaisantes ? Avec tes sautes d'humeur ces derniers temps, c'est comme si j'avais trois femmes. La dernière chose que je veuille, c'est une femme de plus.

— Mais ce serait chouette de faire l'amour.

— Oui, ce serait chouette de faire l'amour. C'est marrant que tu parles de ça.

— Marrant dans le sens « on se fend la poire », ou marrant du type « je ne me rappelle pas la dernière fois qu'on l'a fait » ?

— Marrant, car tu vas t'envoyer en l'air ce week-end.

— Ah oui, comment ça ?

— J'ai déjà parlé avec ta mère. Elle va prendre Marah après la fête d'anniversaire, et toi et moi, on va se faire une soirée en amoureux dans le centre de Seattle.

— Et si je ne rentre dans aucun de mes beaux vêtements ?

— Crois-moi, la nudité ne me pose aucun problème. On peut appeler le room-service au lieu de sortir pour dîner. Même si tu es la seule à penser que tu n'as pas perdu tes kilos en trop. Essaye de mettre une de tes robes. Je pense que tu vas être surprise.

— Pas étonnant que je t'aime autant.

— Je suis un dieu. Ça ne fait aucun doute.

Elle sourit, le serra dans ses bras et l'embrassa doucement.

Ils venaient de refermer les yeux, quand le téléphone sonna. Kate se redressa lentement et regarda le réveil : 5 h 47.

Elle décrocha à la deuxième sonnerie et dit :

— Salut, Tully.

— Salut, Katie, dit Tully. Comment tu as su que c'était moi ?

— Un coup de bol.

Kate frotta l'arête de son nez et sentit un début de mal de tête. À côté d'elle, Johnny marmonna quelque chose au sujet des gens qui ne savaient pas lire l'heure.

— C'est le grand jour aujourd'hui, tu te souviens ? Mon reportage sur les réservistes que Bush a fait rappeler. Mon premier vrai reportage important.

— Oh. C'est vrai.

— Tu n'as pas l'air très enthousiasmée, Katie.

— Il est cinq heures et demie du matin.

— Oh. Je pensais que tu voudrais regarder le direct. Désolée de t'avoir dérangée. À plus.

— Tully, attends…

Trop tard. La tonalité résonnait dans son oreille.

Kate jura à voix basse et raccrocha le combiné. Elle semblait incapable de faire les choses correctement ces derniers temps. Tully et elle avaient désormais des vies si différentes qu'elles n'avaient plus grand-chose à se dire. Tully ne voulait pas entendre d'interminables histoires de maman et Kate ne supportait qu'à petites doses ses anecdotes sur sa vie et sa carrière formidables. Les cartes postales et les appels de lieux lointains et exotiques étaient vaguement irritants.

— Elle passe dans *Sunrise* ce matin, tu te souviens ? dit Kate. Elle voulait nous le rappeler.

Johnny repoussa les couvertures et alluma la télévision. Ils se redressèrent tous les deux et écoutèrent le compte rendu de Norville sur la montée des hostilités en Irak et la réaction du Président.

Puis, tout à coup, Tully apparut à l'écran. Elle était devant un immeuble en béton délabré, en train de parler avec un jeune au visage incroyablement juvénile, piqué de taches de rousseur et doté d'épais cheveux roux en brosse. On l'aurait volontiers imaginé avec un appareil dentaire et un blouson d'étudiant dix secondes plus tôt.

Mais c'était Tully qui captait l'attention. Elle était belle, pimpante et faisait totalement pro. Elle avait dompté ses boucles auburn en un carré lisse et sophistiqué et appliqué juste assez de maquillage pour mettre ses yeux en valeur.

— Waouh, murmura Kate.

Quand cette transformation s'était-elle produite ? Elle n'était plus Tallulah l'extravagante, enfant des années 1980, cette période de cocaïne et de paillettes. Elle était Tallulah la reporter, aussi belle que Paulina Porizkova, aussi professionnelle que Diane Sawyer.

— Waouh, c'est le mot, dit Johnny. Elle est magnifique.

Ils regardèrent le reste du journal. Puis Johnny embrassa Kate sur la joue et partit dans la salle de bains. Quelques instants plus tard, elle entendit la douche couler.

— Elle est *magnifique*, marmonna Kate en se penchant pour attraper le téléphone.

Elle composa le numéro de Tully. La standardiste de NBC répondit et lui dit qu'elle devait laisser un message.

Tully était donc en rogne.

— Dites-lui que Katie a appelé pour dire que son reportage était super.

Tully était sans doute juste là, debout à côté du téléphone, dans sa jupe et son chemisier haute couture, en train de fouiller dans son sac à main capitonné et de regarder clignoter le voyant de son téléphone.

Kate se leva et alla dans la salle de bains. Ça ne servait plus à rien d'essayer de dormir. Marah allait se réveiller d'une minute à l'autre. Dans la douche, son mari chantait une vieille chanson des Rolling Stones d'une voix très fausse.

Tout en sachant que c'était une erreur, elle se regarda dans le miroir. La vapeur voilait son reflet, mais ne le cachait pas.

Ses cheveux étaient hirsutes et trop longs. Des racines châtain clair révélaient tout le temps écoulé depuis sa dernière couleur. Elle avait des poches sous les yeux de la taille de parapluies ouverts, et un décolleté suffisant pour deux femmes.

Pas étonnant qu'elle ait essayé de se tenir à l'écart des surfaces réfléchissantes. Avec un soupir, elle prit le dentifrice et commença à se brosser les dents. Avant qu'elle ait terminé, elle sentit que Marah se réveillait.

Elle ferma le robinet et ouvrit la porte.

En effet, Marah hurlait.

La journée de Kate avait commencé.

Quand le grand jour arriva, elle se demanda quelle idée elle avait eue d'organiser une fête d'anniversaire aussi ridicule pour sa fille. Le matin, après une nouvelle nuit sans sommeil, elle se leva et commença les préparatifs, mit la dernière main au gâteau rose à l'effigie de Barbie et emballa les derniers cadeaux. Dans un moment de folie évidente, elle avait invité tous les enfants de sa classe d'éveil, ainsi que deux anciennes sœurs de sa sororité qui avaient des filles du même âge, et ses parents. Johnny avait même pris sa matinée pour cette extravagance. Quand ils arrivèrent tous, à l'heure, chargés de cadeaux, Kate eut aussitôt mal à la tête. Ça n'arrangea rien que Marah choisisse ce moment pour se mettre à crier.

Néanmoins, la fête eut lieu, avec toutes les femmes dans le salon et les enfants par terre, qui faisaient plus de bruit que Sherman marchant sur Atlanta durant la guerre de Sécession.

— J'ai vu Tully dans cette émission du petit matin l'autre jour, dit Mary Kay. J'étais réveillée à cause de Danny.

— J'étais debout aussi, dit Charlotte en prenant son café. Elle était rayonnante, n'est-ce pas ?

— C'est parce qu'elle dort bien la nuit, fit remarquer Vicki. Et parce que ses vêtements ne sont pas constamment maculés de vomi.

Kate eut envie de prendre part à la conversation, mais elle n'y parvint pas. Son mal de tête lui faisait souffrir le martyre et elle avait l'impression persistante que quelque chose clochait. La douleur était si intense que quand Johnny avait quitté la fête peu après treize heures, elle l'avait presque supplié de rester.

— Tu es affreusement silencieuse aujourd'hui, fit remarquer sa mère après le départ des derniers invités.

— Marah n'a encore pas dormi la nuit dernière.

— Elle ne dort jamais bien la nuit, et pourquoi ? Parce que…

— Je sais. Je sais. Il faut que je la laisse pleurer, dit Kate en jetant les dernières assiettes en carton usées à la poubelle. Mais je n'y arrive pas.

— Je t'ai laissée pleurer. Ça a pris trois nuits, après quoi tu ne t'es plus jamais réveillée en pleine nuit.

— Mais je suis un génie. Il est évident que ma fille n'est pas aussi intelligente.

— Non, c'est moi le génie. Et c'est *ma* fille qui n'est à l'évidence pas aussi intelligente.

Maman passa un bras autour des épaules de Kate et la conduisit au canapé.

Elles s'assirent côte à côte. Kate s'appuya contre sa mère, qui lui caressa les cheveux. Ce geste doux et apaisant la ramena quelques décennies en arrière.

— Tu te souviens, quand je voulais devenir astronaute, et que tu disais que j'avais de la chance parce que ma génération pouvait tout avoir ? Je pouvais avoir trois enfants, un mari, et quand même aller sur la Lune. C'étaient de sacrées foutaises, dit-elle en soupirant. C'est dur d'être une bonne mère.

— C'est dur d'être bon dans n'importe quoi.

— Et comment, dit Kate.

La vérité était qu'elle aimait son mari, qu'elle avait parfois mal, tant cet amour était intense, mais que la responsabilité de parent était écrasante et le rythme de vie épuisant.

— Je sais à quel point tu es fatiguée. Ça va s'arranger. Je te le promets.

À peine sa mère eut-elle prononcé ces mots que son père entra dans la pièce. Il avait passé la plus grande partie de la fête caché dans la salle télé, à regarder quelque événement sportif ou autre.

— On ferait mieux d'y aller, Margie. Je ne veux pas être coincé dans les bouchons. Prépare Marah.

Kate fut prise d'un élan de panique. Était-elle prête à être séparée de sa fille pendant une nuit ?

— Je ne sais pas, Maman.

Sa mère lui toucha doucement la main.

— Ton père et moi, on a élevé deux enfants, Katie. On est capables de garder notre petite-fille pendant une nuit. Sors avec ton mari. Défoule-toi, amuse-toi. Marah sera en sécurité avec nous.

Kate savait que sa mère avait raison, elle savait même que c'était une bonne chose. Alors, pourquoi avait-elle le ventre noué ?

— Tu as toute ta vie pour avoir peur, dit Papa. C'est ça, d'être parents. Tu ferais mieux de l'accepter, ma petite.

Kate s'efforça vaillamment de sourire.

— C'est donc ça, hein ? Ce que vous ressentiez pendant tout ce temps.

— C'est ce qu'on ressent toujours, dit Papa.

Maman la prit par la main.

— Allons préparer les affaires de Marah. Johnny sera de retour dans environ deux heures pour venir te chercher.

Kate fit un sac avec les vêtements de Marah, en veillant à ce qu'elle ait sa couverture rose, ses tétines et son Winnie l'Ourson en peluche bien-aimé. Elle rassembla ensuite le lait maternisé, les biberons et les petits pots de fruits et de légumes en purée, puis elle rédigea un planning avec les heures des repas et de sommeil de Marah qui aurait rendu fier un contrôleur aérien.

Quand elle prit une dernière fois sa fille dans ses bras et embrassa sa douce joue, Kate dut retenir ses larmes. C'était ridicule, embarrassant et inévitable, car ça importait peu que le fait de devenir mère l'ait mise en pièces et lui ait fait perdre toute confiance en elle ; cela l'avait aussi emplie d'un amour si grand qu'elle n'était qu'une demi-personne sans sa fille.

Kate resta plantée sur le perron de sa nouvelle maison en bord de mer sur l'île de Bainbridge, avec sa main en visière au-dessus de ses yeux bien longtemps après que la voiture eut disparu de l'allée.

Puis, de retour à l'intérieur, elle erra sans but pendant un moment, ne sachant plus très bien comment être seule.

Elle essaya de rappeler Tully, laissa un nouveau message.

Elle se retrouva finalement dans son dressing, devant les vêtements d'avant sa grossesse, et chercha ce qu'elle avait de sexy et d'adulte qui pouvait lui aller. Elle venait de terminer son sac, quand elle entendit la porte d'en bas s'ouvrir et se refermer, puis les pas de son mari sur le parquet.

Elle descendit pour le rejoindre.

— Où est-ce qu'on va, monsieur Ryan ?

— Tu verras.

Il lui prit la main, ramassa son sac pour la nuit et ferma la maison. Ils montèrent dans sa voiture, dont la radio était allumée. Fort, comme autrefois. Bruce Springsteen chantait : *Hey, little girl, is your daddy home*...

Kate rigola, se sentit rajeunir. Ils se rendirent à l'embarcadère du ferry et montèrent en voiture sur le bateau qui attendait. Au lieu de rester dans leur voiture pour la traversée, comme ils le faisaient d'habitude, ils s'enveloppèrent de manteaux et de bonnets et montèrent à l'avant avec les touristes. Il était dix-sept heures en cette soirée froide de janvier, et le ciel et le détroit étaient un Monet de lavande et de rose. Au loin, Seattle scintillait de mille feux.

— Est-ce que tu vas me dire où on va ?

— Non, mais je vais te dire ce qu'on va faire.

Elle rit.

— Je sais ce qu'on va faire.

Lorsque le ferry entra dans le port en toussotant, ils retournèrent à leur voiture. Une fois qu'ils furent descendus du bateau, Johnny se faufila dans la circulation en accordéon du centre-ville et se gara devant l'hôtel Inn at the Market, où un portier en livrée ouvrit la portière de Kate et lui prit ses sacs.

Johnny fit le tour de la voiture jusqu'à elle et lui prit la main.

— On est déjà enregistrés, dit-il, puis il s'adressa au groom : Chambre 416.

Ils traversèrent la calme cour en brique et pénétrèrent dans le hall intime à l'européenne. Au troisième étage, ils se rendirent dans leur chambre, une suite située au coin du bâtiment et qui offrait une vue panoramique sur le détroit. L'île de Bainbridge semblait presque violette, l'eau était bleu acier et une lumière rose éclairait les montagnes lointaines par-derrière. Sur une table près de la fenêtre, une bouteille de champagne reposait dans un seau à glace en métal argenté, agrémenté d'une assiette de fraises.

Kate sourit.

— Je vois que quelqu'un a très envie de s'envoyer en l'air.

— Ce que tu vois, c'est un homme qui aime sa femme.

Il la souleva dans ses bras et l'embrassa.

Quand quelqu'un frappa à la porte, ils s'écartèrent l'un de l'autre comme des adolescents en riant de leur passion.

Kate attendit impatiemment que le groom reparte. Dès qu'il fut parti, elle commença à déboutonner son chemisier.

— Je ne sais pas très bien quoi porter ce soir.

Quand Johnny la regarda – il ne souriait plus à présent, mais semblait aussi brûlant de désir qu'elle l'était –, elle ouvrit la fermeture Éclair de son pantalon et le laissa tomber sur le sol. Pour la première fois depuis des mois, elle ne se préoccupa pas du poids qu'elle avait pris, mais laissa le regard de Johnny être son miroir.

Elle dégrafa ensuite son soutien-gorge, le laissa pendre au bout de ses doigts puis tomber par terre.

— C'est pas juste de commencer sans moi, dit-il en ouvrant brusquement sa chemise qu'il jeta de côté avant de déboutonner son pantalon.

Ils tombèrent ensemble sur le lit et firent l'amour comme si cela faisait des mois, et non des semaines qu'ils ne l'avaient pas fait, avec chaque parcelle de leurs esprits et de leurs corps. Kate était transportée par les sensations. Quand il finit par pénétrer en elle avec tout le désir refoulé de trop nombreuses nuits sans passion, elle poussa un cri de joie, et tout en elle, tout ce qu'elle était se mêla à cet homme qu'elle aimait plus que sa propre vie. Lorsqu'elle atteint finalement l'orgasme et fut traversée de frissons alors qu'elle tenait Johnny contre son corps moite, elle était lessivée.

Il l'attira contre lui. Nus, à bout de souffle, ils restèrent entrelacés, les draps chics de l'hôtel autour de leurs jambes.

— Tu sais à quel point je t'aime, n'est-ce pas ? dit-il à voix basse.

C'étaient des mots qu'il avait dits des centaines de fois, si souvent qu'elle savait comment ils étaient censés être prononcés.

Prise d'inquiétude, elle roula sur le côté.

— Qu'est-ce qu'il y a ?

— Comment ça ? dit-il en s'écartant doucement d'elle pour aller à la table, où il servit deux flûtes de champagne. Tu veux des fraises ?

— Regarde-moi, John.

Lentement – trop lentement –, il se tourna vers elle, mais il ne la regarda pas dans les yeux.

— Tu me fais peur.

Il se dirigea vers la fenêtre et regarda le panorama. Son profil parut soudain anguleux, distant. Ses cheveux humides et emmêlés cachaient sa joue. Elle ne voyait pas s'il souriait.

— Ne parlons pas de ça maintenant, Katie. On a toute la nuit et toute la journée de demain pour discuter. Dans l'immédiat, on p…

— Parle.

Il posa son verre de champagne sur l'appui de fenêtre et se tourna vers elle. Finalement, il la regarda, et dans ses yeux bleus, Kate vit cette forme de tristesse qui lui coupait le souffle. Il s'approcha du lit, s'agenouilla, de sorte qu'il la regardait d'en bas.

— Tu sais ce qui se passe au Moyen-Orient.

Ses paroles étaient si inattendues qu'elle ne put que le dévisager.

— Quoi ?

— Il va y avoir une guerre, Katie. Tu le sais. Le monde entier le sait.

Une *guerre*.

Ces six lettres s'assemblèrent pour engendrer une chose aussi énorme et noire qu'un nuage d'orage. Elle savait où il voulait en venir.

— Il faut que j'y aille, dit-il, d'une manière si simple, si calme, que ce fut pire que n'importe quel cri.

— Tu m'as dit que tu avais perdu ton sang-froid.

— C'est l'ironie de la chose : tu me l'as rendu. J'en ai assez d'avoir le sentiment d'avoir échoué, Katie. J'ai besoin de me prouver que cette fois je peux le faire.

— Et tu veux ma bénédiction, dit-elle d'un ton morne.

— J'en ai besoin.

— Tu iras, quoi que je dise, alors pourquoi toute cette comédie ?

Il se redressa sur ses genoux, prit le visage de Kate entre ses mains et la tint fermement. Elle essaya de se dégager, mais il résista.

— Ils ont besoin de moi. J'ai de l'expérience.

— Et moi, j'ai besoin de toi. Marah a besoin de toi, mais ça ne compte pas, si ?

— Bien sûr que ça compte.

Kate sentit la chaleur des larmes qui lui montèrent aux yeux et lui brouillèrent la vue.

— Si tu me dis non, je n'irai pas.

— D'accord, c'est non. Tu ne peux pas y aller. Je ne te laisserai pas. Je t'aime, Johnny. Tu pourrais mourir là-bas.

Il la lâcha, se rassit sur ses talons et la regarda.

— C'est ta réponse ?

Les larmes tombèrent, coulèrent sur les joues de Kate. Elle les essuya avec colère. Elle avait envie de dire : *Oui. Putain, oui. C'est ma réponse.*

Mais comment pouvait-elle lui refuser cela ? Non seulement c'était ce qu'il voulait, mais il y avait autre chose de bien plus profond, ce vilain reste de peur qui refaisait parfois surface et rappelait à Kate qu'il avait d'abord aimé Tully. Et qui l'amenait à craindre de lui refuser quoi que ce fût. Elle s'essuya de nouveau les yeux.

— Promets-moi que tu ne mourras pas, Johnny.

Il grimpa dans le lit et la prit dans ses bras, et alors qu'elle le serrait de toutes ses forces, elle ne se sentait déjà plus en sécurité. Elle avait l'impression qu'il fondait dans ses bras, qu'il disparaissait peu à peu.

— Je te promets que je ne mourrai pas.

C'étaient des paroles creuses, rendues d'autant plus vaines par la ferveur avec laquelle il les avait prononcées.

Elle ne put s'empêcher de repenser au matin même, où elle s'était réveillée avec le sentiment que quelque chose allait mal tourner ce jour-là.

— Je suis sérieuse, Johnny. Si tu meurs là-bas, je te haïrai à tout jamais. Je le jure devant Dieu.

— Tu sais bien que tu m'aimeras toujours.

Ces mots, et le ton détendu et victorieux qu'il avait pris, lui donnèrent envie de fondre à nouveau en larmes. Ce ne fut que bien plus tard, après un dîner romantique dans leur chambre, après avoir refait l'amour et qu'ils se furent blottis dans les bras impatients l'un de l'autre, qu'elle repensa à ce qu'elle lui avait dit et prit conscience de l'horreur insoutenable que représentait sa menace, du défi qu'elle avait lancé à Dieu.

*

Tully désenfourcha le corps nu de Grant et s'effondra sur le lit, encore haletante.

— Waouh, fit-elle en fermant les yeux. C'était génial.

— Et comment.

— Je suis contente que tu sois venu à New York ce week-end. C'est exactement ce dont j'avais besoin.

— Moi de même, mon amour.

Elle adorait écouter son accent, sentir son corps nu contre le sien. C'était un moment qu'elle devait savourer, et même ne pas lâcher, car dès qu'il sortirait de son lit, elle savait que son malaise reviendrait. Elle luttait contre celui-ci depuis son coup de fil à Kate. Rien ne pouvait autant ébranler sa confiance en elle ou la mettre sur les nerfs que d'être furieuse contre sa meilleure amie.

Grant s'assit dans le lit.

Elle lui caressa le dos, songea à lui proposer de rester à nouveau pour la nuit, de repousser son rendez-vous, mais ce n'était pas le genre de relation qu'ils avaient. Ils étaient des amis qui se retrouvaient pour faire l'amour et rire pendant quelques heures, puis qui repartaient chacun de son côté.

Près de lui, le téléphone de chevet sonna. Il tendit la main pour décrocher.

— Ne réponds pas. Je ne veux parler à personne.

— J'ai donné ce numéro au bureau.

Il décrocha le combiné et répondit.

— Allô ?… Grant, dit-il. Et qui êtes-vous ? Oh, je vois.

Il marqua une pause, fronça les sourcils, puis rigola.

— Je peux faire ça.

Il appuya le combiné contre sa poitrine nue et se tourna vers Tully.

— Ta meilleure amie pour la vie dit – et je cite – que tu vas lever ton petit cul blanc comme neige de ton lit et prendre ce putain de téléphone. Elle dit aussi que si tu l'envoies balader aujourd'hui, plus que n'importe quel jour, elle te tabassera jusqu'à ce que tu la supplies d'arrêter, dit-il en gloussant à nouveau. Elle a l'air sérieuse.

— Je vais la prendre.

Grant lui tendit le téléphone et partit nu vers la salle de bains. Quand il ferma la porte, Tully amena le combiné à son oreille et dit :

— Qui est-ce ?

— Très drôle.

— J'ai eu une meilleure amie pour la vie autrefois, mais elle a joué les vraies garces avec moi, alors je me suis dit…

— Écoute, Tully, en temps normal je ramperais pendant une heure et je mangerais mon chapeau, mais je n'ai pas le temps pour ce rituel aujourd'hui. Je suis désolée. Ton coup de fil est tombé à un mauvais moment et j'ai été désagréable avec toi. D'accord ?

— Qu'est-ce qui se passe ?
— C'est Johnny. Il part à Bagdad demain.
Tully aurait dû le voir arriver. Tout le monde à la chaîne ne parlait que de ce qui se passait au Moyen-Orient, et le monde entier essayait de deviner quand le président Bush allait envoyer la première bombe.
— Beaucoup de journalistes partent là-bas, Katie. Tout va bien se passer pour lui.
— J'ai peur, Tully. Et si…
— Arrête, dit Tully d'un ton sec. N'y pense même pas. Je le suivrai depuis la chaîne. On reçoit la plupart des infos en premier. Je veillerai pour toi.
— Et tu me diras la vérité, quoi qu'il arrive ?
Tully soupira. Leur promesse habituelle ne semblait pas aussi légère et rassurante que d'ordinaire, elle avait soudain quelque chose de sombre, de sinistre qu'elle dut s'efforcer d'ignorer.
— Quoi qu'il arrive, Katie. Mais tu n'as pas à t'inquiéter. Cette guerre ne va pas durer longtemps. Il sera de retour avant que Marah fasse ses premiers pas.
— Je prie pour que tu dises vrai.
Tully raccrocha et écouta le bruit de la douche que Grant ouvrait. Ses chantonnements, qui la faisaient habituellement sourire, n'eurent aucun effet. Pour la première fois depuis longtemps, elle avait peur.
Johnny à Bagdad.

Kate reçut le premier message de Johnny deux jours après son départ. Jusque-là, elle s'était affairée dans la maison dans un état d'hébétude, jamais loin du nouveau fax-téléphone qu'ils avaient installé sur le bar de la cuisine. Tout en vaquant à ses occupations quotidiennes – changer les couches, lire des histoires, regarder Marah ramper d'un meuble potentiellement dangereux à un autre –, elle s'était dit : *OK, Johnny, fais-moi savoir que tu es sain et sauf.* Il l'avait prévenue qu'il ne pourrait l'appeler qu'en cas de nécessité extrême (ce à quoi elle avait répondu qu'elle était dans une nécessité extrême, et pourquoi est-ce que cela ne comptait pas ?), mais qu'il lui serait non seulement possible mais même relativement facile d'envoyer des fax.

Et elle avait donc attendu.

Quand le téléphone sonna à quatre heures du matin, elle fit voler la couverture, dégringola du canapé, se rendit dans la cuisine en trébuchant et attendit que le message s'imprime.

Avant d'avoir lu un mot, elle se mit à pleurer. Le simple fait de voir son épaisse écriture en pattes de mouche rendit son absence presque insupportable.

*Chère Katie,*

*C'est la folie ici. Le délire complet. On ne sait pas exactement ce qui se passe : chacun attend de voir ce que l'autre fera pour l'instant. Tous les journalistes sont à l'hôtel Al-Rachid au centre de Bagdad, et on a un accès sans précédent auprès des deux camps. La couverture médiatique de cette guerre va tout changer. On sort demain de la ville pour la première fois. Ne t'en fais pas, je serai prudent.*

*Je dois filer. Embrasse M pour moi.*

*Je t'aime,*

*J*

Après cela, les fax arrivèrent environ une fois par semaine. Pas du tout assez souvent.

*K,*

*Les bombardements ont commencé cette nuit. Ou devrais-je dire ce matin ? On a eu une vue d'ensemble depuis l'hôtel et c'était à la fois effroyable, atroce et stupéfiant. C'était une nuit étoilée magnifique à Bagdad, et les bombes ont transformé la ville en enfer. Une tour de bureaux a explosé près de l'hôtel et la chaleur était comme celle d'un four.*

*Je suis prudent.*

*Je t'aime*

*J*

*K,*

*Dix-sept heures de bombardements et ce n'est pas fini. Il ne restera rien quand ça s'arrêtera enfin. Je retourne travailler.*

*K,*

*Désolé que ça fasse si longtemps depuis ma dernière lettre. L'équipe est si souvent en reportage que je n'ai pas cinq secondes pour moi. Mais je vais bien. Je suis fatigué. Bon sang, pire que ça. Épuisé. La première Américaine a été capturée hier soir et je dois dire que ça nous a tous secoués. J'espère pouvoir te raconter un jour ce que ça fait de voir tout ça, mais je ne peux pas réfléchir comme ça pour l'instant, pas si je veux dormir. Bref, le bruit court que les Irakiens vont mettre le feu à des puits de pétrole au Koweït et on part filmer ça. Des baisers à Marah et plus encore à toi.*

Kate considéra le dernier fax qu'elle avait reçu. Il était daté du 21 février 1991, près d'une semaine plus tôt.

Elle s'assit dans son salon et regarda les informations sur la guerre à la télévision. Les six dernières semaines avaient été les plus longues et les plus dures de sa vie. Elle attendait à chaque instant un appel disant qu'il rentrait ou un bulletin spécial annonçant la fin de la guerre. Les journalistes annonçaient à présent que l'assaut final de la coalition devait commencer d'un jour à l'autre. Une offensive terrestre. Cela l'effrayait autant sinon plus que tout autre chose parce qu'elle connaissait son Johnny. Il trouverait le moyen d'aller dans un tank, pour réaliser un reportage que personne d'autre ne pourrait montrer.

L'attente l'avait usée comme une peau de chagrin. Elle avait perdu sept kilos et n'avait pas dormi correctement depuis leur nuit à l'hôtel.

Elle plia le dernier fax en deux et le posa sur le petit tas formé par les autres. Elle se répétait tous les jours qu'elle ne devait pas les déplier et relire ses mots, mais tous les jours elle y revenait.

Ce jour-là, elle avait commencé plusieurs tâches et n'en avait terminé aucune. Elle était à présent assise sur le canapé, devant la télévision. Ça faisait plus de deux heures qu'elle était là.

Agrippée au bord de la table basse en bois de ses petites mains roses et potelées, Marah oscillait comme une danseuse de hip-hop en babillant. Elle tomba finalement sur son derrière protégé par sa couche et se mit aussitôt à s'éloigner du canapé en rampant.

— Reste près de Maman, dit Kate machinalement.

À l'écran, les puits de pétrole brûlaient, dégageant un épais nuage de fumée noire.

À l'autre bout de la pièce, Marah trouva quelque chose. Kate le sut en raison du silence qui s'installa soudain. Elle se leva d'un bond et alla au fauteuil situé près de la cheminée.

*Le fauteuil de Johnny.*

*Ne pense pas à ça*, se dit-elle. Il serait de retour d'un jour à l'autre pour s'y asseoir et lire le journal après son travail.

Elle se baissa et ramassa sa curieuse de fille, qui leva vers elle de grands yeux marron pétillants et se mit à gazouiller. Kate ne put s'empêcher de sourire en voyant avec quel enthousiasme Marah essayait de communiquer et, comme toujours, la joie évidente de sa fille lui remonta le moral.

— Eh, P'tit Bout, qu'est-ce que tu as là ?

Elle la ramena vers le canapé et éteignit le téléviseur au passage. Ça suffisait comme ça. Elle alluma la radio à la place. Elle écoutait toujours une chaîne de vieux tubes, qui lui faisaient toujours remuer la tête. Dans son esprit, les années 1970 n'étaient pas si lointaines. Les Eagles chantaient « Desperado ».

Kate laissa la musique la ramener à une époque plus paisible. Serrant sa fille contre elle, elle se mit à danser dans le salon en chantant en chœur. Marah gloussait et faisait des bonds dans ses bras, ce qui fit rire Kate pour la première fois depuis des jours. Elle embrassa la joue rebondie de sa fille, frotta son nez contre son cou duveteux et la chatouilla jusqu'à ce qu'elle pousse des cris de joie.

Elles s'amusaient tant que Kate ne s'aperçut pas tout de suite que le téléphone sonnait. Quand elle finit par l'entendre, elle courut à la radio, baissa le volume et répondit.

— Madame Ryan ?

La liaison était mauvaise. Un appel longue distance, à l'évidence. *Seulement en cas de nécessité extrême.*

Elle se figea, serra Marah contre elle, qui se tortillait.

— C'est moi.

— Ici Lenny Golliher. Je suis un ami de votre mari. Je suis en ce moment même à Bagdad avec lui. Je suis désolé d'avoir à vous annoncer cela, madame Ryan, mais il y a eu un bombardement hier…

*

Le maître d'hôtel conduisit Edna à sa table habituelle, et Tully la suivit en se retenant de rester bouche bée devant toutes les personnes d'influence et les célébrités qui étaient là ce jour-là pour déjeuner. De toute évidence, le 21 était un des lieux où se montrer à Manhattan. Edna s'arrêta presque à chaque table pour dire bonjour à quelqu'un, et elle présenta Tully à tous ces gens en disant :

— Voici une fille que vous devriez surveiller de près.

Lorsqu'elles s'assirent finalement, Tully avait l'impression de flotter dans les airs. Elle était impatiente d'appeler Kate pour lui raconter qu'elle avait rencontré John Kennedy Jr.

Elle savait la valeur de ce qui venait de se passer. Edna lui avait offert la preuve de sa reconnaissance.

— Pourquoi moi ? demanda-t-elle quand leur serveur partit.

Edna alluma sa cigarette et se reposa sur le dossier de sa chaise. Puis elle salua quelqu'un d'un signe de tête de l'autre côté de la salle, comme si elle n'avait pas entendu sa question. Tully s'apprêtait à la lui reposer quand Edna dit doucement :

— Tu me fais penser à moi. Ça t'étonne, je le vois bien.

— Ça me flatte.

— Je viens d'une petite ville de l'Oklahoma. Quand je suis arrivée à New York – avec un diplôme de journalisme et un boulot de secrétaire –, j'ai découvert l'horrible vérité sur ce milieu. Presque tout le monde est Quelqu'un ou parent de Quelqu'un. Quand on n'est personne, il faut travailler d'arrache-pied. Je crois que je n'ai pas dormi plus de cinq heures d'affilée, passé des vacances en famille ou eu une relation sexuelle qui ait du sens pendant près de dix ans.

Le serveur leur apporta leurs plats, les posa avec un hochement de tête servile et disparut. Sa cigarette allumée à la main, Edna commença à couper son steak.

— Quand je t'ai vue, je me suis dit : *Voilà une fille que je vais aider.* Je ne sais pas pourquoi, si ce n'est que, comme je t'ai dit, tu m'as fait penser à moi.

— Mon jour de chance.

Edna hocha la tête et se repencha sur son assiette.

— Mme Guber ?

C'était de nouveau le maître d'hôtel, avec un téléphone à la main.

— Un appel urgent pour vous.

Elle prit le téléphone, dit «J'écoute», puis prêta longuement l'oreille.

— Comment s'appellent-ils ? Comment ? Un bombardement ? fit-elle en commençant à prendre des notes. Un reporter de Seattle tué, un producteur blessé.

Tully n'entendit plus rien après *producteur*. La voix d'Edna se transforma en bruit blanc. Elle se pencha en avant.

— Qui est-ce ?

Edna appuya le combiné contre sa poitrine.

— Deux types de notre chaîne affiliée de Seattle ont été blessés dans un bombardement. Enfin, le reporter a été tué. Le producteur, John Ryan, est dans un état critique, dit-elle puis elle reprit son appel. Comment s'appelait le reporter ?

Tully eut le souffle coupé. Elle n'avait plus qu'une pensée : *Johnny*. Elle ferma les yeux, mais cela ne l'aida pas. Dans le noir resurgirent une dizaine de souvenirs douloureux : elle et lui assis sur la terrasse de sa maison sur pilotis et discutant de son avenir… ou en train de danser dans cette boîte de nuit ridicule des quartiers sinistres du centre-ville tant d'années auparavant… ou Johnny regardant Marah pour la première fois, les larmes aux yeux.

— Oh, mon Dieu, dit-elle en se levant. Je dois y aller.

Edna leva les yeux vers elle et articula en silence :

— Qu'est-ce qu'il y a ?

Elle était à peine capable de prononcer ces mots qui lui brûlaient la bouche.

— Johnny Ryan est le mari de ma meilleure amie.

— C'est vrai ? fit Edna en la regardant, puis elle dit au téléphone : Maury, confie le reportage à Tully. Elle a une entrée. Je te rappelle, dit-elle en raccrochant. Assieds-toi, Tully.

L'air hébété, Tully s'exécuta. Elle ne tenait pratiquement plus sur ses jambes, de toute façon. Ces souvenirs continuaient de l'assaillir.

— Je dois aider Katie, marmonna-t-elle.

— C'est un gros reportage, Tully, dit Edna.

Tully écarta impatiemment cette remarque d'un geste de la main.

— Je m'en fiche. C'est ma meilleure amie.

— Tu t'en fiches ? répéta Edna d'un ton sec. Oh, non, tu ne t'en fiches pas. Tout le monde veut ce reportage, mais tu as une entrée. Tu sais ce que ça veut dire ?

Tully fronça les sourcils, essaya de mettre de côté son inquiétude. Cela lui semblait un peu déplacé de se servir de ça pour sa carrière.

— Je ne sais pas.

— Alors, tu n'es pas la femme que je croyais. Pourquoi ne peux-tu pas à la fois obtenir une exclusivité et réconforter ton amie ?

Tully réfléchit.

— Dit comme ça…

— Comment peut-on le dire autrement ? Tu peux obtenir une interview que personne d'autre n'aura. Une chose pareille te fera connaître. Ça pourrait te faire rentrer au coin infos.

Tully ne put se retenir d'être séduite par cette idée. Le coin infos était un bureau sur le plateau de la matinale d'où les grandes actualités du jour étaient présentées. Les chances d'être reconnus étaient grandes pour celles et ceux qui y étaient affectés. Vous apparaissiez ainsi tous les jours au niveau national. Plusieurs personnes avaient été propulsées du coin infos au poste de présentateur.

— Et je peux protéger Kate en étant près d'elle.

— Exactement, dit Edna en décrochant le téléphone et composant un numéro. Hart peut nous avoir une exclu, Maury. C'est comme si c'était fait. Je m'en porte garante.

Quand elle raccrocha, le regard d'Edna était d'acier.

— Ne me fais pas faux bond.

Sur tout le trajet du retour du restaurant au bureau, Tully se persuada qu'elle avait fait le bon choix. À son bureau, elle jeta son manteau sur le dossier de sa chaise et appela Kate. Le téléphone sonna interminablement, puis, pour finir, le répondeur s'activa :

*Vous êtes bien chez les Ryan. Ni Johnny ni Kate ne peuvent répondre pour l'instant, mais si vous laissez un message, nous vous rappellerons dès que possible.*

Au bip, Tully dit :

— Salut, Katie, c'est moi. J'ai entendu…

Kate décrocha le téléphone et coupa le répondeur.

— Salut, dit-elle, l'air complètement perdu. Tu as eu mon message. Désolée pour le répondeur. Ces sangsues de journalistes ne veulent pas me laisser tranquille.

— Katie, comment…

— Il est à l'hôpital en Allemagne. Je prends un avion militaire dans deux heures. Je t'appellerai quand j'atterrirai.

— Sûrement pas. Je te rejoins à l'hôpital.

— En Allemagne ?

— Bien sûr. Je ne vais pas te laisser endurer ça toute seule. Tu as confié Marah à ta mère, n'est-ce pas ?

— Oui. Tu es sérieuse, Tully ? fit Kate d'une voix interrogative teintée d'une note d'espoir.

— On est meilleures amies pour la vie, non ?

— Quoi qu'il arrive, dit-elle d'une voix étranglée. Merci, Tully.

Tully eut envie d'ajouter *C'est à ça que servent les amis*, mais elle n'arriva pas à le dire. Elle ne pensait plus qu'à l'exclusivité qu'elle avait promise à Edna.

# 21

Pendant seize heures, Kate connut un va-et-vient émotionnel entre espoir et accablement. Elle s'était d'abord concentrée sur les détails : appeler ses parents, préparer les affaires de Marah, remplir les paperasseries. Ces petites tâches lui avaient sauvé la vie ; sans cela, elle n'aurait rien eu d'autre à faire que s'inquiéter. Dans l'avion, elle avait pris des somnifères pour la première fois de sa vie, et bien que son sommeil eût été moite, noir et agité, ç'avait été infiniment mieux que d'être éveillée.

On l'escortait à présent vers l'hôpital. En approchant de l'entrée, elle vit des journalistes agglutinés devant. Quelqu'un dans la foule dut la reconnaître, car ils se tournèrent tous ensemble, telle une bête réveillée soudainement, et s'avancèrent en se bousculant.

— Madame Ryan, quelles nouvelles avez-vous sur son état de santé ?

— Est-il blessé à la tête ?

— A-t-il parlé…

— … ou ouvert les yeux ?

Elle ne ralentit pas. S'il y avait une chose qu'une femme de producteur savait, c'était comment se comporter face à la presse. Les journalistes étaient aussi respectueux qu'ils savaient l'être, étant donné leur profession. Même si Johnny était l'un des leurs et qu'ils savaient que cela aurait pu arriver à n'importe lequel d'entre eux, un reportage était un reportage.

— Sans commentaire.

Elle se fraya un chemin parmi eux et entra dans l'hôpital. Celui-ci ressemblait à tous les établissements de ce type : murs blancs, revêtement de sol fonctionnel, personnel en uniforme impeccable s'affairant dans de larges couloirs.

Ils avaient de toute évidence été avertis de son arrivée, car une femme robuste en blouse blanche et coiffe d'infirmière amidonnée se dirigea vers elle à grands pas avec un sourire bienveillant.

— Vous devez être Mme Ryan, dit-elle dans un anglais marqué par un lourd accent.

— Oui, c'est moi.

— Je vais vous conduire à la chambre de votre mari. Le médecin va arriver bientôt pour vous parler.

Kate hocha la tête.

La femme ne fit heureusement pas la conversation en montant dans l'ascenseur. Au troisième étage, elles passèrent devant le bureau des infirmières et entrèrent dans la chambre de Johnny.

Il avait l'air fragile et abattu, comme un enfant dans le lit de ses parents. Elle s'arrêta, prenant conscience une seconde trop tard qu'elle avait passé trop de temps à imaginer des retrouvailles et trop peu à prévoir cette réalité. Cet homme ne ressemblait qu'à peine à son beau mari plein de vie.

Il avait la tête enveloppée de bandes blanches. Tout le côté gauche de son visage était enflé et décoloré, et ses deux yeux étaient recouverts de pansements. Autour de lui étaient rassemblés des machines, des fils et des perfusions.

L'infirmière tapota l'épaule de Kate et la poussa doucement vers le lit.

— Il est vivant, dit-elle. C'est ça que vous devez voir quand vous le regardez.

Kate fit le pas le plus difficile de sa vie. Jusqu'à cet instant, elle ne s'était même pas rendu compte qu'elle avait arrêté de marcher.

— Il est si fort en temps normal.

— Il faut que vous soyez forte pour lui, maintenant.

C'étaient les mots que Kate avait besoin d'entendre. Elle avait une mission à accomplir ; elle pourrait laisser aller ses émotions et s'effondrer plus tard, quand elle serait seule.

— Merci, dit-elle à l'infirmière, et elle s'approcha du lit.

Derrière elle, la porte se referma discrètement, et elle sut qu'ils étaient maintenant seuls, elle et cet homme qui était et n'était pas son Johnny.

— C'était pas ça, notre marché. Je me rappelle clairement que tu m'as promis que tout se passerait bien. Je vais donc présumer que tu vas tenir ta promesse, dit-elle en s'essuyant les yeux et en se penchant pour embrasser sa joue tuméfiée. Mes parents t'adressent leurs meilleurs vœux de rétablissement. Marah est avec eux en ce moment. Et Tully est en train de nous rejoindre en avion. Tu sais à quel point elle sera en rogne si tu ne lui accordes pas toute ton attention. Tu ferais aussi bien de te réveiller maintenant, avant qu'elle te tanne jusqu'à la mort.

Elle buta sur le dernier mot, grimaça puis se redressa à la seule force de sa volonté.

— Je ne voulais pas dire ça, murmura-t-elle en agrippant la ridelle du lit. Est-ce que tu m'entends, John Ryan ? Montre-moi que tu es là.

Elle se pencha en avant et prit la main de Johnny.

— Serre ma main, chéri. Tu peux le faire. Allez, dis quelque chose, bon sang. Je ne te crierai même pas dessus pour m'avoir foutu la trouille de ma vie. Pas tout de suite, en tout cas.

— Madame Ryan ?

Kate n'avait même pas entendu la porte s'ouvrir. Elle se retourna et découvrit un homme à moins de trois mètres d'elle.

— Je suis le docteur Carl Schmidt. C'est moi qui m'occupe de votre mari.

La politesse aurait voulu qu'elle lâche la main de Johnny, qu'elle traverse la pièce et serre la main du Dr Schmidt, et Kate avait toute sa vie fait les choses correctement, mais elle était à présent incapable de bouger ou de faire semblant d'aller bien.

— Et ? fut tout ce qu'elle put dire.

— Il a été gravement blessé à la tête, comme vous le savez certainement. Il est pour l'instant sous calmants à haute dose, et nous ne pouvons donc pas faire une évaluation complète de ses fonctions cérébrales. Il a reçu d'excellents soins à Bagdad. Les médecins de là-bas ont enlevé un morceau de son crâne…

— Ils ont fait quoi ?

— Ils ont enlevé un morceau de son crâne pour permettre à son cerveau d'enfler. Ne vous en faites pas. C'est tout à fait banal pour ce type de blessure.

Elle eut envie de dire qu'une opération de l'appendicite était banale, mais elle n'osa pas.

— Pourquoi a-t-il des pansements sur les yeux ?

— Nous ne savons pas encore s'il…

La porte s'ouvrit brusquement derrière lui et cogna contre le mur. Tully entra en trombe dans la chambre – il n'y avait pas d'autre mot – et s'arrêta net. Elle était essoufflée et son visage étrangement rayonnant.

— Désolée d'avoir mis si longtemps, Katie. Personne ne voulait me dire où tu étais.

— Je suis désolé, dit le médecin. Seule la famille est autorisée ici.

— Elle est de la famille, dit Kate en tendant la main à Tully.

Tully écarta sa main et la serra dans ses bras. Elles pleurèrent ensemble, agrippées l'une à l'autre, jusqu'à ce que Kate recule finalement en s'essuyant les yeux.

Le médecin dit alors :

— Nous ne savons pas encore s'il sera aveugle. Ça fait partie des choses que nous saurons s'il se réveille.

— Quand il se réveillera, corrigea Tully, mais sa voix était mal assurée.

— Les prochaines quarante-huit heures vont nous apprendre beaucoup de choses, dit le médecin sans transition, comme s'il n'avait pas été interrompu.

Quarante-huit heures. Cela semblait une éternité.

— Continuez de lui parler, dit le médecin. Ça ne peut pas faire de mal, n'est-ce pas ?

Kate hocha la tête et s'écarta pour laisser le médecin s'approcher du lit et ausculter Johnny. Il prit quelques notes sur son dossier médical, puis sortit.

Dès qu'il fut parti, Tully prit Kate par les épaules et la secoua doucement.

— On ne va pas se faire des idées noires. Herr Doktor ne connaît pas Johnny Ryan. Nous, si. Il a promis de revenir auprès de Marah et toi, et c'est un homme qui tient ses promesses.

La simple présence de Tully regonflait Kate et l'empêchait de sombrer. Elle retrouvait la force qui lui avait si rapidement fait défaut.

— Tu ferais mieux de l'écouter, Johnny. Tu sais comme elle peut être garce quand elle se trompe.

Pendant les six heures suivantes, elles restèrent là, à côté de son lit. Kate parla autant qu'elle put, et quand elle s'essoufflait ou commençait à pleurer, Tully intervenait et reprenait la conversation.

À un moment donné, au milieu de la nuit – Kate n'avait pas la moindre idée de l'heure qu'il était –, elles descendirent à la cafétéria déserte pour acheter à manger aux distributeurs et s'assirent à une table près de la fenêtre.

Seules parmi les tables vides, elles se regardèrent.

— Qu'est-ce que tu comptes faire avec les journalistes ?

Kate leva les yeux.

— Qu'est-ce que tu veux dire ?

Tully haussa les épaules et but une petite gorgée de café.

— Tu as vu les journalistes devant l'hôpital. C'est une actualité importante, Katie.

— L'infirmière m'a dit qu'ils ont essayé de le prendre en photo pendant qu'ils le transportaient sur son lit roulant. Un journaliste a même essayé de soudoyer un des aides-soignants de l'étage pour qu'il prenne une photo de son visage bandé. Des vrais parasites. Sans vouloir t'offenser.

— Il n'y a pas de mal. Et on n'est pas tous comme ça, Katie.

— Il ne voudrait pas qu'ils sachent.

— Tu plaisantes ? Il est journaliste. Il prêcherait à coup sûr pour que ses collègues – ou au moins un de ses collègues – fassent un reportage sur lui.

— Tu crois qu'il veut que le monde entier sache qu'il va peut-être être aveugle ou atteint de lésions cérébrales ? Comment retrouverait-il du travail ? Pas question. Cette affaire reste confidentielle, jusqu'à ce que je sache comment il va.

— Ils ont dit qu'il pourrait avoir des lésions cérébrales ?

— Ils ont enlevé un morceau de son crâne. Qu'est-ce que tu crois ? dit Kate avec un frisson. Les gens n'ont pas à regarder sous ses bandages.

— C'est de l'actualité, Kate, dit Tully d'une voix douce. Si tu me donnais l'exclusivité, je pourrais te protéger.

— Sans ces foutues actualités, justement, il ne serait pas en train de lutter contre la mort en ce moment même.

— Je ne suis pas la seule à y croire.

C'était une façon sans détour de rappeler à Kate cette chose que Johnny et Tully partageaient, ce lien qui l'avait toujours tenue à l'écart. Elle eut envie de répondre par un sarcasme, mais elle était trop fatiguée. Cela faisait des semaines qu'elle n'avait pas bien dormi et tous les muscles et tendons de son corps lui faisaient mal.

Tully couvrit la main de Kate avec la sienne.

— Laisse-moi m'occuper des médias pour toi. Juste moi. Comme ça, tu n'auras même pas à y penser.

Kate sourit pour la première fois depuis sans doute vingt-quatre heures.

— Qu'est-ce que je ferais sans toi, Tully ?

*

— Tu plaisantes ? Ça fait trois jours que j'attends ton appel et quand tu te donnes enfin la peine d'appeler, c'est pour me dire que tu as besoin de plus de temps ?

Tully se rapprocha du Publiphone, cherchant un semblant d'intimité dans ce lieu très public.

— La famille n'est pas encore prête à s'exposer, Maury. Les médecins respectent leurs souhaits. Tu peux tout de même comprendre ça.

— Comprendre ça ? Qu'est-ce qu'on en a à foutre que je comprenne ça ? C'est une actu mondiale, Tully, pas un potin de sororité à la noix. CNN a rapporté qu'il était blessé à la tête…

— Ce n'est pas confirmé officiellement.

— Bon sang, Tully. Tu me mets dans de sacrés beaux draps. Les huiles sont furax. Ils ont parlé ce matin de te retirer le reportage. Dick veut envoyer…

— Je vais te trouver quelque chose.

— Envoie-moi le reportage aujourd'hui, et je te fais entrer au coin infos la semaine prochaine.

Tully crut un instant avoir imaginé cette promesse.

— Tu es sérieux ?

— Tu as vingt-quatre heures, Tully. À la fin de ce laps de temps, tu peux être soit une star, soit une moins que rien. À toi de voir.

Tully l'entendit raccrocher violemment le téléphone. À travers les vitres du hall désert, elle apercevait les journalistes regroupés le long du trottoir. Ils attendaient depuis trois jours un communiqué officiel sur l'état de santé de Johnny. Dans l'intervalle, ils avaient rapporté les faits connus : les événements qui avaient conduit au bombardement, les rapports de terrain concernant ses blessures et son passé en Amérique centrale. Par ailleurs, ils s'étaient servis de cette affaire comme pont vers d'autres sujets généralistes indirectement liés, tels que les dangers pour les reporters de guerre, les défis spécifiques à l'opération Tempête du désert et les innombrables types de blessures qu'entraînent couramment les bombardements.

Elle resta figée sur place, à se demander comment elle allait bien pouvoir s'en sortir. Il fallait faire les choses à la perfection afin de satisfaire aussi bien Maury que Kate. C'était à Tully de réussir ce coup de maître, et si elle y parvenait, cela pouvait bien changer son avenir. Elle préférait mourir que de faire faux bond à Edna, et comme cette dernière l'avait dit, Tully pouvait faire son travail tout en protégeant Kate. Il fallait qu'elle dévoile ce qu'elle savait, mais l'important, c'était la manière dont elle le ferait.

Avec délicatesse. Avec tact. Elle ne devait pas parler de lésions cérébrales ni de cécité potentielle. De cette manière, chacun aurait ce qu'il voulait.

*Le coin infos.*

Toute sa vie, elle avait rêvé de ce boulot, elle l'avait imaginé comme le commencement de tout. Elle ne pouvait laisser passer l'opportunité de le décrocher. Kate comprendrait forcément que ce soit si important.

Bien sûr.

Tout sourire, elle partit à la recherche de son cameraman. Ils commenceraient par quelques plans de situation : le cadre, l'intérieur et l'extérieur de l'hôpital, ce genre de choses. Ils cacheraient la caméra autant qu'il faudrait. Par chance, tous les gens importants savaient que Kate avait donné le droit à Tully de rendre visite à Johnny.

Elle alla à la porte d'entrée et sortit dans l'après-midi gris et froid. Son cameraman se trouvait sur le côté, à l'écart du groupe de journalistes. À son signal, il cacha sa caméra sous son manteau matelassé en duvet d'oie et se dirigea vers elle.

Assise dans le bureau du Dr Schmidt, Kate écoutait.

— Alors l'inflammation ne réduit pas, dit-elle en se retenant de se tordre ses mains.

Elle était si fatiguée qu'elle avait du mal à simplement garder les yeux ouverts.

— Pas aussi vite que nous le voudrions. S'il n'y a pas d'amélioration bientôt, je pense que nous le réopérerons.

Elle hocha la tête.

— Ne vous inquiétez pas, madame Ryan. Votre mari est très solide. On voit bien qu'il se bagarre.

— Comment le voyez-vous ?

— Eh bien, parce qu'il est toujours en vie. Un homme plus faible ne serait pas là maintenant.

Elle essaya de trouver de la force dans ces mots, d'y croire vraiment, mais il lui devenait difficile de garder espoir. Chaque jour écoulé l'avait usée un peu plus et avait ébréché les murs de son refus de flancher. Par endroits, la peur prenait des airs de vérité et s'immisçait en elle.

Le Dr Schmidt se leva.

— Je dois aller voir un patient maintenant. Je vais faire une partie du chemin avec vous vers la chambre de M. Ryan.

Elle hocha la tête et ils se mirent en route côte à côte. Pendant un instant, avec cet homme à côté d'elle qui parlait de sa voix douce et autoritaire, elle eut envie de voir son père.

— Bien, c'est ici que je dois prendre une autre direction, dit le Dr Schmidt en pointant le doigt dans le couloir menant au service de radiologie.

Kate hocha la tête. Elle eut envie de murmurer un simple au revoir, mais elle craignit que sa voix la trahisse, et elle ne voulait surtout pas montrer sa faiblesse.

Elle resta plantée là à le regarder s'éloigner d'elle. Vers le bout du couloir, il se fondit dans une marée blanche de corps et disparut.

Avec un soupir, elle retourna à la chambre de Johnny. Avec un peu de chance, Tully y serait. La simple présence de son amie lui était d'une grande aide. À la vérité,

Kate ne savait pas comment elle aurait tenu le coup ces derniers jours sans Tully. Elles avaient joué aux cartes, s'étaient raconté des histoires et avaient même chanté quelques vieilles chansons ensemble dans l'espoir que Johnny veuille se réveiller pour leur dire de se taire. La veille au soir, Tully était tombée sur un vieil épisode de *The Partridge Family* diffusé en allemand. Elle avait fait mourir Kate de rire en improvisant un dialogue dans lequel David Cassidy en pinçait pour sa sœur à la télé. Les infirmières étaient même venues pour leur dire de faire moins de bruit.

Kate tourna au coin du couloir et vit un grand homme aux cheveux longs avec un manteau bleu matelassé et un jean élimé à la porte de la chambre de Johnny. Une caméra noire reposait sur son épaule. Kate vit qu'il était en train de filmer d'après le voyant rouge sur la caméra.

Elle accourut vers l'homme, empoigna la manche épaisse de son manteau et lui fit faire volte-face.

— Qu'est-ce que vous fabriquez ?

Elle le poussa si fort qu'il trébucha en arrière et faillit tomber. Cela lui fit du bien, à tel point qu'elle regretta de ne pas lui avoir donné un coup de poing dans la figure.

— Charognard, siffla-t-elle et elle éteignit la caméra en frappant le bouton du doigt.

Ce fut à ce moment-là qu'elle vit Tully. Sa meilleure amie était debout au pied du lit, en pull à col en V rouge et pantalon noir, coiffée et maquillée pour passer à l'écran, un micro à la main.

— Oh, mon Dieu, murmura Kate.

— Ce n'est pas ce que tu crois.

— Tu n'es pas en train de faire un reportage sur l'état de santé de Johnny ?

— Si, tu le sais bien, mais j'allais t'en parler. Tout t'expliquer. Je suis venue pour te demander…

— Avec un cameraman, dit Kate en reculant.

Tully courut vers elle, suppliante.

— Mon chef m'a appelée. Ils vont me virer si je ne fais pas ce reportage. Je savais que tu comprendrais si je te disais simplement la vérité. Tu connais le monde de l'actu et tu sais à quel point ça compte pour moi, mais je ne ferais jamais rien qui vous nuise à Johnny ou à toi.

— Comment oses-tu ! Tu es censée être mon amie.

— Je suis ton amie.

La voix de Tully avait pris un accent de panique. Son regard était si inhabituel qu'il fallut quelques instants à Kate pour le décrypter : Tully avait peur.

— Je n'aurais pas dû commencer à filmer, je le reconnais, mais je ne pensais pas que ça te dérangerait. Ça ne poserait aucun problème à Johnny, c'est certain. Il travaille dans l'actualité, comme moi. Comme toi autrefois. Il sait que l'info…

Kate gifla Tully aussi fort qu'elle put.

— Johnny n'est pas ton info. C'est mon mari, dit Kate, et sa voix s'étrangla sur ce dernier mot. Sors d'ici. Va-t'en.

Voyant que Tully ne bougeait pas, Kate cria :

— Tout de suite. Fous le camp de cette chambre. C'est réservé à la famille.

À côté du lit de Johnny, une alarme retentit.

Des infirmières en blanc arrivèrent à flots dans la chambre et écartèrent Kate et Tully. Elles transférèrent Johnny sur un lit à roulettes et le sortirent de la pièce.

Kate resta figée, les yeux rivés sur les draps vides de son lit.

— Katie…

— Va-t'en, dit-elle d'un ton morne.

Tully la prit par la manche.

— Allez, Katie. On est meilleures amies pour la vie. Quoi qu'il arrive. Tu te souviens ? Tu as besoin de moi maintenant.

— Tu n'es certainement pas le genre d'amie dont j'ai besoin, dit-elle en se dégageant d'un mouvement brusque et en sortant de la chambre à toutes jambes.

Ce ne fut qu'une fois au deuxième étage, seule dans les toilettes des femmes, le regard fixé sur la porte en métal vert du cabinet, qu'elle se mit à pleurer.

Des heures plus tard, Kate était assise seule dans la salle d'attente réservée aux familles. À plusieurs moments de la journée, d'autres personnes s'étaient trouvées là en groupes, le regard vide, en attente de nouvelles d'êtres chers. À présent, cependant, le bénévole à l'accueil était rentré chez lui et la pièce était déserte.

Jamais auparavant le temps ne s'était écoulé aussi lentement. Elle n'avait rien à faire, aucun subterfuge pour penser à autre chose. Elle avait essayé de feuilleter les magazines, mais aucun n'était en anglais et les photos n'avaient pas retenu son attention. Même un coup de fil chez ses parents ne l'avait pas apaisée. Sans Tully à ses côtés pour lui remonter le moral, elle se sentait sombrer dans le désespoir.

— Madame Ryan ?

Kate se leva rapidement.

— Bonjour, docteur. Comment s'est passée l'opération ?

— Il va plutôt bien. Il y avait une hémorragie importante dans son cerveau, qui explique selon nous l'inflammation constante. Nous l'avons arrêtée. Cela pourrait peut-être nous donner des nouveaux espoirs, n'est-ce pas ? Je vous raccompagne à sa chambre ?

C'était suffisant qu'il soit encore en vie.

— Merci.

Lorsqu'ils passèrent devant le bureau des infirmières, le médecin dit :

— Souhaitez-vous que j'appelle votre amie, Tallulah ? Vous ne désirez certainement pas être seule maintenant.

— Je n'ai pas envie d'être seule maintenant, c'est vrai, dit Kate. Mais Tallulah n'est plus la bienvenue ici.

— Ah. Bien. Vous devez continuer de croire qu'il va se réveiller. J'ai vu beaucoup de miracles au fil de mes années ici. Je crois que la confiance a souvent son rôle à jouer.

— J'ai peur de trop y croire, dit-elle doucement.

Il s'arrêta à la porte fermée de la chambre de Johnny et la regarda.

— Je n'ai pas dit qu'il était facile de garder espoir, simplement que c'était nécessaire. Et vous êtes là, n'est-ce pas, à son côté ? Cela demande déjà un certain courage, non ?

Il lui tapota l'épaule et la laissa près de la porte.

Elle ne sut pas combien de temps elle resta là, seule dans ce couloir d'hôpital blanc et austère. Au bout d'un moment, cependant, elle entra dans la chambre et s'assit. Elle ferma les yeux et lui parla d'une voix basse et hésitante. De quoi, elle n'aurait pu le dire. Tout ce qu'elle savait, c'était qu'une voix pouvait amener de la lumière dans un endroit sombre, et que la lumière pouvait vous mener à la sortie.

Puis, soudain, ce fut le matin. Le soleil brillait à travers la fenêtre, jetant ses rayons sur le sol en linoléum beige et les murs gris-blanc.

Elle se redressa sur sa chaise et se leva près du lit, raide et endolorie.

— Salut, beau gosse, murmura-t-elle en se penchant pour embrasser la joue de Johnny.

On avait enlevé les pansements de ses yeux, et elle pouvait désormais voir comme son œil gauche était contusionné et enflé.

— Fini les hémorragies au cerveau, compris ? Quand tu as besoin d'attention, essaie par des moyens plus classiques, en piquant une crise ou en m'embrassant, par exemple.

Elle continua de parler jusqu'à ne plus rien trouver à dire. Elle alluma alors la télévision suspendue dans le coin. Le poste se mit en marche avec un bruit mat et un bourdonnement, et une image en noir et blanc granuleuse apparut à l'écran.

— Cette machine que tu aimes tant, dit-elle avec amertume en prenant la main de Johnny.

Elle serra ses doigts secs et mous entre les siens. Puis elle se pencha, lui embrassa la joue et resta contre lui. Bien qu'il eût une odeur d'hôpital, de désinfectant et de médicaments, avec suffisamment d'effort et de conviction, elle pouvait percevoir son parfum familier.

— La télé est allumée. Tu fais l'événement.

Pas de réaction.

Elle zappa négligemment d'une chaîne à l'autre, en quête d'un programme en anglais.

Le visage de Tully envahit soudain l'écran.

Elle était devant l'hôpital avec son micro devant la bouche. Des sous-titres au bas de l'écran traduisaient ce qu'elle disait : « Depuis plusieurs jours, le monde entier s'enquiert et s'inquiète du sort de John Patrick Ryan, le producteur-reporter qui a été gravement blessé quand une bombe a explosé près de l'hôtel Al-Rachid. Bien que des obsèques aient eu lieu hier pour le reporter Arthur Gulder qui était avec lui, la famille Ryan et l'hôpital allemand se sont refusés à toute déclaration aux journalistes. Et comment pourrait-on le leur reprocher ? C'est un moment profondément tragique et intime pour la famille Ryan. John – Johnny, pour ses amis – a été victime d'un grave traumatisme crânien lors de l'explosion. Il a subi une intervention chirurgicale complexe dans un hôpital militaire près de Bagdad. Des spécialistes me disent que, sans cette opération vitale sur place, M. Ryan n'aurait pas survécu.

Il y eut un changement de séquence à l'écran. Tully se trouvait à présent près du lit de Johnny. Il était étendu immobile sur les draps blancs, la tête bandée et les yeux recouverts de pansements. La caméra ne se posa qu'un instant sur Johnny avant de revenir au visage de Tully, mais il était difficile d'oublier cette image.

— Le pronostic de M. Ryan est incertain. Les spécialistes avec lesquels j'ai parlé m'ont dit qu'il fallait attendre de voir si l'inflammation au niveau de son cerveau s'estompait. Si c'est le cas, il a de très grandes chances de survivre. Dans le cas contraire…

Sa voix s'éteignit tandis qu'elle se déplaçait vers la tête du lit. Elle regarda alors la caméra bien en face.

— Le doute plane donc ici pour l'instant, cependant une chose est certaine : il s'agit d'une histoire de héros, à la fois dans la zone de combat et au foyer. John Ryan voulait rapporter ce reportage au peuple américain, et je le connais assez pour dire qu'il savait quels risques il prenait et n'aurait pas fait autrement. Et pendant qu'il couvrait cette guerre, sa femme, Kathleen, était chez eux avec leur fille de un an, convaincue que ce que faisait son mari était important. Comme toute femme de soldat, c'est son sacrifice à elle autant que celui de John Ryan qui ont permis à ce dernier de faire son travail.

Après un nouveau changement de plan, Tully réapparut sur le perron de l'hôpital.

— C'était Tallulah Hart, envoyée spéciale en Allemagne. Et permettez-moi d'ajouter, Bryant, que toutes nos pensées accompagnent la famille Ryan aujourd'hui.

Kate garda les yeux rivés sur la télévision bien après que le reportage fut terminé.

— Elle nous a présentés comme des héros, dit-elle à la chambre vide. Même moi.

Elle perçut un mouvement infime contre sa paume de main. Si léger qu'elle faillit ne pas le remarquer. Elle baissa les yeux en fronçant les sourcils.

Johnny ouvrait lentement les yeux.

— Johnny ? chuchota-t-elle, craignant un peu de se faire des idées, d'avoir finalement craqué à cause du stress. Tu me vois ?

Il serra la main de Kate. Enfin, on pouvait à peine dire qu'il la serra ; on n'aurait même pas pu parler de pression en temps normal, mais à cet instant cela la fit à la fois rire et pleurer.

— Tu me vois ? redemanda-t-elle en se penchant vers lui. Ferme les yeux une fois si tu me vois.

Lentement, il ferma les yeux.

Elle embrassa sa joue, son front, ses lèvres gercées et sèches.

— Sais-tu où tu es ? demanda-t-elle enfin en se redressant et en appuyant sur le bouton pour appeler les infirmières.

Elle perçut de la confusion dans son regard et cela l'effraya.

— Et moi ? Est-ce que tu sais qui je suis ?

Il leva les yeux vers elle, déglutit péniblement. Puis, lentement, il ouvrit la bouche et dit :

— Ma… Katie.

— Oui, dit-elle en fondant en larmes. Je suis ta Katie.

Les soixante-douze heures suivantes furent un tourbillon de rendez-vous, de procédures, de tests et d'ajustements de ses traitements. Kate accompagna Johnny pour des consultations auprès d'ophtalmologues, de psychiatres, de kinésithérapeutes, d'orthophonistes, d'ergothérapeutes et, bien sûr, du Dr Schmidt. Tout le monde, semblait-il, devait attester le rétablissement de Johnny avant qu'elle puisse le faire transférer dans un centre de rééducation près de chez eux.

— Il a de la chance de vous avoir, dit le Dr Schmidt à la fin de leur rendez-vous.

Kate sourit.

— J'ai de la chance de l'avoir, lui.

— Oui. À présent, je vous suggère d'aller à la cafétéria pour déjeuner. Vous avez perdu trop de poids cette semaine.

— Vraiment ?

— Assurément. Allez-y. Je ramènerai votre mari dans sa chambre quand les examens seront terminés.

Kate se leva.

— Merci, docteur Schmidt. Pour tout.

Il fit « ce n'est rien » d'un geste de la main.

— C'est mon travail.

Elle lui sourit et se dirigea vers la porte. Elle y était presque, quand il la rappela. Elle se retourna.

— Oui ?

— Il ne reste pas beaucoup de journalistes, mais est-il envisageable de rendre compte de l'état de santé de votre mari ? Nous aimerions beaucoup qu'ils partent.

— Je vais y réfléchir.

— Formidable.

Kate sortit de son bureau et alla à l'ascenseur au bout du couloir.

La cafétéria était presque déserte en cette fin de jeudi après-midi. Quelques groupes d'employés étaient réunis autour de tables rectangulaires, et des familles commandaient à manger. Il était facile de dire à quel groupe appartenait chacun. Les employés riaient et discutaient en mangeant, tandis que les familles de patients, silencieuses et immobiles, levaient régulièrement les yeux de leurs assiettes pour consulter l'horloge.

Kate se faufila entre les tables pour aller à la fenêtre. Dehors, le ciel était d'un gris acier sombre ; il allait pleuvoir ou neiger d'une minute à l'autre.

Malgré l'effet déformant du verre, elle vit à quel point elle avait l'air fatiguée, à bout de forces.

C'était étrange, mais elle souffrait finalement plus d'être seule dans le soulagement que dans le désespoir. Au départ, elle avait surtout voulu être assise au calme pour se vider l'esprit et essayer d'imaginer le meilleur. À présent, elle avait envie de rire avec quelqu'un, de sourire et lever un verre pour célébrer cette victoire et dire qu'elle avait toujours su que les choses se termineraient ainsi.

Non. Pas quelqu'un.

*Tully.*

Durant toute la vie de Kate, Tully avait été la première personne avec qui elle célébrait des événements, sa complice de fête prête à tout instant. Sa meilleure amie aurait porté un toast au fait qu'elle ait traversé la rue sans encombre, si c'était ce que voulait Kate.

Se détournant de la fenêtre, elle alla à la table et s'assit.

— Tu as l'air d'avoir besoin d'un verre.

Kate leva les yeux. Tully était là devant elle, dans un jean noir impeccable et un pull angora blanc à col bateau. Bien qu'elle fût parfaitement coiffée et maquillée, elle avait l'air fatiguée. Et tendue.

— Tu es encore là ?

— Tu croyais que j'allais te laisser ? dit Tully en s'efforçant de sourire sans vraiment y parvenir. Je t'ai apporté une tasse de thé.

Kate regarda la tasse en polystyrène dans la main de Tully. Elle savait que c'était son thé préféré – un earl grey – agrémenté d'une dose parfaite de sucre.

C'était le seul moyen que connaissait Tully pour s'excuser de ce qu'elle avait fait. Si Kate l'acceptait, elle savait que cet épisode devrait être oublié : la trahison de Tully et sa gifle devraient être effacées à tout jamais afin qu'elles puissent revenir sur la voie qui avait lié leurs vies. Sans regrets ni rancœurs. Elles redeviendraient TullyEtKate, du moins ce que deux femmes adultes pouvaient en être de plus proche.

— Ton reportage était bien, dit-elle d'une voix égale.

Les yeux de Tully la supplièrent de faire preuve de compréhension et de lui pardonner, mais elle dit alors :

— On m'a confié le coin infos la semaine prochaine. C'est pour un remplacement, mais c'est un début.

Kate se dit *C'est donc pour ça que tu m'as vendue*, mais elle savait qu'elle ne pouvait pas le dire.

Elle se contenta donc de dire :

— Félicitations.

Tully lui tendit la tasse de thé.

— Prends-la, Katie. S'il te plaît.

Kate regarda longuement son amie. Elle voulait qu'elle lui offre des paroles – *Je suis désolée* – mais savait qu'elle ne les recevrait jamais. Tully n'était simplement pas faite ainsi. Kate n'avait jamais su exactement pour quelle raison Tully était incapable de s'excuser, mais elle avait le sentiment que c'était lié à Nuage. Sa meilleure amie avait subi des dommages irrémédiables étant enfant, et ceci en était en quelque sorte la cicatrice. Kate finit par prendre la tasse en disant :

— Merci.

Avec un grand sourire, Tully s'assit à côté d'elle. Avant même d'avoir rapproché sa chaise de la table, elle s'était mise à parler.

Rapidement, Tully fit rire Kate. C'était la particularité avec les meilleures amies. Comme des sœurs et des mères, elles pouvaient vous mettre hors de vous, vous faire pleurer et vous briser le cœur, mais en définitive, en cas de coup dur, elles étaient là et vous faisaient rire, même dans les pires moments de votre existence.

# 22

Aussi mauvaise qu'eût été cette année-là, Kate savait à chaque instant qu'elle aurait pu être bien pire. L'homme qu'elle avait ramené d'Allemagne ne ressemblait plus qu'à peine à son mari durant les premiers mois. Son cerveau mettait du temps à retrouver ses capacités, et il perdait parfois patience quand un mot lui échappait ou quand il n'arrivait pas à saisir une idée. Kate passait d'innombrables heures avec lui en centre de rééducation, que ce soit pour travailler avec lui et son kiné, ou à attendre dans le hall avec Marah.

Dès l'instant où ils étaient rentrés chez eux, Marah avait paru sentir que quelque chose clochait chez Papa, et ils avaient beau la câliner sans cesse, cela ne suffisait pas à la rassurer. Très souvent, elle se réveillait en hurlant au milieu de la nuit et ne se taisait qu'une fois que Kate l'amenait dans leur lit (une pratique qui faisait lever les yeux au ciel à Maman, puis allumer une cigarette et dire : « Tu le regretteras »).

À l'approche des fêtes de fin d'année, Kate décora abondamment la maison, dans l'espoir que la vue de leurs précieuses décorations de Noël les ressoude et les fasse redevenir la famille qu'ils avaient été.

Durant l'heure des copines, alors qu'elle sirotait son verre de vin et expliquait à tante Georgia et à Maman qu'elle tenait bien le coup, elle se mit à pleurer.

Maman lui prit la main.

— Ce n'est pas grave, chérie. Laisse-toi aller.

Mais elle avait peur de faire ça.

— Ça va, dit-elle. Ça a été une année difficile, c'est tout.

Quelqu'un sonna à la porte.

Tante Georgia se leva.

— C'est sans doute Rick et Kelli.

C'était Tully. Debout sur le perron, en trois-quarts de cachemire blanc cassé et pantalon assorti, elle était d'une beauté à couper le souffle. Elle avait assez de cadeaux dans les bras pour trois familles.

— Ne me dites pas que vous avez commencé l'heure des copines sans moi. Si c'est le cas, vous allez devoir reprendre au début.

— Tu as dit que tu devais aller à Berlin, dit Kate, regrettant de ne pas s'être habillée un peu mieux et maquillée.

— Et rater Noël ? Sûrement pas.

Tully déposa les cadeaux au pied du sapin et serra Kate dans ses bras.

Kate ne s'était pas rendu compte avant cet instant que son amie lui avait tant manqué.

Tully transforma la tranquille heure des copines en fête. À treize heures, bien après qu'elles étaient censées avoir mis la dinde au four, Maman, tante Georgia et Tully dansaient encore sur ABBA et Elton John en chantant à tue-tête.

Kate était debout près du sapin. La pièce semblait soudainement éclairée de l'intérieur. Comment Tully pouvait-elle si facilement mettre de l'ambiance dans n'importe quelle fête ? C'était peut-être parce qu'elle ne faisait aucune des basses besognes : ni ménage, ni cuisine, ni lessive.

Johnny arriva près de Kate. Elle remarqua qu'il boitait à peine.

— Salut, toi, dit-il.

— Salut.

Tout autour d'eux, les gens discutaient et chantaient. Tante Georgia dansait sur « The Time Warp » avec Sean, sa petite amie et oncle Ralph. Maman et Papa discutaient avec Tully, qui se balançait au rythme de la musique avec Marah dans les bras.

Johnny se pencha vers le pied du sapin et trouva un petit paquet en papier argenté et doré, avec du Scotch visible sur les plis et un trop gros nœud rouge brillant. Il le tendit à Kate.

— Tu veux que je l'ouvre maintenant ?

Il hocha la tête.

Elle décolla le papier, défit le nœud et trouva un coffret en velours bleu à l'intérieur. Lorsqu'elle l'ouvrit, elle eut le souffle coupé. Dans l'écrin se trouvaient un collier en or fin et un médaillon en forme de cœur incrusté d'un diamant.

— Johnny…

— J'ai fait des choses bêtes dans ma vie, Katie, et j'ai payé le prix pour la plupart d'entre elles. Ces derniers temps, tu en as payé le prix aussi. Je sais comme cette année a été dure pour toi. Et je veux que tu saches ceci : tu es la seule chose que j'aie bien faite dans mon existence, dit-il, puis il sortit le collier de la boîte et le lui mit. J'ai pris un nouveau poste à mon ancienne station. Tu n'auras plus à te faire de souci pour moi. Tu es mon cœur, Katie Scarlett, et je serai toujours là pour toi. Je t'aime.

La gorge de Kate se serra d'émotion.

— Moi aussi, je t'aime.

À l'université, les cerisiers du Quad avaient marqué le passage du temps, leurs branches grêles gris-brun se transformant à chaque saison. Dans les années 1980, c'étaient les lampadaires de la rue pavée située devant le Marché public qui avaient joué ce rôle. Quand la première banderole JOYEUSES FÊTES avait flotté sous ceux-ci, Kate avait su qu'une année de plus s'était écoulée.

Dans les années 1990, c'étaient les cheveux de Tully. Tous les matins, tout en donnant à manger à Marah et en la baignant, Kate regardait la matinale à la télé. Systématiquement, Tully changeait de coiffure deux fois par an. Il y avait d'abord eu la frange droite extra-courte façon Jane Pauley, puis le style en bataille de Meg Ryan, puis la coupe garçonne qui lui donnait l'air incroyablement jeune et, plus récemment, la coupe qui faisait le plus de bruit dans le pays : celle de Rachel dans *Friends*.

Chaque fois que Kate découvrait une nouvelle coiffure, elle grimaçait en voyant à quel point le temps s'écoulait vite. Les années ne faisaient pas que passer, elles filaient. C'était déjà le dernier jour du mois d'août 1997. Dans un peu plus d'une semaine, son bébé entrerait en CE1.

Elle était obligée d'admettre qu'elle avait attendu ce jour avec une grande impatience.

Durant les sept dernières années, elle avait été la meilleure mère possible. Elle avait minutieusement consigné tous les moments importants de la vie de Marah dans son album photo, et pris assez de clichés pour attester scientifiquement l'existence d'une nouvelle forme de vie. En outre, sa fille lui procurait tant de bonheur qu'elle se sentait parfois perdue dans l'océan d'amour qui les entourait. Johnny et elle avaient essayé pendant des années de concevoir un autre enfant, mais la chance ne leur avait pas souri. Ç'avait été difficile à supporter pour Kate, mais avec le temps, elle avait accepté sa petite famille et s'était employée à faire que chaque instant soit parfait. Et finalement, être mère s'était révélé passionnant.

Mais quand les mois s'étaient changés en années, elle avait commencé à ressentir une pointe d'insatisfaction. Au départ, elle avait gardé ça pour elle ; après tout, de quoi pouvait-elle se plaindre ? Elle aimait sa vie. Elle passait ses quelques heures de temps libre à faire du bénévolat à l'école et au Foyer d'aide, le centre local qui offrait assistance aux femmes dans le besoin. Elle prenait même quelques cours de dessin.

Cela ne suffisait pas à combler le vide invisible de son existence, mais ça lui permettait de se sentir productive et utile. Et même si les personnes qui l'aimaient – Johnny, Tully et Maman – lui faisaient régulièrement remarquer qu'elle semblait chercher autre chose, elle n'y prêtait pas attention. C'était bien plus facile de se concentrer sur le présent, sur sa fille. Elle aurait largement le temps de se chercher plus tard.

Elle était à présent à la fenêtre du salon, en pyjama de flanelle, les yeux rivés sur le jardin encore plongé dans le noir. Malgré l'obscurité, elle distinguait des jouets dispersés sur la terrasse et sur la plage. Des poupées Barbie. Des animaux en peluche. Un tricycle couché sur le côté. Une Corvette en plastique rose était ballottée par les vagues.

Secouant la tête, elle alla à la télévision, qu'elle alluma. Dès que Marah se réveillerait, elle emmènerait sa fille dehors tambour battant pour qu'elle range ses jouets. À tous les coups, cela provoquerait une crise de colère.

Le téléviseur s'alluma avec un son mat. Une bannière FLASH SPÉCIAL était affichée sous le visage grave de Bernard Shaw. Derrière lui défilait un montage de photos de la princesse Diana.

« Pour celles et ceux d'entre vous qui viennent de nous rejoindre, dit Bernard Shaw, une triste nouvelle nous arrive de France : la princesse Diana est morte… »

Kate regarda fixement l'écran, sans bien saisir.

La princesse. *Leur* princesse. Morte ?

À côté d'elle, le téléphone sonna. Elle décrocha sans quitter la télévision des yeux.

— Allô ?

— Tu regardes les infos ?

— C'est vrai ?

— Je suis à Londres pour couvrir l'événement.

— Oh, mon Dieu.

Kate regarda les images à la télé : Diana jeune et timide dans sa jupe en tissu écossais et son blouson d'aviateur, les yeux baissés ; Diana enceinte, l'air pleine d'espoir et rayonnante de bonheur ; Diana élégante, dans une magnifique robe sans bretelles, en train de danser avec John Travolta à la Maison Blanche ; Diana en train de rire, dans une attraction à Disneyland avec ses garçons ; et enfin, Diana seule, dans un hôpital loin de chez elle, avec un bébé noir souffrant de malnutrition dans les bras.

Ces quelques images résumaient toute la vie d'une femme.

— Tout peut se terminer si vite, dit Kate, s'adressant plus à elle-même qu'à Tully.

Elle se rendit compte un instant trop tard que Tully était en train de parler et qu'elle l'avait interrompue.

— Elle commençait juste à se réaliser, en plus.

Peut-être qu'elle avait attendu trop longtemps pour essayer. Kate savait ce que c'était, à quel point cela pouvait être effrayant de regarder ses enfants grandir, son mari partir travailler et se demander quoi faire de la mince tranche de vie qui vous restait.

Des photos connues envahirent l'écran : Diana, se rendant seule à pied à un événement, faisant signe à la foule, puis apparut le portail d'un des châteaux, où les fleurs commençaient à s'amonceler à sa mémoire. La vie pouvait changer si vite. Elle en était venue à oublier cela.

— Kate ? Ça va ?

— Je crois que je vais m'inscrire à un cours d'écriture à la fac, dit-elle lentement, avec la curieuse impression que ces mots lui étaient arrachés.

— Vraiment ? C'est génial. Tu as toujours super bien écrit.

Kate ne réagit pas. Elle s'enfonça dans le canapé et regarda simplement l'écran de la télé, surprise quand elle se mit à pleurer.

Kate regretta presque immédiatement la décision qu'elle avait prise. Enfin, ce n'était pas tout à fait vrai. Ce qu'elle regrettait, c'était de l'avoir dit à Tully, qui l'avait dit à Maman, qui l'avait dit à Johnny.

— Tu sais, c'est une excellente idée, dit Johnny quelques jours plus tard alors qu'ils regardaient la télévision au lit. Je te donnerai un coup de main pour tout ce que tu voudras.

Kate eut envie de lui débiter une liste interminable de raisons prouvant que c'était trop lourd pour son emploi du temps. Tout semblait tellement facile quand on les écoutait, Tully et lui, comme si la vie était un mezzé que l'on pouvait commander et payer. Elle savait qu'ils se trompaient complètement et ce que ça faisait de s'apercevoir que l'on n'était pas assez bon.

En définitive, cependant, elle ne pouvait pas éternellement se mentir et se trouver des excuses. Une fois Marah partie à l'école en lui faisant de grands signes, Kate se retrouvait confrontée aux heures vides de sa journée. Les tâches ménagères et ses obligations ne pouvaient occuper qu'une partie de son temps.

Aussi, par une chaude journée d'été indien de la mi-septembre, elle déposa Marah à l'école, prit le ferry du milieu de matinée et se fondit dans la circulation du centre de Seattle. À dix heures trente, elle se gara sur le parking visiteurs de l'université de Washington, se rendit au bureau des inscriptions et s'inscrivit à un seul cours : Initiation à l'écriture de fiction.

Puis elle se rongea les sangs durant toute la semaine suivante.

— J'en suis pas capable, geignait-elle à son mari, prise de nausée le jour de son premier cours.

— Bien sûr que si. Je vais emmener Marah à l'école, comme ça tu ne seras pas stressée à l'idée de rater le ferry.

— Mais je suis stressée.

Il se pencha et l'embrassa, puis se redressa avec un sourire.

— Lève-toi de ce lit.

Après cela, elle se mit en pilotage automatique pour prendre une douche, s'habiller et faire son sac à dos.

Sur tout le trajet jusqu'à l'université, elle se dit *Qu'est-ce que je suis en train de faire ? J'ai trente-sept ans. Je ne peux pas retourner à la fac.*

Puis elle se retrouva dans la salle de cours, où elle était la seule personne âgée de plus de trente ans – en comptant son prof.

Elle ne sut pas bien quand elle se détendit, mais peu à peu, son mal de ventre s'atténua. Plus le prof parlait d'écriture, du sens de la narration, plus Kate se sentait dans son élément.

De sa place au bureau des informations, Tully finit de se chambrer en direct avec les coprésentateurs de l'émission, puis elle se concentra sur le téléprompteur et lut les actualités avec fluidité.

— Le commandant de la police de Denver, Tom Koby, a reconnu aujourd'hui que des erreurs avaient été commises dans l'enquête sur la mort de JonBenét

Ramsey. Des sources proches du dossier prétendent que…

Quand elle eut terminé, elle adressa son sourire caractéristique à la caméra et confia la suite de l'émission à Bryant et Katie. Tandis qu'elle rassemblait ses notes, une assistante de production vint vers elle et lui chuchota à l'oreille :

— Ton agent est au téléphone, Tully. Il dit que c'est urgent.

— Merci.

Elle parla à plusieurs membres de l'équipe en sortant du studio et en montant à son bureau. Lorsqu'elle y fut, elle ferma la porte, décrocha le téléphone et enclencha la ligne une.

— Ici Tully. Salut, George.

— Une voiture t'attend devant l'entrée. Je te retrouve au Plaza dans un quart d'heure.

— Qu'est-ce qui se passe ?

— Retouche ton maquillage et dépêche-toi.

Elle raccrocha, dit à tous ceux qui avaient besoin de le savoir qu'elle partait pour un rendez-vous, puis elle sortit du bâtiment.

À l'hôtel, un portier en livrée apparut instantanément pour lui ouvrir la portière de la voiture en disant :

— Bienvenue au Plaza, madame Hart.

— Merci.

Elle lui tendit un billet de dix dollars et entra dans le hall en marbre crème et or.

Son agent, George Davison, l'attendait dans un élégant costume Armani gris.

— Es-tu prête à réaliser tes rêves ?

— Tu vas enfin faire ça, hein ?

Il l'entraîna dans le couloir plein de vitrines contenant de précieux objets mis en vente par les diverses boutiques de cadeaux et la bijouterie étincelante, et la fit entrer dans le spacieux restaurant haut de plafond.

Elle vit tout de suite avec qui ils avaient rendez-vous. Dans un coin de la salle, caché derrière le somptueux buffet, se trouvait le président de CBS.

Il se leva à son arrivée.

— Bonjour, Tallulah, merci d'être venue.

Elle fit un faux pas mais ne se départit pas de son sourire.

— Bonjour, dit-elle en prenant place en face de lui et en regardant George s'asseoir entre eux.

— Je ne vais pas tourner autour du pot. Comme vous le savez, *The Today Show* écrase notre matinale en matière d'Audimat.

— Oui.

— Chez CBS, nous pensons que vous jouez un rôle important dans le succès de votre émission. J'ai notamment remarqué vos talents d'interviewer. Amy Fisher et Joey Buttafuoco, les survivants de l'attentat d'Oklahoma City. L'équipe d'avocats d'O. J. Simpson et Lyle Menéndez. Vous étiez géniale.

— Merci.

— Nous aimerions vous proposer le poste de coprésentatrice de notre émission, à compter de la première émission de 1998. Nos études de marché nous indiquent que les téléspectateurs se sentent proches de vous. Ils vous aiment bien et ont confiance en vous. C'est exactement ce qu'il nous faut pour faire remonter notre Audimat. Qu'en dites-vous ?

Tully eut l'impression d'être sur le point de s'envoler. Il lui était impossible de contenir sa joie et de ne pas avoir un sourire jusqu'aux oreilles.

— Je suis stupéfaite. Et honorée.

— Combien proposez-vous ?

— Un million de dollars par an pendant cinq ans.

— Deux millions par an, dit George.

— Entendu. Qu'en dites-vous, Tully ?

Tully ne regarda pas son agent. Ce n'était pas la peine, cela faisait des années qu'ils rêvaient d'une offre pareille.

— Je dis oh que oui ! Est-ce que je peux commencer demain ?

À travers l'écriture, Kate retrouva sa voix. Elle se réveillait tous les matins à six heures et allait dans le bureau qu'elle s'était installé dans la chambre d'amis. Elle s'appliquait alors à façonner et refaçonner ses phrases, à fignoler chaque paragraphe jusqu'à ce qu'il exprime tout ce qu'elle essayait de dire. À un moment donné au cours de cette première heure, Johnny venait l'embrasser et lui dire au revoir, après quoi elle était de nouveau seule jusqu'à ce que Marah se réveille et que sa journée dans la réalité commence.

Elle avait si confiance en elle quand elle était dans son pseudo-bureau, les doigts sur le clavier de l'ordinateur. Si seulement elle avait été si sûre d'elle à cet instant.

Elle était debout devant sa classe, avec un tableau vert derrière elle. Aux bureaux alignés devant elle, une douzaine de jeunes à l'air blasé étaient avachis sur leurs chaises, et plus d'un semblait même dormir. À côté d'elle, le prof, un jeune type aux longs cheveux hirsutes, chaussé de Nike Air Jordan et vêtu d'un pantalon de camouflage, attendait patiemment.

Kate prit une grande inspiration et commença sa lecture :

— « Dans la petite pièce de la bicoque branlante, la fille était de nouveau seule. Du moins, c'était ce qu'elle croyait. En ce lieu où les lumières ne fonctionnaient pas et où les fenêtres étaient recouvertes de papier noir et de chatterton, il était difficile de dire la vérité. Devait-elle courir le risque d'essayer de s'enfuir ? C'était toute la question. La dernière fois qu'elle avait tenté de s'échapper, elle avait mal calculé son coup et en avait payé le prix. Inconsciemment, elle frotta la zone encore sensible de sa mâchoire… »

Elle se perdit dans les mots qu'elle avait écrits, dans cette nouvelle qui n'appartenait qu'à elle. Bien trop vite, cela fut fini, la dernière phrase lue, et elle leva les yeux, s'attendant à percevoir un respect nouveau dans les regards qui étaient posés sur elle.

Pensez-vous.

— Bien, dit le professeur en s'avançant. C'était divertissant. Nous avons semble-t-il une autrice de genre en herbe parmi nous. Qui a un commentaire ?

Durant les vingt minutes suivantes, ils épluchèrent l'histoire de Kate, en quête de failles. Elle écouta avec attention, refusant de se laisser piquer au vif par les critiques. Qu'importait qu'elle ait passé près de quatre semaines sur ces six pages ? Ce qui comptait, c'était qu'elle pouvait s'améliorer. Elle pouvait resserrer son récit, s'efforcer de maîtriser les points de vue et travailler davantage ses dialogues. À la fin du cours, au lieu de se sentir blessée ou abattue, elle se sentit plus forte, comme si une voie jusque-là dissimulée venait de lui être révélée. Elle était impatiente de rentrer chez elle et de s'y remettre.

Tandis qu'elle rangeait ses affaires pour partir, le professeur vint vers elle et dit :

— Votre travail est très prometteur, Kate.

— Merci.

Sur ce, elle sortit précipitamment de la salle avec un grand sourire. Sur tout le chemin à travers le campus et le parking des étudiants, elle imagina de nouvelles orientations pour son histoire, des moyens de l'arranger.

Elle était si absorbée dans son monde imaginaire qu'elle manqua sa sortie et dut faire demi-tour.

À treize heures vingt à peine passées, elle se gara sur une place de stationnement sous le viaduc en béton et traversa la rue pour se rendre au restaurant Chez Ivar. Sa mère était déjà installée à une table dans le coin. De l'autre côté de la vitre, la baie d'Elliott scintillait sous le soleil. Des mouettes tournoyaient et plongeaient pour attraper des frites lancées par des touristes sur la jetée.

— Désolée pour mon retard, dit Kate en s'asseyant en face de sa mère, puis elle décrocha son sac banane et le laissa reposer sur ses genoux. Je déteste conduire en ville.

— J'ai commandé des salades de crevettes pour toutes les deux. Je sais que tu dois attraper le bateau de deux heures dix, dit Maman, puis elle se pencha en avant et appuya ses coudes sur la table. Alors ? Est-ce que ton prof a pensé que ta nouvelle était meilleure que du John Grisham ?

Kate ne put s'empêcher de rire à cette question.

— Il n'a pas exactement employé ces mots, non. Mais il a dit que j'étais douée.

— Oh, dit Maman en s'appuyant sur le dossier de sa chaise, l'air déçue. J'ai trouvé ta nouvelle formidable. Et ton père a dit la même chose.

— Papa pense lui aussi que je suis meilleure que John Grisham ? Et ce, pour ma toute première nouvelle. Je dois être un génie.

— Tu sous-entends que notre opinion est un peu biaisée ?

— Un peu. Mais c'est pour ça que je vous aime.

— Je suis fière de toi, Katie, dit-elle doucement. J'ai toujours voulu me trouver quelque chose comme ça. Je suppose que j'ai fait du crochet à la place.

— Tu as élevé deux enfants géniaux – enfin, une géniale et un plutôt bien, plaisanta Kate. Et tu es restée mariée et tu as rendu tout le monde heureux. Tu devrais être fière de ça.

— Je le suis, mais…

Kate posa sa main sur celle de sa mère. Elles se comprenaient. Toutes les mères au foyer du monde se comprenaient. En définitive, il y avait un prix à payer pour les choix qu'une femme faisait.

— Tu es mon héroïne, Maman, dit simplement Kate.

Sa mère la regarda, les yeux luisants de larmes. Avant qu'elle puisse répondre, la serveuse revint avec leurs salades et des limonades, déposa leur déjeuner sur la table et repartit.

Kate prit sa fourchette et commença à manger.

Elle fut subitement prise de nausée.

— Excuse-moi, marmonna-t-elle en laissant tomber sa fourchette avant de courir vers les toilettes avec la main plaquée contre sa bouche.

Une fois aux toilettes, dans un petit cabinet étouffant, elle vomit.

Quand elle n'eut plus rien dans l'estomac, elle alla au lavabo et se lava les mains et le visage, se rinça la bouche.

Elle se sentait faible et tremblotante dans tout son corps. Son visage dans le miroir était blanc comme un linge et crispé. Pour la première fois, elle remarqua les cernes sous ses yeux.

Peut-être qu'elle avait attrapé une grippe intestinale, songea-t-elle. Tout le monde était malade à l'espace de loisirs cette semaine.

Toujours chancelante, elle retourna à la table, sous le regard attentif de sa mère.

— Ça va, dit Kate en se rasseyant. J'ai emmené Marah à l'espace de loisirs ce week-end. Tous les enfants étaient malades.

Elle attendit une réaction de sa mère, mais quand le silence se prolongea, elle leva finalement les yeux.

— Quoi ?

— La mayonnaise, dit sa mère. Ça te rendait malade aussi, quand tu étais enceinte de Marah.

Kate eut l'impression que la chaise qui la soutenait se volatilisait – pouf ! disparue – et qu'elle tombait d'un bloc. Plusieurs récentes contrariétés lui revinrent à l'esprit et lui apparurent comme des indices : ses seins sensibles bien qu'elle n'ait pas ses règles, ses difficultés à dormir, l'épuisement. Elle ferma les yeux et secoua la tête en soupirant. Elle avait voulu un autre bébé – elle et Johnny, tous les deux –, mais cela faisait si longtemps qu'ils avaient renoncé. Et tout allait désormais si bien depuis qu'elle écrivait. Elle n'avait pas envie de connaître à nouveau les nuits sans sommeil, les pleurs de bébé et les journées si fatigantes qu'elle n'arrivait plus à répondre à une question à la table du dîner, encore moins à écrire une nouvelle.

— Il va simplement te falloir un peu plus de temps pour être publiée, dit sa mère. Tu arriveras à faire les deux.

— On voulait un autre bébé, dit-elle en s'efforçant de sourire. Et je continuerai à écrire. Tu verras, dit-elle, se convainquant presque elle-même. Je peux y arriver avec deux enfants.

Le jeudi suivant, deux jours plus tard, elle apprit qu'elle était enceinte de jumeaux.

# PARTIE 4

## Le nouveau millénaire
## A Moment Like This

*some people wait a lifetime*[1]

1. Extrait des paroles de la chanson précitée de Kelly Clarkson, qu'on peut traduire par : « Certaines personnes attendent une vie entière (pour un moment comme celui-ci). »

# 23

À partir de l'an 2000, Kate eut rarement de pauses dans le tourbillon chaotique de sa vie quotidienne pour se demander où étaient passées les années. La contemplation et la réflexion, tout comme la relaxation, étaient des concepts d'un autre temps, des idées d'une autre vie. La voie délaissée, comme on disait. Une femme avec trois enfants – une fille de dix ans qui approchait à grands pas de la puberté, et des jumeaux de moins de deux ans – n'avait tout simplement pas le temps de penser beaucoup à elle, et le nombre d'années qui séparait l'âge de ses enfants en faisait presque deux familles. Elle savait désormais pourquoi les femmes avaient des enfants d'âges plus rapprochés. Une mère était deux fois plus épuisée quand elle repartait de zéro.

Ses journées étaient dévorées par des détails, et cette matinée étonnamment ensoleillée de mars ne faisait pas exception. Les tâches ménagères s'ajoutaient les unes aux autres, la faisant courir de l'aube jusque bien après la tombée du jour. Le plus déplorable était qu'elle semblait ne jamais rien accomplir de significatif, alors qu'elle n'avait pourtant presque jamais une heure pour elle. La vie de mère au foyer était une course sans ligne d'arrivée. C'était de cela qu'elles parlaient dans la file des voitures en attendant que leurs enfants sortent de l'école. De ça, et de divorce. Tous les mois dernièrement, semblait-il, un mariage en apparence solide avait révélé la fragilité de ses fondations.

Mais ce jour-là n'était pas qu'une quelconque perle de plus sur le fil de sa vie. Ce jour-là, Tully venait à Seattle pour une tournée promotionnelle. Ce serait la première fois qu'elles se revoyaient depuis des mois, et Kate était impatiente. Elle avait besoin d'un moment entre copines.

Elle se dépêcha d'accomplir les choses qu'elle avait à faire : déposer Marah à l'école, passer trop de temps au supermarché, acheter les derniers produits de maquillage en vogue au drugstore, arriver à temps à la bibliothèque pour l'heure de lecture aux enfants, récupérer les affaires de Johnny au pressing, coucher les garçons pour leur sieste et faire le ménage.

À quatorze heures trente, quand elle sortit – à nouveau – de la file de voitures devant l'école, elle était épuisée.

— Tante Tully vient ce soir pour passer la nuit, hein, Maman ? dit Marah sur la banquette arrière.

Elle semblait minuscule, coincée comme elle l'était entre les énormes sièges auto des garçons.

— Oui.

— Tu vas te maquiller ?

Kate ne put s'empêcher de sourire à cette question. Elle ne savait pas bien comment c'était arrivé, mais elle avait curieusement engendré une petite reine de beauté. À dix ans, Marah avait déjà plus d'instinct et de sensibilité en matière de mode et de style que Kate n'en aurait jamais. Elle observait avec stupéfaction sa grande fille mince se plonger dans des magazines de mode pour ados et retenir des noms de stylistes. Kate était terrorisée au moment des courses de la rentrée. Si Marah ne trouvait pas exactement ce qu'elle voulait, elle piquait une crise. Kate avait rarement de doutes sur le fait que sa fille jugeait son apparence. Et la plupart du temps, elle savait qu'elle ne répondait pas à ses attentes.

— Oui, je vais me maquiller, tout à fait. Je vais même me boucler les cheveux, qu'en penses-tu ?

— Est-ce que je peux mettre du brillant à lèvres ? Juste pour cette fois ? Toutes les filles…

— Non. On a déjà eu cette conversation, Marah. Tu es trop petite.

Marah croisa les bras.

— Je suis pas un bébé.

— Tu n'es pas une adolescente non plus. Crois-moi, tu auras largement le temps pour tout ça.

Elle rangea la voiture dans le garage et coupa le moteur.

Marah descendit de la voiture et entra dans la maison avant que Kate ait le temps de lui demander de l'aide pour décharger les courses.

— Merci pour ton aide, marmonna Kate en détachant les jumeaux de leurs sièges auto.

Ses deux bambins, Lucas et William, étaient déjà turbulents séparément ; ensemble, c'était une tornade.

Durant les heures suivantes, elle accomplit d'autres tâches de l'après-midi : en plus de toutes les choses habituelles, elle garnit des vases de fleurs et les disposa un peu partout dans la maison, elle alluma des bougies parfumées sur les commodes trop hautes pour les garçons, et elle nettoya à fond la chambre d'amis au cas où Tully déciderait qu'elle avait le temps de rester pour la nuit. Puis, une fois que le dîner fut dans le four, elle monta se préparer en traînant ses garçons derrière elle. En passant devant la chambre de Marah, elle entendit des petits bruits de pas pressés, indiquant que sa fille sortait des tenues les unes après les autres de son armoire.

Le sourire aux lèvres, Kate alla dans sa chambre à elle, mit les garçons dans leur parc et, ignorant leurs cris, prit une douche. Quand elle finit de se sécher les cheveux (en essayant de ne pas prêter attention à ses racines foncées), elle ouvrit la porte de la salle de bains.

— Comment ça va, les garçons ?

Lucas et William étaient assis côte à côte, leurs jambes nues potelées écartées devant eux, et babillaient ensemble.

— Bien, dit-elle, et elle leur tapota la tête en passant près d'eux.

Dans son dressing, elle soupira. Tout ce qu'elle possédait était soit démodé, soit trop petit. Elle avait encore un peu de poids à perdre depuis sa grossesse : les jumeaux avaient transformé son ventre en stade omnisports, et on ne retrouvait pas facilement ses formes après un tel élargissement.

Un peu d'exercice y aurait contribué, et elle regretta profondément à présent de ne pas avoir intégré cela dans son emploi du temps cet hiver.

Mais il était trop tard maintenant.

Elle opta pour un beau jean Levi's assoupli, son préféré, et un joli pull angora noir que Johnny lui avait offert à Noël quelques années plus tôt, juste après qu'il eut pris son poste chez KLUE. C'était un de ses seuls vêtements de créateur.

— Allez, les garçons, dit-elle en les ramassant avec aisance à force de pratique.

Laissant reposer chacun sur une de ses hanches, elle les emmena dans leur chambre, changea leurs couches et leur mit les adorables costumes marins que Tully avait envoyés pour leur anniversaire. Ensuite, sachant que cela prenait une éternité de les laisser descendre seuls l'escalier, elle les porta, les déposa au sol dans le salon avec un tas de jouets devant eux et mit une cassette de Winnie l'Ourson. Cela lui laissait vingt minutes, si elle avait de la chance.

Elle ferma la barrière pour enfants au bas de l'escalier, alla dans la cuisine et commença à mettre la table. Comme toujours, elle surveillait les garçons du coin de l'œil tout en s'affairant.

— Maman ! cria Marah. Ils sont là !

Elle descendit l'escalier en trombe, sauta par-dessus la barrière et courut à la fenêtre, contre laquelle elle pressa son petit nez.

Kate rejoignit rapidement sa fille et écarta les rideaux. Des faisceaux de phares transperçaient l'obscurité. La voiture de Johnny arriva en premier, suivie d'une limousine noire qui parcourut sans bruit la longue allée bordée d'arbres. Les deux voitures se garèrent devant le garage.

— Waouh ! fit Marah.

Le chauffeur en uniforme sortit de la limousine et en fit le tour jusqu'à la portière arrière, qu'il ouvrit.

Tully descendit lentement, comme si elle savait qu'on la regardait. Vêtue d'un jean taille basse haute couture et d'un chemisier blanc masculin impeccable sous un blazer bleu marine, elle était la définition même du chic décontracté. Ses cheveux, coupés en dégradé et sans doute mis en forme par le meilleur coiffeur de Manhattan, étaient d'une magnifique teinte auburn qui brillait dans la lumière du garage.

— Waouh ! répéta Marah.

Kate essaya de rentrer son ventre.

— Je me demande si j'ai le temps pour une liposuccion.

Johnny sortit de sa voiture et rejoignit Tully. Ils étaient assez près l'un de l'autre pour que leurs épaules se touchent. Tout en riant à une remarque du chauffeur, Tully regarda Johnny et posa la main sur sa poitrine en parlant.

Ils avaient l'air parfaits ensemble, tels des mannequins sortis des pages d'un magazine de mode.

— Ça se voit que Papa aime bien tante Tully, dit Marah.

— Ça se voit, marmonna Kate, mais Marah était déjà partie.

Sa fille ouvrit la porte et courut vers sa marraine, qui la souleva dans ses bras et la fit tournoyer.

Tully entra dans la maison comme elle faisait toute chose : dans un tourbillon de bruit et de lumière. Elle serra Kate dans ses bras avec passion, embrassa les joues rebondies des garçons, distribua plus de cadeaux que pour un Noël de la famille Ryan et réclama un verre.

Durant tout le dîner, elle les divertit, leur raconta des anecdotes sur son séjour à Paris pour le bug de l'an 2000 et la panique qui l'avait précédé, sur la récente cérémonie des Oscars à laquelle elle avait assisté et pour laquelle on avait scotché sa robe sur ses seins. Mais le Scotch s'était ensuite décollé lors d'une fête tandis qu'elle posait pour une photo en pied.

— Tout le monde en a profité, dit-elle en riant, si vous voyez ce que je veux dire.

Marah était suspendue à chaque parole de Tully.

— C'était une Armani ? demanda-t-elle.

Kate fut absolument sidérée d'entendre Tully dire :

— Oui, en effet, Marah. Je vois que tu connais les grands stylistes. Je suis fière de toi.

— J'ai vu des photos dans le magazine. Ils disaient que tu étais une des mieux habillées.

— Ça demande du travail, dit-elle avec un grand sourire. Il y a toute une équipe à l'œuvre pour me mettre en valeur.

— Waouh, dit encore une fois Marah. C'est tellement cool.

Quand Tully épuisa le sujet des célébrités et de la mode, elle passa à la politique internationale. Johnny et elle discutèrent dans le menu détail du scandale Clinton-Lewinsky et de sa couverture médiatique ; Marah intervenait à chaque pause dans la conversation pour poser d'innombrables questions au sujet d'adolescents célèbres que Tully connaissait personnellement et dont Kate n'avait jamais entendu parler. À vrai dire, les garçons faisaient tant de chahut qu'elle était entièrement occupée à les faire taire. Kate voulait sans cesse dire quelque chose, ajouter un commentaire ou deux, mais les garçons avaient choisi cette soirée pour se jeter de la nourriture l'un sur l'autre, et elle devait être aux aguets pour les maîtriser.

Le dîner sembla durer une fraction de seconde. À la fin de celui-ci, Marah, tentant de manière pitoyablement évidente d'impressionner Tully, débarrassa la table.

— Je vais faire la vaisselle, dit Johnny. Pourquoi vous ne prendriez pas des couvertures avec Tully pour vous asseoir un moment dehors ?

— Tu es un prince, dit Tully. Je vais préparer un pichet de margarita. Katie, va donc coucher Riri et Fifi et on se retrouve dehors dans un quart d'heure.

Kate hocha la tête et monta les garçons. Quand elle eut fini de leur donner le bain, de les mettre en pyjama et de leur lire une histoire, il était près de huit heures.

Se sentant elle-même un peu lasse, elle redescendit et trouva Marah pelotonnée sur les genoux de Tully.

Johnny la rejoignit au pied de l'escalier.

— La margarita est dans le mixeur. Je vais coucher Marah.

— Je t'aime.

Il lui donna une petite tape sur les fesses, puis se tourna vers sa fille.

— Je sais. Allez, chaton. Au lit.

— Oh, Papa. Je suis obligée ? Je suis en train de parler à Tully de Mme Hermann.

— Monte tout de suite et mets ton pyjama. J'arrive dans une minute pour te lire une histoire.

Marah serra fort Tully dans ses bras, lui embrassa la joue et se dirigea d'un pas lourd vers Johnny et Kate.

Sans enthousiasme, elle embrassa Kate pour lui dire bonne nuit et monta.

Tully se leva et se posta à côté de Johnny.

— Bon, j'ai été très patiente, ce qui tu le sais n'est pas mon fort, mais les enfants ne sont plus là maintenant, alors crache le morceau.

Kate fronça les sourcils.

— Quoi ?

— Tu as une mine affreuse, dit doucement Tully. Qu'est-ce qui ne va pas ?

— C'est juste les hormones. Ou le manque de sommeil. Les garçons m'épuisent, dit-elle, puis elle rit de ce chapelet habituel d'excuses. Je vais bien.

— Je ne crois pas qu'elle sache ce qui ne va pas, dit Johnny à Tully, comme si Kate n'était pas là.

— Comment avancent tes projets d'écriture ? lui demanda Tully.

Kate grimaça.

— Super bien.

— Elle n'écrit pas, dit Johnny, et Kate aurait pu lui voler dans les plumes pour ça.

Tully sembla ne pas y croire.

— Pas du tout ?

— Pas que je sache, dit Johnny.

— Arrêtez de parler comme si je n'étais pas là, dit Kate. J'ai une diva de dix ans qui pratique tous les sports de la planète, prend des cours de danse trois fois par semaine et a une vie sociale plus remplie que les filles de *Sex and the City*. Et n'oubliez pas les jumeaux qui dorment rarement en même temps et qui cassent tout ce qu'ils touchent. Bon sang, comment suis-je censée faire tout ça, préparer le dîner, laver le linge, faire le ménage et écrire un livre en même temps ? dit-elle en les regardant. Je sais ce que vous vous dites tous les deux. Ce que tout le monde semble se dire. Je suis censée prendre du temps pour chercher qui je suis vraiment. Je suis censée avoir *besoin* d'être plus qu'une mère – et c'est le cas, nom d'un chien –, seulement, je ne sais simplement pas comment je suis censée faire tout ça et réussir à être encore à l'heure à la sortie de l'école.

Dans le silence qui suivit cet épanchement, une bûche tomba dans la cheminée avec un bruit mat suivi de crépitements.

Tully regarda Johnny.

— Espèce de salaud.

— Quoi ? fit-il d'un air si dérouté que Kate faillit rire.

— Elle fait le ménage et ramasse ton linge ? Tu ne peux pas prendre quelqu'un pour ça, bon sang ?

— Elle ne m'a jamais dit qu'elle avait besoin d'aide.

Kate ne s'était pas rendu compte jusqu'à cet instant qu'elle s'était sentie si débordée. Elle éprouva un immense soulagement, qui détendit les muscles dans son dos.

— J'en ai besoin, avoua-t-elle finalement à son mari.

Johnny l'attira dans ses bras et l'embrassa en murmurant contre ses lèvres :

— Tout ce que tu avais à faire, c'était dire quelque chose.

Elle l'embrassa à son tour, se cramponna à lui.

— Ça suffit, les bécotages, dit Tully en prenant le bras de Kate. Ce qu'il nous faut, c'est de la margarita. Johnny, apporte-la sur la terrasse.

Kate se laissa entraîner dehors. Une fois là, elle sourit à son amie.

— Merci, Tul. Je ne sais pas pourquoi je n'ai pas simplement demandé de l'aide.

— Tu plaisantes ? J'adore donner des ordres à Johnny.

Elle s'assit dans le fauteuil inclinable le plus proche. Devant elles, juste après le jardin mal entretenu s'étendait une bande argentée de vagues écumeuses. Le doux murmure de l'eau qui allait et venait emplissait la nuit.

Kate prit place dans le fauteuil voisin de celui de Tully.

Johnny apparut, donna un verre à chacun, puis repartit.

Après un long silence, Tully dit :

— Je te dis ça parce que je t'aime, Katie : tu n'es pas obligée d'aller à toutes les sorties scolaires et les ventes de gâteaux. Il faut que tu prennes du temps pour toi.

— Maintenant, dis-moi quelque chose que je ne sache pas.

— Je lis les magazines et je regarde la télé. Les mères au foyer ont quarante pour cent plus de chances de…

— *Non.* Je suis sérieuse. Dis-moi quelque chose que je ne sache pas. Quelque chose de drôle.

— Je t'ai raconté Paris au tournant du millénaire ? Et je ne parle pas du feu d'artifice. Il y avait ce type, un Brésilien…

Le 1er juillet 2000, le réveil de Tully sonna, comme chaque jour de la semaine, à trois heures trente. Elle frappa sur le bouton de rappel d'alarme avec un grognement, regrettant de ne pas pouvoir dormir dix minutes de plus cette fois seulement, et se blottit à nouveau contre Grant. Elle adorait se réveiller près de ses bras, même si elle se réveillait rarement entre. Au fil des années de leur relation en dents de scie, ils avaient été partout dans le monde ensemble, participé à des dizaines de fêtes somptueuses et de galas de bienfaisance en tenue de soirée. La presse l'avait surnommé l'« amour occasionnel » de Tully, ce qui lui avait toujours paru assez pertinent. Dernièrement, cependant, elle revoyait sa position.

Il se réveilla lentement et lui frotta le bras.

— Bonjour, mon amour, dit-il de cette voix râpeuse et éraillée qui indiquait qu'il avait fumé des cigares la veille au soir.

— Je le suis ? demanda-t-elle doucement en se redressant sur un coude.

— Tu es quoi ?

Il s'arrêta juste avant de lever les yeux au ciel, mais l'effet était le même.

— Tu veux ravoir cette discussion ? Tu as trente-neuf ans. Je sais. Ça ne change rien à ce que nous sommes, Tully. Ne gâchons pas tout, tu veux bien ?

Il se comportait comme si elle lui avait demandé de l'épouser, ou de la mettre enceinte, or c'était faux dans les deux cas. Elle se roula hors du lit et traversa son spacieux appartement en direction de la salle de bains, où elle alluma la lumière.

— Oh, mon Dieu.

Elle avait l'air d'avoir dormi dans une benne à ordures. Ses cheveux, désormais coupés court et parsemés de mèches blondes, étaient ébouriffés tout autour de son visage d'une manière qui ne pouvait aller qu'à Annette Bening ou Sharon Stone, et les poches sous ses yeux étaient grosses comme des bagages à main.

Fini les vols de nuit depuis la côte Ouest. Elle était bien trop vieille pour faire la bringue tout le week-end à Los Angeles et être au travail le lundi matin. Elle espéra que personne ne l'avait prise en photo sur le chemin du retour la veille au soir. Depuis la mort tragique de John Kennedy Jr, les paparazzis ne la lâchaient pas. L'actualité des célébrités – et pseudo-célébrités – était un secteur florissant.

Elle prit une longue douche chaude, se lava et se sécha les cheveux, puis elle enfila un jogging haute couture. Quand elle sortit de la pièce pleine de vapeur, Grant l'attendait à la porte. Dans son costume de la veille, avec ses cheveux ébouriffés de manière étudiée, il était d'une beauté incroyable.

— Faisons l'école buissonnière, dit-elle en passant un bras autour de sa taille.

— Désolé, chérie. J'ai un vol pour Londres dans quelques heures. Je dois voir mes parents.

Elle hocha la tête, peu surprise. Il trouvait toujours une raison de partir. Elle ferma sa porte à clé, puis ils prirent l'ascenseur et descendirent ensemble. À leurs berlines de luxe noires respectives, garées l'une derrière l'autre dans Central Park West, elle l'embrassa une dernière fois et le regarda partir.

Ça lui avait autrefois plu qu'il aille et vienne dans sa vie, arrivant toujours à l'improviste et repartant avant qu'elle puisse se lasser ou tomber amoureuse. Mais depuis quelques mois, elle se sentait aussi seule avec lui que sans lui.

Son chauffeur en uniforme lui tendit un double café crème.

— Bonjour, madame Hart.

Elle prit le café avec gratitude.

— Merci, Hans, dit-elle en montant dans la voiture.

Elle se mit à l'aise et s'efforça de ne pas penser à Grant ni à sa vie. Pour cela, elle regarda défiler les rues de Manhattan plongées dans l'obscurité à travers la vitre teintée. C'était l'heure où la ville était la plus proche du sommeil. Seules les âmes les plus courageuses étaient dehors : les éboueurs, les boulangers, les livreurs de journaux.

Cela faisait de trop nombreuses années qu'elle vivait cette routine. Depuis son premier jour à New York ou presque, elle se réveillait à trois heures et demie du matin pour aller travailler. Le succès n'avait fait que rallonger des journées déjà longues. Depuis que CBS l'avait prise dans ses filets, elle avait dû ajouter des réunions d'après-midi à ses émissions du matin. La gloire, la célébrité et l'argent auraient dû lui permettre de ralentir et de profiter de sa carrière, mais il s'était produit l'inverse. Plus elle en avait, plus elle en voulait, plus elle avait peur de le perdre, et plus elle travaillait. Elle acceptait tous les boulots qu'on lui proposait : faire la voix-off d'un documentaire sur le cancer du sein, coprésenter un nouveau jeu télévisé et même être membre du jury pour le concours de Miss Univers. Il y avait aussi ses apparitions en tant qu'invitée sur les plateaux de Jay Leno, David Letterman, Rosie O'Donnell, etc. Et les parades de Noël pour lesquelles il fallait une meneuse de cortège. Elle veillait à ce que personne ne puisse l'oublier.

À la trentaine, elle n'avait pas eu de mal à suivre ce rythme. Elle était alors capable de travailler longuement, de dormir tout l'après-midi, de faire la fête toute la nuit puis de se réveiller en pleine forme et avec une excellente mine. Mais elle approchait à présent de la quarantaine, et elle commençait à se sentir fatiguée, un peu vieille pour courir d'un boulot à l'autre, surtout en talons hauts. De plus en plus souvent, quand elle rentrait du travail, elle se roulait en boule sur le canapé et appelait Kate, Mme M. ou Edna. Ça ne l'excitait plus d'être vue – et photographiée – dans le dernier club branché ou à telle ou telle première en grandes pompes. Elle s'apercevait qu'elle avait plutôt envie d'être avec les gens qui la connaissaient vraiment, qui tenaient vraiment à elle.

Edna lui répétait sans cesse que c'était le marché qu'elle avait conclu, la vie qu'elle avait en contrepartie de sa réussite. Mais à quoi servait la réussite, lui avait demandé Tully autour d'un verre la semaine précédente, s'il n'y avait personne pour la partager avec vous ?

Edna avait simplement secoué la tête et dit :

— C'est pour ça qu'on parle de sacrifice. On ne peut pas tout avoir.

Mais si c'était précisément ce qu'elle voulait, tout avoir ?

En arrivant devant la tour de CBS, elle attendit que son chauffeur lui ouvre la portière, puis elle sortit dans le matin d'été encore plongé dans l'obscurité. Elle sentait déjà la chaleur qui s'élevait du bitume :

cette journée s'annonçait caniculaire. Quelque part non loin, elle entendit le sifflement sourd d'un camion-poubelle en cours de chargement.

Elle se dirigea en hâte vers la porte de l'immeuble et entra, puis elle salua le portier d'un signe de tête en prenant la direction de l'ascenseur. En haut, son sauveur l'attendait déjà dans sa loge. Vêtu d'un T-shirt rouge trop serré qui mettait en valeur ses muscles saillants, et d'un pantalon en cuir noir moulant, Tank mit une main sur sa hanche et secoua la tête.

— Il y a quelqu'un qui a une tête affreuse ce matin.

— Tu es trop dur avec toi-même, répliqua Tully en se laissant glisser dans le fauteuil.

Elle avait engagé Tank environ cinq ans plus tôt pour qu'il la coiffe et la maquille. C'était un choix qu'elle regrettait presque tous les jours.

Il retira le foulard Hermès qui lui enveloppait la tête ainsi que ses lunettes de soleil.

— Tu sais que je t'aime, chérie, mais il faut que tu arrêtes de brûler la chandelle par les deux bouts. Et tu recommences à être trop maigre.

— Tais-toi et farde.

Comme d'habitude, il commença par ses cheveux. Il parla tout en s'activant. Parfois, ils se confiaient l'un à l'autre ; c'était dans la nature de leur relation. Le temps qu'ils passaient ensemble faisait naître une forme d'intimité qui ne se transformait pas tout à fait en amitié. Une relation très new-yorkaise. Ce jour-là, cependant, Tully fit en sorte que leur conversation reste légère et impersonnelle. Elle ne voulait pas lui révéler qu'elle n'était pas dans son assiette. Il n'aurait pas perdu une seconde pour lui expliquer comment mettre de l'ordre dans sa vie.

À cinq heures, elle avait l'air plus jeune de dix ans.

— Tu es un génie, dit-elle en se levant du fauteuil.

— Si tu ne changes pas tes habitudes, jeune fille, c'est d'un chirurgien que tu auras besoin, pas d'un maquilleur.

— Merci.

Elle lui lança un sourire éclatant de présentatrice et partit avant qu'il puisse répondre quoi que ce soit.

Sur le plateau, elle regarda la caméra et sourit à nouveau. Là, dans ce monde factice, elle était parfaite. Elle parlait avec aisance, riait aux blagues des invités et des coprésentateurs, et laissait penser à tous ceux qui la voyaient qu'elle pouvait être leur amie. Elle savait que personne aux États-Unis ne savait ce qu'elle ressentait véritablement à cet instant. Personne n'imaginait que Tallulah Hart puisse en vouloir davantage que ce qu'elle avait.

Faire des courses avec les jumeaux et Marah était une source de mal de tête inévitable. Quand Kate termina enfin ses dernières haltes au supermarché, à la bibliothèque, au drugstore et au magasin de tissus, elle était épuisée, et il n'était même pas quinze heures. Sur tout le trajet du retour, les garçons pleurèrent et Marah bouda. À dix ans, sa fille avait décidé qu'elle était trop grande pour s'asseoir sur la banquette arrière avec les bébés et piquait désormais une crise à chaque sortie. Son plan, à l'évidence, était de pousser Kate à bout.

— Arrête de discuter, Marah, dit-elle pour la douzième fois au moins depuis qu'ils étaient repartis de l'épicerie.

— Je ne discute pas. Je t'explique. Emily a le droit de s'asseoir devant, et Rachel aussi. Tu es la seule maman qui ne veut pas…

Kate rentra dans le garage et écrasa juste assez les freins pour faire voler en avant les sacs de provisions. Ça valait la peine, car cela fit taire Marah.

— Aide-moi à rentrer les courses.

Marah prit un seul sac et entra dans la maison.

Avant que Kate puisse la gronder, Johnny arriva dans le garage et se chargea de sacs. Kate et les garçons le suivirent dans la maison.

Comme d'habitude, la télé était allumée, à un volume trop élevé au goût de Kate, et branchée sur CNN.

— Je vais coucher les garçons pour leur sieste, dit Johnny quand tous les sacs furent sur le bar. Ensuite, j'aurai une bonne nouvelle pour toi.

Kate lui lança un sourire fatigué.

— Ça me ferait le plus grand bien. Merci.

Une demi-heure plus tard, il redescendit. Kate était à la table de la salle à manger en train d'étaler le tissu pour les derniers costumes de danse classique qu'elle devait confectionner. Neuf, de fait ; encore trois.

— Je suis une imbécile, dit-elle, s'adressant plus à elle-même qu'à lui. La prochaine fois qu'ils demandent des volontaires, je ne lève *pas* la main.

Il vint derrière elle, la força à se lever et à se retourner pour qu'elle soit face à lui.

— Tu dis ça chaque fois.

— Comme j'ai dit, je suis une imbécile. Alors, c'est quoi, la bonne nouvelle ? Tu prépares le dîner ?

— Tully a appelé.

— C'est ça, ma bonne nouvelle ? Elle appelle tous les samedis.

— Elle vient pour le récital de Marah, et elle veut organiser une petite fête surprise pour sa filleule.

Kate s'extirpa de ses bras.

— Tu ne souris pas, dit-il en fronçant les sourcils.

Kate fut surprise par la bouffée de colère qu'elle ressentit.

— La danse, c'est la seule chose qu'on fait ensemble, Marah et moi. J'allais lui organiser une fête ici.

— Oh…

Elle vit que son mari avait envie de dire autre chose, mais il était trop futé pour le faire. Il savait que ce n'était pas à lui de parler.

Kate finit par soupirer. Elle se comportait en égoïste et ils le savaient tous les deux. Marah idolâtrait sa marraine et serait ravie d'une fête surprise.

— À quelle heure est-ce qu'elle sera là ?

# 24

Le jour du récital, Marah était si nerveuse et excitée qu'elle parvenait à peine à contenir ses émotions. Comme toujours, le stress de l'événement la transformait en minuscule diva encline à des caprices extravagants. Elle se tenait à présent près de la table à manger, avec une main sur la hanche, dans un jean taille basse délavé et un haut rose sur lequel était inscrit en strass « Baby One More Time ». Une bande de peau était visible entre le bas de son T-shirt et la ceinture de son jean.

— Où est-ce que tu as mis mes barrettes papillons ?

Kate, penchée sur sa machine à coudre, leva à peine les yeux.

— Elles sont dans ton tiroir dans la salle de bains. Celui du haut. Et il n'est pas question que tu portes ce haut en dehors de la maison.

Marah resta bouche bée.

— Mais c'est un cadeau d'anniversaire.

— Oui, eh bien, ta tante Tully est une imbécile.

— Tout le monde s'habille comme ça.

— Oh, tu me fends le cœur. Vraiment. Maintenant va te changer. Je n'ai pas le temps de discuter avec toi.

Marah poussa un soupir exaspéré et remonta en fulminant.

Kate secoua la tête. Ce n'était pas seulement à cause du récital. Marah était toujours dans l'extravagance dernièrement. Soit elle gloussait sans arrêt, soit elle se mettait dans une colère noire. Chaque fois que Maman voyait sa petite-fille, elle riait, allumait une cigarette et disait :

— Oh, tu vas t'amuser à son adolescence. Tu devrais te mettre à boire avant qu'il soit trop tard.

Kate se repencha sur sa machine, appuya sur la pédale et se remit au travail.

Ce moment se révéla par la suite le dernier où elle marqua une pause pendant près de deux heures. Puis, dès qu'elle eut terminé les costumes pour le récital de danse, elle s'empressa de faire ce qui lui restait à faire : trouver des cintres, charger la voiture, aider les garçons à se brosser les dents et mettre fin à leurs disputes. Heureusement, Johnny s'occupa du dîner et de la vaisselle.

À dix-huit heures, Kate mena tout le monde à la voiture, aida les garçons à s'installer dans leurs sièges auto puis prit place à son tour.

— J'ai oublié quelque chose ?

Johnny la regarda.

— Tu as de la sauce tomate sur le front.

Elle déplia le pare-soleil et se regarda dans le minuscule miroir rectangulaire. Effectivement, elle avait une trace rouge sur le front.

— Je n'ai pas pu me doucher, dit-elle, horrifiée.

— C'est ce que je me demandais.

Elle se tourna vers lui.

— Tu *savais* ?

— Quand je t'ai dit qu'il était cinq heures, tu m'as rembarré et dit de préparer le dîner.

Elle grogna. Dans toute cette agitation, elle avait oublié de se préparer. Elle était encore habillée de son plus vieux jean, d'un sweat-shirt de la fac flottant et d'une paire d'Adidas éraflées.

— J'ai l'air d'une clocharde.

— Mais une clocharde qui a fait des études.

Ne relevant pas sa remarque, elle sortit précipitamment de la voiture et entendit Marah crier derrière elle :

— Maquille-toi, Maman !

Kate fouilla dans les tiroirs, trouva un pantalon-fuseau noir relativement neuf et un pull noir et blanc à col en V arrivant à mi-cuisses. Les fuseaux étaient-ils toujours tendance ? Elle ne savait pas. Elle fit une queue-de-cheval avec ses cheveux, la noua avec un chouchou blanc, puis elle se brossa les dents et se mit du mascara et du blush.

Dehors, un Klaxon retentit.

Elle prit une paire de socquettes en soie noire et des chaussures plates en daim et regagna la voiture en courant.

— On va être en retard, geignit Marah. Tout le monde doit déjà y être.

— Ça va aller, dit Kate, seulement un peu essoufflée.

Ils traversèrent la ville et se garèrent à l'Island Auditorium. À l'intérieur régnait un chahut monstre :

douze fillettes âgées de sept à onze ans, leurs parents stressés, des dizaines de frères et sœurs chahuteurs et indifférents et Miss Parker, leur professeur de danse septuagénaire, qui exigeait le respect des convenances en toutes circonstances et parvenait étonnamment à gérer cette foule sauvage sans jamais hausser la voix. Kate emporta les costumes dans les loges, où elle aida les filles à se préparer : elle leur mit leurs pinces à cheveux, leur fit leurs queues-de-cheval, aspergea leurs cheveux de laque, puis leur appliqua un peu de mascara et de brillant à lèvres.

Quand elle termina, elle s'agenouilla devant sa fille.

— Tu es prête ?

— Vous avez pris le Caméscope ?

— Bien sûr.

À ces mots, Marah afficha un grand sourire, révélant ses grandes dents de travers.

— Je suis contente que tu sois là, Maman, dit-elle.

Et soudain, tout cela – les délais intenables, les longues soirées passées à faire de la couture et du repassage, ses doigts fatigués et en sang – en valut la peine. Elle avait fait tout ça pour une fraction de seconde de complicité.

— Moi aussi.

Marah la prit dans ses bras.

— Je t'aime, Maman.

Kate la serra fort et sentit son odeur suave et poudreuse. Elle se dit alors que la fin de l'enfance et le début de la puberté étaient trop proches, et elle s'agrippa trop longtemps à sa fille. Ces moments étaient déjà trop rares.

Marah s'écarta, lui sourit à nouveau et courut en coulisses avec ses amies.

— Salut !

Kate se releva lentement et se rendit dans la salle, où elle trouva Johnny assis au milieu du troisième rang, entouré de ses deux fils. Elle chercha Tully sur les fauteuils autour d'eux.

— Elle est arrivée ?

— Non. Et elle n'a pas appelé non plus. Elle a peut-être eu un empêchement. Un rencard avec George Clooney, par exemple, dit-il avec un sourire.

Kate sourit à son tour et s'assit à côté de Lucas. Tout autour d'elle, des parents et des grands-parents gagnaient leurs places en file indienne et sortaient leurs caméscopes dès qu'ils étaient installés.

Les parents de Kate arrivèrent à l'heure juste et prirent place à côté d'elle. Comme toujours, Maman avait pris son vieux Kodak Instamatic noir qui pendait à son poignet.

— Je croyais que Tully venait, dit-elle.

— Elle a dit qu'elle viendrait. J'espère qu'il ne s'est rien passé.

Kate garda une place pour Tully aussi longtemps qu'elle put, puis elle finit par la libérer.

Les lumières vacillèrent, et le public se tut. Miss Parker, vêtue à présent de collants roses, d'une jupe de danse noire au genou et d'un justaucorps noir, vint sur le devant de la scène. Elle avait tout d'une danseuse étoile sur le retour.

— Bonsoir à tout le monde, dit-elle de sa voix faible et geignarde. Comme vous le savez, je suis…

Les portes du fond de l'auditorium s'ouvrirent brusquement, et toute la salle se retourna.

Tully apparut, l'air d'arriver tout droit de la cérémonie des Grammy Awards. Ses cheveux courts et striés de mèches blondes lui conféraient une beauté de petite fille espiègle qui faisait paraître son sourire encore plus grand. Elle portait une magnifique robe en soie vert forêt qui pendait à une de ses épaules et était pincée à sa taille encore fine.

Des murmures parcoururent la salle. *Tallulah Hart... encore plus belle en vrai...* Plus personne n'écoutait la présentation de Miss Parker.

— Comment fait-elle pour rester aussi belle ? demanda Maman en se penchant vers Kate.

— Chirurgie esthétique, et une armée de maquilleurs.

Maman rit à cette réponse et serra la main de Kate comme pour lui rappeler qu'elle était tout aussi jolie.

Tully salua les Mularkey de la main, trouva une place vide en bordure d'allée et s'assit.

Les lumières de la salle baissèrent et Maggie Levine, la fée bleue du spectacle, entra en scène en dansant. Sa sœur, Cleo, et le reste des filles suivirent, pirouettant et cabriolant de manière synchrone, du moins en théorie. Les plus jeunes regardaient avec attention les danseuses plus expérimentées et exécutaient chaque mouvement avec une seconde de retard.

Leur maladresse ne rendait ce spectacle que plus magique. Kate parvint tout juste à se retenir de pleurer, puis Johnny passa le bras devant Lucas et lui prit la main au moment où Marah arriva sur scène en tournoyant. À la moitié de son numéro, elle aperçut Tully et s'arrêta en plein milieu de la scène pour lui faire de grands signes.

Des rires agitèrent la salle quand Tully lui fit signe à son tour.

À la fin du spectacle, les filles furent vivement acclamées. Elles furent rappelées plusieurs fois, puis elles gloussèrent et rejoignirent leurs familles en courant.

Marah se dirigea aussitôt vers sa marraine. Elle sauta de la scène et atterrit dans les bras de Tully. Une foule de gens désirant des autographes ou être présentés se forma autour d'elles. Pendant tout ce temps, Marah était rayonnante de fierté.

Quand la nuée se dissipa, Tully rejoignit la famille et serra chacun à tour de rôle dans ses bras. Elle passa un bras autour des épaules de Kate et se servit de son autre main pour rester accrochée à Marah.

— J'ai une surprise pour ma filleule, dit-elle d'une voix forte.

Marah eut un petit rire et sauta sur place.

— Qu'est-ce que c'est ?

— Tu verras, dit Tully en faisant un clin d'œil à Kate.

Puis la famille remonta l'allée en groupe et sortit de l'auditorium.

À l'extérieur, une limousine rose était garée au bord du trottoir.

Marah poussa un cri de joie.

Kate se tourna vers Tully.

— Tu te moques de moi ?

— Elle est super, non ? Tu n'imagines pas le mal que j'ai eu à la trouver. Allez, tout le monde à bord.

Elle ouvrit la portière et ils s'entassèrent tous dans l'intérieur noir somptueux. De minuscules lumières rouges et bleues éclairaient le plafond.

Marah se blottit contre Tully en lui tenant la main.

— C'est la meilleure surprise de ma *vie*, dit-elle. Tu m'as trouvé bonne ?

— Tu as été parfaite, dit Tully.

Ils restèrent dans la voiture durant tout le trajet en ferry. Marah n'arrêta pas un instant de parler à Tully.

Une fois à Seattle, la limousine redémarra et leur fit faire le tour de la ville comme à des touristes en vacances, puis elle se gara sous un grand porche lumineux, où un portier vint les accueillir. Il ouvrit la portière et se pencha.

— Laquelle de ces charmantes dames est Marah Rose ?

Marah leva aussitôt la main en riant.

— C'est moi.

L'homme sortit une rose de derrière son dos et la lui tendit.

Marah parut ébahie.

— Waouh !

— Dis merci, Marah, dit Kate d'un ton plus sec qu'elle ne l'avait voulu.

Marah lui lança un regard agacé.

— Merci.

Tully les conduisit dans l'hôtel. Au dernier étage, elle ouvrit la porte d'une immense suite où toutes sortes de jeux pour enfants avaient été installés : des châteaux gonflables, un simulateur de boxe et des autotamponneuses miniatures. Toutes les filles du récital étaient déjà là avec leurs familles. Au centre de la pièce se trouvait une table recouverte d'une nappe blanche. Sur celle-ci trônait un énorme gâteau à étages rose décoré de petites ballerines recouvertes de glaçage.

— Tante Tully ! cria Marah en la serrant dans ses bras. C'est *d'enfer*. Je t'aime.

— Moi aussi, je t'aime, princesse. Maintenant va jouer avec tes amies.

Tout le monde resta figé pendant quelques instants, abasourdi. Johnny fut le premier à se ressaisir. Tenant William dans ses bras, il se glissa jusqu'à Tully.

— Tu ne crois pas que tu la gâtes trop ?

— Je voulais faire venir un poney, mais je me suis dit que c'était exagéré.

Maman rigola.

Papa secoua la tête.

— Venez, Margie, Johnny, dit-il finalement. Allons jeter un œil au bar.

Quand Kate et Tully furent seules, Kate dit :

— On peut dire que tu sais faire ton entrée. Marah va parler de ça pendant des années.

— C'est trop ? demanda Tully.

— Peut-être juste un peu.

Tully lui fit un grand sourire, mais qui avait quelque chose de faux. Kate vit tout de suite qu'elle se forçait.

— Qu'est-ce qui ne va pas ?

Avant que Tully puisse répondre, Marah revint en faisant des bonds, son petit visage rayonnant de joie.

— On veut tous une photo avec toi, tante Tully.

Kate resta plantée là, à regarder sa fille près de se pâmer d'admiration devant sa marraine. Elle était obligée d'admettre qu'elle ressentait une pointe de jalousie. C'était censé être leur soirée. À Marah et elle.

Assise dans la limousine avec la tête de Marah sur ses genoux, Tully caressait les soyeux cheveux noirs de sa filleule.

En face d'elles, Kate dormait contre Johnny, qui avait aussi les yeux fermés. Un petit garçon était roulé en boule contre chacun d'eux. On aurait dit une carte postale de la famille parfaite.

La limousine s'engagea sur la route menant à la plage.

Tully embrassa la joue rose et douce de Marah.

— On est presque arrivés, princesse.

Marah se réveilla doucement en clignant des yeux.

— Je t'aime, tante Tully.

Le cœur de Tully se referma tel un poing autour de ces mots, et une émotion presque douloureuse l'envahit. Elle avait pensé autrefois que le succès était comme l'or, qu'il méritait qu'on mette les mains dans la boue, et que l'amour serait toujours là, à attendre sur les rives qu'elle ait fini de tamiser le sable. Elle ne pouvait imaginer à présent comment elle avait pu penser ça, étant donné son parcours. Elle aurait dû se rendre compte très tôt que l'amour était une chose rare. Si la réussite était de l'or reposant dans des rivières, l'amour était un diamant, enterré à des centaines de mètres sous la surface de la Terre et impossible à identifier sous sa forme naturelle. Pas étonnant qu'elle fût si touchée d'entendre ces mots de Marah. Ils avaient été si rares dans sa vie.

— Moi aussi, je t'aime, Marah Rose.

La limousine s'engagea dans l'allée, faisant craquer le gravier sous ses pneus, et se gara. La famille mit une éternité à sortir de la voiture et à rentrer dans la maison, puis ils montèrent tous immédiatement à l'étage.

Tully se retrouva dans le salon vide sans trop savoir quoi faire. Le plancher craquait. Elle avait essayé de prendre part à leur routine du soir, mais elle avait fini par abandonner à force de se trouver dans leurs pattes.

Kate redescendit enfin en poussant un soupir las et chargée d'une pile de couvertures.

— Bon, Tully. Qu'est-ce qui se passe ?

— Comment ça ?

Kate la prit par le bras et l'entraîna à travers la maison jonchée de jouets. Elle s'arrêta à la cuisine le temps de servir deux verres de vin blanc puis elles sortirent et se dirigèrent vers les fauteuils installés dans l'herbe. Le doux murmure des vagues ramena Tully plus de vingt ans en arrière, à ces nuits où elles avaient fait le mur pour aller s'asseoir au bord de la rivière, parler de garçons et partager des cigarettes.

Tully s'assit dans un des fauteuils en bois patiné et étendit sur elle la couverture tricotée à la main. Après toutes ces années et sans aucun doute d'innombrables lavages, celle-ci gardait encore l'odeur des cigarettes mentholées et du parfum de Mme M.

Kate ramena contre elle ses genoux enveloppés d'une couverture et laissa reposer son menton dessus, puis elle regarda Tully.

— Parle, dit-elle.

— De quoi devrait-on parler ?

— Ça fait combien de temps qu'on est meilleures amies ?

— Depuis l'époque où David Cassidy était dans le vent.

— Et tu crois que je ne vois pas quand quelque chose ne va pas ?

Tully se reposa contre le dossier de son fauteuil en sirotant son vin. À vrai dire, elle avait envie de parler – c'était, après tout, une des raisons pour lesquelles elle avait traversé tout le pays –, et pourtant, à présent qu'elle était là avec sa meilleure amie, elle ne savait pas par où commencer. Pire, elle se sentait bête à l'idée de se plaindre de ce qui manquait dans sa vie. Elle avait tant de choses.

— Je me disais que tu étais folle de renoncer à ta carrière. Pendant quatre ans, chaque fois que je t'appelais, j'entendais Marah qui criait derrière. Je me disais que je me tuerais si c'était ma vie, mais tu avais l'air à la fois frustrée, à bout de nerfs et incroyablement heureuse. Je n'ai jamais vraiment compris.

— Un jour, tu comprendras ce que c'est.

— Non, ça n'arrivera pas. J'ai presque quarante ans, Kate, dit-elle en regardant enfin son amie. Je suppose que c'était moi la folle en définitive, à ne vouloir rien d'autre que ma carrière.

— Mais quelle carrière !

— Ouais. Mais parfois… ça ne me suffit pas. Je sais que j'en veux beaucoup, mais j'en ai assez de travailler dix-huit heures par jour et de trouver la maison déserte quand je rentre chez moi.

— Tu peux changer ta vie, tu sais. Mais pour ça, il faut que tu le veuilles vraiment.

— Merci, Obi-Wan.

Kate regarda les vagues qui se brisaient sur le rivage.

— Dans les tabloïds de la semaine dernière, il était question d'une femme de soixante ans qui a eu un enfant.

Tully rigola.

— Tu es une vraie garce !

— Je sais. Allez, viens, pauvre petite fille richissime, je vais te montrer ta chambre.

— Je vais regretter de m'être lamentée, non ?

— Oh ! que oui.

Elles rentrèrent dans la maison assombrie. À la porte de la chambre d'amis, Kate se tourna vers elle.

— Tu ne gâtes plus Marah comme ça, d'accord ? Elle te prend déjà pour une déesse.

— Allons, Katie. J'ai gagné plus de deux millions de dollars l'an dernier, qu'est-ce que je suis censée faire de tout ça ?

— Donne-le à des organisations caritatives. Mais fini les limousines roses, d'accord ?

— T'es vraiment pas drôle, tu sais ?

Ce ne fut que bien plus tard, alors qu'elle était étendue sur le matelas bosselé et affaissé du clic-clac et regardait la Grande Ourse par la fenêtre, que Tully se rendit compte qu'elle n'avait pas demandé à Kate comment allait sa vie.

Kate considéra le calendrier accroché au mur à côté de son réfrigérateur. Il lui paraissait impossible de croire que le temps ait passé si vite, mais elle en avait la preuve sous les yeux. On était en novembre 2002, et le monde avait changé au cours des quatorze derniers mois. En septembre de l'année précédente, des terroristes avaient projeté des avions sur les tours jumelles du World Trade Center et sur le Pentagone, faisant des milliers de morts. Un autre avion avait été détourné et avait fini par s'écraser, ne laissant aucun survivant. Les tueurs kamikazes faisaient désormais partie des actualités de tous les soirs, et la recherche d'armes de destruction massive avait commencé. Des mots comme *Al-Qaïda*, *talibans* et *Pakistan* étaient prononcés dans toutes les conversations et répétés à chaque journal télévisé.

La peur avait transformé tout et tout le monde, et pourtant, comme toujours, la vie continuait. Heure après heure, jour après jour, pendant que les politiciens et le personnel militaire recherchaient bombes et terroristes, et pendant que le département de la Justice démolissait les murs de papier d'Enron, les familles américaines continuaient de mener leur vie ordinaire. Kate continuait de faire des courses, d'élever ses enfants et d'aimer son mari. Si elle se cramponnait un peu plus à eux et les gardait un peu plus près de la maison, tout le monde comprenait : le monde n'était plus aussi sûr qu'avant.

Il restait maintenant une semaine avant Thanksgiving, et Noël guettait juste après.

C'était la période des fêtes, ce moment de l'année qui provoque un véritable dédoublement de la personnalité chez de nombreuses femmes. Tiraillée entre les joies de cette période et la quantité de travail que celles-ci nécessitaient, Kate avait souvent du mal à ralentir et à se souvenir de savourer ces moments précieux. Il fallait faire des pâtisseries – pour les fêtes de l'école, pour la vente de gâteaux de l'école de danse, pour en faire don au Foyer d'aide – et des achats, bien sûr. Aussi magique que fût l'île de Bainbridge, quand le moment venait de chercher sérieusement des cadeaux, on était forcé de se rappeler qu'il s'agissait d'une étendue de terre entourée d'eau. Les centres commerciaux et les grands magasins étaient donc loin. Kate avait parfois l'impression d'être une alpiniste entreprenant une ascension verticale sans oxygène et dont le sommet était Nordstrom[1]. Quand on avait trois enfants, cela prenait du temps de leur choisir des cadeaux, or le temps était une denrée rare.

Assise à présent derrière le volant de sa voiture et garée en première position dans la file d'attente à la sortie du collège, Kate commença sa liste de cadeaux. Elle n'avait noté que quelques idées quand la cloche sonna et qu'un flot d'enfants sortit de l'établissement.

Marah sortait habituellement du bâtiment en brique au milieu d'un groupe de filles. Comme les orques, les préadolescentes se déplaçaient en bancs. Mais ce jour-là, elle était seule et marchait vite, la tête baissée et les bras croisés et serrés contre la poitrine.

Kate sut que quelque chose n'allait pas. La question était : quelle était la gravité de la chose ? Sa fille avait douze ans. Cela signifiait que des hormones bouillonnaient dans son corps et transformaient ses émotions en un chaudron de sorcière. Tout tournait au drame ces derniers temps.

— Salut, dit timidement Kate, sachant qu'un mot de travers pouvait provoquer une dispute.

— Salut, répondit Marah en grimpant sur le siège avant puis en attachant sa ceinture. Où sont les mioches ?

---

1. Chaîne de grands magasins aux États-Unis.

— Au goûter d'anniversaire d'Evan. Papa va les récupérer en rentrant.

— Oh.

Kate sortit de la file de stationnement et se fondit dans la circulation en accordéon sur Sportsman Club Road. Sur tout le trajet jusqu'à la maison, elle essaya d'engager la conversation, mais toutes ses tentatives tournèrent court. Au mieux, Marah lui répondit en un mot, au pire elle leva les yeux au ciel ou poussa un soupir exaspéré. Quand elles se garèrent dans le garage, Kate tenta une nouvelle fois sa chance.

— Je vais faire des biscuits pour la fête de Thanksgiving des garçons demain. Tu veux m'aider ?

Marah la regarda enfin.

— Ceux en forme de citrouilles avec un glaçage orange et des vermicelles verts ?

Durant une fraction de seconde, sa fille redevint une petite fille, avec ses yeux sombres pleins d'espoir et ses lèvres courbées en un sourire hésitant. Des années de fêtes les réunirent alors, un trésor de souvenirs communs.

— Bien sûr, dit Kate.

— J'adore ces biscuits.

Kate avait misé là-dessus.

— Tu te souviens de l'année où Mme Norman a apporté les mêmes et où tu étais si furieuse que tu faisais goûter les deux à tout le monde, juste pour prouver que les nôtres étaient meilleurs ?

Marah sourit enfin.

— M. Robbins s'est vraiment fâché contre moi. J'ai dû l'aider à faire le ménage après la fête.

— Emily est restée pour t'aider.

Le sourire de Marah s'évanouit.

— Ouais.

— Alors, tu veux m'aider ?

— Avec plaisir.

Kate veilla à ne pas réagir avec trop d'enthousiasme à cette réponse. Bien qu'elle eût envie de sourire et de dire à quel point elle était heureuse, elle se contenta de hocher la tête et de suivre sa fille dans la maison puis jusqu'à la cuisine. Au cours de cette tumultueuse année, elle avait appris certaines choses sur la manière d'aborder les préadolescentes. Alors qu'elles étaient prises dans un tourbillon d'émotions, il fallait rester calme en toutes circonstances.

Durant les trois heures qui suivirent, elles travaillèrent côte à côte dans la grande cuisine rustique. Kate rappela à sa fille comment mélanger les ingrédients et lui montra comment beurrer une plaque de cuisson à l'ancienne. Elles discutèrent de choses et d'autres, rien d'important. Kate évaluait la situation tel un chasseur. Elle sut d'instinct quand le moment était opportun. Elles venaient de glacer les derniers biscuits et empilaient la vaisselle sale à côté de l'évier quand Kate dit :

— Tu veux qu'on en refasse une fournée ? On pourrait les apporter chez Ashley.

Marah se figea.

— Non, dit-elle d'une voix presque inaudible.

— Mais Ash les adore. Tu te souviens quand…

— Elle me déteste, dit Marah, et tout à coup les vannes s'ouvrirent et des larmes se formèrent dans ses yeux.

— Vous vous êtes disputées ?

— Je sais pas.

— Comment peux-tu ne pas savoir ?

— Je sais pas, c'est tout, d'accord ?

Marah éclata en sanglots et se détourna.

Kate tendit la main vers sa fille, attrapa sa manche et l'attira vers elle pour la serrer dans ses bras.

— Je suis là, Marah, murmura-t-elle.

Marah l'étreignit avec force.

— Je ne sais pas ce que j'ai fait de mal, geignit-elle en sanglotant.

— Chut, fit doucement Kate en caressant les cheveux de sa fille comme si elle était encore petite.

Quand les pleurs de Marah se calmèrent enfin, Kate recula juste assez pour la regarder.

— Parfois la vie est…

La porte s'ouvrit à la volée derrière elles. Les jumeaux surgirent dans la maison en se criant dessus et en confrontant leurs dinosaures en plastique. Johnny entra derrière eux et les poursuivit. William buta contre un guéridon et renversa un verre d'eau qui n'aurait pas dû traîner là. Un bruit de verre volant en éclats retentit dans la pièce.

— Oh oh, fit William en regardant Kate.

Lucas rigola.

— Wil-lie va avoir des en-nuis, scanda-t-il.

Marah se libéra des bras de sa mère et monta l'escalier en courant, puis elle claqua la porte derrière elle.

— Lucas, dit Johnny. Arrête de taquiner ton frère. Et ne t'approche pas du verre par terre.

Kate soupira et prit un torchon.

Le lendemain, Kate s'engagea dans la file de ramassage du collège seulement trois minutes avant que la sonnerie de la pause-déjeuner retentisse. Après s'être garée en stationnement interdit, elle se rendit au bureau d'accueil, signa l'autorisation de sortie de Marah pour la journée puis elle se dirigea vers sa salle de classe. La veille au soir, après cette conversation et ce moment de complicité entre elles, Marah avait recommencé à ignorer Kate. Celle-ci avait eu beau l'aiguillonner, sa fille restait fermée, et elle avait donc dû concevoir un plan B. Une attaque surprise.

Kate jeta un coup d'œil à travers la vitre rectangulaire, frappa un coup à la porte, vit le professeur qui lui faisait signe et entra.

La plupart des élèves lui sourirent et dirent bonjour. C'était un des avantages quand on faisait sans cesse du bénévolat : tout le monde vous connaissait. Tous les élèves paraissaient contents de la voir… du moins contents qu'elle ait interrompu le cours.

Tous les élèves, sauf une.

Le visage de Marah était déformé par une grimace qui signifiait « Qu'est-ce que tu viens me mettre mal à l'aise au collège ? ». Kate ne connaissait que trop bien cette moue. Et elle connaissait les règles du collège : les parents devaient être invisibles.

La cloche sonna et les enfants sortirent de la salle en courant et en parlant fort.

Quand elles furent seules, Kate s'approcha de Marah.

— Qu'est-ce que tu fais ici ?

— Tu vas voir. Prends tes affaires. On part.

Marah la dévisagea, évaluant de toute évidence la situation de tous les points de vue possibles vis-à-vis de ses camarades.

— D'accord. Je te rejoins à la voiture, OK ?

En temps normal, Kate lui aurait fait une remarque et l'aurait forcée à partir avec elle, mais sa fille était fragile sur le plan affectif en ce moment. C'était pour ça que Kate était là.

— D'accord.

Cette victoire facile surprit Marah. Kate lui sourit et lui toucha l'épaule.

— J'arrive dans une minute.

Marah mit à vrai dire un peu plus longtemps que cela, mais pas beaucoup. Elle arriva quelques minutes plus tard, s'installa sur le siège passager et boucla sa ceinture.

— Où est-ce qu'on va ?

— Eh bien, pour commencer on va aller déjeuner quelque part.

— Tu m'as fait quitter le collège pour aller déjeuner dehors ?

— Et pour autre chose. Une surprise.

Kate les emmena au restaurant-snack qui se trouvait à côté du tout nouveau multiplexe de l'île.

— Je vais prendre un cheeseburger avec des frites et un milkshake à la fraise, dit Kate quand elles furent installées.

— Moi aussi.

Après que la serveuse eut pris leur commande et fut repartie, Kate regarda sa fille. Affalée sur la banquette en vinyle bleu, elle était maigre et dégingandée, une fille entrant brusquement dans l'adolescence. Ses cheveux noirs, mal peignés et en bataille, feraient un jour sa fierté, et ses yeux bruns révélaient toutes les nuances d'émotion qu'elle ressentait. À cet instant, elle avait perdu.

La serveuse apporta leurs milk-shakes. Kate en but une petite gorgée. C'était sans doute son premier produit glacé depuis la naissance des jumeaux et il avait un goût divin.

— Ashley te fait toujours la tête ? demanda-t-elle enfin.

— Elle me déteste. Je ne sais même pas ce que je lui ai fait.

Kate avait beaucoup réfléchi à ce qu'elle devait dire, à la manière d'appréhender ce premier déchirement. Comme toutes les mères, elle était prête à tout pour protéger sa fille, mais elle ne pouvait pas la prémunir totalement de certains dangers : on n'avait d'autre choix que d'y être confronté pour les comprendre ensuite. C'était une des nombreuses leçons que ce pays avait reçues cette année-là, et même si certaines choses avaient changé pour tous, d'autres perduraient.

— En CM2, j'avais deux très bonnes copines. Pendant des années, on a tout fait ensemble : présenté nos chevaux au concours de la foire, fait des soirées pyjamas, traîné au lac l'été. Mamie nous appelait les trois cavalières. Et puis un été, quand j'avais presque quatorze ans, je n'ai plus été leur amie. Je ne sais toujours pas pourquoi. Elles se sont mises à traîner avec des garçons, à aller à des fêtes et elles ne m'ont plus jamais rappelée. Tous les jours, j'étais toute seule pour aller au collège, pour prendre le bus et pour déjeuner, et tous les soirs je pleurais avant de m'endormir.

— C'est vrai ?

Kate hocha la tête.

— Je me rappelle encore à quel point j'étais blessée.

— Qu'est-ce qui s'est passé ?

— Eh bien, un jour, alors que j'étais au plus bas – et je parle sérieusement, tu m'aurais vue avec mon appareil dentaire et mes grandes lunettes ringardes…

Marah gloussa.

— Je me suis levée et je suis allée au collège.

— Et ?

— Et tante Tully attendait à l'arrêt de bus. Je n'avais jamais vu une fille au look aussi cool. Je me suis dit qu'elle ne voudrait jamais être mon amie. Mais tu sais ce que j'ai découvert ?

— Quoi ?

— Au fond d'elle-même, là où c'est important, elle avait aussi peur et elle se sentait aussi seule que moi. C'est cette année-là qu'on est devenues meilleures amies. De vraies amies. De celles qui ne te blessent pas intentionnellement et qui n'arrêtent pas de t'apprécier sans raison.

— Comment se fait-on des amies comme ça ?

— C'est ça qui est difficile, Marah. Pour se faire de vraies amies, il faut prendre le risque de s'ouvrir aux autres. Parfois, les gens vont te décevoir – les filles peuvent être vraiment méchantes entre elles – mais tu ne peux pas baisser les bras à cause de ça. Si quelqu'un te fait du mal, tu dois simplement te relever, épousseter ton chagrin et réessayer. Quelque part dans ta classe, il y a une fille qui sera amie avec toi jusqu'à la fin du lycée. Je te le promets. Il faut simplement que tu la trouves.

À ces mots, Marah fronça les sourcils et réfléchit.

La serveuse leur apporta leur repas, laissa l'addition et repartit.

Avant de mordre dans son cheeseburger, Marah dit :

— Emily est sympa.

Kate avait espéré que Marah se souviendrait de ça. Emily et elle avaient été inséparables à l'école primaire, mais elles s'étaient récemment éloignées l'une de l'autre.

— Oui, c'est vrai.

Kate vit sa fille sourire enfin, et cet infime changement l'illumina intérieurement. Elles discutèrent de choses et d'autres durant le reste du déjeuner, essentiellement de mode, sujet par lequel Marah était déjà obsédée et sur lequel Kate ne connaissait presque rien. Une fois qu'elle eut réglé l'addition et qu'elles furent prêtes à partir, Kate dit :

— Encore une chose, dit-elle en plongeant la main dans son sac à main, dont elle sortit un petit paquet. Tiens, c'est pour toi.

Marah déchira le papier chatoyant et dévoila le livre de poche qui se cachait au-dessous.

— *Le Hobbit*, dit Marah en levant les yeux.

— Cette année où je n'avais pas d'amies, je n'étais pas tout à fait seule. J'avais des livres pour me tenir compagnie, et celui-ci constitue le début d'une de mes histoires préférées. J'ai dû lire *Le Seigneur des anneaux* dix fois dans ma vie. Je ne pense pas que tu sois encore tout à fait prête pour *Le Hobbit*, mais un jour prochain, peut-être dans quelques années, il se passera quelque chose qui te blessera à nouveau. Peut-être que tu te sentiras seule avec ta tristesse, pas disposée à en parler à Papa ou à moi, et si ça arrive, tu te souviendras de ce livre sur ta table de chevet.

Tu pourras le lire à ce moment-là et te laisser emporter. Ça paraît bête, mais il m'a vraiment aidée quand j'avais treize ans.

Marah parut un peu déconcertée de recevoir un cadeau dont elle était trop jeune pour profiter, mais elle dit tout de même :

— Merci.

Kate regarda sa fille quelques instants de plus avec un pincement au cœur. Le temps passait si vite, elle était déjà presque sortie de l'enfance.

— Je t'aime, Maman, dit Marah.

Pour le reste du monde, ce n'était peut-être qu'un moment ordinaire d'une journée ordinaire, mais pour Kate, il était extraordinaire. C'était pour cette raison qu'elle avait choisi de rester au foyer au lieu de continuer à travailler. Elle évaluait peut-être le sens de sa vie en nanosecondes, mais elle n'aurait échangé cet instant pour rien au monde.

— Moi aussi, je t'aime. C'est pour ça qu'on va faire l'école buissonnière pour le reste de la journée. On va aller voir la séance de cet après-midi de *Harry Potter et la chambre des secrets*.

Marah se leva de la banquette en souriant.

— Tu es la meilleure des mamans.

Kate rigola.

— J'espère simplement que tu te souviendras de ça quand tu seras adolescente.

# 25

Tully se rappelait les années en fonction des reportages qu'elle avait faits. En 2002, elle avait passé des vacances en Europe, à Saint-Barth et en Thaïlande. Elle s'était rendue à la cérémonie des Oscars, avait remporté un Emmy Award, fait la couverture du magazine *People* et refait la déco de son appartement, mais rien de tout cela ne lui restait. Ce dont elle se souvenait, c'étaient ses reportages. Elle avait couvert le lancement de l'opération Anaconda contre les talibans, l'escalade de la violence dans la région, le procès de Milosevic pour crimes contre l'humanité et le début de la guerre en Irak.

Arrivée au printemps 2003, elle était épuisée, minée par tant de violence. Quand elle rentra enfin aux États-Unis, ce ne fut pas beaucoup mieux. Partout où elle allait, elle était parmi la foule et ne se sentait nulle part aussi isolée que dans un groupe de gens qui lui léchaient les bottes sans la connaître vraiment.

Même si aucun de ses téléspectateurs ne l'avait remarqué, elle craquait petit à petit. Ça faisait près de quatre mois que Grant ne l'avait pas appelée, et leur dernière conversation s'était mal passée.

*Je ne veux simplement pas la même chose que toi, ma chérie*, lui avait-il dit, sans même se donner la peine d'avoir l'air triste en le disant.

*Et qu'est-ce que je veux ?* avait-elle rétorqué d'un ton brusque, surprise de sentir des larmes lui monter aux yeux.

*Comme toujours : plus.*

Elle n'aurait pas dû être étonnée. Dieu savait qu'elle avait souvent entendu la même rengaine dans sa vie. Elle pouvait même admettre que c'était vrai. Elle en voulait bel et bien plus, ces derniers temps. Elle voulait une vraie vie, pas cette vie parfaite et étincelante mais vaine qu'elle s'était créée.

Mais elle ne savait pas vraiment comment s'y prendre pour repartir de zéro à son âge. Elle aimait trop son métier pour y renoncer et elle était riche et célèbre depuis si longtemps qu'elle ne pouvait s'imaginer vivre à nouveau normalement.

Ce jour-là, sous un soleil étonnamment chaud, elle parcourut les rues animées de Manhattan en regardant les habitants se faufiler rapidement entre les touristes aux vêtements colorés. C'était le premier jour de beau temps après un hiver long et neigeux, or rien ne changeait l'ambiance de New York comme le soleil. Les gens sortaient tous de leurs petits appartements, chaussures de marche aux pieds, pour prendre l'air. À la droite de Tully, Central Park était une oasis verdoyante. Pendant quelques instants, elle regarda le parc et vit son propre passé : le Quad à l'université de Washington, les étudiants qui couraient en tous sens, lançaient des Frisbee, jouaient au footbag. Ça faisait vingt ans qu'elle avait quitté le campus. Il s'était passé beaucoup de choses dans cet intervalle, mais tout cela lui parut aussi proche que son ombre à cet instant.

Elle sourit et secoua la tête pour s'éclaircir les idées. Il faudrait qu'elle appelle Katie le soir même pour lui raconter ce moment d'égarement.

Elle était sur le point de se remettre en chemin, quand elle le vit.

Au pied d'une butte herbeuse, debout sur l'allée bitumée, il regardait deux adolescentes qui faisaient du roller autour de lui.

— Chad.

C'était la première fois qu'elle prononçait son prénom à voix haute depuis des années, et il était aussi doux en bouche que de la liqueur d'amande. Le simple fait de le revoir fit voler la carapace des années et elle se sentit de nouveau jeune.

Elle marcha jusqu'au début de l'allée et se tourna vers lui. Un énorme arbre se déployait au-dessus d'elle comme un parapluie, empêchant la lumière du soleil de passer, et elle eut aussitôt froid.

Qu'allait-elle lui dire après toutes ces années ? Qu'allait-il lui dire ? Lors de leur dernière rencontre, il l'avait demandée en mariage. Ils ne s'étaient pas revus depuis. Il la connaissait si bien à cette époque, à tel point qu'il n'avait pas attendu qu'elle lui dise non. Mais ils s'étaient aimés. Avec les années et la sagesse de l'âge, elle le savait. Elle savait aussi que l'amour ne se dissipait pas. Il s'estompait, peut-être, perdait de son poids tel un os laissé au soleil, mais il ne disparaissait pas.

Elle se rendit compte soudainement, brusquement, qu'elle avait envie d'être amoureuse. Comme Johnny et Kate. Elle avait envie de ne plus se sentir si affreusement seule au monde.

Elle n'eut qu'un instant d'hésitation en se dirigeant vers lui. En sortant de l'ombre et s'exposant au soleil.

Et soudain, il était là, devant elle, cet homme qu'elle n'était jamais vraiment parvenue à évincer de ses rêves. Elle prononça son prénom à voix haute, trop faiblement pour qu'il l'entende.

Il leva les yeux et la vit, et son sourire s'évanouit lentement.

— Tully ?

Elle vit ses lèvres bouger et sentit qu'il prononçait son prénom, mais au même moment un chien aboya et deux skateurs passèrent bruyamment à côté d'elle.

Puis il s'approcha d'elle. C'était comme dans tous les films qu'elle avait pu voir, dans tous les rêves qu'elle avait pu faire. Il la prit dans ses bras et la serra contre lui.

Trop vite, cependant, il la lâcha et recula.

— Je savais que je te reverrais.

— Tu as toujours été plus confiant que moi.

— Comme presque tout le monde, dit-il en souriant. Comment vas-tu ?

— Je travaille pour CBS. Je fais…

— Crois-moi, dit-il avec douceur, je le sais. Je suis fier de toi, Tully. J'ai toujours su que tu irais loin.

Il la scruta longuement, puis lui demanda :

— Comment va Katie ?

— Elle a épousé Johnny. Je les vois très peu ces derniers temps.

— Ah, fit-il en hochant la tête comme si elle avait répondu à sa question.

Elle se sentit mise à nu par son regard.

— Ah, quoi ?

— Tu te sens seule. Le monde ne te suffit pas, en fin de compte.

Elle le regarda en fronçant les sourcils. Ils étaient si proches l'un de l'autre qu'ils étaient prêts à s'embrasser au moindre mouvement, mais elle ne pouvait envisager de franchir cette petite distance. Il paraissait plus jeune que dans son souvenir et était plus beau.

— Comment fais-tu ? demanda-t-elle tout bas.

— Comment je fais quoi ?

— Papa, regarde !

Tully entendit la voix de la fille comme dans le lointain. Elle se retourna lentement, vit deux jeunes femmes qui venaient vers eux en rollers. Elle s'était trompée tout à l'heure : elles étaient plus âgées que des ados. L'une d'elles était le portrait craché de Chad avec ses traits anguleux, ses cheveux noirs, ses yeux qui se plissaient quand elle souriait.

Mais ce fut l'autre femme qui retint son attention. Elle avait trente, trente-cinq ans, un sourire rayonnant et le rire facile. Elle avait l'allure d'une touriste : un jean tout neuf, un épais pull à torsades rose, un bonnet et des gants turquoise.

— Ma fille. Elle fait un doctorat à l'université de New York, dit Chad. Et Clarissa. La femme avec qui je vis.

— Tu habites toujours à Nashville ?

C'était comme de remonter un rondin en haut d'une colline, de faire sortir ces mots. La dernière chose qu'elle voulait, c'était de faire la conversation avec lui.

— Tu enseignes toujours le journalisme à des rêveurs pleins d'espoirs ?

Il la prit par les épaules, la tourna face à lui.

— Tu n'as pas voulu de moi, Tully, dit-il, et cette fois elle perçut dans sa voix un ton abrupt dû à une vive émotion. J'étais prêt à t'aimer pour toujours, mais…

— Arrête. S'il te plaît.

Il lui caressa la joue de manière fugitive, presque désespérée.

— J'aurais dû venir avec toi dans le Tennessee, dit-elle.

Il secoua la tête.

— Tu as de grandes ambitions. C'était une des choses que j'aimais le plus chez toi.

— Aimais, répéta-t-elle, tout en sachant que c'était idiot de se sentir blessée.

— Certaines choses ne se font simplement pas.

Elle hocha la tête.

— Surtout quand on a trop peur pour le leur permettre.

Il la prit à nouveau dans ses bras et la serra avec plus de passion que Grant ne lui en avait témoigné en plusieurs années. Elle attendit un baiser qui ne vint jamais. Au lieu de cela, il la lâcha puis lui prit le bras et la raccompagna jusqu'à la route.

Dans la fraîcheur soudaine de l'ombre, elle frissonna et se serra contre lui.

— Donne-moi un conseil, Wiley. Il semblerait que j'aie raté ma vie.

Une fois arrivés sur le trottoir ensoleillé, il se tourna de nouveau vers elle.

— Tu as réussi au-delà de tes rêves les plus fous, et ça ne te suffit toujours pas.

Elle grimaça en voyant son expression.

— Je suppose que j'aurais dû prendre un peu plus le temps de vivre. Bon sang, je n'ai même rien vu passer.

— Tu n'es pas seule, Tully. Tout le monde a des gens dans sa vie. Une famille.

— Je suppose que tu as oublié Nuage.

— À moins que ce soit toi.

— Qu'est-ce que tu veux dire ?

Il jeta un coup d'œil en direction du parc, où sa fille tenait la main de sa petite amie, qui lui montrait comment faire du roller à reculons.

— J'ai perdu beaucoup d'années avec ma fille. Un jour, j'ai simplement décidé que ça faisait trop longtemps, et je suis allé la trouver.

— Tu as toujours été optimiste.

— C'est ça qui est drôle. Toi aussi, dit-il, sur quoi il se pencha, l'embrassa sur la joue et s'écarta. Continue d'illuminer le monde, Tully, puis il s'éloigna.

C'étaient presque les mêmes mots que ceux qu'il avait écrits tant d'années auparavant. Elle n'avait pas perçu la tristesse et le désespoir qu'ils recelaient quand ils n'étaient que des lettres sur une feuille de papier. À présent, elle discernait la vérité : c'était à la fois un encouragement et une mise en garde. À quoi bon illuminer le monde, si elle devait en admirer l'éclat toute seule ?

S'il était une chose que Tully avait toujours bien faite, c'était de ne pas prêter attention aux choses déplaisantes. Durant la plus grande partie de sa vie, elle avait pu mettre en boîte les mauvais souvenirs et les déceptions, et les ranger dans un coin si obscur de son esprit qu'elle ne pouvait les voir. Certes, elle rêvait de ces mauvais moments et se réveillait de temps à autre en nage avec des souvenirs à la lisière brumeuse de sa conscience, mais quand le jour se levait, elle repoussait ses pensées dans leur cachette et n'avait pas de mal à les oublier.

Mais à présent, pour la première fois, elle était confrontée à quelque chose qu'elle ne pouvait ni classer dans l'ombre ni oublier.

Chad. Le fait de l'avoir vu ainsi, dans sa ville d'adoption, l'avait profondément ébranlée. Elle semblait incapable de chasser ce souvenir. Il y avait tant de choses qu'elle ne lui avait pas dites, pas demandées.

Depuis qu'ils s'étaient revus par hasard trois mois plus tôt, elle se surprenait à se rappeler chaque détail, à examiner cette rencontre seconde par seconde, tel un expert criminaliste cherchant à décrypter le sens de tout cela. Chad était devenu une sorte de jalon pour tout ce à quoi elle avait renoncé en faveur de cette vie qui était la sienne. La voie qu'elle n'avait pas prise.

Mais le pire de tout, c'était le souvenir de ce qu'il avait dit à propos de Nuage. *Tu n'es pas seule, Tully. Tout le monde a une famille.* Ce n'étaient pas ses mots exacts, mais presque. C'était l'idée.

Telle une cellule cancéreuse, cette pensée se dupliquait dans son esprit et grandissait. Elle se surprenait à penser à Nuage, à y penser vraiment. Elle se concentrait sur les fois où sa mère était revenue la chercher au lieu de celles où elle était partie. C'était dangereux, Tully le savait, de se raccrocher aux aspects positifs quand il en existait tant de négatifs. Néanmoins, elle se demandait tout à coup si ça n'avait pas été son erreur. Avait-elle été si résolue à haïr sa mère, à écarter et oublier les déceptions, qu'elle n'avait pas vu le sens des nombreux retours de Nuage ?

Cette pensée, cet espoir refusait de rentrer dans sa boîte et de rester dans l'ombre.

Finalement, elle avait cessé de la fuir et s'était assise pour y réfléchir. C'est cela qui l'avait amenée à faire cet étrange et effrayant périple. Elle avait pris deux semaines de congé, prétendu partir en vacances, fait sa valise et pris un avion pour la côte Ouest.

Un peu moins de huit heures après être partie de Manhattan, elle était arrivée sur l'île de Bainbridge et s'était rendue chez les Ryan dans une limousine noire étincelante.

Tully était à présent debout dans leur allée et écoutait le gravier craquer sous les pneus de la voiture qui s'éloignait. Elle entendit les vagues qui balayaient la plage de sable fin à l'arrière de la maison. Ça voulait dire que la mer montait. En ce bel après-midi ensoleillé de début d'été, la vieille ferme aurait pu figurer dans un album photo de *The Good Life*. Les bardeaux avaient une teinte caramel après une récente couche de lasure, et la charpente blanche et laquée captait la lumière du soleil. Des fleurs poussaient en tous sens dans le jardin, créant des explosions de couleurs partout où elle regardait. Des jouets et des vélos étaient éparpillés dans ce décor, ce qui rappela avec émotion à Tully cette époque lointaine où elles avaient été les filles de la route des Lucioles. Leurs vélos étaient alors des tapis volants menant dans un autre monde.

*Allez, Katie. Lâche le guidon !*

Tully sourit. Ça faisait des années qu'elle n'avait pas repensé à cet été-là. 1974. Le début de tout cela. Sa rencontre avec Katie avait changé sa vie, et ce, parce qu'elles avaient osé aller l'une vers l'autre et dire : *Je veux être ton amie.*

Elle remonta l'allée bétonnée sillonnée de mauvaises herbes jusqu'à la porte d'entrée. Avant même d'atteindre le perron, elle entendit le chahut qui régnait à l'intérieur. Elle ne fut pas étonnée. D'après Kate, la première moitié de l'année 2003 avait été démoniaque. Marah n'était pas seulement entrée dans l'adolescence, elle y avait sauté à pieds joints. Et les jumeaux, ces bambins bruyants touche-à-tout, étaient devenus des petits garçons de cinq ans encore plus bruyants et destructeurs. Chaque fois que Tully appelait, Kate semblait être en train d'emmener quelqu'un quelque part.

Tully sonna à la porte. En temps normal, bien sûr, elle serait entrée sans sonner, mais en temps normal, elle aurait été attendue. Ce voyage était si improvisé qu'elle n'avait pas annoncé sa venue. À vrai dire, elle ne s'était pas vraiment attendue à aller jusqu'au bout. Elle avait cru qu'elle se dégonflerait en chemin. Mais elle était là.

Les pas qui résonnèrent à l'intérieur firent trembler la vieille maison. Puis la porte s'ouvrit et Marah apparut.

— Tante Tully ! cria-t-elle en s'élançant en avant.

Tully attrapa sa filleule et la serra fort. Quand elles s'écartèrent l'une de l'autre, Tully regarda la fille qui se trouvait devant elle, un peu déconcertée. Ça ne faisait que sept ou huit mois qu'elle n'avait pas vu Marah – un rien de temps –, et pourtant cette fille était une inconnue. Devenue presque femme, Marah était plus grande que Tully, avait une peau pâle laiteuse, des yeux marron au regard pénétrant, d'abondants cheveux noirs qui tombaient en cascade dans son dos, et des pommettes de rêve.

— Marah Rose, dit-elle. Tu es une vraie femme. Et tu es *magnifique*. Tu as essayé le mannequinat ?

Le sourire de Marah la rendit encore plus stupéfiante de beauté.

— Vraiment ? Ma mère me prend pour un bébé.

Tully rigola.

— Tu es loin d'être un bébé, ma chérie.

Avant qu'elle puisse ajouter autre chose, Johnny apparut dans l'escalier avec dans chaque bras un garçon en train de se débattre. À mi-hauteur, il la vit et s'arrêta. Puis il sourit.

— Tu n'aurais pas dû la laisser entrer, Marah. Elle a une valise.

Tully rit à nouveau et ferma la porte derrière elle.

— Katie ! cria Johnny vers l'étage. Tu ferais mieux de descendre. Tu ne vas pas le croire en voyant qui est venu nous rendre visite.

Il posa les garçons par terre au pied de l'escalier, s'approcha de Tully et l'attira dans ses bras. Elle fut surprise de constater à quel point c'était agréable d'être simplement dans les bras de quelqu'un. Ça faisait longtemps.

— Tully !

La voix de Kate s'éleva au-dessus des autres bruits dans la pièce alors qu'elle descendait l'escalier en hâte, et elle prit Tully dans ses bras. Quand Kate recula, elle souriait.

— Qu'est-ce que tu fabriques là ? Tu ne sais pas que j'ai besoin d'être prévenue à *l'avance* quand tu viens ? Maintenant, tu vas me bassiner parce que j'ai besoin d'une coupe de cheveux et que j'ai raté mon balayage.

— N'oublie pas le fait que tu n'es pas maquillée. Mais je pourrais te relooker. Je suis douée pour ça. C'est un cadeau.

Le passé les enveloppa, les fit rire.

Kate prit Tully par le bras et l'emmena vers le canapé. Laissant la valise à la porte tel un garde du corps, elles passèrent au moins une heure à échanger des nouvelles. Vers quinze heures, elles sortirent dans le jardin, où les garçons et Marah disputèrent l'attention de Tully à Kate. Quand la nuit commença à tomber, Johnny alluma le barbecue, et sur une table de pique-nique dans l'herbe, sous une voûte d'étoiles et à côté des eaux calmes du détroit, Tully prit son premier repas fait maison depuis des mois. Après cela, ils firent une partie endiablée de Candy Land avec les garçons. Pendant que Kate et Johnny étaient à l'étage en train de coucher les jumeaux, Tully resta dans le jardin avec Marah, toutes deux enveloppées dans une des célèbres couvertures de Mme Mularkey pour se prémunir de la fraîcheur du soir.

— C'est comment, d'être célèbre ?

Ça faisait des années que Tully n'avait pas vraiment songé à cela ; c'était simplement devenu quelque chose de normal pour elle.

— C'est assez génial, à vrai dire. On te donne toujours les meilleures tables, tu as accès à tous les meilleurs endroits, on t'offre sans arrêt des choses. Tout le monde t'attend. Et vu que je ne suis pas une star de cinéma mais une journaliste, les paparazzis me laissent tranquille la plupart du temps.

— Et les fêtes ?

Tully sourit.

— Ça fait un moment que je ne m'intéresse plus aux fêtes, mais oui, je suis très souvent invitée. Et n'oublie pas les vêtements. Je reçois tout le temps des robes de grands couturiers. Tout ce que j'ai à faire, c'est de les porter.

— Wouah, fit Marah. C'est tellement cool.

Derrière elles, une porte-moustiquaire grinça et se referma en claquant. Elles entendirent ensuite qu'on traînait quelque chose – une table, peut-être – sur la terrasse, puis de la musique. « Margaritaville », de Jimmy Buffet.

— Tu sais ce que ça veut dire, dit Kate en apparaissant à côté d'elles avec deux margaritas.

Marah geignit immédiatement :

— Je suis assez grande pour rester. De plus, il n'y a pas cours demain. C'est une journée administrative pour les profs.

— C'est l'heure d'aller se coucher, petite tête, dit Kate en se courbant pour donner un verre à Tully.

Marah regarda Tully avec l'air de dire *Tu vois ? Je t'ai dit qu'elle me prend pour un bébé*. Tully ne put se retenir de rire.

— Ta mère et moi, on a aussi été pressées de grandir à une époque. On faisait le mur et on volait les c…

— Tully ! dit Kate d'un ton sec. Ces vieilles histoires ne vont pas l'intéresser.

— Ma mère a fait le mur ? Et qu'a fait Mamie ?

— Elle a limité ses sorties à vie. Et elle lui a fait porter des vêtements achetés en soldes chez Fred Meyer[1], répondit Tully.

Marah tressaillit à cette pensée.

— En polyester, ajouta Kate. Pendant un été entier, j'ai eu peur d'approcher dès qu'il y avait un feu.

— Vous me mentez, toutes les deux, dit Marah en croisant les bras.

— Nous ? Mentir ? Jamais, dit Tully en buvant une petite gorgée dans son verre.

Marah se leva de son fauteuil, leur adressa un soupir de martyre et rentra dans la maison. Dès que la porte se referma, Tully et Kate éclatèrent de rire.

— Dis-moi qu'on n'était pas comme ça, dit Tully.

— Ma mère me jure que si. Tu jouais les petites filles modèles dès qu'elle était là. Enfin, jusqu'à ce que tu nous fasses arrêter.

— Mon premier point faible.

Tout en riant, Kate s'assit dans le fauteuil en bois qui se trouvait à côté de Tully et s'enveloppa dans une des couvertures de sa mère.

Tully n'avait pas mesuré à quel point elle était tendue, à quel point son cou et ses épaules étaient devenus raides, jusqu'à cet instant, où elle commençait à se détendre. Comme toujours, Kate était son filet de sécurité, sa béquille. Avec sa meilleure amie

1. Chaîne d'hypermarchés américains bon marché.

à son côté, elle pouvait enfin se faire confiance. Elle se laissa aller dans son fauteuil et regarda le ciel nocturne. Elle n'avait jamais fait partie de ces gens qui se sentent tout petits sous le firmament, mais elle comprit soudain pourquoi c'était le cas de certains : c'était une question de point de vue. Elle avait passé une si grande partie de sa vie à courir pour atteindre la ligne d'arrivée qu'elle était hors d'haleine. Si elle avait prêté un peu plus attention au paysage et un peu moins à la ligne d'arrivée, elle n'aurait peut-être pas été une femme célibataire de quarante-deux ans en quête des vestiges de sa famille.

— Alors, tu vas me forcer à te le demander ? dit enfin Kate.

Ça ne servait à rien de cacher la vérité, même si elle en avait précisément un besoin presque instinctif. Le morceau se termina et « Knowing Me, Knowing You », d'ABBA, commença.

— J'ai revu Chad, dit-elle doucement.

— Il y a quelques mois, c'est ça ? À Central Park ?

— Oui.

— Et c'est parce que tu l'as vu à ce moment-là que tu as sauté dans un avion pour venir me voir maintenant ? Je comprends parfaitement.

Avant que Tully puisse répondre, la porte s'ouvrit à nouveau derrière elle et Johnny sortit, une bière à la main. Il tira un autre fauteuil vers l'endroit où elles étaient et s'assit. Ils formaient tous les trois un demicercle irrégulier dans la pelouse du jardin, face aux eaux sombres du détroit. Le clair de lune illuminait les vagues qui clapotaient sur le sable.

— Est-ce qu'elle t'a expliqué ?

— Vous faites quoi tous les deux, de la télépathie ? Je commençais juste.

— En fait, dit Kate, elle vient de me rappeler qu'elle a revu Chad il y a quelques mois.

— Ah, fit Johnny en hochant la tête comme si cela expliquait cette visite à l'improviste de Tully depuis l'autre bout du pays.

— Qu'est-ce que ça veut dire, *ah* ? demanda-t-elle, soudain agacée.

C'était exactement ce qu'avait fait Chad.

— Chad est ton Moby Dick, répondit Johnny.

Tully le regarda de travers.

— Tu sais, il n'est pas si gros que ça.

— Allez, Tully, dit Kate en posant la main sur le bras de son mari. Qu'est-ce qui se passe ?

Elle les regarda tous les deux, assis si près l'un de l'autre, un mari et une femme qui riaient encore ensemble et se touchaient après tant d'années de mariage, et elle eut la gorge serrée de jalousie.

— J'en ai marre d'être seule, dit-elle enfin.

Elle avait réprimé ces mots pendant si longtemps que quand ils sortirent enfin, ils lui parurent usés, polis comme des cailloux sur une plage.

— Et Grant ? demanda Johnny.

— Il me semblait que tu m'avais dit que Chad vivait avec une femme, dit Kate en se penchant en avant.

— Le problème, ce n'est pas vraiment Chad. Enfin, si, mais pas dans le sens que tu crois. Il m'a fait remarquer que j'avais une famille, dit Tully.

Kate se recula.

— Tu parles de Nuage ?

— C'est ma mère.

— D'un point de vue biologique. Les reptiles sont de meilleurs parents, et ils enterrent leurs œufs et s'en vont.

— Je sais que tu essayes seulement de me protéger, Kate, mais c'est facile pour toi de la dédaigner. Tu as une famille, toi.

— Elle te fait du mal chaque fois que tu la vois.

— Mais elle est toujours revenue. Ça veut peut-être dire quelque chose.

— Elle est toujours repartie aussi, dit doucement Kate. Et chaque fois, ça t'a brisé le cœur.

— Je suis plus forte maintenant.

— Qu'est-ce que vous racontez toutes les deux ? On dirait que vous parlez un langage codé, dit Johnny.

— Je veux essayer de la retrouver. J'ai sa dernière adresse connue – je lui envoie de l'argent tous les mois. Je me suis dit que si j'arrivais à lui faire faire une cure de désintox, on aurait une chance.

— Elle a déjà fait beaucoup de cures, fit remarquer Kate.

— Je sais, mais jamais en étant soutenue. C'est peut-être tout ce dont elle a besoin.

— J'entends beaucoup de « peut-être », dit Kate.

Tully regarda Kate, puis Johnny, puis de nouveau Kate.

— Je sais que c'est fou et que ça ne marchera sans doute pas, et qu'à tous les coups je vais finir en pleurs ou par me bourrer la gueule, ou les deux, mais j'en ai assez d'être si seule, et je n'ai pas d'homme que j'aime ni d'enfants sur qui compter. Ce que j'ai en revanche, c'est une mère, aussi tordue soit-elle. Et Katie, je veux que tu viennes m'aider à la retrouver. Ça ne devrait pas prendre plus de quelques jours.

Kate parut totalement décontenancée par cette requête.

— Quoi ?

— Je veux la retrouver. Je n'y arriverai pas toute seule.

— Mais… je ne peux pas partir comme ça pendant quelques jours. C'est le carnaval de l'école primaire demain. Je suis responsable des jeux. Je dois y être pour présenter les jeux et distribuer les prix.

Tully souffla d'un air déçu.

— Ah. Bon. Et ce week-end ?

— Je suis désolée, Tul. Vraiment. Je m'occupe avec Maman de la collecte de nourriture de l'église samedi et dimanche. Ce serait vraiment le bazar si je n'y allais pas. Lundi et mardi, je fais du bénévolat pour l'Office des parcs et loisirs, mais je pourrai peut-être t'accompagner quelques jours à la fin de la semaine prochaine.

— Je n'irai pas si j'attends, dit Tully en essayant de trouver le courage de le faire seule. Je suppose que je peux y aller seule. Je craignais simplement…

— Tu devrais faire ça avec une équipe, dit Johnny.

Tully le regarda.

— Qu'est-ce que tu veux dire ?

— Tu sais, filmer, tout ça. Tu es une grande star qui a une histoire de pauvre petite fille riche. Je ne veux pas paraître insensible, mais ton public adorerait faire ce périple avec toi. Mon chef marcherait sur une planche à clous pour diffuser ça.

Tully retourna cette idée inattendue dans sa tête. C'était assurément dangereux pour elle : elle pouvait se faire humilier par sa mère. Néanmoins, elle pouvait aussi en sortir victorieuse. Des retrouvailles mère-fille vaudraient de l'or à la télé. À vrai dire, elle était étonnée de ne pas y avoir pensé toute seule. Un portrait intime comme celui-ci pourrait faire monter en flèche sa cote de popularité. Est-ce que ça valait la peine de courir ce risque ?

Ce qu'il lui fallait, c'était un producteur qui tenait à elle.

Elle regarda Johnny.

— Viens avec moi, dit-elle en se tournant vers lui. Sois mon producteur.

Kate se redressa.

— Quoi ?

— S'il te plaît, Johnny, supplia Tully. J'ai besoin de *toi* si ce reportage doit exister. Je n'aurais confiance en personne d'autre. Ça te fera connaître au niveau national. J'appellerai ton patron. Fred et moi, on est amis depuis longtemps. Et comme tu l'as dit, il serait prêt à tout pour avoir cette exclusivité.

Johnny regarda sa femme.

— Katie ?

Tully retint son souffle en attendant la réponse de son amie.

— C'est à toi de décider, Johnny, dit finalement Kate, bien qu'elle ne parût pas emballée par cette idée.

Johnny se reposa sur le dossier de sa chaise.

— Je vais en parler à Fred. À supposer qu'il soit d'accord, on pourra commencer demain. Je vais appeler Bob Davies pour qu'il tienne la caméra, dit-il avec un grand sourire. Ça va être sympa de quitter la station pendant quelques jours, dans tous les cas.

Tully rigola.

— C'est *génial* !

La porte-moustiquaire s'ouvrit en claquant et Marah accourut dans le jardin.

— Je peux venir avec toi, Papa ? Il n'y a pas cours demain, et tu as dit que tu voulais me montrer ton travail un jour.

Tully prit la main de Marah et attira sa filleule sur ses genoux.

— C'est une excellente idée. Comme ça, tu pourras voir comme ton père est un super producteur et ta mère n'aura pas à se soucier de toi pendant qu'elle fera du bénévolat à l'école.

À côté d'elle, Kate grogna.

Elle se tourna vers sa meilleure amie.

— Ça ne te dérange pas, hein, Katie ? C'est seulement pour quelques jours. Et puis, ça montrera à Marah la chance qu'elle a de t'avoir comme mère. Je la ramènerai à temps pour qu'elle retourne au collège lundi. Promis.

Johnny se leva et prit son téléphone portable, puis il composa un numéro et rentra dans la maison. Il commença à parler d'une voix forte qui diminua lorsqu'il s'éloigna.

— Fred ? Johnny à l'appareil. Désolé de te déranger, mais…

— Kate ? fit Tully en se penchant vers elle. Dis-moi que ça ne te dérange pas.

Le sourire de sa meilleure amie mit longtemps à se dessiner.

— Bien sûr que non, Tully. Prends toute ma famille, si tu veux.

# 26

— Elle te fait chaque fois souffrir, dit Kate, des heures plus tard, alors que les lumières de Seattle, qui scintillaient entre les eaux noires du détroit et le ciel sans étoiles, avaient commencé à s'éteindre.

Tully soupira en regardant un rouleau d'eau écumeuse se briser sur la plage. Il était à peine visible. Elle termina sa troisième margarita et posa le verre vide dans l'herbe à côté d'elle.

— Je sais.

Elle ne dit rien de plus. En vérité, elle avait la tête qui tournait et cette idée qu'elle avait eue commençait à l'inquiéter.

— Pourquoi Johnny ? demanda finalement Kate d'une voix hésitante, comme si elle n'avait pas voulu le dire tout haut.

— Il me protégera. Si je dis de couper, il coupera. Si je lui demande de tout jeter à la poubelle, il le fera.

— Je ne crois pas.

— Si, il le fera. Pour moi. Et tu sais pourquoi ?

— Pourquoi ?

— À cause de toi.

Elle se leva en vacillant, refusant d'analyser à nouveau cette décision.

Kate fut aussitôt à côté d'elle pour la soutenir.

— Qu'est-ce que je ferais sans toi, Katie ? dit Tully en prenant appui sur sa meilleure amie.

— On n'aura jamais à le découvrir. Allez, viens, je t'accompagne jusqu'à ta chambre. Tu as besoin de dormir.

Kate la ramena dans la maison puis la conduisit à la chambre d'amis au bout du couloir.

Tully tomba sur le lit et considéra son amie d'un regard trouble. Alors que la chambre dégringolait à présent autour d'elle, elle comprit à quel point cette idée de documentaire était idiote, à quel point elle s'était mise en danger. Elle pouvait souffrir… une fois de plus. Si seulement elle avait eu la vie de Kate. Elle n'aurait alors pas eu à courir ce risque.

— Tu as tellement de chance, murmura-t-elle en commençant à s'endormir. Johnny…

Elle voulut ajouter *et les enfants t'aiment*, mais les mots s'embrouillèrent dans sa tête et elle se mit à pleurer avant de pouvoir finir, puis elle s'endormit.

Le lendemain matin, elle se réveilla avec un mal de tête carabiné. Il lui fallut plus longtemps que d'habitude pour se coiffer et se maquiller – et le fait que Johnny lui crie de se dépêcher n'arrangea rien –, mais elle fut finalement prête.

Johnny serra Kate dans ses bras et l'embrassa.

— Ça ne devrait pas prendre plus de deux jours, dit-il d'une voix si basse que Tully sut qu'elle n'était pas censée pouvoir l'entendre. On sera de retour avant de pouvoir te manquer.

— Ça va me paraître plus long, dit Kate. Vous me manquez déjà.

— Allez, Maman, dit Marah d'un ton brusque. Il faut qu'on y aille. N'est-ce pas, tante Tully ?

— Embrasse ta mère, dit Johnny.

Marah obéit et s'approcha de sa mère pour l'embrasser. Kate serra sa fille dans ses bras jusqu'à ce qu'elle se mette à se tortiller, puis elle la lâcha.

Tully eut un pincement de jalousie en voyant une telle intimité ; ils formaient une si belle famille.

Johnny emmena Marah à la voiture et commença à charger leurs valises dans le coffre.

Tully regarda Kate.

— Tu seras ici, n'est-ce pas ? Si jamais j'ai besoin de t'appeler ?

— Je suis toujours ici, Tully. C'est pour ça qu'on dit être mère au foyer.

— Très drôle.

Tully jeta un coup d'œil sur ses affaires. Au sommet trônaient un tas de notes qu'elle avait prises lors de la dernière conversation téléphonique qu'elle avait eue avec son avocat. C'était la liste des dernières adresses de Nuage dont ils disposaient.

— Bon, eh bien, je file.

Elle ramassa son sac et alla à la voiture.

Quand ils arrivèrent au bout de l'allée, elle se retourna sur son siège.

Kate était toujours là, debout à la porte d'entrée, avec deux petits garçons cramponnés à elle, en train de faire au revoir de la main.

Ils arrivèrent seulement deux heures plus tard à leur première destination, un parc de mobile homes à

Fall City. La dernière adresse connue de Nuage. Mais la mère de Tully avait apparemment déménagé une semaine plus tôt, et personne n'avait encore d'adresse de réexpédition. L'homme avec lequel ils parlèrent pensait que Nuage était partie dans un camping à Issaquah.

Durant les six heures suivantes, ils allèrent de lieu en lieu en suivant les pistes qui s'offraient à eux – Tully, Johnny, Marah, et un cameraman qui se faisait appeler Gros Bob, à juste titre. À chaque arrêt, ils filmaient Tully qui parlait avec des gens dans les divers campings et communautés. Plusieurs personnes savaient qui était Nuage, mais personne ne semblait savoir où la trouver. Ils allèrent d'Issaquah à Ellensburg, en passant par Cle Elum. Marah était suspendue aux lèvres de Tully.

Ils finissaient un dîner tardif à North Bend, quand Fred appela pour leur apprendre que le dernier chèque mensuel de Nuage avait été encaissé dans une banque de l'île de Vashon.

— On aurait pu y être dans une heure, marmonna Johnny.

— Tu crois qu'on va la trouver ? demanda Tully en versant du sucre dans son café.

C'était la première fois de toute la journée qu'ils étaient seuls. Gros Bob était dans la camionnette et Marah venait de partir aux toilettes.

Johnny la regarda.

— Je crois qu'on ne peut pas forcer les gens à nous aimer.

— Même nos parents ?

— Surtout nos parents.

Elle sentit renaître un peu de leur complicité d'autrefois. Ils avaient eu ça en commun, se souvint-elle. Une enfance solitaire.

— C'est comment, Johnny, d'être aimé ?

— Ce n'est pas à cette question que tu veux une réponse. Ce que tu veux savoir, c'est comment c'est d'aimer quelqu'un, dit-il avec un grand sourire qui lui redonna l'air d'un enfant. Hormis toi-même, j'entends.

Elle se laissa aller sur sa chaise.

— Il faut que je change d'amis.

— Je ne reculerai pas, tu sais. Il vaudrait mieux que tu sois d'accord avec ça. Tu m'as lancé dans ce reportage maintenant. La caméra sera là, elle verra tout. Si tu veux faire machine arrière, c'est maintenant.

— Tu peux me protéger.

— C'est ce que je suis en train de te dire, Tully. Je ne le ferai pas. Je ferai le reportage. Comme tu l'as fait en Allemagne.

Elle comprenait ce qu'il disait. L'amitié s'arrêtait là où commençait le reportage, c'était un axiome du journalisme.

— Essaie simplement de me filmer de la gauche. C'est mon bon profil.

Johnny sourit et paya l'addition.

— Va chercher Marah. Si on se dépêche, on pourra peut-être avoir le dernier ferry.

En réalité, ils ratèrent le dernier ferry et finirent par dormir dans trois chambres d'un hôtel décrépi près du quai.

Le lendemain matin, Tully se réveilla avec un mal de tête lancinant qu'elle ne parvint pas à soulager malgré une bonne dose d'aspirine. Néanmoins, elle s'habilla, se maquilla et prit un petit déjeuner dans une gargote recommandée par Gros Bob. À neuf heures du matin, ils furent sur le ferry, en route vers une communauté de producteurs de fruits rouges sur l'île de Vashon.

À chaque étape, à chaque kilomètre parcouru, la caméra était sur Tully. Elle garda le sourire lorsqu'elle interrogea les caissiers à la banque où le dernier chèque avait été encaissé et montrait la vieille photo plissée de sa mère – la seule qu'elle avait d'elle.

Ce fut seulement à près de dix heures, quand ils s'arrêtèrent devant le panneau SUNSHINE FARMS, qu'elle commença à perdre ses moyens.

La communauté ressemblait à d'autres qu'elle avait vues : de vastes champs cultivés, des gens hirsutes habillés de l'équivalent moderne de la toile de jute, des rangées de toilettes mobiles. La principale différence, c'étaient les habitations. Ici, les gens vivaient dans des tentes en forme de dômes appelées yourtes. Une trentaine au moins bordait la rivière.

Johnny se gara sur une place de parking et sortit de la camionnette. Gros Bob fit de même en faisant glisser la porte coulissante qu'il referma brusquement.

Marah demanda d'un ton inquiet :

— Ça va, tante Tully ?

— Silence, Marah, dit Johnny. Viens ici près de Papa.

Tully savait qu'ils l'attendaient, mais elle resta assise sans bouger. Des gens l'attendaient tout le temps, c'était un des à-côtés de la célébrité.

— Tu peux y arriver, dit-elle à la femme à l'air effrayé dans le rétroviseur.

Elle avait passé sa vie à cuirasser son cœur, à créer cette enveloppe dure autour, et voilà qu'elle retirait volontairement celle-ci et exposait sa vulnérabilité. Mais quel choix avait-elle ? Si sa mère et elle devaient un jour avoir leur chance, il fallait que quelqu'un fasse le premier pas.

Elle ouvrit la portière et sortit prudemment.

Gros Bob et sa caméra étaient juste là.

Tully prit une grande inspiration et sourit.

— Nous sommes à la communauté Sunshine Farms. On nous a dit que ma mère vivait ici depuis presque une semaine, même si elle n'a pas encore envoyé cette adresse à mon notaire, et nous ne savons donc pas si elle compte rester.

Elle se dirigea vers la longue rangée de tables, abritée des appentis en cèdre, où des femmes à l'air fatigué vendaient leurs produits : fruits rouges, confitures, sirops, beurres aromatisés aux fruits rouges et objets artisanaux vieillots.

Aucune ne semblait se soucier du fait qu'une caméra venait vers elles. Ou une célébrité.

— Je m'appelle Tallulah Hart, et je cherche cette femme, dit-elle en montrant la photo.

Gros Bob se déplaça sur sa gauche en restant près d'elle. Les gens ne savaient pas comme les caméras devaient parfois être proches pour capter toutes les nuances d'émotion.

— Nuage, dit une femme sans sourire.

Le cœur de Tully eut un sursaut.

— Oui.

— Elle n'est plus à Sunshine. Trop de travail pour elle. Aux dernières nouvelles, elle était chez le vieux Mulberry. Qu'est-ce qu'elle a fait ?

— Rien. C'est ma mère.

— Elle disait qu'elle n'avait pas d'enfants.

Tully sut que la caméra avait saisi sa réaction en entendant cette remarque, son tressaillement de douleur.

— Ce n'est pas très surprenant. Comment peut-on aller chez ce Mulberry ?

Alors que la femme lui indiquait le chemin, Tully eut une bouffée d'angoisse. Elle partit à l'écart près d'une clôture pour être seule. Johnny vint auprès d'elle et se pencha vers elle.

— Ça va ? demanda-t-il assez doucement pour qu'on ne puisse pas entendre sa question à la caméra.

— J'ai peur, murmura-t-elle en levant les yeux vers lui.

— Ça va aller. Elle ne peut plus te faire de mal. Tu es Tallulah Hart, tu te souviens ?

C'était ce dont elle avait besoin. Revigorée, elle sortit de sa torpeur et sourit, puis elle regarda la caméra. Elle ne se donna pas la peine d'essuyer ses larmes.

— Je suppose que je souhaite encore qu'elle m'aime, avoua-t-elle à voix basse. Allons-y.

Ils remontèrent dans la camionnette et regagnèrent la nationale. À Mill Road, ils tournèrent à gauche et parcoururent un chemin de terre cahoteux et défoncé, jusqu'à ce que leur apparaisse un vieux mobile home beige. Il reposait sur des blocs dans un pré, entouré de carcasses de voitures rouillées. Un frigo était couché sur le côté devant la maison, près d'un fauteuil inclinable cassé et râpé. Trois pitbulls d'aspect loqueteux étaient enchaînés à la clôture. Quand la camionnette s'arrêta devant le mobile home, ils devinrent déments et se mirent à aboyer, montrer les dents et sauter en avant.

— On se croirait dans *Délivrance*, dit Tully avec un sourire faible en tendant la main vers la poignée de la portière.

Ils sortirent tous en même temps et avancèrent en formation : Tully en tête avec une assurance feinte, Gros Bob à côté ou devant elle, enregistrant chaque instant et Johnny derrière eux, tenant Marah par la main et lui rappelant de ne pas faire de bruit.

Tully s'approcha de la porte et frappa.

Personne ne répondit.

Elle tendit l'oreille, guettant des bruits de pas, mais les aboiements des chiens rendaient la chose impossible.

Elle frappa à nouveau et était sur le point de céder au soulagement et de dire *Raté !* quand la porte s'ouvrit brusquement sur un homme énorme et hirsute en caleçon. Un tatouage de femme en jupe hawaïenne recouvrait la moitié gauche de son ventre bombé et poilu.

— Ouais ? dit-il en se grattant l'aisselle.

— Je suis ici pour voir Nuage.

Il inclina la tête sur la droite, sortit du mobile home, passa à côté de Tully et se dirigea vers ses chiens.

Les yeux de Tully larmoyèrent sous l'effet de l'odeur qui s'échappa de la bicoque. Elle eut envie de se tourner vers la caméra pour faire un trait d'esprit, mais elle n'arriva même pas à déglutir, tant elle était nerveuse. À l'intérieur, elle trouva des tas de vieilleries et de vieux emballages alimentaires. Il y avait des mouches partout et des cartons de pizzas pleins de croûtes délaissées. Mais ce qu'elle remarqua surtout, c'étaient les bouteilles d'alcool vides et un bang. Un gros tas d'herbe reposait sur la table de la cuisine.

Tully ne le montra pas et ne fit pas de commentaire.

Gros Bob filmait chaque pas de son parcours dans cet enfer.

Tully alla à la porte fermée qui se trouvait après la cuisine, frappa, l'ouvrit et découvrit la salle de bains la plus répugnante de tous les temps. Elle referma brusquement la porte et se dirigea vers la suivante. Elle frappa alors deux fois puis tourna le bouton. La chambre était petite, d'autant plus qu'elle était encombrée de tas de vêtements. Trois bouteilles de deux litres vides de gin bon marché traînaient sur la table de chevet.

La mère de Tully était couchée dans la position du fœtus sur le lit défait, enveloppée dans une couverture bleue abîmée.

Tully se pencha vers elle et remarqua comme la peau de sa mère était devenue grise et ridée.

— Nuage ?

Elle prononça son nom trois ou quatre fois mais n'obtint aucune réaction. Elle finit par tendre la main et toucher l'épaule de sa mère, doucement dans un premier temps, puis moins doucement.

— Nuage ?

Gros Bob se positionna pour braquer la caméra sur la femme couchée sur le lit.

Lentement, la mère de Tully ouvrit les yeux. Il lui fallut longtemps pour fixer son regard vague, absent.

— Tallulah ?

— Salut, Nuage.

— Tully, dit-elle comme si elle se souvenait soudain du diminutif que sa fille préférait. Qu'est-ce que tu fais là ? Et qui est ce type avec la caméra ?

— Je suis venue ici à ta recherche.

Nuage s'assit lentement et chercha une cigarette dans sa poche sale. Quand elle l'alluma, Tully remarqua comme sa main tremblotait. Elle dut s'y reprendre à trois fois pour amener le bout de sa cigarette sur la flamme.

— Je te croyais à New York, en train de devenir riche et célèbre, dit-elle en jetant un coup d'œil nerveux vers la caméra.

— Je suis les deux, dit Tully, incapable de contenir la fierté dans sa voix.

Ça la mettait hors d'elle qu'elle continue de rêver, malgré toutes ces déceptions, d'être admirée par cette femme.

— Depuis combien de temps vis-tu ici ?

— Qu'est-ce que ça peut te faire ? Tu vis dans le luxe pendant que je moisis dans mon coin.

Tully regarda sa mère et remarqua ses cheveux ébouriffés désormais striés de gris, son pantalon de treillis flottant et taché à l'ourlet déchiré, sa chemise à carreaux usée et mal boutonnée. Et son visage. Ridé, sale et grisé par la cigarette, l'alcool et une vie mal vécue. Nuage avait à peine soixante ans, mais elle en faisait quinze de plus. Elle avait perdu la beauté fragile de sa jeunesse, anéantie par les excès.

— Tu ne peux pas vouloir ça, Nuage. Même toi…

— Même moi, hein ? Pourquoi est-ce que tu es venue à ma recherche, Tully ?

— Tu es ma mère.

— Aucune de nous deux n'est dupe, dit Nuage, puis elle s'éclaircit la voix et détourna les yeux. Il faut que je parte d'ici. Je pourrais peut-être venir avec toi quelques jours. Prendre un bain. Manger quelque chose.

Tully s'en voulut de ressentir une infime vague d'émotion à ces mots. Elle avait attendu toute sa vie que sa mère veuille venir vivre avec elle, mais elle savait à quel point un moment comme celui-ci pouvait être dangereux.

— D'accord.

— Vraiment ?

L'incrédulité qu'afficha Nuage témoignait du peu de confiance qu'elles avaient l'une en l'autre.

— Vraiment.

Et l'espace d'un instant, Tully oublia que la caméra était là. Elle osa imaginer l'impossible : qu'elles puissent devenir mère et fille au lieu d'être des étrangères l'une pour l'autre.

— Viens, Nuage. Laisse-moi t'aider à aller jusqu'à la camionnette.

Tully savait qu'elle ne devait pas croire à la possibilité de nouer une relation avec sa mère, mais cette idée lui faisait l'effet d'un cocktail d'espoir étourdissant qui, une fois bu, la grisait. Elle pouvait peut-être enfin avoir une famille.

La caméra captait tout : l'espoir, la peur et le besoin de Tully. Sur le long trajet du retour, tandis que Nuage dormait avachie dans le coin, Tully épancha son cœur devant l'objectif. Elle répondit aux questions de Johnny avec une sincérité sans précédent, et révéla finalement à quel point elle avait été blessée par sa mère si distante.

Mais Tully ajouta à présent un mot nouveau.

*Addiction.*

D'aussi loin qu'elle se souvenait de sa mère, celle-ci avait toujours été accro à la drogue, à l'alcool ou aux deux.

Plus Tully y réfléchissait, plus cela lui apparaissait comme la cause de leurs problèmes.

Si elle parvenait à faire faire une cure de désintoxication à sa mère et à l'aider à aller au bout, elles pourraient peut-être prendre un nouveau départ. Elle en était tellement convaincue qu'elle appela son chef chez CBS et demanda à prolonger ses congés pour pouvoir être une bonne fille et aider sa détraquée de mère à guérir.

— Tu es sûre que c'est une bonne idée ? demanda Johnny quand elle raccrocha.

Ils étaient dans le salon de la somptueuse Suite des cascades du Fairmont Olympic Hotel à Seattle. Assis près de la fenêtre dans un fauteuil rembourré, Gros Bob filma toute cette conversation. Les caméras et le matériel encombraient la plus grande partie du sol, et d'énormes projecteurs délimitaient la zone de tournage au niveau du canapé. Pelotonnée comme un chat dans un gros fauteuil, Marah lisait un livre.

— Elle a besoin de moi, dit simplement Tully.

Johnny haussa les épaules et se contenta de la regarder sans rien dire de plus.

— Bon, dit Tully en se levant et s'étirant. Je crois que je vais aller me coucher, dit-elle, puis elle se tourna vers Gros Bob : C'est tout pour ce soir. Va faire une bonne nuit. On reprend à huit heures.

Gros Bob hocha la tête, rangea sa caméra et partit dans le couloir en direction de sa chambre.

— Je peux dormir avec tante Tully ? demanda Marah en laissant tomber son livre par terre.

— D'accord, dit Johnny, si ça ne dérange pas Tully.

— Tu plaisantes ? Une soirée pyjama avec ma filleule préférée, c'est une fin de journée parfaite.

Une fois que Johnny fut parti dans sa chambre, Tully joua les mamans avec Marah : elle lui dit de se brosser les dents, de se laver le visage et de mettre son pyjama.

— Je suis trop grande pour mettre un pyjama, l'informa aussitôt Marah, mais quand elle grimpa dans le lit, elle se blottit contre Tully comme la petite fille qu'elle avait été seulement quelques courtes années plus tôt.

— C'était tellement génial, tante Tully, dit-elle d'un ton endormi. Moi aussi, je serai une star de la télé quand je serai grande.

— Je n'en doute pas.

— Si ma mère me laisse faire, ce qui ne sera sans doute pas le cas.

— Comment ça ?

— Ma mère ne me laisse rien faire.

— Tu sais quand même que ta mère est ma meilleure amie, n'est-ce pas ?

— Oui, répondit Marah du bout des lèvres.

— Et pourquoi, d'après toi ?

Marah se retourna et la regarda.

— Pourquoi ?

— Parce que ta mère est géniale.

Marah grimaça.

— Ma mère ? Elle ne fait jamais rien de cool.

Tully secoua la tête.

— Marah, ta mère t'aime quoi que tu fasses et elle est fière de toi. Crois-moi, princesse, c'est la chose la plus cool au monde.

Le lendemain matin, Tully se leva tôt et alla à la porte de la chambre d'en face dans le couloir. Elle marqua une pause pour s'armer de courage et frappa. Quand personne ne répondit, elle l'ouvrit sans bruit.

Sa mère dormait encore.

Tully sourit et sortit de la suite en refermant discrètement la porte derrière elle. Puis elle alla frapper à la porte de Johnny.

Il vint rapidement ouvrir dans un des peignoirs de l'hôtel, les cheveux trempés.

— Je croyais qu'on commençait à huit heures.

— C'est le cas. Je vais simplement acheter quelques vêtements à Nuage pour sa cure et un petit déjeuner pour nous tous. Marah dort encore.

Johnny fronça les sourcils.

— Tu vas affreusement vite, Tully. Les magasins ne sont pas encore ouverts.

— J'ai toujours été rapide. Tu le sais, Johnny. Et tout est ouvert pour Tallulah Hart. C'est un des avantages de ma vie. Tu as une clé pour ma chambre ?

— Oui. Je vais y aller maintenant. Sois prudente.

Sans prêter attention à l'inquiétude de Johnny, Tully alla au Marché public et fit le plein de croissants, de beignets et de roulés à la cannelle. Nuage avait besoin de prendre quelques kilos. Puis elle se rendit chez La Dolce, où elle acheta à sa mère des jeans, des hauts, des chaussures, des sous-vêtements, ainsi que la veste la plus épaisse qu'elle put trouver. Elle fut de retour à l'hôtel à neuf heures.

— Je suis là ! cria-t-elle en claquant la porte du pied derrière elle. Et attendez de voir ce que j'ai rapporté.

Elle lança les sacs de vêtements sur le canapé et posa les autres sacs par terre.

À la petite table du salon, elle commença à sortir les viennoiseries et les beignets.

Gros Bob était dans le coin en train de filmer son entrée.

Elle lui adressa son plus beau sourire.

— Ma mère a besoin de prendre quelques kilos. Ça devrait faire l'affaire. J'ai acheté presque tous les cafés en vente chez Starbucks. Je ne sais pas ce qu'elle aime.

Johnny était assis sur le canapé, l'air fatigué.

— C'est une vraie morgue ici, dit Tully, puis elle alla à la porte de sa mère et frappa. Nuage ?

Il n'y eut pas de réponse.

Elle frappa à nouveau.

— Nuage ? Tu es sous la douche ? J'entre.

Elle ouvrit la porte.

La première chose qu'elle remarqua fut l'odeur de cigarette et la fenêtre ouverte. Le lit était vide.

— Nuage ?

Elle alla à la salle de bains, qui était encore humide et pleine de vapeur d'eau. D'épaisses serviettes en coton égyptien gisaient en tas au sol. Le gant de toilette et l'essuie-mains, tachés de crasse, traînaient dans le lavabo.

Tully ressortit lentement de la salle de bains et se tourna vers Johnny et la caméra.

— Elle est partie ?

— Il y a une demi-heure, dit-il. J'ai essayé de la retenir.

Tully fut sous le choc, tant elle se sentit trahie, comme la fillette de dix ans qu'elle avait été, abandonnée dans les rues de Seattle. Misérable et rejetée.

Johnny s'approcha d'elle, la prit dans ses bras et la serra contre lui. Elle eut envie de lui demander *pourquoi*, de lui demander ce qui n'allait pas chez elle pour que personne ne reste jamais, mais la question s'étrangla dans sa gorge. Elle se cramponna trop longtemps à lui, prenant le réconfort qu'il lui offrait. Il lui caressa la tête, lui murmura *chuuut* à l'oreille comme si c'était une enfant.

Au bout d'un moment, cependant, elle se rappela où elle était et recula en se forçant à sourire pour la caméra.

— Eh bien, voilà. C'est la fin du documentaire. J'ai fini, Bob.

Elle contourna Johnny et retourna dans sa chambre, où elle entendit Marah qui chantait sous la douche. Des larmes lui piquaient les yeux, mais elle refusa de les laisser couler. Sa mère n'allait pas l'anéantir une nouvelle fois. Elle avait été idiote de penser seulement que les choses pouvaient se terminer autrement que cela.

Puis elle remarqua la table de nuit vide à côté d'elle.

— Cette garce m'a volé mes bijoux.

Elle ferma les yeux et s'assit au bout du lit. Sortant un téléphone portable de sa poche, elle composa le numéro de Kate et écouta la tonalité. Quand son amie répondit, Tully ne se donna même pas la peine de la saluer.

— Il y a quelque chose qui cloche chez moi, Katie, dit-elle doucement d'une voix chevrotante.

— Elle t'a laissée tomber ?

— Comme une vieille paire de chaussettes.

— Tallulah Rose Hart, écoute-moi bien. Tu vas raccrocher ce téléphone et partir tout de suite prendre le ferry. Je vais m'occuper de toi. Compris ? Et ramène ma famille avec toi.

— Ce n'est pas la peine de crier. J'arrive. On arrive tous. Mais tu as intérêt à avoir de l'alcool à disposition pour moi quand j'arrive. Et pas question que je le mélange avec ce jus dégoûtant que tes gamins boivent.

Kate rigola.

— C'est le matin, Tully. Je vais te faire un petit déjeuner.

— Merci, Kate, dit doucement Tully. Je te revaudrai ça.

Quand elle releva les yeux, elle vit Gros Bob. Il filmait la scène depuis l'entrée, avec Johnny à côté de lui.

Mais ce ne fut pas le voyant rouge sur la caméra ni l'idée de son humiliation publique ni l'objectif indiscret qui la firent craquer.

Ce fut la manière triste et compatissante dont Johnny la regardait qui la fit finalement fondre en larmes.

# 27

Le documentaire fut diffusé deux semaines plus tard, et Kate elle-même, pourtant habituée aux succès incroyables de Tully, fut prise de court par la réaction du public. Le film provoqua un délire médiatique. Pendant des années, Tully était apparue à la caméra comme une professionnelle calme et pleine d'esprit, faisant ses reportages et les présentant avec son détachement de journaliste.

Le public avait désormais appris comment elle avait été déçue et abandonnée. Les gens voyaient la femme qui se cachait derrière la journaliste, et ils n'arrêtaient plus d'en parler. La formule qu'on entendait le plus était *exactement comme moi.*

Avant ce documentaire, le public avait respecté Tully Hart. Désormais, il l'adorait. Elle fit la couverture de *People* et de *Us* la même semaine. Le documentaire – et des extraits de celui-ci – était diffusé et rediffusé dans des émissions de divertissement. Tully Hart semblait être devenue la coqueluche de l'Amérique.

Mais alors que tout le monde regardait Tully et ses tristes retrouvailles avec sa mère perdue de vue, Kate voyait tout autre chose dans ce film, et elle regardait cela de manière tout aussi obsessionnelle.

Elle ne pouvait s'empêcher de remarquer la façon dont Johnny regardait Tully à la fin, quand elle découvrait la disparition de Nuage, la façon dont il s'était approché d'elle et l'avait prise dans ses bras.

Et puis il y avait la conversation à voix basse que Tully et Johnny avaient eue à Sunshine Farms. Les monteurs avaient coupé les paroles qu'ils avaient échangées et enchaînées sur un plan général de la communauté, mais Kate ne pouvait s'empêcher de se demander ce qu'ils s'étaient dit.

Elle étudia leur langage corporel telle une primatologue, mais elle n'en tira rien de plus au bout du compte que ce qu'elle avait perçu au début : deux vieux amis travaillant ensemble sur un documentaire chargé en émotion, et une femme qui avait des craintes à leur sujet depuis longtemps.

Les choses auraient dû en rester là. Si rien d'autre ne s'était passé, Kate aurait mis ses vieilles jalousies au placard, comme elle l'avait fait des dizaines de fois au fil des années.

Mais il s'était passé quelque chose.

Syndiworld, la deuxième plus grosse société de vente de droits de diffusion au monde, avait vu le documentaire et proposé à Tully sa propre émission d'une heure, dont elle détiendrait la majorité des droits.

Tully avait été envoûtée par cette idée, qui lui offrait un moyen d'être elle-même devant la caméra, de montrer au monde qui elle était vraiment et ce qu'elle ressentait vraiment. Par ailleurs, cela voulait dire qu'elle n'aurait plus à se lever à trois heures du matin. Dès l'instant où on lui avait fait cette proposition, elle avait dit que c'était exactement ce dont elle avait besoin, mais elle avait tout de même posé deux conditions : primo, l'émission devait être tournée à Seattle ; secundo, John Ryan devait être son producteur. Sans se donner la peine de demander l'accord de ses amis pour aucune de ces deux choses.

Kate et Johnny étaient en train de discuter en buvant un verre sur leur terrasse après une longue journée quand ils avaient reçu le premier coup de fil.

La proposition de Tully avait fait rire Johnny, qui lui avait dit de trouver un producteur spécialisé dans les divas.

Puis Tully avait parlé d'un salaire chiffré en millions.

À présent, deux jours plus tard, Kate ne rigolait assurément pas. Johnny et elle étaient dans le salon et s'efforçaient de ne pas hausser la voix car les enfants étaient couchés. Tully était rentrée à New York et certainement assise à côté de son téléphone, à attendre de voir si elle allait une fois de plus parvenir à ses fins.

— Je ne comprends pas pourquoi tu me fais des histoires à ce sujet, Katie, dit Johnny en marchant de long en large devant la fenêtre. Ça va changer nos vies.

— Qu'est-ce qui ne va pas dans notre vie actuelle ?

— Tu te rends compte du montant qu'on nous propose ? On pourrait finir de payer cette maison et envoyer les enfants faire médecine à Harvard. Et je pourrais faire des reportages qui marqueraient les esprits. Tully a dit que je pourrais mettre en avant des endroits du monde où il y a des conflits. Tu sais ce que ça signifierait pour moi ?

— C'est comme ça que tu veux que soit ta carrière, à partir de maintenant, en commençant toutes tes phrases par *Tully a dit* ?

— Tu me demandes si je peux travailler pour elle ? La réponse est : Oh que oui. J'ai travaillé pour des gens bien pires que Tully Hart.

— Je te demande peut-être si tu dois travailler pour elle, dit doucement Kate.

Il s'arrêta net et se tourna vers elle.

— Tu te moques de moi ? C'est à cause de ça ? Une nuit il y a mille ans ?

— C'est une femme extrêmement belle. Je me dis simplement…

Elle ne parvint pas à finir, ne trouva pas les mots pour exprimer ses vieilles peurs et ses inquiétudes.

Le regard qu'il lui adressa était si foudroyant qu'elle se sentit fondre et disparaître.

— Je ne mérite pas ça.

Elle le regarda monter l'escalier en trombe, entendit la porte de la chambre claquer.

Elle resta longuement assise, les yeux rivés sur son alliance. Comment se faisait-il qu'on ne pouvait jamais effacer certains souvenirs ? Lentement, elle éteignit toutes les lumières, verrouilla toutes les portes et monta.

Elle s'arrêta devant leur porte fermée et prit une grande inspiration. Elle savait ce qu'elle devait faire maintenant, ce qu'elle devait dire. Elle l'avait blessé et insulté. Ils savaient tous les deux que c'était la chance d'une vie. Elle ne pouvait pas laisser ses doutes et sa jalousie y faire obstacle.

Elle devait aller le voir, dire qu'elle était désolée, qu'elle était bête d'avoir peur, qu'elle croyait en son amour comme elle croyait à la pluie et au beau temps. C'était vrai aussi. Elle y croyait.

Pour toutes ces raisons, elle devait être fière de Johnny et heureuse de cette opportunité et de ce qu'elle signifiait pour lui. C'était ça, un mariage, un sport d'équipe, et c'était maintenant à son tour de jouer les supporters. Mais malgré tout cela, elle ne parvenait pas tout à fait à se réjouir.

Au contraire, elle avait peur.

Oui, ils seraient riches. Peut-être même puissants.

Mais à quel prix ?

Tully termina son contrat, fit une dernière émission pleine d'émotion et de célébrités et dit au revoir à New York. Elle trouva un nouveau penthouse dans la Cité d'Émeraude et passa le mois suivant à enchaîner les réunions à huis clos pour imaginer sa nouvelle émission, qu'elle appellerait *L'Heure des copines avec Tully Hart*, en hommage à la tradition de fin d'année des Mularkey. Johnny et elle passèrent de longues heures à travailler ensemble comme autrefois, à engager du personnel, concevoir le plateau et développer des concepts pour l'émission.

Au mois d'août 2003, une grande partie du travail préparatoire était accomplie et elle se rendit compte qu'elle avait une fois de plus été si occupée par son travail qu'elle en avait oublié d'avoir une vie. Kate habitait juste de l'autre côté de la baie, mais Tully ne l'avait presque pas vue. Elle décrocha donc son téléphone et invita sa meilleure amie et sa filleule à passer la journée avec elle.

— Désolée, dit Kate. Je ne peux pas venir en ville.

— Allez, implora Tully. Je sais que je ne t'ai pas assez appelée cet été, mais avec Johnny, on a travaillé douze heures par jour.

— Dis-moi quelque chose que je ne sais pas. Tu le vois plus que nous.

— Tu m'as manqué.

Il y eut un silence, puis :

— Tu m'as manqué aussi, mais aujourd'hui ce n'est pas le bon jour pour moi. Les garçons ont des amis qui viennent à la maison.

— Et si je te libérais de Marah ? dit Tully en s'enthousiasmant pour cette idée. Je pourrais l'emmener chez Gene Juarez pour une manucure et un cours de maquillage. Peut-être un soin du visage. Ce serait super. Une sortie entre filles.

— Elle est trop jeune pour aller dans un institut de beauté, Tully, dit Kate en riant, mais son rire semblait un peu forcé. Et tu peux oublier la séance de maquillage. Elle n'a pas le droit de se maquiller avant la troisième.

— Personne n'est trop jeune pour aller dans un institut de beauté, Kate, et tu es folle de lui interdire de se maquiller. Tu te souviens quand ta mère a essayé de le faire ? On se maquillait simplement à l'arrêt de bus. Tu ne veux pas qu'elle apprenne à se maquiller correctement ?

— Pas encore.

— Allez, fit Tully pour l'amadouer. Mets-la sur le bateau de onze heures et quart. Je la retrouverai au McDonald's. Tu m'as dit que vous n'arrêtiez pas de vous disputer, de toute façon.

— Bon… je suppose que c'est envisageable. Mais pas de films déconseillés aux moins de douze ans, même si elle te supplie.

— D'accord.

— Ça va peut-être la mettre de bonne humeur. Demain, on va faire les courses pour la rentrée, ce qui est à peine moins horrible que de se faire arracher une dent sans anesthésie.

— Je l'emmènerai peut-être chez Nordstrom pour lui faire un petit cadeau.

— Quarante dollars.

— Quoi ?

— C'est ce que tu peux dépenser. Pas un dollar de plus, et Tully, si tu lui achètes quoi que ce soit qui laisse voir son ventre…

— Je sais. Je sais. Britney Spears est l'Antéchrist. Compris.

— Bien. Je vais aller le dire à Marah.

Exactement une heure et douze minutes plus tard, Tully indiqua à son chauffeur de se garer à côté du McDonald's situé sur l'Alaskan Way. Elle comprit d'après les coups de Klaxon qu'il était interdit de se garer là, mais qu'est-ce que ça pouvait lui faire ?

Elle baissa la vitre et vit Marah qui accourait vers elle.

— Par ici ! cria-t-elle en sortant de la voiture.

Marah la serra dans ses bras.

— Merci mille fois de m'avoir sortie de la maison. Maman m'a fait des remarques toute la matinée. Qu'est-ce qu'on va faire ?

— Que dirais-tu d'une séance de soins chez Gene Juarez ?

— Génial.

— Et après ça, on peut faire ce que tu veux.

— Tu es tellement géniale, dit Marah en regardant Tully avec une expression d'adoration à jamais des plus sincères.

Tully rigola.

— On l'est toutes les deux. C'est pour ça qu'on fait une équipe parfaite.

# 28

*L'Heure des copines* connut un succès fou dès sa première diffusion. Du jour au lendemain, Tully ne fut plus seulement une journaliste ou une présentatrice de journal dans la matinale, elle devint une véritable star. Toute l'émission avait été pensée pour exploiter ses points forts et souligner son talent.

Ce qu'elle faisait bien – et qu'elle avait toujours bien fait –, c'était parler avec les gens.

Et elle créait une complicité non seulement avec la caméra, mais avec ses invités, son public et ses téléspectateurs. Au cours des deux premières semaines de diffusion de son émission, elle devint une icône. Sa photo orna les couvertures de *People*, *Entertainment Weekly*, *Good Housekeeping* et *In Style*. Syndiworld avait du mal à satisfaire à la demande, tant son émission gagnait vite en popularité sur de nouveaux marchés.

Mais le mieux, c'était qu'elle était propriétaire des droits de diffusion. Certes, elle les partageait avec Syndiworld et les Ryan en avaient un petit pourcentage, mais elle était le moteur de l'émission. Comme tout le monde le savait, connaître la moitié du succès d'*Oprah*, c'était connaître un sacré succès.

Elle était maintenant assise dans son bureau, en train de relire ses notes pour l'enregistrement qui allait commencer dans – elle regarda l'horloge – vingt-cinq minutes.

Il s'agissait d'une de ces séquences avec des célébrités. Une interview pleine de sourires et de bienveillance. À vrai dire, Tully avait encore assez l'âme d'une journaliste pour se hérisser à cette idée, mais la femme d'affaires avait pris le dessus. Le public voulait simplement être toujours plus intime avec ses stars. Johnny tolérait ces segments en contrepartie de ses reportages pour changer le monde.

Quelqu'un frappa à la porte et demanda respectueusement :

— Madame Hart ?

Elle se retourna dans son fauteuil.

— Oui ?

— Votre filleule est là. Pour la séquence « j'emmène ma fille au travail » ?

— Super ! dit Tully en se levant d'un bond. Faites-la entrer.

La porte s'ouvrit davantage, et Johnny apparut dans un jean délavé et un pull en cachemire bleu marine.

— Salut, dit-il.

— Salut.

À côté de lui, Marah ne tenait pas en place, tant elle était excitée.

— Salut, tante Tully. Papa m'a dit que je pourrais passer toute la journée avec toi.

Tully s'approcha d'eux.

— Je ne pourrais demander une fille plus parfaite. Tu es prête à voir comment on fait tourner une émission ?

— J'en meurs d'impatience.

Tully se tourna vers Johnny et se rendit compte une seconde trop tard qu'elle était trop proche. Elle aperçut une petite surface de peau près de son oreille où il avait oublié de se raser.

— Je serai dans mon bureau si vous avez besoin de moi. Ne lui achète pas de voiture ni de cheval pendant qu'elle est ici.

— Et quelque chose de petit ?

— Normalement, je dirais d'accord, mais avec toi, un diamant pourrait être petit.

— Je pensais à un sac en tissu *L'Heure des copines*.

— Parfait.

Tully lui sourit.

— Tu es mon producteur. Tu te dois de dire que je suis parfaite.

Il la dévisagea.

— Le monde entier pense que tu es parfaite.

De nombreuses années de vie commune resurgirent soudain, des conversations, des moments et des opportunités qu'elle avait refusé de saisir. Du moins, c'était ce qu'elle se disait : elle ne le connaissait plus assez bien pour décrypter ses expressions. Même s'ils travaillaient ensemble tous les jours, ils étaient tout le temps entourés de gens et concentrés sur leur travail. Les week-ends, quand elle allait chez lui, il était le mari de Katie, et Tully gardait ses distances.

Il ne bougea pas, ne sourit pas.

Tully sourit et recula, espérant que son sourire avait l'air sincère.

— Viens, Marah, allons jouer à la mère et sa fille. Lindsay Lohan est dans les loges. Tu peux lui demander comment elle a commencé sa carrière.

Un mercredi ensoleillé de la première semaine entière de septembre, Kate se trouvait sur le trottoir devant l'école primaire d'Ordway. Le parking, qui quelques instants plus tôt avait été encombré de bus s'arrêtant au bord du trottoir et de voitures – essentiellement des 4×4 et des monospaces – avançant pas à pas dans la voie dépose-minute, était désormais vide et silencieux. La cloche avait retenti puis s'était tue ; le directeur était rentré dans le bâtiment en brique trapu et bas pour commencer sa journée. Deux drapeaux flottaient dans la brise du début d'automne, juste au-dessus de Kate.

— Tu pleures encore ?

Tully se voulut réconfortante, mais son ton était trop franc pour ça. On pouvait déceler un infime soupçon de rire derrière ses mots.

— Va te faire voir, et je dis ça le plus gentiment possible.

— Allez, je te ramène chez toi.

— Mais… fit Kate en jetant un coup d'œil vers la fenêtre qui se trouvait tout au bout de l'école. L'un des deux pourrait avoir besoin de moi.

— Ils entrent en maternelle, pas à l'hôpital pour une opération à cœur ouvert, et tu as des choses à faire.

Kate soupira et s'essuya les yeux.

— Je sais que c'est idiot.

Tully serra sa main.

— Ce n'est pas idiot. Je me souviens de mon premier jour d'école. J'étais tellement jalouse des enfants dont les mamans pleuraient.

— Je te remercie vraiment d'être là pour moi aujourd'hui. Je sais à quel point c'est difficile pour toi de quitter le studio.

— Mon producteur m'a donné ma journée, dit-elle avec un sourire. Je crois qu'il en pince dur pour ma meilleure amie.

Elles parcoururent ensemble le trottoir bordé d'arbres jusqu'à leur place de parking. Kate monta derrière le volant de son nouveau 4 × 4 bleu et démarra le moteur.

Tully se pencha immédiatement en avant sur son siège et glissa un CD dans le lecteur. La voix de Rick Springfield retentit dans les haut-parleurs sur « Jessie's Girl ».

Kate rigola. Une fois qu'elles furent sorties du parking de l'école, qu'elles se furent arrêtées au drive-in du café pour acheter des cafés au lait et qu'elles furent de retour chez elle, elle se sentit nettement mieux.

Dans son salon jonché de jouets, elle s'effondra sur le fauteuil rembourré préféré de Johnny et posa ses pieds sur le repose-pied.

— Et maintenant, madame la cheffe intrépide ? Est-ce qu'on va faire du shopping ?

— Avec les trois heures ridicules qu'on a devant nous, sûrement pas. Tu aurais dû réserver une journée complète pour ça.

Kate avait déjà entendu ça.

— Je connais bien ton opinion là-dessus. Mais il se trouve que j'aime avoir mes enfants autour de moi.

— À vrai dire, j'ai un meilleur plan, de toute façon, dit Tully en s'affalant sur le canapé. On va parler de tes projets d'écriture.

Kate faillit lâcher son café.

— Mes… mes projets d'écriture ?

— Tu as toujours dit que tu te remettrais à écrire quand les garçons seraient à l'école.

— Laisse-moi un peu de temps, tu veux bien ? Ils viennent de commencer. Parlons plutôt de l'émission. Johnny me dit que…

— Je ne suis pas dupe de tes piètres tactiques. Tu crois que je vais oublier tout le reste si tu parles de moi.

— C'est généralement vrai.

— Un point pour toi. Alors, qu'est-ce que tu vas écrire ?

Kate se sentit soudain exposée.

— C'est un vieux rêve, Tully.

— Eh bien, tu commences à être vieille, donc c'est parfait.

— Est-ce qu'on t'a déjà dit que tu étais une garce insensible ?

— Seulement les hommes avec qui je sors. Allons, Katie. Parle-moi. Je vois bien que tu es tout le temps fatiguée. Je sais que tu as besoin de quelque chose de plus dans ta vie.

C'était la dernière chose qu'aurait imaginée Kate ; que Tully, aussi comblée qu'elle fût, remarque son état dépressif. Lorsqu'elle en prit conscience, elle perdit toute combativité. Dernièrement, en vérité, elle était épuisée de faire semblant, de toute façon.

— C'est plus que ça. Je me sens… perdue. Je devrais me satisfaire de ce que j'ai, mais pour une raison que j'ignore, je n'y arrive pas. Et Marah m'épuise. Je fais tout de travers. Je l'aime énormément et elle me traite comme une vieille chaussette.

— C'est l'âge.

— Cette excuse commence à ne plus marcher. Je devrais peut-être la laisser suivre ce cours de mannequinat qui l'emballe tant. Ça me fait simplement horreur de l'imaginer dans un univers pareil.

— Petit rappel : c'est de toi qu'on parle, là, dit Tully. Écoute, Katie, je ne sais pas ce qui t'arrive en ce moment, mais je sais ce que c'est de vouloir plus que ce qu'on a. Parfois, il faut se battre pour avoir ce qui nous manque.

— Dixit la femme qui doit emprunter ma famille quand il lui en faut une.

Tully sourit.

— On fait vraiment la paire, hein ?

Pour la première fois depuis ce qui lui parut une éternité, Kate rit.

— Depuis toujours. Bon, écoute, je vais songer à écrire si tu songes à tomber amoureuse.

Tully la regarda.

— Ce serait peut-être plus facile de songer à passer la journée à la plage, dit-elle, puis elle marqua une pause. Je n'ai pas eu de nouvelles de Grant depuis que j'ai déménagé ici.

— Je sais, dit Kate. Je suis désolée. Mais je ne pense pas que c'était l'homme qu'il te faut. Si vous étiez faits l'un pour l'autre, tu serais tombée amoureuse.

— C'est ce que pensent les gens comme toi, dit doucement Tully, puis elle s'égaya. Viens, on va faire des margaritas.

— Bien parlé. Je vais me soûler le premier jour de maternelle des garçons, et le matin, s'il vous plaît. Parfait.

Le carnaval de Halloween à l'école avait lieu dans seulement sept jours, et Kate avait fait la bêtise de se porter volontaire pour concevoir et réaliser la décoration pour les séances photo. Entre les courses de fournitures, la peinture de l'arrière-plan et la fabrication d'une fausse maison hantée, elle était débordée de travail. Ajoutés à cela, les trajets pour emmener Marah à son cours de mannequinat, et elle était émotionnellement au bord du gouffre la plupart du temps.

Mais elle était censée écrire son livre. Johnny, Tully et Maman attendaient cela d'elle. Elle-même attendait cela d'elle. Elle avait eu la certitude qu'une fois que les garçons seraient entrés à l'école, elle trouverait le temps.

Malheureusement, elle avait oublié les horaires de la maternelle. Pour être honnête, à peine avait-elle déposé les garçons que c'était l'heure d'aller les chercher, et Johnny, qui avait toujours été d'une grande aide, passait désormais plus de temps au studio qu'à la maison.

Kate faisait donc ce qu'elle avait toujours fait : elle s'affairait sans arrêt, en espérant que personne ne remarque qu'elle ne souriait plus aussi facilement qu'autrefois, ou qu'elle ne dormait plus aussi bien.

À six heures ce matin-là, elle embrassa Johnny pour le réveiller, puis elle alla réveiller Marah. À partir de là, elle fut prise dans le tourbillon des besoins des autres. Elle emmena les enfants à l'école, fit les courses et retrouva le groupe de décoration pour une heure de bricolage.

Elle fut si absorbée par ce travail qu'elle faillit oublier d'aller chercher les garçons. En retard, elle courut à son 4 × 4, traversa l'île à toute allure et se gara dans la voie de ramassage au moment où la plupart des voitures repartaient. Elle appela les garçons d'un coup de Klaxon et leur fit signe de la main.

Son téléphone sonna.

— Allô ? répondit-elle en tendant le bras vers l'arrière pour ouvrir la portière.

— Maman ? dit Marah.

— Qu'est-ce qui se passe ?

Marah rigola, mais d'un rire assurément forcé.

— Rien. Je ne veux pas te faire flipper, mais j'organise une réunion de famille à sept heures ce soir.

— Une *quoi* ?

— Une réunion de famille. Enfin, plus ou moins. Je ne veux pas que Lucas et William soient là.

— Laisse-moi bien comprendre : tu veux avoir une réunion avec ton père et moi à sept heures.

— Et Tully.

— Dans quoi tu t'es fourrée ?

— Il faut toujours que tu imagines le pire de ma part. Je veux simplement parler.

Une fille de treize ans voulant parler avec ses parents ? Plus précisément, Marah voulant parler avec Kate ? C'était comme une chute de neige en juillet.

— D'accord, dit lentement Kate. Tu es sûre que tu n'as pas d'ennuis ?

— J'en suis sûre. À tout'.

Kate regarda fixement le téléphone dans sa main.

— Qu'est-ce qui se passe ? se demanda-t-elle tout haut, mais avant qu'une réponse affleure, la portière s'ouvrit derrière elle, les garçons grimpèrent sur la banquette et Kate fut à nouveau emportée dans le tumulte de sa vie quotidienne.

Elle dut faire des courses, cuisiner et être de retour devant le collège à trois heures pour récupérer Marah.

— Tu es sûre que tu ne veux pas parler de quelque chose maintenant ? demanda-t-elle.

Marah était affalée contre la vitre sur le siège passager, ses longs cheveux noirs cachant la plus grande partie de son visage aux yeux baissés. Comme d'habitude, elle portait un jean taille basse, des tongs (même s'il pleuvait), un tout petit T-shirt rose et un air renfrogné. Cette expression était le seul accessoire sans lequel elle ne sortait jamais de la maison.

— Si je voulais parler maintenant, j'aurais pas organisé une réunion. Pfff. Réveille-toi, M'man.

Kate savait qu'elle ne devait pas laisser sa fille lui parler ainsi, et elle ne le faisait pas en temps normal, mais elle n'avait pas envie de se disputer ce jour-là et laissa donc passer.

Une fois à la maison, Kate alla aussitôt à sa salle de bains, prit deux aspirines et se mit en jogging. Ne prêtant pas attention à son mal de tête, elle installa les garçons à la table de la cuisine avec leurs cahiers d'autocollants et commença à préparer le dîner.

En un rien de temps, il fut six heures et Johnny ouvrit la porte.

— Salut, dit-il en faisant entrer Tully dans la maison. Regarde qui est venu à la maison avec moi pour la grande réunion.

Kate leva les yeux des tacos qu'elle préparait.

— Salut, vous deux, dit-elle en couvrant la casserole et en baissant le feu, avant de les rejoindre.

— Vous ne savez pas ce qui se passe, si ?

— Moi ? Je ne sais presque rien, dit Tully.

Après cela, la soirée parut tantôt traîner en longueur, tantôt filer à toute vitesse. Kate observa sa fille durant tout le dîner afin d'essayer de glaner un indice sur ce qui allait suivre, mais elle n'eut pas plus de réponse à la fin du repas que l'après-midi.

— Bon, dit finalement Marah à presque exactement sept heures, une fois que la vaisselle fut faite et que les garçons furent en haut devant un film.

Elle se posta près de la cheminée, l'air à la fois tendu et immature.

— Tante Tully pense que je devrais…

— Tully sait de quoi il s'agit ? demanda Kate.

— Euh. Non, dit rapidement Marah. Juste en général, elle pense que je ne devrais pas être agressive avec toi. Je devrais être respectueuse et te parler d'une chose qui est extrêmement importante pour moi.

Kate jeta un coup d'œil vers Johnny, qui leva les yeux au ciel en réponse.

— Alors, voilà, dit Marah en se tordant les mains. Il y a un congrès à New York en novembre, auquel il faut absolument que j'aille. C'est là que tout un tas d'agents et de photographes viennent rechercher des mannequins. Tully pense qu'Eileen Ford pourrait me prendre à coup sûr. Et ma prof de mannequinat m'a invitée en personne.

Kate resta assise sans bouger, trop stupéfaite pour parler tout de suite. *New York. Tully pense… M'a invitée en personne.* Quelle flèche devait-elle sortir en premier ?

— Je suppose que ça coûte de l'argent, dit Johnny.

— Oh. Oui, dit Marah en hochant la tête. Trois mille dollars, mais c'est une affaire à ce prix. Tous les gens importants y seront.

— Et les dates ?

— Du 14 au 21 novembre.

— Pendant les cours ? fit brusquement Kate.

— C'est juste une semaine… commença Marah, mais Kate l'interrompit.

— Juste une semaine ? Tu plaisantes ?

Marah lança un regard nerveux à Tully.

— Je peux emmener mes devoirs et les faire le soir et dans l'avion, mais de toute façon, si on me découvre, je n'aurai pas besoin de finir le lycée. J'aurais des profs particuliers.

— Combien d'élèves de ton cours de mannequinat ont été invités à participer ? demanda Johnny d'une voix calme et raisonnable.

— Tout le monde, répondit Marah.

— Tout le monde ? fit Kate en se levant. Tout le monde ? Ça n'a rien de spécial alors, c'est du racket pour nous extorquer de l'argent. Tu penses vraiment…

— Kate, fit Johnny en lui adressant Le Regard.

Elle prit une grande inspiration pour s'efforcer de calmer sa colère.

— Je ne voulais pas dire ça, Marah. J'ai juste… tu ne peux pas manquer une semaine entière de cours, et trois mille dollars, c'est beaucoup d'argent.

— Je les paierai, dit Tully.

Kate n'avait jamais eu autant envie de frapper sa meilleure amie.

— Elle ne peut pas rater les cours.

— Je pourrais…

Kate leva la main pour lui imposer le silence.

— N'en dis pas plus, dit-elle à Tully.

Marah fondit en larmes.

— Tu vois ? cria-t-elle à Tully. Elle me prend pour un bébé et elle ne me laisse rien faire.

Johnny se leva.

— Marah, voyons, tu n'as que treize ans.

— Brooke Shields et Kate Moss étaient millionnaires à quatorze ans parce que leurs mères les aimaient, pas vrai, Tully ? dit-elle en s'essuyant les yeux, puis elle regarda son père. S'il te plaît, Papa ?

Il secoua la tête.

— Je suis désolé, chérie.

Marah tourna les talons et partit à l'étage en courant. Ils l'entendirent pleurer jusqu'à ce qu'elle claque la porte de sa chambre.

— Je vais aller lui parler, dit Johnny avec un soupir en se dirigeant vers l'escalier.

Kate se tourna vers sa meilleure amie.

— Tu es *folle* ?

— C'est une école de mannequinat, pas la maison du crack.

— Bon sang, Tully, elle n'a pas besoin d'être dans ce milieu tordu. Je te l'ai déjà dit. C'est dangereux.

— Je l'aiderai à faire ce qu'il faut. Je l'accompagnerai.

Kate était si furieuse qu'elle arrivait à peine à respirer. Une fois de plus, Tully avait donné une mauvaise image d'elle devant Marah, or elle n'avait franchement pas besoin d'aide pour faire capoter sa relation avec sa fille.

— Tu n'es pas sa mère. C'est moi. Tu peux faire la java avec elle, t'éclater et vivre comme si le monde était ton Pays imaginaire. Mon rôle à moi, c'est de la protéger.

— Ça ne fait pas tout de se protéger, dit Tully. Il faut parfois prendre des risques. Qui ne tente rien n'a rien.

— Tully, tu n'as aucune idée de ce dont tu parles. Il n'est pas question que ma fille de treize ans aille à New York pour une arnaque de congrès de mannequinat, et il n'est pas question non plus que tu la chaperonnes. Ce sujet est clos.

— Bien, dit Tully. J'essayais simplement d'aider.

Kate entendit que son amie était blessée, mais elle était trop fatiguée, et c'était trop important pour qu'elle accepte de céder.

— Bon. Et la prochaine fois que ma fille vient te parler d'un projet qui implique de rater une semaine d'école ou de jouer les mannequins dans un lieu lointain, je te serais reconnaissante de me laisser en discuter avec elle.

— Mais vous ne discutez pas. Vous ne faites que vous crier l'une sur l'autre. Même Johnny dit…

— Tu as parlé de ça à Johnny ?

— Il s'inquiète pour Marah et toi. Il dit que c'est la Deuxième Guerre mondiale ici, certains soirs.

C'était environ le troisième coup bas de la soirée, et Kate en eut tellement mal qu'elle dit :

— Tu ferais mieux de partir, Tully. C'est une affaire de famille.

— Mais… je croyais être de la famille.

— Bonne nuit, dit doucement Kate, puis elle sortit de la pièce.

# 29

Tully aurait dû rentrer directement chez elle et essayer d'oublier tout cela, mais lorsque le ferry arriva dans le centre-ville de Seattle, elle était dévastée. Au lieu de tourner à gauche sur l'Alaskan Way, elle tourna à droite et mit les gaz.

En un temps record, elle fut à Snohomish et passa devant les lieux emblématiques de sa jeunesse, si différents. La ville était devenue une escale touristique, pleine de cafés branchés et de boutiques d'antiquité chics.

Rien de tout cela ne lui importait beaucoup. Ce qui avait changé, ce qui était resté intact… elle s'en fichait. Même dans les meilleures circonstances, elle ne repensait qu'à peine à son passé, et c'était loin d'être les meilleures circonstances ce soir-là. Cependant, quand elle prit la route des Lucioles, elle eut l'impression de replonger subitement dans des temps anciens.

Elle s'engagea sur l'allée goudronnée et monta jusqu'à la petite ferme blanche avec ses moulures noires laquées. Au fil des années, Mme Mularkey avait transformé le jardin mal entretenu en un jardin à l'anglaise plein de fleurs. En cette fin d'automne, il semblait entièrement doré. Les parterres et les paniers suspendus contenaient une profusion de géraniums rouges, visibles dans la lumière orangée du perron.

Tully gara sa voiture et alla à la porte d'entrée où elle sonna.

M. M. vint lui ouvrir et, l'espace d'une seconde, alors qu'elle était sur le perron et qu'elle le regardait, Tully eut l'impression de voir toute sa vie défiler devant ses yeux. Il faisait plus vieux, bien sûr, avec son front dégarni et son ventre bedonnant, mais avec son T-shirt blanc et son jean usé, il ressemblait tant à ce qu'il avait été autrefois qu'elle se sentit redevenir jeune.

— Bonsoir, monsieur M.

— Tu viens tard. Tout va bien ?

— Il faut simplement que je parle à Mme M. Je ne resterai pas longtemps.

— Tu sais que tu peux rester aussi longtemps que tu veux, dit-il en reculant pour la laisser entrer, puis il alla au pied de l'escalier et cria : Margie, descends ! Il y a des ennuis pour toi.

Il décocha un sourire à Tully qui l'amena à sourire à son tour.

En un rien de temps, Mme M. apparut dans l'escalier en train de fermer la robe de chambre en faux velours rouge qu'elle portait depuis que Tully la connaissait. Quel que fût le nombre de luxueux ensembles chemise de nuit et robe de chambre que Tully lui avait envoyés au fil des années, cette vieille robe rouge restait sa préférée.

— Tully, dit-elle en enlevant ses grosses lunettes beiges à double foyer. Tout va bien ?

Ça ne servait à rien de mentir.

— Pas vraiment.

Mme M. alla tout droit vers le bar du salon – un aménagement de la fin des années 1980 – et servit deux verres de vin. Elle en donna un à Tully et la conduisit au nouveau canapé léopard, où elle s'assit. Derrière elle, le mur était désormais recouvert de photos de famille. Jésus et Elvis étaient toujours mis en vedettes, mais ils étaient entourés de dizaines de photos d'école de Marah et des jumeaux, des photos de mariage de Johnny et Kate, de photos de la remise de diplôme de troisième cycle de Sean et quelques-unes ici et là de Tully.

— Bon, quel est le problème ?

Tully s'assit dans la nouvelle édition du fauteuil inclinable préféré de M. Mularkey.

— Kate est furieuse contre moi.

— Pourquoi ?

— Marah m'a appelée la semaine dernière pour me parler d'un événement de mannequinat à New York…

— Nom d'un chien.

— J'ai proposé de l'aider à en parler à ses parents, mais dès que Kate a entendu de quoi il s'agissait, elle a pété un plomb. Elle ne voulait même pas écouter Marah.

— Marah a treize ans.

— C'est assez grand pour…

— Non, dit sèchement Mme M., puis elle sourit gentiment. Je sais que tu essayes seulement d'aider, Tully, mais Kate a raison d'essayer de protéger Marah.

— Marah la déteste.

— C'est l'impression que ça donne avec les filles de treize ans et leurs mères. Tu ne le sais pas, peut-être, parce que Nuage était très différente, mais les filles et leurs mères traversent souvent des moments difficiles. Ça n'arrange pas les choses de leur accorder tout ce qu'elles veulent.

— Je ne suggère pas qu'ils doivent tout lui donner, mais elle a un vrai talent. Je pense qu'elle pourrait être top model.

— Et si c'était le cas, que se passerait-il ?

— Elle serait riche et célèbre. Elle pourrait être millionnaire à dix-sept ans.

Mme M. se pencha en avant.

— Tu es richissime, n'est-ce pas ?

— Oui.

— Est-ce que ça fait de toi une personne comblée ? La réussite vaut-elle ce à quoi Marah renoncerait pour l'atteindre, son enfance, son innocence, sa famille ? J'ai regardé quelques-uns de ces téléfilms sur les jeunes mannequins. Il y a toutes sortes de drogues, du sexe et ce genre de choses dans ce milieu.

— Je veillerais sur elle. Ce qui compte, c'est qu'elle ait trouvé quelque chose qu'elle adore. Cette chose, il faut la cultiver et non l'ignorer. Et j'ai peur que Marah et Kate n'arrivent pas à se réconcilier. Vous devriez entendre comment Marah parle d'elle.

— Tu es inquiète pour Marah, dit Mme M. en regardant Tully au-dessus du bord de son verre. Je crois que tu te focalises sur la mauvaise personne. C'est Kate qui a besoin de toi, maintenant.

— Kate ?

— Ces problèmes avec Marah la dévorent. Elles doivent toutes les deux comprendre comment se parler sans hurler ni pleurer, dit-elle en regardant Tully. Et toi, tu dois être l'amie de Katie avant tout.

— Vous êtes en train de dire que c'est ma faute ?

— Bien sûr que non. Je dis que Katie a besoin d'avoir sa meilleure amie à son côté. Vous vous êtes toujours défendues mutuellement toutes les deux. Je sais à quel point Marah t'idolâtre – et à quel point tu aimes être idolâtrée, dit-elle avec un sourire entendu. Mais tu ne peux pas prendre parti dans cette dispute, à moins que ce soit celui de Katie.

— Je voulais simplement…

— Ce n'est pas ta fille.

C'était donc ça. Tully ne s'était pas rendu compte avant cet instant, cette seconde, de ce qui l'avait poussée à tant s'impliquer dans cette histoire. Elle aimait Marah, bien sûr, mais il n'y avait pas que ça, si ? Et Mme M. l'avait compris. Marah était l'enfant parfaite pour Tully : belle, ambitieuse, un peu égoïste. Et surtout, elle voyait Tully comme un idéal.

— Mais alors, qu'est-ce que je dis à Marah ?

— Qu'elle a la vie devant elle. Si elle est aussi douée que tu le crois, elle y arrivera quand elle sera assez grande pour affronter ce milieu.

Tully se laissa aller dans le fauteuil et soupira.

— Pendant combien de temps pensez-vous que Kate va rester furieuse contre moi ?

Mme M. rigola.

— Toutes les deux, vous avez plus de hauts et de bas que la cote en Bourse d'une start-up. Tout va s'arranger. Arrête simplement d'essayer d'être la meilleure amie de Marah, et sois présente pour Katie.

Kate ne se lassait jamais de la vue depuis sa terrasse. Ce soir-là, une fraîche soirée de fin octobre, le ciel au-dessus de Seattle était une étendue noire infinie pleine d'étoiles. Sous le magnifique clair de lune, tous les gratte-ciel étaient bien distincts, à tel point qu'il était facile d'imaginer que l'on puisse réellement voir chaque carré de verre, de granit et d'acier.

Les sons étaient aussi plus nets ici, près de l'eau. Les feuilles d'érable changeaient de couleur, tombaient des arbres voisins et se posaient tels des pas pressés sur le sol marécageux. Des écureuils sautaient de branche en branche, faisant certainement des réserves de nourriture en prévision du froid qu'ils sentaient approcher, et comme toujours il y avait la mer, qui allait et venait sur le rivage à un rythme lié à la lointaine lune. Ici, sur sa terrasse, seules les saisons changeaient, et chacune donnait au paysage un nouvel aspect incroyable.

À seulement quelques mètres derrière elle, derrière une porte ancienne en bois, les choses changeaient à une allure folle. Sa fille adolescente poussait comme un arbre et révélait chaque jour une nouvelle facette de la personne qu'elle deviendrait un jour. Elle avait des sautes d'humeur qui donnaient parfois l'impression d'une fille échouée sur le rivage et incapable de se rappeler clairement qui elle était et qui elle voulait être.

Les jumeaux de Kate grandissaient aussi. Ils commençaient à se faire chacun ses amis, à choisir chacun ses vêtements et à répondre de manière sélective aux questions de leur mère. Très bientôt, ils approcheraient à leur tour de l'adolescence, accrocheraient des photos de magazine sur les murs de leur chambre et exigeraient qu'on respecte leur intimité.

Si vite…

Elle resta debout sur la terrasse quelques minutes de plus, jusqu'à ce que le ciel soit anthracite et que des étoiles apparaissent au-dessus de la ville lointaine, puis elle rentra dans la maison et ferma la porte à clé derrière elle.

Le rez-de-chaussée était désert et silencieux. Kate se faufila à travers le salon et ramassa plusieurs dinosaures en plastique éparpillés devant la télé.

À l'étage, elle tourna sans bruit le bouton de la porte de la chambre des garçons qu'elle s'attendait à trouver endormis. Mais elle découvrit une tente de draps sur le lit de William, et le faisceau révélateur d'une lampe torche qui brillait à travers les images bleues et rouges de *La Guerre des étoiles*.

— Je connais deux petits garçons qui sont censés dormir.

Des gloussements s'échappèrent de sous la tente improvisée.

Lucas fut le premier à émerger. Avec ses cheveux noirs hérissés et son sourire édenté, on aurait dit Peter Pan surpris par Wendy.

— Coucou, Maman.

— Lucas, souffla William de l'intérieur, fais semblant de dormir.

Kate s'approcha du lit et écarta doucement les draps.

William la regarda avec des yeux ronds, une torche en main et un tyrannosaure en plastique gris dans l'autre.

— Oups, fit-il, puis il rit.

Kate ouvrit les bras.

— Faites un câlin à Maman.

Ils se jetèrent dans ses bras, toujours aussi enthousiastes. Elle les serra fort et renifla leurs cheveux à l'odeur douce et familière de shampooing pour bébés.

— Vous avez besoin d'une autre histoire ?

— Lis-nous celle sur Max, Maman, dit Lucas.

Kate prit le livre et s'installa comme à son habitude : assise contre la tête de lit, les jambes étendues, avec un garçon contre elle de chaque côté. Puis elle ouvrit *Max et les Maximonstres* et commença à lire. Max était au milieu de son aventure quand ils s'endormirent.

Elle borda William, l'embrassa sur la joue et porta Lucas à son lit.

— Bonne nuit, Maman, murmura-t-il quand elle le déposa.

— Bonne nuit.

Elle éteignit la lampe torche et sortit de la chambre en fermant la porte derrière elle.

De l'autre côté du couloir, la porte de Marah était fermée ; un filet de lumière filtrait par-dessous.

Kate eut envie d'entrer mais s'arrêta, cela ne ferait que provoquer une nouvelle dispute. Sa fille ne supportait plus rien de ce qu'elle disait ou faisait, et au cours des semaines écoulées depuis cette histoire de congrès de mannequinat qui avait tourné au drame, la situation était devenue encore plus tendue. Elle se contenta donc de frapper à la porte et de dire

« Extinction des feux, Marah », puis elle attendit que sa fille obéisse.

Elle parcourut ensuite le couloir jusqu'à sa chambre. Johnny était déjà au lit en train de lire. À son entrée, il leva les yeux.

— Tu as l'air épuisée.

— Marah, fut tout ce qu'elle dit.

Tout ce qu'elle avait à dire.

— Je crois qu'il n'y a pas que ça.

— Qu'est-ce que tu veux dire ?

Johnny enleva ses lunettes, les posa sur la table de chevet et commença à rassembler les papiers étalés autour de lui. Sans lever les yeux, il dit :

— Tully me dit que tu es toujours furieuse contre elle.

Kate perçut au son de sa voix et à la manière appliquée dont il évitait de la regarder que ça faisait longtemps qu'il voulait parler de cela. *Les hommes*, se dit-elle. Il fallait être anthropologue et savoir déceler des indices pour comprendre ce qu'ils pensaient.

— C'est elle qui ne m'a pas appelée.

— Mais c'est toi qui es furieuse.

Kate ne pouvait nier cela.

— Pas furax ou en rogne, seulement irritée. Les conneries qu'elle m'a racontées pour cette histoire de congrès de mannequinat de Marah… elle aurait au moins pu reconnaître qu'elle a eu tort.

— Tully, présenter des excuses ?

Kate ne put se retenir de sourire.

— Je sais. Je sais. Mais comment se fait-il que ce soit toujours à moi de lâcher prise ? Que ce soit toujours à moi de l'appeler ?

— Tu le fais, c'est tout.

C'était vrai, depuis toujours. Les amitiés étaient comme les mariages à cet égard. La routine et les habitudes apparaissaient tôt puis se figeaient comme du ciment.

Kate alla dans la salle de bains, se brossa les dents et se glissa dans le lit avec Johnny. Il éteignit la lampe de chevet et roula sur le côté pour la regarder. Le clair de lune brillait à travers la fenêtre et éclairait son profil. Il leva le bras et attendit qu'elle se blottisse contre lui. Kate ressentit un élan d'amour pour lui étonnamment vif, étant donné leurs nombreuses années de vie commune. Il la connaissait si bien, et c'était là une source de réconfort douce comme du cachemire, qui l'enveloppait et la réchauffait.

Ce n'était pas étonnant que Tully ait tant de côtés durs et insensibles : elle ne s'était jamais laissé attendrir et envelopper par l'amour. Sans enfants ni mari et sans l'amour d'une mère, elle était devenue égoïste. Et par conséquent, une fois de plus, Kate allait devoir ravaler sa colère sans recevoir d'excuses. Elle n'aurait pas dû laisser celle-ci couver si longtemps, de toute façon. C'était incroyable comme le temps passait vite. Elle avait parfois l'impression qu'elles venaient de se prendre le bec. Ce qui importait à présent, ce n'étaient pas les mots, prononcés ou tus, mais plutôt leurs années d'amitié.

— Merci, murmura-t-elle.

Elle appellerait Tully le lendemain pour l'inviter à dîner. Comme toujours, cela mettrait un terme à leur dispute, et leur amitié reprendrait sans peine son cours.

— Pour quoi ?

Elle l'embrassa doucement et lui caressa la joue. De toutes les images qu'elle aimait, le visage de cet homme était sa préférée.

— Pour tout.

Un matin gris et bruineux de mi-novembre, Kate engagea sa voiture sur le parking du collège et se mêla à la file onduleuse de 4 × 4 et de monospaces. Dans la circulation en accordéon, elle jeta un coup d'œil à côté d'elle.

Marah était affalée sur le siège passager, l'air maussade. Elle était d'humeur sombre depuis leur dispute au sujet du congrès de mannequinat de New York.

Avant cela, Kate s'en rendait compte à présent, il y avait eu des briques entre sa fille et elle. Depuis peu, il y avait un mur.

C'était habituellement le rôle de Kate de gommer les aspérités sur la voie que suivait leur famille. C'était elle la pacificatrice, l'arbitre et la médiatrice, mais rien de ce qu'elle avait dit n'avait fonctionné. Ça faisait désormais des semaines que Marah était en colère, et cela affectait profondément Kate. Elle ne dormait pas bien. Elle était aussi exaspérée que Marah refuse de lui parler, car elle savait que sa fille la manipulait, qu'elle essayait de la faire craquer.

— Tu es excitée par le banquet ? se força-t-elle à demander.

Au moins, c'était un sujet de conversation. Tous les élèves de quatrième étaient excités par le banquet d'hiver, ce qui était normal. Les parents – y compris

Kate – avaient fait des efforts considérables afin d'organiser une soirée magique pour leurs enfants.

— Bof, dit Marah en regardant par la fenêtre, de toute évidence à la recherche d'amis dans la foule de jeunes qui se trouvaient devant le collège. Tu ne seras pas là pour encadrer, si ?

Kate refusa de se laisser blesser par cette remarque. Elle se dit que c'était normal, elle se le disait beaucoup dernièrement.

— Je suis responsable des décorations. Tu le sais. Pas question que je travaille sur cet événement pendant deux mois sans en voir le résultat.

— Alors tu seras là, dit Marah d'un ton morne.

— Papa et moi, oui. Mais tu t'amuseras quand même.

— C'est ça.

Kate arriva sur la file dépose-minute et s'arrêta.

— Le bus scolaire de la famille Mularkey est là, dit-elle.

Derrière elle, les garçons rirent de cette blague rituelle.

— Elle est trop nulle, ta blague, dit Marah en levant les yeux au ciel.

Kate se tourna vers sa fille.

— Au revoir, chérie. Passe une bonne journée. Bonne chance pour ton contrôle de sciences sociales.

— Au revoir, dit Marah en claquant la portière.

Kate soupira et jeta un coup d'œil dans le rétroviseur. Les jumeaux jouaient ensemble sur la banquette arrière avec leurs dinosaures en plastique.

— Les filles, se dit-elle tout bas en se demandant pourquoi les adolescentes devaient tout simplement se montrer méchantes avec leurs mères.

De toute évidence, c'était une attitude normale ; elle avait passé assez de temps avec ses amis et d'autres parents pour le savoir. Si normale qu'elle faisait sans doute partie de l'évolution. Peut-être que l'espèce avait besoin de jeunes filles pensant qu'elles étaient adultes à treize ans, pour quelque raison bizarre et mystérieuse.

Quelques minutes plus tard, elle déposa les garçons à l'école, les embrassa pour leur dire au revoir et commença sa journée. Elle s'arrêta d'abord chez Bainbridge Bakers, où elle s'acheta un café au lait, puis passa à la bibliothèque pour rendre des livres et se rendit au supermarché. À dix heures et demie, elle était de retour à la maison, dans sa cuisine, et rangeait ses courses.

Elle était en train de fermer la porte du frigo quand elle entendit la musique familière du générique de *L'Heure des copines* en provenance de la télé dans le salon. Elle regardait rarement l'émission d'un bout à l'autre – comment aurait-elle pu, avec son emploi du temps ? – mais elle allumait chaque fois la télé pour savoir ce dont il s'agissait. Johnny et Tully la pressaient parfois tous les deux de questions.

Kate fit glisser sa jambe sur l'accoudoir du canapé et s'assit.

À l'écran, la musique de générique diminua et Tully pénétra sur le plateau cosy, ambiance « on est juste quelques filles qui traînent dans ton salon ». Elle était belle, comme toujours. L'année précédente, elle avait décidé de se laisser pousser les cheveux pour se faire un carré lisse aux épaules, et elle avait repris sa couleur naturelle brun-roux. Sa coupe à la fois simple et sophistiquée et sa couleur faisaient ressortir ses pommettes hautes et ses yeux chocolat. Quelques injections de collagène bien placées lui avaient donné des lèvres parfaites, qu'elle enduisait d'un soupçon seulement de brillant presque incolore.

— Bienvenue dans *L'Heure des copines*, dit-elle d'une voix forte, pour être entendue sous le tonnerre d'applaudissements.

Kate savait que les gens faisaient parfois la queue pendant six heures pour faire partie du public dans le studio, et pourquoi pas ? *L'Heure*, comme l'appelaient désormais les fans comme les médias, était une émission drôle, gaie et parfois même exaltante. Personne ne savait jamais vraiment ce que Tully allait dire ou faire le moment d'après. C'était en partie ce qui accrochait les gens, et Johnny veillait à ce que tout fonctionne comme une machine bien huilée. Fidèle à sa promesse, Tully les avait tous rendus riches, et Johnny, pour sa part, la mettait toujours en valeur.

Tully s'assit dans son fauteuil crème sur le plateau. La couleur pâle du fauteuil faisait ressortir son côté truculent, charismatique. Elle se pencha en avant pour s'adresser de manière intime à la fois au public et à la caméra.

Kate fut instantanément captivée. Elle continua de regarder Tully dévoiler ses secrets de maquillage et de coiffure au reste de l'Amérique, tout en payant les factures, époussetant les stores et pliant le linge. Après l'émission, elle éteignit le téléviseur et se rassit pour se pencher sur sa liste de cadeaux de Noël. Elle était si absorbée par ce projet qu'il lui fallut quelques instants pour se rendre compte que le téléphone sonnait. Elle chercha autour d'elle, aperçut le téléphone sans fil par terre sous un tas de Lego et répondit.

— Allô ?

— Kate, c'est vous ?

— Oui.

— Dieu merci. Ici Ellen, du collège Woodward. Je vous appelle, parce que Marah n'est pas là pour son quatrième cours de la journée. Si vous avez oublié de signer la décharge, c'est…

— Je n'ai pas oublié, dit Kate, prenant conscience de son ton brusque. Pardon, Ellen. Marah est censée être en classe. Laissez-moi deviner, Emily Allen et Sharyl Burton sont absentes, elles aussi ?

— Mince alors, fit Ellen. Vous savez où elles sont ?

— J'en ai une assez bonne idée. Je vous rappelle quand je les retrouve. Merci, Ellen.

— Désolée, Kate.

Elle raccrocha et consulta l'horloge : 12 h 42.

Pas la peine d'avoir fait une thèse pour comprendre où étaient les filles. C'était un jeudi, le jour des sorties cinématographiques au Pavilion. Et par coïncidence, cette nouvelle idole des ados – Kate ne se rappelait plus son nom – apparaissait dans un nouveau film.

Kate prit son sac à main, partit en voiture et arriva sur le parking du Pavilion juste avant une heure. Elle fit de gros efforts pour essayer de ne pas être en rage, mais le temps qu'elle parle au directeur, parcoure les salles obscures, trouve les filles et les ramène dans le hall, elle commençait à perdre la bataille.

Cependant, sa colère n'était rien, comparée à celle de sa fille.

— Je ne peux pas *croire* que tu aies fait ça, dit Marah quand elles arrivèrent sur le parking.

Kate ne prêta pas attention à son ton et dit d'une voix tendue :

— Je t'ai dit que tu pourrais voir la séance de samedi après-midi avec tes amies.

— Si ma chambre était propre.

Kate ne se donna pas la peine de répondre.

— Allez, les filles. En voiture. On vous attend au collège.

Les filles grimpèrent sans bruit sur la banquette arrière et murmurèrent qu'elles étaient désolées.

— Je ne suis pas désolée, dit Marah en claquant la portière et en bouclant brusquement sa ceinture. On a seulement raté un stupide cours de maths.

Kate démarra le moteur, sortit la voiture du parking et prit la route principale.

— Tu es censée être au collège. Point.

— Oh ! Comme si tu ne m'avais jamais fait rater les cours pour aller voir un film, dit Marah. J'ai dû rêver que j'ai vu *Harry Potter* un jour de classe.

— Dans la catégorie trop bon, trop con, dit Kate en se retenant d'élever la voix.

Marah croisa les bras.

— Tully comprendrait, elle.

Kate s'engagea dans l'allée circulaire devant le collège et se gara.

— Bien, les filles, vous êtes attendues au bureau.

Emily grogna.

— Ma mère va piquer une crise.

Quand elles furent seules dans la voiture, Kate se tourna vers sa fille.

— Papa comprendrait, dit Marah. *Lui*, il sait à quel point le cinéma et le mannequinat, c'est important pour moi.

— Tu crois ça ?

Kate sortit son téléphone portable et composa le numéro de Johnny dans ses favoris, puis elle tendit l'appareil à Marah.

— Dis-lui.

— T-toi, dis-lui.

— Ce n'est pas moi qui ai séché les cours pour aller au ciné, dit-elle en lui passant le téléphone.

Marah le prit et le colla à son oreille.

— Papa ?

La voix de Marah s'adoucit instantanément et ses yeux se gonflèrent de larmes.

Kate ressentit un pincement de jalousie. Comment se faisait-il que Johnny ait gardé une relation aussi complice avec sa fille, alors que Kate était pratiquement la bonniche attitrée de cette ado ?

— Dis, Papa. Tu te souviens de ce film dont je t'ai parlé, celui où la fille découvre que sa tante est en fait sa mère ? Je suis allée le voir aujourd'hui et c'était vraiment g… Quoi ? Oh, fit-elle, et sa voix baissa jusqu'à devenir presque un murmure. Pendant le cours de maths, mais… je sais.

Elle écouta quelques instants puis soupira.

— D'accord. Salut, Papa.

Marah raccrocha et rendit le téléphone à Kate. Pendant une fraction de seconde, elle redevint une petite fille.

— Je ne peux pas aller voir le film ce week-end.

Kate mourut alors d'envie de profiter de cet instant et d'attirer Marah vers elle pour la serrer dans ses bras, se cramponner quelques secondes seulement à sa petite fille et lui dire *Je t'aime*, mais elle n'osa pas. Dans les moments comme celui-ci, la plupart du temps, être mère, c'était être ferme et non tendre.

— Peut-être que la prochaine fois, tu réfléchiras aux conséquences de tes actes.

— Un jour, je serai une actrice célèbre et je dirai à la télé que tu ne m'as jamais été d'aucune aide. Aucune. J'attribuerai tout le mérite à tante Tully, qui croit en moi.

Elle descendit de la voiture et partit vers le collège. Kate la rattrapa.

— Je crois en toi.

Marah eut un petit rire pincé.

— Ha ! Tu ne me laisses jamais rien faire, mais dès que je pourrai je m'installerai chez Tully.

— Quand les poules auront des dents, marmonna Kate.

Heureusement, sa fille et elle n'eurent plus l'occasion de parler. Quand elles entrèrent au collège, le principal les attendait.

L'été précédant l'entrée de Marah au lycée fut de loin le pire été de la vie de Kate. Avoir une fille de treize ans au collège, c'était quelque chose, mais rétrospectivement, cela semblait sacrément mieux. Une ado de quatorze ans se préparant à entrer au lycée, c'était pire.

Cela n'avait rien arrangé non plus que Johnny ait travaillé soixante heures par semaine cette année-là.

— Hors de question que tu portes un jean qui laisse voir la raie de tes fesses au lycée, dit Kate en s'efforçant de garder une voix égale.

Dans son programme chargé de fin d'été, elle avait compté quatre heures pour acheter les vêtements de Marah. Ça faisait déjà deux heures qu'elles étaient au centre commercial, et tout ce qu'elles avaient amassé, c'était de l'hostilité.

— Tout le monde porte ce genre de jean au lycée.

— Tout le monde sauf toi, alors.

Kate appuya du bout de ses doigts sur ses tempes qui l'élançaient. Elle avait vaguement conscience des garçons qui couraient comme des furies dans le magasin, mais elle les laissait faire pour le moment. Avec un peu de chance, la sécurité viendrait et la mettrait sous les verrous pour ne pas avoir contrôlé ses enfants. À cet instant, l'idée d'être confinée quelque temps en solitaire lui semblait divine.

Marah jeta le jean sur un présentoir et s'éloigna d'un pas lourd.

— Est-ce que tu sais seulement encore tourner les talons ? marmonna Kate en suivant sa fille.

Quand elles eurent enfin fini, Kate se sentait comme Russell Crowe dans *Gladiator* : épuisée, en sang mais vivante. Personne n'était content. Les garçons gémissaient parce qu'elle avait refusé de leur acheter des figurines du *Seigneur des anneaux*, Marah rageait à cause du jean qu'elle n'avait pas eu et du chemisier presque transparent qui lui était aussi passé sous le nez, et Kate était en colère que les courses de la rentrée puissent autant la vider de son énergie. La seule bonne nouvelle, c'était qu'elle avait posé ses limites et qu'elle s'y était tenue. Elle n'avait pas tout à fait gagné cette journée, mais Marah non plus.

Sur le trajet du retour depuis Silverdale, l'intérieur de la voiture fut divisé en deux espaces bien distincts : la banquette arrière où éclataient continuellement cris et bagarres, et l'avant, plongé dans un silence glacial. Kate essaya à plusieurs reprises de faire la conversation avec sa fille, mais chaque phrase resta sans réponse. Quand elle engagea finalement la voiture dans l'allée de gravier et la gara dans le garage, Kate était totalement abattue. Le vague sentiment de triomphe qu'elle avait ressenti en campant sur ses positions, en étant une mère et non une amie, avait perdu de sa force.

Derrière elle, les garçons détachèrent leurs ceintures de sécurité et grimpèrent l'un sur l'autre dans leur hâte de sortir. Kate savait que le premier qui arriverait dans le salon aurait le contrôle de la télécommande.

— Du calme, dit-elle en les regardant dans le rétroviseur.

Ils étaient agrippés l'un à l'autre tels des lionceaux essayant de sortir d'un trou.

Kate se tourna vers Marah.

— Tu as eu de belles choses aujourd'hui.

Marah haussa les épaules.

— Ouais.

— Tu sais, Marah, la vie est pleine de…

Kate s'arrêta d'elle-même au milieu de sa phrase et faillit rigoler. Elle était sur le point de lui asséner un des discours sur la vie de sa mère.

— De quoi ?

— De compromis. Tu peux faire en sorte de voir ce que tu as eu, ou bien tu peux te concentrer sur ce que tu n'as pas eu. Le choix que tu fais va au bout du compte déterminer quel genre de femme tu deviendras.

— Je veux seulement m'intégrer, dit Marah d'une voix étonnamment fluette.

Cela rappela à Kate comme sa fille était jeune en réalité, et comme c'était effrayant d'entrer au lycée.

Elle tendit la main vers Marah et remit délicatement une mèche de cheveux derrière son oreille.

— Crois-moi, je me souviens de ce sentiment. J'ai dû porter des vêtements bon marché ou d'occasion au lycée quand j'avais ton âge. Les autres élèves se moquaient de moi.

— Alors tu comprends ce que je veux dire.

— Je comprends ce que tu veux dire, mais tu ne peux pas avoir tout ce que tu veux. C'est aussi simple que ça.

— On parle d'un jean, Maman. Pas de la paix dans le monde.

Kate regarda sa fille. Pour une fois, elle ne boudait pas et ne se détournait pas.

— Je suis désolée qu'on se dispute autant.

— Ouais.

— Peut-être qu'on pourrait t'inscrire à ce nouveau cours de mannequinat, après tout. Celui de Seattle.

Marah sauta sur cette occasion comme un chien affamé.

— Tu vas *enfin* me laisser quitter l'île ? Le prochain cours a lieu mardi. J'ai vérifié. Tully a dit qu'elle me récupérerait au ferry. On en a discuté, dit Marah en souriant d'un air penaud.

— Ah oui, vraiment ?

— Papa a dit qu'il était d'accord si mes notes ne baissaient pas.

— Il est au courant lui aussi ? Et personne ne me dit rien ? Qui suis-je, Hannibal Lecter ?

— Tu te mets facilement en colère ces derniers temps.

— Et la faute à qui ?

— Je peux y aller ?

Kate n'avait plus le choix, à vrai dire.

— D'accord. Mais si tes notes…

Marah se jeta au cou de Kate, qui serra fort sa fille dans ses bras et se délecta de ce moment. Elle ne se rappelait pas la dernière fois que Marah l'avait serrée d'elle-même dans ses bras.

Bien après que Marah fut rentrée en courant dans la maison, Kate était toujours assise dans la voiture, le regard perdu dans le sillage de sa fille, à se demander si ce cours de mannequinat était une bonne idée. C'était le problème quand on était mère, un problème sournois et dévastateur qui vous tordait le ventre de culpabilité et vous faisait changer d'avis et revoir à la baisse vos exigences : il était tellement facile de céder.

Son souci, ce n'était pas exactement qu'elle ne voulait pas que Marah suive ces cours. C'était qu'elle ne voulait pas que Marah se lance sur cette voie difficile si jeune. Les refus, la corruption, une idée de la beauté totalement superficielle, la drogue et l'anorexie. Toutes ces choses étaient présentes en arrière-plan dans le monde du mannequinat. Or on n'avait pas une estime de soi et une image de son corps assez solides à l'adolescence. Dieu savait qu'une ado pouvait perdre pied sans avoir à se faire recaler de toutes les agences de mannequins.

En bref, Kate n'avait pas peur que sa superbe fille ne réussisse pas dans le monde des podiums et des vêtements fixés avec du Scotch. Elle craignait au contraire qu'elle réussisse, et que son enfance soit dès lors perdue.

Elle sortit finalement de la voiture et rentra dans la maison en marmonnant :

— J'aurais dû tenir bon.

Une lamentation de mère. Elle était en train de chercher un moyen de faire machine arrière (impossible à présent), quand le téléphone sonna. Kate ne se donna même pas la peine de répondre. Au cours de ces dernières semaines d'été, elle avait appris une vérité : les adolescentes vivaient au téléphone.

— Maman ! C'est Mamie pour toi, cria Marah du haut de l'escalier. Mais ne reste pas trop longtemps. Gabe va m'appeler.

Kate décrocha le téléphone et entendit une expiration de fumée à l'autre bout du fil. Avec un sourire, elle laissa de côté les courses, s'affala sur le canapé et se blottit sous une couverture qui avait encore l'odeur de sa mère.

— Bonjour, Maman.

— Tu as une voix affreuse.

— C'est ma respiration qui te fait dire ça ?

— Tu as une fille adolescente, non ?

— Crois-moi, je n'ai jamais été aussi infernale.

Maman rigola, d'un rire chevalin et rauque.

— Je suppose que tu ne te souviens pas de toutes les fois où tu m'as dit de ne pas me mêler de ta vie en me claquant la porte au nez.

C'était un souvenir lointain, mais qu'il ne lui était pas impossible de se remémorer.

— Je suis désolée, Maman.

Il y eut un silence, puis Maman dit :

— Trente ans.

— Quoi, trente ans ?

— C'est le temps que tu devras attendre avant de recevoir des excuses, toi aussi, mais tu sais ce qui est super ?

Kate grogna.

— Que je ne vivrai peut-être pas si longtemps ?

— C'est qu'elle te montrera qu'elle est désolée bien avant cela, dit Maman en riant. Et quand elle aura besoin de toi pour garder ses enfants, là elle t'aimera *vraiment*.

Kate frappa à la porte de Marah et entendit un « Entrez » étouffé.

Elle entra. S'efforçant de ne pas prêter attention aux vêtements, aux livres et au bric-à-brac éparpillés de toutes parts, elle se fraya un chemin jusqu'au lit à baldaquin blanc sur lequel Marah était assise, les genoux repliés contre elle, en train de discuter au téléphone.

— Je peux te parler une minute ?

Marah leva les yeux au ciel.

— Je dois te laisser, Gabe. Ma mère veut me parler. À plus tard, dit-elle, puis à Kate : Quoi ?

Kate s'assit sur le bord du lit et se rappela soudain toutes les fois où cette même scène avait eu lieu dans son adolescence. Toutes les réconciliations avec sa mère avaient commencé par un discours de celle-ci sur la vie.

Elle sourit à ce souvenir.

— Quoi ?

— Je sais qu'on se dispute beaucoup dernièrement, et j'en suis désolée. La plupart du temps, c'est parce que je t'aime et que je veux ce qu'il y a de mieux pour toi.

— Et le reste du temps, c'est pour quoi alors ?

— Parce que tu m'as vraiment cassé les pieds.

Marah sourit légèrement à cette réponse et se décala sur la gauche pour faire de la place à Katie, tout comme Kate l'avait fait autrefois pour sa propre mère.

Elle s'installa plus franchement sur le lit et tendit prudemment la main pour prendre celle de sa fille. Il y avait beaucoup de choses qu'elle pouvait dire maintenant, beaucoup de conversations qu'elle pouvait essayer d'amorcer, mais elle se contenta de rester assise là en tenant la main de sa fille. C'était le premier moment de calme et de complicité qu'elles passaient ensemble depuis des années, et cela la remplit d'espoir.

— Je t'aime, Marah, dit-elle enfin. C'est toi, plus que n'importe qui d'autre, qui m'a montré ce que pouvait être l'amour. Quand on t'a mise dans mes bras pour la première fois…

Elle sentit sa gorge se serrer et s'arrêta. Son amour pour cette enfant était si immense, si débordant. Parfois, dans le conflit quotidien de l'adolescence, elle l'oubliait presque. Elle sourit.

— Bref, je me disais qu'on devrait faire quelque chose de spécial ensemble.

— Comme quoi ?

— Comme la fête d'anniversaire de l'émission de Papa.

— Tu es sérieuse ?

Ça faisait des semaines que Marah la suppliait de lui offrir cette chance. Kate avait répondu chaque fois qu'elle était trop jeune.

— On pourrait aller faire du shopping ensemble, aller chez le coiffeur, acheter de belles robes…

— Je t'aime, dit Marah en serrant sa mère dans ses bras.

Kate se cramponna à sa fille et se délecta de ce moment.

— Je peux le dire à Emily ?

Avant même que Kate ait dit « Bien sûr », Marah attrapait le téléphone et composait le numéro. Quand elle se dirigea vers la porte, Kate entendit Marah dire :

— Em, tu ne vas pas me croire. Devine où je vais samedi…

Kate ferma la porte et alla dans sa chambre en s'étonnant de la vitesse à laquelle les choses changeaient avec les enfants. Alors que vous n'étiez qu'une vieille femme eskimo déconnectée de tout le monde et oubliée un instant plus tôt, vous gravissiez le mont Rainier et plantiez votre drapeau dans la neige celui d'après. Ces revirements pouvaient parfois donner le tournis, et le seul moyen de survivre, c'était de profiter des bons moments et de ne pas trop s'appesantir sur les mauvais.

— Tu souris, dit Johnny quand elle entra dans la chambre.

Il était assis dans le lit, le nez chaussé de ses lunettes de lecture achetées à contrecœur dans un drugstore.

— C'est si incroyable ?

— Franchement, oui.

Elle rigola.

— Je suppose que c'est vrai. Marah et moi, on a eu une mauvaise semaine. Elle a été invitée à une fête avec des garçons où tout le monde restait dormir – je n'en reviens toujours pas – et je lui ai dit qu'elle ne pouvait pas y aller.

— Alors, pourquoi ce sourire ?

— Je l'ai invitée à la fête d'anniversaire de l'émission. On va se faire une journée entre filles pour se préparer : shopping, manucure, coiffeur, la totale. Il faudra qu'on prenne une suite à l'hôtel, ou un lit pliant.

— Je serai l'homme le plus chanceux de la salle, dit-il.

Kate lui sourit et se sentit pleine d'espoir, pour la première fois d'aussi loin qu'elle se souvienne. Marah et elle allaient passer une soirée parfaite entre mère et fille. Peut-être que cela ferait enfin tomber ce mur entre elles.

*

Tully aurait dû être comblée. Elle fêtait ce soir-là l'anniversaire de son émission. Des dizaines de personnes travaillaient depuis des mois pour en faire l'événement de l'année à Seattle. Non seulement on y attendait les célébrités locales, mais les réponses qu'ils avaient reçues à leurs invitations annonçaient une soirée bondée de stars. En bref, tout le gratin serait là, et ces gens venaient pour lui rendre hommage, pour applaudir son succès phénoménal.

Elle considéra l'étincelante salle de danse traditionnelle de l'Olympic Hotel. À vrai dire, il lui semblait qu'il portait désormais un autre nom – les chaînes ne cessaient d'acheter et de revendre l'établissement –, mais pour les habitants de Seattle, c'était et ce serait toujours l'Olympic.

La salle était pleine de confrères et consœurs, de collègues, de partenaires, de bon nombre des plus grandes célébrités invitées et de quelques-uns de ses employés essentiels. Dès qu'elle voyait quelqu'un, cette personne levait un verre en son hommage. Tout le monde l'aimait.

Et aucune de ces personnes ne la connaissait vraiment.

Voilà le problème. Edna n'avait pu venir, et Grant ne l'avait même pas rappelée. Le dernier tabloïd qu'elle avait lu racontait qu'il allait épouser une starlette quelconque, et cette nouvelle, qui n'aurait pas dû déranger Tully outre mesure, l'avait bel et bien ébranlée. Cela lui donnait le sentiment d'être vieille et seule, en particulier ce soir-là. Comment pouvait-elle être encore seule à cet âge, sans quelqu'un de cher avec qui partager sa vie ?

Comme un serveur passait près d'elle, elle lui donna une petite tape sur l'épaule pour attraper une deuxième flûte de champagne sur son plateau.

— Merci, dit-elle en affichant son sourire de référence et en cherchant du regard les Ryan dans la salle. Ils n'étaient pas encore là. Elle baignait dans une mer de vagues connaissances.

Elle vida sa flûte d'un trait et se mit en quête d'un autre verre.

La journée de mise en beauté avec sa fille combla tous les espoirs de Kate. Pour la première fois depuis une éternité, elles ne se disputèrent pas. Marah écouta même l'avis de Kate. Après avoir choisi leurs robes – une robe en soie noire avec une épaule dénudée pour Kate, et une belle robe en mousseline rose sans bretelles pour Marah –, elles se rendirent à l'institut de beauté Gene Juarez où, après une manucure et une pédicure, on les coiffa et les maquilla.

Elles étaient à présent dans la chambre de Marah, dans la suite de l'Olympic. Côte à côte dans la salle de bains, elles s'observaient dans le miroir.

Kate savait qu'elle n'oublierait jamais cette image d'elle et de sa fille si proches : cette grande fille dégingandée au visage divin et au si large sourire que les coins de ses yeux se relevaient, avec son bras maigre entourant l'épaule nue de Kate.

— On est trop belles, dit Marah.

Kate sourit.

— Tu l'as dit.

Marah l'embrassa impulsivement sur la joue, dit « Merci, Maman », prit sa pochette de soirée ornée de perles sur le lit et se dirigea vers la porte.

— J'arrive, Papa, dit-elle en passant dans le salon.

— Marah ! fit John en sifflant. Tu es superbe.

Kate suivit sa fille dans le salon. Elle savait qu'elle n'était pas aussi bien faite qu'autrefois ni aussi jolie, mais dans cette robe, avec le collier de diamants en forme de cœur que lui avait offert Johnny, elle se sentait belle, et quand elle vit le sourire de son mari, elle se sentit aussi sexy.

— Waouh ! dit-il en venant vers elle pour la prendre dans ses bras et l'embrasser. Vous êtes canon, madame Ryan.

— Vous aussi, monsieur Ryan.

Tout en riant, ils sortirent tous les trois de la suite et descendirent à la salle de danse, où des centaines de personnes célébraient déjà l'événement.

— Regarde, Maman, chuchota Marah en se glissant près d'elle. C'est Brad et Jennifer. Et là, il y a Christina. Waouh ! Je suis impatiente d'appeler Emily.

Johnny prit la main de Kate et la guida à travers la foule jusqu'au bar, où il demanda deux verres et un Coca pour Marah.

Puis ils se mirent un peu à l'écart et restèrent là à siroter leurs boissons en passant la foule en revue.

Même dans une salle comme celle-là, Tully se démarquait dans sa robe en soie flottante couleur d'émeraudes de Birmanie. Elle se dirigea vers eux d'un pas majestueux en leur faisant signe, sa robe ondulant derrière elle.

— Vous êtes magnifiques, dit-elle avec emphase en riant.

Kate ne put s'empêcher de remarquer que Tully semblait déjà un peu titubante.

— Tout va bien ?

— On ne peut mieux. Johnny, il faut qu'on dise quelques mots sur scène après le dîner. Ensuite, on ira sur la piste pour lancer le bal ?

— Tu n'as pas de cavalier ? demanda Johnny.

Le sourire de Tully faiblit.

— Marah peut être ma cavalière pour ce soir. Ça ne te dérange pas si je te l'emprunte, Katie ?

— Eh bien…

— Pourquoi ça la dérangerait ? dit Marah en regardant Tully avec émerveillement. Elle me voit tous les jours.

Tully se pencha vers Marah.

— Ashton est là. Tu veux le rencontrer ?

Marah faillit défaillir.

— Tu plaisantes ?

Kate les regarda s'éloigner, main dans la main, penchées l'une vers l'autre telles deux pom-pom girls parlant du capitaine de l'équipe de football.

Après cela, la soirée perdit un peu de son charme pour Kate. Tout en sirotant son champagne, elle suivit son mari à travers la salle en souriant. En riant lorsque cela semblait approprié quand on lui demandait sa profession, elle disait « Je suis mère au foyer », et fut surprise de voir comment ces quelques mots – une phrase qui la rendait pourtant si fière – pouvaient mettre fin à une conversation.

Pendant tout ce temps, elle regarda Tully qui faisait croire que Marah était sa fille et la présentait à une star après l'autre en la laissant boire de petites gorgées de son champagne.

Quand ce fut enfin l'heure de dîner, Kate prit place à la table d'honneur entre Johnny et le président de Syndiworld. Tully divertit son monde durant tout le repas. Il n'y avait pas d'autre manière de décrire la chose. Elle était vive, pleine d'entrain, drôle, et tous ceux qui l'entouraient – en particulier Marah – semblaient muets d'admiration.

Kate essaya de ne pas se laisser affecter par tout cela. Elle tenta même à plusieurs reprises de capter l'attention de sa fille, mais il était impossible de rivaliser avec Tully.

Finalement, elle n'y tint plus. Elle s'excusa auprès de Johnny et partit aux toilettes. Dans la queue, toutes les femmes semblaient parler de Tully et de sa beauté sans pareille.

— Et vous avez vu la fille qui l'accompagne…

— Je crois que c'est sa fille.

— Pas étonnant qu'elles aient l'air si proches.

— Si seulement ma fille se comportait comme ça avec moi.

— Et moi donc, murmura Kate d'une voix trop basse pour être entendue.

Elle se regarda dans le miroir et vit une femme qui, bien qu'ayant fait de son mieux pour être belle pour son mari et sa fille, finalement se fondait dans le décor, éclipsée par sa meilleure amie. Elle savait que c'était ridicule de se sentir exclue et blessée à ce point. Après tout, ce n'était pas sa soirée. Mais… elle avait nourri tant d'espoirs.

C'était là son erreur.

Elle avait fait reposer son bonheur sur le dos d'une adolescente. *Imbécile.* Elle sourit presque en prenant conscience de cela. Elle savait bien que c'était insensé. Ragaillardie et plus maîtresse de ses émotions absurdes, elle retourna à la fête.

# 30

Tully n'aurait pas dû boire autant. Debout sur la scène, elle se tenait à Johnny pour garder l'équilibre.

— Merci à tous, dit-elle en souriant à la foule. C'est grâce à vous si *L'Heure des copines* est une telle réussite.

Elle leva son verre à l'attention générale, et les gens répondirent en applaudissant. Elle se demanda soudain si sa phrase n'avait pas été bancale ou peut-être même ne voulait rien dire, mais comme elle ne se rappelait pas ses paroles, c'était difficile à déterminer.

Elle se tourna vers Johnny, passa un bras autour de sa taille.

— C'est le moment de danser.

Le groupe commença à jouer un slow. Tully prit la main de Johnny et l'entraîna vers la piste de danse. Elle riait encore quand elle reconnut la chanson : « Crazy for You ».

*Touch me once and you'll know it's true.*

C'était la chanson sur laquelle Kate et lui avaient ouvert le bal à leur mariage.

Tully inclina la tête et leva les yeux vers lui. Soudain, elle se souvint de ce dont elle n'aurait pas dû se souvenir : la dernière fois qu'elle avait dansé dans ses bras. C'était sur « Didn't We Almost Have It All ? », et à la fin du morceau, il l'avait embrassée. Si elle avait fait un autre choix à cette époque, si elle avait recherché l'amour plutôt que la célébrité, peut-être qu'il l'aurait aimée, qu'il lui aurait donné Marah et un foyer.

Dans la pâle lumière dorée du lustre à l'ancienne, il était plus beau que jamais. Il avait cette beauté d'Irlandais brun qui ne faisait que se prononcer avec l'âge. Sa manière si sérieuse de la regarder lui rappela curieusement le bon vieux temps, celui où il avait été juste un petit peu abîmé par la vie et où elle l'avait fait rire lors de cette unique nuit d'amour.

— Tu as toujours été bon danseur, dit-elle, et en prononçant ces mots, elle sentit soudain qu'elle devait se montrer prudente.

Elle était soûle. Il fallait qu'elle s'écarte de lui, mais c'était si agréable d'être dans les bras d'un homme, et puis rien n'allait se passer de toute façon.

Il la fit tourner sur elle-même avec facilité et l'attira de nouveau contre lui.

La foule frappa des mains en signe d'approbation.

— Je n'aurais pas dû boire autant de champagne. Je n'arrive pas à te suivre.

— Ça n'a jamais été ton fort de suivre.

Et sur ces quelques mots, elle se souvint de tout en détail. Les souvenirs affluèrent en enfonçant les murs qu'elle avait bâtis pour les contenir. Elle s'arrêta et le regarda.

— Qu'est-ce qui nous est arrivé ?

— Est-ce qu'il y a vraiment eu un « nous » un jour, Tully ? demanda-t-il doucement.

En voyant la façon dont il dit cela, si facilement, si vite, elle se demanda si ça ne faisait pas des années qu'il voulait lui poser cette question. Elle ne savait pas si son sourire était triste ou bienveillant. Tout ce qu'elle savait, c'était qu'ils ne dansaient plus mais qu'il ne l'avait pas lâchée.

— Je ne l'ai jamais permis.

— Kate pense que je ne t'ai jamais oubliée.

Tully savait cela, elle l'avait toujours su. Sans jamais vraiment parler de leur passé commun avec Johnny, Kate et elle l'avaient mis de côté au nom de leur amitié. C'était là dans l'obscurité qu'il devait rester, mais comme toujours, Tully était affaiblie par l'alcool et la solitude, aussi, malgré ses meilleures intentions, elle se surprit à demander :

— Et c'est vrai ?

Quand Kate revint dans la salle de danse, le groupe avait commencé à jouer.

« Crazy for You. »

Cette chanson la faisait toujours sourire. En entrant, elle s'arrêta et regarda autour d'elle. Les tables du dîner se vidaient. Des queues se formaient au bar. Elle vit Marah dans le coin, en train de discuter avec une fille extrêmement maigre dans une robe plus petite qu'un mouchoir.

— Parfait.

Ravalant un élan d'irritation, elle continua son chemin. Ce fut à ce moment-là qu'elle aperçut une tache vert émeraude et que le monde lui parut basculer.

Tully était sur la piste de danse suspendue au cou de Johnny. Il la tenait dans ses bras avec familiarité et décontraction, comme s'ils avaient passé leur vie ensemble. Alors qu'ils auraient dû être en train de danser, ils étaient simplement debout l'un contre l'autre, un couple immobile au milieu du tourbillon coloré des autres danseurs. Tully le regardait comme si elle venait de lui demander de l'emmener dans son lit.

Kate n'arrivait plus à respirer. Durant quelques instants affreux, elle crut qu'elle allait vomir.

*Tu as toujours été son deuxième choix.*

Elle le savait, mais le fait d'avoir accepté cette idée au fil des années n'y changeait rien pour autant.

La chanson se termina et Johnny s'écarta de Tully. Il se tourna et vit Kate. À travers l'étalage de robes et de bijoux, leurs regards se rencontrèrent, et devant toutes les personnes qui pouvaient regarder, elle se mit à pleurer. Gênée, elle sortit de la salle.

En courant.

Arrivée aux ascenseurs dans le hall, elle appuya sur le bouton avec impatience.

— Allez, allez…

Elle ne voulait pas que quelqu'un la voie pleurer.

La clochette tinta et les portes s'ouvrirent. Elle entra dans la cabine, se plaqua contre le mur et croisa les bras. Il lui fallut de longues secondes d'attente pénible pour se rendre compte qu'elle avait oublié d'appuyer sur le bouton.

Les portes étaient sur le point de se refermer, quand une main se glissa entre elles pour les bloquer.

— Va-t'en, dit-elle à son mari.

— On dansait.

— Ha ! fit Kate en appuyant sur le bouton pour leur étage, puis elle s'essuya les yeux.

Il entra dans la cabine.

— Tu es ridicule.

L'ascenseur les emporta à toute allure jusqu'à leur étage, puis les portes s'ouvrirent. Elle partit devant lui.

— Va te faire voir ! cria-t-elle derrière elle, puis elle trouva sa clé et ouvrit la porte.

Elle entra dans la chambre et claqua la porte derrière elle.

Puis elle attendit.

Et attendit encore.

*Peut-être qu'il est retourné avec Tully...*

Non.

Elle ne le croyait pas vraiment. Son mari en pinçait peut-être pour Tully, mais c'était un homme honorable, et Tully était sa meilleure amie.

C'était ça qu'elle avait oublié dans sa crise de jalousie.

Elle ouvrit la porte, le vit assis dans le couloir avec une jambe étendue et son nœud papillon défait autour de son cou.

— Tu es toujours là.

— Tu as notre clé. J'espère que tu comptes t'excuser.

Elle s'approcha de lui, se mit à genoux à côté de lui.

— Je suis désolée.

— Je n'arrive pas à croire que tu puisses penser...

— Je ne pense rien.

Elle lui prit la main et l'aida à se relever.

— Danse avec moi, dit-elle, et elle s'en voulut aussitôt d'avoir légèrement insisté sur le mot *moi*.

— Il n'y a pas de musique.

Elle passa ses bras autour du cou de Johnny et se mit à balancer les hanches en se rapprochant peu à peu de lui jusqu'à ce qu'il soit dos au mur et qu'elle soit collée à lui.

Elle ouvrit la fermeture Éclair de sa robe, la laissa tomber par terre.

Johnny jeta un coup d'œil dans le couloir.

— Katie !

Il ouvrit la pochette de Katie, sortit la clé et ouvrit la porte. Ils rentrèrent en vitesse dans leur suite, tombèrent sur le canapé et s'embrassèrent avec une passion qui semblait à la fois familière et nouvelle.

— Je t'aime, dit-il en faisant glisser sa main vers la culotte de Kate. Essaie de ne pas l'oublier, d'accord ?

Trop haletante pour répondre, elle se contenta de hocher la tête puis elle ouvrit son pantalon et le jeta de côté. Elle se jura de ne plus jamais laisser ses peurs s'immiscer dans sa vie et de ne jamais oublier qu'il l'aimait.

Deux semaines, plus tard, Tully regardait par la fenêtre de son immense bureau. Elle savait depuis une éternité que quelque chose manquait dans sa vie. Elle avait espéré parvenir à combler ce vide en se réinstallant à Seattle et en commençant sa nouvelle émission, mais c'eût été trop beau. À présent, elle était simplement plus célèbre, immensément riche, et toujours pas vraiment satisfaite.

Comme toujours, quand elle était mécontente, elle se tourna vers sa carrière pour arranger les choses. Elle avait mis longtemps à trouver la réponse, un projet qui représente un défi pour elle et l'épanouisse, mais en définitive, elle avait trouvé.

— Tu es folle, dit Johnny en faisant les cent pas devant la fenêtre qui donnait sur la baie d'Elliott. Le format est roi à la télé. Tu le sais. On est juste derrière *Oprah* en matière d'Audimat, et l'an dernier tu as été nominée pour un Emmy Award. Les entreprises n'arrivent pas à s'aligner assez vite pour proposer des cadeaux et des produits promotionnels à notre public. Ce sont des indicateurs de réussite.

— Je sais, dit-elle, distraite un instant par son propre reflet qui lui donnait l'air maigre et épuisée sur la vitre. Mais je ne suis pas du genre à obéir aux règles, tu le sais. J'ai besoin de bouleverser un peu les choses. De les chambouler. Une émission en direct me permettrait ça.

— Pourquoi as-tu besoin de faire ça ? Qu'est-ce que tu veux de plus ?

C'était la question à soixante-quatre mille dollars. Comment se faisait-il que rien ne lui suffisait jamais ? Et comment pouvait-elle faire comprendre ça à Johnny en particulier ?

Kate aurait compris, même si elle n'était pas d'accord, mais sa meilleure amie était trop occupée dernièrement pour parler beaucoup. C'était peut-être une des choses qui faisaient que ça n'allait pas. Elle se sentait… détachée de Kate. Leurs vies avaient pris des tournures tellement différentes. Elles avaient à peine discuté depuis la fête d'anniversaire de l'émission.

— Tu vas devoir me faire confiance sur ce coup, Johnny.

— Ça pourrait virer au racoleur en un instant, et on perdrait toute crédibilité, dit-il en s'approchant d'elle, les sourcils légèrement froncés. Explique-moi, Tul.

— Tu ne comprendrais pas, dit-elle, lui offrant la seule vérité qu'elle connaissait.

— Essaie quand même.

— J'ai besoin de laisser mon empreinte.

— Vingt millions de téléspectateurs te regardent tous les jours, c'est quoi, rien ?

— Toi, tu as Katie et les enfants.

Elle vit qu'il commençait à saisir. Il la regarda avec l'air de dire « ma pauvre Tully ». Elle aurait eu beau partir aux antipodes ou grimper au sommet de l'Everest, ce regard semblait la suivre partout.

— Oh.

— Il faut que je tente le coup, Johnny. Tu m'aideras ?

— Est-ce que je t'ai déjà laissée tomber ?

— Seulement quand tu as épousé ma meilleure amie.

Il rigola et se dirigea vers la porte.

— On fait un essai, Tully. Puis on fait le point. Marché conclu ?

— Marché conclu.

Ce défi ne la quitta plus durant les semaines qui suivirent. Elle se mit à la tâche et travailla comme une forcenée, renonçant à son semblant de vie sociale déjà maigre.

Ce jour-là, enfin, le moment de vérité était arrivé, et elle était inquiète. Et si Johnny avait raison et que sa brillante idée virait au mélodrame ?

Quelqu'un frappa à la porte de son bureau.

— Entrez, dit-elle.

Son assistante, Helen, une jeune diplômée de Stanford, passa la tête dans l'entrebâillement.

— Le Dr Tillman est là. Il est dans les loges. J'ai mis la famille McAdams dans le réfectoire des employés et Christy est dans le bureau de Ted.

— Merci, Helen, dit-elle d'un ton distrait tandis que la porte se refermait.

Elle avait presque oublié cette sensation de peur-euphorie à l'idée de pouvoir échouer. Elle avait été bien à l'abri durant les dernières années. Mais à présent, c'était comme si elle était redevenue nouvelle dans le métier, comme si elle repartait de zéro et tentait quelque chose à quoi elle seule croyait.

Elle s'inspecta une dernière fois dans le miroir, retira le protège-col blanc et se dirigea vers le studio. Sur le plateau, elle trouva Johnny en train de faire environ dix choses à la fois et d'aboyer des ordres.

— Tu es prête ? demanda-t-il.

— Sincèrement ? Je ne sais pas.

Il s'approcha d'elle tout en parlant dans son casque-micro. Écartant le micro de sa bouche, il dit à voix basse en s'adressant à elle seule :

— Tu vas être super, tu sais. Je te fais confiance.

— Merci. J'avais besoin d'entendre ça.

— Sois simplement toi-même. Tout le monde t'aime.

Au signal de Johnny, le public commença à affluer dans le studio. Tully se glissa dans les coulisses et attendit qu'on l'appelle. Quand le voyant rouge s'alluma, elle entra sur le plateau.

Comme toujours, elle resta figée quelques instants, tout sourire, à s'imprégner et se gonfler des applaudissements de ces inconnus.

— Aujourd'hui, nous vous présentons une émission très spéciale. Mon invité, le Dr Wesley Tillman, est un éminent psychiatre spécialisé dans la désintoxication et la thérapie familiale…

Sur un immense écran derrière elle s'afficha une vidéo d'un homme en surpoids et au crâne dégarni. Il se retenait de pleurer, mais n'y arrivait pas.

— Ma femme est quelqu'un de bien, Tallulah. On est mariés depuis vingt ans et on a deux beaux enfants. Le problème, c'est…

Il marqua une pause et s'essuya les yeux.

— L'alcool. Au début, c'était seulement l'apéro avec les amis, mais dernièrement…

La vidéo montra la désintégration d'une famille en son et en images.

À la fin du reportage, Tully se retourna vers le public. Elle vit à quel point les gens étaient émus par ce petit film. Plusieurs femmes semblaient déjà au bord des larmes.

— M. McAdams est comme un trop grand nombre d'entre nous qui vivons silencieusement dans le désespoir en raison de l'addiction d'un être cher. Il jure qu'il a essayé par tous les moyens de convaincre sa femme de faire une cure et d'arrêter de boire. Aujourd'hui, avec l'aide du Dr Tillman, nous allons tenter quelque chose de radical. Mme McAdams est actuellement seule en coulisses. Elle croit qu'elle a gagné un voyage aux Bahamas et qu'elle est là pour recevoir son prix. Mais en vérité, sa famille – avec l'assistance professionnelle du Dr Tillman – va la mettre face à son alcoolisme. Notre espoir est de pouvoir la forcer à voir la vérité et à se faire soigner.

Il y eut un moment de silence dans le public.

Tully retint son souffle. *Laissez-vous prendre au jeu.*

Puis les gens applaudirent.

Tully dut se retenir de ne pas rire. Elle jeta un coup d'œil en direction de Johnny, dans l'ombre à côté de la Caméra 1, qui leva le pouce en lui adressant un grand sourire gamin.

Cette image allait l'aider, la remplir de confiance en elle. Elle allait sincèrement aider cette famille, et l'Amérique allait l'aimer pour cela.

Elle recula d'un pas pour présenter les invités et, à partir de cet instant, l'émission se déroula comme un tapis rouge. Toutes les personnes présentes la suivirent et furent conquises ; elles applaudirent, elles gémirent, elles poussèrent des hourras, elles pleurèrent. Tel un Monsieur Loyal de talent, Tully maîtrisa tout. Elle était à fond, c'était certain. Elle n'avait même jamais été aussi bonne à la télé.

L'hiver arriva tout à coup en ce mois de novembre et s'installa sur l'île dans un manteau de pluie et de grisaille. Les arbres dénudés frissonnaient dans le froid et se cramponnaient à leurs dernières feuilles noircies comme si cela avait été une défaite de les laisser tomber. Une brume s'élevait du détroit, matin après matin, masquant la vue et changeant les bruits ordinaires en échos étouffés et lointains. Les ferries faisaient retentir leurs sirènes en entrant et sortant du port, tel un chant funèbre dans le brouillard.

Ce cadre aurait dû être parfait pour écrire un thriller gothique. Du moins, c'était ce que s'était dit Kate, en commençant secrètement à réécrire.

Malheureusement, ce n'était pas aussi facile que dans son souvenir.

Elle relut ce qu'elle venait d'écrire, puis soupira, pressa la touche *Supprimer* et regarda les lettres disparaître l'une après l'autre jusqu'à ce qu'elle se retrouve à nouveau face à un écran bleu vierge. Elle chercha une meilleure manière de dire les choses, mais ne lui vinrent que de nouveaux clichés. Le petit curseur blanc attendait en se moquant d'elle.

Finalement, elle s'écarta de son bureau et se leva. Elle était trop fatiguée pour imaginer des mondes, des personnages et des événements inattendus à cet instant. Et de toute façon, il était temps de préparer le dîner.

Ces derniers temps, elle semblait toujours épuisée, et cependant, quand elle allait se coucher, elle dormait rarement bien. Elle éteignit la lumière du bureau de Johnny, ferma son ordinateur portable et descendit.

Johnny leva les yeux du *New York Times*.

— Tu t'es encore fait happer par eBay ?

Elle rigola.

— Bien sûr. Les garçons ont été sages ?

Il se pencha en avant et leur ébouriffa les cheveux.

— Tant que je chante en chœur sur *pauvres âmes en perdition*, ils sont heureux comme des poissons dans l'eau.

Elle ne put s'empêcher de sourire en entendant cela. *La Petite Sirène* était leur film préféré de la semaine.

Cela signifiait qu'ils le regardaient tous les jours s'ils pouvaient.

La porte d'entrée s'ouvrit brusquement et Marah entra, l'air excité.

— Vous ne devinerez jamais ce qui m'est arrivé aujourd'hui.

Johnny posa son journal.

— Quoi ?

— Christopher, Jenny, Josh et moi, on va aller au Tacoma Dome voir Nine Inch Nails. Vous y croyez ? Josh m'a invitée, *moi*.

Kate prit une grande inspiration. Elle avait appris à ne pas réagir trop vite avec Marah.

— Un concert, hein ? fit Johnny. Qui sont ces copains ? Quel âge ont-ils ?

— Josh et Chris sont en première. Et t'en fais pas, on mettra nos ceintures de sécurité.

— C'est quand, ce concert ? demanda Johnny.

— Mardi.

— Un soir de semaine ? Tu crois que tu vas sortir avec un garçon de première, à un concert un soir de semaine, dit Kate en regardant Johnny. Tu te mets le doigt dans l'œil.

— À quelle heure ça commence ? demanda Johnny.

— Neuf heures. On devrait être rentrés avant deux heures.

Kate ne put se retenir, elle rit. Elle ne savait pas du tout comment son mari pouvait rester si raisonnable.

— On *devrait* être rentrés avant deux heures ? Tu plaisantes, Marah. Tu as quatorze ans.

— Jenny a quatorze ans et elle a le droit d'y aller. Papa ? dit Marah en se tournant vers Johnny. Tu dois me laisser y aller.

— Tu es trop jeune, dit-il. Désolé.

— Je ne suis pas trop jeune. Tout le monde a le droit de faire des trucs comme ça, sauf moi.

Kate fut désolée pour Marah. Elle se rappelait avoir été pressée de grandir et à quel point ce besoin pouvait être criant chez une fille.

— Je sais que tu nous trouves trop stricts, Marah, mais parfois, la vie…

— Oh, pitié. Pas encore une de tes leçons de vie.

Avec un grognement, elle monta en courant à l'étage et claqua la porte de sa chambre.

Kate fut envahie par une sensation de fatigue si profonde qu'elle faillit s'asseoir, mais elle se retint et regarda son mari.

— Je suis si contente d'être descendue.

Johnny sourit avec décontraction. Bien qu'il menât les mêmes combats que Kate avec Marah, il parvenait à en sortir indemne. Et aimé. Comment cela se faisait-il ?

— Tu tombes toujours à point nommé avec elle, dit-il en se levant pour l'embrasser. Je t'aime, ajouta-t-il simplement.

Elle savait que ces mots étaient censés faire office de pansement, et elle lui en fut reconnaissante.

— Je vais aller préparer le dîner, puis j'essaierai de lui parler. Je lui laisse un peu de temps pour se calmer.

Il se rassit et retourna à son journal.

— Appelle la mère de Jenny et dis-lui que c'est une imbécile.

— Je te laisse faire.

Kate se rendit dans la cuisine et commença à cuisiner. Durant près d'une heure, elle se perdit dans la découpe de légumes à faire sauter, et dans la préparation de la marinade teriyaki préférée de Marah. À dix-huit heures, elle remua la salade, mit les biscuits au four et mit la table. C'était habituellement à Marah de mettre le couvert, mais ça ne servait à rien de lui demander de l'aide ce soir-là.

— Bien, dit Kate en retournant dans le salon, où Johnny était étalé par terre avec ses garçons, en train de construire quelque chose en Lego. Je pars à l'attaque.

Johnny leva les yeux.

— Le gilet en Kevlar est dans le placard à manteaux.

Dans le sillage rassurant de son rire, Kate monta à l'étage. Arrivée devant la porte fermée de la chambre de sa fille, barrée d'un écriteau jaune DÉFENSE D'ENTRER, elle prit quelques instants pour s'armer de courage, puis frappa.

Pas de réponse.

— Marah ? dit-elle au bout de quelques instants. Je sais que tu es fâchée, mais il faut qu'on parle de tout ça.

Elle attendit, frappa à nouveau, puis ouvrit la porte.

Dans la confusion de vêtements, de livres et de films éparpillés, il fallut un moment à Kate pour comprendre ce qu'elle voyait.

Une chambre déserte.

Avec une fenêtre ouverte.

Par acquit de conscience, elle chercha partout : dans le placard, sous le lit, derrière le fauteuil. Elle regarda aussi dans la salle de bains, dans la chambre des garçons, et même dans la sienne. Quand elle eut fini de fouiller tout l'étage, son cœur battait si vite qu'elle fut prise de vertige. Au sommet de l'escalier, elle s'appuya à la rampe pour se soutenir.

— Elle est partie, dit-elle, entendant sa voix dérailler.

Johnny leva les yeux.

— Hein ?

— Elle est partie. Je crois qu'elle est sortie par la fenêtre et qu'elle est descendue le long de la treille.

Il se leva en une seconde.

— Merde alors.

Il courut dehors. Kate le suivit.

Ils allèrent sous la fenêtre de la chambre de Marah et virent l'endroit où son poids avait fait céder le treillis en bois blanc et arraché le lierre.

— Merde alors, répéta Johnny. Commençons par appeler toutes les personnes qu'elle connaît.

Même par une soirée froide comme celle-là, Tully adorait être sur la terrasse de son appartement de luxe. C'était un grand espace dallé de pierre, conçu sur le modèle d'une terrasse de villa italienne. De grands arbres touffus poussaient dans des pots en terre cuite, avec de petites lumières blanches suspendues à leurs branches.

Elle alla à la balustrade et admira la vue. De là, elle pouvait entendre le tumulte de la ville bien plus bas et sentir l'air iodé du détroit. Au loin, au-delà de l'étendue d'eau grise, elle distinguait le contour boisé de l'île de Bainbridge.

Que faisaient donc les Ryan ce soir-là ? se demanda-t-elle. Étaient-ils réunis autour de leur grande table à tréteaux rustique, en train de jouer à des jeux de société ? Ou peut-être que Marah et Kate étaient blotties ensemble sur le canapé et parlaient de garçons. Peut-être encore que Johnny et elle s'étaient esquivés quelques instants pour s'embrasser…

Le téléphone sonna dans l'appartement. C'était tout aussi bien. Ça ne faisait que renforcer le sentiment de solitude de Tully de penser à la famille de Kate.

Elle franchit les portes coulissantes ouvertes et les referma derrière elle, puis répondit au téléphone.

— Allô ?

— Tully ?

C'était Johnny. Sa voix était tendue, différente.

Tully fut aussitôt inquiète.

— Qu'est-ce qui se passe ?

— Marah a fait une fugue. On ne sait pas quand exactement, il y a sans doute une heure et quart environ. Tu as eu des nouvelles d'elle ?

— Non, aucune. Pourquoi a-t-elle fugué ? demanda-t-elle, mais avant que Johnny puisse répondre, le concierge de Tully l'appela par Interphone. Attends une seconde, Johnny. Ne quitte pas.

Elle courut à l'Interphone, appuya sur le bouton.

— Qu'est-ce que c'est, Edmond ?

— Marah Ryan est ici pour vous voir.

— Faites-la monter, dit Tully en relâchant le bouton. Elle est là, Johnny.

— Dieu soit loué, dit-il. Elle est là-bas, chérie. Elle va bien. On arrive tout de suite, Tully. Ne la laisse pas partir.

— Ne t'en fais pas.

Tully raccrocha le téléphone et alla à la porte. Son appartement étant en penthouse, il était le seul à comporter une porte de ce côté de l'immeuble, aussi elle l'ouvrit et attendit en s'efforçant d'avoir l'air surprise quand Marah sortit de l'ascenseur.

— Salut, tante Tully, je suis désolée de venir ici si tard.

— Il n'est pas tard. Entre.

Elle s'écarta et laissa Marah entrer en premier dans l'appartement. Comme chaque fois, elle fut frappée par la beauté exceptionnelle de sa filleule. Comme la plupart des filles de son âge, elle était trop maigre, osseuse et efflanquée, mais ça n'avait pas d'importance. C'était le genre de fille qu'on qualifierait d'élancée jusqu'à ses trente ans, après quoi elle s'épanouirait à merveille dans son corps.

Tully s'approcha d'elle.

— Qu'est-ce qui s'est passé ?

Marah se laissa tomber sur le canapé et poussa un soupir exaspéré.

— J'ai été invitée à un concert.

Tully s'assit à côté d'elle.

— Mmh mmh.

— Un soir de semaine, précisa Marah en jetant un regard de côté à Tully. Le garçon qui m'a invitée est en première.

— Ça lui fait quoi, seize, dix-sept ans ?

— Dix-sept.

Tully hocha la tête.

— Je suis allée voir Wings au Kingdome quand j'avais à peu près ton âge. Où est le drame ?

— Mes parents trouvent que je suis trop jeune.

— Ils ont dit non ?

— C'est super nul, hein ? Tout le monde a le droit de faire des choses comme ça, sauf moi. Ma mère ne me laisse même pas monter en voiture avec des garçons qui ont leur permis. Elle continue de venir me chercher au collège tous les jours.

— Bon, les garçons de seize ans sont connus pour être de mauvais conducteurs, et parfois ce n'est pas… sûr d'être seule avec eux, dit-elle en repensant à cette soirée dans les bois, tant d'années auparavant. Ta mère ne fait que te protéger.

— Mais on sera en groupe.

— En groupe, c'est différent. Il ne peut rien arriver tant que vous restez tous ensemble.

— Je sais. Je crois qu'elle a peur qu'ils conduisent mal.

— Oh. Eh bien, je pourrais vous y emmener en limousine.

— Tu ferais ça ?

— Bien sûr. Ça règle tous les problèmes. Une adulte avec vous. Un chauffeur. On va s'éclater. Je veillerais à ce que personne n'ait d'ennuis.

Marah soupira.

— Ça va pas marcher.

— Pourquoi pas ?

— Parce que ma mère est une garce et que je la déteste.

Cette réponse prit Tully au dépourvu et la déstabilisa tant qu'elle ne sut quoi répondre.

— Marah…

— Je suis sérieuse. Elle me traite comme une enfant. Elle ne respecte pas mon intimité. Elle essaye de choisir mes amis et de me dire ce que je peux faire. Pas de maquillage, pas de strings, pas de piercing au nombril, pas le droit de rentrer après vingt-trois heures, pas de tatouages. Vivement que je puisse partir loin d'elle. Crois-moi, dès que je finis le lycée, c'est *sayonara* Maman. Je pars tout droit à Hollywood, pour être une star comme toi.

Cette dernière phrase flatta tant Tully qu'elle faillit oublier ce qui avait précédé. Elle dut se forcer à revenir à leur conversation.

— Tu n'es pas juste avec ta mère. Les filles de ton âge sont plus vulnérables que tu crois. Il y a longtemps, quand j'avais ton âge et que je me croyais invincible, je…

— Tu me laisserais aller à ce concert si tu étais ma mère.

— Oui, mais…

— J'aimerais que tu sois ma mère.

Tully fut surprise de l'effet que lui firent ces paroles. Elles touchèrent une corde sensible chez elle.

— Ta mère et toi, vous dépasserez ça, Marah. Tu verras.

— Non, ça n'arrivera pas.

Durant l'heure qui suivit, Tully essaya de refréner la colère de Marah. C'était une coquille dure, impossible à ébrécher. Elle était stupéfaite de la facilité avec laquelle Marah déclarait qu'elle détestait Katie, et elle craignait qu'elles ne parviennent jamais à pacifier leur relation troublée. S'il y avait une chose que Tully savait, c'était à quel point on pouvait être anéantie sans l'amour d'une mère.

Finalement, l'Interphone sonna, et la voix d'Edmond annonça :
— Les Ryan, madame Hart.
— Ils savent que je suis ici ? demanda Marah en se levant d'un bond.
— Ils n'ont pas dû avoir beaucoup de mal à le deviner, dit Tully en allant à l'Interphone. Faites-les monter, Edmond. Merci.
— Ils vont me tuer, dit Marah en marchant de long en large et en se tordant les mains, et tout à coup elle était redevenue une enfant, grande, dégingandée et superbe, mais tout de même une enfant, effrayée à l'idée d'avoir des ennuis.
Johnny fut le premier à franchir la porte ouverte.
— Bon sang, Marah, dit-il, tu nous as fait une peur bleue. On ne savait pas si tu avais été enlevée ou si tu avais fugué…
Il s'arrêta en cours de phrase, comme s'il avait peur d'en dire plus.
Kate arriva derrière lui.
Tully fut sidérée de l'apparence de son amie. Elle avait l'air fatiguée, malade et d'une certaine façon plus petite, comme si elle venait d'être passée à tabac.
— Katie ? dit Tully, inquiète.
— Merci, Tully, répondit-elle avec un sourire pâle.
— Tante Tully a dit qu'elle nous emmènerait au concert dans sa limousine, dit Marah. Et qu'elle nous accompagnerait.
— Ta tante est une crétine, aboya Johnny. Sa détraquée de mère l'a fait tomber sur la tête. Maintenant, prends tes affaires. On rentre à la maison.
— Mais…

— Pas de mais, Marah, dit Kate. Prends tes affaires.

Marah fit tout un cinéma : elle soupira, frappa du pied, grogna, geignit. Puis elle serra fort Tully dans ses bras, chuchotant « Merci d'avoir essayé », et sortit de l'appartement avec Johnny.

Tully attendit que Kate dise quelque chose.

— Ne lui promets pas des choses sans nous demander, d'accord ? fut tout ce que dit Kate d'une voix monocorde, pas même fâchée. Ça ne fait que compliquer les choses.

Elle se tourna pour partir.

— Katie, attends…

— Pas ce soir, Tul. Je suis épuisée.

# 31

Tully était inquiète pour Kate et Marah. Durant la plus grande partie de la semaine, elle avait cherché un moyen d'arranger les choses entre elles, mais aucune idée ne lui était venue. Elle était à présent à son bureau en train de parcourir ses textes pour l'émission du jour.

Son téléphone sonna. C'était son assistante.

— Tully. Les McAdams sont là. Ceux de l'émission sur la mère alcoolique.

— Fais-les entrer.

Le couple qui franchit la porte en ce matin glacial de novembre ne ressemblait qu'à peine aux gens qui étaient venus dans sa première émission en direct. M. McAdams avait perdu au moins dix kilos, et ne marchait plus le dos voûté et la tête enfoncée dans les épaules. Mme McAdams s'était fait couper les cheveux, maquiller, et elle souriait.

— Waouh ! dit Tully. Vous m'avez l'air en pleine forme. Je vous en prie, asseyez-vous.

M. McAdams tenait la main de sa femme. Ils s'assirent ensemble sur le coûteux canapé en cuir noir qui se trouvait face aux fenêtres.

— On est désolés de vous déranger. On sait à quel point vous êtes occupée.

— Je ne suis jamais trop occupée pour mes amis, dit Tully en leur adressant son sourire le plus professionnel.

Elle s'assit à moitié sur le bord de son bureau et les regarda de ce perchoir.

— On voulait simplement vous remercier, dit Mme McAdams. Je ne sais pas si vous connaissez quelqu'un qui a un problème avec l'alcool ou la drogue…

Le sourire de Tully s'évanouit.

— Oui, à vrai dire.

— On peut être méchant, égoïste, colérique et fermé. Je voulais changer. Nom d'un chien, je voulais arrêter tous les jours, mais je ne le faisais pas. Jusqu'à ce que vous me mettiez sous le feu des projecteurs et que je voie ce qu'était vraiment ma vie.

— Vous n'imaginez pas comme vous nous avez aidés, dit M. McAdams. On voulait simplement vous dire merci.

Tully fut si émue par leurs paroles qu'il lui fallut quelques instants pour réagir.

— C'était ce que je voulais faire avec cette émission en direct : changer la vie de quelqu'un. C'est très important pour moi, que ça ait marché.

Son téléphone sonna.

— Excusez-moi, dit-elle en répondant. Qu'est-ce que c'est ?

— John est sur la ligne une, Tully.

— Merci. Passe-le-moi.

Quand ils furent mis en communication, elle dit :

— T'es trop paresseux pour faire quinze mètres et venir dans mon bureau ? Tu dois te faire vieux, Johnny.

— Il faut que je te parle, et pas au téléphone. Je peux t'offrir une bière ?

— Où et quand ?

— Au Virginia Inn ?

Elle rigola.

— Mon Dieu, ça fait des années que j'y suis pas allée.

— Menteuse. Viens à mon bureau à quinze heures trente.

Elle raccrocha le combiné et porta de nouveau son attention sur les McAdams, qui s'étaient levés.

— Bien, dit M. McAdams, on vous a dit ce qu'on était venus vous dire. J'espère que vous pourrez aider d'autres gens comme vous l'avez fait pour nous.

Elle s'approcha d'eux, leur serra la main.

— Merci. Si ça ne vous dérange pas, est-ce que je peux programmer une émission de suivi l'an prochain ? Pour montrer vos progrès à l'Amérique.

— Bien sûr.

Elle les raccompagna à la porte, leur dit au revoir et retourna à son bureau. Durant les quelques heures qui suivirent, tout en prenant des notes pour l'émission du lendemain, elle se surprit à sourire.

Elle avait fait du bien avec son émission. Elle avait changé la vie des McAdams.

À quinze heures trente, elle ferma le dossier, prit son manteau et alla au bureau de Johnny. Tout en discutant d'idées pour les émissions à venir, ils se rendirent au marché public au bout du pâté de maisons et pénétrèrent dans le bar enfumé et humide au coin de la rue.

Johnny l'emmena au fond de la salle et s'assit à une des petites tables en bois situées près de la fenêtre. Avant même qu'elle fût assise, il fit signe à une serveuse, commanda une Corona pour lui et un dirty Martini pour elle. Elle attendit qu'ils soient servis pour demander :

— Alors, qu'est-ce qui se passe ?

— Tu as parlé avec Kate récemment ?

— Non. Je crois qu'elle est en rogne contre moi pour l'histoire du concert. À moins que ce soit encore cette histoire de congrès de mannequinat. Pourquoi ?

Il passa une main dans ses cheveux indisciplinés.

— Je n'arrive pas à croire que je vais dire ça à propos de ma propre fille, mais Marah est une vraie peste en ce moment. Elle claque les portes, elle crie sur ses frères, elle ne rentre pas à l'heure prévue, elle refuse de faire ses tâches ménagères. Kate et elle bataillent toute la journée, tous les jours. Ça épuise Kate. Elle a perdu du poids. Elle ne dort pas.

— Tu as pensé à la mettre en pensionnat ?

— Kate n'irait jamais, dit-il et il sourit d'un air las à sa blague. Sérieusement, Tully. Je suis inquiet pour elle. Tu veux bien lui parler ?

— Bien sûr, mais j'ai l'impression qu'elle a besoin de plus qu'une discussion amicale. Est-ce qu'elle devrait consulter quelqu'un ?

— Un psy, tu veux dire ? Je ne sais pas.

— La dépression, c'est un phénomène courant chez les mères au foyer. Tu te souviens de cette émission qu'on a faite à ce sujet ?

— C'est ça qui m'inquiète. J'ai besoin que tu voies si c'est quelque chose dont je dois m'inquiéter ou pas. Tu la connais si bien.

Tully prit son verre.

— Tu peux compter sur moi.

Il sourit, mais d'un air morne.

— Je sais.

Le samedi, Tully appela Johnny à la première heure.

— J'ai trouvé, dit-elle quand il répondit.

— Qu'est-ce que tu vas faire ?

— L'emmener à la Salish Lodge. Pour se faire masser et se détendre. Ce genre de choses. Et on discutera.

— Elle va te dire qu'elle est occupée et t'envoyer paître.

— Dans ce cas, je vais la kidnapper.

— Tu crois que tu peux y arriver ?

— Tu m'as déjà vue échouer ?

— D'accord. Je lui préparerai un sac que je laisserai près de la porte, et ensuite je sortirai avec les enfants pour qu'elle n'ait pas d'excuse, dit-il, puis il marqua une pause. Merci, Tully. Elle a de la chance d'avoir une amie comme toi.

Tully raccrocha et passa aussitôt un autre coup de fil, puis encore un autre.

À neuf heures du matin, elle avait tout organisé. Préparant rapidement ses affaires, elle jeta ce dont elle avait besoin dans sa voiture et s'arrêta dans un magasin de Capitol Hill pour faire quelques achats, puis elle continua jusqu'au ferry. L'attente sur le rivage, puis la traversée lui parurent durer une éternité, mais elle finit par arriver dans l'allée de chez Kate.

Le jardin situé devant la maison avait quelque chose de sauvage et de mal entretenu. Comme si longtemps auparavant une jeune mère avait passé ses mois de printemps dehors à planter des bulbes et vivaces, avec ses bébés dans des couvertures dans l'herbe autour d'elle. Et qu'au fil des années, quand ces enfants avaient grandi et choisi eux-mêmes leurs activités d'été, plus personne n'avait pris le temps de continuer de jardiner. Toutes ces plantes continuaient cependant de s'épanouir durant la courte et chaude période estivale dans le Nord-Ouest, revenant année après année comme pour rappeler une autre époque, et se développant en tous sens, exactement comme la famille qui vivait dans cette maison. À présent, au milieu d'une journée froide et grise de novembre, toutes ces plantes étaient dégarnies et marron. Des feuilles jonchaient le sol, et des taches multicolores pendaient des rosiers mourants.

Tully gara sa Mercedes devant le garage et en sortit. Alors qu'elle se faufilait entre les vélos, les skateboards et les figurines éparpillés sur l'allée de gravier, elle ne put s'empêcher d'admirer le caractère accueillant de cet endroit, même à cette période de l'année. La maison de bardeaux, construite dans les années 1920 pour les week-ends d'un riche magnat du bois de construction, était revêtue d'une nouvelle couche impeccable de lasure caramel; des boiseries blanches éclatantes et laquées encadraient les fenêtres à battants, sous lesquelles étaient suspendues des jardinières remplies des derniers géraniums en fleur de la saison.

Arrivée sur le perron, elle se contorsionna pour passer à côté d'un punching-ball sur pied en forme de clown, et frappa à la porte.

Kate vint lui ouvrir, vêtue d'un caleçon noir usé et d'un T-shirt trop grand. Avec ses cheveux blonds qui avaient grand besoin d'une coupe et d'une couleur, elle avait piètre allure. Et l'air éreintée.

— Oh, dit-elle en glissant ses cheveux derrière son oreille droite. Quelle belle surprise.

— Je vais te demander une fois, gentiment, de venir avec moi.

— Comment ça, venir avec toi ? Je suis en pleine activité. L'équipe de base-ball des garçons vend des patchworks pour collecter des fonds. Dès que j'ai fini...

Tully sortit un pistolet à eau jaune vif de sa poche et le pointa vers Kate.

— Ne me force pas à te tirer dessus.

— Tu vas me tirer dessus ?

— Oui.

— Écoute, je sais à quel point tu aimes jouer la comédie, mais je n'ai pas le temps pour ça aujourd'hui. Il faut que je couse environ cinquante morceaux de tissus avant...

Tully appuya sur la gâchette. Un filet d'eau froide serpenta dans l'air et atteignit Kate en pleine poitrine. Le liquide imprégna son T-shirt en coton et laissa une tache.

— Nom d'un...

— Ceci est un enlèvement. Ne me force pas à te tirer sur le visage, même si tu as l'air d'avoir besoin d'une douche, franchement.

— Tu *essayes* de me mettre en rogne ?

Tully tendit un bandeau noir à Kate.

— J'ai dû aller dans cet horrible magasin de sex-toys de Capitol Hill pour trouver ça, alors j'espère que tu m'en seras reconnaissante.

Kate parut totalement déconcertée, comme si elle ne savait pas bien si elle devait rire ou être furieuse.

— Je ne peux pas partir comme ça. Johnny et les enfants rentrent dans une heure, et il faut que je…

— Non, ils ne rentrent pas, dit Tully, puis elle regarda dans le salon en désordre derrière Kate. Ça, c'est ta valise.

Kate se retourna vivement.

— Comment…

— Johnny te l'a préparée ce matin. C'est mon complice. Ou mon alibi, si tu me fais des histoires. Maintenant, prends ta valise.

— Tu crois vraiment que je vais partir quelque part en prenant seulement les affaires dont mon mari pense que j'ai besoin ? Je vais ouvrir cette valise et trouver de la lingerie sexy, une brosse à dents et des vêtements qui ne me vont plus depuis deux ans.

Tully agita le bandeau.

— Mets-le ou je te retire dessus.

Elle commença à presser la gâchette.

Kate leva finalement les mains en l'air.

— Très bien. Tu as gagné, dit-elle, puis elle mit le bandeau en ajoutant : Tu sais, bien sûr, que les criminels intelligents bandent les yeux de leurs victimes *avant* de commettre leur crime. Je crois que ça sert à éviter d'être identifiable.

Tully réprima un sourire et alla dans le salon, où elle prit la valise, puis elle guida doucement Kate à sa voiture.

— Ce n'est pas donné à toutes les victimes d'enlèvement de monter dans une Mercedes.

Tully glissa un CD dans l'autoradio. Quelques minutes plus tard, elles franchissaient le pont d'Agate Pass à toute allure et serpentaient sur la route traversant la réserve indienne, où des échoppes condamnées de feux d'artifice des tribus locales bordaient la route.

— Où est-ce qu'on va ? demanda Kate.

— C'est mon affaire, pas la tienne.

Tully monta le volume alors que Madonna chantait « Papa Don't Preach ». Elles se mirent aussitôt à chanter en chœur. Elles connaissaient les paroles de toutes les chansons qui s'enchaînèrent, et chacune les ramenait dans leur jeunesse. Madonna. Chicago. The Boss. The Eagles. Prince. Queen. Elles aimaient particulièrement chanter sur « Bohemian Rhapsody ». Elles secouèrent la tête au rythme de la musique, imitant Garth et Wayne à la perfection.

Il était deux heures à peine passées, quand Tully s'arrêta dans l'allée de leur destination.

— On est arrivées. Le portier te regarde bizarrement, donc je te conseille peut-être d'enlever le bandeau.

Kate le retira juste au moment où le portier lui souhaita la bienvenue à Salish Lodge et ouvrit sa portière. Elles entendirent le grondement lointain mais omniprésent des chutes de Snoqualmie, qu'elles ne pouvaient pourtant voir de là où elles étaient. Le sol vibrait sous l'effet de la force de l'eau. L'air était chargé et humide.

Tully ouvrit la marche vers la réception, les enregistra et suivit le groom jusqu'à leurs appartements, une suite de luxe avec deux chambres, une cheminée dans le salon et vue sur la tumultueuse Snoqualmie à son approche des chutes.

Le groom leur donna les horaires du Spa, Tully lui remit un généreux pourboire, puis Kate et elle furent seules.

— Commençons par le commencement, dit Tully.

Elle était à la télévision depuis assez longtemps pour savoir quand un scénario était nécessaire. Elle avait prévu une organisation et un programme pour toute la durée de leur séjour. Elle ouvrit sa valise, en sortit deux citrons verts, une salière et la bouteille de tequila la plus ridiculement chère qu'elle ait jamais vue.

— Tournée de shots.

— Tu es folle, dit Kate. Je n'ai pas bu un shot depuis…

— Ne me force pas à te tirer dessus. J'ai presque plus d'eau.

Kate rigola.

— D'accord. Envoyez, barmaid.

— Encore un, dit tout de suite Tully.

Kate haussa les épaules et but d'un trait.

— Bien. Maillots de bain. Mets le tien. Il y a un peignoir dans ta salle de bains.

Comme d'habitude, Kate s'exécuta.

— Où est-ce qu'on va ? demanda-t-elle alors qu'elles marchaient sur le sol en ardoises luisantes du rez-de-chaussée de l'hôtel.

— Tu vas voir.

Elles arrivèrent au Spa et suivirent les panneaux indiquant le Jacuzzi.

Dans un coin du bâtiment, elles arrivèrent à un beau bassin fumant décoré dans un mélange de styles modernes du Nord-Ouest et asiatique. Une odeur de lavande et de rose embaumait l'air. Des plantes vertes luxuriantes dans des pots en céramique et en bronze donnaient presque l'impression d'être à l'extérieur.

Elles s'enfoncèrent dans l'eau chaude et bouillonnante.

Kate soupira aussitôt et se laissa aller en arrière.

— C'est le paradis.

Tully considéra sa meilleure amie et vit alors, à travers le voile de vapeur apaisant, à quel point elle avait l'air fatiguée.

— Tu as une mine affreuse, dit-elle avec douceur.

Kate ouvrit lentement les yeux. Tully vit un éclair de colère passer sur son visage, mais il s'éteignit aussi vite qu'il était apparu.

— C'est Marah. Parfois, quand elle me regarde, je vois vraiment de la haine dans ses yeux. Tu n'imagines pas comme c'est douloureux.

— Ça passera avec l'âge.

— C'est ce que tout le monde me dit, mais je n'y crois pas. Si seulement je trouvais un moyen de la forcer à me parler et à m'écouter. On a essayé de voir un psychothérapeute, mais elle a refusé de participer.

— Tu ne peux pas forcer un ado à s'ouvrir. Il n'y a que la pression des autres ados qui puisse leur faire faire quoi que ce soit, non ?

— Oh, ils s'ouvriront. On ne peut simplement rien croire de ce qu'ils disent. D'après Marah, je suis la seule mère au monde à être si affreusement surprotectrice.

Tully perçut une profonde tristesse dans le regard de son amie, et bien qu'elle s'efforçât de croire que ce n'était qu'une forme de stress maternel ordinaire, elle eut soudain peur. Pas étonnant que Johnny soit si inquiet. L'année précédente, Tully avait interviewé une jeune mère submergée et déprimée. Quelques mois après cette interview, la femme avait avalé un flacon entier de pilules. Cette pensée terrifia Tully. Elle *devait* trouver un moyen d'aider Kate.

— Tu devrais peut-être voir quelqu'un.

— Tu veux dire un psy ?

Tully hocha la tête.

— Je n'ai pas besoin de parler de mes problèmes. J'ai besoin d'être plus organisée, c'est tout.

— Ton problème, ce n'est certainement pas l'organisation. Tu n'es pas obligée d'accompagner toutes les sorties scolaires, de faire des costumes pour tous les spectacles d'enfants ni de préparer des cookies pour toutes les ventes de charité. Et tes enfants peuvent bien aller à l'école en bus, bon sang.

— Je croirais entendre Johnny. Je suppose que tu vas me dire maintenant que tout irait mieux si je faisais tout ça, et si j'écrivais un livre aussi. Eh bien, j'ai essayé. Vraiment.

La voix de Kate s'étrangla. Des larmes lui montèrent aux yeux.

— Où est la tequila ?

— Excellente idée. Ça fait des années qu'on n'a pas été complètement bourrées.

— Mais bien sûr, dit Kate en riant.

— On a une séance de massage dans une demi-heure, en revanche, donc il va falloir attendre un peu.

— Un massage… Merci, Tully, dit Kate en la regardant. J'avais besoin de ça.

C'était loin d'être suffisant. Tully s'en rendait compte maintenant. Katie avait besoin de se faire véritablement aider, pas de quelques shots de tequila et d'un bain de boue, et elle avait besoin de sa meilleure amie pour trouver la réponse.

— Si tu pouvais changer une chose dans ta vie, ce serait quoi ?

— Marah, dit-elle doucement. Je ferais en sorte qu'elle me reparle.

Comme par magie, Tully sut quoi faire.

— Pourquoi vous ne viendriez pas dans mon émission ? Marah et toi. On ferait une séquence mère-fille. En direct ce serait mieux, comme ça, elle saurait qu'il n'y a pas de montage. Elle verrait à quel point tu l'aimes et la chance qu'elle a.

L'espoir rajeunit Kate de dix ans.

— Tu crois que ça marcherait ?

— Tu sais comme Marah rêve de passer à la télé. Elle ne se permettrait jamais de faire mauvaise figure devant les caméras. Elle serait alors forcée de t'écouter.

Le désespoir et la fatigue s'effacèrent enfin du regard de Kate pour céder la place à une joie impatiente.

— Qu'est-ce que je ferais sans toi, Tully ?

Tully sentit un sourire immense s'épanouir sur son visage. Elle pouvait aider son amie à surmonter ce problème, peut-être même lui sauver la vie. Exactement comme elles se l'étaient promis tant d'années plus tôt.

— On n'aura jamais à le vérifier.

— Est-ce que tes maquilleurs vont pouvoir cacher mes rides ?

Tully rigola.

— Crois-moi, quand ils se seront occupés de toi, tu auras l'air plus jeune que Marah.

— Parfait.

Kate revint du centre de soins avec un nouvel état d'esprit. Dès l'instant où elle entra dans la maison, Marah s'en prit à elle en se plaignant de ne pas pouvoir aller à tel événement parce qu'elle n'avait pas le droit de sortir si tard, mais pour une fois ces paroles furent des flèches qui ne trouvèrent pas de cible et tombèrent par terre, sans effet. *Bientôt*, se dit Kate en souriant intérieurement, *bientôt on trouvera comment s'entendre à nouveau.*

Elle enleva ses vêtements, prit un long bain agréable, puis elle prit ses garçons dans ses bras pour aller leur raconter une histoire. Ils étaient en train de s'endormir, quand Johnny passa la tête dans l'entrebâillement de la porte.

— Chut, fit-elle en refermant le livre.

Elle embrassa le petit front de chacun, les borda puis rejoignit son mari.

— Vous avez passé un bon week-end ? demanda Johnny en la prenant dans ses bras.

— Super. Tully a un plan…

La sonnette retentit au rez-de-chaussée. La voix de Marah suivit :

— J'y vais !

Johnny et Kate se regardèrent en fronçant les sourcils.

— On est dimanche soir, dit Kate. Elle n'a pas le droit d'inviter des copines un soir de semaine.

Mais quand ils descendirent, ils découvrirent Maman et Papa dans le salon, chargés de valises.

— Maman ? dit Kate. Qu'est-ce qui se passe ?

— Tully nous a fait venir pour qu'on garde les enfants une semaine. La voiture qui attend dehors va vous emmener tous les deux à l'aéroport. Tully a dit que vous deviez prendre des maillots de bain et de la crème solaire. C'est tout ce que vous pouvez savoir.

— Je ne peux pas prendre de congés. On reçoit le sénateur McCain.

— Tully est ta patronne, non ? dit Papa. Je suppose que si elle dit que tu prends des vacances, tu prends des vacances.

Kate et Johnny se regardèrent. Ils n'avaient jamais pris de vacances sans les enfants.

— Ça pourrait être sympa, dit-il en souriant.

Durant l'heure qui suivit, ils coururent à travers la maison pour faire leurs valises, dresser des listes, rassembler des numéros de téléphone. Puis ils embrassèrent les enfants – même Marah –, remercièrent Maman et Papa, et montèrent dans la limousine qui attendait.

— Elle ne fait rien à moitié, dit Johnny en se glissant dans le luxueux habitacle plongé dans la pénombre.

Kate se blottit contre lui.

— Je me sens déjà plus détendue, et on est encore dans notre allée.

Le moteur démarra, ronronna.

— Vous savez où on va ? demanda Johnny au chauffeur.

— Les billets sont dans la poche qui se trouve en face de vous, monsieur.

Johnny prit l'enveloppe et l'ouvrit.

— Kauai, dit-il.

C'était là qu'ils avaient passé leur lune de miel. Kate ferma les yeux et se représenta les palmiers vacillants et le sable rosé de la plage d'Anini.

— C'est pas juste de t'endormir, dit Johnny.

— Je ne dors pas, dit-elle en tournant sur elle-même et en s'étendant sur ses genoux. Merci d'avoir aidé Tully à me kidnapper.

— J'étais inquiet pour toi.

— Moi aussi, j'étais inquiète pour moi. Mais je me sens mieux maintenant.

— Mieux comment ?

Elle jeta un coup d'œil vers la vitre baissée qui les séparait du chauffeur.

— Remonte cette vitre et je te montre.

— On parle de sexe ?

— On parle de sexe, dit-elle en déboutonnant sa chemise. Mais si tu appuyais sur ce foutu bouton, on ferait plus qu'en parler.

Il sourit lentement.

— Oh, je vais appuyer.

# 32

Kate et Johnny rentrèrent reposés et revigorés, le soir précédant la grande émission. Le lendemain matin, Kate se réveilla à cinq heures pour aller aux toilettes et ne parvint pas à se rendormir.

La maison était silencieuse et plongée dans le noir. Elle ne se donna pas la peine d'allumer la lumière en allant de pièce en pièce pour ramasser des jouets et les ranger. Elle n'en revenait toujours pas vraiment que ce jour-là arrive. Elle avait attendu si longtemps et prié si fort pour que sa relation avec Marah change, qu'elle avait presque perdu espoir. Tully et cette émission le lui avaient redonné. Johnny lui-même semblait optimiste. Il avait fait ce que Tully avait demandé – ou plutôt exigé – et renoncé à tenir les manettes sur ce tournage. Pour cette émission seulement, il allait être un simple spectateur, un père soutenant sa famille.

Dans la salle de bains, après avoir pris une douche et s'être habillée, Kate se regarda dans le miroir et répéta ce qu'elle allait dire en essayant de ne pas prêter attention aux rides qui avaient commencé à s'accumuler aux coins de ses yeux.

— C'est exact, Tully. J'ai renoncé à ma carrière pour être mère au foyer. Et sincèrement, je pense que ç'aurait été plus facile de travailler.

Le public rirait à cette remarque.

— Je souhaite toujours devenir écrivaine un jour, mais c'est si dur de jongler entre le travail et mon rôle de mère. Et Marah a plus besoin de moi maintenant que quand elle était petite. Tout le monde parle de la crise des deux ans, mais chez moi, c'est la crise de l'adolescence. Je regrette l'époque où je pouvais la mettre dans son parc et savoir qu'elle était en sécurité.

Un murmure d'approbation suivrait certainement cette réflexion.

Elle descendit, prépara le petit déjeuner pour tout le monde et le mit sur la table. Les garçons descendirent l'escalier en un temps record et jouèrent des coudes pour avoir la meilleure place.

Quand Marah arriva, à l'évidence excitée par l'émission, Kate ne put contenir son enthousiasme.

Ça allait marcher. Elle le savait.

— Arrête de sourire, Maman. Tu me fous les jetons, dit Marah en versant du lait dans son bol de flocons d'avoine et en l'apportant à table.

— Laisse ta mère tranquille, dit Johnny en passant près d'elle, puis il s'arrêta derrière Kate, étreignit ses épaules et l'embrassa sur la nuque. Tu es magnifique.

Elle se retourna, le serra dans ses bras et le regarda dans les yeux.

— Je suis contente que tu sois mon mari aujourd'hui, et pas le producteur de Tully. J'ai besoin de toi dans le public.

— Ne me remercie pas. Tully m'a complètement mis à l'écart. Personne sur le plateau n'a le droit de me dire quoi que ce soit ou de me montrer un script. Tully veut que je sois surpris.

À partir de là, la journée fila comme le Faucon Millenium dans l'hyperespace. Ce ne fut qu'une fois sur le ferry pour traverser la baie que Kate commença à être nerveuse.

Le public allait se moquer d'elle, dire qu'elle aurait dû faire plus de choses dans sa vie, être plus qu'une mère au foyer.

Elle paraîtrait grosse.

Elle était tombée dans de tels délires paranoïaques qu'elle ne put sortir de la voiture quand ils se garèrent.

— J'ai peur, dit-elle à Johnny.

Marah leva les yeux au ciel et s'éloigna.

Johnny la prit par le bras, décrocha sa ceinture de sécurité et l'aida doucement à sortir de la voiture.

— Tu vas être super, dit-il en la faisant entrer dans l'ascenseur.

Ils arrivèrent dans le studio qui grouillait de gens en train de courir en tous sens et de se crier des ordres. Johnny se pencha vers Kate.

— C'est comme à l'époque où tu travaillais au journal, tu te souviens ?

— Kate !

Elle entendit son prénom résonner dans le couloir animé et leva les yeux. Tully, mince et tout en beauté, arrivait vers elle les bras ouverts.

Elle la serra dans ses bras avec ardeur, et Kate sentit enfin qu'elle se détendait. Il ne s'agissait pas d'une simple émission de télé, c'était l'émission de Tully. Sa meilleure amie veillerait à ce que Kate s'en sorte bien.

— Je suis un peu tendue, avoua-t-elle.

— Un peu ? dit Marah. On dirait Rain Man.

Tully rigola à cette remarque et prit Kate par le bras.

— Tu n'as aucune raison de t'inquiéter. Tu vas être super. Tout le monde est excité de vous accueillir dans l'émission, Marah et toi.

Elle les conduisit à la salle de maquillage et les laissa là.

— C'est excitant, dit Kate en s'asseyant devant le miroir géant.

La maquilleuse – une dénommée Dora – se mit aussitôt à l'ouvrage sur le visage de Kate.

Marah s'assit dans le fauteuil à côté d'elle. Une autre maquilleuse vint s'occuper d'elle.

Kate regarda dans le miroir. En un rien de temps, une inconnue apparut à côté d'elle : la femme que Marah deviendrait un jour. Sur le visage maquillé de sa fille, elle vit l'avenir, reconnut une vérité qui lui avait été cachée jusque-là sous le joli voile de l'enfance. Bientôt, Marah aurait des petits amis, puis elle conduirait, puis elle partirait à la fac.

— Je t'aime, P'tit Bout, dit-elle, utilisant volontairement le surnom qui était passé de mode avec les boîtes à sandwich Winnie l'Ourson et les peluches « Chatouille-moi, Elmo ». Tu te rappelles quand on dansait sur ces vieilles chansons de Linda Ronstadt ?

Marah la regarda. L'espace d'une seconde – pas plus –, elles redevinrent Maman et son P'tit Bout, et même si ce moment ne dura pas, ne pouvait pas durer dans l'ouragan de l'adolescence, il remplit Kate d'espoir à l'idée qu'après ce jour-là elles se réconcilieraient et seraient aussi inséparables qu'elles l'avaient été.

Marah sembla sur le point de dire quelque chose, mais elle sourit et dit simplement :

— Je me rappelle.

Kate eut envie de serrer sa fille dans ses bras, mais cela n'aurait jamais l'effet désiré. Le contact physique, avait-elle appris, était le moyen le plus sûr de mettre de la distance entre elles.

— Kathleen et Marah Ryan ?

Kate se retourna dans son fauteuil et vit une jolie jeune femme avec un porte-bloc à la main derrière elle.

— On est prêts à vous recevoir.

Kate tendit la main vers Marah, qui était assez excitée pour la prendre. Elles suivirent la femme jusqu'aux loges, où on les fit patienter.

— Il y a de l'eau dans le frigo, et n'hésitez pas à manger tout ce que vous voulez dans ce panier, dit la femme, puis elle donna à Kate un micro-cravate et l'émetteur correspondant à attacher à la ceinture. Tallulah m'a dit que vous sauriez comment mettre ça ?

— Ça fait un moment, mais je crois que je peux encore me débrouiller. Je vais montrer à Marah comment faire. Merci.

— Super. Je reviendrai vous chercher le moment venu. Comme vous le savez, on diffuse en direct aujourd'hui, mais il ne faut pas que ça vous inquiète. Soyez simplement vous-même.

Puis elle partit.

*Cette émission allait vraiment avoir lieu*. C'était si important pour elle, cette occasion de renouer avec sa fille.

Un instant plus tard, quelqu'un frappa à la porte.

— On est prêts à vous prendre, Kathleen, dit la femme. Marah, reste ici. On viendra te chercher dans une minute.

Kate se dirigea vers la porte.

— Maman ! dit brusquement Marah comme si elle venait de se souvenir de quelque chose d'important. Il faut que je te dise quelque chose.

Kate se retourna, sourit.

— Ne t'en fais pas, ma chérie. On va bien s'en sortir.

Puis elle suivit la femme dans le couloir grouillant d'activité. À travers les murs, elle entendit des applaudissements, et même quelques rires.

La femme s'arrêta à la bordure du plateau.

— Quand vous entendez votre nom, vous entrez.

*Respire.*

*Rentre ton ventre. Tiens-toi droite.*

Elle entendit Tully dire :

— Et maintenant, j'aimerais vous présenter à tous ma bonne amie Kathleen Ryan…

Kate passa le coin en trébuchant et se retrouva debout sous l'éclat aveuglant des projecteurs. C'était si déstabilisant qu'il lui fallut une seconde pour comprendre ce qui se passait autour d'elle.

Il y avait Tully, au milieu du plateau, qui lui souriait.

Derrière elle se trouvait le Dr Tillman, le psychiatre spécialisé dans la thérapie familiale.

Tully vint rapidement vers elle et lui prit le bras. Dans la tempête d'applaudissements, elle dit :

— On est en direct, Katie, alors laisse-toi porter.

Kate jeta un coup d'œil vers l'écran qui se trouvait derrière elles. On y voyait une immense image de deux femmes en train de se crier dessus. Puis elle regarda le public.

Johnny et ses parents se trouvaient au premier rang. Tully se tourna vers eux.

— Nous allons parler aujourd'hui des mères surprotectrices et de ces filles adolescentes qui les détestent. Notre objectif est d'engager un dialogue, de lever le blocage de communication qui survient à l'adolescence et de faire en sorte que ces deux femmes se parlent à nouveau.

Kate se sentit devenir livide.

— Quoi ?

Derrière elle, le Dr Tillman sortit de l'obscurité pour se rendre à un fauteuil sur le plateau.

— Certaines mères, en particulier les mères à tendance autoritaire, dominatrice, portent réellement atteinte à la psyché fragile de leurs enfants sans jamais vraiment se rendre compte de ce qu'elles font. Les enfants peuvent être comme des fleurs qui essayent de s'épanouir dans un espace trop petit. Ils ont besoin de s'émanciper, de commettre des erreurs. On ne les aide pas en les soumettant à des règles et des attentes figées et en prétendant pouvoir les protéger.

Kate prit violemment conscience de ce qui était en train de se passer.

On la traitait de mauvaise mère, à la télévision nationale, en présence de sa famille.

Elle dégagea brusquement son bras de la main de Tully.

— Qu'est-ce que tu es en train de faire ?

— Tu as besoin d'aide, dit Tully d'un ton raisonnable et juste un peu triste. Toi et Marah, toutes les deux. J'ai peur pour toi. Ton mari aussi. Il m'a supplié de vous aider. Marah veut en discuter avec toi, mais elle a peur.

Marah arriva sur le plateau et adressa un grand sourire au public.

Kate sentit des larmes lui monter aux yeux, et sa vulnérabilité attisa sa colère.

— Je n'arrive pas à croire que tu puisses me faire ça.

Le Dr Tillman s'avança.

— Allons, Kathleen, Tully se comporte en amie. Vous opprimez l'esprit délicat de votre fille. Tully souhaite simplement que vous revoyiez vos méthodes d'éducation…

— Elle va m'aider à être une meilleure mère ? dit-elle en se tournant vers Tully. Toi ? fit-elle, puis elle regarda le public. Vous écoutez les conseils d'une femme qui ne sait absolument rien de l'amour, de la famille ni des choix difficiles que les femmes doivent faire. La seule personne que Tully Hart a jamais aimée, c'est elle-même.

— Katie, dit Tully d'une voix basse et grave. On est en direct.

— C'est tout ce qui t'importe, hein ? Ton Audimat. Eh bien, j'espère qu'il te tiendra chaud quand tu seras vieille, parce que tu n'auras rien ni personne d'autre. Qu'est-ce que tu sais au sujet de l'amour ou du fait d'être mère ? fit Kate en la dévisageant, écœurée au point qu'elle crut pouvoir vomir. Ta propre mère ne t'a pas aimée. Et tu vendrais ton âme pour la gloire.

Bon Dieu, c'est même ce que tu as fait, dit-elle puis elle se tourna à nouveau vers le public. La voilà, votre idole, mesdames et messieurs. Une femme si foutrement chaleureuse et attentive aux autres qu'elle n'a sans doute jamais dit à aucun être humain qu'elle l'aimait, bordel.

Kate arracha son micro et son émetteur et les jeta au sol. Puis, quittant le plateau en trombe, elle prit le bras de Marah et l'entraîna avec elle.

Dans les coulisses, Johnny se précipita vers elle, la prit dans ses bras et la serra fort, mais même la chaleur de son corps ne pouvait atteindre Kate. Ses parents et les garçons accoururent derrière lui et formèrent un cercle autour de Kate et de sa fille.

— Je suis désolé, chérie, dit Johnny. Je ne savais pas…

— Je n'arrive pas à croire que Tully ait fait ça, dit Maman. Elle a dû se dire…

— Stop, dit Kate d'un ton sec en s'essuyant les yeux. Je me fiche de ce qu'elle s'est dit, de ce qu'elle a voulu ou cru. Ça ne m'intéresse plus.

Tully courut dans le couloir, mais Kate était partie.

Elle resta là trop longtemps, puis elle fit demi-tour et retourna sur le plateau, où elle regarda une marée de visages inconnus. Elle essaya de sourire, vraiment, mais pour une fois sa volonté de fer lui fit défaut. Elle entendit les discrets murmures du public – des murmures de compassion. Derrière elle, le Dr Tillman parlait, meublant avec des mots qu'elle ne parvenait ni à suivre ni à comprendre. Elle se rendit compte qu'il continuait d'animer l'émission car ils étaient en direct.

— Je voulais simplement l'aider, dit-elle au public, l'interrompant, puis elle s'assit au bord du plateau. Ai-je fait quelque chose de mal ?

Les gens applaudirent fort, longuement, témoignant d'un soutien aussi inconditionnel que leur présence. Cela aurait dû combler le vide en elle, comme toujours, mais cette fois ces applaudissements ne l'aidèrent pas.

Elle parvint d'une façon ou d'une autre à assurer le reste de l'émission.

Au bout du compte, cependant, elle se retrouva aussi seule sur le plateau qu'elle en avait eu l'impression. Le public était sorti en file et ses employés étaient tous partis. Aucun n'avait eu le courage de seulement lui parler en partant. Elle savait qu'ils étaient en colère contre elle pour avoir tendu un piège à Johnny aussi.

Comme dans le lointain, elle entendit des bruits de pas. Quelqu'un venait vers elle.

Elle leva mollement les yeux.

Johnny se tenait devant elle.

— Comment as-tu pu lui faire ça ? Elle te faisait confiance. *Nous* te faisions confiance.

— J'essayais simplement de l'aider. Tu m'as dit qu'elle craquait. Le Dr Tillman m'a dit que les situations dramatiques appelaient des mesures radicales. Il m'a dit que le suicide était…

— Je démissionne, dit-il.

— Mais… dis-lui de m'appeler. Je lui expliquerai.

— À ta place, je ne compterais pas avoir de ses nouvelles.

— Comment ça ? On est amies depuis trente ans.

Johnny lui adressa un regard si froid qu'elle se mit à trembler.

— Je crois que ça s'est fini aujourd'hui.

Une pâle lumière matinale entrait par les fenêtres et faisait briller leurs rebords peints en blanc. Dehors, des mouettes criaient et plongeaient dans les airs. Ces cris, combinés au bruit des vagues s'abattant sur le rivage, signifiaient que le ferry passait devant leur maison.

D'ordinaire, Kate adorait ces bruits matinaux. Même si ça faisait maintenant des années qu'elle vivait sur cette plage, elle aimait toujours regarder les ferries passer, surtout le soir, quand ils étaient éclairés comme des coffrets à bijoux flottants.

Ce jour-là, cependant, elle ne sourit même pas. Elle était assise dans le lit, un livre ouvert sur les genoux pour que son mari la laisse tranquille. Alors qu'elle regardait fixement la page, les caractères se troublèrent et dansèrent comme des pois noirs sur le papier crème. Dans son esprit, elle se repassait en boucle le fiasco de la veille. Elle revoyait la scène sous une douzaine d'angles. Le titre : les mères surprotectrices et leurs filles adolescentes qui les détestent.

Les détestent.

*Vous opprimez l'esprit délicat de votre fille*…

Et le Dr Tillman s'approchant d'elle, lui expliquant qu'elle était un parent effroyable ; sa mère au premier rang, se mettant à pleurer ; Johnny bondissant de son siège et criant quelque chose à un cameraman que Kate n'entendit pas.

Elle était encore sous le choc, hébétée. Mais sous cette hébétude grondait une colère brute et terrible, sans comparaison avec ce qu'elle avait pu ressentir auparavant. Elle avait si peu souvent été véritablement en colère que ça lui faisait peur. Elle craignait même de ne jamais pouvoir s'arrêter si elle se mettait à crier. Par conséquent, elle contenait ses émotions et restait calmement assise.

Elle ne cessait de jeter des coups d'œil vers le téléphone, s'attendant que Tully appelle.

— Je lui raccrocherai au nez, dit-elle.

Et elle le ferait. À vrai dire, elle était impatiente de le faire. Durant toutes les années qu'avait duré leur amitié, Tully avait fait des sales coups dans ce genre (enfin, rien de ce niveau), et ç'avait été à Kate de lui demander pardon, que ce soit sa faute ou non. Tully ne disait jamais qu'elle était désolée ; elle attendait simplement que Kate arrange les choses.

Mais pas cette fois.

Cette fois, Kate était si blessée et furieuse qu'elle se moquait de savoir si elles allaient rester amies ou non. Si elles devaient se réconcilier, c'était à Tully de se démener pour cela.

*Je lui raccrocherai au nez de nombreuses fois.*

Elle soupira, espérant que cette pensée l'apaise, mais ce n'était pas le cas. Elle se sentait… brisée par les événements de la veille.

Quelqu'un frappa à sa porte. Ça pouvait être n'importe quel membre de sa famille. La veille au soir, ils s'étaient rassemblés autour d'elle, l'avaient traitée comme une princesse fragile, l'avaient protégée. Maman et Papa étaient restés pour la nuit. Kate soupçonnait sa mère de veiller à ce qu'elle ne se suicide pas, tant elle était étouffante. Papa n'arrêtait pas de lui donner des petites tapes sur l'épaule et de dire qu'elle était belle, et les garçons, qui ne savaient pas bien ce qui clochait mais sentaient que c'était grave, étaient constamment cramponnés à elle. Seule Marah restait en retrait et observait les choses de loin.

— Entrez, dit Kate en se redressant, essayant de paraître plus solide qu'elle ne l'était en réalité.

Marah entra dans la chambre. Vêtue pour aller au collège d'un jean taille basse, de bottines UGG roses et d'un sweat-shirt à capuche gris, elle essaya de sourire, mais n'y parvint pas.

— Mamie a dit que je devais parler avec toi.

Kate fut immensément soulagée par la simple présence de sa fille. Elle se décala vers le milieu de son lit et tapa de la main à côté d'elle.

Marah préféra s'asseoir en face et s'appuya contre le pied de lit tapissé de soie, les jambes repliées. Son jean préféré, percé de trous et aux bords déchiquetés, laissait voir la courbe cagneuse de ses genoux.

Kate ne put s'empêcher de regretter l'époque où elle aurait pu prendre sa fille dans ses bras et la serrer contre elle. Elle avait besoin de ça maintenant.

— Tu étais au courant pour l'émission, n'est-ce pas ?

— On en avait parlé avec Tully. Elle m'a dit que ça nous aiderait.

— Et ?

Marah haussa les épaules.

— Je voulais simplement aller à ce concert.

Le concert. Cette réponse si simple et égoïste blessa profondément Kate. Elle avait oublié ce concert et la fugue de Marah. Le voyage à Kauai lui avait vidé la tête de tout ça.

À coup sûr comme Tully l'avait prévu. Ça lui avait aussi permis de tenir Johnny à l'écart pour qu'il ne puisse pas entraver son projet.

— Dis quelque chose, dit Marah.

Mais Kate ne savait pas bien quoi dire, ni comment s'y prendre. Elle voulait que Marah comprenne à quel point elle avait été égoïste, et à quel point cet égoïsme avait blessé Kate, mais elle ne voulait pas la culpabiliser. C'était à Tully de porter le poids de cette débâcle.

— Est-ce qu'il t'est venu à l'esprit, quand vous manigancier ce projet avec Tully, que ça pourrait me faire du mal ou me mettre dans l'embarras ?

— Et toi, tu t'es dit que ça pourrait me faire du mal ou me mettre dans l'embarras de ne pas pouvoir aller à ce concert ? Ou à la nocturne du bowling ? Ou à…

Kate leva la main.

— Tu ramènes encore tout à toi, dit-elle d'une voix fatiguée. Si c'est tout ce que tu as à dire, tu peux sortir. Je n'ai pas la force de me disputer avec toi maintenant. Tu as été égoïste et tu m'as blessée, et si tu ne peux pas voir ça et en assumer la responsabilité, je te plains. Sors. Va-t'en.

— C'est ça, dit Marah en se levant, mais elle bougea lentement.

À la porte, elle s'arrêta et se retourna.

— Quand Tully viendra…

— Tully ne viendra pas.

— Comment ça ?

— Ton idole me doit des excuses. Et ce n'est pas son fort de demander pardon. Je dirais que c'est un autre point commun entre vous.

Pour la première fois, Marah parut effrayée. Et c'était à la perspective de perdre Tully.

— Tu ferais mieux de réfléchir à la manière dont tu te comportes avec moi, Marah, dit Kate d'une voix étranglée, mais elle s'efforça de se maîtriser. Je t'aime plus que tout au monde, et tu me fais volontairement souffrir.

— C'est pas de ma faute.

Kate soupira.

— Comment ça pourrait l'être, Marah ? Rien n'est jamais ta faute.

C'était exactement ce qu'il ne fallait pas dire. Kate le sut à l'instant où elle le dit, mais elle ne pouvait retirer ses paroles.

Marah ouvrit brusquement la porte et la claqua derrière elle.

Le calme revint instantanément. Quelque part à l'extérieur, un coq chanta, et deux ou trois chiens s'aboyèrent dessus. Kate entendit des gens qui se déplaçaient en bas. Le plancher de cette vieille maison grinçait au moindre mouvement.

Kate regarda le téléphone, attendant qu'il sonne.

— Je crois que c'est Mère Teresa qui a dit que la solitude était la plus grande pauvreté, dit Tully en sirotant son dirty Martini.

L'homme à qui elle parlait parut surpris pendant un instant, comme s'il roulait sur une route sombre et déserte et qu'un cerf avait soudain bondi en travers de son chemin. Puis il rit, d'un rire qui exprimait tant de choses, une forme de camaraderie, un soupçon de supériorité, un léger goût de privilège. À coup sûr, il avait appris à rire ainsi entre les vénérables murs de Harvard ou Stanford.

— Que savent les gens comme nous de la pauvreté ou de la solitude ? Il doit y avoir cent personnes ici, à votre fête d'anniversaire, et Dieu sait que le champagne et le caviar ne sont pas donnés.

Tully resta sans rien dire, à essayer – sans y parvenir – de se rappeler son nom. C'était un de ses invités ; elle aurait dû savoir qui il était, bon sang.

Et pourquoi avait-elle fait une remarque aussi ridiculement transparente à un inconnu ?

Dégoûtée d'elle-même, elle termina son Martini, le deuxième, et se rendit au bar improvisé qui avait été monté dans le coin de son penthouse. Derrière le barman en smoking, la ligne scintillante des toits de Seattle dessinait une combinaison magique de lumières éclatantes et de ciel noir.

Elle attendit son troisième Martini avec impatience en faisant la conversation avec le barman. Dès que son verre fut prêt, elle partit en direction de la terrasse, en passant devant la table débordant de cadeaux enveloppés de papier argenté et de rubans. Elle n'avait pas besoin d'ouvrir un seul paquet pour savoir le genre de cadeaux qu'elle avait reçus : des flûtes à champagne de chez Waterford ou Baccarat ; des bracelets et des cadres en argent de chez Tiffany ; des stylos Montblanc ; peut-être un plaid en cachemire ou des bougeoirs en verre soufflé. Le genre de coûteux présents que l'on s'offrait entre inconnus et collègues, quand on était arrivé à un certain statut économique.

Il n'y aurait rien de personnel dans aucun de ces beaux paquets. Elle but une nouvelle gorgée de son

Martini et sortit sur la terrasse. De la balustrade, elle distingua à peine le contour de l'île de Bainbridge. Le clair de lune donnait une teinte argentée aux collines boisées. Elle voulut détourner le regard, mais n'y parvint pas. Trois semaines s'étaient écoulées depuis l'émission. Vingt et un jours. Elle avait toujours le sentiment que son cœur était irrémédiablement déchiré. Les choses que lui avait dites Kate tournaient en boucle dans sa tête. Et quand elle arrivait à les oublier, elle les voyait retranscrites dans le magazine *People* ou sur Internet. *Sa propre mère ne l'a même pas aimée… la voilà, votre idole : une femme si chaleureuse et attentive aux autres qu'elle n'a sans doute jamais dit à aucun être humain qu'elle l'aimait…*

Comment Kate avait-elle pu dire ça ? Et ensuite, ne pas appeler pour s'excuser… ou pour dire bonjour… ou même pour lui souhaiter un joyeux anniversaire ?

Elle finit son verre et le posa sur la table à côté d'elle en continuant de regarder au-delà de la vaste étendue d'eau noire. Derrière elle, elle entendit le téléphone sonner. Elle le savait ! Elle rentra en courant dans l'appartement et alla dans sa chambre en claquant la porte derrière elle.

— Allô ? fit-elle, un peu essoufflée.

— Bonsoir, Tully, et joyeux anniversaire.

— Bonsoir, madame M. Je savais que vous appelleriez. Je pourrais venir dès maintenant vous voir avec M. M. On pourrait…

— Il faut que tu arranges les choses avec Katie. Elle s'assit au bout du lit.

— Je voulais seulement l'aider.

— Mais tu ne l'as pas aidée. Tu t'en rends compte, tout de même ?

— Vous avez entendu les choses qu'elle m'a dites à la télé ? J'essayais de l'*aider* et elle a dit à toute l'Amérique… commença-t-elle, mais elle n'arriva même pas à le dire, tant elle était encore blessée. Elle me doit des excuses.

Il y eut un long silence à l'autre bout du fil, puis un soupir las.

— Oh, Tully.

Elle entendit la déception dans la voix de Mme M., et elle eut le sentiment d'être redevenue une enfant au commissariat. Aucun mot ne lui vint, pour une fois.

— Je t'aime comme ma fille, dit finalement Mme M. Tu le sais, mais…

*Comme* ma fille. Il y avait tout un monde dans ce simple mot, un océan de distance.

— Il faut que tu voies le mal que tu lui as fait.

— Et est-ce qu'on parle du mal qu'elle m'a fait à moi ?

— Ce que ta mère t'a fait est un crime, Tully.

Mme M. eut un murmure triste, puis dit :

— Bud m'appelle. Je dois y aller. Je suis désolée de cette situation, mais il faut que je te laisse maintenant.

Tully ne lui dit même pas au revoir. Elle se contenta de raccrocher le téléphone sans bruit. Elle se prit de plein fouet cette vérité qu'elle s'était efforcée de fuir, avec une telle violence qu'elle pouvait à peine respirer.

Toutes les personnes qu'elle aimait appartenaient à la famille de Kate, pas à la sienne, et dans les moments difficiles, ils prenaient parti.

Et que devenait-elle, alors ?

Comme le disait la vieille chanson « Alone Again », de nouveau seule. Naturellement.

Elle se leva lentement et retourna à sa fête, surprise d'avoir été si aveugle. Si elle devait retenir une leçon essentielle de sa vie, c'était la suivante : les gens partent. Les parents. Les amours.

Les amis.

Dans la pièce pleine de connaissances et de collègues, elle afficha un sourire radieux, échangea des banalités et alla tout droit vers le bar.

Ce n'était pas si difficile de se comporter normalement, de faire semblant d'être heureuse. C'était ce qu'elle avait fait une si grande partie de sa vie. Semblant. Il n'y avait qu'avec Katie qu'elle avait vraiment été elle-même.

À partir de l'automne suivant, Kate avait arrêté d'attendre que Tully appelle. Durant les longs mois écoulés depuis leur brouille, elle s'était habituée – quoique avec peine – à un monde à part et fermé, une sorte de boule à neige de sa propre création. Au début, bien sûr, elle avait pleuré leur amitié perdue, regretté tout ce qu'elles avaient partagé, mais avec le temps, elle avait accepté l'idée que Tully ne lui présenterait jamais d'excuses, que si quelqu'un devait le faire ce serait elle… comme toujours.

L'histoire se répétait.

Kate, d'ordinaire si peu sûre d'elle et si accommodante, devint ferme sur ce point. Pour une fois, elle ne céderait pas.

Et ainsi, le temps avait passé, et les parois vitrées courbes de la boule à neige avaient durci. Elle pensait de moins en moins souvent à Tully, et quand ça arrivait, elle apprenait à arrêter de pleurer et à aller de l'avant.

Mais cela l'épuisait, la vidait. Depuis qu'il avait recommencé à faire froid, elle avait toutes les peines du monde à se lever le matin et à prendre une douche. À partir de novembre, la perspective de se laver les cheveux était devenue si décourageante qu'elle l'évitait complètement. Cela lui demandait tant d'énergie de préparer le dîner et de faire la vaisselle qu'elle devait faire une pause pour s'asseoir.

Tout cela aurait été acceptable, et par là elle entendait un niveau de dépression acceptable, si seulement les choses s'étaient arrêtées là. La semaine précédente, malheureusement, elle avait été trop fatiguée pour se laver les dents le matin, et elle avait conduit les enfants à l'école en pyjama.

— Je ne sais pas pourquoi tu en fais une telle histoire, avait-elle dit à son mari le soir même, quand il l'avait interrogée à ce sujet.

Il avait retrouvé un emploi à son ancienne chaîne, et ses responsabilités moindres lui laissaient le temps de remarquer les errements de Kate.

— Ce n'est qu'un écart dans mon hygiène personnelle. C'est pas comme si j'avais pété les plombs.

— Tu fais une dépression, avait-il dit en l'attirant contre lui sur le canapé. Et franchement, Kate, tu n'as pas belle allure.

Cette remarque l'avait blessée, quoique, à vrai dire, pas autant qu'elle aurait dû.

— Eh bien, prends-moi un rendez-vous chez un chirurgien esthétique. Je n'ai certainement pas besoin d'un bilan de santé. Je vois mes médecins régulièrement. Tu le sais.

— Mieux vaut prévenir que guérir, fut sa réponse, et voilà pourquoi elle était à présent sur le ferry, en route vers la ville.

À la vérité – même si elle ne l'aurait pas avoué à son mari –, elle était contente d'aller chez le médecin. Elle en avait assez d'être déprimée et de se sentir épuisée. Peut-être qu'une prescription quelconque l'aiderait ; une pilule pour oublier une amitié de trente ans qui avait mal fini.

Quand le ferry accosta, elle passa sur la passerelle cahoteuse avec sa voiture et se fondit dans la circulation du début de matinée. C'était un jour gris et maussade, en accord avec son humeur. Elle traversa le centre-ville et gravit la colline jusqu'à l'hôpital, où elle trouva une place de stationnement dans le parking, puis elle traversa la rue et entra dans le hall. Après s'être rapidement annoncée à l'accueil, elle se dirigea vers l'ascenseur.

Quarante minutes plus tard, après qu'elle eut lu tous les articles du dernier numéro du magazine *Parents*, on l'envoya dans une salle d'examen, où une infirmière prit toutes les mesures et informations habituelles.

Quand elle fut de nouveau seule, Kate prit le nouveau *People* et l'ouvrit.

Elle tomba sur une photo de Tully, qui faisait une grimace à l'appareil en levant une flûte à champagne vide. Elle était magnifique dans sa robe Chanel noire et son boléro perlé scintillant. Sous la photo figurait la légende suivante : *Tallulah Hart à un gala de bienfaisance au Château Marmont, avec son cavalier, le magnat de la presse Thomas Morgan.*

La porte s'ouvrit. Le Dr Marcia Silver entra dans la pièce.

— Bonjour, Kate. Contente de vous revoir, dit-elle en s'asseyant sur son tabouret à roulettes, puis elle s'avança en lisant le dossier médical de Kate. Alors, il y a quelque chose que vous voulez me dire ?

— Mon mari pense que je fais une dépression.

— Et c'est le cas ?

Kate haussa les épaules.

— Je suis peut-être un peu déprimée.

Marcia écrivit quelque chose dans le dossier.

— Ça fait exactement douze mois depuis votre dernier rendez-vous. Bravo !

— Vous savez ce que c'est, les filles catholiques. On est fidèles aux règles.

Marcia sourit et ferma le dossier, puis elle attrapa ses gants.

— Bien, Kate, on va commencer par le frottis. Allongez-vous complètement…

Durant les minutes qui suivirent, Kate se soumit aux petites indignités nécessaires pour préserver la santé des femmes : le spéculum, le sondage, le prélèvement. Pendant tout ce temps, le Dr Silver et elle eurent une conversation impersonnelle et peu naturelle. Elles parlèrent de la météo, du dernier spectacle au 5th Avenue Theater, et des fêtes de fin d'année qui approchaient.

Ce ne fut que près d'une demi-heure plus tard, quand l'examen porta sur ses seins, que Marcia arrêta de bavarder.

— Depuis combien de temps avez-vous cette décoloration sur votre sein ?

Kate considéra la tache rouge de la taille d'une pièce de vingt-cinq cents sous son téton droit. La peau était légèrement plissée, comme une écorce d'orange.

— Environ neuf mois. Peut-être un an, à la réflexion. Au début, c'était une piqûre d'insecte. Mon médecin traitant a cru que c'était une infection et m'a mise sous antibiotiques. Ça a disparu pendant un moment, puis c'est revenu. Parfois, j'ai une sensation de chaleur… c'est comme ça que je sais que c'est une infection.

Marcia examina le sein de Kate en fronçant les sourcils. Kate ajouta :

— J'ai fait ma mammographie dans les temps. Tout était en ordre.

— Je vois ça.

Marcia alla au téléphone mural, composa un numéro et dit :

— Je veux une échographie des seins de Kate. Maintenant. Dis-leur de lui trouver une place. Merci.

Elle raccrocha et se retourna.

Kate se redressa.

— Vous me faites peur, Marcia.

— J'espère que ce n'est rien, Kate, mais je veux en être sûre, d'accord ?

— Mais qu'est-ce…

— On discutera quand on saura ce qui se passe. Janis va vous emmener en radiologie. D'accord ? Est-ce que votre mari est là ?

— Il devrait ?

— Non. Je suis sûre que tout va bien. Oh, voilà Janis.

La tête de Kate lui tourna. En l'espace d'un instant, elle fut rhabillée et quelqu'un l'emmena trois étages plus haut au bout d'un couloir. Là, après une attente interminable, elle subit un autre examen des seins, avec de nouveaux froncements de sourcils et claquements de langue agacés, puis une échographie.

— Je me fais régulièrement des palpations, dit-elle. Je n'ai pas senti de grosseur.

Au-dessus d'elle, alors qu'elle était étendue dans la pièce sombre, l'infirmière et le radiologue échangèrent un regard.

— Quoi ? fit Kate, entendant à présent de la peur dans sa voix.

Une fois l'échographie finie, on la fit de nouveau se déplacer de la salle d'examen à la salle d'attente. Comme toutes les autres femmes qui se trouvaient dans la petite pièce, elle lut des revues en essayant de se concentrer sur des phrases prises au hasard et des recettes de Bundt cakes. Tout, sauf sur les résultats de l'échographie.

Ça va aller, se disait-elle chaque fois que l'inquiétude revenait. *Aucune raison de s'inquiéter.* Le cancer n'était pas une chose qui vous prenait par surprise, et sûrement pas le cancer du sein. Il y avait des signes avant-coureurs et elle les guettait religieusement. Sa famille avait déjà été touchée une fois avec tante Georgia, et ils étaient donc vigilants. Une à une, les autres femmes partirent, tandis que Kate attendait toujours.

Finalement, une infirmière bien en chair et aux yeux de biche vint la chercher.

— Kathleen Ryan ?

Elle se leva.

— Oui ?

— Je vais vous emmener dans la salle d'en face. Le Dr Krantz attend de vous faire une biopsie.

— Une biopsie ?

— Juste par sécurité. Venez.

Kate se sentit incapable de bouger et parvint à peine à hocher la tête. Agrippant son sac à main, elle suivit l'infirmière d'un pas trébuchant.

— Ma dernière mammographie était bonne, vous savez. Et je me fais régulièrement des palpations.

Elle regretta soudain que Johnny ne soit pas là pour lui tenir la main et lui dire que tout allait bien se passer.

*Ou Tully.*

Elle prit une grande inspiration et s'efforça de dominer sa peur. Une fois, des années auparavant, elle avait eu un frottis douteux et avait dû faire une biopsie. L'attente des résultats avait ruiné un week-end, mais en fin de compte il n'y avait rien. Avec ce souvenir en tête, auquel elle se cramponna comme à une bouée de sauvetage dans des eaux froides et agitées, elle suivit l'infirmière silencieuse jusqu'au service situé au bout du couloir. Un panneau à côté de la porte annonçait : CENTRE DE LUTTE CONTRE LE CANCER DE LA FONDATION GOODNO.

# 33

Tully fut réveillée par la sonnerie du téléphone. Elle eut du mal à émerger, regarda autour d'elle. Il était 2 h 01 du matin. Elle tendit le bras et décrocha.

— Allô ?

— Vous êtes bien Tallulah Hart ?

Elle se frotta les yeux.

— Oui. Qui est à l'appareil ?

— Je m'appelle Lori Witherspoon. Je suis infirmière à l'hôpital Harborview. Nous avons votre mère ici. Dorothy Hart.

— Qu'est-ce qui s'est passé ?

— On ne sait pas bien. Ça ressemble à une overdose, mais elle a aussi été salement tabassée. La police attend de pouvoir l'interroger.

— Est-ce qu'elle a demandé que je vienne ?

— Elle est sans connaissance. On a trouvé votre nom et votre numéro dans ses affaires.

— J'arrive tout de suite.

Tully s'habilla en un temps record et fut sur la route à 2 h 20. Elle se gara sur le parking de l'hôpital et alla à l'accueil.

— Bonjour. Je suis venue voir ma mère, Nu… euh, Dorothy Hart.

— Cinquième étage, madame Hart. Allez au bureau des infirmières.

— Merci.

Tully monta et fut orientée vers la chambre de sa mère par une minuscule femme vêtue d'un uniforme d'infirmière orange pâle.

La chambre plongée dans la pénombre comptait deux lits. Le plus proche de la porte était vide.

Tully referma la porte derrière elle, surprise de constater qu'elle avait peur. Toute sa vie durant, sa mère l'avait blessée. Tully l'avait aimée étant enfant, inexplicablement, détestée à l'adolescence et ignorée une fois adulte. Nuage lui avait brisé le cœur un nombre incalculable de fois, elle l'avait déçue en toute occasion, et pourtant, même après tout ça, Tully ne pouvait s'empêcher de ressentir quelque chose pour elle.

Nuage dormait. Son visage était recouvert de bleus et elle avait un œil au beurre noir ; sa lèvre fendue saignait. Ses cheveux gris courts, qui semblaient avoir été coupés à l'aide d'une larme émoussée, étaient collés sur sa tête.

Elle était méconnaissable. À vrai dire, on aurait dit une vieille femme chétive qui aurait été battue non par des poings, mais par la vie elle-même.

— Bonjour, Nuage, dit Tully, étonnée de se rendre compte qu'elle avait la gorge serrée.

Elle caressa doucement la tempe de sa mère, le seul endroit de son visage qui n'était pas ensanglanté ou contusionné. En sentant sa peau douce et veloutée sous ses doigts, elle se rendit compte qu'elle n'avait pas touché sa mère depuis 1970, quand elles s'étaient tenues par la main dans cette rue de Seattle pleine de monde.

Elle aurait aimé savoir quoi dire à cette femme avec qui elle avait un passé mais pas de présent. Elle se contenta donc de parler sans réfléchir. Elle lui parla de son émission, de sa vie, du succès qu'elle avait. Quand cela commença à paraître creux et vain, elle lui parla de Kate, de leur brouille et de la solitude qu'elle ressentait depuis. Au fur et à mesure que les mots se formaient et se déversaient, Tully entendit la vérité qu'ils recelaient. Depuis qu'elle avait perdu les Ryan et les Mularkey, elle se sentait affreusement seule. Nuage était la seule personne qui lui restait. N'était-ce pas pitoyable ?

— On est toujours seuls dans ce monde, tu n'as pas encore compris ?

Tully n'avait pas remarqué que sa mère s'était réveillée, mais elle avait maintenant repris connaissance et regardait Tully avec des yeux fatigués.

— Salut, dit Tully en souriant et en s'essuyant les yeux. Qu'est-ce qui t'est arrivé ?

— On m'a tabassée.

— Je ne te demandais pas ce qui t'a envoyée à l'hôpital. Je te demandais ce qui t'est arrivé.

Nuage tressaillit et se détourna.

— Oh. Ça. Je suppose que ta grand-mère chérie ne te l'a jamais dit, hein ? dit-elle, puis elle soupira. Ça n'a plus d'importance, maintenant.

Tully inspira brusquement. C'était la conversation la plus substantielle qu'elles aient jamais eue. Elle avait le sentiment d'être sur le point de découvrir quelque chose d'essentiel qui lui avait échappé depuis toujours.

— Je crois que si.

— Va-t'en, Tully, dit Nuage en enfonçant son visage dans l'oreiller.

— Pas avant que tu m'aies dit pourquoi.

La voix de Tully trembla à cette question, naturellement.

— Pourquoi ne m'as-tu jamais aimée ?

— Oublie-moi.

— Sincèrement, j'aimerais bien. Mais tu es ma mère.

Nuage se retourna et la regarda. Et pendant un instant, le temps seulement d'un clignement d'yeux, Tully vit de la tristesse dans le regard de sa mère.

— Tu me brises le cœur, dit-elle doucement.

— Tu me brises le cœur, toi aussi.

Nuage sourit pendant une seconde.

— J'aimerais…

— Quoi ?

— Être ce dont tu as besoin, mais je ne peux pas. Il faut que tu m'oublies.

— Je ne sais pas comment faire ça. Après tout, tu es toujours ma mère.

— Je n'ai jamais été ta mère. On le sait toutes les deux.

— Je continuerai toujours de revenir, dit Tully, et elle se rendit compte au même moment que c'était vrai.

Sa mère et elle étaient peut-être abîmées par la vie, mais elles étaient aussi unies par un lien étrange et profond. Cette danse à laquelle elles se livraient, aussi éprouvante qu'elle ait toujours été, n'était pas tout à fait terminée.

— Un jour, tu seras prête à m'accepter.

— Comment fais-tu pour te cramponner à un rêve pareil ?

— Avec mes deux mains.

Elle s'apprêtait à ajouter *quoi qu'il arrive*, mais cette promesse lui fit penser à Kate, et lui fit trop de peine pour qu'elle la prononce à voix haute.

Sa mère soupira et ferma les yeux.

— Va-t'en.

Tully resta longtemps sans bouger, les mains agrippées aux ridelles en métal du lit. Elle savait que sa mère faisait semblant de dormir, et elle sut aussi quand elle dormit pour de vrai. Quand des ronflements intermittents rompirent le silence, elle alla au petit placard de la chambre, trouva une couverture pliée et la prit. Ce fut à ce moment-là qu'elle remarqua le petit tas de vêtements soigneusement pliés dans le coin sur l'étagère du bas du placard. À côté de ceux-ci se trouvait un sac à provisions en papier marron, dont le sommet avait été fermé, roulé sur lui-même.

Elle étendit la couverture sur sa mère, la glissa sous son menton et retourna au placard.

Sans trop savoir pourquoi ni ce qu'elle cherchait, elle fouilla dans les affaires de Nuage. Elle trouva d'abord les choses auxquelles elle s'était attendue : des vêtements sales et usés, des chaussures aux semelles trouées, un sachet de plastique faisant office de trousse de toilette, des cigarettes et un briquet.

Puis elle le vit, soigneusement enroulé au fond du sac : un morceau de fil usé et noué en boucle, sur lequel étaient enfilés deux macaronis séchés et une unique perle bleue.

Le collier que Tully avait confectionné en colonie de vacances catholique et qu'elle avait offert à sa mère ce fameux jour, tant d'années plus tôt, où elles étaient parties de chez Mamie dans le van Volkswagen. Sa mère l'avait gardé pendant tout ce temps...

Tully ne le toucha pas. Elle avait peur de découvrir, par quelque phénomène, qu'il n'existait que dans son esprit. Elle se tourna vers Nuage, s'approcha du lit.

— Tu l'as gardé, dit-elle en sentant quelque chose de totalement nouveau germer en elle.

Une forme d'espoir, mais pas un espoir rutilant de petite fille, plutôt quelque chose de terni et usé, qui refléterait davantage ce qu'elles étaient et ce qu'elles avaient vécu. Cependant il était bien là, sous toute la rouille et la décoloration : un espoir.

— Tu sais aussi comment te cramponner à un rêve, n'est-ce pas, Nuage ?

Elle s'assit sur une chaise en plastique près du lit. Elle avait désormais une vraie question à poser à sa mère, et elle comptait bien avoir une réponse.

À un moment, vers quatre heures, elle s'effondra sur sa chaise et s'endormit.

Le tintement de son téléphone portable la réveilla. Elle se déplia lentement, péniblement, et frotta son cou endolori. Il lui fallut quelques instants pour comprendre où elle était.

L'hôpital.

Harborview.

Elle se leva. Le lit de sa mère était vide. Elle ouvrit brusquement les portes du placard.

Vide. Le sac avait été roulé en boule et abandonné.

— Merde.

Son téléphone sonna à nouveau. Elle considéra le numéro sur l'écran.

— Bonjour, Edna, dit-elle en se laissant aller sur la chaise.

— Tu as une voix affreuse.

— Mauvaise nuit.

Elle regrettait à présent de ne pas avoir touché le collier, qui commençait déjà à prendre les contours flous d'un rêve.

— Quelle heure est-il ?

— Six heures, à ton heure. Tu es assise ?

— Il se trouve que oui.

— Tu comptes toujours prendre des congés pendant une partie de novembre et tout le mois de décembre ?

— Pour que les gens de mon équipe puissent profiter des fêtes de fin d'année avec leurs familles ? dit-elle avec amertume. Oui.

— Je sais que tu es habituellement avec cette amie à toi…

— Pas cette année.

— Bien. Dans ce cas, tu aimerais peut-être m'accompagner en Antarctique. Je fais un documentaire sur le réchauffement climatique. Je pense que c'est un film important, Tully. Une personne de ta stature permettrait qu'il soit regardé.

Cette proposition était une bénédiction. Quelques instants plus tôt, elle avait eu envie de fuir sa vie. On ne pouvait pas aller beaucoup plus loin qu'en Antarctique.

— Combien de temps partons-nous ?

— Six semaines, sept au plus. Tu pourras faire des allers-retours, mais c'est un sacré périple.

— Ça me semble parfait. J'ai besoin de changer d'air. Quand peut-on partir ?

*

Kate se tenait nue devant le miroir de sa salle de bains et observait son corps. Toute sa vie durant, elle avait mené une sorte de guérilla contre son reflet. Ses cuisses avaient toujours été trop charnues, quel que fût le poids qu'elle perdait, et la peau de son ventre était lâche depuis qu'elle avait eu trois enfants. Elle faisait des abdos à la salle de sport, mais son ventre continuait de pendre. Elle avait arrêté de porter des hauts sans manches environ trois ans plus tôt à cause de ses bras flasques. Et ses seins… Depuis la naissance des garçons, elle s'était mise à porter des soutiens-gorge plus costauds et moins sexy, et elle tendait les bretelles pour soutenir sa poitrine.

Mais en se regardant ce jour-là, elle vit à quel point tout cela avait peu d'importance, quelle perte de temps cela avait été.

Elle s'approcha et répéta les mots qu'elle avait choisis. S'il était un moment dans toute sa vie où elle devait être forte, c'était celui-ci.

Elle se pencha vers la pile de vêtements reposant sur le bord du lavabo et commença à s'habiller. Elle avait opté pour un joli pull en cachemire rose à col en V – un cadeau de Noël des enfants l'année précédente – et un Levi's usé doux comme de la peau d'agneau. Puis elle se brossa les cheveux, les tira en arrière et se fit une queue-de-cheval. Elle se maquilla même un peu. C'était important qu'elle ait l'air en bonne santé pour ce qui l'attendait. Quand elle ne put rien faire de plus, elle sortit de la salle de bains et alla dans sa chambre.

Johnny, assis au bout du lit, se leva rapidement et se tourna vers elle. Elle vit comme il s'efforçait d'être fort. Il avait déjà les yeux luisants.

Cela aurait dû la faire pleurer aussi, cette manifestation de son amour et de sa peur, mais curieusement, cela la rendit plus forte.

— J'ai un cancer, dit-elle.

Il le savait déjà, bien sûr. Les jours précédents, passés à attendre les résultats des examens, avaient été atroces. La veille au soir, ils avaient enfin reçu l'appel du médecin. Ils s'étaient tenus par la main pendant qu'elle leur exposait la situation, s'assurant mutuellement avant qu'elle parle que tout irait bien. Mais tout n'allait pas bien, très loin de là.

*Je suis désolée, Kate… stade quatre… cancer inflammatoire du sein… agressif…* déjà propagé…

Kate avait d'abord été furieuse – elle avait toujours bien fait les choses, cherché des grosseurs, fait des mammographies – puis la peur s'était installée.

Johnny avait été encore plus affecté qu'elle, et elle avait vite vu qu'elle devait être forte pour lui. Incapables de dormir de toute la nuit, ils étaient restés au lit à se serrer dans les bras, pleurer, prier, se promettre de surmonter cette épreuve. Mais à présent, elle se demandait comment ils allaient faire.

Elle s'approcha de lui. Il la prit dans ses bras et la serra aussi fort qu'il put, mais ce n'était pas encore assez.

— Je dois leur dire.

— On doit leur dire, corrigea-t-il en s'écartant légèrement et la relâchant juste assez pour la regarder. Rien ne va changer. Souviens-toi de ça.

— Tu plaisantes ? Ils vont m'enlever mes seins.

Sa voix s'étrangla sur ces mots ; la peur était comme une fissure dans la route qui la faisait trébucher.

— Ensuite, ils vont m'empoisonner et me brûler. Et tout ça, c'est censé être la bonne nouvelle.

Il la regarda fixement, et l'amour qu'elle vit dans ses yeux fut la chose la plus belle et la plus bouleversante qu'elle eût jamais vue.

— Entre nous, rien ne va changer. Peu importe ton apparence, ce que tu ressentiras ou ce que tu feras. Je t'aimerai toujours, exactement comme maintenant.

Les émotions qu'elle avait tant de mal à enfouir refirent surface et menacèrent de la dévorer.

— Allons-y, dit-elle doucement. Tant que j'en ai encore le cran.

Main dans la main, ils sortirent de la chambre et descendirent au rez-de-chaussée, où les enfants étaient censés les attendre.

Le salon était désert.

Kate entendit la télévision dans la salle télé, qui hurlait des *bip-boum* de jeux vidéo. Elle lâcha la main de son mari et prit le couloir jusqu'à l'entrée de la pièce.

— Les garçons, venez par là.

— Oh, Maman, geignit Lucas, on regarde un film.

Elle eut à tel point envie de dire *D'accord, laissez tomber, continuez de regarder* que ce fut un déchirement de dire :

— Allez, s'il vous plaît. Maintenant.

Derrière elle, elle entendit son mari aller dans la cuisine et décrocher le téléphone.

— Descends, Marah. Tout de suite. Non, je me fiche de savoir avec qui tu discutes.

*Clic.*

Kate l'entendit raccrocher. Au lieu de le rejoindre, elle alla au canapé et se jucha avec raideur sur le bord du coussin. Elle regretta soudain de ne pas avoir mis un pull plus épais ; elle était gelée.

Les garçons accoururent ensemble dans le salon en se bagarrant avec des épées en plastique et en riant.

— Prends ça, Capitaine Crochet ! dit Lucas.

— Je suis Peter Pan, protesta William en faisant semblant de transpercer son frère. En garde !

À sept ans, ils commençaient juste à changer. Leurs taches de rousseur de petits garçons s'effaçaient et ils perdaient leurs dents de lait. Chaque fois qu'elle les regardait ces derniers temps, ils avaient perdu un de leurs attributs de bébés.

D'ici trois ans, ils seraient presque méconnaissables.

Cette pensée l'effraya tant qu'elle se cramponna à l'accoudoir du canapé et ferma les yeux. Et si elle n'était pas là pour les voir grandir ? Et si…

*Pas de mauvaises pensées.*

C'était devenu son mantra durant les quatre derniers jours. Johnny vint s'asseoir près d'elle et lui prit la main.

— Je n'arrive pas à croire que tu aies décroché le téléphone, dit Marah en descendant l'escalier. C'est une atteinte grave à ma vie privée. Et c'était Brian.

Kate compta en silence jusqu'à dix, se calma suffisamment pour respirer et rouvrit les yeux.

Ses enfants étaient debout devant elle, avec l'air soit de s'ennuyer (les garçons) soit agacé (Marah).

Elle déglutit avec peine. Elle pouvait y arriver.

— Est-ce que tu vas dire quelque chose ? demanda Marah. Parce que si c'est seulement pour nous regarder sans rien dire, moi, je remonte.

Johnny commença à se lever.

— Nom d'un chien, Marah !

Kate lui posa une main sur la cuisse pour l'arrêter.

— Assieds-toi, Marah, dit-elle, étonnée d'entendre comme son ton était neutre. Vous aussi, les garçons.

Les jumeaux se laissèrent tomber sur le tapis comme des marionnettes dont les ficelles auraient été coupées et atterrirent côte à côte.

— Je reste debout, dit Marah en se déhanchant et croisant les bras.

Elle lança son habituel regard noir à Kate comme pour dire « Tu n'as pas d'ordres à me donner », et Kate ne put s'empêcher de ressentir une pointe de nostalgie.

— Vous vous souvenez quand je suis allée en ville vendredi ? commença Kate, sentant son pouls accélérer et une légère difficulté à respirer. Eh bien, j'avais rendez-vous chez un médecin.

Lucas chuchota quelque chose à William, qui sourit et donna un coup de poing à son frère.

Marah regarda vers le haut de l'escalier avec impatience.

Kate étreignit la main de son mari.

— Bref, vous n'avez aucune raison de vous inquiéter, mais je suis… malade.

Ils la regardèrent tous les trois.

— Ne vous en faites pas. On va m'opérer, puis me donner une bonne dose de médicaments et tout ira bien. Je serai peut-être fatiguée pendant quelques semaines, mais ça devrait être tout.

— Tu promets que tout ira bien ? demanda Lucas avec un regard fixe, sérieux et seulement un peu effrayé.

Kate eut envie de dire *Bien sûr*, mais ses enfants se souviendraient d'une telle promesse.

William leva les yeux au ciel et donna un coup de coude à son frère.

— Elle vient de dire que tout ira bien. Est-ce qu'on pourra rater l'école pour venir à l'hôpital ?

— Oui, répondit Kate en trouvant même la force de sourire.

Lucas se précipita en premier pour la serrer dans ses bras.

— Je t'aime, Maman, murmura-t-il.

Elle se cramponna si longuement à lui qu'il dut se dégager. Il se passa la même chose avec William. Puis, ils tournèrent ensemble les talons et partirent vers l'escalier.

— Vous ne regardez pas la fin de votre film ? demanda Kate.

— Nan, dit Lucas. On monte.

Kate lança un regard inquiet à son mari, déjà en train de se lever.

— Que diriez-vous d'une partie de basket, les garçons ?

Ils se réjouirent à cette idée et sortirent tous les trois.

Kate regarda finalement Marah.

— C'est un cancer, n'est-ce pas ? demanda sa fille après un long silence.

— Oui.

— Mme Murphy a eu un cancer l'an dernier et elle va bien. Et tante Georgia aussi.

— Exactement.

La bouche de Marah trembla. Malgré sa grande taille, son allure faussement sophistiquée et son maquillage, elle apparut soudain à nouveau à Kate comme une petite fille lui demandant de laisser la veilleuse allumée. Tout en se tordant les mains, elle s'approcha du canapé.

— Tu vas t'en sortir, hein ?

*Stade quatre. Déjà propagé. Détecté tardivement.* Elle refoula ces pensées. Elles ne lui valaient rien de bon. L'heure était à l'optimisme.

— Oui. Les médecins disent que je suis jeune et en bonne santé et que je devrais donc m'en sortir.

Marah s'étendit sur le canapé, se blottit contre Kate et mit la tête sur ses genoux.

— Je vais prendre soin de toi, Maman.

Kate ferma les yeux et caressa les cheveux de sa fille. Elle avait l'impression que c'était la veille seulement qu'elle avait pu la porter dans ses bras et la bercer pour l'endormir, la veille seulement que Marah s'était pelotonnée sur ses genoux et avait pleuré la mort de leur poisson rouge.

*Par pitié, Seigneur*, pria-t-elle, *laissez-moi vieillir assez pour que nous soyons un jour amies…*

Elle eut la gorge serrée.

— Je sais que tu le feras, chérie.

*Les filles de la route des Lucioles…*

Dans le rêve de Kate, elle est en 1974 et est redevenue une adolescente à califourchon sur son vélo à côté de sa meilleure amie, dans une obscurité si totale qu'elle se croit invisible. Elle a un souvenir très net de l'endroit : un ruban d'asphalte sinueux, bordé de chaque côté de fossés d'eau trouble et de coteaux d'herbe épaisse. Avant leur rencontre, cette voie avait semblé ne mener absolument nulle part ; ce n'était qu'une route de campagne portant le nom d'un insecte que personne n'avait jamais vu dans ce coin du monde fait de côtes déchiquetées, tout de vert et de bleu. Puis elles l'avaient vu à travers le regard l'une de l'autre…

*Lâche le guidon, Katie. Dieu a horreur des poltrons.*

Elle se réveilla en sursaut et sentit des larmes sur ses joues. Elle resta étendue dans son lit, à présent bien éveillée, à écouter un orage d'hiver se déchaîner dehors. Au cours de la semaine précédente, elle avait perdu la capacité de se distancier de ses souvenirs. Trop souvent dernièrement, elle retournait route des Lucioles dans ses rêves, et ça n'avait rien d'étonnant.

Meilleures amies pour la vie.

C'était la promesse qu'elles s'étaient faite tant d'années plus tôt, et elles avaient cru qu'elle résisterait au temps, qu'un jour elles seraient de vieilles femmes, assises dans leurs rocking-chairs sur une terrasse au bois grinçant, et qu'elles se raconteraient leurs plus grands moments en riant.

À présent, bien sûr, elle n'était plus dupe. Depuis plus d'un an, elle se répétait que ce n'était pas grave, qu'elle pouvait poursuivre son chemin sans sa meilleure amie. Il lui arrivait même parfois d'y croire.

Mais elle entendait alors la musique. Leur musique. La veille, alors qu'elle faisait des courses, une mauvaise version d'ascenseur de « You've Got a Friend » l'avait fait pleurer, tout à coup, devant les radis.

Elle écarta doucement les couvertures et sortit de son lit en prenant garde de ne pas réveiller l'homme qui dormait à côté d'elle. Elle prit quelques instants pour le regarder dans la pénombre. Même dans son sommeil, il avait l'air préoccupé.

Elle décrocha le téléphone et sortit de la chambre, puis elle prit le couloir silencieux en direction de la véranda. Une fois dehors, elle regarda l'orage qui faisait rage et prit son courage à deux mains. Tout en composant le numéro familier, elle se demanda ce qu'elle allait dire après ces longs mois de silence, comment elle allait commencer. *J'ai eu une mauvaise semaine... c'est le chaos dans ma vie...* ou simplement : *j'ai besoin de toi.*

De l'autre côté des eaux noires et agitées du détroit, le téléphone sonna.

Et sonna encore.

Quand le répondeur se mit en marche, elle s'efforça de réduire son besoin à quelque chose d'aussi petit et ordinaire que des mots.

— Salut, Tul. C'est moi, Kate. Je n'arrive pas à croire que tu ne m'aies pas appelée pour t'excuser...

Un coup de tonnerre résonna et une suite saccadée d'éclairs fendit le ciel. Elle entendit un déclic.

— Tully ? Tu es en train d'écouter ? Tully ?

Il n'y eut pas de réponse.

Kate soupira et continua.

— J'ai besoin de toi, Tully. Rappelle-moi sur mon portable.

Tout à coup, le courant sauta et coupa la communication. Une tonalité intermittente résonna à son oreille.

Kate essaya de ne pas prendre cela pour un signe. Elle retourna à l'intérieur et alluma une bougie dans le salon. Puis, sachant qu'elle allait être opérée ce jour-là, elle eut une attention particulière pour chaque membre de sa famille, fit un petit quelque chose pour leur rappeler qu'elle était là. Pour William, elle retrouva le DVD de *Monstres et Cie* qu'il avait égaré. Pour Lucas, elle prépara un sachet plein de ses friandises préférées pour la salle d'attente. Elle remit du crédit sur le téléphone portable de Marah, sachant combien sa fille allait se sentir perdue si elle ne pouvait pas appeler ses amis. Enfin, elle trouva tous les jeux de clés de la maison, les étiqueta et les posa sur le bar pour Johnny. Il les perdait presque tous les jours.

Quand elle ne trouva plus rien à faire pour sa famille, elle alla à la fenêtre et regarda l'orage se dissiper. Lentement, le paysage humide s'éclaircit. Les nuages anthracite prirent une magnifique teinte rose nacrée. Seattle apparut étincelante et rafraîchie, blottie comme elle l'était sous le soleil levant.

Quelques heures plus tard, sa famille commença à se rassembler autour d'elle. Pendant tout le temps qu'ils passèrent ensemble, alors qu'ils prenaient le petit déjeuner et chargeaient leurs affaires dans la voiture, elle se surprit à épier le téléphone en s'attendant qu'il sonne.

Six semaines plus tard, après qu'on lui eut enlevé les deux seins, qu'on eut infiltré du poison dans son sang et irradié sa chair jusqu'à ce qu'elle paraisse à vif et brûlée, elle attendait toujours que Tully la rappelle.

Le 2 janvier, Tully rentra chez elle et trouva un appartement froid et désert.

— Ça ne changera jamais, dit-elle avec amertume en donnant un pourboire au portier qui venait de déposer ses volumineuses valises de marque dans sa chambre.

Quand il partit, elle resta plantée là, sans trop savoir quoi faire. Il était vingt et une heures, un lundi soir, et la plupart des gens étaient chez eux avec leur famille. Le lendemain, elle retournerait au travail et pourrait s'immerger dans la routine quotidienne de l'empire qu'elle avait créé. En un rien de temps, elle écarterait les images qui l'avaient hantée durant les fêtes de fin d'année et l'avaient même suivie jusqu'aux confins de la Terre durant le mois précédent. Littéralement. Elle avait passé Thanksgiving, Noël et la Saint-Sylvestre dans les terres gelées du Sud, blottie autour de leur source de chaleur, à chanter des chansons et boire du vin. À l'œil nu, et dans l'objectif de la caméra omniprésente, c'était apparu comme un bon moment.

Mais trop souvent quand elle s'était glissée dans son sac de couchage en duvet, avec son bonnet et ses moufles, et qu'elle avait essayé de dormir, elle avait entendu ces vieilles chansons résonner dans sa tête, et ça l'avait fait pleurer. Plus d'une fois, elle s'était réveillée avec de la glace sur les joues.

Elle jeta son sac à main sur le canapé, lança un regard vers l'horloge et remarqua que les chiffres rouges indiquaient 5 h 55 en clignotant. Le courant avait dû sauter pendant son absence.

Elle se servit un verre de vin, sortit une feuille de papier et un stylo, puis elle s'assit à son bureau. Les chiffres clignotaient aussi sur le répondeur.

— Super.

À présent, elle ne saurait pas qui avait essayé de l'appeler après la coupure de courant. Elle appuya sur le bouton *Réécouter* et s'attela à la longue et pénible tâche consistant à parcourir ses messages. À la moitié, elle nota de parler à son assistante de sa messagerie vocale.

Elle y prêtait à peine attention quand la voix de Kate la réveilla.

— Salut, Tul. C'est moi. Kate.

Tully se redressa vivement et pressa le bouton pour rembobiner.

— Salut, Tul. C'est moi. Kate. Je n'arrive pas à croire que tu ne m'aies pas appelée pour t'excuser.

Il y eut un déclic sonore, puis :

— Tully ? Tu es en train d'écouter ? Tully ?

Nouveau déclic, suivi d'une tonalité intermittente. Kate avait raccroché.

C'était tout. Terminé. Il n'y avait pas d'autre message sur le répondeur.

Tully ressentit une déception si grande qu'elle en tressaillit. Elle se repassa le message en boucle jusqu'à ne plus entendre que le ton accusateur de Kate.

Ce n'était pas la Kate dont elle se souvenait, la fille qui lui avait promis tant d'années plus tôt d'être amies pour la vie. Cette fille n'aurait jamais appelé pour narguer Tully ainsi, pour la sermonner puis raccrocher.

*Je n'arrive pas à croire que tu ne m'aies pas appelée pour t'excuser.*

Tully se leva et essaya de se distancier de cette voix qui avait envahi son appartement et avait sournoisement suscité de l'espoir. Elle appuya sur le bouton *Tout effacer*, et s'éloigna.

— Je n'arrive pas à croire que *tu* ne m'aies pas appelée, dit-elle à son appartement vide en s'efforçant de ne pas relever comme sa voix était chargée d'émotion.

Elle alla à son sac à main et chercha son téléphone portable parmi le bazar qu'il contenait. Quand elle le trouva, elle parcourut son immense répertoire à la recherche d'un nom qu'elle avait ajouté seulement quelques mois plus tôt, et appuya sur *Appeler*.

Quand Thomas répondit, elle essaya de prendre un ton aguicheur et léger, mais c'était difficile de faire semblant : un poids semblait peser sur sa poitrine, l'empêcher de respirer.

— Salut, Tom, je viens de rentrer du continent blanc. Qu'est-ce que tu fais ce soir ? Rien ? Super. Ça te dit qu'on se voie ?

C'était pitoyable qu'elle se sente soudain si désespérée. Mais elle ne pouvait pas rester seule ce soir-là, elle ne pouvait même pas dormir dans son propre appartement.

— Je te retrouve au Kells. Disons, vingt et une heures trente ?

Avant même qu'il ait dit « Banco », elle était en chemin.

# 34

En 2006, *L'Heure des copines* gagna encore en Audimat. Semaine après semaine, mois après mois, Tully faisait des merveilles grâce aux invités qu'elle choisissait et à sa complicité avec le public. Elle était assurément arrivée au sommet de son art et avait pris le contrôle du plateau. Elle ne se permettait plus de songer à ce qu'elle n'avait pas dans sa vie. Tout comme elle l'avait fait à six, dix et quatorze ans, elle enfermait toutes ses pensées négatives et les enfouissait dans un coin obscur de son esprit.

Elle allait de l'avant. C'était ce qu'elle avait toujours fait dans sa vie quand des déceptions survenaient. Elle rentrait le menton, redressait les épaules et se fixait un nouvel objectif. Cette année-là, elle allait lancer un magazine. L'année d'après, ce serait une retraite pour femmes. Après cela, qui savait ?

Assise à présent dans son bureau fraîchement redécoré dans un coin du bâtiment qui ne faisait pas face à l'île de Bainbridge, elle était en train de parler avec sa secrétaire au téléphone.

— Tu plaisantes ? Il annule l'émission quarante minutes avant l'heure où on doit commencer d'enregistrer ? J'ai un studio plein de gens qui attendent pour le voir, dit-elle en raccrochant violemment le combiné, puis elle pressa le bouton de l'Interphone. Fais venir Ted.

Quelques minutes plus tard, quelqu'un frappa à la porte et son producteur entra dans son bureau. Il avait les joues empourprées par l'effort et était essoufflé.

— Tu voulais me voir ?

— Jack vient d'annuler.

— Maintenant ? fit Ted en jetant un coup d'œil à sa montre. L'enfoiré. J'espère que tu lui as dit que la prochaine fois qu'il sortira un film, il pourra aller faire sa promo à la radio.

Tully ouvrit son agenda.

— On est le 1er juin, c'est ça ? Appelle les grandes galeries et le centre de soins Gene Juarez. On va parler des mères qui se refont une beauté avant l'été. On distribue des vêtements et autres. C'est nul, mais c'est mieux que rien.

Dès l'instant où Ted sortit de son bureau, toute l'équipe fut sur le pied de guerre. Ils se mirent à chercher de nouveaux invités, à appeler leurs divers contacts du centre de soins et des grands magasins tout en continuant de divertir le public dans le studio. Le taux d'adrénaline était si haut que tout le monde, y compris Tully, travaillait à une vitesse fulgurante, et l'enregistrement de la nouvelle émission commença avec seulement une heure de retard. À en juger d'après les applaudissements du public, ce fut un franc succès.

Après l'émission, comme toujours, Tully resta pour discuter avec ses fans. Elle posa pour des photos, signa des autographes et les écouta raconter tour à tour en quoi elle avait changé leur vie. C'était son heure préférée de la journée.

Elle venait de retourner dans son bureau quand l'Interphone sonna.

— Tallulah ? J'ai une certaine Kate Ryan sur la ligne une.

Le cœur de Tully fit un bond dans sa poitrine ; l'espoir qu'elle ressentit la mit hors d'elle. Debout au coin de son énorme bureau, elle appuya sur le bouton de l'Interphone.

— Demande-lui ce qu'elle veut.

Quelques instants plus tard, sa secrétaire reprit la communication.

— Mme Ryan dit que vous devez décrocher le téléphone pour le découvrir par vous-même.

— Dis-lui d'aller se faire foutre.

À peine eût-elle prononcé ces mots que Tully eut envie de les retirer, mais elle ne savait pas comment battre en retraite maintenant. Durant leur longue période d'éloignement, elle avait dû rester en colère simplement pour tenir le coup. Sans cela, sa solitude aurait été insupportable.

— Mme Ryan dit, et je cite : « Dites à cette garce de lever son cul attifé de fringues de luxe de son fauteuil en cuir au prix ridicule, et de venir au téléphone. » Elle dit aussi que si vous refusez de lui répondre aujourd'hui plus que n'importe quel autre jour, elle vendra aux tabloïds ces photos de vous avec une permanente ratée.

Tully faillit sourire. Comment deux phrases pouvaient-elles la ramener tant d'années en arrière et balayer les restes de tant de mauvais choix ?

Elle décrocha le téléphone.

— Tu es une garce, je suis furieuse contre toi.

— Bien sûr que tu es furieuse, espèce d'égocentrique, et il n'est pas question que je m'excuse, mais ça n'a plus d'importance.

— Si, ça en a. Tu aurais dû m'appeler bien avant…

— Je suis à l'hôpital, Tully. Au Sacred Heart. Quatrième étage, dit Kate.

Puis elle raccrocha.

— Dépêchez-vous, répéta Tully au chauffeur pour la cinquième fois au moins en autant de pâtés de maisons.

Quand la voiture s'arrêta devant l'hôpital, elle descendit et courut vers les portes vitrées, puis elle s'arrêta le temps que les détecteurs se déclenchent. Dès l'instant où elle entra, des gens s'agglutinèrent autour d'elle. En temps normal, elle prévoyait dans son planning ce qu'elle appelait un moment de consolidation de sa communauté de fans – trente minutes en tout lieu pour une séance de rencontre –, mais elle n'avait pas le temps pour ça maintenant. Elle se faufila à travers la foule et alla à l'accueil.

— Je suis venue voir Kathleen Ryan.

L'hôtesse d'accueil la regarda avec admiration.

— Vous êtes Tallulah Hart.

— Oui, c'est moi. La chambre de Kathleen Ryan, s'il vous plaît.

L'hôtesse hocha la tête.

— Oh. Bien sûr.

Elle se pencha sur son écran d'ordinateur, pressa quelques touches et dit :

— Quatre cent dix, aile Est.

— Merci.

Tully se dirigea vers les ascenseurs, mais elle remarqua qu'on la suivait. Ses fans allaient monter l'air de rien dans l'ascenseur avec elle. Les plus courageux engageraient la conversation entre les étages. Les tordus la suivraient peut-être.

Elle prit donc l'escalier et fut contente à la troisième volée de marches de suivre des cours d'aérobic quotidiens et de s'entraîner avec un coach personnel. Mais elle fut tout de même à bout de souffle en arrivant au quatrième étage.

Au bout du couloir, elle trouva une petite salle d'attente. La télévision était allumée sur son émission – une rediffusion de deux ans plus tôt.

Dès qu'elle entra dans la petite chambre, elle sut que le problème de Kate était grave.

Johnny était assis dans une vilaine causeuse bleue, avec Lucas pelotonné à côté de lui. La tête d'un de ses fils reposait sur ses genoux tandis qu'il lisait un livre à l'autre.

Marah était dans un fauteuil à côté de William, les yeux fermés, un iPod relié à ses oreilles par de minuscules écouteurs. Elle remuait au rythme de la musique qu'elle seule entendait. Les garçons étaient si grands ; cela rappela péniblement à Tully combien de temps elle avait été séparée d'eux.

Mme Mularkey était assise à côté de Marah, concentrée sur son tricot. Sean était à côté de sa mère en train de parler dans son téléphone portable. Georgia et Ralph regardaient la télé dans le coin.

De toute évidence, ils étaient là depuis longtemps.

Il fallut un gros effort de volonté à Tully pour faire un pas en avant.

— Bonjour, Johnny.

Au son de sa voix, ils levèrent tous les yeux, mais personne ne dit rien et Tully se rappela soudain la dernière fois qu'ils avaient été tous ensemble.

— Kate m'a appelée, expliqua-t-elle.

Johnny se dégagea de sous son fils endormi et se leva. Il y eut seulement un instant de gêne avant qu'il la prenne dans ses bras. Elle comprit à la vigueur de son étreinte que c'était plus pour se réconforter lui-même que pour elle. Elle se cramponna à lui en s'efforçant de ne pas avoir peur.

— Explique-moi, dit-elle, d'un ton plus rude que voulu, quand il la lâcha et recula.

Il soupira et hocha la tête.

— On va aller dans la salle réservée aux familles.

Mme M. se leva lentement.

Tully fut frappée de voir comme celle-ci avait vieilli. Elle paraissait frêle et un peu voûtée. Elle avait arrêté de se teindre les cheveux, désormais blancs comme neige.

— Katie t'a appelée ? demanda Mme M.

— Je suis venue tout de suite, dit Tully, comme si la rapidité importait maintenant, après tout ce temps.

Puis Mme M. fit la chose la plus incroyable : elle serra Tully dans ses bras, l'enveloppa une fois de plus dans son odeur mêlée de parfum Jean Naté et de cigarettes mentholées, relevée simplement par un soupçon de laque à cheveux.

— Venez, dit Johnny en les conduisant dans une autre pièce.

Celle-ci était meublée d'une assez petite table de conférence en faux bois et de huit chaises en plastique moulé.

Johnny et Mme M. s'assirent.

Tully resta debout. Personne ne dit rien pendant quelques instants, et chaque seconde qui passa fit monter la tension.

— Dites-moi tout.

— Kate a un cancer, dit Johnny. On appelle ça un cancer inflammatoire du sein.

Tully dut se concentrer sur chaque respiration pour rester debout.

— On va lui faire une mastectomie, une radiothérapie et une chimiothérapie, c'est ça ? J'ai plusieurs amies qui ont combattu…

— On lui a déjà fait tout ça, dit doucement Johnny.

— Quoi ? Quand ?

— Elle t'a appelée il y a plusieurs mois, dit-il, cette fois d'une voix tendue qu'elle ne lui avait jamais connue. Elle voulait t'avoir à son côté à l'hôpital. Tu ne l'as pas rappelée.

Tully se souvenait du message, mot pour mot. *Je n'arrive pas à croire que tu ne m'aies pas appelée pour t'excuser. Tully ? Tu es en train d'écouter ? Tully ?* Et le déclic. Était-il arrivé quelque chose au reste du message ? Le courant s'était-il coupé, ou la bande était-elle arrivée au bout ?

— Elle ne m'a pas dit qu'elle était malade, dit Tully.

— Elle t'a *appelée*, dit Mme M.

Un sentiment de culpabilité envahit Tully, la submergea. Elle aurait dû sentir que quelque chose n'allait pas. Pourquoi n'avait-elle pas simplement décroché le téléphone ? À présent, tout ce temps avait été perdu.

— Oh, mon Dieu. J'aurais dû…

— Tout ça n'a plus d'importance, dit Mme M.

Johnny acquiesça et poursuivit.

— Le cancer a métastasé. Hier soir, elle a eu une attaque mineure. Ils l'ont envoyée au bloc le plus vite possible, mais une fois à l'intérieur, ils ont vu qu'ils ne pouvaient plus rien faire.

Sa voix s'étrangla.

Mme M. posa la main sur celle de Johnny.

— Le cancer est désormais dans son cerveau.

Tully pensait avoir connu la peur auparavant – comme dans cette rue de Seattle quand elle avait dix ans, ou quand Katie avait fait une fausse couche, ou encore quand Johnny avait été blessé en Irak –, mais elle n'avait jamais rien ressenti de tel.

— Vous voulez dire qu…

— Elle est en train de mourir, dit doucement Mme M.

Tully secoua la tête, incapable de trouver quoi dire.

— Où… Où est-elle ?

La question franchit ses lèvres de manière morcelée, saccadée.

— Il faut que je la voie.

Johnny et Mme M. échangèrent un regard.

— Quoi ? fit Tully.

— Ils n'autorisent qu'une personne à la fois, dit Mme M. Bud y est en ce moment. Je vais aller le chercher.

Dès que Mme M. sortit, Johnny se rapprocha encore et dit :

— Elle est fragile maintenant, Tul. Ses facultés ont été affectées par le cancer dans son cerveau. Elle a de bons moments… et d'autres moins bons.

— Qu'est-ce que tu veux dire ? demanda Tully.

— Il se peut qu'elle ne te reconnaisse pas.

Le trajet jusqu'à la chambre de Kate fut le plus long de la vie de Tully. Elle sentait la présence de gens autour d'elle qui parlaient à voix basse entre eux, mais elle ne s'était jamais sentie aussi seule. Johnny la conduisit jusqu'à une porte ouverte et s'arrêta devant.

Tully hocha la tête, essaya de rassembler ses forces et entra dans la pièce.

Fermant la porte derrière elle, elle s'efforça de sourire, y parvint du mieux qu'elle put étant donné les circonstances, et se dirigea vers le lit, dans lequel son amie dormait.

Étendue en position presque assise, Kate avait l'air d'une poupée abîmée sur les draps d'un blanc éclatant et les oreillers entassés. Elle n'avait plus de cheveux ni de sourcils, et son crâne chauve formait un ovale pâle qui disparaissait presque sur la taie d'oreiller.

— Kate ? dit doucement Tully en s'approchant.

À peine entendit-elle sa voix qu'elle tressaillit. Celle-ci semblait trop forte pour cette chambre, trop vivante, d'une certaine façon.

Kate ouvrit les yeux, et Tully vit la femme qu'elle connaissait, la fille avec qui elle s'était fait le serment d'être les meilleures amies pour la vie.

*Écarte les bras, Katie. C'est comme de voler.*

Comment se pouvait-il qu'elles soient aujourd'hui brouillées, après toutes ces décennies partagées ?

— Je suis désolée, Katie, murmura-t-elle, et elle entendit alors comme ces mots étaient peu de chose.

Durant toute sa vie, elle avait mis de côté ces quelques mots simples, elle les avait gardés dans son cœur comme si cela risquait de lui nuire de les prononcer. Pourquoi, de toutes les leçons qu'elle aurait dû tirer en observant sa mère, n'avait-elle retenu que celle-ci, si nocive ? Et pourquoi n'avait-elle pas appelé quand elle avait entendu la voix de Kate dans le répondeur ?

— Je suis vraiment désolée, répéta-t-elle, et elle sentit des larmes lui brûler les yeux.

Kate ne sourit pas et ne montra aucun signe d'enthousiasme ou de surprise. Même ces excuses – aussi maigres et tardives qu'elles fussent – parurent sans effet.

— S'il te plaît, dis-moi que tu te souviens de moi.

Kate garda simplement les yeux rivés sur elle.

Tully se pencha, laissa le dos de ses doigts effleurer la joue chaude de Kate.

— C'est Tully, la garce qui était autrefois ta meilleure amie. Je suis vraiment désolée pour ce que je t'ai fait, Katie. J'aurais dû te dire ça il y a longtemps.

Elle lâcha un très léger geignement désespéré. Si Kate ne se souvenait pas d'elle – d'elles –, elle ne pensait pas pouvoir le supporter.

— Je me rappelle le jour où je t'ai rencontrée, Katie Mularkey Ryan. Tu as été la première personne à vouloir vraiment me connaître. Bien entendu, je t'ai d'abord traitée comme un chien, mais quand je me suis fait violer, tu étais là pour moi.

Les souvenirs la submergeaient. Elle s'essuya les yeux.

— Tu te dis que je ne parle que de moi, n'est-ce pas ? Comme toujours, dirais-tu. Mais je me souviens aussi de toi, Katie ; chaque seconde. Comme quand tu lisais *Love Story* et que tu ne comprenais pas ce que *enfoiré* voulait dire parce que ce n'était pas dans le dictionnaire… ou la fois où tu as juré que tu ne roulerais jamais de patin parce que c'était dégoûtant.

Tully secoua la tête, luttant pour ne pas craquer. Toute sa vie était à présent avec elles dans cette chambre.

— Bon sang, on était si jeunes, Katie. Mais tu n'es plus jeune. Tu te rappelles la première fois où je suis partie de Snohomish et où on s'est écrit environ un million de lettres ? On signait *Amies pour toujours…* ou *Meilleures amies pour la vie.* Je ne sais plus…

Tully fit le récit détaillé de leur vie commune, riant même parfois, comme quand elle raconta comment elles dévalaient Summer Hill à vélo ou quand elles avaient fui les flics le soir où elles s'étaient fait arrêter.

— Oh, j'en ai une autre dont tu souviendras. Tu te rappelles quand on est allées voir *Peter et Elliott le Dragon* parce qu'on croyait que c'était un film d'action, sauf que c'était un dessin animé ? On était les plus âgées de la salle, et on est ressorties en chantant « You and Me Against the World », et on s'est dit que ce serait toujours comme ça…

— Arrête.

Tully eut le souffle coupé.

Des larmes baignaient les yeux de son amie, et d'autres sillonnaient ses tempes. Elles avaient formé une petite tache d'humidité grise sur l'oreiller derrière sa tête.

— Tully, dit Kate d'une voix douce et émue, tu pensais vraiment que je pouvais t'oublier ?

Le soulagement de Tully fut si grand qu'elle se sentit défaillir.

— Salut, dit-elle. Ce n'était pas la peine d'en faire autant pour attirer mon attention, tu sais, dit-elle en touchant la tête chauve de son amie et en laissant ses doigts traîner sur sa peau de bébé. Tu aurais pu te contenter de m'appeler.

— Je t'ai appelée.

Tully tressaillit.

— Je suis vraiment désolée, Katie. Je…

— Tu es une garce, dit Kate avec un sourire las. Je l'ai toujours su. Et j'aurais pu te rappeler aussi. Je suppose qu'on ne peut pas rester amies plus de trente ans sans connaître quelques déboires en chemin.

— Je suis une garce, reconnut Tully d'un air malheureux, les yeux gonflés de larmes. J'aurais dû t'appeler. C'était simplement…

Elle ne savait même pas quoi dire, comment expliquer cet obscur tiraillement qui avait toujours été en elle.

— On ne revient pas sur le passé, d'accord ?

— Ça ne nous laisse que l'avenir, dit Tully, et ces mots furent comme des morceaux de métal cassés, coupants et froids.

— Non, dit Kate. Ça nous laisse le présent.

— J'ai fait une émission sur le cancer du sein il y a quelques mois. Il y a un médecin en Ontario qui fait des merveilles avec un nouveau médicament. Je vais l'appeler.

reconnaître. La dernière chose qu'elle voulait maintenant, c'était qu'on l'interpelle.

Elle passa devant un café, entendit un bout de chanson quand quelqu'un ouvrit la porte pour sortir. *Bye, bye, Miss American Pie.*

Ses jambes cédèrent sous elle, et elle tomba brusquement, se râpa les genoux sur le trottoir en bitume, mais elle ne s'en rendit pas compte, s'en moqua, tant elle pleurait. Elle ne s'était jamais sentie aussi débordante d'émotion ; elle avait l'impression de ne pas pouvoir faire face à tout ça. La peur. Le chagrin. La culpabilité. Le regret.

— Pourquoi ne l'ai-je pas appelée ? chuchota-t-elle. Je suis vraiment désolée, Katie, dit-elle, et elle entendit le désespoir impuissant dans sa voix, fut écœurée de voir que les mots sortaient si facilement maintenant, quand il était trop tard pour qu'ils aient du poids.

Elle ne sut pas combien de temps elle resta à genoux là, la tête baissée, en sanglots, à repenser à tous les moments passés ensemble. Elle était dans une zone mal fréquentée de Capitol Hill, pleine de SDF, aussi personne ne s'arrêta pour l'aider. Finalement, fourbue et tremblotante, elle se releva péniblement et resta figée, avec l'impression d'avoir été tabassée. La musique la ramena dans le passé, lui rappela tant de moments partagés. *Je te jure qu'on sera toujours les meilleures amies.*

— Oh, Katie…

Et elle se remit à pleurer. Plus doucement cette fois.

Elle parcourut mollement une rue après l'autre, jusqu'à ce que quelque chose attire son attention dans une vitrine.

Dans un magasin au coin de la rue, elle trouva ce qu'elle ne s'était même pas rendu compte qu'elle cherchait. Elle fit emballer son cadeau et retourna en courant à la chambre de Kate.

Elle était hors d'haleine quand elle ouvrit la porte et entra.

Kate lui adressa un sourire fatigué.

— Laisse-moi deviner : tu as une équipe de tournage avec toi.

— Très drôle, dit-elle en contournant le rideau pour venir près du lit. Ta mère me dit que tu continues d'avoir des soucis avec Marah.

— Ce n'est pas ta faute. Tout ça lui fait peur, et elle ne sait pas comme c'est facile de dire qu'on est désolé.

— Je ne le savais pas.

— Tu as toujours été son modèle, dit Kate, puis elle ferma les yeux. Je suis fatiguée, Tully…

— J'ai un cadeau pour toi.

Kate rouvrit les yeux.

— Ce dont j'ai besoin ne s'achète pas.

Tully s'efforça de ne pas réagir à cette remarque. Elle donna le cadeau joliment emballé à Kate et l'aida à l'ouvrir.

À l'intérieur se trouvait un journal intime relié de cuir et façonné à la main. Sur la page de garde, Tully avait écrit : *L'histoire de Katie.*

Kate regarda longuement la page blanche sans rien dire.

— Katie ?

— Je n'ai jamais vraiment été écrivaine, dit-elle enfin. Johnny, Maman et toi, vous l'avez toujours voulu pour moi, mais je n'y suis jamais arrivée. C'est trop tard maintenant.

Tully toucha le poignet de son amie et sentit comme il était fragile et maigre ; la moindre pression pouvait lui laisser une ecchymose.

— Pour Marah, dit-elle doucement. Et les garçons. Un jour, ils seront assez grands pour le lire. Ils voudront savoir qui tu étais.

— Comment saurais-je quoi écrire ?

Tully n'avait pas vraiment de réponse à ça.

— Écris simplement ce dont tu te souviens.

Kate ferma les yeux, comme si cette seule pensée était trop lourde à porter.

— Merci, Tully.

— Je ne t'abandonnerai plus, Katie.

Kate ne rouvrit pas les yeux, mais elle sourit légèrement.

— Je sais.

Kate ne se souvenait pas de s'être endormie. Elle était en train de parler avec Tully, puis tout à coup elle se réveillait dans une chambre obscure où planait une odeur de fleurs fraîches et de désinfectant.

Elle était dans cette chambre depuis si longtemps qu'elle s'y sentait presque chez elle, et parfois, quand elle ne supportait plus les encouragements de sa famille, cette petite pièce beige la réconfortait par son silence. Entre ces murs nus, quand il n'y avait personne d'autre avec elle, elle n'avait pas besoin de faire semblant d'être forte.

Mais à cet instant, elle n'avait pas envie d'être là. Elle avait envie d'être chez elle, dans son lit, dans les bras de son mari au lieu de le regarder dormir dans le lit d'hôpital qui se trouvait de l'autre côté de la chambre.

Ou avec Tully, assise sur la rive boueuse de la Pilchuck, à discuter du dernier album de David Cassidy en partageant un sachet de bonbons pétillants.

Ce souvenir la fit sourire et atténua la peur qui l'avait réveillée.

Elle savait qu'elle ne se rendormirait pas sans somnifère et elle ne voulait pas réveiller l'infirmière de nuit. Et puis, il lui restait assez peu de temps à vivre, alors à quoi bon dormir ?

Ça faisait seulement quelques semaines que de telles pensées morbides lui venaient. Avant cela, durant les mois qui avaient suivi son diagnostic – ce qu'elle considérait comme le Jour J –, elle avait fait tout ce qu'elle était censée faire, et elle l'avait fait avec le sourire pour tous ceux qui étaient présents dans sa chambre.

Opération : *Bien sûr, sortez votre scalpel et coupez-moi les seins.*

Radiothérapie : *Avec plaisir. Brûlez-moi les entrailles.*

Chimiothérapie : *Une autre dose de poison, s'il vous plaît.*

Tofu et soupe miso : *Miam. Je peux avoir du rab ?*

Lithothérapie. Méditation. Visualisation. Herbes chinoises.

Elle avait tout fait, et toujours avec vigueur. Plus important encore, elle avait cru à tous ces remèdes, cru qu'elle serait guérie.

L'effort l'avait essoufflée ; le fait d'y croire l'avait brisée.

Elle soupira et se frotta les yeux, puis elle se pencha sur le côté et alluma sa lampe de chevet. Johnny, qui s'était habitué à son sommeil bizarrement haché, roula sur le côté et murmura :

— Tout va bien, chérie ?

— Oui, ça va. Dors.

Johnny marmonna quelque chose et se retourna. Quelques instants plus tard, elle l'entendit ronfler doucement.

Kate attrapa le journal que Tully lui avait acheté. Le tenant dans ses mains, elle passa le doigt sur les motifs gravés dans le cuir et sur la tranche dorée des pages.

Ce serait un exercice éprouvant, de cela elle était certaine. Pour prendre un stylo et raconter sa vie par écrit, elle devrait tout se remémorer, qui elle était, qui elle avait voulu être. Ces souvenirs seraient douloureux, les bons comme les mauvais la blesseraient.

Mais cela permettrait à ses enfants de la voir *elle*, au-delà de sa maladie, la femme dont ils se souviendraient toujours mais qu'ils n'auraient jamais vraiment le temps de connaître. Tully avait raison. Le seul cadeau que Kate pouvait leur offrir maintenant, c'était de leur montrer qui elle était vraiment.

Elle ouvrit le journal. Ne sachant pas bien par où commencer, elle se mit simplement à écrire.

*La panique survient toujours de la même façon chez moi. Il y a d'abord un nœud qui se forme dans mon ventre et me donne la nausée, puis j'ai du mal à respirer, malgré tous les efforts que je fais pour respirer à fond. Mais les raisons de ma peur changent chaque jour, et je ne sais jamais ce qui va la déclencher. Ça peut être un baiser de mon mari, son air triste persistant quand il détache ses lèvres des miennes. Parfois, je sais qu'il fait déjà mon deuil, que je lui manque déjà alors que je suis encore là. Mais le pire, c'est de voir Marah accepter tout ce que je dis en silence. Je donnerais n'importe quoi pour qu'on se dispute à nouveau comme des chiffonnières. C'est une des premières choses que je te dirais maintenant, Marah : ces disputes, c'était la vie. Tu te battais pour te libérer de ta mère mais sans bien savoir comment être toi-même, tandis que j'avais peur de te laisser voler de tes propres ailes. C'est le cycle de l'amour. Je regrette seulement de ne pas m'en être aperçue à ce moment-là. Ta grand-mère m'a dit que je saurais avant toi que tu es désolée pour ces années de conflits, et elle avait raison. Je sais que tu regrettes certaines des choses que tu m'as dites, de même que je regrette mes propres paroles. Mais tout cela n'a pas d'importance. Je veux que tu le saches. Je t'aime et je sais que tu m'aimes.*

*Mais ce ne sont là que des mots, n'est-ce pas ? Je veux aller plus loin que ça. Alors, si vous avez un peu de patience (ça fait des années que je n'ai rien écrit), j'ai une histoire à vous raconter. C'est mon histoire, et la vôtre aussi. Elle commence en 1960 dans une petite ville rurale plus au nord, dans une maison de bardeaux sur une colline au-dessus d'un pré à chevaux. Mais là où ça devient intéressant, c'est en 1974, quand la fille la plus cool du monde a emménagé dans la maison d'en face…*

# 35

Tully se regarda depuis le fauteuil de la salle de maquillage. C'était la première fois, depuis tant d'années qu'elle fréquentait de tels fauteuils, qu'elle remarquait vraiment comme les miroirs étaient immenses. Pas étonnant que ce soit si facile pour une célébrité de se perdre dans son propre reflet.

Elle dit : « Je n'ai pas besoin de maquillage, Charles » et se leva du fauteuil.

Il la regarda bouche bée, avec ses cheveux bien trop soigneusement coiffés qui tombaient devant son visage.

— Tu plaisantes, hein ? Tu passes à l'antenne dans quinze minutes.

— Qu'ils me voient comme je suis.

Elle parcourut le studio, son fief, et regarda ses employés courir en tous sens pour veiller à ce que tout se déroule sans accroc, et ce n'était pas un mince exploit, étant donné qu'elle avait appelé tout le monde à quinze heures la veille pour changer le thème de l'émission en direct du jour. Elle savait que plusieurs de ses producteurs et responsables de planning avaient travaillé tard le soir pour préparer l'émission. Elle-même était restée debout jusqu'à près de deux heures du matin pour faire des recherches. Elle avait envoyé des fax et des e-mails à des dizaines de cancérologues à travers le monde. Elle avait passé des heures au téléphone à relayer le moindre renseignement qu'elle avait pu glaner sur le cas de Kate. Tous les spécialistes disaient la même chose.

Tully ne pouvait rien faire. Ni sa célébrité, ni son succès ni son argent ne pouvaient l'aider à présent. Pour la première fois depuis des années, elle se sentait ordinaire. Petite.

Mais pour une fois, elle avait quelque chose d'important à dire.

Le générique commença, et elle entra sur le plateau.

— Bienvenue dans *L'Heure des copines*, dit-elle comme chaque fois, mais soudain il se passa quelque chose et elle s'arrêta.

Elle regarda son public et vit des inconnus. C'était un moment étrange, déroutant. Durant la plus grande partie de sa vie, elle avait cherché l'assentiment de foules comme celle-ci, et leur soutien inconditionnel l'avait éperonnée.

Les gens remarquèrent qu'il se passait quelque chose et se turent.

Elle s'assit sur le bord du plateau.

— Vous vous dites tous que je suis plus maigre et plus vieille en vrai. Et que je ne suis pas aussi jolie que vous le pensiez.

Le public rit nerveusement.

— Je ne suis pas maquillée.

Ils applaudirent vivement.

— Je ne cherche pas les compliments. Je suis simplement… fatiguée, dit-elle, puis elle regarda autour d'elle. Vous êtes mes amis depuis longtemps. Vous m'écrivez, m'envoyez des e-mails, venez à mes événements quand je suis dans votre ville, et j'ai toujours été sensible à cela. En retour, je me suis offerte sincèrement à vous, du moins le plus possible sans recourir à des médicaments. Vous vous souvenez d'une émission, il y a quelques années, où ma meilleure amie, Kate Ryan, s'est fait piéger sur ce même plateau ? Par moi ?

Des chuchotements nerveux parcoururent le public, accompagnés de hochements de tête.

— Eh bien, Kate a un cancer du sein.

Murmure de compassion.

— C'est une sorte très rare de cancer qui ne commence pas par une grosseur, mais par une rougeur ou une décoloration. Le médecin traitant de Kate a diagnostiqué une piqûre d'insecte et lui a prescrit des antibiotiques. Malheureusement, cela arrive à trop de femmes, surtout des jeunes femmes. On appelle ça un cancer inflammatoire du sein et il peut être agressif et bien trop mortel. Quand on a enfin identifié la maladie de Kate, il était déjà trop tard.

Il n'y eut pas un bruit dans le public.

Tully regarda les gens à travers un rideau de larmes.

— Le Dr Hilary Carleton est là pour nous parler du cancer inflammatoire du sein et nous apprendre à en reconnaître les symptômes : les rougeurs, la sensation de chaleur localisée, les décolorations, la peau plissée, les mamelons inversés, pour n'en citer que quelques-uns. Elle nous rappellera tout ce qu'il faut surveiller au-delà des grosseurs. Le médecin est venu avec une femme – Merrilee Comber, de Des Moines, dans l'Iowa – qui a d'abord remarqué une petite zone où sa peau pelait près de son mamelon gauche…

L'émission se déroula ensuite comme chaque fois, portée par la personnalité de Tully. Elle interrogea les invités, montra des images et rappela à ses millions de téléspectatrices, non seulement de faire des mammographies tous les ans, mais de guetter le moindre changement au niveau de leurs seins. À la fin de l'émission, au lieu de son habituel *On se retrouve demain*, elle regarda la caméra et dit : « Katie, tu es la meilleure amie que j'aie et la meilleure mère que je connaisse. Exception faite de Mme M., qui est une bonne mère aussi. » Puis elle sourit à son public, et dit simplement :

— Cette émission sera ma dernière avant longtemps. Je prends des congés pour être auprès de Katie. Comme chacun de nous le ferait.

Elle entendit un cri de surprise à la suite de son annonce ; cette fois, il provenait des coulisses.

— Cette émission n'est après tout que cela, une émission. La vie réelle se passe avec nos amis et nos familles, et comme un vieil ami me l'a fait remarquer un jour, j'ai bel et bien une famille. Et elle a besoin de moi maintenant.

Elle décrocha son micro, le laissa tomber par terre et quitta le plateau.

Pour la dernière soirée de Kate à l'hôpital, Tully persuada Johnny de ramener les enfants à la maison, et elle prit sa place dans l'autre lit de la chambre. Elle poussa celui-ci sur le sol en lino jusqu'à ce qu'il percute presque celui de Katie.

— Je t'ai apporté une cassette de ma dernière émission.

— Y a bien que toi pour penser qu'une femme mourante voudrait regarder ça.

— Ha ha !

Tully mit la cassette dans le magnétoscope et appuya sur *Lecture*, puis elle se glissa dans son lit. Telles deux élèves de quatrième lors d'une soirée pyjama, elles regardèrent l'émission enregistrée.

À la fin de celle-ci, Kate se tourna vers Tully.

— Je suis contente de voir que tu es toujours prête à te servir de moi pour faire grimper ton Audimat.

— Je te ferais remarquer que c'était poignant et fort. Et important.

— Tu crois que c'est le cas pour tout ce que tu fais.

— Même pas vrai.

— Quelle repartie !

— On te la présenterait sur un plateau que tu ne verrais pas qu'une émission de télé est bonne.

Kate sourit, mais son sourire était aussi pâle que son teint. Avec son crâne chauve et ses yeux enfoncés, elle avait l'air incroyablement jeune et fragile.

— Tu es fatiguée ? demanda Tully en s'asseyant. On devrait peut-être dormir.

— J'ai remarqué que tu m'as présenté des excuses à l'antenne. À ta manière, dit-elle, et son sourire s'élargit. Je veux dire, sans reconnaître que tu as été une garce ou en prononçant vraiment ces mots. Tu as voulu dire que tu étais désolée.

— Oui, bon, tu es sous morphine. Tu m'as sans doute vue voler aussi.

Kate rigola, mais son rire se transforma bientôt en quinte de toux.

Tully se redressa rapidement.

— Ça va ?

— Pas vraiment, non.

Elle saisit le gobelet en plastique qui se trouvait sur sa table de chevet. Tully se pencha et guida la paille vers sa bouche.

— J'ai commencé le journal.

— C'est super.

— Il va falloir que tu m'aides à me souvenir, dit-elle en reposant le gobelet. Il y a tant de choses dans ma vie qui se sont passées avec toi.

— Nos vies entières, on dirait. Bon Dieu, Katie, on était de tels bébés quand on s'est rencontrées.

— On était encore des gamines, dit doucement Kate.

Tully perçut de la tristesse dans la voix de son amie, une tristesse qu'elle partageait. La dernière chose à laquelle elle voulait penser à cet instant, c'était au fait qu'elles étaient encore jeunes. Pendant des années, elles s'étaient taquinées mutuellement en se disant qu'elles allaient vieillir.

— Combien de pages as-tu écrites ?

— Une dizaine, dit Kate. Puis, comme Tully ne répliquait pas, elle fronça les sourcils. Tu ne vas pas exiger de les lire ?

— Je ne veux pas m'immiscer dans ta vie privée.

— Ne fais pas ça, Tully, dit Kate.

— Faire quoi ?

— Me traiter comme une mourante. J'ai besoin que tu sois… toi-même. C'est le seul moyen pour que je me rappelle qui je suis. D'accord ?

— D'accord, dit doucement Tully, promettant la seule chose qu'elle avait à donner : elle-même. Marché conclu.

Elle dut se forcer à sourire et elles le savaient toutes les deux. Certains mensonges, c'était évident, seraient inévitables dans la période à venir.

— Tu vas avoir besoin de ma contribution, bien sûr. J'ai été témoin de tous les moments importants de ta vie. Et j'ai une mémoire photographique. C'est un don. Comme ma capacité à maquiller les gens et à faire des mèches.

Kate rigola.

— Je retrouve ma Tully.

Bien qu'elle pût s'administrer des antidouleurs à sa guise, Kate vécut son départ de l'hôpital comme une épreuve difficile. Premièrement, il y avait tout le monde : ses parents, ses enfants et son mari, son oncle et sa tante, son frère et Tully. Deuxièmement, elle dut faire énormément de mouvements : pour sortir du lit, s'asseoir dans le fauteuil roulant, sortir du fauteuil roulant, monter dans la voiture, descendre de la voiture, aller dans les bras de Johnny.

Il la porta à travers leur jolie et confortable maison insulaire dans laquelle flottaient un parfum de bougies parfumées et les effluves du dîner de la veille, comme toujours. Johnny avait fait des spaghettis, elle le sentait. Cela voulait dire qu'il y aurait des tacos le lendemain soir. Ses deux recettes. Elle appuya sa joue contre la laine douce de son pull.

*Qu'est-ce qu'il va leur cuisiner quand je ne serai plus là ?*

Cette question lui fit retenir son souffle, qu'elle se força à relâcher lentement. Cela lui causerait parfois ce genre de souffrance d'être à la maison, de même que d'être avec sa famille. Étrangement, il lui aurait été plus facile de passer ses derniers jours à l'hôpital, sans toutes ces choses autour d'elle pour lui rappeler des souvenirs.

Mais le but n'était pas que ce soit plus facile. Ce qui comptait, c'était le temps passé avec sa famille.

Ils étaient maintenant tous dans la maison, chacun à sa tâche telle une armée de soldats. Marah avait accompagné les garçons dans leur chambre pour qu'ils regardent la télévision. Maman était occupée à faire des cassolettes, et Papa sans doute en train de tondre la pelouse. Restaient Johnny, Tully et Kate, en chemin vers la chambre d'amis, qui avait été refaite pour son retour au foyer.

— Les médecins voulaient que tu sois installée dans un lit d'hôpital, dit Johnny. J'en ai un moi aussi, tu vois ? Comme ça, on sera comme Ricky et Lucy[1] dans nos lits jumeaux.

— Bien sûr.

Elle avait voulu prendre un ton neutre, pour simplement admettre ce qu'ils savaient tous les deux, à savoir qu'elle aurait bientôt du mal à se redresser et que ce lit l'aiderait, mais sa voix l'avait trahie.

— Tu… tu as repeint la pièce, dit-elle à son mari.

La dernière fois qu'elle avait vu cette chambre, elle était peinte en rouge carmin avec des moulures

1. Personnages de la série américaine *I Love Lucy*, qui, bien que mariés, dormaient dans des lits séparés.

blanches et des meubles rouges et bleus – un style léger, bord de mer, avec des tas d'objets anciens peints et des coquillages dans des coupes de verre. À présent, elle était vert pâle, presque couleur céleri, avec des touches roses, et décorée d'innombrables photos de famille dans des cadres en porcelaine blanche.

Tully s'avança.

— En fait, c'est moi qui ai repeint.

— Une histoire de chacals, dit Johnny.

— De chakras, corrigea Tully. C'est bête, j'en suis sûre, mais… J'ai fait une émission là-dessus un jour, dit-elle en haussant les épaules. Ça ne coûte rien.

Johnny déposa Kate sur son lit et la borda.

— La salle de bains du bas a été aménagée pour toi. Tout a été installé : des mains courantes, un siège de douche et tous les trucs que les médecins recommandent. Une infirmière spécialisée en soins palliatifs va venir…

Elle n'aurait pu dire quand elle ferma les yeux. Tout ce qu'elle savait, c'était qu'elle dormait. Quelque part à proximité, une radio diffusait « Sweet Dreams (Are Made of This) » et elle entendait des gens parler dans le lointain. Puis Johnny l'embrassa, lui dit qu'elle était belle et parla des vacances qu'ils prendraient un jour.

Elle se réveilla en sursaut. La chambre était maintenant plongée dans le noir ; elle avait dormi durant les dernières heures du jour, de toute évidence. À côté d'elle brûlait une bougie parfumée à l'eucalyptus. L'obscurité l'apaisa pendant quelques instants, lui donna l'impression d'être seule.

À l'autre bout de la chambre, une forme bougea. Quelqu'un souffla.

Kate pressa le bouton sur son lit et redressa le dossier.

— Coucou, dit-elle.

— Coucou, Maman.

Elle s'habitua à l'obscurité et vit sa fille assise dans un fauteuil dans le coin. Bien qu'elle parût fatiguée, Marah était si belle que Kate sentit sa poitrine se serrer. Le fait d'être de retour chez elle lui faisait voir tout et tout le monde avec une parfaite clarté, même dans cette pénombre. Quand elle regardait sa fille adolescente, avec ses longs cheveux noirs dégagés de son visage par des barrettes de petite fille, elle entrevoyait tout le parcours d'une vie : l'enfant qu'elle avait été, l'adolescente qu'elle était, la femme qu'elle deviendrait.

— Salut, mon bébé, dit-elle en souriant et en se penchant sur le côté pour allumer la lampe de chevet. Mais tu n'es plus mon bébé, n'est-ce pas ?

Marah se leva et s'approcha en se tordant les mains. Malgré sa beauté de femme, la peur dans son regard lui redonna l'air d'avoir dix ans.

Kate s'interrogea sur ce qu'elle devait dire. Elle savait à quel point Marah souhaitait que tout soit normal, mais ce n'était tout bonnement pas le cas. Désormais, tout ce qu'elles se diraient serait chargé de sens et mémorisé. Cela faisait simplement partie de la vie. Ou de la mort.

— J'ai été méchante avec toi, dit Marah.

Kate avait attendu ce moment pendant des années, elle en avait même rêvé à l'époque où Marah et elle étaient en guerre. À présent, elle voyait les choses avec du recul et savait que ces disputes faisaient simplement partie du cours des choses : une ado qui essayait de grandir, et une mère de s'accrocher à elle. À vrai dire, elle aurait donné n'importe quoi pour qu'elles se disputent à nouveau. Cela aurait signifié qu'elles avaient du temps.

— J'ai été terrible avec Mamie aussi. C'est ce que font les adolescentes : elles cassent les pieds à leurs mères. Et ta tante Tully a été terrible avec tout le monde.

Marah émit un bruit à mi-chemin entre le soupir et le rire, et témoignant du plus pur soulagement.

— Je ne lui dirai pas que tu as dit ça.

— Crois-moi, chérie, elle ne serait pas étonnée. Et je veux que tu saches quelque chose : je suis fière que tu aies de la personnalité et du caractère. Ça te mènera loin dans cette vie.

À ces mots, elle vit les yeux de sa fille se gonfler de larmes. Kate ouvrit les bras, et Marah se pencha vers elle et la serra avec passion.

Kate aurait pu rester éternellement ainsi, tant elle se sentait bien. Pendant des années, les étreintes de Marah avaient été indifférentes, au mieux, ou une récompense pour avoir cédé à ses caprices. Mais cette fois, c'était sincère. Quand Marah s'écarta, elle pleurait.

— Tu te souviens quand tu dansais avec moi ?

— Quand tu étais toute petite, je te prenais par les mains et je te faisais tournoyer jusqu'à ce que tu ries comme une folle. Une fois, je l'ai fait si longtemps que tu m'as vomi dessus.

— On n'aurait pas dû arrêter, dit Marah. *Je* n'aurais pas dû, je veux dire.

— Pas de ça, dit Kate. Baisse cette barrière et assieds-toi à côté de moi.

Marah se débattit avec la barrière, mais elle parvint finalement à l'abaisser. Elle grimpa dans le lit et ramena ses genoux contre elle.

— Comment va James ? demanda Kate.

— Je suis avec Tyler maintenant.

— Et c'est un garçon bien ?

Marah rigola à cette question.

— Il est super canon, si c'est ce que tu veux dire. Il m'a invitée à l'accompagner au bal des premières. Je peux y aller ?

— Bien sûr. Mais tu auras une heure limite.

Marah soupira. Certaines habitudes étaient inscrites dans l'ADN des ados ; rien ne semblait pouvoir avoir raison du soupir de déception, pas même le cancer.

— D'accord.

Kate caressa les cheveux de sa fille, sachant qu'elle devait maintenant dire quelque chose de profond, quelque chose qui lui resterait en mémoire, mais il ne lui venait rien d'extraordinaire.

— Tu as postulé pour un boulot d'été au théâtre ?

— Je ne vais pas travailler cet été. Je serai à la maison.

— Tu ne peux pas mettre ta vie entre parenthèses, chérie, dit Kate d'une voix douce. Ça ne peut pas fonctionner comme ça. En plus, tu m'as dit qu'un boulot d'été t'aiderait à entrer à l'université de Californie du Sud.

Marah haussa les épaules et détourna les yeux.

— J'ai décidé d'aller à l'université de Washington, comme tante Tully et toi.

Kate s'efforça de garder une voix calme pour laisser entendre que c'était simplement une conversation normale entre une mère et sa fille ado, et non un aperçu d'un avenir difficile.

— La section art dramatique de l'USC est la meilleure de la côte Ouest.

— Tu ne voudrais pas que je parte si loin.

C'était vrai. Kate s'était démenée pour convaincre sa rebelle de fille que la Californie était trop loin et que ce n'était pas judicieux de choisir l'art dramatique comme matière principale.

— Je ne veux pas parler de la fac, dit Marah, et Kate passa outre pour le moment.

Leur conversation dériva vers d'autres sujets. Durant l'heure qui suivit, elles parlèrent simplement. Pas de ça, ce grand événement à l'horizon qui allait tous les changer, mais de garçons, d'écriture, des films à l'affiche.

— J'ai décroché le rôle principal dans la pièce de fin d'année, dit Marah au bout d'un moment. Je ne comptais pas auditionner vu que tu étais malade, mais Papa m'a dit que je devrais.

— Je suis contente que tu l'aies fait. Je sais que tu vas être formidable.

Marah se lança dans un long monologue sur la pièce, les costumes et son rôle.

— Je suis impatiente que tu voies ça.

Ses yeux s'écarquillèrent lorsqu'elle prit conscience de ce qu'elle avait dit, du sujet qu'elle avait involontairement abordé. Elle descendit du lit, l'air d'être prête à tout pour changer de sujet.

— Je suis désolée.

Kate tendit la main vers elle et lui caressa la joue.

— Ne t'en fais pas. Je serai là.

Marah la dévisagea. Elles savaient toutes les deux que cela pouvait finir par devenir une promesse non tenue.

— Tu te rappelles quand j'étais au collège et qu'Ashley a arrêté d'être mon amie et que je ne comprenais pas pourquoi ?

— Bien sûr.

— Tu m'as emmenée déjeuner dehors, et c'était comme si on était amies.

Kate déglutit avec peine et sentit le goût amer des larmes au fond de sa gorge.

— On a toujours été amies, Marah. Même quand on ne le savait pas.

— Je t'aime, Maman.

— Moi aussi, je t'aime.

Marah s'essuya les yeux et sortit précipitamment de la chambre, en fermant sans bruit la porte derrière elle.

Celle-ci se rouvrit quelques instants plus tard, si vite que Kate eut à peine le temps de sécher ses larmes avant d'entendre Tully dire :

— J'ai un plan.

Kate rigola, heureuse qu'on lui rappelle que la vie pouvait encore être drôle et surprenante, même maintenant.

— Comme toujours.

— Tu me fais confiance ?

— Jusqu'à ma perte, oui.

Tully aida Kate à s'installer sur le fauteuil roulant et l'enveloppa de couvertures.

— On part au pôle Nord ?

— On va dehors, répondit Tully en ouvrant la porte-fenêtre qui donnait sur la terrasse. Tu as assez chaud ?

— Je suis en sueur. Attrape ce petit sac sur la table de chevet, tu veux bien ?

Tully le prit et le laissa tomber sur les genoux de Kate, puis elle prit le contrôle du fauteuil roulant.

En cette fraîche nuit de juin, le jardin était d'une beauté incroyable et inattendue. Le ciel était constellé d'étoiles qui jetaient des rais de lumière sur le détroit noir de jais. Une pleine lune planait au-dessus des lointaines lumières de la ville scintillante. La pelouse épaisse s'étirait vers l'eau. La lumière bleue de la lune éclairait une enfilade de jouets et de vélos délaissés sur le bord de la large allée de terre qui menait à la plage.

Tully fit descendre Kate de la terrasse par une large rampe en bois très récemment aménagée, puis elle s'arrêta.

— Ferme les yeux.

— Il fait nuit, Tully. Je n'ai vraiment pas besoin d…

— Je ne peux pas attendre éternellement.

Kate rigola.

— Très bien. Je le fais pour que tu ne piques pas une de tes crises.

— Je ne pique pas de crises. Maintenant, ferme les yeux et écarte les bras, comme les ailes d'un avion.

Kate ferma les yeux et ouvrit les bras.

Tully poussa le fauteuil roulant sur la pelouse cahoteuse. Puis, au bord de la petite butte qui donnait sur la plage, elle s'arrêta de nouveau.

— On est redevenues des ados, murmura-t-elle à l'oreille de Kate. On est dans les années 1970, on vient de faire le mur et de prendre nos vélos.

Elle commença à pousser le fauteuil en avant, qui descendit lentement en bringuebalant sur l'herbe inégale et en plongeant dans les trous, tandis que Tully continuait de parler.

— On est sur Summer Hill, sans les mains sur nos vélos, on rit comme des folles et on se croit invincibles.

Kate sentit la brise sur sa tête nue, qui tirait sur ses oreilles et faisait pleurer ses yeux. Elle sentait l'odeur des conifères et de la terre riche et noire. Elle renversa la tête en arrière et rit. Pendant un instant, le temps d'un battement de cœur seulement, elle redevint une ado sur la route des Lucioles avec sa meilleure amie à côté d'elle, persuadée de pouvoir voler.

Quand leur course se termina et qu'elles furent sur la plage, Kate rouvrit les yeux et regarda Tully. Tout à coup, dans ce sourire unique et si désarmant, elle se souvint de toute leur histoire. La lumière des étoiles ressemblait à des lucioles tombant autour d'elles.

Tully aida Kate à s'installer sur une des chaises longues et s'assit à côté d'elle.

Puis, comme si souvent par le passé, elles discutèrent de choses sans importance, de tout et de rien, assises côte à côte.

Kate jeta un coup d'œil en direction de la maison, vit que personne n'était sur la terrasse et se pencha vers Tully pour dire tout bas :

— Tu veux vraiment avoir l'impression d'être redevenue une ado ?

— Non, merci. Pour rien au monde je ne voudrais inverser les rôles avec Marah. Toute cette angoisse existentielle et ce cinéma permanent.

— Oui, c'est sûr qu'avec toi il n'y a jamais de cinéma.

Souriant de son propre trait d'esprit, Kate plongea la main dans le petit sac qu'elle avait sur ses genoux et en sortit un gros joint blanc. Voyant l'air stupéfait de Tully, Kate rigola et alluma le joint.

— J'ai une ordonnance.

L'odeur douce et étrangement désuète de la marijuana se mélangea à l'air salé de la mer. Un nuage de fumée se forma entre elles et se dissipa.

— Tu squattes complètement le joint, dit Tully, et elles rirent toutes les deux à nouveau.

Ce simple mot – *squatter* – les ramena aussitôt dans les années 1970.

Elles se passèrent le joint à tour de rôle en continuant de discuter et de glousser. Elles étaient si ancrées dans ce moment qu'aucune d'elles n'entendit des pas approchant derrière elles.

— Je tourne le dos dix minutes et je vous retrouve en train de fumer de l'herbe, dit Mme Mularkey, vêtue d'un jean délavé et d'un sweat-shirt des années 1990 – peut-être 1980 –, ses cheveux blancs comme neige noués en une queue-de-cheval de travers maintenue par un chouchou. Vous savez qu'après ça, on se tourne vers des drogues plus dures, n'est-ce pas ? Comme le crack ou le LSD.

Tully essaya de ne pas rire, du mieux qu'elle put.

— Il faut juste dire non aux cracks.

— C'est ce que j'ai essayé d'apprendre à Marah quand elle me dit où elle va : pas de cracks, dit Kate en gloussant.

Mme M. approcha un autre fauteuil en bois et le plaça à côté de Kate, puis elle s'assit et se tourna légèrement vers elle.

Pendant quelques instants, elles restèrent assises là toutes les trois à se regarder tandis que la fumée s'élevait dans les airs.

— Eh bien ? dit finalement Mme M. Je t'ai appris à partager, non ?

— Maman !

Mme M. balaya son objection d'un revers de la main.

— Vous les filles des années 1970, vous vous croyez tellement cool. Mais laissez-moi vous dire que moi, j'ai connu les années 1960, et vous n'avez rien à m'apprendre.

Elle prit le joint et le mit dans sa bouche, puis elle tira une longue et profonde bouffée, garda la fumée et la recracha.

— Bon sang, Katie, comment crois-tu que j'ai supporté ces années d'adolescence où mes deux filles faisaient le mur le soir et filaient sur leurs vélos dans le noir ?

— Vous étiez au courant ? dit Tully.

Kate rigola.

— Tu m'as dit que c'était grâce à l'alcool que tu avais tenu le coup.

— Oh, fit Mme M. Ça aussi.

À une heure du matin, elles étaient dans la cuisine en train de dévaliser le frigo, quand Johnny entra et remarqua le tas de sucreries sur le bar.

— J'en connais qui ont fumé de l'herbe.

— Ne le dis pas à ma mère, dit Kate.

À cette remarque, sa mère et Tully éclatèrent de rire.

Kate se laissa aller dans son fauteuil roulant en adressant un sourire déjanté à son mari. Éclairé par la lumière lointaine et pâle du couloir, avec ses lunettes à double foyer de pharmacie et son vieux T-shirt des Rolling Stones, il avait l'air d'un prof de fac branché.

— J'espère que tu es venu pour te joindre à la fête.

Il s'approcha d'elle, se pencha et lui chuchota :

— Que dirais-tu d'une fête en privé ?

Elle s'accrocha à son cou.

— Tu lis dans mes pensées.

Il la souleva dans ses bras, dit bonne nuit à tout le monde et la porta jusqu'à leur nouvelle chambre. Tandis qu'elle était cramponnée à lui, le visage enfoui dans son cou, elle sentit le dernier soupçon de l'after-shave qu'il avait mis le matin. C'était ce truc bon marché que les enfants lui offraient chaque Noël.

Dans la salle de bains, il l'aida à s'asseoir sur les toilettes et lui servit de béquille pendant qu'elle se brossait les dents et se nettoyait le visage. Quand elle fut enfin prête à se coucher, elle était épuisée. Elle traversa lentement la pièce en clopinant, agrippée au bras de Johnny. À mi-chemin, il la souleva à nouveau et la porta jusqu'au lit, puis la borda.

— Je ne sais pas comment je peux dormir sans toi, dit-elle.

— Je suis là. À trois mètres. Si tu as besoin de moi dans la nuit, crie simplement.

Elle lui toucha le visage.

— J'ai toujours besoin de toi. Tu le sais.

Le visage de Johnny se fripa à ces mots, et elle vit les dégâts que son cancer avait faits sur lui. Il avait l'air vieux.

— Moi aussi, j'ai besoin de toi, dit-il en se penchant et en l'embrassant sur le front.

Cela l'effraya plus que ça n'aurait dû ; un baiser sur le front, c'était pour les personnes âgées et les inconnus. Elle lui saisit la main et dit d'un ton désespéré :

— Je ne vais pas me briser en morceaux.

Lentement, sans la quitter des yeux, il embrassa ses lèvres, et durant un instant merveilleux, le temps s'arrêta. Il n'y avait plus qu'eux. Quand il décolla ses lèvres, elle eut plus froid.

Si seulement elle avait eu quelque chose à dire, quelques mots pour les apaiser sur cette route cahoteuse.

— Bonne nuit, Katie, dit-il enfin, et il se détourna.

— Bonne nuit, répondit-elle tout bas en le regardant aller à son lit séparé.

# 36

La semaine suivante, Kate se gorgea du premier soleil d'été. Elle passait ses journées blottie sous ses précieuses couvertures, dans un fauteuil près de la plage, à écrire avec acharnement dans son journal ou à discuter avec ses enfants, son mari ou Tully. Les soirées étaient occupées à bavarder ; Lucas et William racontaient les histoires les plus longues et décousues au monde. Quand elles se finissaient, tout le monde riait. Ensuite, les adultes se réunissaient autour du feu. De plus en plus souvent, ils parlaient de l'époque lointaine où ils étaient trop jeunes pour savoir qu'ils étaient jeunes, où le monde entier avait semblé leur tendre les bras et où les rêves étaient aussi faciles à cueillir que des pâquerettes. Le plus drôle dans cette situation, c'était de regarder Tully essayer de se charger des tâches ménagères. Elle brûlait des plats, râlait à propos de cette île où personne ne livrait de la nourriture à domicile, saccageait le linge et demandait sans cesse des consignes pour se servir de l'aspirateur. Kate adora tout particulièrement le moment où elle entendit son amie grommeler :

— C'est vraiment *dur*, ce boulot de mère au foyer. Pourquoi tu ne me l'as jamais dit ? Pas étonnant que tu aies l'air crevée depuis quinze ans.

En n'importe quelles autres circonstances, ç'aurait été la meilleure période de sa vie. Pour une fois, elle était le centre de l'attention.

Mais ils avaient beau s'efforcer tous autant que possible de faire comme si de rien n'était, leur vie était une vitre sale qui ne pouvait être nettoyée. La maladie était omniprésente à chaque instant. Comme toujours, c'était à Kate de montrer l'exemple, d'être l'optimiste qui souriait. Tout le monde allait bien tant qu'elle restait forte et qu'elle ne se laissait pas abattre. Ils pouvaient alors discuter, rire, et continuer à faire comme si la vie était normale.

C'était épuisant de devoir les soutenir moralement ainsi en permanence, mais avait-elle le choix ? Parfois, quand c'était trop lourd à porter, elle augmentait sa dose d'antidouleurs, se blottissait contre Johnny sur le canapé et s'endormait simplement. Quand elle se réveillait, elle était prête à sourire à nouveau.

Les dimanches matin étaient particulièrement éreintants. Ce jour-là, tout le monde était là : Maman, Papa, Sean et sa copine, Tully, Johnny, Marah et les jumeaux. Ils racontaient des histoires à tour de rôle, si bien qu'il y avait rarement de pause dans la conversation.

Kate écoutait, hochait la tête, souriait, faisait semblant de manger même si elle avait la nausée et qu'elle souffrait.

Ce fut Tully qui le remarqua. Alors qu'elle faisait passer la quiche préparée par Maman, elle regarda Kate et dit :

— Tu as une mine atroce.

Ils furent tous d'accord.

Kate essaya de faire une blague, mais elle avait la bouche trop sèche pour former des mots.

Johnny la souleva de sa chaise et l'emmena dans sa chambre.

Quand elle fut à nouveau dans son lit et sous calmants, elle leva les yeux vers son mari.

— Comment va-t-elle ? demanda Tully en entrant dans la pièce et en venant à côté de Johnny.

Kate les vit tous les deux, ensemble, épaule contre épaule, et elle les aima si fort qu'elle en fut bouleversée. Comme toujours, elle ressentit un pincement de jalousie, mais elle y était aussi habituée qu'au battement de son cœur.

— J'espérais être assez en forme pour aller faire du shopping avec toi, dit Kate. Je voulais aider Marah à choisir sa robe pour le bal. Tu vas devoir t'en occuper, Tully, dit-elle en essayant de sourire. Rien de trop provocant, d'accord ? Et fais attention aux chaussures. Marah croit qu'elle peut porter des talons hauts, mais je m'inquiète…

Kate fronça les sourcils.

— Vous m'écoutez, tous les deux ?

Johnny sourit à Tully.

— Tu as dit quelque chose ?

Tully mit une main sur sa poitrine comme Scarlett O'Hara clamant son innocence.

— Moi ? Tu sais comme je parle rarement. Les gens disent souvent que je suis trop réservée.

Kate redressa le dossier de son lit.

— Qu'est-ce que c'est que cette comédie ? J'essaye de vous expliquer quelque chose d'important.

Quelqu'un sonna à la porte.

— Qui ça peut bien être ? dit Tully. Je vais voir.

Marah passa la tête dans l'embrasure de la porte.

— Ils sont là. Elle est prête ?

— Qui est là ? Je suis prête pour quoi ?

À peine Kate avait-elle prononcé ces mots que le défilé commença dans sa chambre. Il y eut d'abord un homme en bleu de travail, qui poussa un présentoir à roulettes chargé de robes longues. Puis Marah, Tully et Maman s'attroupèrent dans le petit espace libre.

— Bon, Papa, dit Marah. C'est interdit aux garçons.

Johnny embrassa la joue de Kate et sortit de la chambre.

— Le seul avantage d'être riche et célèbre, dit Tully, enfin, il y a *beaucoup* d'avantages, mais un des plus importants, c'est que si tu appelles les grandes galeries en disant, s'il vous plaît, envoyez-moi toutes les robes de bal que vous avez en tailles quatre à six, elles le font.

Marah s'approcha du lit.

— Je ne pouvais pas choisir ma première robe de bal sans toi, Maman.

Kate ne savait pas si elle avait envie de rire ou de pleurer, et elle fit donc les deux.

— Ne t'en fais pas, dit Tully. J'ai demandé explicitement à la vendeuse de laisser les robes trop sexy au magasin.

Elles rirent toutes à cette remarque.

Au fur et à mesure que les semaines passaient, Kate sentait qu'elle s'affaiblissait. Malgré tous ses efforts et son attitude résolument optimiste, son corps commençait à lui faire défaut de nombreuses manières discrètes. Un mot qu'elle ne trouvait pas, une phrase qu'elle n'arrivait pas à terminer, une crise de tremblement dans ses doigts qui refusait de s'arrêter, une nausée qui devenait bien trop souvent insupportable, et le froid. Elle était toujours glacée jusqu'aux os.

Et puis il y avait la douleur. À la fin du mois de juillet, alors que les soirées continuaient à s'allonger et prenaient le goût sucré et voluptueux d'une pêche mûre, elle avait presque doublé son dosage de morphine, et tout le monde s'en foutait. Comme l'avait dit le médecin :

— L'addiction n'est plus un problème pour vous, maintenant.

Elle était suffisamment bonne comédienne pour que personne ne semble remarquer à quel point elle s'était affaiblie. Oh, ils savaient bien qu'elle avait besoin du fauteuil roulant pour aller à la plage, et qu'elle s'endormait souvent bien avant le début du film du soir, mais en cette période estivale, il y avait sans arrêt du mouvement dans la maison. Tully avait repris la routine quotidienne de Kate du mieux qu'elle pouvait, ce qui laissait à Kate le temps de travailler sur son journal. Parfois, ces derniers temps, elle s'inquiétait de ne pas avoir le temps de le terminer, et cette pensée l'effrayait.

Mais le plus curieux, c'était qu'elle n'était pas effrayée à l'idée d'être en train de mourir. Plus maintenant. Certes, elle avait encore des crises de panique quand elle songeait à la fin, mais même ces crises devenaient moins fréquentes. De plus en plus souvent, elle se disait simplement : *Laissez-moi me reposer.*

Cependant, elle ne pouvait pas dire ça. Même à Tully, qui l'avait écoutée pendant des heures et des heures. Chaque fois que Kate évoquait l'avenir, Tully tressaillait et faisait une remarque sarcastique.

On ne pouvait que mourir seul.

— Maman ? dit doucement Marah en poussant la porte.

Kate se força à sourire.

— Coucou, chérie. Je croyais que tu allais à Lytle Beach aujourd'hui avec ta bande.

— Je comptais faire ça.

— Qu'est-ce qui t'a fait changer d'avis ?

Marah avança d'un pas. Pendant un instant, Kate fut déstabilisée à la vue de sa propre fille : elle avait eu une nouvelle poussée de croissance. Mesurant près d'un mètre quatre-vingts, elle prenait aussi des formes, devenait une femme sous les yeux de Kate.

— Il faut que je fasse quelque chose.

— D'accord. Qu'est-ce que c'est ?

Marah se retourna, regarda dans le couloir puis se retourna vers Kate.

— Tu pourrais venir dans le salon ?

Bien qu'envahie et presque submergée par l'envie de dire non, Kate dit « bien sûr » et enfila sa robe de chambre, ses mitaines et son bonnet en tricot. Luttant contre la nausée et l'épuisement, elle se leva lentement de son lit.

Marah la prit par le bras et la soutint, devenant elle-même pendant quelques instants la mère ; elle l'emmena au salon où, malgré la chaleur du jour, un feu brûlait dans la cheminée. Lucas et William, encore en pyjama, étaient assis côte à côte sur le canapé.

— Bonjour, Maman, dirent-ils en chœur avec un sourire édenté.

Marah installa Kate à côté des garçons, enveloppa ses jambes dans sa robe de chambre, puis elle s'assit près d'elle.

Kate sourit.

— Ça me rappelle ces pièces que tu mettais en scène quand tu étais petite.

Marah hocha la tête et se pelotonna contre elle. Quand elle regarda Kate, cependant, elle ne souriait pas.

— Il y a longtemps, dit-elle d'une voix mal assurée, tu m'as offert un livre particulier.

— Je t'ai offert beaucoup de livres.

— Tu m'as dit qu'un jour je serais triste et perdue et que j'en aurais besoin.

Kate eut soudain envie de se mettre à l'écart, de s'isoler, mais ses enfants la retenaient là.

— Oui, fut tout ce qu'elle put dire.

— Ces dernières semaines, j'ai essayé de le lire un paquet de fois, mais je n'y suis pas arrivée.

— C'est pas grave…

— Et j'ai compris pourquoi. On en a tous besoin.

Elle se pencha vers la table d'appoint et prit l'exemplaire de poche du *Hobbit* que Kate lui avait offert. Cela lui parut remonter à une éternité, ce jour où elle avait donné ce livre favori à sa fille, où elle le lui avait transmis. Une éternité, et un instant.

— Youpi ! s'écria William. Marah va nous lire un livre.

Lucas donna un coup de coude à son frère.

— Tais-toi.

Kate prit ses garçons sous son bras et considéra le visage beau et sérieux de sa fille.

— D'accord.

Marah se laissa aller en arrière, se serra contre Kate et ouvrit le livre. Sa voix était seulement un peu tremblante au début, mais au fur et à mesure que l'histoire prit forme, elle retrouva son assurance. « Au fond d'un trou vivait un hobbit… »

Le mois d'août se termina trop vite et fit place à un mois de septembre engourdi. Kate s'efforçait de profiter de chaque instant de chaque jour, mais même en restant positive, elle ne pouvait échapper à l'horrible vérité : elle dépérissait.

Elle se cramponna au bras de Johnny et se concentra sur sa marche. Un pied en chausson devant l'autre, en continuant de respirer. Elle en avait tellement marre qu'on la déplace dans son fauteuil roulant ou qu'on la porte comme une enfant, mais il lui était de plus en plus difficile de marcher. Elle avait aussi des migraines cinglantes, qui parfois lui coupaient le souffle et lui faisaient oublier les personnes et les choses qui l'entouraient.

— Tu as besoin de ton oxygène ? demanda Johnny en se penchant à son oreille pour que les enfants n'entendent pas.

— À m'entendre, on dirait Lance Armstrong pendant le Tour de France, dit-elle en essayant de sourire. Non, merci.

Il l'installa sur la terrasse dans son fauteuil préféré et l'enveloppa dans la couverture en laine.

— Tu es sûre que ça va aller pendant notre absence ?

— Bien sûr. Il faut que Marah aille à sa répétition, et les garçons seraient très déçus de rater leur championnat de base-ball. Et Tully va arriver d'une minute à l'autre.

Johnny rigola.

— Je ne sais pas. Je peux monter un documentaire entier pendant le temps qu'il lui faut pour faire les courses d'un seul repas.

Kate sourit aussi.

— Elle apprend beaucoup de nouvelles choses.

Après son départ, un silence inhabituel s'installa dans la maison derrière elle. Considérant le détroit aux eaux bleues scintillantes et la ville semblable à un diadème sur la rive opposée, elle se rappela tout à coup l'époque où elle avait vécu là-bas, près du Marché public : une jeune femme ambitieuse avec des épaulettes, des ceintures-corsets et des bottines souples. C'était à cette période qu'elle avait vu Johnny pour la première fois et qu'elle était tombée amoureuse. Elle se souvenait encore de tant de leurs grands moments : quand il l'avait embrassée pour la première fois et appelée Katie et qu'il avait dit qu'il ne voulait pas lui faire de mal.

Plongeant la main dans son sac à côté d'elle, elle en sortit son journal, le regarda et suivit du bout du doigt les motifs gravés dans la reliure en cuir. Il était presque terminé à présent. Elle avait tout mis par écrit, du moins tout ce dont elle s'était souvenue, et cela l'avait aidée autant qu'elle espérait que ce journal aiderait un jour ses enfants.

Elle l'ouvrit à la page où elle s'était arrêtée, et se mit à écrire.

*C'est ça qui est surprenant, quand on écrit l'histoire de sa vie. On commence par essayer de se souvenir de dates, de moments et de noms. On se dit que notre vie se résume à des faits, que ce dont on se souvient en revenant sur le passé, ce sont les succès et les échecs, la chronologie des événements de notre jeunesse jusqu'à l'âge mûr, mais ce n'est pas du tout ça.*

*L'amour. La famille. Les rires. Voilà ce que je me rappelle au bout du compte. Pendant la plus grande partie de ma vie, j'ai eu l'impression de ne pas faire ou vouloir assez de choses. Je suppose qu'on peut me pardonner ma bêtise. J'étais jeune. Je veux que mes enfants sachent à quel point je suis fière d'eux, et à quel point je suis fière de moi. Nous avons été tout ce dont nous avions besoin, vous, Papa et moi. J'ai eu tout ce que j'ai toujours voulu.*

*De l'amour.*

*Voilà ce dont on se souvient.*

Elle ferma le journal. Il n'y avait rien à dire de plus.

Tully rentra triomphante des courses. Elle déposa les sacs sur le bar, les vida un à un, puis elle ouvrit une canette de bière et alla dehors.

— C'est une vraie jungle, ce supermarché, Kate. Je suppose que j'ai pris les allées à contresens, je ne sais pas trop. On aurait dit que j'étais l'ennemie publique numéro un. Je n'ai jamais entendu autant de coups de Klaxon.

— Quand on est mère au foyer, on a peu de temps pour faire les courses.

— Je ne sais pas comment tu pouvais tout faire. Dès dix heures je suis épuisée, tous les matins.

Kate rigola.

— Assieds-toi.

— Si je me roule sur le dos et que je fais la morte, est-ce que j'ai droit à un biscuit ?

Kate lui tendit son journal.

— Tu as droit à ça, pour commencer.

Tully retint son souffle. Durant tout l'été, elle avait vu Kate écrire sur ces pages, d'abord vite et avec aisance, puis de plus en plus lentement. Ces dernières semaines, tout lui prenait du temps.

Elle s'assit lentement – s'écroula, à vrai dire –, incapable de dire quoi que ce soit, tant elle avait la gorge serrée. Elle savait que cette lecture allait la faire pleurer, mais qu'elle la transporterait aussi. Elle prit Kate par la main puis ouvrit le journal à la première page.

Une phrase lui sauta aux yeux.

*La première fois que j'ai vu Tully Hart, je me suis dit : Waouh ! Regarde ces nibards !*

Tully rit et continua de lire. Page après page.

*On fait le mur ?*

*Bien sûr. Va chercher ton vélo.* Et : *Je vais te raser les sourcils pour leur donner forme… oups… c'est raté…*

*Tu perds des cheveux… je devrais peut-être relire le mode d'emploi…*

Tully rigola et se tourna vers Kate. Grâce à ces mots, ces souvenirs, tout était redevenu normal durant un moment magique.

— Comment as-tu pu être mon amie ?

Kate sourit à son tour.

— Comment ne l'aurais-je pas pu ?

Tully eut un sentiment d'imposture en se glissant dans le lit de Kate et Johnny. Elle savait que c'était logique qu'elle soit dans cette chambre, mais cela lui parut plus déplacé que d'habitude ce soir-là. La lecture du journal de Kate lui avait rappelé tout ce qu'elle partageait avec elle ; tout ce qu'elles étaient en train de perdre.

Finalement, vers trois heures du matin, elle sombra dans un sommeil agité. Elle rêva de la route des Lucioles, de deux ados dévalant la colline de Summer Hill sur leurs vélos la nuit. Le vent était chargé d'une odeur de foin fraîchement coupé et les étoiles brillaient.

*Regarde, Katie, sans les mains.*

Mais Kate n'était pas là. Son vélo nu filait sur la route en cliquetant, les banderoles en plastique blanc flottant aux extrémités des poignées en plastique moulé.

Tully se redressa en sursaut, haletante.

Tremblante, elle se leva et mit sa robe de chambre. Elle sortit dans le couloir et passa devant des dizaines de photos, des souvenirs de cette vie qu'elles avaient partagée pendant des décennies, et deux portes de chambres fermées. Derrière celles-ci, les enfants dormaient, sans doute tourmentés par des rêves semblables.

En bas, elle se fit une tasse de thé et sortit sur la terrasse, où l'air frais de la nuit lui permit de respirer à nouveau.

— Un cauchemar ?

La voix de Johnny la fit sursauter. Assis sur un des fauteuils en bois, il avait les yeux levés vers elle. Dans ceux-ci, Tully perçut cette même tristesse qui imprégnait chaque pore de sa peau et chaque cellule de son corps.

— Salut, dit-elle en s'asseyant dans le fauteuil voisin.

Une brise fraîche soufflait depuis le détroit et sifflait de manière sinistre, couvrant le murmure familier des vagues.

— Je ne sais pas comment m'y prendre, dit-il doucement.

— Katie m'a dit la même chose, dit Tully, et aussitôt elle fut à nouveau meurtrie de comprendre à quel point ils se ressemblaient. C'est une sacrée histoire d'amour que vous avez tous les deux.

Il se tourna vers elle, et dans le pâle clair de lune, elle vit la ligne tendue de sa mâchoire, ses muscles contractés autour de ses yeux. Il contenait toutes ses émotions, faisait des efforts considérables afin d'être fort pour eux tous.

— Tu n'es pas obligé de l'être avec moi, tu sais, dit-elle d'une voix douce.

— Être quoi ?

— Être fort.

Ces mots parurent relâcher quelque chose en lui. Des larmes brillèrent dans ses yeux et il s'effondra en avant sans rien dire, puis ses épaules se mirent à trembler sans bruit.

Elle tendit le bras vers lui, lui prit la main et la serra fort pendant qu'il pleurait.

— Depuis vingt ans, dès que je tourne le dos, vous êtes ensemble tous les deux.

Tully et Johnny se retournèrent.

Kate était debout dans l'embrasure de la porte derrière eux, emmitouflée dans une épaisse robe de chambre en tissu-éponge. Chauve et d'une maigreur effrayante, elle avait l'air d'une enfant jouant à se déguiser en mettant les vêtements de sa mère. Elle leur avait déjà dit ce genre de choses à tous les deux ; ils le savaient tous, mais cette fois elle souriait. Elle semblait curieusement à la fois triste et sereine.

— Katie, dit Johnny d'une voix émue, les yeux luisants. Ne va pas…

— Je vous aime tous les deux, dit-elle sans s'approcher d'eux. Vous vous consolerez mutuellement… prenez soin l'un de l'autre et des enfants… quand je ne serai plus là…

— Arrête, dit Tully en fondant en larmes.

Johnny se leva vivement, prit sa femme dans ses bras avec douceur et l'embrassa longuement.

— Emmène-la dans votre lit, Johnny, dit Tully en essayant de sourire. Je vais dormir dans la chambre d'amis.

Johnny la porta jusqu'à leur chambre avec une telle précaution qu'elle ne pouvait s'empêcher de se rappeler qu'elle était malade. Il la déposa de son côté du lit.

— Allume le feu.

— Tu as froid ?

*Je suis gelée.* Elle hocha la tête et essaya prudemment de s'asseoir tandis que Johnny traversait la pièce et appuyait sur la commande de la cheminée à gaz. Avec un *woush !*, des flammes bleu et orange jaillirent au-dessus de la fausse bûche, teintant la pièce obscure d'une douce lumière dorée.

Quand il revint et s'installa à côté d'elle, elle leva lentement la main vers lui et suivit le contour de ses lèvres du bout de son doigt.

— Tu te souviens de la première fois où tu m'as sauté dessus par terre devant un feu ?

Il sourit, et telle une aveugle au toucher délicat, elle sentit les lèvres de Johnny se courber sous son doigt.

— Si je me souviens bien, c'est toi qui m'as sauté dessus.

— Et si j'avais envie de te sauter dessus maintenant ?

Il parut si effrayé qu'elle eut envie de rire, mais ce n'était pas drôle.

— On peut ?

Il la prit dans ses bras. Elle savait qu'ils se disaient tous les deux qu'elle avait perdu tant de poids qu'il ne restait presque plus rien d'elle.

Plus rien d'elle.

Elle ferma les yeux et resserra son étreinte autour du cou de Johnny.

Le lit lui parut soudain immense, telle une mer de coton blanc et doux, comparé au lit d'en bas qui était devenu le sien.

Lentement, Kate enleva sa robe de chambre puis sa chemise de nuit, en essayant de ne pas prêter attention à la blancheur et à la minceur de ses jambes. Mais le pire, c'était le champ de bataille auquel ses seins avaient cédé la place. Elle était dévastée, semblable à un petit garçon, et il y avait les cicatrices.

Johnny retira rapidement ses vêtements, les écarta du pied et se glissa dans le lit à côté d'elle en tirant les couvertures jusqu'à leurs hanches.

Kate le regarda, le cœur battant la chamade.

— Tu es si belle, dit-il, et il se pencha pour embrasser ses cicatrices. Elle se laissa aller de soulagement et d'amour. Elle l'embrassa, le souffle aussitôt court et saccadé. Durant leurs vingt années de mariage, ils avaient fait l'amour des milliers de fois, et c'était toujours génial, mais cette fois c'était différent. Ils devaient faire preuve de la plus grande douceur. Elle savait qu'il avait une peur folle de lui casser les os. Elle se rappela à peine ensuite comment tout cela s'était passé, comment elle s'était retrouvée sur lui ; tout ce qu'elle savait, c'était qu'elle avait besoin de chaque fragment de cet homme, et que tout ce qu'elle était, tout ce qu'elle avait toujours été, était irrévocablement rattaché à lui. Quand il pénétra finalement en elle, lentement et délicatement, et la combla, elle se baissa pour se joindre à lui, et durant cette seconde sublime, elle retrouva sa plénitude. Elle se pencha et l'embrassa, sentit le goût de ses larmes.

Il cria son prénom si fort qu'elle le fit taire de la paume de sa main. Eût-elle encore eu du souffle qu'elle aurait ri de son emballement, et dit tout bas : *Les enfants !*

Mais elle-même atteignit l'orgasme quelques secondes plus tard et oublia tout, sinon le plaisir de cette sensation.

Finalement, tout sourire et se sentant redevenue jeune, elle se blottit contre lui. Il passa un bras autour d'elle et la serra contre lui. Ils restèrent longuement ainsi, à moitié assis contre le tas d'oreillers, à regarder la cheminée sans rien dire.

Puis Kate dit tout bas ce qui lui trottait dans la tête depuis longtemps.

— Je ne peux pas supporter de t'imaginer seul.

— Je ne serai jamais seul. On a trois enfants.

— Tu sais bien ce que je veux dire. Je comprendrais, si Tully et toi…

— Arrête.

Il finit par la regarder, et dans ses yeux qu'elle connaissait si bien, elle vit une douleur si profonde qu'elle eut envie de pleurer.

— Il n'y a jamais eu que toi. Que toi, Katie. Tully a été une aventure d'un soir, il y a longtemps. Je ne l'aimais pas à l'époque, et je ne l'ai jamais aimée. Pas une seconde. Tu es tout pour moi. Tout. Comment peux-tu ne pas le savoir ?

Elle vit sur son visage que c'était vrai, l'entendit dans le tremblement de sa voix, et elle eut honte. Elle aurait dû savoir cela depuis toujours.

— Je le sais. Je suis juste inquiète pour les enfants et toi. Je ne supporte pas d'imaginer…

Cette conversation était comme un bain d'acide : elle les brûlait dans leurs chairs.

— Je sais, chérie, dit-il enfin. Je sais.

# 37

Le jour de la pièce de théâtre de fin d'année, l'aube parut fraîche et claire. Elle fut suivie d'un bel après-midi d'automne typique de la région. Kate voulut aider Marah à se préparer pour le grand événement, mais elle était trop faible pour faire grand-chose. Le simple fait de sourire lui coûtait. La douleur derrière ses yeux était maintenant permanente, telle la sonnerie stridente d'un réveil impossible à éteindre.

Kate délégua donc ses responsabilités à Tully, qui s'en acquitta comme une championne.

Kate dormit la plus grande partie de la journée. Une fois la nuit tombée, elle était aussi reposée qu'elle pouvait l'être, et prête à relever le défi qui l'attendait.

— Tu es sûre d'être d'attaque pour ça ? demanda Tully à sept heures moins le quart.

— Je suis prête. Tu devrais peut-être me maquiller un peu pour éviter que je fasse peur aux petits.

— J'ai cru que tu n'allais jamais me le demander. Et je t'ai apporté une perruque… si tu veux.

— Volontiers. J'y aurais pensé moi-même s'il me restait quelques neurones.

Elle attrapa son masque à oxygène et en prit quelques bouffées.

Tully sortit de la chambre et revint avec sa trousse à maquillage.

Kate releva le dossier de son lit et ferma les yeux.

— Ça me rappelle le bon vieux temps.

Tout en parlant, Tully fit opérer sa magie en commençant par redessiner les sourcils de Kate au crayon et lui coller des faux cils. Kate se laissa porter par la voix de son amie.

— J'ai un don, tu sais. Tu as un rasoir ?

Kate eut envie de rire. Peut-être même qu'elle rit vraiment.

— Bien, dit enfin Tully. Il est temps d'essayer la perruque.

Kate cligna des yeux, se rendit compte qu'elle s'était endormie, et sourit.

— Désolée.

— Ne t'en fais pas pour moi. J'adore quand les gens s'endorment pendant que je parle.

Kate retira son bonnet de laine et ses mitaines. Elle était toujours gelée.

Tully lui mit la perruque, l'ajusta, puis elle aida Kate à enfiler une robe en laine noire avec des collants et des bottes. Dans le fauteuil roulant, elles l'enveloppèrent de couvertures, puis Tully la poussa jusqu'au miroir.

— Alors ?

Kate considéra son reflet : un visage pâle et maigre dont les yeux semblaient énormes sous ses sourcils dessinés, des cheveux blond clair mi-longs, des lèvres rouges parfaites.

— Super, dit-elle en espérant sembler sincère.

— Bien, dit Tully. Rassemblons les troupes et allons-y.

Une demi-heure plus tard, ils arrivèrent à l'auditorium. Ils étaient si en avance qu'il n'y avait encore aucune autre voiture sur le parking.

Parfait.

Johnny mit Kate dans le fauteuil roulant, l'enveloppa de couvertures et ouvrit la marche jusqu'aux portes du bâtiment.

Une fois dans la salle, ils occupèrent la plus grande partie du premier rang, gardant des places pour le reste de la famille, et placèrent le fauteuil de Kate au bout de l'allée.

— Je reviens dans une demi-heure avec tes parents et les garçons, dit Johnny à Kate. Tu as besoin d'autre chose ?

— Non.

Quand il fut parti, Tully et Kate se retrouvèrent seules dans la pénombre de l'auditorium vide. Kate frissonna et s'emmitoufla un peu plus dans les couvertures. Elle avait un mal de tête lancinant et la nausée.

— Parle-moi, Tully. De n'importe quoi.

Tully ne perdit pas une seconde. Elle se mit à parler de la répétition de la veille, puis enchaîna sur ses soucis avec le protocole pour récupérer les enfants à l'école.

Kate ferma les yeux, et elles redevinrent soudain des ados, assises au bord de la Pilchuck, se demandant quelle tournure prendrait leur vie.

*On sera journalistes à la télé. Un jour, je dirai à Mike Wallace que je n'y serais pas arrivée sans toi.*

Des rêves. Elles en avaient eu tant, et un nombre étonnant d'entre eux s'étaient réalisés. Le plus surprenant, c'était qu'elle n'en avait pas suffisamment pris la mesure quand elle en avait eu l'occasion.

Elle se laissa aller dans son fauteuil et dit doucement :

— Tu connais toujours le type qui dirige la section art dramatique à l'USC ?

— Oui, dit Tully en la regardant. Pourquoi ?

Kate sentit le regard scrutateur de Tully sur son profil. Sans la regarder dans les yeux, elle rajusta sa perruque.

— Tu pourrais peut-être l'appeler. Marah rêve d'aller là-bas.

Tout en prononçant ces mots, elle pensa : *Je ne serai pas là pour elle.* Pour rien de tout ça. Marah partirait à la fac sans elle...

— Je croyais que tu ne voulais pas qu'elle suive un cursus artistique.

— Ça me terrifie d'imaginer ma petite chérie à Hollywood. Mais tu es une star de la télé. Son père est producteur d'émissions. La pauvre, elle est entourée de rêveurs. Comment pourrait-il en être autrement ?

Elle prit la main de Tully et l'étreignit. Elle mourait d'envie de la regarder, mais ne put le faire, n'osa pas.

— Tu veilleras sur elle et les garçons, hein ?

— Toujours.

Kate sentit qu'elle esquissait un sourire : ce simple mot la soulagea un peu de sa tristesse. Une chose était sûre, concernant Tully, elle tenait parole.

— Et peut-être que tu retourneras voir Nuage.

— C'est drôle que tu parles de ça. Je comptais le faire. Un jour.

— Bien, dit Kate d'une voix douce mais ferme. Chad avait raison, et moi j'avais tort à ce propos. Quand on arrive… à la fin, on voit que tout ce qui compte, c'est l'amour et la famille. Rien d'autre n'a d'importance.

— Tu es ma famille, Katie.

— Je sais. Tu auras besoin d'autre chose après…

— S'il te plaît, ne le dis pas.

Kate regarda son amie. Tully l'audacieuse, la culottée, la truculente, qui avait toujours foncé comme un lion dans la jungle, toujours reine. Et maintenant, elle était silencieuse, effrayée. L'idée même de la mort de Kate l'avait démontée, amoindrie.

— Je vais mourir, Tully. Ça ne changera rien que je ne le dise pas.

— Je sais.

— Voici ce que je veux que tu saches : j'ai aimé ma vie. Pendant très longtemps, j'attendais que les choses commencent, j'attendais *plus*. J'avais l'impression de ne faire que conduire, faire des courses, attendre. Mais tu sais quoi ? Je n'ai absolument rien raté avec ma famille. Pas un instant. J'étais là tout le temps. C'est tout ce dont je me souviendrai, et ils seront là les uns pour les autres.

— Oui.

— Mais je m'inquiète pour toi, dit Kate.

— Tiens donc.

— Tu as peur de l'amour, mais tu en as tant à donner.

— Je sais que j'ai passé bien des années à me plaindre d'être seule, et que j'ai eu tendance à m'accrocher à des hommes mal choisis ou indisponibles, mais la vérité, c'est que ma carrière a été mon amour, et dans l'ensemble ça m'a suffi. J'ai été heureuse. C'est important pour moi que tu saches ça.

Kate lui adressa un sourire las.

— Je suis fière de toi, tu sais. Est-ce que je te l'ai dit assez souvent ?

— Moi aussi, je suis fière de toi.

Tully regarda sa meilleure amie, et dans ce regard, plus de trente années se bousculèrent entre elles, leur rappelèrent à toutes les deux les ados qu'elles avaient été et les rêves qu'elles avaient partagés, les femmes qu'elles étaient devenues.

— On s'en est bien sorties, non ?

Avant que Kate puisse répondre, les portes de l'auditorium s'ouvrirent brusquement et un flot de gens entra.

Johnny, Maman, Papa et les garçons s'assirent à leurs places juste au moment où les lumières de la salle vacillaient.

Puis la scène s'éclaira, les lourds rideaux en velours rouge s'écartèrent lentement en traînant sur le plancher de la scène et dévoilèrent le décor mal peint d'une petite ville.

Marah entra en scène, vêtue d'une robe du dix-neuvième siècle telle qu'envisagée par une lycéenne.

Quand elle prit la parole, ce fut magique.

Il n'y avait pas d'autre mot.

Kate sentit la main de Tully se fermer sur la sienne et la serrer doucement. Quand Marah sortit de scène sous les ovations de la foule, le cœur de Kate se gonfla de fierté. Elle se pencha vers Tully et chuchota :

— Maintenant, je sais pourquoi je lui ai donné ton deuxième prénom.

Tully se tourna vers elle.

— Pourquoi ?

Kate essaya de sourire mais n'y parvint pas. Il lui fallut presque une minute entière pour trouver assez de voix afin de dire :

— Parce qu'elle a hérité du meilleur de nous deux.

La fin survint un soir morne et pluvieux d'octobre. Étendue dans son lit et entourée de tous ceux qu'elle aimait, elle dit au revoir à chacun à tour de rôle en leur glissant un petit mot à l'oreille. Puis, alors que la pluie battait contre les vitres et que la nuit tombait, elle ferma les yeux pour la dernière fois.

Kate avait laissé une dernière liste de consignes pour ses obsèques, et Tully suivit ses recommandations à la lettre. L'église catholique de l'île était pleine de photos, de fleurs et d'amis. Kate avait sans surprise choisi les fleurs préférées de Tully plutôt que les siennes.

Durant plusieurs jours, Tully se concentra uniquement sur cela. Elle organisa tout et régla tous les détails pendant que les Ryan et les Mularkey étaient assis ensemble sur la plage, main dans la main, s'efforçant de temps à autre de parler.

Tully se prépara aussi pour le jour J, se rappelant qu'elle était une professionnelle : elle pouvait affronter n'importe quoi avec le sourire.

Mais le moment venu, quand ils se garèrent réellement devant l'église, elle paniqua.

— Je ne peux pas y arriver, dit-elle.

Johnny lui prit la main. Elle attendit des paroles réconfortantes, mais il n'en avait aucune.

Alors qu'ils étaient assis là en silence, avec les enfants sur la banquette arrière, les yeux rivés sur l'église, les Mularkey se garèrent à côté d'eux.

Il fallait y aller. Telle une nuée de corbeaux noirs, ils se rassemblèrent, espérant que l'union ferait la force. Main dans la main, ils passèrent devant la foule de proches, gravirent les grandes marches en pierre de l'église et y pénétrèrent.

— On est au premier rang à gauche, dit Mme M. en entrant.

Tully regarda Marah qui pleurait sans bruit, et cette vision l'anéantit.

Elle eut envie de réconforter sa filleule, de lui dire que ça allait aller, mais ni l'une ni l'autre n'étaient dupes.

— Elle t'aimait tellement, dit-elle, et elle eut un soudain et étrange aperçu de leur avenir.

Un jour, Marah et elle seraient amies. Quand le moment serait venu, Tully lui donnerait le journal de Kate et elles se raconteraient les souvenirs qu'elles auraient de sa mère, et ces histoires créeraient un lien entre elles et leur ramèneraient Kate durant quelques précieux instants.

— Allons-y, dit Johnny.

Tully ne pouvait pas bouger.

— Continuez sans moi. Je vais simplement rester ici une minute.

— Tu es sûre ?

— Oui.

Johnny lui étreignit doucement l'épaule de sa main, puis il fit avancer les jumeaux et Marah.

M. et Mme M., Sean, Georgia et le reste de la famille suivirent ; tous se serrèrent au premier rang et s'assirent.

À l'entrée de l'église, un orgue commença à jouer une version lente et pesante de « You and Me Against the World ».

Tully ne voulait pas assister à ça. Elle ne voulait pas écouter une musique pitoyable conçue pour vous faire pleurer, ni écouter le prêtre raconter des histoires au sujet de la femme qu'il avait connue, qui n'était qu'une ombre de la femme que Tully connaissait. Mais surtout, elle ne voulait pas voir le montage de photos de la vie de Kate, projetées sur un écran géant au-dessus de son cercueil.

Sans même réfléchir, elle tourna les talons et sortit.

L'air doux et frais emplit ses poumons. Elle inspira goulûment et essaya de se calmer. Derrière elle, de l'autre côté de la porte, elle entendit le morceau se terminer et « One Sweet Day » commencer.

Elle ferma les yeux, s'appuya contre la porte.

— Madame Hart ?

Surprise, elle rouvrit les yeux et vit l'entrepreneur des pompes funèbres sur la marche du bas. Elle l'avait rencontré une fois auparavant, quand elle avait apporté des vêtements pour les funérailles et des photos pour le montage.

— Oui.

— Mme Ryan m'a demandé de vous donner ça, dit-il en lui tendant une grosse boîte noire.

— Je ne comprends pas.

— Elle m'a confié cette boîte et m'a demandé de vous la donner le jour de ses funérailles. Elle m'a dit que vous seriez dehors devant l'église quand la cérémonie commencerait.

Cela fit sourire Tully, même si c'était affreusement douloureux. Bien sûr que Kate avait deviné.

— Merci.

Elle prit la boîte, descendit les marches et traversa le parking. De l'autre côté de la rue, elle s'assit sur un des bancs en fer du parc.

Elle prit ensuite une grande inspiration et ouvrit la boîte. Au sommet trônait une lettre. Elle reconnut tout de suite l'écriture épaisse et inclinée vers la gauche de Kate.

*Chère Tully,*

*Je sais que tu ne pourras pas supporter mes putain de funérailles. Ce n'est pas toi la vedette. J'espère au moins que tu as fait retoucher les photos de moi. Il y a tant de choses que je voudrais te dire, mais on se les est toutes dites au cours de notre vie.*

*Prends soin de Johnny et des enfants pour moi, d'accord ? Apprends aux garçons à être des gentlemen et à Marah à être forte. Quand ils seront prêts, donne-leur mon journal et parle-leur de moi quand ils te le demanderont. Dis-leur aussi la vérité. Je veux qu'ils sachent tout.*

*Ça va être dur pour toi, maintenant. C'est une des choses que je regrette le plus. Alors, voici ce que j'ai à dire dans ma lettre d'outre-tombe (c'est très solennel, tu ne trouves pas ?) :*

*Je sais que tu vas te dire que je t'ai abandonnée, mais ce n'est pas vrai. Tout ce que tu dois faire, c'est te souvenir de la route des Lucioles, et tu me retrouveras. TullyEtKate ne disparaîtront jamais.*

C'était signé :

*Meilleure amie pour la vie ©*
*Kate*

Tully serra la lettre contre sa poitrine.

Puis elle regarda à nouveau dans la boîte, qui contenait trois choses.

Une cigarette Virginia Slims sur laquelle était collé un Post-it indiquant : *Fume-moi*.

Une photo dédicacée de David Cassidy, qui disait *Embrasse-moi* ; et un iPod avec des écouteurs qui indiquait : *Écoute-moi et danse*.

Tully rit entre ses larmes, alluma la cigarette, tira une taffe et toussa en crachant la fumée. L'odeur lui rappela aussitôt leurs nuits sur la berge de la Pilchuck, appuyées contre des troncs couchés, à admirer la Voie lactée.

Elle ferma les yeux et bascula la tête en arrière pour s'imprégner du soleil frais de l'automne. Une brise caressa son visage et souleva ses cheveux, et elle pensa alors : *Katie*.

Tout à coup, elle sentit la présence de son amie à côté d'elle, au-dessus d'elle, tout autour d'elle, en elle. Elle entendit Kate dans le murmure du vent et dans le bruissement des feuilles dorées sur le trottoir.

Elle rouvrit les yeux et eut le souffle coupé, tant elle était certaine de ne pas être seule.

— Salut, Katie, chuchota-t-elle, puis elle mit les écouteurs et appuya sur LECTURE.

« Dancing Queen » retentit dans ses oreilles et la ramena dans le passé.

*Young and sweet, only seventeen.*

Elle se leva, sans trop savoir si elle riait ou pleurait. Tout ce qu'elle savait, c'était qu'elle n'était pas seule, que Kate n'était pas partie. Elles avaient connu plus de trois décennies de bons et de mauvais moments et de tous les entre-deux, et rien ne pouvait leur enlever ça. Elles avaient leur musique et leurs souvenirs, et à travers ceux-ci, elles seraient toujours, toujours ensemble.

Meilleures amies pour la vie.

Et là, debout, seule au milieu de la rue, elle se mit à danser.

*Chers lecteurs,*

*Au cours des deux décennies de ma carrière d'autrice, je n'ai jamais été tentée auparavant d'ajouter aucune sorte de postface ou de lettre à un roman et, sincèrement, j'ai essayé de l'éviter ici. Mais comme vous pouvez le voir, ce projet a lamentablement échoué. Le problème tient, semble-t-il, au livre que vous venez de lire.*

*Comme vous pourriez vous en être rendu compte, la rédaction de ce livre a été une aventure très personnelle pour moi. J'ai grandi dans l'ouest de l'État de Washington à la fin des années 1970, une région et une époque qui semblaient alors pleines de dangers et bouillonnantes, et qui paraissent désormais d'une douce innocence comparées au monde d'aujourd'hui. Je suis allée à l'université de Washington et j'ai fait partie d'une sororité. Tous les morceaux de musique mentionnés au fil du récit me rappellent cette époque lointaine.* Goodbye Yellow Brick Road *a été le premier album que j'aie acheté avec mon argent de poche.*

*Et j'ai perdu ma mère à la suite d'un cancer du sein. Comme tant de femmes, j'ai passé ma vie à guetter les signes du cancer. Je me fais des palpations et je fais des mammographies tous les ans, tout ce que je suis censée faire.*

*C'est pour ça que le cancer inflammatoire du sein est si effrayant. Il se manifeste de manière sournoise et inattendue. Les médecins généralistes n'en décèlent souvent pas les symptômes ou les identifient mal, et comme nous le savons tous, en matière de cancer, le timing est crucial. Je souhaite donc inciter vivement les femmes à ajouter les signaux d'alarme de ce cancer à la liste des symptômes qu'elles doivent guetter, et j'ajouterais que, si vous avez l'impression qu'il y a quelque chose d'anormal, n'ayez pas peur de poser des questions ou de demander un deuxième avis. Nous, les femmes, nous connaissons notre corps; nous savons quand quelque chose nous semble anormal. Nous devons mettre à profit cette connaissance de nous-mêmes et refuser de nous laisser rembarrer.*

*Je sais que ça peut être effrayant et difficile, mais la peur n'est pas une excuse suffisante pour se détourner. Si vous voyez que vous hésitez ou que vous cédez à la peur, demandez à une amie de vous aider et de vous soutenir. C'est le grand avantage d'être une femme : nous sommes toujours là l'une pour l'autre. Comme le diraient Tully et Kate, quoi qu'il arrive.*

*Merci de votre lecture.*

*Kristin*

## Remerciements

Toute ma reconnaissance à :

Marianne McClary, pour ton aide sur ce qui touche à la télévision et au secteur audiovisuel. Ton expertise m'a été très précieuse. Merci.

Jennifer Enderlin, Jill Marie Landis, Kim Fisk, Andrea Cirillo et Megan Chance. Vous m'avez tous aidée à trouver le fil de cette histoire. Merci.

La fabuleuse équipe de chez St. Martin's Press. Merci de m'avoir offert cette chance.

# Kristin Hannah

# est au Livre de Poche

PAPIER À BASE DE FIBRES CERTIFIÉES

Le Livre de Poche s'engage pour l'environnement en réduisant l'empreinte carbone de ses livres. Celle de cet exemplaire est de :
750 g éq. $CO_2$
Rendez-vous sur www.livredepoche-durable.fr

Composition réalisée par Lumina Datamatics, Inc.

Achevé d'imprimer en mai 2023 en Espagne par
LIBERDUPLEX
Dépôt légal 1re publication : juin 2023
LIBRAIRIE GÉNÉRALE FRANÇAISE
21, rue du Montparnasse – 75298 Paris Cedex 06

47/1262/3